BASTEI
LÜBBE

ROGER TAYLOR

DIE RÜCKKEHR DES Schwertes

Roman

Ins Deutsche übertragen
von Rainer Schumacher

BASTEI LÜBBE

BASTEI LÜBBE TASCHENBUCH
Band 20 445

1. Auflage: August 2002

Vollständige Taschenbuchausgabe

Bastei Lübbe Taschenbücher
ist ein Imprint der
Verlagsgruppe Lübbe

Deutsche Erstveröffentlichung
Titel der englischen Originalausgabe:
The Return of the Sword

Lektorat: Martina Sahler/Stefan Bauer
Titelillustration: Michael Whelan/Agentur Schlück
Umschlaggestaltung: QuadroGrafik, Bensberg
Satz: Heinrich Fanslau, Communication/EDV, Düsseldorf
Druck und Verarbeitung:
Brodard & Taupin, La Flèche, Frankreich
Printed in France
ISBN 3-404-20445-X

Sie finden uns im Internet unter
http://www.luebbe.de

Der Preis dieses Bandes versteht sich einschließlich
der gesetzlichen Mehrwertsteuer.

Erstes Kapitel

Das Wasser hatte eine lange Reise auf uralten Wegen hinter sich, sinnierte Andawyr, als er die Hand in die klare Flüssigkeit steckte und sein gerötetes Gesicht bespritzte: die Berge, das Meer und die Wolken, stets anders und doch immer gleich. Und obwohl Wasser das Land grundlegend verändern konnte, rann es ihm durch die Finger, ohne Widerstand zu leisten. Andawyr seufzte wohlig ob der Kühlung, die es ihm brachte; dann legte er sich zurück, schloss die Augen, hob das Gesicht zur Sonne und atmete langsam und tief durch. Als die klare Bergluft seine Lunge erfüllte, hatte er das Gefühl, als trüge sie das Sonnenlicht in jeden einzelnen Teil seines Körpers. Das Gefühl mischte sich mit dem fröhlichen, beruhigenden Plätschern des kleinen Flusses, und langsam spürte Andawyr, wie die Spannung aus seinem Körper wich, die ihre Ursache in seinem schnellen Marsch über die Hügel gehabt hatte.

»Einfache Freuden«, sagte er zu den flackernden Schatten, die hinter seinen geschlossenen Augenlidern tanzten. »Einfache Freuden. Es reicht, einfach hier zu sein.«

Das war kein neuer Gedanke, doch er bedeutete Andawyr noch genauso viel wie damals, als er ihm zum ersten Mal gekommen war. Nicht dass er sich daran erinnern würde, wann das gewesen war, sinnierte er. Er schien diese Wahrheit schon immer gekannt zu haben. Doch das war unmöglich, denn zu solch einer

Erkenntnis konnte man nur nach einem großen Kampf gelangen. Oder? Kinder besaßen sie oft, diese Gewissheit im Leben. Die Augen noch immer geschlossen, rümpfte Andawyr die Nase. Er dachte nach. Vielleicht musste diese Wahrheit nach einem großen Kampf *wiederentdeckt* werden. Ja, das war möglich. Er lachte leise – auch das hatte er schon gewusst.

»Du redest Unsinn, alter Narr«, sagte er in die warme Luft hinein. Er war nicht hierher gekommen, um darüber nachzugrübeln, wie er in langen Jahren gelernt hatte, sein Leben zu meistern ...

Er öffnete die Augen wieder und richtete sich auf die Ellbogen auf. »Es reicht, einfach hier zu sein«, wiederholte er und schmeckte die Worte nachdenklich. Mehr gab es nicht zu sagen, doch notwendigerweise waren diese Worte nur das trübe Spiegelbild einer Wahrheit, die man vielleicht nicht in Worte fassen *konnte.*

Viele Dinge waren schwer in Worte zu fassen, doch nur wenige wurden so einfach akzeptiert – oder taten einem so gut.

Ein wenig verärgert über sich selbst runzelte Andawyr die Stirn. Er war hierher gekommen, um *nichts* zu tun, und nicht um auf den Wegen weiterzuziehen, denen sein Geist erbarmungslos schon seit ...

Seit wann?

Schon viel zu lange ...

Er rollte sich auf den Bauch, legte den Kopf in die Hände und blickte in den kleinen, geschützten Tümpel, der sich am Rand des Flusses gebildet hatte. Ein ovales, zerschundenes Gesicht erwiderte seinen Blick, leicht verzerrt durch die sich bewegende Wasseroberfläche. Ein Grashalm trieb träge um das Bild herum und in den Fluss hinaus. Ihm folgte ein huschendes

Insekt, das winzige, kurzlebige Fußabdrücke auf dem Wasser hinterließ, während es irgendeiner dringenden Aufgabe hinterherjagte.

Andawyrs Bild schaute reumütig drein.

Das ist nicht das Gesicht eines großen Magiers, dachte Andawyr. Er strich sich über die gebrochene Nase und fuhr sich durch das buschige graue Haar, das sich dadurch jedoch nicht zähmen ließ. Solch eine Person sollte eine unübersehbare Würde besitzen. Er sollte patriarchalisch und streng wirken, und sein Blick sollte die Menschen vor Ehrfurcht den Kopf senken lassen.

Er schürzte die Lippen und dachte darüber nach.

Oder vielleicht sollte er eher selig machend, fast wie ein Heiliger wirken. Vielleicht sollte er eine innere Ruhe ausstrahlen, die ihre Wurzel in jahrelangen aufopfernden Studien hatte und Ausdruck eines tiefen, grundlegenden Weltverständnisses war. Das Bild hob wissend die Augenbrauen, und Andawyr wandte den Blick ab.

Wenn nur ... Ja, wenn ...

Wenn seine jahrelangen Studien ihm nur *wirklich* dieses Wissen vermittelt hätten.

Das Bild löste sich auf, als Andawyr vorsichtig den Finger hineinstieß. In gewissem Sinne hatten seine Studien ihm dieses Wissen gebracht, sinnierte er. Er hatte gelernt, was ihm wirklich etwas bedeutete, und dadurch wiederum hatte er eine Ruhe und einen klaren Blick entwickelt, um die viele ihn beneidet hätten. Dabei störte ihn auch nicht die Tatsache, dass ihm erst seine ständige Suche nach Wissen klar gemacht hatte, wie groß, wie unendlich groß sein Unwissen eigentlich war. Immerhin lag es in der Natur der Dinge, dass Fragen andere Fragen zur Folge hatten. Kinder lernten schon früh, wie sie ihre Eltern mit der simplen Frage ›Warum?‹ in den Wahnsinn treiben konnten.

Es störte Andawyr noch nicht einmal, dass sich an den Grenzen seines Verständnisses der inneren Natur der Dinge, an die ihn seine Studien und die Logik geführt hatten, offensichtlich ein Paradox befand – auf jeden Fall war es verwirrend. Er betrachtete dieses Problem schlicht als Herausforderung, der er sich freudig stellte.

Zumindest normalerweise.

Doch nun begleitete eine Dunkelheit seine Entdeckungen: eine Dunkelheit, die ihm vielleicht den Luxus verwehren würde, das Problem mit der Zeit und der Ruhe eines Gelehrten anzugehen; eine Dunkelheit, die durchaus just in diesem Augenblick wachsen könnte, da er hier lag, und die nur allzu bald brutal aus dem Reich der Gelehrten ausbrechen und in die Welt normaler Menschen eindringen könnte.

Andawyr fluchte leise und setzte sich auf. Unmittelbar hinter dem Bergrücken, das wusste er, würde er das Maul der großen Höhle sehen, die vorgeblich der Eingang zu den Cadwanen war, des Höhlensystems, in dem die Cadwanol wohnten. Die Cadwanol waren der Orden, den Ethriss ursprünglich damit beauftragt hatte, sich Sumeral zu widersetzen und nach Seiner Vernichtung das Wissen zu suchen, um die Welt bei Seinem Zweiten Kommen zu schützen.

Denn wiederkommen musste Er, das hatte Ethriss gewusst; doch woher er dieses Wissen hatte, das verriet er nie. Es reichte zu wissen, dass Sumeral zwar menschliche Gestalt angenommen hatte, doch nie ein Mensch gewesen war. Er war Ethriss und den anderen Wächtern gefolgt, welche der Großen Hitze entstammten, die der Anfang von allem gewesen war.

Niedere Wesen hatten Ihn begleitet, und unter Seiner Führung hatten sie sich aufgemacht, um das zu zerstören, was die Wächter geschaffen hatten. Zwar war Seine sterbliche Hülle nach einem langen, schrecklichen Krieg vernichtet worden, doch es gab viele Orte in dem Gewebe, das alle Dinge formte, wo Sein dunkler Geist hatte Zuflucht finden können.

Und Er war wiedergekommen, denn die Cadwanol hatten in ihrer Aufgabe versagt. Im Laufe von Generationen des Friedens und der Ruhe war die Erinnerung an Sumeral verblasst, bis Er nur noch der Stoff für Märchen und Legenden gewesen war, mit denen man kleine Kinder erschreckt hatte. Doch vor gut 16 Jahren hatte Er in dieser Welt wieder Gestalt angenommen. Still und heimlich war seine uralte Festung, Derras Ustramel, im öden, nebelverhangenen Land Narsindal wieder aufgebaut worden, und die Menschen konnten von Glück sagen, dass es wieder so großen Mut unter ihnen gegeben hatte wie jenen, der Ihn ursprünglich zu Fall gebracht hatte, denn Seine Verderbtheit hatte sich rasch ausgebreitet. Nichtsdestotrotz war viel Leid über die Völker gekommen, und viele waren gestorben.

Niemand hatte den Cadwanol im Besonderen einen Vorwurf gemacht, denn auch andere hatten in ihrer Wachsamkeit nachgelassen, und alle hatten sie einen hohen Preis gezahlt. Doch es verging nicht ein Tag, an dem Andawyr nicht an die Ereignisse jener Zeit dachte, und wann immer ihn ein Problem an den Rand der Verzweiflung trieb, waren es diese Erinnerungen, die ihn weiter vorwärts trieben. Denn Unwissenheit und Finsternis in Herz und Geist waren Sumerals stärkste Waffen, und nur mit Wissen konnte man ihnen widerstehen.

Aber was sollte Andawyr jetzt tun? Im Herzen seiner Arbeit verbarg sich ein Strudel aus Verwirrung und Unlogik: Schlussfolgerungen, zu denen er durch langes Nachdenken und sorgfältige Beobachtungen gelangt war und die unbestreitbar der Wahrheit entsprachen, führten zu Konsequenzen, die scheinbar der Realität widersprachen, wie normale Menschen sie wahrnahmen. *Meiner Realität, verdammt noch mal,* dachte er düster. Er warf einen kleinen Stein in den Fluss und beobachtete die Wellen, die von dem Einschlagpunkt ausgingen. Niemand konnte behaupten zu verstehen, was diese seltsamen Wahrheiten wirklich beinhalteten, doch bis jetzt war das auch ohne Bedeutung gewesen. Es hatte ausgereicht, dass alles in sich schlüssig gewesen war und funktioniert hatte. Mit Hilfe dieser Ergebnisse hatte man den Ausgang bestimmter Experimente vorhersagen und ehemals mysteriöse Dinge größtenteils erklären können, nicht zuletzt die Macht und die Fähigkeiten der Cadwanol. Doch was einst nur ein vager Verdacht gewesen war, hatte in letzter Zeit zunehmend Gestalt angenommen. Man konnte es nicht länger als vernachlässigbare Abweichung am Rande irgendwelcher Gleichungen abtun – und man konnte es nicht länger ignorieren.

Inzwischen stand ohne Zweifel fest, dass es tief im Gewebe der Welt einen Fehler gab, etwas, für das es selbst in der merkwürdigen Natur der Cadwanol keine Erklärung gab. Als akademische Übung hatte man im Laufe der Jahre immer wieder darüber spekuliert; doch im Kielwasser der Welle der Gelehrsamkeit, die auf den Krieg gefolgt war, hatte man es bestätigt und akzeptiert. Glücklicherweise war dieser Fehler, wenn auch beunruhigend, so doch nie wirklich bedeutungsvoll. Von Zeit zu Zeit manifestierte er sich in der Welt, doch immer nur kurz und kaum merklich. Nun jedoch gab es Anzeichen, dass er aus irgendeinem Grund wuchs, Zeichen, dass der Fehler sich das nächste Mal weit auffälliger bemerkbar machen und große Zerstörung mit sich bringen würde. Und es gab auch Hinweise darauf, dass noch etwas anderes kurz bevorstand, etwas Seltenes und Geheimnisvolles; doch ob diese beiden Dinge miteinander in Verbindung standen, hatte man bis jetzt nicht herausfinden können.

Andawyr knurrte verärgert und warf einen weiteren Stein in den Fluss. Nun war er doch wieder auf den alten Wegen unterwegs. Er war hierhergekommen, um einen klaren Kopf zu bekommen, um sich endlich von den sich ständig im Kreis drehenden Argumenten zu lösen, und nun fing er wieder von vorne an. Er hatte das Gefühl, in einem Stundenglas gefangen zu sein, und verzweifelt versuchte er, dem Sand zu entkommen, der ihn unaufhaltsam nach unten in Richtung Mitte zog.

Dann schob er diese Gedanken beiseite. Das Sonnenlicht ließ das Wasser in sich stetig verändernden Mustern glitzern, und sein Rauschen war ein Heilmittel für Andawyrs Sorgen.

Während er den Fluss betrachtete, wurde sein Blick von einer Stelle angezogen, wo sich das Wasser an einem kleinen Felsen brach. Der Stein schaukelte von einer Seite zur anderen, als wolle er sich losreißen; doch es gelang ihm nicht. Andawyr schob die Zunge zwischen den Lippen hindurch und warf einen Stein nach dem Felsen. Daneben. Er zielte und versuchte es ein zweites Mal.

Diesmal landete Andawyrs Stein mit einem befriedigenden ›Plop‹ unmittelbar vor dem Fels. Wie erwartet geschah gar nichts; nur ein paar Blasen waren zu sehen, die an die Oberfläche stiegen und davontrieben. Die kleine Welle würde sich nur verändern, wenn der Fels sich bewegte, der für sie verantwortlich war; doch dafür würde sich dann an anderer Stelle eine neue bilden. Bis das geschah, würde die Welle bleiben, wie sie war, und sich doch auch gleichzeitig ständig verändern – tatsächlich würde sie ohne diese stete Veränderung gar nicht existieren. Wer oder was konnte Wasser derart formen? Von seinem sonnigen Aussichtsplatz aus sah Andawyr viele derartiger Wellen im Fluss, und auch ohne Felsen fand sich hier und da eine turbulente Stelle im Wasser; kein einziges Mal wiederholte sich ein Muster.

Dieser Fluss ist klüger als ich, dachte Andawyr. *Ohne auch nur einen Augenblick lang darüber nachzudenken, erschafft er seltsame und komplexe Gebilde, deren Form ich noch nicht einmal nach einjährigen Berechnungen vorhersagen könnte.* Der Gedanke amüsierte ihn. Das war die Art von Beispiel, wie er sie gerne seinen Studenten um die Ohren schlug, wenn sie sich zu sehr in eine Sache hineinsteigerten oder gar zu selbstsicher wurden.

Vergiss es, ermahnte er sich selbst. Er faltete die Hände hinter dem Kopf und legte sich auf den weichen Boden. *Setz deine Wanderung fort.*

Und seine Gedanken gingen wieder auf Wanderschaft. Doch obwohl er es sorgfältig vermied, an die Sorgen zu denken, die ihn aus den Cadwanen hierher getrieben hatten, besserte sich seine Stimmung nicht, denn stattdessen dachte er über Sumerals Zweites Kommen nach und über all die Veränderungen, die auf Seine Niederlage gefolgt waren.

Die Orthlundyn beispielsweise wirkten heutzutage wie ein Volk, das aus einem langen Schlaf erwacht war. Sie reisten weit in der Welt herum und besaßen einen nahezu unstillbaren Wissensdurst. Sie waren so etwas wie die führenden Geister des Rates geworden, der aus dem Krieg hervorgegangen war. Im Gegensatz dazu waren die Fyordyn heute weit weniger standhaft und selbstbewusst wie einst. Die Ursache dafür war der Bürgerkrieg, der auf Oklars Mord an ihrem König gefolgt war, und fast wäre es Oklar sogar gelungen, die Macht zu übernehmen. Geringere Völker hätten sich vielleicht aufgelöst, doch vieles hatte den Fyordyn in ihrem Leid Kraft verliehen, nicht zuletzt die Tatsache, dass sie sich aufgerafft hatten, sich Sumerals schrecklicher Armee in Narsindal zu stellen. Außerdem empfanden sie eine große Zuneigung für ihre Königin Sylvriss und deren Sohn Rgoric, welcher nach seinem unglücklichen Vater benannt worden war. Eine weniger gefühlsmäßige, aber nichtsdestotrotz bedeutende Rolle spielte auch der Geadrol, der Königliche Adelsrat und das tatsächliche Regierungsorgan von Fyorlund, mit seiner Disziplin und seiner Sorgfalt. Das Riddinvolk mit seiner fanatischen Liebe zu Pferden und der Reiterei schien sich am wenigsten verändert zu haben; doch selbst sie schämten sich für ihr Versagen, Sumerals Kommen nicht rechtzeitig bemerkt zu haben.

Und was ist mit den Cadwanol?, fragte sich Andawyr, während er die alten Erinnerungen der Reihe nach durchging. *Wo stehen wir in alledem? Vermutlich sind auch wir weiser geworden.* Weiser, was sowohl ihr Wissen über sich selbst als auch über die Macht betraf. Zuerst war da Entsetzen gewesen, als sie erkannt hatten, was geschehen war, und dann die Tortur ihrer verzweifelten und sinnlosen Suche nach Ethriss ... Während dann Andawyrs Cadwanol-Brüder auf dem Schlachtfeld gestanden und ihre Fähigkeiten benutzt hatten, um die Armee gegen die Macht von einem von Sumerals Generälen zu schützen, eines Uhriel, hatte Andawyr Hawklan und dessen Gefährten zum Ufer des Kedrieth-Sees geführt, in dessen Mitte Derras Ustramel neu errichtet worden war. Trotz des Sonnenscheins schauderte Andawyr bei der Erinnerung an Sumerals Gegenwart, die überall an diesem Ort zu spüren gewesen war. Für ihn war sie so greifbar gewesen wie der Nebel, der den schrecklichen See verhüllt hatte.

Solche Erfahrungen führten zu Einsichten, wie nichts anderes sie bringen konnte, und nachdem sich die Dinge wieder beruhigt hatten, waren viele alte, hartnäckige Probleme mit einer nahezu peinlichen Leichtigkeit gelöst worden.

Bei dem Gedanken an Hawklan erinnerte sich Andawyr auch an die Worte des Heilers: »Dies kann nicht geheilt werden, ebenso wenig wie irgendetwas *wirklich* geheilt werden kann. Mit der Zeit wird die Erinnerung an den Schmerz verblassen, doch euer Leben wird nie wieder so sein wie zuvor. Betrachtet es als Lehre, und ihr werdet wieder eins mit eurer Natur und würdige Lehrer eurer Kinder werden. Versinkt in Trauer, und ihr werdet euch nur euren eigenen Bedürfnissen folgend durchs Leben winden und allen eine Last sein.« Das waren weise Worte gewesen, zur rechten Zeit gesprochen. Worte, die für viele ein Heilmittel gewesen waren.

»Stets der Heiler, Hawklan«, sagte Andawyr leise. »Stets der Heiler.« Hawklans Berührung hatte vielleicht mehr als alles andere dafür gesorgt, dass das Töten nach der Schlacht geendet hatte. Auf jeden Fall war er es gewesen, der dafür gesorgt hatte, dass die drei verbündeten Völker beschlossen hatten, soviel wie möglich über das feuchte Land Narsindal und seine wilden Bewohner, die Mandroc, zu lernen, anstatt sie in einem sinnlosen Rachefeldzug zu vernichten.

Andawyr richtete sich erneut auf die Ellbogen auf. Es war schon lange her, seit er zum letzten Mal an Hawklan gedacht hatte. Wo er auch hinblickte, er sah nur Widersprüche: in seinen Studien, in der kleinen Welle, die sich an dem Fels gebildet hatte ... Und nun Hawklan. Heiler, Krieger, Fürst aus uralter Zeit ... Was war er? Wie war er ausgerechnet zu jener Zeit an jenen Ort gekommen? Warum? Andawyr ließ die Fragen fallen. Sie mochten faszinierend sein, aber sie waren weder neu noch zu beantworten. Was Hawklan über sich selbst wusste, hatte er freimütig mitgeteilt; doch das hatte nur noch mehr Fragen aufgeworfen. Außerdem war es irgendwie widerlich, einen Freund auf diese Art zu analysieren. Es musste Andawyr reichen, dass Hawklan dort gewesen war, und es war tatsächlich auch mehr als genug. Was wäre wohl geschehen, wenn Hawklan nicht dort gewesen wäre? Er war die Schlüsselfigur. Er war es, der Jahre zuvor aus den Bergen erschienen war und Anderras Darion geöffnet hatte, Ethriss große Feste in Orthlund. Und es war diese Tat gewesen, die Oklar tollkühn hatte werden lassen, wodurch sein Herr und Meister enthüllt und schlussendlich besiegt worden war. Hawklans ruhige Worte hatten so viele Entscheidungen beeinflusst. Und am Ende war es Hawklan gewesen, den Sumeral gesucht hatte, doch nicht um ihn zu töten, sondern um ihn auf Seine Seite zu ziehen.

Die Schlüsselfigur.

Das Wort nistete sich in Andawyrs Gedanken ein.

Warum betrachtete er Hawklan so? Eine Schlüsselfigur zu sein war nichts, was Hawklan selbst für sich in

Anspruch genommen hätte. Er war stets nur widerwillig als Führer aufgetreten. Und logischerweise wusste Andawyr nur allzu gut, dass jede der unzähligen Taten und Entscheidungen unzähliger verschiedener Leute zu jener Zeit durchaus zu vollkommen anderen Ergebnissen hätten führen können. Aber natürlich war es nur selten möglich, ein Ereignis auf eine einzelne Ursache zurückzuführen – am allerwenigsten im Chaos eines bewaffneten Konflikts, wo der Zufall Amok lief. »Überall liegen ›Wenns‹ verstreut«, hatte einmal jemand zu Andawyr gesagt.

Andawyrs Gesicht nahm einen entschlossenen Ausdruck an. Zufall hin oder her, Hawklan bestimmte all seine Überlegungen in Bezug auf die damaligen Ereignisse.

Die Schlüsselfigur.

Andawyr erkannte, dass seine Gedanken inzwischen von seinem weiseren Ich bestimmt wurden. Voreilig hatte er alles als widersprüchlich abgetan, und das hatte ihn in die Irre geführt. Die kleine Welle am Felsen stellte kein Paradox dar – das wusste er. Sie war das Ergebnis von Kräften inner- und außerhalb des Wasser, die man zumindest theoretisch durchaus berechnen konnte. Dass er lästige Fragen beiseite schob, um Antworten auf sie zu erhalten, war schon ein wenig mysteriöser, aber wenigstens stand das im Einklang mit seinen Beobachtungen in der Vergangenheit. Und Hawklan? Heiler oder Krieger? Auch das war kein echter Widerspruch. Jene, die die Möglichkeit dazu hatten, *mussten* die Schwachen vor Schaden bewahren, egal ob mit Heiltränken oder dem Schwert. Hawklan vermochte, mit beidem hervorragend umzugehen. Er war …

Die Schlüsselfigur.

Das Wort drängte Andawyr wieder zu seinen Sorgen zurück. Doch auch wenn er die Zusammenhänge noch immer nicht klar erkennen konnte, so hatte er doch das Gefühl, dass sich die verschiedenen Gedanken und Erkenntnisse stetig aufeinander zu bewegten, um sich schließlich zu einem Gesamtbild miteinander zu verbinden. Andawyr vertraute solchen Gefühlen. Wie vage sie auch immer sein mochten, viele Male hatten sie ihn in die richtige Richtung geführt. Zwar reichten sie an sich nicht aus, um zu einer Lösung zu gelangen, doch Andawyr hatte im Augenblick nichts Besseres; zumindest war es ein Anfang. Seine Wanderung durch die Hügel hatte sich also doch noch als hilfreich erwiesen.

Er würde seinen Instinkten folgen. Er würde zu Hawklan gehen. Auf jeden Fall wäre es schön, ihn wieder zu sehen – und natürlich auch Anderras Darion. Zwar besuchten Cadwanol häufig Anderras Darion; doch aus irgendeinem Grund hatte Andawyr stets etwas Wichtiges zu erledigen gehabt, wann immer er selbst dorthin hatte zurückkehren wollen.

»Immer habe ich mich erst um das Dringende, anstatt um das Wichtige gekümmert«, sagte er zu sich selbst und runzelte die Stirn; mit diesen Worten pflegte er stets andere zu ermahnen. Nun, diesmal würde es anders sein. Diesmal würde er gehen und seinen alten Freund besuchen. Und sie würden reden ... und reden ... und reden ... und durch die wundervolle alte Zitadelle streifen.

Zufrieden nickte Andawyr sich selbst zu.

Dann zuckte er plötzlich zusammen.

Irgendetwas hatte ihn berührt – hatte seinen *Geist* berührt. Irgendetwas Federleichtes und Vorsichtiges ... aber etwas Seltsames ... etwas beunruhigend Wildes ...

Hier droht keine Gefahr, flüsterte ihm die Vernunft zu, doch seine alten Instinkte straften diese Beruhigung Lügen. Und so war es ein sehr angespanntes und vorsichtiges Oberhaupt der Cadwanol, das sich langsam umdrehte und auf der Anhöhe über sich die Silhouette eines großen grauen Wolfs erblickte.

Zweites Kapitel

Andawyr zuckte zusammen, und er musste sich beherrschen, nicht mit der Macht zuzuschlagen, um sich zu verteidigen. Das fiel ihm so schwer, dass er ins Keuchen geriet.

Zu schnell, tadelte er sich selbst verärgert. Er hatte zu schnell auf die einfachste Lösung zurückgreifen wollen. Wütend zwang er sich, seine Furcht zu beherrschen. Das Tier hatte ihn nicht bedroht, sagte er sich, und wie es aussah, würde es das auch nicht tun. Hier in der Gegend gab es genügend Nahrung; also war es wohl kaum hungrig. Außerdem waren Wölfe alles andere als dumm; sie griffen Menschen nur selten an. Vermutlich hatte der Wolf sich ebenso erschreckt wie er.

Trotzdem beobachtete der Wolf Andawyr weiterhin; er hatte sich nicht bewegt. Und er hatte die Nackenhaare gesträubt, wenn auch nur leicht. Wahrscheinlich war das nur eine Reaktion auf den ersten Schreck, überlegte Andawyr nervös. Entweder das, oder das Tier fühlte irgendwie, dass Andawyr auf sich selbst wütend war. Auf jeden Fall würde er die Initiative ergreifen müssen.

Andawyr zwang sich, sich zu entspannen. Dann blickte er dem Tier kurz in die Augen und wandte sich langsam und bedächtig ab.

Als er das tat, blickte er plötzlich in die Augen eines weiteren Wolfs, der kaum fünf Schritt von ihm entfernt auf dem Boden kauerte. Obwohl Andawyr entschlossen war, sich nur langsam und vorsichtig zu bewegen, sprang er erschrocken einen Schritt zurück. Der Wolf rührte sich nicht.

»Sehr aufmerksam, alter Mann. Eine nette Geste.«

Die Stimme erfüllte Andawyrs Kopf, was ihn noch mehr aus dem Gleichgewicht brachte und ihn zurücktaumeln ließ. Noch immer rührte sich der Wolf nicht; er starrte Andawyr nur an.

»Kein Grund zur Sorge. Wir wollten dich nicht erschrecken.«

Die Stimme klang beruhigend, doch sie besaß einen seltsamen, wilden Unterton, der nichts glich, was Andawyr je gehört hatte. Es dauerte einen Augenblick, bis er erkannte, dass er die Stimme nicht wirklich gehört, sondern mehr in seinem Kopf *gefühlt* hatte. Er hatte jedoch keine Zeit, um über diese Entdeckung nachzudenken.

»Aber du bist ungewöhnlich, nicht wahr? Wir haben dich irgendwie gefühlt, und dein Verhalten zeigte eine Selbstbeherrschung und eine Feinheit, wie man sie bei Menschen nur selten findet. Da dachten wir, schauen wir einmal nach, wer das ist.«

Lag da ein Hauch von Spott in den Worten?

Andawyr kniff misstrauisch die Augen zusammen und blickte rasch von einem Wolf zum anderen. Was ging hier vor? Vorsichtig überlegte er, wie er reagieren sollte. Es war Teil seiner Ausbildung gewesen, die Dinge so zu sehen, wie sie waren, nicht wie sein womöglich irregeleiteter Geist sie sehen wollte. Ihm kam der Gedanke, dass sich vielleicht einer der anderen Cadwanol einen Scherz mit ihm erlaubte – die Cadwanol waren derartigen Streichen durchaus nicht abgeneigt, wenn es in den Cadwanen zu langweilig oder die Stimmung zu angespannt wurde. Aber wie sollten sie so etwas machen? Andawyr spürte die Macht nicht, die seine Brüder hätten einsetzen müssen; außerdem wusste niemand, wohin er gegangen war. Das war kein Scherz, und er halluzinierte auch nicht. Die Stimme in seinem Kopf war unbestreitbar real. Das ließ ihn zu einem bizarren Schluss kommen: Irgendwie redeten diese Kreaturen *tatsächlich* mit ihm!

»Kreaturen ... also wirklich. Wie ungehobelt.«

Spott. Das war ohne Zweifel Spott.

»W ... Was seid ihr? Wer seid ihr?«, stammelte Andawyr. Seine eigene Stimme klang rau und merkwürdig in seinen Ohren.

Überraschung flutete über ihn hinweg. »Du *bist* doch ein Cadwanwr, oder?«, lautete die Antwort. Plötzliches Erkennen mischte sich mit einem nicht geringen Maß an Aufregung. »Warte hier.«

Und von einem Augenblick auf den anderen waren die beiden Wölfe verschwunden. Andawyr schüttelte den Kopf, als wolle er sich vergewissern, dass er ungeachtet der Klarheit der Vision wirklich gesehen und vor allem *gehört* hatte, was gerade geschehen war. Dass er in der Ferne vereinzelt Bellen hörte, half ihm dabei.

Wölfe, die direkt mit seinem Geist sprachen! Die Erinnerung an Hawklan kehrte wieder zurück. Hawklan konnte die meisten Tiere sowohl verstehen als auch mit ihnen reden. Doch andererseits besaßen für Hawklan viele Regeln keine Gültigkeit.

Andawyr strich seine schmutzige graue Robe glatt und marschierte das steile Grasufer hinauf in die Richtung, die der zweite Wolf eingeschlagen hatte. Kurz kam ihm der Gedanke, dass es eine Sache war, sich nicht unnötigerweise vor Wölfen zu fürchten; ihnen hinterher zu jagen war jedoch etwas vollkommen anderes. Als er den Felsvorsprung erreichte, den der erste Wolf als Ausguck benutzt hatte, blieb er kurz stehen und blickte auf die Stelle, wo das Tier gesessen hatte.

Geschickte Teufel, dachte er. Rudeljäger. Hätten sie ihn angreifen wollen, er hätte keine Chance gehabt. Den über sich hatte er zwar gefühlt, doch der andere hätte ihn mühelos packen können. *Taktik, Taktik,* sinnierte er. *Und wo war dein Bewusstsein, dein Gefühl für die Nuancen deiner Umgebung, o großer Führer? So durcheinander geraten wie die Strudel in dem verdammten kleinen Fluss,* beantwortete er seine Frage selbst und verzog das Gesicht. Er bückte sich, um seine unmittelbare Umgebung zu untersuchen.

Ein feuchter Fleck auf einem kleinen Stein verriet, dass er vor kurzem umgedreht worden war, und umgeknickte Grashalme am Rand des Felsens zeigten, in welche Richtung die Tiere gegangen waren. Sie waren nicht den Hügel hinauf, sondern um dessen Fuß herum in Richtung des Bergrückens zu Andawyrs Rechter gelaufen. Andawyr schnüffelte nachdenklich die Luft und rieb sich die dicke Nase. Ein Hauch von Vorsicht schlich sich wieder in seine Gedanken.

Wölfe über den Berg jagen. *Ist das eine gute Idee?*

Andawyr dachte nach. Sie waren schon einmal davongerannt; vermutlich würden sie das wieder tun. Außerdem konnte er noch immer auf die Macht zurückgreifen, sollte er sie wirklich brauchen; auf jeden Fall würde er sich nicht noch einmal überraschen lassen. Und warum sollte er eigentlich nicht diesen Weg gehen? Es war noch früh; das Wetter versprach herrlich zu werden, und obwohl er ursprünglich nicht hier entlang hatte gehen wollen, so war diese Strecke doch so gut wie jede andere. Rasch ging er im Geiste die Route zurück zu den Cadwanen durch, um sich selbst zu bestätigen, dass er nicht tollkühn handelte; dann schob er endgültig alle Vorsicht beiseite und stapfte auf den fernen Horizont zu.

Fragen trieben ihm durch den Kopf und passten sich dem Rhythmus seiner Schritte an. Diese Tiere hatten seinen Geist berührt! Wie konnte das sein? Hatte er sich plötzlich und unerwartet Hawklans Gabe angeeignet? Handelte es sich um eine unbeabsichtigte Folge der Studien, die er in letzter Zeit über die Macht betrieben hatte? Und falls ja, würde es dann noch andere Folgen geben? Und würden sie alle so gutmütig sein? Die Vorstellung war nicht gerade angenehm. Er ging in Gedanken noch einmal durch, was geschehen war, vor allem seine Reaktion unmittelbar nach der ersten seltsamen Berührung. Er hatte nichts Neues in sich gefühlt, und solch eine radikale Veränderung in seinen Fähigkeiten hätte sich doch sicherlich in irgendeiner Form angekündigt. Aber es hatte keinen Hinweis gegeben, nicht den geringsten. Der Kontakt – die Stimme – war von außen gekommen. Und die Initiative war eindeutig von den Wölfen ausgegangen – oder zumindest von einem von ihnen.

Dann erinnerte sich Andawyr an die Abschiedsworte des Wolfes. »Warte hier.«

Was hatte das zu bedeuten gehabt?

Vielleicht sind sie ihre Freunde holen gegangen, erklärte ein Teil von ihm hämisch. Andawyr ignorierte den Gedanken. Aber er blieb stehen. In diesem Augenblick fiel ihm auf, dass er zu schnell gegangen und ihm von einer Mischung aus Aufregung und Sonnenschein viel zu warm geworden war.

Beruhige dich, ermahnte er sich selbst und wedelte sich mit seiner Robe Luft zu. *Sie sind los*gerannt. *Du* *wirst sie nie einholen, es sei denn, sie haben irgendwo angehalten.*

Andawyr trank einen Schluck aus seiner Wasserflasche. Er hatte sie am Fluss gefüllt, und das Wasser war noch immer kalt.

»Einfache Freuden«, erinnerte er sich, lachte leise und wischte sich mit der Hand über den Mund. »Aber was ist mit den komplizierteren ... wie zum Beispiel, mit Wölfen reden? Die sind genauso gut!« Und so setzte er seinen Weg mit unverminderter Geschwindigkeit fort.

Nachdem er den breiten Ausläufer des Hügels umrundet hatte, wurde er von einer kühlen Brise begrüßt. Sie wehte aus dem flachen Tal heran, das sich nun vor ihm erstreckte und dessen leuchtendes Grün von zerklüfteten Gipfeln und Felsgraten schützend eingerahmt wurde, die hell und klar im Sonnenschein schimmerten. Rinder und Schafe waren in weiter Ferne nur als winzige Punkte zu erkennen, und ein paar kleine, kultivierte Felder verrieten, wo die Bauernhöfe lagen, welche die Cadwanen mit Nahrung versorgten.

»Du solltest wirklich öfter vor die Tür gehen, Andawyr«, ermahnte sich der Cadwanwr, während er die Aussicht genoss.

Dann fühlte er erneut die sanfte Berührung in seinem Geist, die die Ankunft der Wölfe ankündigte. Die Berührung hatte etwas Wildes an sich, allerdings nichts Böses; trotzdem erschreckte sie ihn. Besorgt schaute er sich um und kniff zum Schutz vor dem Sonnenlicht die Augen zusammen. In der Ferne entdeckte er Pferde. Drei Reiter und ein Packpferd, entschied er nach kurzer Beobachtung.

Und zwei ... Hunde?

Der Richtung nach zu urteilen, in die die Reiter sich

bewegten, waren sie von einem Bergsattel zwischen zwei nur allzu vertrauten Gipfeln heruntergekommen. Andawyr runzelte die Stirn. Das bedeutete, dass sie über den öden Elewart-Pass gekommen sein oder ihn zumindest gestreift haben mussten. Kurz legte sich ein dunkler Schatten auf Andawyrs Geist. Selbst an einem solch sonnigen Tag war der Pass von Elewart ein äußerst ungastlicher Ort. Nur jene, die keine andere Wahl hatten, überquerten ihn, und das waren hauptsächlich Cadwanol oder andere, die das nördlich gelegene Narsindal studierten. Und was auch immer sie sonst sein mochten, wie Cadwanol sahen die Reiter nicht aus.

Sie hielten genau auf Andawyr zu; die Hunde – falls es denn Hunde waren – trotteten voraus. Halb erwartete Andawyr, wieder die Stimme des Wolfs in seinem Kopf zu hören, doch stattdessen hörte er nur die leisen Geräusche des Tals, die der Wind zu ihm trieb. Er setzte sich auf einen Felsen und wartete.

Bei den beiden ›Hunden‹ handelte es sich in der Tat um die Wölfe, entschied er, nachdem die kleine Gruppe näher gekommen war. *Das sind seltsame Gefährten für Menschen,* dachte er. So wild, so scheu, so frei. Sie waren doch sicher nicht zahm, oder? Niemand konnte einen Wolf zähmen. Man konnte ihn vielleicht ausbilden, aber niemals zähmen.

Andere Eindrücke verdrängten die Gedanken über die Wölfe, und Andawyr beugte sich vor, als könne er dadurch die Reiter besser sehen. Dann sprang er plötzlich auf und eilte auf sie zu. Gleichzeitig trieben die Reiter ihre Pferde zu einem leichten Trab an.

»Ihr seid es wirklich!«, rief Andawyr, als die Reiter ihre Pferde neben ihm zügelten. Die ersten beiden Männer sprangen freudig erregt aus ihren Sätteln.

»Yatsu, Jaldaric...« Andawyr breitete seine Arme so weit aus, als wolle er Mensch und Tier zugleich umarmen. Er strahlte von einem Ohr zum anderen, und seine Lippen formten stumme Grüße, während er die Männer der Reihe nach umarmte.

»Es ist schön, euch wieder zu sehen«, brachte er schließlich mühsam hervor. »Wo seid ihr gewesen? Was habt ihr gemacht? Was...?« Er senkte die Stimme. »Warum bei allem, was heilig ist, seid ihr ausgerechnet auf diesem Weg wieder zurückgekehrt? Habt ihr den Pass überquert?«

»Das haben wir«, antwortete der ältere der beiden Männer. »Wir wollten eigentlich nicht dort entlang, aber...« Er hielt kurz inne und zuckte mit den Schultern. »Das ist eine lange Geschichte.«

Andawyr machte eine Geste, die sagen sollte, sie hätten alle Zeit der Welt; dann ergriff er ungeduldig die Hand des zweiten Reiters. Dieser war größer und jünger als sein Gefährte. Er besaß helles, lockiges Haar und ein rundes Gesicht, das zwar wettergegerbt und vor Anstrengung faltig war, aber trotzdem einen Hauch von Unschuld ausstrahlte.

»Jaldaric. Du ähnelst deinem Vater von Tag zu Tag mehr«, bemerkte Andawyr, hauptsächlich um einfach irgendwas zu sagen. Freudig ergriff er die Hände des jungen Mannes, dann legte er Vater und Sohn die Arme um die Schultern. Yatsu löste sich von ihm und deutete auf den dritten Reiter, der nach wie vor im Sattel saß.

Andawyr blickte zu dem Mann hinauf. Vom Alter her mochte er vielleicht zwischen seinen Gefährten liegen, doch obwohl er aufrecht und mit gestrafften Schultern auf dem Pferd saß, strahlte er die Aura eines weit älteren Mannes aus. Und er besaß irritierende schwarze Augen, mit denen er Andawyrs Blick erwiderte.

»Das ist Antyr«, erklärte Yatsu. »Ein geschätzter Freund. Er hat uns begleitet, und ich glaube, dass er genau wie wir ein wenig Gastfreundschaft zu schätzen wüsste – oder zumindest ein weiches Bett.«

Antyr schwang sich aus dem Sattel und bot Andawyr die Hand an, der sie mit beiden Händen packte. »Willkommen in Riddin, Antyr, geschätzter Freund von Yatsu und Jaldaric. Willkommen bei den Cadwanol. Mit Freuden bieten wir dir unsere Gastfreundschaft an.«

»Danke«, erwiderte Antyr und verneigte sich knapp.

»Bemerkenswert.« Die Stimme erfüllte Andawyrs Kopf, sodass er sich rasch umschaute. Die beiden Wölfe traten neben ihn und schnüffelten ihn aufgeregt ab. Andawyr beschloss, sich eine Weile nicht zu rühren. »Das sind Tarrian und sein Bruder Grayle«, sagte Antyr und legte den Wölfen sanft die Hände auf die Köpfe, als wolle er sie zurückhalten. »Grayle spricht nicht viel, wohingegen Tarrian für gewöhnlich *zu viel* redet. Sie sind meine Erdhalter, meine Gefährten. Und außerdem sind sie sehr unhöflich«, fügte er in scharfem Tonfall hinzu und blickte auf sie hinunter. Die beiden Wölfe ignorierten den Tadel und schnüffelten weiter.

Fragen zeichneten sich auf Andawyrs Gesicht ab.

»Wir werden es dir später erklären«, sagte Yatsu mit einem Hauch von Belustigung in der Stimme. »Oder zumindest wird Antyr es versuchen. Aber ich muss dich warnen: Bis jetzt ist es ihm nicht gelungen, es auch nur einem von uns verständlich zu machen.«

Endlich zogen sich die Wölfe wieder zurück. Andawyr deutete auf sie, dann blickte er zu Antyr. »Hat einer von ihnen wirklich ... *gesprochen*?«

»Später«, wiederholte Yatsu. »Antyrs Geschichte ist sogar noch länger als unsere Reise. Aber er hat uns begleitet, weil er Hilfe und Führung sucht. Er ist etwas Besonderes – etwas *sehr* Besonderes –, und er muss entweder mit dir oder mit Hawklan sprechen ... oder mit euch beiden.«

Das Dorf, wo man die meisten täglichen Bedürfnisse der Cadwanol erfüllte, schmiegte sich unordentlich an eine steile Felswand. Ein Stück westlich davon befand sich ein großer Höhleneingang, der – zusammen mit der riesigen Klippe – die Gebäude wie Puppenhäuser erscheinen ließ.

»Das ist gigantisch«, flüsterte Antyr, als würde das riesige Höhlenmaul sein Staunen über das ganze Dorf widerhallen lassen, sollte er lauter sprechen.

Andawyr, der kurz in Gedanken versunken gewesen war, zuckte leicht zusammen; dann warf er einen flüchtigen Blick zur Höhle, bevor er beiläufig bemerkte: »Oh ... Ja.«

Antyr sah, wie seine Gefährten einen wissenden Blick austauschten.

»Ich weiß, ihr habt mir oft genug erzählt, was für ein phantastischer Ort die Cadwanen sind«, sagte er mit einem herausfordernden Unterton in der Stimme, der Andawyr verriet, dass die drei Männer auf ihrer Reise in der Tat enge Freunde geworden sein mussten.

»Das ist er, ja, ja, das ist er«, bestätigten Yatsu und Jaldaric wie aus einem Mund und vollkommen unschuldig.

»Wie mir scheint, machen sich die beiden ein wenig über dich lustig«, mischte sich Andawyr ein und fügte in strengem Tonfall hinzu, »vermutlich waren sie zu lange in den Bergen«, bevor er sich wieder an Antyr wandte: »Das ist nicht der eigentliche Eingang zu den Höhlen. Wir machen vorbeikommende Reisende nur glauben, dass er das sei.« Unglücklich rümpfte er die Nase. »Unser Orden ist in schlimmen Zeiten gegründet worden, und für bestimmte Teile unserer Arbeit ist Geheimhaltung auch heute noch sehr wichtig ... bedauerlicherweise.«

Als sie näher kamen, wanderte Antyrs Aufmerksamkeit vom imposanten Höhleneingang zu den Häusern und Hütten, die scheinbar willkürlich am Fuß der Klippe verteilt standen. Steile Giebeldächer mit komplizierten Mustern aus grünen und blauen Schieferplatten reichten fast bis auf die ebene Erde hinab.

Während sie die gewundene Hauptstraße entlang ritten, erwiderte Andawyr die gelegentlichen Grüße der Dorfbewohner. Tarrian und Grayle zogen zwar den ein oder anderen neugierigen Blick auf sich, doch alles in allem hatte Antyr das Gefühl, als würde man ihn und seine Gefährten absichtlich ignorieren. Schließlich erreichten sie ein Gebäude, das direkt an die steile Felswand gebaut war. Aus dem Nichts erschien eine Gruppe von Dörflern und öffnete eine große, hölzerne Doppeltür. Andawyr nickte ihnen dankbar zu, schwang sich aus dem Sattel, ging auf das Gebäude zu und winkte den anderen, ihm zu folgen.

Es dauerte einen Augenblick lang, bis Antyr sich an die verhältnismäßige Dunkelheit gewöhnt hatte, nachdem die Tür wieder geschlossen worden war; doch der charakteristische Geruch, frisch und muffig zugleich, verriet ihm sofort, dass er sich in einer

Scheune befand. Es war ein großer, weitläufiger Raum. Auf einer Seite befand sich ein leerer Heuschober, auf der anderen Pferdeboxen und ein Gestell für Rechen, Mistgabeln und andere landwirtschaftliche Werkzeuge.

Während die vier Männer die Pferde absattelten und versorgten, liefen Tarrian und Grayle überall herum und untersuchten alles gründlich.

»Hmmm.« Tarrians Stimme erfüllte Antyrs Geist. Die Betonung verriet Antyr, dass der Wolf nur zu ihm allein sprach. »Das *ist* ein ungewöhnlicher Ort.«

»Für mich sieht das wie eine ganz normale Scheune aus«, bemerkte Antyr im gleichen Tonfall. »Und falls Andawyr dich wirklich hören kann, könntest du ja auch mit ihm sprechen, wenn du willst.«

»Nein, noch nicht. Es beunruhigt ihn«, erwiderte Tarrian. »Er ist auch sehr ungewöhnlich. Ich glaube, es wird uns hier gefallen. Dieser Ort hat etwas Zivilisiertes an sich.«

»Der passende Ort für Wölfe, hm?«

Tarrian dachte kurz nach; dann: »So weit würde ich nicht gehen; aber er ist viel versprechend.«

»Was sagt er?«, fragte Yatsu beiläufig und warf Tarrian einen misstrauischen Blick zu.

»Bist du *sicher*, dass du ihn nicht verstehen kannst?«, erkundigte sich Antyr.

»Nicht ein Wort«, antwortete Yatsu. »Aber ich weiß, wenn ihr beide miteinander redet.«

Sie führten dieses Gespräch nicht zum ersten Mal. Antyr zuckte entschuldigend mit den Schultern. »Er hat nur gesagt, dies sei ein interessanter Ort. Warum er allerdings eine einfache Scheune als so etwas Besonderes betrachtet, hat er mir noch nicht verraten.«

Yatsu lachte leise und warf dem Wolf einen anerkennenden Blick zu.

»Kommt«, rief Andawyr und deutete auf eine kleine, abgenutzte Tür auf der Rückseite der Scheune. »Bedeck die Augen«, forderte er Antyr auf. »Irgendwie kommen wir nie dazu, das Licht anzupassen. Du könntest Schwierigkeiten beim Sehen haben. Geh einfach nur geradeaus.«

Bevor Antyr etwas darauf erwidern konnte, hatte Andawyr bereits die Tür geöffnet und scheuchte ihn vorwärts. Antyr schnappte nach Luft, als gleißendes Licht in die Scheune strömte. Ihm blieb jedoch keine Zeit, darüber nachzudenken, denn Andawyr packte ihn am Arm, zog ihn ein paar Schritte vorwärts und durch eine zweite Tür. Ein leises Klingeln begrüßte Antyr, als er einen langen Gang betrat.

Eine große Gestalt erhob sich von einem Stuhl und versperrte Antyr die Sicht; allerdings konnte er im Augenblick ohnehin nur verschwommen sehen. Dann wedelte die Gestalt verwirrt mit den Armen, als Tarrian und Grayle sich an ihr vorbeidrängten und den Gang hinunterrannten.

Antyr rief den beiden Wölfen hinterher – ohne Erfolg.

»Tut mir Leid«, sagte er an Andawyr gewandt. »Ich weiß nicht, was ...«

»Ist schon gut«, versicherte ihm Andawyr beruhigend, obwohl er selbst den beiden Tieren besorgt hinterher blickte. »Zumindest glaube ich, dass es in Ordnung ist. Es ist doch sicher mit ihnen, oder?«

»O ja, für *sie* ist es sicher«, antwortete Antyr. »Aber nicht für denjenigen, der sich ihnen in den Weg stellt.« Er griff zu Tarrians Geist hinaus, doch er fand nur eine unkontrollierbare tierische Neugier, die gierig alle neuen Geräusche, Anblicke und Gerüche aufnahm. »Es wird schon nichts passieren«, fügte er wenig überzeugend hinzu.

»Was im Namen von Ethriss geht hier vor, Andawyr?«, verlangte eine wütende Stimme zu wissen. Sie gehörte der Gestalt, die aufgestanden war, als die Gefährten den Gang betreten hatten. Groß und kräftig gebaut ragte sie über Andawyr auf. Ein armseliger Bart betonte mehr die Jugend des Mannes, als dass er sie verbarg, und das in Verbindung mit seiner Nervosität verriet eindeutig, dass er Andawyr untergeordnet war.

»Ar-Billan, wir haben Gäste«, sagte Andawyr, packte den Arm des Mannes und schüttelte ihn unauffällig, aber unmissverständlich. Der große Mann wedelte noch immer mit den Händen in die Richtung, die die Wölfe eingeschlagen hatten. Er stieß einen absurden, kleinen Schrei aus, als die beiden Tiere plötzlich wieder zurückkehrten und abermals an der kleinen Gruppe vorbeistürmten, diesmal jedoch in die entgegengesetzte Richtung. Yatsu und Jaldaric lächelten amüsiert, während Antyr peinlich berührt die Stirn runzelte.

»Ich fürchte, sie sind ein wenig aufgeregt«, erklärte er Andawyr entschuldigend. Er unternahm einen neuen Versuch, Tarrian zu erreichen, doch wieder ohne Erfolg.

Andawyr schien sich jedoch mehr um seinen verwirrten Cadwanol-Bruder zu sorgen. »Gäste, Ar-Billan«, wiederholte er beharrlich. »Gäste. Kommandant Yatsu und Hauptmann Jaldaric der Goraidin von Königin Sylvriss sowie ihr Gefährte Antyr. Sie sind weit gereist, und ich nehme an, sie würden gerne ein Bad nehmen und ein wenig essen, bevor sie uns erzählen, was sie hierher geführt hat.« Während Andawyr sprach, wurden Ar-Billans Augen immer größer, und sein Mund klappte auf.

»Yatsu und Jaldaric«, stieß er hervor. »Natürlich habe ich von euch gehört, aber ich hätte nie geglaubt, euch einmal kennen zu lernen. Es ist mir eine Ehre.« Verlegen trat er von einem Fuß auf den anderen; dann verneigte er sich nervös vor den beiden Männern und nach kurzem Nachdenken auch vor Antyr.

»Ein Bad! Essen!«, drängte Andawyr und versuchte, Ar-Billan mit einem leichten Stoß zwischen die Rippen und einem bedeutungsvollen Blick in Bewegung zu setzen. »Wir werden uns um die ... die Hunde kümmern. Mach dir keine Sorgen.«

Andawyr seufzte leise, als der große Mann endlich davonschlurfte. »Netter Junge«, sagte er und schüttelte den Kopf, »und ziemlich klug, auch wenn er sich manchmal selbst im Wege steht.«

Tarrian und Grayle kehrten wieder zurück. Die Wölfe atmeten schwer, und beide richteten sich auf die Hinterbeine auf und legten Antyr die Pfoten auf die Brust. Es waren große Tiere, sodass Antyr ob des Gewichts ins Wanken geriet, und Tarrian und Grayle ließen wieder von ihm ab. »Was ist nur in euch gefahren?«, fragte Antyr lachend. »Ihr benehmt euch wie Welpen.«

»Dieser Ort ist phantastisch!« Grayles Stimme platzte sowohl in Antyrs als auch in Andawyrs Geist und übertönte dieses eine Mal sogar die seines Bruders. »Er ist voll von Gesang und allen Arten des Lernens.«

Die Bilder, die in Andawyrs Geist fluteten, besaßen eine Bedeutung weit jenseits der Worte, die er hörte. »Und jedes Mal, wenn ihr ... sprecht, erfüllt ihr mich mit mehr und mehr Fragen«, sagte er laut.

»Sie sprechen mit dir?«, fragte Yatsu überrascht. Er deutete mit dem Daumen auf Antyr. »Du hörst sie genauso wie er?«

»Anscheinend«, antwortete Andawyr. »Aber frag mich nicht wie oder warum.« Er winkte ab, legte die Hand an die Schläfe und erklärte in energischem Tonfall: »Eins nach dem anderen. Ich bin heute rausgegangen, um in Ruhe über ein paar schwierige Fragen nachzudenken. Jetzt habe ich 200 neue gefunden, und ihre Zahl wächst noch weiter. Lasst uns erst einmal etwas essen; dann können wir reden.« Er blickte zu Yatsu und Jaldaric. »Es ist wirklich schön, euch wiederzusehen. Ich bin sicher, ihr habt ein paar bemerkenswerte Geschichten zu erzählen. Wo wollt ihr als Erstes hin? Nach Vakloss oder nach Anderras Darion?«

»Ich bin nicht sicher. Ich wollte eigentlich erst einmal eine Weile hier bleiben und mich ein wenig zu erholen«, antwortete Yatsu in nachdrücklichem Tonfall. »Ich denke, *du* solltest erst einmal mit Antyr sprechen und uns dann erst Ratschläge erteilen. Vielleicht wäre es am besten, wenn er hier bleiben würde. Er hat mindestens genauso viel Fragen für dich wie du für ihn. Und er besitzt eine Gabe – eine Fähigkeit –, über die du Bescheid wissen musst. Es ist weit mehr, als nur mit den beiden hier reden zu können.«

Andawyr drehte sich zu Antyr um und lächelte beruhigend. »Yatsu und Jaldaric hätten dich nie aus einem nichtigen Grund hierher gebracht«, sagte er. »Wenn wir dir helfen können, werden wir es tun.«

Ein wenig später, nach einem warmen Bad und gutem Essen, saßen sie in einem großen, hellen Raum. Wie die meisten anderen Räume in den Cadwanen war er schlicht eingerichtet und kaum geschmückt. Eine Seite wurde von einem großen Fenster beherrscht, das eine wunderbare Aussicht auf die Berge bot.

»Wir sind sehr hoch«, bemerkte Antyr, als Andawyr ihm einen Stuhl anbot und sich dann selbst auf einen fallen ließ. Wie der Raum so waren auch die Stühle schlicht; nur die Polster waren üppig bestickt. Antyr empfand seinen Stuhl als unerwartet bequem. Tarrian und Grayle ließen sich zu seinen Füßen fallen und schliefen wenig später ein.

»Tatsächlich sind wir hier eher tief«, erklärte Andawyr.

»Tief?« Antyr deutete fragend auf die Aussicht.

Andawyr blickte kurz zu Yatsu und Jaldaric. »Ich glaube nicht, dass es so etwas in Antyrs Heimat gibt«, bemerkte Yatsu beiläufig. »Aber um ehrlich zu sein, hatten wir während unseres Aufenthalts dort auch andere Dinge im Kopf, als über Architektur zu diskutieren.«

Andawyr wirkte ein wenig überrascht. »Das sind Spiegelsteine, Antyr. Sie bringen die Außenwelt zu uns in die Tiefe. Wir leben ja vielleicht unter der Erde, aber wir sind keine Maulwürfe. Wir brauchen Tageslicht.«

Antyr musterte ihn misstrauisch; dann blickte er zu Yatsu und Jaldaric, als halte er das alles für einen Scherz.

Andawyr lachte. »Wie ich sehe, bist du schon viel zu lange in schlechter Gesellschaft gereist«, sagte er. »Von hier unten kann ich es nicht; aber glaub mir, die Aussicht kann verändert werden. Wir neigen zwar dazu, sie Fenster zu nennen, aber das sind sie nicht – jedenfalls nicht in dem Sinne, wie man sich Fenster vorstellt. Was du siehst, kommt von hoch über uns.«

Antyr streckte die Hand aus. »Ich kann die Wärme der Sonne spüren.«

Andawyr ging zum Fenster, berührte ein kleines Paneel daneben, und Windrauschen und das leise Plätschern entfernter Bäche erfüllte den Raum. Dann drückte Andawyr erneut auf das Paneel, und die Geräusche verstummten.

»Wir können viele Dinge dorthin bringen, wo wir sie haben wollen«, erklärte er. Antyrs Augen leuchteten vor Staunen. »Das ist keine Magie«, fuhr Andawyr fort und kehrte wieder zu seinem Stuhl zurück, »sondern nur das Ergebnis von klarem Denken, einem gewissen Maß an Einfallsreichtum und Entschlossenheit. Falls es dich interessiert, werde ich dir bei Gelegenheit zeigen, wie es funktioniert. – Und jetzt erzählt mir, was ihr so alles getrieben habt.«

Drittes Kapitel

Nach Sumerals zweiter Niederlage wurde ein großer Rat einberufen. Fyordyn, Orthlundyn, Riddinvolk, Cadwanol, sie alle debattierten darüber, was geschehen war und warum, um sicherzustellen, dass das Land in Zukunft nie wieder von solchen Schrecken heimgesucht werden würde. Die Türen des Rats waren niemandem versperrt.

Zahlreiche bittere Rufe nach Rache waren zu hören, denn viel Leid war über die Menschen gekommen. Schließlich gewannen weisere Vorschläge jedoch die Oberhand, denn der Sieg war vollständig gewesen: Sumeral und Seine Uhriel waren vernichtet und Sein Heer in alle Winde verstreut. Und es wurde auch anerkannt, dass Er hatte zurückkommen können, weil man nachlässig geworden war. Die Weisheit, welche die unterschiedlichsten Traditionen der verschiedenen Völker begründet hatte, war schon vor langer Zeit unter den einfachen, äußeren Formen dieser Traditionen begraben worden, sodass man ihre wahre Bedeutung vergessen hatte.

Es wurde beschlossen – wenn auch nicht einstimmig –, dass die Mandroc, die wilden, barbarischen Eingeborenen von Narsindal, die die Masse Seiner Armee gebildet und in der letzten Schlacht schreckliche Verluste erlitten hatten, ebenso Sumerals Opfer gewesen waren wie die gegen Ihn Verbündeten und dass man nichts damit erreichen würde, den Hass gegen sie weiter zu schüren und sie zu bestrafen. So wurde Narsindalvak, die Turmfeste, welche ursprünglich der Wacht über Narsindal gedient hatte, zwar wieder von Fyorlunds Hochgarde bemannt, doch zugleich verwandelte man sie auch zu einem Ort der Gelehrsamkeit, um mehr über dieses öde Land und alle, die in ihm lebten, zu erfahren.

Den Fyordyn fiel die Last zu, selbst über jene aus ihren Reihen zu richten, die sich auf Sumerals Seite geschlagen hatten, und davon gab es viele. Sie waren durch den heimtückischen Verrat des Uhriel Oklar verdorben worden, welcher unter dem Namen Dan-Tor zunächst als Arzt und Retter ihres leidenden Königs Rgoric zu ihnen gekommen war. Überdies war Schuld nicht gleich Schuld. Sie reichte von der Weigerung, die Wirklichkeit dessen zu akzeptieren, was geschah, über die Zustimmung unter Zwang bis hin zur leidenschaftlichen und aktiven Unterstützung Sumerals. Glücklicherweise hatte Dan-Tors Plünderung ihres Landes weder die angeborene Toleranz der Fyordyn zerstört noch ihren tiefen Sinn für Gerechtigkeit, und obwohl sein Tun viel Verwirrung und Bitterkeit hervorgerufen hatte, so hatten sich die Recht sprechenden Institutionen des Landes doch bemerkenswert rasch wieder erholt.

Es war die Art der Fyordyn, die öffentliche Anhörung eines jeden zu verlangen, der eines Verbrechens beschuldigt wurde. Diese Anhörungen waren stets eine schmerzhafte Angelegenheit, denn sie dienten nicht nur der Wahrheitsfindung, sondern führten gegebenenfalls auch zur Bestrafung des Übeltäters, die immer mit einer Wiedergutmachung an den Opfern verbunden war; solcherart sollten zukünftige Verbrechen verhindert werden. Tatsächlich erwiesen sich die Anhörungen für viele – Opfer wie Täter – als heilsam.

Allerdings gab es auch jene, die aus freiem Willen und mit schier unglaublicher Brutalität an Sumerals Seite gearbeitet hatten, und die meisten von ihnen waren nach Seiner Niederlage geflohen. Einige Fyordyn waren der Meinung, man solle diese Leute ungeachtet ihrer Schuld ziehen lassen; sie durch fremde Länder zu jagen hätte etwas von Rachsucht an sich, sagten sie, was den Jägern nur Schande bereiten könnte. Doch wieder setzten sich die Weisen durch. Fürst Eldric, Jaldarics Vater, sprach im Geadrol: »Der Wunsch nach Rache ist in der Tat ein düsteres und zerstörerisches Gefühl, das zu guter Letzt jeden verschlingt, der es nährt. Doch das Gleiche gilt auch für die Nachlässigkeit, und als Volk gilt unsere Pflicht nicht nur uns selbst, sondern auch unseren Kindern und Kindeskindern. Und da wir überdies ein starkes und glückliches Volk sind, haben wir auch eine Pflicht den weniger Starken und Glücklichen gegenüber. Jenen, die sich entschließen, der dunklen Seite ihrer Natur zu folgen, müssen wir sagen, dass die Konsequenzen eines solchen Verhaltens unerbittlich sind. Sie *und jeder, der ihnen in ihren Fußstapfen folgt*, müssen wissen, dass weder Zeit noch Raum oder die Macht der Fürsten sie davor bewahren kann, die Verantwortung für ihre Taten zu übernehmen.«

So kam es, dass jene wie Yatsu und Jaldaric sich auf die Reise machten. Es war nicht ihre Aufgabe, Gerechtigkeit zu üben, sondern herauszufinden, welches Schicksal die Geflohenen ereilt hatte, damit der Geadrol entscheiden konnte, was zu tun war. Überdies sollten sie auf ihren Reisen mehr über andere Völker in Erfahrung bringen, denn man hatte nicht nur erkannt, dass Nachlässigkeit den Krieg heraufbeschworen hatte, man war auch zu der Erkenntnis gelangt, dass die Vernachlässigung anderer Völker ein Fehler gewesen war. Während Sumeral und Seine Armee bereits in Narsindal aufgehalten und besiegt worden waren, hatte Dan-Tor jahrelang in Fyorlund gelebt, und es war nicht bekannt, wie weit Sumerals Einfluss sich in der Welt ausgedehnt hatte. Viele andere schickten Männer mit der gleichen Aufgabe los, nicht zuletzt die Orthlundyn und die Cadwanol.

Andawyr sprach erneut, bevor Yatsu oder Jaldaric mit ihrer Geschichte beginnen konnten.

»Habt ihr diejenigen gefunden, die ihr gesucht habt?«, fragte er ungeduldig.

Yatsu antwortete nicht sofort. Dann sagte er offensichtlich bewegt: »Ja«, sehr leise. »In Antyrs Land. Sie hatten sich sehr verändert. Nun waren sie treue Diener eines ehrenwerten Herrn. Viele waren für ihn gestorben. Wenn wir nach Vakloss zurückkehren, werden wir uns für sie einer Anhörung stellen. Es nützt niemandem, noch mehr von ihnen zu fordern.«

»Das muss eine unerwartete Entwicklung für euch gewesen sein«, sagte Andawyr.

»Unerwartet ... Ja, das war sie«, erwiderte Yatsu, »aber auch willkommen. Die Reise war nicht leicht, und es wäre noch wesentlich härter für uns gewesen, hätten wir einer Spur aus Schmerz und Vernichtung folgen müssen, die unsere eigenen Leute durch fremde Länder gezogen haben.«

Andawyr blickte ihn scharfsinnig an. »Aber da ist

noch etwas, nicht wahr? Du siehst nicht aus wie ein Mann, der ausschließlich gute Neuigkeiten bringt.«

Yatsu legte leicht die Stirn in Falten und lehnte sich zurück. »Schlechte Neuigkeiten im eigentlichen Sinn haben wir nicht«, erklärte er; »aber es sind Dinge geschehen, über die du meiner Meinung nach Bescheid wissen solltest. Ich weiß nur nicht, wo ich beginnen soll.«

Andawyr hob theatralisch die Augenbrauen. »So viel zu der viel gepriesenen Fähigkeit der Goraidin, Informationen zu sammeln und präzise wiederzugeben«, spottete er. »Komm schon, Yatsu, seit wann bist du denn um Worte verlegen?«

Ar-Billan betrat den Raum und rettete Yatsu. Er wurde von einem ernst dreinblickenden Individuum begleitet, groß, mit einer hohen gewölbten Stirn und einem langen, schmalen Gesicht. Tarrian öffnete ein Auge, um den Fremden zu begutachten, blieb sonst aber vollkommen regungslos.

Yatsu und Jaldaric erhoben sich jedoch sofort und begrüßten den Mann freundlich. Dessen ernster Gesichtsausdruck wich einem breiten, strahlenden Lächeln, als er den Gruß erwiderte.

»Wunderbar«, sagte Andawyr, nachdem die Begrüßungszeremonie vorüber war. »Ich bin froh, dass du hier bist, Oslang. Ich dachte, du würdest erst in ein paar Tagen wieder zurückkommen.« Er stellte Antyr den Neuankömmling als einen der Oberen der Cadwanol vor; dann winkte er dem Mann, sich zu ihnen zu gesellen.

Tarrian schloss sein Auge wieder und rollte sich mit einem lauten Seufzen auf die Seite. »Er ist in Ordnung«, teilte er Antyr sein Urteil mit. Grayles schweigende Zustimmung folgte auf dem Fuß.

Oslang nahm den Stuhl mit einem dankbaren Nicken an, den Ar-Billan ihm anbot. »Nette … *Hunde* hast du da, Antyr.«

»Andererseits …«, murmelte Tarrian.

»Es *sind* Wölfe«, bestätigte Antyr dem verunsicherten Oslang, »und sie gehören nicht mir; sie begleiten mich nur. Sie sind meine Freunde.« Ein kurzes Kopfschütteln ließ Oslang die Hand wieder zurückziehen, die er vorsichtig ausgestreckt hatte, um den scheinbar schlafenden Tarrian zu streicheln. »Es ist ziemlich kompliziert«, fügte Antyr wenig hilfreich hinzu, eine Bemerkung, ob der Yatsu und Jaldaric sich wissend anblickten.

»Bitte, setz dich auch zu uns, Ar-Billan«, sagte Andawyr zur großen Überraschung des jungen Cadwanwr, der sich bereits angeschickt hatte, den Raum wieder leise zu verlassen. Zögernd blickte er von einer Seite zur anderen, als wäre die Bemerkung an jemand anderen gerichtet gewesen, bevor er auf Andawyrs Winken reagierte und sich einen Platz am Rand der Gruppe suchte.

»Sprich weiter, Yatsu«, forderte Andawyr seinen Freund lebhaft auf.

Yatsus Erzählstil erwies sich als ebenso lebhaft. Seine Reise mit Jaldaric auf der Suche nach jenen, die der Geadrol beim Namen genannt hatte, hatte sie nach Süden durch Riddin und von dort aus übers Meer in Begleitung einiger Händler geführt, die bereit gewesen waren, es mit den Morlider in ihren schnellen Piratenschiffen aufzunehmen. Nach einer weiteren Reise über Land in Richtung Norden waren sie schließlich in Antyrs Land gelangt.

»Das ist ein seltsamer Ort, voller wunderbarer Dinge und prächtiger Leute, aber …« Er zögerte und suchte nach dem geeigneten Wort; dann blickte er Antyr entschuldigend an. »Ich möchte dich nicht beleidigen, Antyr, aber dein Volk ist in vielerlei Hinsicht wilder und weniger zivilisiert als wir. Sie sind streitsüchtiger und neigen zu Gewalt und Schnelljustiz. Ein auf Recht und Gesetz basierendes Staatswesen fehlt völlig.«

»Waren die Fyordyn vor gar nicht mal so vielen Generationen nicht genauso?«, erinnerte ihn Andawyr bissig, obwohl ihr Gast mit keinem Wort gegen diese Beschreibung seines Landes protestiert hatte.

Die Bemerkung ließ Yatsu einen Augenblick lang nachdenklich schweigen, bevor er ehrlich zugab: »Ja, da hast du Recht. Interessant. Daran hatte ich bis jetzt gar nicht gedacht.«

Andawyr warf ihm einen misstrauischen Blick zu, doch Yatsu fuhr ungeniert fort.

In Antyrs Land, so berichtete er, gab es keine einheitliche Regierung, nur sich selbst verwaltende Städte von unterschiedlicher Größe, die unablässig um die Macht im Land kämpften und versuchten, einander zu übervorteilen. Verträge wurden geschlossen und mit erschreckender Regelmäßigkeit wieder gebrochen. Bündnisse änderten sich ebenso rasch; der Verrat blühte, und Meuchelmorde und kleinere Kriege waren nichts Ungewöhnliches. Dennoch lebten die unterschiedlichen Völker ihr Leben und verbesserten es sogar kontinuierlich trotz der Marotten ihrer Führer. Nach und nach hatte man begonnen, Krieg als armseligen, wenn auch allgemein verbreiteten Ersatz für eine vernünftige Diskussion zu betrachten.

Obwohl das Netz aus sich stetig verändernden Verpflichtungen, Treueschwüren und dergleichen unentwirrbar das gesamte Land bedeckte, gab es zwei Städte, die alle Angelegenheiten dominierten: Bethlar, mit seinem disziplinierten, anspruchslosen Volk, versunken in die strengen Traditionen seiner düsteren Religion, und Serenstad, eine lebhafte Kaufmannsstadt, die unter der lockeren Herrschaft des Herzogs Ibris blühte. Zu dem Zeitpunkt, da Yatsu und Jaldaric dort eingetroffen waren, waren Ereignisse in Gang gebracht worden, die beide Städte fast in einen direkten, gewalttätigen Konflikt geführt hatten. Ein Krieg, wie man ihn schon lange nicht mehr gesehen hatte, schien unabwendbar zu sein, ein Krieg, dessen Folgen noch lange Wirkung zeigen würden, wer auch immer als Sieger daraus hervorgehen mochte. Doch gleichzeitig hing noch eine weit finsterere Bedrohung über den Köpfen der beiden unwissenden Streitparteien und ihrer Verbündeten.

Diese Bedrohung ging von den vielen Stämmen aus, die durch die riesigen, öden Steppen jenseits der Berge im Norden zogen. Sie waren von einem mächtigen, erbarmungslosen Führer vereint worden, Ivaroth, und angetrieben von dessen Ehrgeiz bereiteten sie sich darauf vor, über die Berge zu schwärmen und sich das zu holen, von dem ihre Legenden sagten, es gehöre ihnen, nachdem die beiden Hauptdarsteller sich bis zur absoluten Erschöpfung gegenseitig bekriegt hatten. Und dazu wäre es ohne Zweifel auch gekommen.

»Ab hier wird es kompliziert«, erklärte Yatsu seiner faszinierten Zuhörerschaft. »An Ivaroth war mehr, als es zunächst den Anschein hatte. Er hatte einen Gefährten, einen offensichtlich blinden Mann, der dennoch sehen konnte, und der ... der über eine Macht gebot, von der ihr wissen solltet. Wir haben erst von ihm erfahren, nachdem alles vorüber war, von Antyr, der ... ihn getroffen und ... sich um ihn gekümmert hat. Ich glaube, den Rest sollte er euch besser selbst erzählen.«

Alle Augen richteten sich auf Antyr, der unbehaglich auf seinem Stuhl hin und her rutschte. Die ganze lange Reise von seinem Heimatland mit Yatsu und Jaldaric über hatte er darüber nachgedacht, was in den Wochen vor der schrecklichen Schlacht mit ihm geschehen war, in der Ivaroth und der Blinde vernichtet und die gebrochenen und verwirrten Stammeskrieger über die Berge zurückgetrieben worden waren, wo sie ihr altes Nomadenleben wieder aufgenommen hatten.

Obwohl er in einem entscheidenden und mysteriösen Teil dieser Schlacht gesiegt hatte, und obwohl er seitdem nicht mehr der Mann war, der seit Jahren in Bitterkeit und Alkohol versunken gewesen war – er war nun weit mehr –, so fühlte er sich doch noch immer für die Fähigkeiten ungeeignet, die er jetzt besaß. Er hatte sein Heimatland verlassen, weil er wusste, dass er dort keine Hilfe bekommen konnte, auch wenn er dabei wenig mehr als seinem Instinkt gefolgt war – und, so vermutete er, dem stillschweigenden Drängen von Tarrian und Grayle. Er hatte Yatsus und Jaldarics Angebot angenommen, ihn zu dem Mann mit Namen Hawklan zu bringen, einem Heiler, ›der dir vielleicht helfen kann‹. Tatsächlich hatte er seitdem seine Entscheidung kein einziges Mal bereut, und auf der Reise hatte er viele Dinge gelernt: über seine Gefährten, über Hawklan und die Cadwanol, über das Zweite Kommen Sumerals und nicht zuletzt auch viel über sich selbst. Aber nun, da er hier war, wusste er genau wie Yatsu nicht, wo er mit seiner Geschichte beginnen sollte. Yatsus ordentliche, schmucklose Art zu erzählen, half ihm dabei ebenso wenig wie Tarrians böses Kichern, der sich offenbar über Antyrs Unbehagen amüsierte. Antyr tat sein Bestes, vor allem Letzteres zu ignorieren. Er räusperte sich und drehte sich steif zu Andawyr um.

»In meinem Land bin ich das, was wir einen Traumfinder nennen. Ich dringe in die Träume der Menschen ein, und je nach Umständen tröste, beruhige oder berate ich sie – je nachdem, was gerade gebraucht wird.« Sofort sah er Fragen in Andawyrs Augen, doch der Cadwanwr schwieg. »Wie ich das mache, weiß ich nicht ... Ich fürchte, diesen Satz habe ich schon sehr oft gesagt. Ich weiß nicht, wie irgendeiner von uns das macht, obwohl diese Fähigkeit in unserem Land nichts Ungewöhnliches ist.« Er blickte zu Yatsu und Jaldaric. »Es ist eine Fähigkeit, mit der man geboren wird; aber wenn ich recht verstanden habe, ist sie euch hier unbekannt.«

Andawyr sagte noch immer nichts; er nickte Antyr nur ermutigend zu.

»Tarrian und Grayle hier sind meine Gefährten, meine Erdhalter.« Sanft legte er den beiden Tieren die Hände aufs Fell. Tarrians Ohr zuckte. »Sie führen mich durch die Träume und beschützen mich auf irgendeine Art, doch wieder weiß ich nicht, wie oder wovor. Es ist etwas, das tief in ihrer Wolfsnatur begründet liegt, zu tief, als dass sie es mir erklären könnten, selbst wenn sie wollten.« Er verzog das Gesicht. »Es tut mir Leid, wenn euch das alles zu vage klingt. Ich bin es nicht gewohnt, über das zu reden, was ich tue.«

»Es klingt nicht vage«, sagte Andawyr, »nur seltsam, das ist alles. Sehr seltsam sogar, wie ich zugeben muss.

Aber wir können uns später immer noch den Einzelheiten widmen, wenn du damit einverstanden bist und so lange bei uns bleiben willst. Hier und in Anderras Darion wird eine Unmenge an Wissen aufbewahrt. Es ist durchaus möglich, dass sich auch irgendwo etwas über dein besonderes Talent verbirgt, das nur darauf wartet, gefunden zu werden. Und falls nicht, werden wir von dir so viel lernen wie möglich, und dann haben wir etwas darüber. Du machst das sehr gut. Ich muss sagen, ich bin fasziniert. Bitte, fahr fort.« Bevor Antyr jedoch weiterreden konnte, kam Andawyr ein Gedanke. Er beugte sich vor und legte Antyr die Hand auf den Arm. »Lass mich das Offensichtliche sagen, nur um dich zu beruhigen: Solltest du irgendwelche Zweifel hegen, ob du derart offen mit uns sprechen solltest oder nicht, sei versichert, dass allein die Tatsache, dass Yatsu und Jaldaric dich hierher gebracht haben, uns verrät, dass du wirklich in Not und weder ein Scharlatan noch ein Wahnsinniger bist. Und dass sie dich einen geschätzten Freund genannt haben, sagt noch viel mehr.«

»Er ist mehr als nur ein Traumfinder«, mischte sich Jaldaric ein. »Er ist ein tapferer Mann. Jemand, der über eine Vielzahl beachtlicher Fähigkeiten verfügt.« Yatsu nickte zustimmend.

Als er die Verlegenheit seines Gastes ob dieses Kompliments bemerkte, kam Andawyr dem Traumfinder zu Hilfe. »Das musste er auch sein, um es mit euch über einen längeren Zeitraum auszuhalten.« Dann fügte er übertrieben streng hinzu: »Und jetzt bitte keine weiteren Unterbrechungen mehr, mein junger Jaldaric. Hast du etwa schon vergessen, wie bei den Fyordyn eine Anhörung vonstatten geht?« Er bedeutete Antyr fortzufahren.

Ermutigt erzählte der Traumfinder weiter. »Mein Vater – mein verstorbener Vater – ist vor langer Zeit einmal Herzog Ibris Traumfinder gewesen, und als den Herzog seltsame Träume plagten, bat er mich um Hilfe. Was ich – *wir* – dabei entdeckten, war, dass auch Ivaroth ein Traumfinder war, wenn auch ein unausgebildeter. Er benutzte seine Fähigkeit, um den Herzog und die Führer von Bethlar anzugreifen, um so den Konflikt zwischen den beiden Städten zu schüren und das zu erreichen, was Yatsu euch gerade erklärt hat. Außerdem fanden wir noch heraus, dass Ivaroths Erdhalter kein Tier, sondern ein Mensch war. Ich hatte so etwas nie für möglich gehalten. Es war schrecklich.« Er schauderte, als die Erinnerungen über ihn hereinbrachen. »Er war das, was wir einen Mynedarion nennen: ein Mensch, der die Fähigkeit besitzt, körperliche Gegenstände zu beeinflussen, sie zu verändern, und das mit einer schlichten Geste – oder mit einem Gedanken, ich weiß es nicht.« Unglücklich wedelte er mit den Händen. »Ihr müsst verstehen, dass ein Mynedarion für mich – und für jeden anderen Traumfinder oder auch nur für einen normal denkenden Menschen – ins Reich der Legenden gehört. Mynedarion sind Teil einer kuriosen Geschichte, die uns über die Zeitalter hinweg vom Anfang der Welt überliefert worden ist; sie bestehen nicht aus Fleisch und Blut.« Antyr schüttelte den Kopf, als wolle er damit seine eigene Verwirrung vertreiben. »Aber er *war* real, und er *gebot* über irgendwelche Kräfte. Kräfte, die jeglicher menschlichen Logik widersprachen und die er benutzte, um Ivaroths Herrschaft über die Stämme zu wahren. Auch zögerte er nicht, sie gegen andere einzusetzen, ganz wie es ihm gefiel. Er war böse und wahnsinnig.«

Antyrs Art und seine plötzliche Leidenschaft brachten eine tiefe Stille in den Raum, und als er schließlich wieder das Wort ergriff, klang seine Stimme leise und weich, als könnten allein schon die Worte Vergeltung heraufbeschwören. Er sprach weiter an Andawyr gewandt.

»Wenn wir einen Traum betreten, gibt es da einen Ort, den wir als den Nexus kennen: einen Ort, an dem die unzähligen Träume unseres Kunden Spuren hinterlassen, Träume der Vergangenheit und der Gegenwart. Von dort aus führen uns unsere Gefährten, unsere Erdhalter, durch das Portal jenes Traums, wo die Not unseres Kunden begründet liegt. Im Traum werden wir der Träumende und können ihm Kraft verleihen oder ihn trösten. Oft erfahren wir genug dabei, um ihm auch nach dem Aufwachen noch eine Hilfe zu sein. Das ist es, wozu alle Traumfinder in der Lage sind. Das ist unsere Gabe, und mit dieser Gabe und einem passenden Gefährten ist der *Gebrauch* dieser Gabe weder schwierig noch mysteriös.«

Der Blick seiner schwarzen Augen fesselte Andawyr.

»Wie ihr euch vermutlich denken könnt, haben viele gelehrte Männer sich über die Jahre hinweg den Kopf darüber zerbrochen, wie diese Gabe entsteht – warum so etwas überhaupt möglich ist. Und obwohl viel darüber geschrieben und diskutiert worden ist, so beruht das meiste doch eher auf Spekulation als auf Fakten, und alles mischt sich mit unzähligen Geschichten und Legenden. Nichtsdestotrotz herrscht die Meinung vor, dass einige – wir würden sie Meister nennen – durch das Vordringen in die Träume, die wir als die Portale bezeichnen, in den Vorraum an der Schwelle des Großen Traums gelangen können.«

Wieder zögerte er.

»Du warst dort, Mann, erzähl es ihnen! Sie müssen es wissen.« Tarrians Befehl riss Antyr aus seinen Gedanken, doch es fiel ihm schwer fortzufahren.

»Der Vorraum ist ... *sind* die Anderwelten. Orte so real und greifbar wie dieser Raum hier, aber ... nicht hier.«

Oslang rutschte unruhig auf seinem Stuhl herum. Andawyr streckte die Hand aus, um ihn zu beruhigen, und bedeutete Antyr mit einem Nicken, weiterzusprechen.

»Der Große Traum ist ein Ort – obwohl ›Ort‹ eigentlich nicht das richtige Wort dafür ist –, wo alle Dinge und Zeiten zugleich existieren. Man glaubt, dass diese Welten nur ein Echo des Großen Traumes sind – ähnlich den Träumen, die ihre Spuren im Nexus hinterlassen.« Er zuckte mit den Schultern. »Es heißt, dass nur die Begabtesten die Inneren Portale finden können, die in den Großen Traum führen. Diese Menschen sind als die Adepten bekannt, genauer gesagt als die Adepten des Weißen Weges. Die Tradition sagt uns, dass es nur wenige Meister gegeben hat und noch weniger Adepten, und alle lebten sie vor langer Zeit. In einer Zeit am Anfang der Zeit, da man uns die Traumkrieger nannte und Mara Vestriss, der Schöpfer aller Dinge, uns mit der Aufgabe betraute, die Mynedarion zu beschützen, jene, denen er seine eigene Macht verliehen hatte. Sie wurden von Marastrumel bedroht, dem Weber des Bösen, welchen Mara Vestriss als seinen Gefährten erschaffen hatte und der sich schlussendlich gegen ihn wandte.« Er wandte sich von Andawyr ab und ließ seinen Blick in die Runde schweifen.

»Ich habe euch ja gesagt, dass es schwer zu verstehen ist«, brach Yatsu die nun folgende Stille.

Andawyr nickte nachdenklich. »Ja. Aber selbst beim ersten Hören hat die Geschichte einen beunruhigenden Widerhall.« Er wandte sich an Antyr. »Wo stehst du in dieser ... dieser Hierarchie der Traumfinder?«, fragte er.

Die Stille kehrte wieder zurück, bis Antyr leise antwortete: »Ich weiß es nicht. Wenn ich wollte, war ich besser als der Durchschnitt, mehr aber nicht. Doch wie ich gesagt habe ... Meister, Adepten, sie sind Teil unserer Tradition. Sie sind nicht real.«

»Aber?«

»Aber ich bin in anderen Welten gewesen – in Welten, die nichts mit dieser hier zu tun hatten. Ich bin durch sie gewandert; ich habe ihre Luft geatmet und ihre Sonne auf meinem Gesicht gespürt. Und ich war an einem Ort, von dem ich glaube, dass es der Große Traum gewesen ist – jedenfalls soweit ich das beurteilen konnte. Dort habe ich die Myriaden von Welten an der Schwelle gesehen ... Das dürft ihr euch jedoch nicht so wie das ›Sehen‹ vorstellen, das ihr kennt. Sie haben sich ständig verändert, sind zusammengekommen und wieder voneinander weggetrieben; immer wieder sind sie aus der Existenz verschwunden, nur um dann sofort wieder aufzutauchen – endlos.« Seine Augen weiteten sich. »Alles Wissen war dort versammelt. Alles war dort.«

Leise fragte Andawyr: »Wie bist du dorthin gelangt?«

»Das habe ich euch doch gesagt: Ich weiß es nicht. Ich weiß so wenig über meine Gabe. Das ist auch der Grund, warum ich hierher gekommen bin – auf der Suche nach Antworten.«

»Du willst wieder dorthin zurück?«

Antyr schwieg lange Zeit; dann: »Das ist kein Ort, an den Menschen gehören. Das ist kein Ort, den unsereins zu verstehen vermag.«

»Warum suchst du dann?« Die Frage hatte etwas Kaltes an sich. Sowohl Yatsu als auch Jaldaric zuckten leicht zusammen, als sie sahen, wie ihr Reisegefährte in die Ecke getrieben wurde.

Einen Augenblick lang senkte Antyr den Blick. Als er ihn wieder hob, war es Andawyr, der sich in die Ecke gedrängt fühlte. »Weil etwas nicht stimmt. Irgendetwas ist falsch. *Er* war auch dort: Ivaroths Erdhalter mit all seiner Verderbtheit und seiner schrecklichen Macht. Und auch andere. Wie er dorthin gekommen ist, weiß ich nicht. Vielleicht durch mich, vielleicht durch Ivaroth, vielleicht auch durch irgendeine unbekannte Verbindung zwischen uns beiden. Aber das hätte nicht sein sollen. Trotzdem war er dort auf der Suche nach noch mehr Macht. Er war von dem Verlangen besessen, alles in Stücke zu reißen und zu zerstören, was er sah, und es nach seinem eigenen Willen neu zu formen.«

Trotz des hellen Sonnenscheins, den die Spiegelsteine in den Raum transportierten, wirkte Antyrs Gesicht düster und grimmig.

»Yatsu hat erzählt, du hättest dich um diesen Mann ›gekümmert‹«, sagte Andawyr. »Das klang ein wenig beschönigend, was sehr ungewöhnlich für einen Goraidin ist.«

»Ich habe mich um ihn gekümmert«, erklärte Antyr schlicht. »Und auch um Ivaroth, denn er war ebenfalls dort.« Er zog die Augenbrauen zusammen. »Ich habe viel über mich selbst gelernt, und nicht alles davon hat mir gefallen.« Einen Augenblick lang sah es so aus, als würde er zusammenbrechen, doch er riss sich wieder zusammen. »Ivaroth tötete ich auf die Art, wie Menschen töten. Er griff mich an, und ich hatte Glück. Er starb durch das Messer eines seiner Opfer. Der blinde Mann...« Er schüttelte den Kopf. »Einen Moment lang war er mein Erdhalter. Er wurde ich und ich er, so wie es immer ist. Und in diesem Augenblick habe ich ihn verstanden. Ich habe in sein Herz geblickt. Ich habe den höllischen Pfad gesehen, dem er gefolgt war, und die Begierden, welche ihn banden. Und als er mich angriff, kehrte ich seine eigene Macht gegen ihn, sein inneres Wissen über sich selbst. Mitleid bewegte mich dazu, nicht Boshaftigkeit – das müsst ihr verstehen. Aber es zerstörte ihn und schickte ihn zu den Orten jenseits dieser Welt.«

Andawyr blickte zu Yatsu, der seine Frage beantwortete, bevor er sie stellen konnte.

»Ivaroths Leichnam hat man gefunden, von dem Blinden jedoch keine Spur. Aber er hat existiert. Viele Menschen haben ihn gesehen, und wie es scheint, verstand er die Macht zu gebrauchen, und zwar gut.«

»Er ist darin unterwiesen worden.«

Das war Antyr. Andawyr drehte sich zu ihm um.

»Was ich von ihm erfahren habe, verschwand fast sofort. Das ist immer so. Aber bestimmte Eindrücke hatten Bestand, was auch immer das wert sein mag. Irgendjemand hat zu irgendeiner Zeit das Leben des Blinden überragt – und das ist auch wörtlich zu verstehen. Es war eine große, mächtige Gestalt, jemand, der ihn durch das Wissen um und das Versprechen zukünftiger Macht unter dem Joch gehalten hat. Und was auch immer seinen Blick auf sich gezogen hat, war ... war ein strahlendes Licht, oder...« Er suchte nach einem geeigneten Wort. »... etwas, das ihm entrissen worden ist, etwas, das mit seinem tiefsten Wesen verbunden war.« Er nickte. »Ja. Es war ein Verlust. Ein furchtbarer, herzzerreißender Verlust.«

»Du klingst fast so, als hättest du Mitleid mit ihm gehabt«, bemerkte Yatsu.

»Wie hätte ich kein Mitleid mit ihm haben können?«, erwiderte Antyr, ohne zu zögern. »Wer bin ich, dass ich von mir behaupten könnte, unter den gleichen Umständen nicht ebenso gehandelt zu haben wie er? Du bist Soldat; du verstehst das. Aber Trauer ob dessen, was er geworden war und wie, ließ mich keinen Augenblick zögern zu tun, was ich ihm angetan habe, und bis jetzt habe ich es auch nie bereut. Natürlich hätte ich eine andere Lösung vorgezogen, doch mir blieb keine Wahl. Er war böse jenseits aller Vorstellungskraft. Er musste aus dieser Welt entfernt werden; das war für uns alle das Beste.«

Es folgte ein langes Schweigen. Die Aufmerksamkeit richtete sich wieder auf Andawyr, der auf das Bild des sonnendurchfluteten Tals im Spiegelstein blickte. »Zweimal hast du jetzt davon gesprochen, dass er aus dieser Welt verschwunden sei.« Er drehte sich wieder um und lächelte schwach. »Hast du dir die plötzliche und unerwartete Neigung der beiden Goraidin angewöhnt, in Euphemismen zu sprechen?«

Sein Tonfall klang humorvoll genug, um die dunkle Atmosphäre wieder aufzuhellen, die sich über die Gruppe gelegt hatte. Antyr erwiderte das Lächeln.

»Nein. Ich habe ihren bisweilen nahezu schmerzhaften Hang zur Genauigkeit übernommen. Ich weiß nicht, ob der Mann tot ist oder nicht. Er ist einfach von dem Ort verschwunden, wo wir gewesen sind – und aus dieser Welt. Er stellte nicht länger eine Bedrohung dar. Und er war verletzt, schwer verletzt. Das weiß ich mit Sicherheit.«

Andawyr kniff die Augen zusammen. »So viele Fragen«, sagte er. »Ich verstehe, warum du das Bedürfnis verspürt hast, Hilfe zu suchen.« Er lachte reumütig. »Es wäre für uns wesentlich einfacher, wenn wir schlicht erklären könnten, du würdest aufgrund irgendeiner Geisteskrankheit Unsinn reden; aber ich fürchte, dass du nur allzu gesund bist. Außerdem würde ich dich allein schon bitten, länger bei uns zu bleiben, um mehr über deine wunderbaren Gefährten zu erfahren.« Er klatschte in die Hände und hielt sich erst im letzten Augenblick zurück, die beiden Wölfe zu streicheln. »Du bist herzlich eingeladen, so lange hier zu bleiben, wie du willst, obwohl ich dich warnen möchte, dass du jetzt bei vollkommener geistiger Gesundheit sein magst, doch das könnte sich rasch ändern, wenn wir erst einmal mit unseren Fragen begonnen haben.«

»Das ist nur allzu wahr«, murmelte Yatsu.

Bevor Andawyr etwas auf den Spott erwidern konnte, sagte Antyr: »Ich bezweifele, dass ihr so viele Fragen werdet stellen können, wie ich mir schon selbst gestellt habe, aber ich weiß deine Freundlichkeit zu schätzen und danke dir dafür. Ich freue mich auf die Gelegenheit, mehr darüber zu erfahren, wer ich bin und was geschehen ist. Nicht nur wegen meiner Unkenntnis, was meine eigenen Fähigkeiten betrifft, sondern auch weil weitere böse Wesen an diesen Ort gebunden waren, und ...« Er hielt inne.

»Und?«, hakte Andawyr nach.

»Wie ich gesagt habe, irgendetwas stimmt nicht.

Während ich dort war, habe ich irgendetwas *gesehen.* Die Erinnerung daran kehrt immer wieder zurück, und sie beunruhigt mich auf eine Art und Weise, die ich nicht erklären kann. Es war, als hätte ich eine Wunde tief im Herzen dessen gesehen, woraus die Welt gemacht ist.«

Viertes Kapitel

Andawyr hatte eigentlich aufstehen wollen, doch während Antyr sprach, war er wie erstarrt. Die Übereinstimmung von Antyrs Worten mit den Sorgen, die er selbst seit kurzem verspürte, jagte ihm plötzlich Angst ein.

»Beende deine Geschichte«, sagte er leise. »Ich hätte dich nicht unterbrechen sollen. Erzähl uns mehr von dieser ... dieser Wunde, die du gefunden hast, und von den anderen, die dort gewesen sind.«

Sowohl Grayle als auch Tarrian öffneten die Augen und blickten ihn an.

»Ich habe niemanden gesehen, nur den blinden Mann. Die anderen habe ich gehört. Überall um mich herum hallten Stimmen wider und gingen durch mich hindurch.« Instinktiv schlang Antyr die Arme um die Brust, als er sich an die kalte Gegenwart der Fremden erinnerte. »Sie sagten, sie seien dort gefangen. Andere hätten sie vor langer Zeit dort gebunden. Andere wie ich. Für den Gebrauch, den Missbrauch dessen, was sie die wahre Macht nannten. Sie nannten mich einen Adepten; sie schrieen das Wort voll wilder Wut. Sie hatten darauf gewartet, dass der blinde Mann mich zu ihnen bringt. Sie brauchten mich, um wieder frei zu sein – frei, um wieder durch die Welten der Schwelle ziehen zu können, frei, um Rache zu üben. Ihr Ehrgeiz war der Gleiche wie der des Blinden: Sie wollten alles zerstören und nach ihrem Bild neu erschaffen.«

Er lachte freudlos. »Irgendwie habe ich ihnen getrotzt, oder besser, ich habe trotzig zu ihnen gesprochen. Ich habe ihnen mit dem Namen gedroht, den sie mir gegeben hatten, und mich so gefährlich wie möglich gegeben. ›Ich bin ein Adept des Weißen Weges, der Erbe jener, die euch hier gebunden haben.‹« Er zuckte mit den Schultern; dann schürzte er ob seiner eigenen Tat verächtlich die Lippen. »Ich habe mich aufgeführt wie ein Kind, das im Dunkeln pfeift, um seine Angst zu überwinden. Meine Sprüche hatten genauso viel Wirkung auf die Stimmen, wie sie auf euch gehabt hätten. Ich sei noch nicht einmal ein Lehrling, erklärten sie mir. Als hätte ich das nicht selbst gewusst. Eine Puppe aus Lehm und Abfall, in der nur ein schwacher Funke der großen Vergangenheit glüht.« Antyr hielt kurz inne und dachte über die kalten Worte nach, die noch immer in ihm widerhallten, als hätte er sie gerade erst gehört. Dann ersetzte ein triumphierendes Flackern den verächtlichen Ausdruck in seinen Augen. »Und doch habe ich sie besiegt. Als der blinde Mann fiel, fielen sie mit ihm. Erneut wurden sie von ihrer eigenen Boshaftigkeit gebunden.«

Er blickte zu Andawyr. »Aber sie sind noch immer dort. Noch immer gärt ihr Hass, während sie darauf warten, dass irgendein Unschuldiger über sie stolpert – jemand, der nicht so viel Glück hat wie ich. Und sie haben mir gesagt, dass es noch andere gäbe; dass ihre Bestrafung nur Teil eines größeren Übels sei und dass sie nur die Vorhut für die Neuerschaffung seien, die da kommen werde.«

Beunruhigt ob dieser unheimlichen Geschichte wartete Andawyr einen Augenblick lang; dann sagte er gleichmütig: »Und die Wunde, die du gesehen hast. Die Wunde tief in der Welt.«

»Mir fehlen die Worte, um das zu beschreiben«, fuhr Antyr fort. »Ich habe dort nicht so gesehen, wie wir es hier tun. Dort war nichts, wie es hier ist. Im Vergleich zu unserer Welt ist dieser Ort nur ein undeutlicher Schatten. Auch ich war dort ein Schatten. Ich war sowohl Teil von allem als auch von allem getrennt. Ich kann euch nur sagen, dass es dort unzählige Welten gibt, die zugleich hier und doch nicht hier sind, und dass sie von etwas Falschem beeinträchtigt werden, das hier seinen Ursprung hat. Tut mir leid, dass ich es nicht besser erklären kann, aber mir fallen keine anderen Worte ein. Doch die Erinnerung kehrt immer wieder zu mir zurück – beunruhigt mich.«

»Die Worte, die du gewählt hast, sind durchaus angemessen«, sagte Andawyr. »Und deine Qual bedarf keiner Erklärung.«

Er massierte sich die Schläfen.

»Ar-Billan, wie denkst du darüber?«, fragte er unvermittelt.

Der junge Mann zuckte erschreckt zusammen und stieß ein paar seltsame Geräusche aus, bevor er seine Sprache wiederfand. »Es ist ei … eine seltsame Geschichte«, stammelte er; »doch unser Gast scheint mir ehrlich gesprochen zu haben.« Er warf Antyr einen reumütigen Blick zu, als wolle er sich für seine verlegenen Worte entschuldigen, und fügte rasch hinzu: »Und, wie du gesagt hast, das Vertrauen der Goraidin verleiht den Worten des Erzählers zusätzliches Gewicht. Das verlangt nach ernsthaftem Studium.« Dann geriet er ins Stottern. »Aber ich … äh … ich denke nicht, dass … äh … *ich* etwas damit anfangen kann. Ich weiß, dass du und die Älteren Brüder bereits über die Existenz anderer Welten debattiert habt, die hier und doch nicht hier sind, wie Antyr es beschrieben hat; doch ich habe noch mit Konzepten zu kämpfen, die ihr als weit weniger anspruchsvoll betrachten würdet. Ich fürchte, im Augenblick habe ich nur Fragen.« Dann bemächtigte sich seiner ein jugendlicher Ernst. »Doch was auch immer sonst es bedeuten mag, falls jemand einen Menschen im Gebrauch der Macht unterwiesen hat – und das scheint der Fall gewesen zu sein –, und falls bei dieser Ausbildung so wenig Disziplin gewahrt worden ist, dass der Schüler Amok lief, dann *müssen* wir etwas deswegen unternehmen. Falls dieser ... dieser *jemand* einen ausgebildet hat, hat er das vielleicht auch mit anderen getan, und niemand vermag zu sagen, was für Folgen das haben würde.«

Andawyr nickte anerkennend. »Ein guter, sachlicher Punkt, den ich übersehen habe, wie ich gestehen muss, Ar-Billan. Und was denkst du, sollten wir tun?«

Zufrieden über die Reaktion, aber auch wohlwissend, dass hier eine Lektion stattfand, spielte Ar-Billan nervös mit seinem Bart. »Mit Antyrs Erlaubnis sollten wir noch einmal seine Geschichte durchgehen, langsam und sorgfältig, und anschließend auch die der Goraidin. Dann können wir das heraussuchen, was wir mit Sicherheit wissen, und entscheiden, welche Fragen es zu stellen gilt, um die Zuverlässigkeit der verbliebenen Informationen zu überprüfen. Erst *dann* werden wir in der Lage sein, darüber nachzudenken, was das alles bedeutet.«

Andawyr ließ seinen Blick durch die Runde schweifen. »Das klingt sehr vernünftig. Hat irgendjemand Probleme damit?«, fragte er an alle gerichtet. Niemand widersprach ihm.

»Gut«, sagte er und lächelte Ar-Billan breit an. »Gut gemacht. Einstimmigkeit ist wahrhaft etwas Seltenes.«

Er wandte sich an Yatsu. »Ich war heute Morgen draußen in den Bergen, weil ich ein paar hartnäckige Gedankenstränge aufbrechen wollte, die mich in letzter Zeit belastet haben. Ich hatte gerade eine Entscheidung getroffen, als Tarrian beschloss, ›sich mir vorzustellen‹, und gerade eben bin ich zum selben Ergebnis gekommen. Diese Entscheidung hat auch mit dem Rat zu tun, den ihr von mir haben wollt. Wie Ar-Billan gerade für uns zusammengefasst hat, müssen wir als Erstes eure Geschichten noch einmal durchgehen, langsam und sorgfältig. Ich schlage vor, das tun wir, während wir alle nach Anderras Darion runtergehen.« An die beiden Goraidin gerichtet, fügte er zur Beruhigung rasch hinzu: »Macht euch keine Sorgen. Ich wollte damit nicht sagen, dass wir sofort aufspringen und losrennen sollen. Zwar halte ich die Angelegenheit für dringend, aber nicht für *so* dringend, und ich sehe schon, dass es für euch das Beste ist, eine Weile einfach mal nichts zu tun. Ruht euch hier so lange aus, wie ihr wollt; dann werden wir uns gemächlich auf den Weg nach unten machen. Ich schlage allerdings vor, dass ihr einen Entwurf eurer Erklärung für eine Anhörung vor dem Geadrol verfasst. Und, Jaldaric, du kannst auch deinem Vater schreiben. Lasst einfach alle wissen, dass ihr sicher wieder zurückgekehrt seid. Heutzutage verkehren fast täglich Reiter zwischen hier und Vakloss.«

Nur Oslang schien bei dieser Entscheidung außen vor zu bleiben. »Was können wir in Anderras Darion tun, was wir nicht auch hier erledigen können?«, fragte er.

»Das weiß ich erst, wenn wir dort sind«, antwortete Andawyr einfältig; dann stand er auf und begann, auf und ab zu laufen. »Aber eine kleine Pause von unserer üblichen Arbeit wird uns kaum schaden, oder?« Oslang legte die Stirn in Falten, doch Andawyr breitete lächelnd die Arme aus. »Außerdem werden wir all unsere alten Freunde wieder sehen, und ohne Zweifel werden wir auch viele neue kennen lernen, wenn nur die Hälfte davon stimmt, was ich über das Kommen und Gehen in Orthlund gehört habe.« Er packte Oslang an den Schultern. »Und wer vermag schon zu sagen, was sie an jenem Ort gefunden haben? Erinnerst du dich an die Bibliothek? Sie ist mindestens genauso gut wie unsere. Ganz zu schweigen von der Atmosphäre, die dort herrscht.«

»Wir haben hier viel zu tun«, konterte Oslang halbherzig.

»Und was wir nicht mitnehmen, wird auch noch hier sein, wenn wir wieder zurückkehren.« Andawyr ließ seinen Ordensbruder los und schlug ihm freundschaftlich auf die Schulter. »Allein die Tatsache, dass du dich mit mir streitest, zeigt, dass du schon viel zu lange nicht mehr dort gewesen bist.« Seine Stimme nahm einen wohl wollenden Tonfall an. »Ich weiß. Was wir tun, ist schwer und besorgniserregend, und du gehst die Dinge eher mit Geduld und Methode an.« Er blickte Oslang in die Augen – alte Freunde. »Aber wir stecken fest, nicht wahr? Wir drehen uns im Kreis. Unsere Arbeit führt nirgendwohin.« Er deutete auf Antyr und die Goraidin, die das Gespräch interessiert verfolgten. »Das ist genau das, was wir gebraucht haben: ein Zufallsereignis. Etwas, das wir nicht geahnt haben und auch nicht haben ahnen können. Etwas, das in alle bekannten Richtungen weist. Der Stein unter den Rädern, der unsere müden Gedanken losschüttelt!« Er versuchte, dramatisch mit den Fingern vor Oslangs Gesicht zu schnippen, versagte aber kläglich.

»Das konntest du noch nie«, schnaufte Oslang. Sein Gesicht zeigte eine Mischung aus Verzweiflung und Heiterkeit, als er mit seinen Fingern so laut schnippte, dass die anderen zusammenzuckten. »Na gut, du hast deinen Standpunkt klar gemacht. Ich kann die Vorstellung nicht ertragen, mit Metaphern zu Tode gequält zu werden. Vermutlich hast du Recht.«

»Ich *habe* Recht.«

Ar-Billan hustete diskret, um seine Oberen daran zu erinnern, dass er sich noch immer im Raum befand.

»Warst du schon einmal in Anderras Darion, Ar-Billan?«, fragte Andawyr.

»Nein. Aber natürlich habe ich schon viel darüber gehört. Allen Berichten nach zu urteilen, ist es ein phantastischer Ort. Ich würde ihn sehr gern einmal besuchen.«

»Gut. Das ist also geklärt. Das wirst du auch. Wir werden in ein paar...« Er blickte Yatsu in die Augen. »Wir werden aufbrechen, sobald alle bereit sind.«

Er flüsterte Ar-Billan etwas zu, der daraufhin nickte und ging; dann wandte er sich an Antyr und die Goraidin. »Er bereitet nur ein paar Gästezimmer für euch vor.« Besitzerstolz mischte sich in seine Stimme. »Inzwischen sind wir recht gut darin geworden, anderen Gastfreundschaft zu gewähren – wir sind die reinste Herberge. Wahrscheinlich würdet ihr euch sogar wohl bei uns fühlen, wenn ihr nicht monatelang gereist wäret.«

»Was mich betrifft, bin ich mir dessen sicher«, stimmte ihm Antyr zu.

»In der Zwischenzeit werde ich dich herumführen, Antyr. Ich glaube, du wirst unser Heim sehr ungewöhnlich finden. Hab keine Scheu zu fragen, was du willst.« Er ergriff Antyrs Arm, und sein Tonfall wurde eindringlich. »Du bist nicht länger allein. Vielleicht werden wir nicht für alles, was dir widerfahren ist, Antworten finden können, für vieles aber schon. Und was auch immer dich plagen mag, vergiss nicht, dass du dich hier an einem sicheren Ort befindest – an einem *sehr* sicheren Ort.«

Antyr blickte ihn dankbar, doch zweifelnd an. »Ich glaube nicht, dass mich im Augenblick irgendetwas bedroht, und ich fürchte, dass ich meine Probleme auch weiter mit mir herumtragen muss.«

»Ja«, sagte Andawyr, »sehr wahrscheinlich. Das geht uns allen so. Aber obwohl wir uns noch nicht lange kennen, sehe ich, dass du überleben willst, nicht dich selbst zerstören. Ich bin sicher, dass du mit allem fertig werden kannst, was du mit hierher gebracht hast, und das wahrscheinlich auch ohne unsere Hilfe. Sei trotzdem versichert, dass dich hier nichts von außerhalb angreifen kann.«

Nachdem sie Yatsu und Jaldaric zurückgelassen hatten, verbrachte Andawyr den Rest des Tages damit, Antyr durch die Cadwanen zu führen – oder besser durch einen Teil davon, denn die Cadwanen waren ein riesiger, verwinkelter Komplex aus Werkstätten, Laboratorien, Lehrzimmern, Wohnquartieren und Erholungsbereichen, und an einigen Stellen ging es äußerst geschäftig zu.

Tarrian und Grayle zogen natürlich eine Menge Aufmerksamkeit auf sich, während sie die beiden

Männer auf ihrer Reise begleiteten; doch ihre Anwesenheit verhinderte nicht, dass Andawyr immer wieder angesprochen wurde.

»Inzwischen verstehe ich, warum es dich bisweilen in die Einsamkeit der Berge zieht«, bemerkte Antyr mitfühlend, nachdem es Andawyr gelungen war, einen besonders anhänglichen, wenn auch bescheidenen Menschen abzuschütteln. Andawyr lachte gut gelaunt.

»Es ist schon seltsam, Antyr. Die Umstände haben mich zum Oberhaupt dieses Ordens gemacht, und das bereue ich auch nicht. Aber ich besitze nur so viel Autorität, wie diese Menschen mir verleihen, und wenn ich mir so ansehe, was für eine Art Mensch sie sind und um welche Qualitäten sie diesen Ort bereichern, empfinde ich Demut. Es ist eine Ehre, ihnen dienen zu dürfen, und ich würde es nicht anders haben wollen.«

»Nach allem, was Yatsu und Jaldaric mir erzählt haben, haben dich nicht nur die Umstände zu dem gemacht, was du bist«, sagte Antyr.

Sie gingen eine Galerie über einer riesigen Halle entlang. »Die beiden neigen zu Übertreibungen«, erwiderte Andawyr.

»Ich dachte, die Goraidin wären für ihre Fähigkeit berühmt, alles bis in die kleinste Einzelheit zu durchschauen und genau darüber zu berichten«, bemerkte Antyr und wagte es, einen Hauch von Ironie in seine Stimme zu legen.

Andawyr hob die Augenbrauen. Seine Antwort war unerwartet ernst. »Die Umstände haben mich hierher geführt, wo ich mich ändern oder sterben musste, Antyr«, erklärte er. »Es war nicht anders als bei dir.« Er blieb stehen und beugte sich über die Steinbalustrade, um die Menschen zu beobachten, die unter ihm vorübergingen. »Zweckgerichtete Bewegung ohne erkennbares Muster«, murmelte er gedankenverloren; dann: »Wir beide haben von irgendwoher neue Kraft bekommen. Wem wir dafür danken müssen, weiß ich nicht, abgesehen von unseren Vorfahren. Ich empfinde es als hilfreich, mich immer wieder daran zu erinnern, dass ich schlicht Glück gehabt habe. Deshalb ist es meine Pflicht, den Rest meines Lebens dem Studium zu widmen und mein Wissen an andere weiterzugeben, damit sie – oder ich – sich beim nächsten Mal nicht mehr aufs Glück verlassen müssen.«

Diese Schlussfolgerung hatte etwas Kaltblütiges an sich, das Antyr beunruhigte, doch nicht weil sie ihm irgendwie seltsam erschien, sondern weil sie ihm nur allzu vertraut war.

Dann nahm Andawyrs Stimme wieder einen herzlichen Tonfall an. »Aber du hast Recht«, sagte er. »Manchmal fühle ich mich eingeengt und werde gereizt; dann ist mir die Einsamkeit der Berge mehr als willkommen. Ich neige nur dazu, das zu vergessen, bis so etwas wie heute geschieht.«

Sie verließen die Galerie und stiegen mehrere Treppen in die Halle hinunter. »Ich versuche, mich immer an alles zu erinnern«, sagte Andawyr und verzog leicht verwirrt und besorgt das Gesicht. »Ich mache mir Notizen, doch dann verliere ich sie. Ich fürchte, Ordnungssinn gehört nicht gerade zu meinen hervorragendsten Charaktereigenschaften.«

»Ich verstehe, dass daraus Schwierigkeiten entstehen können«, erklärte Antyr und lachte. Er blieb stehen und schaute sich in der Halle um. »Das ist wirklich ein erstaunlicher Ort«, sagte er. Sonnenlicht fiel durch hohe bunte Bogenfenster herein, die zwei Seiten der Halle dominierten, und im Gegensatz zu anderen Teilen der Cadwanen war die Decke hier üppig dekoriert. »Alles fühlt sich so offen und frisch an, dass es mir schwer fällt zu glauben, dass wir uns unter der Erde befinden – in einem Berg.« Er deutete auf die Fenster. »Sind das auch Spiegelsteine?«

»Ja. Alle Fenster, die du hier siehst, sind Spiegelsteine. Erinnere mich daran, dir zu zeigen, wie sie funktionieren, bevor wir aufbrechen. Du wirst es zu schätzen wissen, dessen bin ich sicher.«

»Das glaube ich auch«, stimmte ihm Antyr zu. »Allerdings muss ich sagen, dass sie mich bisher auf unserem Weg eher verwirrt haben.«

»Das verstehe ich nicht.«

»Sie zeigen Bilder der Berge und Täler, die nicht mit dem Weg übereinstimmen, den wir genommen haben.«

»Das liegt daran, dass du nicht aufmerksam genug zugehört hast«, erklärte Tarrian ungeduldig und sprach damit für sie beide, bevor Andawyr etwas darauf erwidern konnte. »Ich weiß nicht, warum du deine Nase nicht häufiger benutzt. Hier in der Gegend gibt es zum Beispiel eine Küche.« Er und Grayle machten sich auf den Weg den Gang hinunter.

»Ja«, meldete sich Andawyr rasch zu Wort. »Aber ich bezweifele, dass unsere Kochbrüder es zu schätzen wissen würden, wenn ihr zwischen ihnen herumlauft. Wenn ihr etwas essen wollt, gibt es hier unten geeignetere Orte dafür.«

»Das ist sehr nett von dir«, erwiderte Tarrian freundlich. »Ich selbst bin allerdings nicht so hungrig. Es ist wegen Antyr, weißt du? Wenn er hungrig ist, lässt seine Konzentration nach. Aber natürlich werde auch ich etwas zu mir nehmen; ich will ja nicht ungesellig sein.«

Andawyr führte sie durch einen breiten Gang in einen Speisesaal. Einfache Holztische wurden von einfachen Holzbänken eingerahmt, und an einem Ende stand eine große Theke, auf der die unterschiedlichsten Speisen ausgelegt waren. Tarrian und Grayle hielten direkt auf die Theke zu, was mehrere erstaunte Speisende auf dem Weg mit ihrem Essen zu den Bänken abrupt die Richtung wechseln ließ.

»Kommt sofort zurück, ihr beiden«, zischte Antyr, und an Andawyr gewandt fügte er laut hinzu: »Ich entschuldige mich. Sie sind zu lange in den Bergen gewesen.« Die beiden Wölfe blieben stehen, kehrten aber nicht um; stattdessen warteten sie darauf, dass die anderen zu ihnen kamen.

»Mach dir nicht zu viele Sorgen«, sagte Andawyr. »Wir haben ständig Besuch von Felcis, nur dass sie nicht so groß sind wie die beiden hier.«

»Felcis?«, fragte Antyr.

»Das wirst du schon bald genug selbst herausfinden«, antwortete Andawyr. Er deutete auf einen Tisch in der Nähe und sagte zu den beiden Wölfen: »Würdet ihr bitte dort warten, während ich euch etwas hole?«

Nach einem kurzen Besuch an der Theke und einem Gespräch mit einem rotgesichtigen, nervös wirkenden Menschen kehrte Andawyr mit Essen für sich und Antyr sowie mit zwei Knochen für die Wölfe wieder zurück. Zu seiner großen Überraschung schnüffelten die Wölfe erst misstrauisch daran, bevor sie sie annahmen.

Als Andawyr sich setzte, hallte ein tiefer Glockenton durch den Raum.

»Das habe ich nun schon mehrmals gehört«, sagte Antyr. »Was ist das?«

»Es ist eine Warnung«, antwortete Andawyr. »Oder genauer gesagt: *Dieser* Ton ist eine Bestätigung, dass in den Höhlen alles in Ordnung ist.«

Antyr runzelte die Stirn. »Eine Warnung«, echote er. »Vor was müsst ihr denn hier gewarnt werden?«

»Was haben Yatsu und Jaldaric dir über die Cadwanol und diese Höhlen hier erzählt?«, fragte Andawyr.

»Dass ihr ein Orden von Gelehrten seid, den Ethriss zur Zeit des Ersten Kommens von Sumeral gegründet hat mit der Absicht, Wissen zu sammeln, um Ihm auf vielerlei Art Widerstand leisten zu können. Sie haben gesagt, die Höhlen seien voller merkwürdiger Geräte; allerdings haben sie das nicht näher ausgeführt.« Er schaute sich um. »Auf jeden Fall haben sie mich auf nichts von dem vorbereitet, was ich heute gesehen habe.«

Andawyr brach sich ein Stück Brot ab und kaute geistesabwesend darauf herum. »Nun, das alles stimmt schon, auch wenn diese Beschreibung recht knapp ist – selbst für einen Goraidin.«

Besorgt, dass er versehentlich seine Freunde in Schwierigkeiten gebracht haben könnte, protestierte Antyr vorsichtig: »Nein, nein. Sie haben mir sogar sehr viel erzählt; aber ich fürchte, dass ich mir nicht so viel davon gemerkt habe. Die Reise war sehr anstrengend. Um ehrlich zu sein, habe ich geschlafen, wann immer ich konnte. Ich bin kein Soldat, geschweige denn ein Mann wie Yatsu und Jaldaric, und obwohl sie die Geduld in Person waren, musste ich auf dem Weg eine Menge einfacher, praktischer Dinge lernen, um ihnen nicht allzu sehr zur Last zu fallen – besonders auf dem Marsch über die Berge. Und es war auch nicht hilfreich, dass wir ausgerechnet im Winter aufgebrochen sind«, fügte er reumütig hinzu.

»Ist schon gut«, beruhigte ihn Andawyr lächelnd. »Ich wollte niemanden kritisieren. Außerdem kennen wir drei uns lange genug, um recht frei über- und miteinander zu reden.« Das Lächeln verwandelte sich in ein leises Lachen. »Aber um deine Frage zu beantworten: Siehst du das?« Er deutete auf ein Paneel in der Haupttür der Halle. Darauf war ein Symbol zu sehen. Während Antyr das Symbol betrachtete, hatte er den Eindruck, als wäre es in ein sanftes, sich bewegendes Glühen getaucht; doch als er es sich genauer ansah, konnte er keine Veränderung feststellen.

»Ich habe schon mehrere dieser Paneele bemerkt, allerdings mit verschiedenen Symbolen darauf«, sagte er. »Sie sind sehr seltsam. Ich wollte dich ohnehin schon danach fragen.«

Nachdenklich hob Andawyr die Augenbrauen. »Sie sind Teil dessen, was du vermutlich als die dunklere Seite unseres Lebens hier bezeichnen würdest. Yatsu und Jaldaric haben Recht: Dieser Ort *ist* voller seltsamer Geräte. Tatsächlich ist er voller sehr gefährlicher Geräte.« Er beugte sich vor und senkte die Stimme, als wolle er vermeiden, dass jemand sie belauschte. »Ethriss hat den Orden zu einer schrecklichen Zeit gegründet. Je mehr ich darüber lese und lerne, desto mehr erkenne ich, wie schrecklich sie wirklich war. Sumerals Herrschaft erstreckte sich damals über viele Länder. Seine Armeen waren mächtig und furchterregend. Es schien, als könne nichts – *nichts* – Seinen endgültigen Sieg verhindern.« Er tippte mit dem Zeigefinger auf den Tisch, um diesen Punkt zu betonen. »Ein Teil des Schreckens beruhte darauf, dass viele ehrenhafte und äußerst fähige Leute für Seine Sache kämpften: Menschen, die durch Seine Worte getäuscht, von Seinen Versprechen verführt oder schlicht von den Lügen verängstigt waren, die Er über Seine Feinde verbreitete. Und es war Ethriss' größter Kummer, dass er Seine Waffen gegen Ihn würde richten müssen, wollte er Ihn besiegen. Er musste seine eigenen Anhänger die Kriegskunst lehren mit allen Grausamkeiten, die das beinhaltet. Der Verlust an Unschuld war furchtbar.« Andawyr schüttelte den Kopf, um nicht zu weit abzuschweifen. »Es war von verzweifelter Wichtigkeit, dass dieser Ort hier geheim gehalten wurde. Hätte Sumeral von uns erfahren, Er hätte sofort gewusst, welches Risiko wir für Ihn darstellten, und dann hätte er all Seine Armeen gegen uns gerichtet. Doch es war nicht leicht, sich vor Seinem Blick zu verbergen. Er besaß viele unterschiedliche Spione, die überall auf der Welt umherstreiften. Zuerst war Ethriss selbst in der Lage, jene zu schützen, die hier arbeiteten; doch das konnte er nicht lange tun, denn allein seine Gegenwart hätte den Feind früher oder später hierher gelockt. So dauerte es nicht lange, und die ersten Brüder mussten *sich selbst* beschützen. Das taten sie, indem sie genau das machten, was wir auch heute tun: Sie haben die Künste der Alten Macht studiert und praktiziert, die Ethriss sie gelehrt hatte.« Andawyr lehnte sich zurück und schaute sich bewundernd in der Halle um, als würde er sie zum ersten Mal sehen. Das Knirschen von Tarrians und Grayles Zähnen, die die Knochen zermalmten, erfüllte die Stille. »Und von einem rein gelehrten Standpunkt aus betrachtet muss ich sagen, dass einige ihrer Arbeiten in der Tat atemberaubend waren. So viel Geist und Verstand, Antyr ... Es ist schwer zu begreifen. In vielerlei Hinsicht wissen wir nur wenig. Einige der Dinge, die wir heute als grundlegend betrachten – Dinge, die wir unsere Novizen beinahe beiläufig lehren – stellten die Grenze ihres Wissens dar, und dementsprechend waren es einst brillante Erkenntnisse. Sie aus dem Nichts zu entdecken lässt auf eine visionäre Kraft und auf einen Verstand schließen, der uns heute in Ehrfurcht schaudern lässt. Einige der Entdeckungen, die sie machten, stellten tatsächlich das damalige Weltbild vollkommen auf den Kopf.« Schuldbewusst zuckte er mit den Schultern. »Tut mir Leid. Ich schweife schon wieder ab, nicht wahr? Das passiert mir oft, wenn ich über die Vergangenheit rede. Ich hatte schon immer einen ausgeprägten Sinn für die Geschichte, und nach allem, was uns widerfahren ist, ist er heutzutage ausgeprägter denn je. Um auf deine Frage zurückzukommen ... Die Symbole, die du hier und anderswo siehst, sind Teil eines komplizierten, ausgeklügelten Warn- und Fallensystems, mit dem schon die ersten Brüder sich selbst geschützt haben. Natürlich hat man es verändert, verbessert, korrigiert und ständig erweitert, aber im Kern ist es nach wie vor das Gleiche.«

Antyr drehte sich um, um noch einmal zu dem Paneel mit dem Symbol zu blicken, das sich noch immer zu bewegen schien und doch auch wieder nicht. »Wie gesagt, ich bin kein Soldat; doch als junger Mann habe auch ich hinter einem Schildwall gedient, und ich musste etwas über Belagerungen und jene Art Fallen lernen, wie man sie in Burgen einbaut – Mörderlöcher, freischwingende Klingen, rollende Steine und dergleichen. Aber das da gleicht nichts, wovon ich je auch nur gehört hätte.«

»Das hätte mich auch überrascht«, erwiderte Andawyr, »und mehr als nur ein wenig beunruhigt.«

Antyr hob fragend die Augenbrauen.

»Wir suchen hier endlos nach Wissen; doch all unser Wissen kann auch missbraucht werden, und alles Wissen bedeutet Verantwortung«, erklärte Andawyr. »Und das«, er nickte in Richtung Symbol, »bedeutet eine weit überdurchschnittliche Verantwortung.« Er stand auf. »Komm. Ich werde dir auf dem Weg noch mehr erzählen.«

»*Wir* sind noch nicht fertig.« Tarrians entrüstete Stimme drang zu beiden durch.

»Nehmt eure Knochen mit«, erwiderte Antyr und seufzte ungeduldig.

Tarrian murmelte irgendetwas Unverständliches; dann sprangen er und Grayle den beiden Menschen hinterher.

Als sie die Tür erreichten, lachte Andawyr leise und strich flüchtig über das Paneel. Antyr blieb einen Augenblick lang stehen und betrachtete es genauer. Selbst aus dieser Nähe vermochte er nicht zu entscheiden, ob sich das glühende Symbol nun bewegte oder nicht. Auch konnte er nicht erkennen, woher das Licht überhaupt stammte.

Auf dem Weg bemerkte er viele andere, ähnliche Symbole an den Wänden, obwohl die meisten von ihnen kleiner waren als das auf der Tür des Speisesaals.

»Das sind *alles* Fallen?«, fragte er, unfähig, den Unglauben aus seiner Stimme herauszuhalten.

»O ja«, antwortete Andawyr. »Aber mach dir keine Sorgen. Du wirst schon nicht von einer schwingenden Klinge in zwei Hälften geschnitten werden. Sie sind nicht dafür gedacht, einen bewaffneten Angriff an sich abzuwehren. Für solche Fälle verlassen wir uns eher auf traditionelle Methoden. Vor Feinden aus dem Süden oder von jenseits des Elewart-Passes werden wir beispielsweise von Riddins Heer beschützt. Die Goraidin bilden uns aus, sodass wir im Notfall unsere Tore auch selbst verteidigen können. Und was den Rest betrifft, so ist es nahezu unmöglich, dass ein größeres Heer die Berge überquert. Trotzdem behalten wir sie ständig im Auge.« Er streckte die Hand aus, um Antyr durch eine offene Tür zu schieben. »Komm hier hinein. Ich werde es dir zeigen.«

Fünftes Kapitel

Der Raum, in den Andawyr den Traumfinder schob, war kreisrund. An einem Tisch in der Mitte saß eine Gruppe von Männern und Frauen. Einige lasen; andere schrieben, und wieder andere redeten leise miteinander. Einer schien zu schlafen. Er hatte den Kopf auf die Arme gelegt, doch ein leichter Ellbogenstoß seines Nachbarn ließ ihn aufschrecken, und sofort widmete er sich hellwach wieder dem Studium eines großen Buches. Als die beiden Männer den Raum betraten, drehten die Anwesenden sich um und wollten aufstehen, doch ein Wink von Andawyr schickte sie wieder zu ihren Aufgaben zurück. Nichtsdestotrotz sorgten Tarrian und Grayle wie schon während des ganzen Spaziergangs durch die Cadwanen für ein gewisses Maß an Ablenkung.

An den Wänden, dicht an dicht, befand sich eine große Zahl von Öffnungen, die Fenster zu sein schienen. Sie gaben den Blick auf die Berge frei und füllten den Raum mit Sonnenlicht. Um jedes von ihnen befanden sich noch mehr der Symbole, die Antyrs Aufmerksamkeit erregt hatten; allerdings waren diese hier weit kleiner als jene im Gang. Einige von ihnen glühten.

»Noch mehr Spiegelsteine, nehme ich an«, sagte Antyr.

Andawyr nickte, und als Antyr sich umschaute, sah er das bestätigt, denn die Aussicht aus einem Fenster passte nicht unbedingt zu der aus einem benachbarten.

»*Wir* bezeichnen sie auch meist als Fenster, wenn dir das helfen sollte«, erklärte Andawyr und lächelte ermutigend. Doch Antyr starrte auf eine Reihe von Aussichten, von denen er wusste, dass sie den Elewart-Pass zeigten. Auch wenn die Szene in helles Sonnenlicht getaucht war, so warfen die zerklüfteten Felsen doch düstere Schatten – ein Hinweis auf die tiefe Dunkelheit, die im Rest des Passes herrschte. Antyr schauderte. Er war nicht lange im Pass gewesen, doch die Atmosphäre dort hatte er als bedrückender empfunden als alles, was er je zuvor erlebt hatte, und dieses Gefühl gründete sich nicht nur auf die Einsamkeit dieser Ödnis oder das sich ständig verändernde Heulen und Stöhnen des Windes. Selbst Yatsu und Jaldaric waren nervös geworden und hatten mit ernsten Gesichtern und schweigend ihren Schritt beschleunigt. Auch die Pferde waren sichtlich unglücklich gewesen, und Tarrian und Grayle hatten sich ungewöhnlich ruhig verhalten. Sie hatten sich von Antyr tief in ihr wölfisches Wesen zurückgezogen, während sie vor den Reitern her getrottet waren, die Ohren angelegt und die Schwänze zwischen die Beine geklemmt.

»Ja, das ist kein schöner Ort, nicht wahr?«, bemerkte Andawyr und zog Antyr von dem düsteren Anblick fort. Er winkte der Gruppe am Tisch, und eine der Frauen stand auf und trat vor. Sie war ungefähr so groß wie Andawyr, schlank und besaß ein ovales Gesicht, das von ordentlich geschnittenem Haar umrahmt wurde. Ihre Augen waren braun, ihr Blick herausfordernd, und eine leicht gekrümmte Nase betonte das Gesamtbild noch, anstatt davon abzulenken. Ihre lange Robe glich jenen, die Antyr überall in den Cadwanen gesehen hatte; allerdings war ihre besonders sauber und ordentlich und wurde am Nacken von einer kleinen goldenen Fibel zusammengehalten.

Tarrians anerkennendes Knurren hallte in Antyrs Geist wider. Der Wolf ließ seinen Knochen geräuschvoll fallen, drängte sich an Antyr vorbei und ging geradewegs zu der Frau.

»Lass das!«, schnappte Antyr wütend, doch es war zu spät: Tarrian hatte sich aufgerichtet und der Frau die Pfoten auf die Schultern gelegt; nun sonnte er sich dafür in einem strahlenden Lächeln und ließ sich den Kopf kraulen. Als er sich wieder sanft zu Boden gleiten ließ, erhielt Grayle, der um die Beine der Frau strich, die gleiche Behandlung.

»Ihr zwei seid ja sooo hübsch«, kamen sofort die Worte, die Antyr schon so oft gehört hatte, wenn die beiden Wölfe beschlossen hatten, sich derart zu benehmen. Tarrian antwortete auf Antyrs Tadel mit einem schelmischen Lachen.

Der Akzent der Frau unterschied sich deutlich von dem Andawyrs; er war wesentlich melodiöser.

»Ich entschuldige mich dafür«, sagte Antyr an die Frau gewandt, funkelte die Wölfe an und fügte hinzu: »Ich fürchte, sie sind nicht allzu diszipliniert, und normalerweise mögen sie es nicht, angefasst zu werden.«

»Ist schon gut«, sagte die Frau und lächelte ihn an. »Sie sind eine wahre Freude, nicht wahr? Gehören sie dir?«

»Nein«, beeilte sich Antyr zu antworten. »Sie gehören niemandem. Sie sind nur meine Gefährten. Sie haben beschlossen, bei mir zu bleiben.« Die Frau blickte ihn fragend an.

»Das ist Antyr, Usche«, sagte Andawyr. Er nickte in Richtung der Spiegelsteine. »Wie du vermutlich gesehen hast, ist er mit Yatsu und Jaldaric gekommen. Er kommt von weit her, und ... und an ihm ist mehr, als es auf den ersten Blick den Anschein hat.« Er warf einen bedeutungsvollen Blick zu den Wölfen, die durch den Raum schlichen, an jedem der Anwesenden schnüffelten, weiteren Körperkontakt aber geflissentlich mieden. »Ich freue mich schon auf ein paar sehr interessante Gespräche mit ihm.«

Usche ergriff die Hand, die Antyr ihr anbot. »Jemand, der mit den Goraidin reitet und mit Wölfen reist, ist wohl zwangsläufig interessant«, sagte sie und musterte ihn aufmerksam. »Willkommen in den Cadwanen, Antyr, Reisender aus einem fernen Land, Freund der Goraidin Yatsu und Jaldaric und Gefährte von ...?« Sie blickte zu den beiden Wölfen. »Haben deine Gefährten Namen?«

»Tarrian und Grayle.«

»Gefährte von Tarrian und Grayle«, beendete Usche ihre Begrüßung und ließ Antyrs Hand wieder los.

»Usche ist eine Riddinwr. Was Vorstellungen betrifft, legen sie bisweilen einen rührenden Eifer an den Tag«, erklärte Andawyr. »Du kannst von Glück sagen, dass sie keine Verwandten von dir kennt. In Riddin einen Bekannten zu treffen kann eine sehr langwierige Angelegenheit werden.«

Usche warf ihm einen tadelnden und zugleich drohenden Blick zu. »Und unser großer Führer hier ist unglücklicherweise kein Riddinwr – wie du sofort erkennen wirst, wenn du ihn auf einem Pferd siehst –, und daher mangelt es ihm auch an einer gewissen zivilisierten Höflichkeit.«

»Ich habe Antyr gerade gezeigt, wie wir uns schützen«, sagte Andawyr und ignorierte die spöttische Bemerkung. Er deutete auf die vielen Bilder, die von den Spiegelsteinen in den Raum gebracht wurden. »Wie du siehst, können wir von hier aus jeden Teil der Berge bis zu einer beachtlichen Entfernung beobachten.« Unvermittelt legte sich ein gequälter Ausdruck auf sein Gesicht. »In gewissem Sinne haben wir das schon immer getan«, fuhr er leise fort; »aber wir haben die Wacht zu einem Ritual verkommen lassen, zu einer herablassenden Reminiszenz an die Vergangenheit. Das war ein schrecklicher Fehler. Diese Arroganz.« Er straffte die Schultern, und seine trübe Stimmung war genauso rasch wieder verschwunden, wie sie gekommen war. »Doch jetzt halten wir wieder Wacht, wie es sein sollte«, betonte er.

Antyr betrachtete die Aussichten vor ihm. Es war ein außergewöhnlicher Anblick, und selbst ein flüchtiger Blick verriet Antyr, dass keine Armee, noch nicht einmal ein einzelner Reiter sich unbemerkt den Cadwanen nähern konnte. Doch seine Erinnerungen an die Berge waren noch sehr frisch. »Was tut ihr bei Nebel?«, fragte er.

Sein Tonfall ließ die anderen kurz auflachen.

»Der die meiste Zeit über herrscht. Ja, das wissen wir«, sagte Andawyr. »Aber wie bei allem anderen hier auch …«

»… steckt mehr dahinter, als es auf den ersten Blick den Anschein hat? Wie bei mir?«, beendete Antyr den Satz für ihn.

»Genau«, bestätigte Andawyr in entschuldigendem Tonfall.

»Alles, was sich bewegt, können wir auf verschiedene Arten sehen oder hören«, meldete sich Usche wieder zu Wort. »Weißt du etwas über die Macht?«

»Er weiß *davon*, nehme ich an, aber nichts wirklich *darüber*«, antwortete Andawyr an Antyrs Stelle. »Aber das können wir mit ein wenig Arbeit korrigieren.« Usche verneigte sich leicht und trat einen Schritt zurück.

Antyr deutete auf die Symbole, die die Spiegelsteine umgaben. »Da ihr so gut gegen Angriffe von Armeen und dergleichen geschützt zu sein scheint, vermute ich, dass die hier und die anderen, die überall verstreut sind, diese Macht benutzen, um euch vor jenen zu schützen, die sie gegen euch richten könnten.«

Andawyr blickte ihn anerkennend an. »Ja, in der Tat«, bestätigte er.

Kurz erinnerte Antyr sich wieder an seine Konfrontation mit dem Blinden, und wie immer hinterließ die Erinnerung verlockende Hinweise auf all das, was er in jenem Augenblick gewusst und nun vergessen hatte. »Du hast es ein Netz genannt. Dann durchdringt diese Macht also den gesamten Ort?«

Andawyrs Gesicht nahm den Ausdruck eines Vaters an, dem man gerade eine zu tief greifende Frage gestellt hatte, die ausreichend zu beantworten, ihm weder Zeit noch Umstände erlaubten – oder vielleicht konnte er es auch nicht.

»Die Macht durchdringt alles, Antyr«, antwortete er schließlich. »Sie *ist* alles. Ich werde dir später so viel erklären, wie ich kann. Wir beide haben viel zu bereden, und es eilt ja nicht. Usche, hast du Zeit, uns zu begleiten?«

Die Frau zögerte einen Augenblick lang. »Ja, meine Schicht ist vor ein paar Minuten zu Ende gegangen. Ich habe gerade nur noch etwas besprochen.«

»Nun, wenn deine Besprechung so weit beendet ist, könntest du dann bitte mit uns kommen?«

»Natürlich.«

Sie holte ein Buch und ein paar Papiere vom Tisch und folgte ihnen. Tarrian und Grayle schnappten sich ihre Knochen wieder und trotteten wie eine Eskorte neben Usche her.

Nach kurzem Marsch erreichten sie wieder den Raum, von wo aus sie ihren Streifzug begonnen hatten. Yatsu und Jaldaric saßen noch immer dort. Antyr war sichtlich überrascht. Er begrüßte die beiden mit einem übertriebenen, entschuldigenden Schulterzucken. »Ich habe mein Bestes getan«, sagte er. »Ich habe getan, was ihr gesagt habt. Ich habe sorgfältig darauf geachtet, wo ich war, für den Fall, dass ich auf dem gleichen Weg wieder würde zurückkehren müssen; aber dieser Ort ist so verwirrend, dass ich schwöre, die ganze Zeit über geglaubt zu haben, mich von hier zu entfernen. Ganz zu schweigen davon, dass wir die meiste Zeit über aufwärts gegangen sind.«

»Keine vernünftige Nase«, murmelte Tarrian verächtlich, als er sich geräuschvoll unter dem großen Fenster zu Boden warf und wieder an seinem Knochen zu beißen begann. Grayle gesellte sich zu ihm.

»Du bist eine große Enttäuschung für uns«, sagte Yatsu und schüttelte in gespieltem Tadel den Kopf; dann wandte er sich wieder dem Blatt zu, auf dem er gerade schrieb.

Andawyr mischte sich ein. »Ein nicht unwesentlicher Teil deiner Verwirrung ist auf die Cadwanen selbst zurückzuführen; sie sind absichtlich so gebaut, Antyr. Würdest du sie sorgfältig studieren, würdest du unter anderem herausfinden, dass sie auch in konventioneller Hinsicht extrem leicht zu verteidigen sind, sollte es notwendig sein. In vielerlei Hinsicht gleichen die Cadwanen einem komplizierten Brettspiel; allerdings würde ein Feind, dem es gelänge, hier einzudringen, weder die Form des Brettes kennen noch die Aufstellung der Spielsteine. Und auf jeden Fall wären ihm die Regeln unbekannt. Wir sind sowohl von innen als auch von außen auf jede Art von Angriff vorbereitet, die wir uns vorstellen können.« Hämisch rieb er sich die Hände. Antyr reagierte jedoch nur mit einem schwachen Lächeln darauf.

Obwohl er Andawyr vor noch nicht einmal einem Tag zum ersten Mal getroffen hatte, vermittelte ihm die Art des Mannes den Eindruck, als würde er ihn schon viel länger kennen. Er musste sich selbst ermahnen, dass dieser recht heruntergekommen wirkende, kleine Mensch das Oberhaupt der Cadwanol war, der Herr dieses riesigen Höhlensystems. Außerdem wurde Andawyr laut Yatsu und Jaldaric nicht nur von den Cadwanol respektiert, sondern galt auch in den umliegenden Ländern als Autorität. Und er schien auch ein beachtliches Maß an Mut zu besitzen.

Doch als er mit ihm durch die Cadwanen gewandert war, hatte Antyr nichts von Andawyrs hohem Rang bemerkt. Tatsächlich war an dem ganzen Ort überhaupt nichts von einer Hierarchie zu spüren gewesen. Die Menschen hatten sich Andawyr wie einem alten Freund auf der Straße genähert und ihn direkt mit Namen ohne Rang oder Titel angesprochen – selbst Ar-Billan, von dem Antyr inzwischen wusste, dass er nur ein Novize war. Und Andawyr hatte ihnen ebenso frei und offen geantwortet. Auch Antyr hatte ihn behandelt wie einen langjährigen Freund. Tatsächlich schien das Wort ›Offenheit‹ besser als alles andere zu beschreiben, was der Traumfinder hier bisher gesehen und gehört hatte – nicht nur was Andawyr betraf, sondern die Cadwanen als Ganzes. Offen und luftig glichen die Höhlen einem Gebäude, wo man sämtliche Fenster geöffnet hatte, um das Sonnenlicht und die frische Frühlingsbrise hereinzulassen. Und die wenigen Leute, die Antyr getroffen hatte, schienen genauso bereit gewesen zu sein zuzuhören wie zu reden. Doch es gab auch einen Widerspruch: Dieser Ort war *nicht* offen. Er war ein kompliziertes Netzwerk von Höhlen tief in und unter den Bergen. Jeder hier *musste* seinen eigenen Platz und seine eigene Arbeit haben. Und die Gerätschaften, mit denen dieser Ort gesichert war, übertrafen bei weitem alles, das Antyr in seiner eigenen, wesentlich gewalttätigeren Gesellschaft kennen gelernt hatte. Das beunruhigte ihn.

Andawyr hörte auf, sich die Hände zu reiben, und betrachtete Antyr aufmerksam. »Du hältst unsere Sicherheitsmaßnahmen für übertrieben«, bemerkte er.

Antyr zögerte einen Augenblick, bevor Andawyrs Art ihm wieder eine offene, wenn auch widerwillige Antwort entlockte.

»Sie sind sehr weit reichend, sicher. An einem Ort, von dem ich geglaubt habe, er diene hauptsächlich dem Lernen, wirken sie ein wenig fehl am Platze. Meine zugegebenermaßen geringe Erfahrung mit den Mächtigen meines eigenen Volkes hat mir gezeigt, wie ein solches Sicherheitsbedürfnis zustande kommt – und wie es das Leben der Menschen verdunkeln kann: das ständige über die Schulter Schauen, das Suchen in den Schatten aus Furcht vor einem Hinterhalt... Aber in diesen Fällen ging es immer um den Erwerb oder den Erhalt politischer Macht. Jene Menschen, die nicht in solche Höhen strebten – oder Tiefen –, Gelehrte, Händler, normale Leute eben, sorgten sich nicht um irgendwelche Feinde.«

Jaldaric blickte zu Yatsu; dann räusperte er sich.

»Nun gut«, fügte Antyr verlegen hinzu. »Auch ich empfand es einst als notwendig, ein oder zwei Unterrichtsstunden im Schwertkampf zu nehmen, wie ich gestehen muss. Aber das habe ich nur getan, weil ...«

»Weil Serenstad ein gewalttätiger Ort ist«, sagte Jaldaric und hob zur Betonung den Finger; allerdings war sein Tonfall nicht ohne Humor. Dann wandte er sich an Andawyr. »Allein nur über die Straße zu gehen konnte einem schon Angst einjagen. Es war nicht wie in Vakloss oder ...«

Andawyr rettete Antyr. »Lasst ihn in Ruhe«, sagte er streng. »Ihr habt es doch überlebt, oder? Und ich nehme an, er fühlt sich hier fremder, als ihr euch je in seinem Land gefühlt habt. Schreib deinen Brief weiter, Jaldaric.« Er zog einen Stuhl ans Fenster, beziehungsweise den Spiegelstein, stützte die Ellbogen auf den breiten Fenstersims, legte den Kopf in die Hände und starrte hinaus.

»Ich weiß, was du meinst, Antyr«, sagte er. »Aber ich glaube, der Schlüssel zu deiner Unsicherheit liegt in dem Begriff ›sich sorgen‹. Der Punkt ist, dass wir uns eben *nicht* sorgen – jedenfalls nicht übertrieben. Wir denken nach, wir schätzen ein, wir handeln. Wir passen unsere Art zu leben den Umständen an. Wenn wir können, ändern wir die Dinge, wenn nicht, versuchen wir mit ihnen zurecht zu kommen. Und ist das getan, gibt es nichts, was man noch tun *könnte,* außer wachsam zu sein. Das sollte jeder tun, es sei denn, er will das

Leben einfach so an sich vorbeirauschen lassen.« Er warf Antyr einen bedeutungsvollen Seitenblick zu; doch da sein Gast noch immer beunruhigt wirkte, drehte er sich wieder zum Fenster um und fuhr fort: »Unsere Geschichte – sowohl die alte als auch die leider gar nicht so weit zurückliegende – hat uns recht deutlich gelehrt, dass es auf der Welt dunkle Mächte gibt: Mächte, die offen böse sind und denen Zerstörung Freude bereitet. Und als gelehrter Orden«, er lachte amüsiert, »oder vielleicht sollte ich besser sagen als *lernender* Orden interessiert uns die Natur solcher Mächte ebenso sehr wie andere Dinge. Zum Beispiel fragen wir uns, was sie sind. Wo stammen sie her? Sind sie Teil der Natur an sich oder nur *unserer* Natur? Sind sie irgendwie *notwendig*, damit wir uns weiterentwickeln können – was auch immer ›entwickeln‹ in diesem Zusammenhang bedeuten mag? Haben *wir* sie geschaffen, oder sind sie uns von außerhalb gebracht worden, von etwas, das unmittelbar aus der Großen Hitze hervorgegangen ist, in der angeblich alles seinen Ursprung gehabt hat? Oder sind sie eine Kombination aus alledem?« Er hob die Schultern. »Wie du dir sicher vorstellen kannst, haben wir viele Theorien, was das betrifft, aber keine unbestreitbaren Antworten. Tatsächlich könnte es durchaus sein, dass einige Fragen prinzipiell nicht zu beantworten sind; doch das mit Sicherheit herauszufinden würde uns alleine schon eine Menge lehren.« Lächelnd drehte er sich zu Antyr um. »Trotzdem ... Bei allem, was wir wissen, wären wir in der Tat ausgesprochen dumm, würden wir die Gefahren ignorieren, die uns drohen. Und da wir das wissen, beherrschen die Schritte, welche wir zu unserem Schutz unternehmen, ebenso wenig unser Leben wie die Vorsichtsmaßnahmen, die wir bei unserer einfachen, täglichen Arbeit treffen. Man kann es kaum als lästig oder übertrieben bezeichnen, nicht zu dicht hinter einem Pferd herzugehen, ein Lagerfeuer ordentlich zu löschen oder bei einem bevorstehenden Wetterumschwung einen warmen Mantel anzulegen.«

»Ich wollte niemanden beleidigen«, erklärte Antyr in fast flehentlichem Tonfall.

Andawyrs Lächeln wurde zu einem Lachen, und er schlug Antyr auf den Arm. »Du hast niemanden beleidigt, Antyr«, sagte er. Er schob seinen Stuhl zurück und legte die Füße auf den Fenstersims. »Du hast ehrlich deine Meinung gesagt, und es freut mich sehr, dass du glaubtest, derart offen sein zu können. Debatten helfen uns, uns zu entwickeln. Es gibt nichts, was nicht in Frage gestellt werden könnte.« Dann wurde er unerwartet ernst. »Eines *wissen* wir allerdings: Was auch immer sie sein und woher auch immer sie kommen mögen, die Mächte der Zerstörung durchdringen alles, und sie schwären ungesehen in der Dunkelheit unausgesprochener Gedanken wie Eiterbeulen.« Er breitete die Arme aus, als wolle er die Aussicht vor sich umarmen. »Licht, Antyr. Licht. Leuchte alles aus. Erfülle alles mit Klarheit und Vernunft. Vielleicht gefällt dir nicht immer, was du findest, aber zu suchen und Fragen zu stellen ist unendlich viel sicherer, als nichts zu tun. Und vielleicht, aber nur vielleicht, bringt dir das Fragen und Suchen auch Verständnis.«

»Eines der Dinge, die du bald lernen wirst, ist die Tatsache, dass du vorsichtig mit dem sein musst, was du Andawyr fragst, falls du keine philosophische Tirade oder ein Verhör über dich ergehen lassen willst.« Das war Jaldaric, und die Bemerkung sorgte für allgemeine Heiterkeit.

»Hast du den Brief an deinen Vater schon beendet, mein junger Jaldaric?«, erwiderte Andawyr in scharfem Ton.

Antyr war jedoch tatsächlich daran interessiert, was Andawyr sagte. »Aber wünscht ihr euch nie, dass all diese Vorsichtsmaßnahmen unnötig wären? Dass dieser Ort nicht mehr die ... die *Festung* sein müsste, die er zu sein scheint? Dass ihr frei von all den unendlichen Sorgen seid?«

»Warst *du* je frei davon?«

Die Frage ließ Antyr erstaunt zusammenzucken. Er stammelte: »Nun ... äh ...« Unsicher wedelte er mit den Händen herum. »Ja ... äh ... Nein ... aber ...«

»Aber nichts«, fuhr Andawyr fort. »Dem Wenigen nach zu urteilen, was du uns bis jetzt hast erzählen können, ist dir viel Schlimmes widerfahren. Für einen Teil davon trägst du offenbar selbst die Schuld; doch alles waren Dinge, gegen die du dich irgendwann hast verteidigen müssen.«

»Ja, aber ...«

»Aber nichts«, wiederholte Andawyr. »Würdest du dich als einen Mann bezeichnen, den die Last seiner Sorgen niederdrückt?« Er wartete nicht auf die Antwort. »Nein. Du bist ein Mann, der etwas gegen die Last unternimmt, die er auf seinen Schultern spürt. Du suchst. Weit weg von deiner Heimat. Du suchst nach einem Licht, mit dem du ihre Herzen erhellen kannst.« Er kippte den Stuhl gefährlich weit zurück, verschränkte die Hände hinter dem Kopf und blickte Antyr aus den Augenwinkeln heraus an.

»Warum hast du dich entschlossen, den blinden Mann zu bekämpfen?«, fragte er.

»Ich habe mich nicht dazu entschlossen«, antwortete Antyr nach kurzem Schweigen entrüstet. »Dass ich dort war, war nicht meine Schuld. Und außerdem hatte ich nur die Wahl, mich ihm zu widersetzen oder mich für immer seinem Willen zu unterwerfen. Und wer hätte schon vorhersagen können, wie viel Leid die Folge davon gewesen wäre? Nicht zuletzt für mich.«

Den Stuhl noch immer gefährlich weit zurückgekippt, richtete Andawyr seine Aufmerksamkeit wieder auf die Aussicht. Der Himmel verdunkelte sich, und die Berge warfen lange Schatten über das Tal. Ein Vogelschwarm zog über die Landschaft hinweg.

»Aha«, sagte Andawyr, als wäre er gerade zu einem Schluss gekommen. »Da haben wir es. Du hast getan, was du getan hast, weil du der bist, der du bist, und weil du warst, wo du warst. Das ist etwas, das drei von uns hier nur allzu gut verstehen. Und selbst Usche versteht es zumindest mit dem Kopf, wenn schon nicht mit dem Bauch.«

Ein weiterer Vogelschwarm zog über das Tal hinweg.

Andawyr senkte die Stimme. »Ich will weder deinen Schmerz noch deine Not herabwürdigen, Antyr. Wie gesagt werden wir dir helfen, so gut wir können. Aber hauptsächlich wirst du dir selber helfen. Das weißt du, dessen bin ich sicher, und deine beiden Gefährten wissen das auch. Und vergiss nicht: Es gibt nur das Hier und Jetzt. Wenn wir vernünftig sind, lernen wir aus der Vergangenheit, und es liegt in unserer Natur, für die Zukunft zu planen, obwohl wir nahezu mit absoluter Sicherheit wissen, dass die Wirklichkeit anders aussehen wird.« Er lachte leise. »Wie hätten wir zum Beispiel berechnen sollen, dass du heute Morgen hier auftauchen und uns so viele neue, faszinierende Wege aufzeigen würdest, die es zu erkunden lohnt?

Was hätte mir, bevor ich dich traf, verraten sollen, dass ich beschließen würde, nach Anderras Darion zu gehen, und dass das auch für dich notwendig sein würde? Aber *trotzdem* gibt es nur das Hier und Jetzt; nur eine Fehleinschätzung der Gegenwart kann uns wirklich belasten. Wenn wir unseren Geist und unsere Herzen von den Schatten einer unveränderlichen Vergangenheit und einer unvorhersehbaren Zukunft verdunkeln lassen, dann nehmen wir die Gerüche, die Geräusche und die Farben des Tals nicht mehr wahr und übersehen die Vögel auf ihrem Zug gen Süden und wieder zurück. Und wenn wir ständig im Geiste irgendwo anders sind, geben wir unseren Feinden Gelegenheit, uns zu überraschen. Auf diese Art und Weise würden wir selbst das Schicksal heraufbeschwören, das wir am meisten fürchten.«

Niemand erwiderte etwas darauf.

Andawyr drehte sich wieder zu Antyr um. »Tut mir Leid«, sagte er. »Ich fürchte, Jaldaric hat Recht. Bisweilen neige ich dazu ... etwas weit auszuholen. Das ist sehr unaufmerksam von mir, besonders einem willkommenen Gast gegenüber.«

Jaldaric wollte etwas dazu bemerken, besann sich dann jedoch eines Besseren.

»Du musst dich nicht entschuldigen«, erwiderte Antyr. »Deine Worte haben mir den Atem verschlagen, das ist alles. Du hast das beschrieben, von dem ich vermute, dass ich danach strebe, auch wenn ich es noch nie so betrachtet habe. Für mich ist die Vergangenheit noch so lebendig, dass es mir schwer fällt, von ihr abzulassen; außerdem ist es auch nicht immer einfach, wirklich zu wissen, was man gelernt hat. Und die Zukunft ist *so* unsicher.«

Andawyr nahm die Füße vom Sims und wirbelte so

schnell mit dem Stuhl herum, dass Usche erschrocken nach Luft schnappte und die drei Männer in Erwartung eines katastrophalen Sturzes zusammenzuckten.

»Nun, was die nächsten paar Tage betrifft, ist sie gar nicht mal so unsicher«, sagte Andawyr gutgelaunt, bevor Usche ihn ob des gewagten Stuhlmanövers tadeln konnte, denn genau das deutete sich in ihren Augen an. »Du kannst schlafen, essen, umherwandern, Fragen stellen, lesen, nichts tun, was immer du willst. Dann werden wir nach Anderras Darion aufbrechen.« Beruhigend hob er die Hand. »Mach dir keine Sorgen. Die Reise nach Anderras Darion ist nichts im Vergleich zu der, die du gerade hinter dir hast. Außerdem wirst du in besserer Gesellschaft reisen. Da fällt mir ein ... Usche, ich würde dich auch gerne mitnehmen. Du warst schon einmal dort, nicht wahr?«

Usche riss die Augen auf. »Nur einmal, und das ist schon lange her. Damals war ich noch eine Novizin«, antwortete sie. »Aber ich würde liebend gerne noch einmal dorthin zurück. Es ist ein wundervoller Ort.«

Antyr hatte jedoch noch einige Bedenken. »Ich weiß deine Freundlichkeit und deine Gastfreundschaft durchaus zu schätzen, Andawyr. Dank dir habe ich mich hier von Anfang an so wohl gefühlt, dass ich meine Manieren vergessen habe; schließlich bin ich uneingeladen hierher gekommen und habe wie selbstverständlich alles angenommen, was du mir angeboten hast. Mir wäre wesentlich besser zumute, wenn ich dir deine Freundlichkeit irgendwie vergelten könnte – egal wie. Ich bezweifele, dass ihr hier Verwendung für meine Fähigkeiten als Traumfinder habt; aber ich werde putzen, Holz hacken, was immer ihr wollt.«

Andawyr blähte die Wangen. »Gäste gehen bei uns ständig ein und aus«, sagte er, »und auch wir nehmen oft die Gastfreundschaft anderer ebenso selbstverständlich in Anspruch. Das ist nichts Ungewöhnliches. Das gilt besonders in Bezug auf das Riddinvolk. Sie sind ...« Kurz geriet er ins Stottern. »Du könntest deine Schulden bei uns begleichen, indem du uns etwas über deinen Beruf erzählst. Es klingt sehr interessant. Wie gesagt sind wir stets bestrebt, Neues zu lernen.« Er klatschte in die Hände. »Könnte ich deine Dienste vielleicht schon heute Nacht in Anspruch nehmen? Glaubst du, du könntest ... du könntest einen meiner Träume betreten?«

»Ja, ja!« Tarrians und Grayles Stimmen hallten gleichzeitig in Antyrs Kopf wider und ließen ihn unwillkürlich zusammenzucken.

»Es wäre mir eine Freude«, sagte er und schüttelte die Stimmen der Wölfe ab, »obwohl ich bezweifele, dass *du* die Art von Hilfe benötigst, die ich dir anbieten kann.« Er stieß die beiden inzwischen hellwachen Wölfe mit dem Fuß an. »Und ich muss dich warnen: Den beiden hier scheint die Aussicht darauf ein bisschen zu gut zu gefallen.«

»Ist das schlecht?«, fragte Andawyr und hob die Augenbrauen.

»Das ist verdächtig«, antwortete Antyr. »Normalerweise folgen sie nicht ihrer Lust.«

Andawyr streckte die Hände nach den beiden Wölfen aus. »Nun, das tue ich auch nicht. Und sie werden mir doch nicht wehtun, oder?«

»Nein, natürlich nicht«, sagte Antyr. »Sie sind nur sehr vorwitzig, weiter nichts. Sie mögen es, auf den Traumpfaden zu wandern.«

»Was mir nichts sagt«, erwiderte Andawyr. »Und solange es mir nicht schadet, ist es mir egal.«

»Es schadet dir nicht. Vermutlich wirst du es sogar genießen.« Das war Yatsu.

Andawyr blickte ihn von der Seite her an. »Du hast das schon einmal gemacht?«, fragte er.

»Und ich auch«, erklärte Jaldaric. »Es ist sehr interessant. Versuch es einmal.«

»Du bist nicht der einzige neugierige Mensch auf dieser Welt, weißt du?« Yatsu zwinkerte Andawyr zu.

»Nun denn«, grummelte Andawyr. »Was hast du in den Träumen der beiden entdeckt?«, fragte er Antyr.

»Das musst du sie schon selber fragen«, lautete die Antwort. »Was zwischen einem Traumfinder und seinem Kunden vor sich geht, ist streng vertraulich.«

»Ich nehme das zurück«, erklärte Andawyr. »Hätte ich meine Aufregung mal für einen Augenblick vergessen und ein wenig nachgedacht, hätte ich auch von selbst drauf kommen können, stimmt's? Egal, was müssen wir tun?«

»Noch nichts.« Antyr lachte. »Es sei denn, dich zieht es schon jetzt unwiderstehlich ins Bett.«

»Wohl kaum«, erwiderte Andawyr und blickte mittels des Spiegelsteins ins Tal hinaus, wo das Licht allmählich schwächer wurde.

»Dir steht eine lange Nacht bevor, Traumfinder. Andawyr schläft so gut wie nie«, erklärte Jaldaric, stand auf und streckte sich. Dann wedelte er mit seinem fertig gestellten Brief, um jeder weiteren Bemerkung von Andawyr zuvorzukommen. »Und wenn du uns jetzt nicht mehr brauchst, gehen wir was essen.«

»Verlauft euch nicht«, spöttelte Andawyr, als die beiden Goraidin den Raum verließen.

Nachdem die Tür sich wieder geschlossen hatte, starrte er sie eine Zeit lang an. »Es ist wirklich schön, sie sicher wieder zurück zu sehen«, sagte er nachdenklich. »Ich fürchte, keiner von uns ist gegen die düsteren Wolken am Horizont immun, Antyr.«

»Sind viele ausgezogen, um jene zu suchen, die nach dem Krieg die Flucht ergriffen haben?«, fragte Antyr.

»Ja. Und ebenso viele, um die Welt neu zu entdecken.« Er runzelte die Stirn. »Und von den meisten wissen wir nicht, wo sie jetzt sind. Uns bleibt nur, dem Verstand die Herrschaft über das Herz zu überlassen und uns selbst immer wieder zu sagen, dass sie allesamt mehr als fähig sind und dass sie tun, was sie tun wollen.« Er schlug sich auf die Schenkel. »Aber so ist das nun mal. Wir werden damit leben müssen.«

Usche räusperte sich.

»Ah, ja. Tut mir Leid, Usche. Ich raube dir die Zeit.«

»Das ist nicht schlimm«, erwiderte Usche. »Aber wenn du mich nicht mehr brauchst ... Ich habe noch viel zu tun.«

Andawyr atmete tief durch. »Zuerst muss ich mich selbst zurücknehmen, und nun werde ich auch noch getadelt. Das ist heute nicht mein Tag.« Er blickte über die Schulter zu dem sich verdunkelnden Tal; dann streckte er den Arm aus und legte behutsam die Hand auf die Fensterbank. Nahezu geräuschlos erwachte der Fensterrahmen zum Leben, als eine Reihe kleiner Paneelen sich entfaltete und auf die Fenstermitte zu bewegte. Antyr konnte kein Muster in der Bewegung erkennen, doch plötzlich, mit einem letzten, leisen Seufzen, verwandelte sich das Ganze in einen geschlossenen, festen Fensterladen, der aufwendig mit ineinander verwobenen Schnitzereien von Blättern und Ästen verziert war. Gleichzeitig leuchteten überall im Raum Lampen auf.

Antyr konnte sich nicht zurückhalten und berührte den Fensterladen. »Phantastisch«, sagte er. Dann schaute er sich nach den Lichtern um und fügte hinzu: »Ich nehme an, hier gibt es keine Lampenwächtergilde.« Er blickte zu Andawyr. »Ohne Zweifel wirst du mir jetzt erklären, dass dies das Resultat von klarem Denken sei, von Einfallsreichtum und Entschlossenheit; aber es *sieht* magisch aus.«

»Du zeigst mir die Welt durch deine Augen, Antyr, und dir mag es vielleicht so erscheinen«, erwiderte Antyr. »Aber nun zu anderen Dingen – zu Dingen, die sogar mir wie Magie erscheinen. Usche, bevor du gehst, würdest du Antyr bitte die Macht erklären?«

Sechstes Kapitel

»*Was?*«

Usche war bis jetzt freundlich, zurückhaltend und aufmerksam gewesen; nun aber zuckte sie zusammen und schnappte nach Luft.

»Erzähl ihm von der Macht«, wiederholte Andawyr.

»Einfach so?«

»Einfach so. Wenn du das, was du weißt, in den Griff bekommen willst, gibt es nichts Besseres, als es jemanden zu lehren. Und bald wirst du noch viel mehr Unterricht geben.«

Ein Hauch von Panik huschte über Usches Gesicht, doch sofort riss sie sich wieder zusammen; nur ihre Wangen waren leicht gerötet. Sie stieß ein leises Wimmern aus, blickte entschuldigend zu Antyr und fragte flüsternd: »Was weiß er?«

Andawyr amüsierte sich offenbar. »Hör gut zu«, sagte er.

Dann, schnell und knapp, wiederholte er Antyrs Geschichte für Usche. Sowohl sie als auch Antyr starrten Andawyr mit großen Augen an, nachdem er geendet hatte – Usche wegen der Geschichte an sich, Antyr, weil Andawyr offenbar alles auf Anhieb verstanden hatte.

»Habe ich etwas ausgelassen?«, fragte ihn Andawyr.

»Nein, nein«, stammelte Antyr. »Das war sehr genau, sehr ... klar. Ich selbst habe es nicht so gut erzählt.«

»Jetzt weißt du, was ich weiß, Schwester Usche, doch

für Fragen ist später noch Zeit. Erzähl ihm von der Macht. Halte es möglichst allgemein, keine Mathematik.«

Als Usche sich zu Antyr umdrehte, hatte sie noch immer die Augen weit aufgerissen. Sie hustete und schluckte nervös; dann stieß sie ein bedeutungsloses, »Ja, ja«, hervor und schluckte erneut, bevor sie begann.

»Dieser blinde Mann hat dich mit der Macht *angegriffen*?«, fragte sie in ungläubigem Tonfall.

»Keine Fragen«, ermahnte Andawyr sie. Usche funkelte ihn an. Sie wollte gerade etwas darauf erwidern, als Antyr ihre Frage beantwortete.

»Ja«, sagte er. »Zumindest glaube ich, dass es die Macht gewesen ist.«

»Und du ...« Usche wedelte mit den Händen. »Und du hast sie auf ihn zurückgeworfen.«

»Ja.«

Usche schüttelte den Kopf. »Wenn du dazu in der Lage warst, glaube ich nicht, dass ich dir irgendwas erzählen könnte. *Du* solltest *mich* unterweisen.«

»Ich fürchte, so ist es leider nicht«, erwiderte Antyr. »Obwohl ich mich an vieles von dem erinnere, was geschehen ist, so ist doch noch weit mehr verloren gegangen. Wie gesagt, Träume lösen sich oft nach dem Aufwachen sofort wieder auf. Und was die Frage betrifft, *wie* ich es gemacht habe ... Ich habe nicht die geringste Ahnung. Es war fast, als wäre plötzlich etwas in mir erwacht und hätte die Kontrolle über mich übernommen.« Er verzog das Gesicht, als die Erinnerung an die schreckliche Konfrontation plötzlich und ungewöhnlich lebendig wieder zurückkehrte, begleitet von dem vertrauten, schmerzhaften Gefühl eines großen Verlustes. »Einen winzigen Augenblick lang wusste ich … alles. Alles, was je gewesen ist, alles, was man wissen *kann.* Aber dieser Augenblick war so unglaublich kurz …« Er deutete auf das Buch, das auf Usches Schoß lag. »Es war, als würde man nur auf die Ecke einer Seite blicken und doch den ganzen Inhalt sehen.« Schicksalsergeben zuckte er mit den Schultern. »Ich fürchte, mir fehlen die Worte, es zu beschreiben. Was auch immer es gewesen sein mag, es war kein Teil von mir – jedenfalls nicht ganz, sondern nur gerade so viel, um mir das Leben zu retten. Ich weiß es nicht.« Dann lächelte er, um seine nach wie vor widerwillige Lehrerin zu ermutigen. »Ich habe viel über diese Macht gehört, und ich wäre sehr daran interessiert, mehr darüber zu erfahren; aber wie ich sehe, hast du das gleiche Problem wie ich, was die Wahl der richtigen Worte betrifft. Versuch es einfach. Sollte ich dir nicht folgen können, werde ich fragen; aber ich bin sicher, dass die Sache nie ein Ende finden wird, solange ich nicht wirklich alles verstehe.«

Seine Art half Usche, sich wieder ein wenig zu entspannen. Sie strich ihre Robe glatt und legte das Buch und die anderen Papiere auf ihrem Schoß vorsichtig auf einen in der Nähe stehenden, kleinen Tisch.

Andawyr saß ein Stück hinter Antyr, und obwohl Antyr ihn nicht sehen konnte, wusste er, dass Andawyr Usche aufmerksam beobachtete. Das kam ihm angenehm vertraut vor.

Dann gibt es hier also doch so etwas wie eine Hierarchie, dachte er. *Sie ist nur ein wenig subtiler als die, die ich kenne.*

Usche nahm all ihren Mut zusammen und begann: »Unglücklicherweise ist es nicht hilfreich, dass wir ausgerechnet den Begriff ›Macht‹ verwenden; aber er ist einfach schon zu tief in unserer Sprache verwurzelt, als dass ein passenderes Wort ihn ablösen könnte.« Antyr fühlte, dass Usche diese Feststellung nicht ausschließlich für ihn getroffen hatte; doch Usche fuhr, ohne innezuhalten, fort: »Tatsächlich ist der Begriff ein Relikt aus längst vergangenen Zeiten, als man dieses ... dieses alles durchdringende Phänomen, das wir die Macht nennen – oder besser die Fähigkeit, es zu nutzen – als Magie betrachtete, als etwas, das man nicht mit dem Verstand erklären konnte, etwas, dass von irgendeinem vagen ›anderen Ort‹ stammte, wo Götter, Geister und dergleichen lebten.« Ihre Stimme nahm einen schulmeisterlichen Tonfall an. »Inzwischen sind wir ein wenig aufgeklärter, und wir wissen auch mehr über dieses Phänomen – *viel* mehr.« Demonstrativ blickte sie zu Andawyr. »Größtenteils verdanken wir das dem bemerkenswerten Mut einer bestimmten Person, einem Mut, dessen wahres Ausmaß ich erst vor kurzem erfahren habe.«

»Du solltest dich auf wichtigere Dinge konzentrieren, junge Frau, anstatt dir in deiner freien Zeit Klatsch anzuhören.« Die Bemerkung hatte ihren Ursprung hinter Antyrs Schulter. Usche zeigte sich jedoch nicht im Mindesten davon beeindruckt, als sie den Blick wieder auf Antyr richtete.

»Das heißt natürlich nicht, dass wir die Macht vollständig verstehen – bei weitem nicht. Viele ihrer Aspekte sind uns vollkommen fremd. In ihrem Herzen geschehen Dinge auf eine Art, die in völligem Gegensatz zu dem stehen, was wir in unserem Alltag erleben und erwarten. Lass mich dir etwas zeigen.«

Sie zog den kleinen Tisch zwischen sich und Antyr und legte das Buch direkt vor sich. Dann warf sie

Andawyr einen fragenden Blick zu, und nachdem dieser offenbar seine Zustimmung erteilt hatte, schlug sie das Buch auf und lehnte sich zurück. Sie war vollkommen regungslos, und während Antyr zuschaute, blätterten die Buchseiten sich wie von selbst um.

Antyr runzelte die Stirn und blickte Usche verlegen und misstrauisch zugleich an. Dann, plötzlich unsicher geworden, warf er Andawyr den gleichen Blick zu.

»Was ist?«, fragte Andawyr, den die Reaktion offensichtlich überraschte.

Antyrs Verlegenheit vergrößerte sich. »Das ist nur ein ... ein Trick.« Er sprach so leise, als wolle er nicht gehört werden. Nun war es an Andawyr, die Stirn in Falten zu legen, allerdings aus Verwirrung und nicht aus Wut. Das Buch bewegte sich nicht mehr, und Usche verfolgte das Gespräch der beiden mit sichtbarer Sorge.

»Ich weiß nicht, was du meinst«, sagte Andawyr in die peinliche Stille hinein.

Unglücklich drehte Antyr das Buch zu sich herum, beugte sich vor und legte scheinbar nachdenklich den Kopf in die Hand. Wieder blätterten die Seiten sich selbst um.

»Himmel!«, rief Andawyr, beugte sich vor und betrachtete das Buch aufmerksam. »Wie hast du das gemacht? Auf jeden Fall hast du nicht die Macht benutzt.«

Antyr drückte die Fingerspitzen auf die Lippen, sodass seine Wangen sich blähten und zu erkennen war, wie schnell und flach er atmete. »Atembeherrschung«, sagte er. »Leise und auf ein Ziel gerichtet. Es braucht eine Menge Übung, wenn man es richtig machen will; ich beherrsche es gut genug für ein paar

Tricks auf Familienfeiern und dergleichen. Mein Vater hat es mich gelehrt, als ich noch ein Kind war. Er wiederum hat es von einem Freund gelernt – einem Markthändler. Der hat solche Tricks dazu benutzt, um Kunden anzulocken. Er war zu den fantastischsten Dingen in der Lage. Tut mir Leid, ich ... ich ...«

Vollkommen verunsichert von dem, was er nun als unkluge und unangebrachte Einmischung erkannte, geriet Antyr ins Stammeln und verstummte schließlich. Andawyrs Gesicht verzog sich besorgniserregend, doch weder Wut noch Entrüstung waren der Grund dafür, und als es sich wieder entspannte, brach er in lautes Lachen aus. Es kostete ihn sichtlich Mühe, sich wieder zu beherrschen; dann brachte er mühsam hervor: »Du hast Recht. Das ist ein guter Trick. Aber was Usche gemacht hat, war kein Trick.« Als das Lachen ihn wieder zu übermannen drohte, winkte er Usche fortzufahren.

Usche wirkte jedoch ganz und gar nicht amüsiert. Die Lippen zusammengepresst und mit funkelnden Augen schloss sie das Buch und drehte es mit dem Rücken zu sich herum. Langsam hob sie den schweren Buchdeckel ein kleines Stück; dann schlug sie ihn mit lautem Knall wieder zu, sodass Antyr zusammenzuckte. Kurz hielt sie inne, um dem noch immer lachenden Andawyr einen finsteren Blick zuzuwerfen; schließlich lehnte sie sich wieder zurück wie zuvor. Langsam hob sich der Buchdeckel wie von Geisterhand, bis er senkrecht stand. Kurz verharrte er so, bevor er sich ganz öffnete. Dann folgte ihm ebenso langsam gut die Hälfte der Seiten. Und die ganze Zeit über hielt Usche ihren Blick unverwandt auf Antyr gerichtet.

»Versuch *das* mal mit Pusten«, flüsterte Andawyr dem Traumfinder ins Ohr.

Wieder geriet sein Lachen außer Kontrolle und hallte durch den Raum. Es war ein ansteckendes Lachen, und einen Augenblick lang schien sich Usches finsterer Gesichtsausdruck unter dem Angriff aufzuhellen. Sie unterdrückte den Impuls. »Eine der besonderen Eigenschaften unseres geliebten Oberhaupts, Antyr, ist die Tatsache, dass er sehr leicht zum Lachen zu bringen ist«, knurrte sie.

Andawyrs Hand landete auf Antyrs Schulter. »Und eine von Schwester Usches bemerkenswertesten Eigenschaften ist die Tatsache, dass sie bisweilen schier unglaublich ernst sein kann. Dein einfacher Jahrmarktstrick hat sie scheinbar so sehr verwirrt, dass diese Eigenschaft voll zur Geltung gekommen ist.« Noch immer lachend wandte er sich freundlich an Usche. »Es gibt Schlimmeres als das, Usche. Erinnere mich daran, Oslang zu bitten, dir einmal zu erzählen, wie ihm nach einer Demonstration der Macht beinahe die Kehle durchgeschnitten worden wäre.«

»Es tut mir schrecklich Leid«, sagte Antyr. »Ich wollte nicht ... Es ist nur, dass ich nicht darauf vorbereitet war, und ... Ich ...«

Ein leichter Druck von Andawyrs Hand brachte ihn zum Schweigen. »Du hast niemanden verletzt, Antyr. Du hast offen und ehrlich reagiert, was wir – wie ich dir schon gesagt habe – durchaus zu schätzen wissen. Was dir Usche gerade gezeigt hat, war nur ein kleines Beispiel dafür, wozu ein Mensch mit der Macht in der Lage ist. Es war eine grundlegende Übung, mit der die Fähigkeit getestet werden soll, mehrere Dinge gleichzeitig zu kontrollieren. Lass mich es dir zeigen.« Er ergriff Antyrs Hand und nickte Usche zu.

So langsam wie es sich geöffnet hatte, schloss sich das Buch auch wieder. Andawyr zog seine Hand zurück und blickte Antyr erwartungsvoll an. »Hat dir das geholfen zu verstehen?«, fragte er.

»Hat mir was geholfen?«, fragte Antyr zurück.

»Das«, sagte Andawyr und ergriff erneut Antyrs Hand. »Dieses Gefühl, als das Buch sich geschlossen hat.«

»Ich habe nichts gefühlt«, erwiderte Antyr.

Andawyr neigte den Kopf zur Seite, als hätte er nicht richtig gehört.

»Nichts?«

»Nichts.«

Andawyr blickte auf seine Hand, als wäre sie irgendwie defekt.

»Gar nichts?«

»Nein, tut mir Leid«, bestätigte Antyr, der allmählich fürchtete, erneut ins Fettnäpfchen getreten zu sein.

»Wie seltsam«, sagte Andawyr langsam und starrte Antyr an, als glaube er nun, nicht seine Hand, sondern der Traumfinder sei defekt. Als Antyr daraufhin verlegen auf seinem Stuhl herumrutschte, entschuldigte sich Andawyr sofort.

»Bitte, verzeih mir«, beeilte er sich zu sagen, und seine Worte überschlugen sich fast. »Diesmal hast du *mich* unvorbereitet erwischt. Ich habe so etwas noch nie erlebt. Du hättest zumindest *irgendetwas* fühlen müssen. Das ist eine der effektivsten Lernhilfen, um Schwierigkeiten zu überwinden, wenn Worte allein nicht ausreichen.« Er wedelte mit der Hand, als wolle er eine Flut schreiender Fragen vertreiben. »Wie ich sehe, werden wir in den kommenden Tagen eine Menge voneinander lernen – mit deiner Erlaubnis, natürlich«, fügte er rasch hinzu. »Aber fürs Erste möchte ich, dass Usche ihren Vortrag beendet.«

Er setzte sich zurück, sodass Antyr ihn erneut nicht mehr sehen konnte. Nachdenklich spielte er mit seinem struppigen Bart, und außer einem gelegentlichen leisen Summen war nichts mehr von ihm zu hören.

Usches Gesicht spiegelte Antyrs Neugier und Aufregung wider, und es kostete sie sichtlich Mühe, sich wieder auf den Vortrag zu konzentrieren; schließlich fuhr sie jedoch fort und begann mit einer Entschuldigung. »*Mir* tut es auch Leid«, erklärte sie kaum hörbar. »Ich habe übertrieben und sehr rüde reagiert.«

»Jetzt hat sich jeder bei jedem entschuldigt«, sagte Antyr. »Ich denke, der Ehre ist Genüge getan.«

Usche lächelte leicht; dann räusperte sie sich und klopfte auf das Buch. »Das ist es, was man mit der Macht tun kann, wenn man weiß wie«, sagte sie. »Das und viele andere Dinge.«

»Wie hast du das gemacht?«

Usche grinste schief. »Ich weiß es nicht. Oder genauer gesagt: Ich weiß schon, wie ich es gemacht habe, so wie ich auch weiß, dass man einen Samen pflanzen muss, um eine Blume zu bekommen. Aber die eigentlichen Gründe, warum so etwas möglich ist …« Sie zuckte mit den Schultern. »Wir suchen danach. Hier an diesem Ort suchen wir ohne Unterlass.«

»Wie glaubst du denn, dass du es gemacht hast?«

Das Summen hinter Antyr hörte unvermittelt auf.

Usche lächelte breit. »Ich kann noch nicht einmal damit beginnen, dir das zu erklären«, sagte sie. »Ich versuche nicht, deiner Frage aus dem Weg zu gehen, aber es ist wirklich sehr kompliziert. Ich bin sicher, für die Einzelheiten deiner Profession gilt das Gleiche, wenn ich Andawyr richtig verstanden habe.«

Antyr stimmte ihr zu, und das Summen begann von Neuem.

»Was ich dir jedoch sagen *kann*, ist, dass die meisten Menschen zwar ein Gefühl für die Macht besitzen«, Usche warf ihm einen kurzen, neugierigen Blick zu, »doch nicht jeder kann sie so benutzen wie ich. Eine gewisse ... Eine gewisse angeborene Affinität muss einfach vorhanden sein. Ohne die sind alle Ausbildung und aller Eifer umsonst.«

»In meinem Geschäft – meinem Beruf, nenn es, wie du willst – ist es das Gleiche. Einige können es, die meisten nicht. Falls die Fähigkeit vorhanden ist und ein passender Erdhalter gefunden werden kann ...«, unbewusst griff er nach unten und streichelte die beiden Wölfe, die inzwischen rechts und links neben seinem Stuhl lagen, »... dann kann sie sich entwickeln. Aber wenn nichts da ist, dann ... nichts.«

Usche konnte nicht widerstehen. »Wird diese Fähigkeit vererbt? Vom Vater auf den Sohn oder von der Mutter auf die Tochter?«

»Manchmal, aber es gibt kein logisches Muster. Meist manifestiert sich die Fähigkeit willkürlich. Mein Vater war ein Traumfinder, doch dass auch ich einer werden würde, stand keineswegs fest.«

Usche beugte sich vor. »Mit der Fähigkeit, die Macht zu nutzen, verhält es sich genauso«, sagte sie und hob den Finger, um ihre Aussage zu betonen. »Alles ist willkürlich. In vielerlei Hinsicht ist das Talent genauso mysteriös wie die Macht an sich. Es ist wirklich sehr seltsam.« Sie wurde ernst. »Wir wissen, dass diese angeborene Fähigkeit jenen ähnlich ist, die uns zum Beispiel zu Rechts- oder Linkshändern macht oder uns groß oder klein werden lässt; aber diese Eigenschaften kann man bis zu einem gewissen Grad vorausberechnen, während die Affinität zur Macht unerklärbar bleibt. Sie ...«

Andawyr hustete bedeutungsvoll.

Usche warf Antyr einen schuldbewussten Blick zu und lehnte sich wieder zurück. »Aber was auch immer der Grund dafür sein mag, dass einige von uns diese Fähigkeit besitzen, ihre Anwendung ist meist logisch und konsistent. Natürlich sind einige Aufgaben schwieriger als andere; doch als ich beispielsweise das Buch öffnen wollte, habe ich es einfach getan, und als ich es wieder schloss, verhielt es sich genauso.«

Wieder ertönte ein leises Husten hinter Antyr.

»Auf einer Ebene – der Ebene der gewöhnlichen Anwendungen, Alltagsdinge eben – wissen wir also eine ganze Menge. Graben wir jedoch tiefer, wird das Bild rasch wesentlich verschwommener. Es war schon immer bekannt, dass die Macht alles durchdringt. Bis vor kurzem hat man allgemein geglaubt, sie hätte ihren Ursprung in dem, was wir die Große Hitze nennen – dem Anfang von allem. Doch jetzt glauben wir – tatsächlich sind wir sogar ziemlich sicher –, dass es so etwas wie die Große Hitze nur auf unserer Welt gegeben hat und dass sie selbst eine ungewöhnliche Manifestation der Macht gewesen ist. Allmählich wird offensichtlich, dass die Macht in Wahrheit allem *zugrunde liegt* – mir, dir, diesem Buch, dem Tisch, diesen Wänden. Wir alle sind nur verschiedene Aspekte ein und derselben Sache.« Allmählich fand sie Gefallen am Vortraghalten. »Und nicht nur wir, hier an diesem Ort, sondern wirklich alles. Die Sonne, die Sterne, die großen Sterneninseln weit jenseits der unseren ...«

»Für jetzt ist es genug«, unterbrach sie Andawyr. »Gut gemacht. Unter den gegebenen Umständen war das eine gute Leistung. Ich werde sie morgen mit dir durchgehen. Komm zu mir, wenn du den Eindruck hast, dass ich es vergessen haben sollte. Wenn du uns jetzt bitte entschuldigen würdest. Ich muss mich eine Weile mit Antyr allein unterhalten.«

Ein wenig verlegen ob dieses Lobs sammelte Usche rasch das Buch und die Papiere zusammen.

»Danke«, sagte Antyr und bot ihr die Hand an. Sie ergriff sie. Dann verneigte sich Usche knapp und ging.

»Es ist nicht ihre Schuld, aber ich glaube nicht, dass ich jetzt klüger bin«, erklärte Antyr, nachdem sie gegangen war.

»Mach dir keine Sorgen«, erwiderte Andawyr. »Es ist alles andere als leicht, diese Dinge zu verstehen, aber wir haben noch genügend Zeit, um darüber zu reden, und ich bin sicher, dass du genug dabei lernen wirst, um ein Gefühl dafür zu bekommen. Solltest du dich dann entschließen, mehr darüber zu lernen ... Welch besseren Ort gäbe es dafür als hier?« Er runzelte die Stirn. »Allerdings verwirrt es mich ein wenig, dass du überhaupt nichts gefühlt hast, als ich Usches Machtanwendung an dich übertragen habe. Das verwirrt mich wirklich sehr.« Dann lächelte er breit. »Wie du siehst, bist du für uns genauso geheimnisvoll wie wir für dich.«

Andawyr blickte zu der Tür, durch die Usche den Raum verlassen hatte. »Es war nicht gerade freundlich von mir, sie so ganz ohne Vorwarnung mit solch einer Aufgabe zu belasten; aber sie hat sich gut geschlagen.« Wieder lachte er lauthals auf. »Nur dass du sie für einen Jahrmarktsgaukler gehalten hast, hat ihr alles andere als gefallen. Ich glaube, hätte das jemand gewagt, den sie kennt, sie hätte ihn zu Boden gestreckt.« Er lachte wieder. »Sie ist eine äußerst fähige Frau«, fuhr er schließlich fort, wischte sich die Tränen aus den Augen und tippte sich dann an den Kopf. »Sowohl geistig als auch in ihrer methodischen Anwendung der Macht. Aber sie hat ein Stadium erreicht, in dem sie ...«, er machte eine weit ausholende Geste, »... in dem sie das Nest verlassen, loslassen und ihrer Intuition vertrauen muss. Sie muss erkennen, dass Intuition schlicht der feine, unsichtbare Rand ihres Verstandes ist, nicht irgendetwas Vages, von der Vernunft Losgelöstes und ... Unerwünschtes.« Bei den letzten Worten ahmte Andawyr Usches Stimme und Tonfall derart genau nach, dass Antyr in sein Lachen einstimmte. »Wenn sie das tut, wird sie für unseren Orden eine große Bereicherung sein.«

Die Bemerkung rief eine Frage in den Vordergrund, die Antyr nun schon länger im Kopf herumschwirrte. Er zögerte allerdings, sie zu stellen, obwohl Andawyr ihn seit seiner Ankunft immer wieder ermutigt hatte zu fragen, was er wollte. Schließlich begann er vorsichtig:

»Ich hoffe, die Frage klingt nicht allzu unverschämt, aber ...«, wieder zögerte er, »... aber was genau tut dieser Orden eigentlich? Wie erhält er sich am Leben? Selbst das Wenige, was ich bis jetzt von diesem Ort gesehen habe, war gigantisch. Hier muss eine schier unglaubliche Zahl von Menschen leben.«

»Ah, Nahrung, Wasser, Kleidung und dergleichen, all die üblichen Dinge, die eine Gemeinschaft braucht ... Meinst du das?«

»Nun ... ja.«

Wie immer, so schien Andawyr auch diesmal erfreut über die Frage zu sein. »Ich nehme an, bei uns funktioniert es nicht anders als in anderen Gemeinschaften«, erklärte er. »Mit einigen Dingen können wir uns selbst versorgen; alles andere erhandeln wir von unseren Nachbarn. Wir bieten viele Dienste an. Wir beschäftigen uns nicht nur mit hochgeistigen Studien über die Natur des Lebens und der Existenz an sich oder der Vorbereitung auf Sumerals Rückkehr. Wir studieren alles.« Er wurde unerwartet ernst. »Ethriss selbst hat uns auf diesen Pfad geführt. Unwissen hat ihn stets empört. ›Eine Kreatur, die in den Schatten lebt‹, hat er es genannt. ›Unwissen bringt Dunkelheit und Aberglauben und all die Schrecken, wie sie nur die Arroganz geistloser Gewissheit erschaffen kann.‹ Soweit wir wissen, war Unwissen das Einzige, was ihn wirklich in Wut versetzen konnte – sogar wenn es ihn selbst betraf, *besonders* wenn es ihn selbst betraf. Tatsächlich heißt es, der ausschlaggebende Grund für seine ultimative Verfügung an unseren Orden sei die Tatsache gewesen, dass Ethriss irgendwann etwas entdeckt hat, von dem er wusste, dass er selbst es niemals würde ergründen können. Er befahl uns, ›die Grenzen zu überschreiten‹. Die Grenzen überschreiten …« Andawyr dachte eine Weile über diese Worte nach, bevor er sachlich fortfuhr: »Aber um auf deine Frage zurückzukommen … Ein paar von uns sind Bauern. Vermutlich hast du die Felder im Tal gesehen. Einige von uns ziehen als Lehrer in andere Länder, als Heiler oder als Ratgeber für jene, die sich zum Herrschen berufen fühlen. Manche dienen als Schiedsleute und Richter, wieder andere als Musiker, und wie du dir angesichts dieses Ortes wohl gut vorstellen kannst, sind wir auch als Baumeister recht geschickt. Die Mitglieder unseres Ordens besitzen viele nützliche Fähigkeiten.« Er lachte. »Allerdings haben wir keine Traumfinder.«

»Zumindest noch nicht«, erwiderte Antyr.

Andawyr neigte leicht den Kopf zur Seite und lächelte freundlich.

»Und wir hatten auch immer schon viel Glück«, fuhr er fort. »Die Ereignisse der Vergangenheit, egal wie lange sie zurückliegen, haben uns das Vertrauen und die Unterstützung unserer Nachbarn gesichert, besonders das des Riddinvolks – eines sehr ungewöhnlichen Volkes, wie ich hinzufügen möchte.«

»Das haben mir Yatsu und Jaldaric schon erzählt. Offenbar lebt das Riddinvolk nur für seine Pferde und ... und den Großen Auftrieb, so heißt das doch, oder?«

»Das stimmt.« Andawyr lachte leise. »Daher auch Usches bissige Bemerkung, was meine eigenen Reitkünste betrifft. Das Riddinvolk beurteilt jedermann nach seinem Können als Reiter. Es ist ein gesellschaftlicher Kodex voller schier unglaublicher Feinheiten – ich verstehe ihn beim besten Willen nicht. Aber sie sind sehr tolerant und gutmütig. Sie leben nach dem Motto: Leben und leben lassen.« Das Lachen wurde lauter. »Es ist immer amüsant zu sehen, wie sie Fremden wie mir gegenüber ›Zugeständnisse‹ machen, wenn wir uns nur mit Mühe im Sattel halten; sie tun dann ihr Bestes, nicht belehrend zu wirken oder lauthals loszulachen. Du wirst es selbst sehen, wenn wir nach Anderras Darion runtergehen. Es würde mich mehr als überraschen, wenn du Usche nicht mindestens einmal dabei erwischen würdest, wie sie dich anguckt, als wärst du ein unbeholfenes Kind. Das machen sie sogar bei Männern wie Yatsu und Jaldaric. Sie können einfach nicht anders.«

»Woher kommt diese ... diese Leidenschaft?«, fragte Antyr.

»Oh, wie vieles andere auch reicht sie bis zum Ersten Kommen zurück. Es ist eine kriegerische Tradition, die zu einem wesentlichen Bestandteil ihrer Gesellschaft geworden ist. In Fyorlund gibt es etwas Vergleichbares mit dem Dienst der jungen Leute in der Hochgarde ihres Herrn.« Nachdenklich legte Andawyr die Stirn in Falten. »Aber ähnlich wie bei uns hatte man den ursprünglichen Sinn dieser Traditionen fast vergessen, und es war mehr als nur Glück, dass wir uns gerade noch an genug erinnerten, um Ihn bei Seiner Rückkehr zu schlagen.« Er schüttelte den Kopf, um die düsteren Gedanken zu vertreiben. »Wie auch immer, glücklicherweise legt das Riddinvolk viel Wert auf gute Nachbarschaft, was es uns wesentlich leichter macht, unsere grundlegenden Bedürfnisse zu decken.«

»Das klingt sehr zivilisiert – sehr bequem.«

»Das ist es auch, obwohl wir uns das vor 16 Jahren noch nicht vorstellen konnten. Wir waren so kriegsmüde und verängstigt wie dein Volk wohl auch, nehme ich an. Aber«, er klatschte in die Hände, »genug davon. Dein Beruf. Diese Traumfinderei. Meine Neugier bringt mich um. Ich fühle mich wie ein Kind beim Winterfest. Ich hoffe, es ist wirklich nicht unverschämt von mir, dich zu bitten, heute Nacht deinen Beruf bei mir auszuüben?«

»Nicht im Mindesten«, antwortete Antyr.

»Das könnte eine lange Nacht für dich werden. Jaldaric hat Recht. Ich schlafe in der Tat nicht sonderlich gut ...«

»Mach dir keine Sorgen. Das ist für mich nichts Neues. Meine Kunden haben oft Schlafstörungen ...«

»Natürlich. Das ist sicher auch der Grund, warum du ihnen mit ihren Träumen helfen sollst.«

»Genau. Aber zerbrich dir nicht den Kopf über mich. Tu einfach, was du sonst auch tust. Tarrian und Grayle beobachten dich bereits. Sie werden es mir sagen, wenn du eingeschlafen bist.« Antyrs Stimme nahm einen vertraulichen Tonfall an. »Aber ich muss jetzt langsam mal ins Bett gehen. Es war ein langer Tag. Yatsu und Jaldaric haben die Angewohnheit beim ersten Sonnenstrahl aufzustehen, und daran habe ich mich bis jetzt nicht gewöhnt und werde es wohl auch nie.«

»Ja, die Goraidin sind sehr hart mit sich selbst«, bemerkte Andawyr verständnisvoll. »Ich werde Ar-Billan bitten, dir dein Quartier zu zeigen, sobald du fertig bist.« Er schlug sich mit der Hand auf die Stirn. »Und ich muss dir ja auch noch mein Zimmer zeigen, oder?«

»Das ist kein Problem«, versicherte ihm Antyr und deutete auf die Wölfe. »Aber es gibt da noch etwas Wichtiges, das du wissen musst, oder genauer gesagt, das jeder wissen muss, der in dein Zimmer kommen könnte.«

Andawyr blickte ihn verwirrt an.

»Weckt dich morgens jemand, ein Diener vielleicht?«

»Normalerweise nicht. Aber wenn ich einmal verschlafe, bereitet es Oslang ein diebisches Vergnügen, den Goraidin zu spielen.«

Antyr dachte einen Augenblick lang nach. »Hier wissen alle so wenig über das Traumfinden«, sagte er halb zu sich selbst. »Wir müssen vorsichtig sein. Ich glaube – nein, ich weiß –, dass entweder Jaldaric oder Yatsu dabei sein sollte. Sie verstehen, worum es geht. Und mit Oslang würde ich ohnehin gerne noch mal sprechen.« Er ergriff Andawyrs Arm. »Es ist sehr wichtig, dass er oder wer auch immer dein Zimmer betreten könnte, genau das tut, was ich ihm sage.«

»Das klingt beunruhigend.«

»Ja und nein. Für uns ist es recht sicher – harmlos sogar –, aber für einen zufälligen Eindringling ist es mehr als nur beunruhigend; es ist gefährlich, *sehr* gefährlich.« Antyr ließ Andawyr wieder los und fuhr in sachlichem Tonfall fort: »Tarrian und Grayle bewachen uns beide, und zwar uneingeschränkt und auf eine Art, über die sie keine Kontrolle haben. Kurz gesagt: Sollte irgendjemand versuchen, uns zu berühren oder zu wecken, werden sie ihn, ohne zu zögern, angreifen, und da Tarrian und Grayle sind, was sie sind, wird dieser Jemand vermutlich getötet werden.«

Andawyr wurde nervös. »Du sprichst doch mit ihnen, oder?« Er legte die Finger auf die Schläfe. »Kannst du ihnen nicht im Vorfeld sagen, wen sie angreifen sollen und wen nicht?«

»Nein.« Antyrs Verneinung stand im Einklang zu der der beiden Wölfe, die in Andawyrs Geist widerhallte. Andawyr schüttelte den Kopf und kniff die Augen zu. Antyr fuhr fort: »Wie gesagt haben weder ich noch sie Kontrolle darüber. Aber es besteht keine Gefahr, wenn jeder weiß, was er zu tun hat und es auch tut – nämlich nichts außer still sitzen bleiben und zuschauen.«

Andawyr öffnete die Augen wieder und nickte bestätigend.

»Du hast gerade selbst gesagt, wie gefährlich Unwissen sein kann«, sagte Antyr.

»Was soll ich dazu noch sagen?«, erwiderte Andawyr. »Wenn Yatsu und Jaldaric die Nacht in meinem Nest verbringen wollen, sind sie herzlich willkommen.

Außerdem werde ich dafür sorgen, dass du Gelegenheit bekommst, Oslang die Regeln des Traumfindens zu erklären. Das einzige Problem, was jetzt noch bleibt, ist die Frage, wo ich euch alle unterbringen soll. Ich glaube, ich habe bereits erwähnt, dass Ordnung nicht gerade eine meiner Stärken ist.«

Einige Zeit später wurde Antyr sanft von einer Pfote geweckt.

»Es ist soweit«, flüsterte Tarrian.

Siebtes Kapitel

Antyr konnte ein gewisses Bedauern nicht unterdrücken, während er den beiden Wölfen durch den schwach beleuchteten Gang folgte. Es war schon so lange her, seit er zum letzten Mal in einem richtigen Bett geschlafen hatte, und obwohl er sich inzwischen an das Schlafen in einem Zelt oder unter freiem Himmel nicht nur gewöhnt hatte, sondern es auch als angenehm empfand, war eine Nacht in einem weichen Bett nicht ohne Reiz für ihn.

Im Gang lagen dicke Teppiche, sodass Antyr und die beiden Wölfe kaum ein Geräusch verursachten. Tatsächlich war es insgesamt sogar so still, dass nichts auf irgendwelche Aktivitäten in den Cadwanen hindeutete. Alle schienen zu schlafen.

»Komm. Beeil dich«, drängte Tarrian.

»Ich beeile mich doch schon.« Antyr gähnte. »Ihr zwei solltet eure Ungeduld ein wenig zügeln.«

»Ich weiß nicht, was du meinst.«

»Doch, das weißt du.«

»Wir sind da.«

Tarrian stieß eine Tür mit der Schnauze auf, und er und Grayle gingen hinein. Antyr folgte ihnen unauffällig; dabei bemerkte er, dass sich diese Tür nicht von jenen unterschied, an denen sie vorübergekommen waren. Nichts deutete darauf hin, dass dies das Zimmer des Oberhaupts dieses riesigen Höhlenkomplexes und seiner Bewohner war. Und in deutlichem Gegensatz zu dem, was Antyr aus Serenstad kannte, gab es hier keinen Haufen finster dreinblickender und schwerbewaffneter Wachen. Das Fehlen derartiger Hemmnisse empfand er als seltsam verwirrend.

Der Anblick des Raums riss ihn aus seinen Gedanken. Zwei schwache Lampen erhellten ihn gerade gut genug, um Andawyrs Behauptung zu bestätigen, dass Ordnung nicht gerade zu seinen Stärken zählte.

»Dieses Zimmer ist die reinste Müllhalde«, verkündete Tarrian offen, während er und Grayle die verschiedenen Kleidungsstücke durchstöberten, die verstreut auf dem Boden lagen.

»Benehmt euch«, schnappte Antyr.

Ein leise geknurrter Fluch war die Antwort darauf.

Oslang und Yatsu befanden sich bereits im Raum. Sie saßen neben der Tür in großen, bequemen Stühlen, die offenbar extra für die heutige Nacht hierher geschafft worden waren.

»Der junge Jaldaric braucht seinen Schönheitsschlaf«, flüsterte Yatsu spöttisch, als er aufstand, um Antyr zu begrüßen.

»Du musst nicht flüstern«, sagte eine Stimme aus dem zerwühlten Bett am anderen Ende des Raums. »Ich schlafe noch nicht, und bei dem ganzen Tumult kann das auch noch etwas dauern. Ich muss gestehen, dass ich nicht mit so einem großen Publikum gerechnet habe.«

»Ich werde gleich bei dir sein«, erwiderte Antyr in professionellem Tonfall. Dann hockte er sich vor Oslang.

»Ich habe nicht vergessen, was du mir gesagt hast«, erklärte Oslang.

Antyr sprach leise und drängend. »Dessen bin ich

sicher«, sagte er und erinnerte sich daran, wie genau Andawyr Usche seine Geschichte wiedergegeben hatte. »Doch hier weiß niemand etwas über das Traumfinden, und es beruhigt mich einfach, dich noch einmal daran zu erinnern.«

Oslang beschwerte sich nicht.

»Tarrian und Grayle könnten ein paar seltsame Geräusche von sich geben, vermutlich recht Furchterregende Geräusche. Gleiches gilt für mich und Andawyr, obwohl das weniger wahrscheinlich ist. Was auch immer geschehen mag, vergiss nicht, dass hier niemandem Gefahr droht – außer euch, doch das nur, wenn ihr euch einmischt. Ihr dürft uns nicht zu nahe kommen, und noch weniger dürft ihr versuchen, uns zu berühren. Solltet ihr es doch tun, *werden* Tarrian und Grayle euch angreifen, und die Chancen stehen gut, dass sie euch dabei töten werden. Ich bezweifele, dass selbst Yatsu hier mit beiden zugleich fertig werden könnte. Bleibt einfach, wo ihr seid. Du, Oslang, bist aus reiner Neugier hier, was ich durchaus verstehen kann, doch du hast die gleiche Aufgabe wie Yatsu: Fang jeden ab, der unerwartet den Raum betreten sollte. Hast du das verstanden?«

»Ja«, antwortete Oslang sichtlich erstaunt ob Antyrs hartem, befehlendem Tonfall.

Yatsu grinste und tätschelte Oslang väterlich den Arm, während Antyr zum Bett hinüberging, wobei er sorgfältig darauf achtete, nicht auf Andawyrs herumliegende Kleidung zu treten. Antyr lächelte. Jede seiner Bewegungen war ein kleines, vertrautes Ritual.

Sein Geist griff zu Tarrian und Grayle hinaus. Beide blickten zu ihm hinauf.

Ihre Augen leuchteten in hellem Gelb, durchdringend und wild. Schwach hörte Antyr, wie Oslang tief durchatmete.

Dann, kurz, war er Tarrian, und der Wolf war er. Wie immer durchdrangen ihn unzählige Gerüche und Gefühle, doch er ignorierte sie. Er blickte auf und sah sich selbst hinunterstarren, eine hoch aufragende Gestalt mit vollkommen schwarzen Augen. ›Die Gruben der Nacht‹ hatte man sie einst genannt. Es war ein Anblick, den nur wenige mit Leichtigkeit ertragen konnten; aber so sollte es auch sein. Alles war gut. Und genauso plötzlich, wie er der Wolf geworden war, war er wieder er selbst, und Tarrian war wieder Tarrian. Den Wolf machte es jedes Mal ein wenig nervös, in dem gefangen zu sein, was er als eine ungelenke, langsame und beengende Hülle zu bezeichnen pflegte.

Langsam schlossen Tarrian und Grayle die Augen und senkten die Köpfe. Antyr wandte sich wieder Andawyr zu. »Schließ die Augen, und gib mir deine Hand«, sagte er.

»Das nützt nichts. Ich schlafe nicht«, protestierte Andawyr, tat aber, was der Traumfinder von ihm verlangte.

Antyr erwiderte nichts darauf, sondern nahm Andawyrs Hand in seine rechte und strich mit der linken sanft über Andawyrs Gesicht.

»Schlaf tief und ruhig«, sagte er leise. »Was auch immer geschehen mag, dir kann kein Leid geschehen. Träume sind nur Schatten, und du wirst an allen Orten von einer uralten und großen Kraft beschützt.«

Er fühlte, wie der Cadwanwr augenblicklich in Schlaf versank; dann glitt er ihm hinterher. Der Raum verschwamm, und die Nacht, die Antyrs Augen füllte, dehnte sich in seinem ganzen Körper aus, bis es nur noch Dunkelheit und Stille gab – nichts außer seinem Bewusstsein, hart wie Diamant, doch so körperlos wie eine Sommerbrise.

Dann umgaben ihn schwache Geräusche; weit entfernte Stimmen und seltsame Musik trieben mit einem unregelmäßigen Wind herbei. Und mit den Geräuschen kamen Lichter, flackernd, ständig heller und schwächer werdend; Explosionen zerrissen die Dunkelheit, strahlend und vielfarbiger als ein Regenbogen. Einige der Lichter waren zerfasert und blitzschnell, während andere an Ort und Stelle schwebten, als wollten sie das Geschehen beobachten.

Und dann war er wieder ganz, so fest und wirklich wie die Gestalt, die neben Andawyrs Bett saß und die Hand des Cadwanwr hielt, und doch anders. Auch Tarrian und Grayle befanden sich dort, waren jedoch nicht zu sehen. Wie er es schon in seinen ersten Tagen als Lehrling seines Vaters getan hatte, berührte Antyr das weiche, unsichtbare Fell des älteren Wolfes. So versicherten sie sich gegenseitig, dass alles in Ordnung war. Hier, an diesem seltsamen, anderen Ort, umgeben von unzähligen Geräuschen und verführerischen Lichtern, war ein Traumfinder verloren. Denn dies war der Traumnexus von Andawyr, dem Oberhaupt der Cadwanol, und überall um Antyr herum befanden sich die Portale zu Andawyrs Träumen: zu vergessenen Träumen, zu Träumen, an die er sich erinnerte, zu Tag- und Nachtträumen und zu Träumen, die noch nicht geträumt worden waren. Und hier konnte nur der Erdhalter eines Traumfinders die Führung übernehmen.

Doch dies hier hatte für Antyr auch immer etwas Neues, Unvertrautes an sich, denn er hatte nicht nur einen, sondern zwei Erdhalter. Das war eine der vielen Veränderungen, die im Zuge der Ereignisse stattgefunden hatten, die schlussendlich zu der Konfrontation mit dem blinden Mann geführt und Antyr auf seine lange, harte Reise geschickt hatten. Aber im Gegensatz zu vielen anderen dieser Veränderungen beunruhigte ihn diese nicht, denn er vertraute sowohl Tarrian als auch Grayle vollkommen und sie ihm. Nichtsdestotrotz verwirrte und faszinierte es ihn noch immer. Es war unter seinesgleichen allgemein bekannt, dass ein Traumfinder nur einen Erdhalter haben konnte. Aber warum? Wie sich ein Erdhalter auf den Traumpfaden zurechtfand, konnte ein Mensch noch nicht einmal erahnen; das war etwas, das tief in der Natur dieser Wesen verborgen lag. Und Antyr verspürte zwar noch immer das Bedürfnis, Tarrian und Grayle bei sich zu haben, aber wie hatte es geschehen können, dass er in Wirklichkeit nicht länger ihrer Führung im Nexus bedurfte? Er schob die Frage beiseite. Er konnte sie nicht beantworten – das wusste er –; deshalb war er hier. Nun musste er sich um seinen Kunden kümmern, und es reichte ihm zu wissen, dass alles in Ordnung war.

Antyr fühlte, wie Tarrian und Grayle hinausgriffen und ihre Umgebung genauso sorgfältig prüften wie in einer Stadt oder den Bergen. Einst hatte er stets Tarrians unbändiges Verlangen gefühlt, frei und ungebunden über die Traumpfade zu streifen, doch das war einmal. Irgendwie erfüllten sich die beiden Wölfe dieses Verlangen gegenseitig, nun da sie zu zweit waren, doch wie, darüber sprach nie einer von ihnen.

»Hier entlang. Hier entlang.« Tarrians vertrauter und erwarteter Ruf erfüllte Antyrs Geist. Die Geräusche und Bilder des Nexus' bewegten sich um ihn herum und durch ihn hindurch, und obwohl die Veränderung nicht zu spüren war, waren Traumfinder und Erdhalter plötzlich Andawyr.

Sie befanden sich in den Bergen.

»Wie du siehst und fühlst, werden auch wir sehen und fühlen«, sagte Antyr. Das waren die traditionellen Worte, die einen Kunden beruhigen sollten.

»Aaah«, sagte Andawyr. »Interessant.«

Antyr war der gleiche Gedanke gekommen. Er war schon in viele Träume eingedrungen und hatte viele Phantasien gesehen; aber obwohl alle Träume sich in gewissem Sinne immer wieder ähnelten, so war jeder doch auch einzigartig. Stets hatte Antyr sich Überraschungen gegenüber gesehen – und nicht immer nur angenehmen.

Was ihn nun überraschte, war nicht das Ausmaß von Andawyrs Vorstellungskraft, sondern die Kontrolle, die der Cadwanwr darüber ausübte. Antyr hatte schon Kunden gehabt, die sich ihrer Träume durchaus bewusst gewesen waren und die sie – innerhalb bestimmter Grenzen – manipulieren konnten, um sich verhältnismäßig ungehindert in Welten zu bewegen, wo in der realen Welt vielleicht verbotene oder unmögliche Wünsche erfüllt werden konnten. Doch dies hier war anders. Andawyrs Kontrolle glich nichts, dem Antyr bisher begegnet war; aber ...

»Wo sollen wir hingehen?«

Antyr antwortete nicht darauf. Nur im Falle größter Angst würde er direkten Kontakt mit dem Träumer aufnehmen, um ihn ein wenig zu beruhigen; ansonsten würde er nur beobachten, zuhören und fühlen.

Fürs Reden war nach dem Aufwachen immer noch Zeit.

»Ah, ich verstehe. Mein Traum, meine Wahl«, schloss Andawyr richtig.

Er blickte auf sein Spiegelbild am Rand eines reglosen Sees hinab. Alles wirkte sehr lebendig. Um ihn herum waren schneebedeckte Gipfel zu sehen, die im Sonnenlicht schimmerten und sich scharf gegen den blauen Himmel abzeichneten. Auch sie spiegelten sich im See, allerdings so klar und deutlich, dass es schwer fiel, Bild von Wirklichkeit zu unterscheiden. Ein schwindelerregender Widerspruch schlich sich in die Szene, doch Andawyr stemmte sich dagegen. Als er den Blick hob, schimmerten die Gipfel immer noch, aber der Himmel war mit dunklen, bedrohlichen Wolken gefüllt.

»Komm«, sagte er zu Usche und Ar-Billan. »Wir müssen Anderras Darion vor Ausbruch des Sturms erreichen.« Die beiden erwiderten nichts darauf, sondern sahen Andawyr nur erwartungsvoll an.

Für einen harten Marsch waren sie nicht angemessen gekleidet, dachte er. Er hätte sich besser um seine Schützlinge kümmern sollen; aber andererseits musste man manche Dinge eben auf die harte Art lernen.

Der Wind kreischte um ihn herum, zerrte an ihm und schüttelte ihn durch. Er schleuderte ihm weiße Schneespeere ins Gesicht, während er sich durch die Gänge der Cadwanen kämpfte, die nur schwach von den vertrauten Symbolen erhellt wurden, deren Bedeutung ihm entfallen war. Sie blinkten in der Ferne drängend im Zwielicht, und die Berührung ihres unruhigen Lichts verwandelte die Schneespeere in schwarze Gitterstäbe.

Dieses Jahr ist es wirklich schlimm, dachte Andawyr. *Ich muss hier mal ordentlich ausfegen.*

Der Schnee war tief. Schneewehen türmten sich an den Wänden auf, blockierten Türen und verdeckten absichtlich die Symbole. Andawyrs Beine schmerzten vor Anstrengung, und er begann zu keuchen.

Die große Gestalt neben ihm drehte sich um und blickte auf ihn hinab.

»Hawklan, ich wusste nicht, dass du hier bist. Was für eine nette Überraschung. Wir wollten dich besuchen kommen, doch das Wetter hat verrückt gespielt.« Er konnte nicht weitersprechen. Der Wind war wie eine Mauer, und Andawyr war erschöpft.

»Wir sollten uns einen Augenblick setzen.«

Er ging auf die windabgewandte Seite der Gestalt und lehnte sich gegen sie.

»Wie ich sehe, hast du das Schwert gefunden. Das ist gut.« Er blickte auf das Heft des schwarzen Schwertes mit den eingravierten, ineinander verschlungenen Bändern. Sie schienen weder Anfang noch Ende zu besitzen, sondern sich endlos über eine dunkle Leere zu erstrecken, die mit unzähligen Sternen gefüllt war. Dieses Ding war so geheimnisvoll. Er musste wissen ...

Er griff hinaus, um in der Klinge zu suchen ...

Dann riss ihn eine Kraft aus seinen Träumen und wieder in die Wirklichkeit zurück.

Andawyrs Herz pochte so heftig, dass er zu ersticken drohte. Irgendjemand umklammerte seine Hand, und um ihn herum herrschten Verwirrung und Lärm. Es dauerte eine Weile, bis er erkannte, was hier vor sich ging.

Die beiden Wölfe bellten wild, und ein schriller, zitternder Ton erfüllte den Raum – ein Geräusch, das einem Schauder über den Rücken jagte, ein

Geräusch, das hier niemals gehört werden sollte. Es stammte von den beiden Symbolen neben der Tür, ebenso wie das unheilvolle, pulsierende rote Licht. Oslang war wie erstarrt, Augen und Mund weit aufgerissen, und auch Yatsu ging es nicht besser. Er hatte sich halb aufgerichtet und die kräftige Hand seitlich ausgestreckt, um den Cadwanwr davon abzuhalten aufzustehen.

Ein drängendes Klopfen übertönte den Lärm; dann wurde die Tür aufgerissen. Yatsu war sofort auf den Beinen, und die erste Person, die in der Tür erschien, wurde herumgewirbelt und in die anderen dahinter gestoßen. Mehrere gingen zu Boden.

»Bleibt, wo ihr seid! Alle!«

Yatsus entschlossener Befehl machte dem zunehmenden Chaos im Raum ein Ende. Die Wölfe hörten auf zu bellen, glitten dicht an Antyr heran und wedelten zögernd mit den Schwänzen. Antyr ließ Andawyrs Hand los; dann sank er auf die Knie und drückte die Köpfe der Wölfe an sich.

Oslang umklammerte die Stuhllehnen, während sein Blick verzweifelt zwischen Andawyr und Yatsu hin und her huschte. »Darf ich mich jetzt bewegen?«, verlangte er von dem Goraidin zu wissen.

»Antyr?«, fragte Yatsu den Traumfinder.

Antyr hob den Kopf und starrte einen Augenblick lang auf die offene Tür und die beiden Männer. Dann ließ er die Wölfe wieder los und hob bittend die Hand. »Einen Moment noch«, sagte er atemlos. »Lass mich erst mal meine Gedanken sammeln. Jetzt droht keine Gefahr mehr.«

»Verdammt noch mal!«, schrie Oslang wütend und deutete auf die Symbole. »Was, glaubst du, hat das wohl zu bedeuten?«

Antyr blickte ihn hilflos an.

»Schalt die Symbole ab, und sieh nach, ob noch andere aktiviert worden sind, Oslang. Erkundige dich, wie weit das um sich gegriffen hat.« Das war Andawyr. Er war aufgestanden und schloss verschlafen seine Robe. Oslang zögerte. Er war hin und her gerissen zwischen der Pflicht, den Befehl auszuführen, und dem Wunsch, sich um seinen Freund zu kümmern. Eine Geste von Andawyr ließ die Lampen heller werden. »Sieh nach, wie weit es um sich gegriffen hat«, wiederholte er in festem Tonfall. »Und stell um Himmels willen die verdammten Dinger ab!«

Dann wandte er sich der kleinen und sichtlich besorgten Gruppe zu, die Yatsu an der Tür aufhielt. »Das habt ihr gut gemacht«, sagte er. »Aber es besteht kein Grund zur Sorge. Das war nur ein kleines Experiment, dass offenbar schief gegangen ist, fürchte ich. Helft Oslang, das Ausmaß des Ganzen herauszufinden; dann geht wieder zu Bett. Wir werden morgen darüber reden.«

Stirnrunzelnd betrachtete Oslang die Symbole. Ihr pulsierendes rotes Licht erhellte sein Gesicht und hob die Falten darin hervor. Es sah aus, als würde er in einen Schmelzofen starren. Dann, offenbar zufrieden, aber noch immer gereizt, legte er die Hand zuerst auf das eine und dann auf das andere Symbol. Der Lärm hörte sofort auf, und das rote Licht wurde rasch schwächer, bis die Symbole wieder so blass aussahen wie zuvor. In der plötzlichen Stille atmeten alle erleichtert auf.

Oslang ergriff Yatsus Arm. »Auch du hast dich richtig verhalten. Ich danke dir, dass du niemanden verletzt hast.« Dann verschwand er zwischen den aufgeregt plappernden Menschen auf dem Gang.

»Ich glaube, jetzt wäre eine Erklärung angebracht«, sagte Yatsu an Antyr und Andawyr gewandt, nachdem die Tür sich wieder geschlossen hatte.

»Ich könnte dir nicht mehr zustimmen«, erwiderte Andawyr und ließ sich wieder aufs Bett fallen.

Er blickte zu Antyr. »Was ist passiert? Was war denn nun von wegen ›Träume sind Schatten; nichts kann dir dort ein Leid zufügen‹?« In seiner Stimme mischten sich Furcht und Wut. Sein Gesichtsausdruck entspannte sich jedoch wieder, als er den Schmerz in den Augen des Traumfinders sah.

»Alles in Ordnung mit dir?«, fragte er.

»Ja«, antwortete Antyr mit schwacher Stimme. »Ich bin nur ein wenig wackelig auf den Beinen.«

Andawyr wartete.

»Ich weiß nicht, was geschehen ist«, erklärte Antyr nach kurzem Nachdenken. »Aber was auch immer es gewesen sein mag, es kam aus dem Nichts und ohne Vorwarnung.« Er legte die Hand an den Kopf. »Ihr müsst mich entschuldigen. Ich habe dich mehr aus Instinkt dort herausgerissen. Ich kann noch immer nicht klar denken.« Er nahm sich jedoch nicht die Zeit, sich zu erholen. »Vielleicht hatte es etwas damit zu tun, dass du über diese Macht gebieten kannst.« Er blickte Andawyr in die Augen. »Wolltest du sie einsetzen, als du nach diesem Schwert gegriffen hast?«

»Nein, natürlich nicht. Warum sollte ich? Außerdem glaube ich nicht, dass ich dazu in der Lage gewesen wäre. Ich kann meine Träume kontrollieren, aber um die Macht zu beherrschen, muss man die Kontrolle über jede seiner Fähigkeiten besitzen.« Er hob die Augenbrauen. »Allerdings muss ich zugeben, dass ich mir eigentlich nie darüber Gedanken gemacht habe.«

Kurz dachte er nach; dann runzelte er die Stirn. »Es *muss* unmöglich sein«, sagte er mehr zu sich selbst als zu den anderen. »Niemand vermag zu sagen, welche Folgen es haben würde, wäre es anders. Andererseits ist das natürlich ein faszinierendes Problem. Wenn ich die Macht in einem Traum benutzen würde, wäre es dann wirklich die Macht oder nur ein Traumbild davon? Wirklich faszinierend.«

»Bevor du ganz deiner Begeisterung erliegst, müssen wir herausfinden, was geschehen ist. Es war gefährlich, und das hätte nicht sein dürfen.« Antyrs ernste Unterbrechung riss Andawyr unvermittelt aus seinen Gedanken. Antyr deutete in Richtung Tür. »Was war das für ein Lärm und ein rotes Licht? Und warum sind diese Leute einfach hier hereingestürmt?«

Andawyr kratzte sich den Kopf; dann streckte er die Hand aus. Sie zitterte. »Ja, es war gefährlich, nicht wahr?«, sagte er. »Und was die Symbole betrifft ... Das ist eine gute Frage.«

Ein leises Klopfen erscholl an der Tür, und Oslang betrat den Raum. Er wirkte schon deutlich entspannter, war aber noch immer sichtlich besorgt. »Die Symbole sind nur hier drin und unmittelbar draußen im Gang aktiviert worden«, berichtete er. »Ansonsten ist alles in Ordnung. Jetzt ist alles wieder ruhig; doch ich bezweifele, dass es morgen so bleibt, wenn die Geschichte sich erst einmal herumgesprochen hat.«

Andawyr wirkte erleichtert, aber verwirrt. »Nun, dass das Phänomen begrenzt war, bedeutet ein Problem weniger, wirft aber einige neue auf. Was die Gerüchteküche betrifft, so werden wir einfach erklären, was geschehen ist.«

»Und was *ist* geschehen?«, verlangte Oslang zu wissen.

»Eins nach dem anderen«, antwortete Andawyr. Er deutete auf das nun wieder normale Symbol und drehte sich zu Antyr um.

»Irgendetwas in dem Traum hat eines der Geräte aktiviert, nach denen du mich vor ein paar Stunden gefragt hast – eines der Warnzeichen. Das lag daran, dass irgendjemand die Macht benutzt hat, jemand, der nicht zu uns gehört – zu unserem Orden, meine ich.« Neugierig musterte er Antyr. »Bist du *sicher,* dass du mit der Macht nichts anfangen kannst?«

»Ich weiß nichts darüber, abgesehen von dem Wenigen, was ich bei dem blinden Mann gefühlt beziehungsweise von Jaldaric, Yatsu und dir davon gehört habe.«

Andawyr schürzte die Lippen. »Nun, zu dem Schluss bin ich auch gekommen, und es *sollte* auch so sein. Jeder Mensch, der diesen Ort betritt, wird automatisch daraufhin überprüft, ob er die Macht anzuwenden versteht oder nicht.« Erneut blickte er zu den Symbolen. »Außerdem ... Hättest du dir durch irgendeinen unwahrscheinlichen Zufall diese Fähigkeit spontan angeeignet, hätten unsere Warnzeichen es sofort bemerkt und dich so oder so außer Gefecht gesetzt. Sie hätten dich sogar getötet, wären deine Absichten zerstörerischer Natur gewesen.«

Antyr riss die Augen auf. Sein Mund war wie ausgetrocknet.

»Bist du sicher, dass dir nichts fehlt?«, fragte Andawyr.

»Ja«, erklärte Antyr, obwohl sein Aussehen diese Antwort Lügen strafte. »Es ist nur ... Dein Traum war auch so schon gefährlich genug, ohne dass ich herausfinden musste, dass auch ich in Gefahr schwebte.«

»Und das ist ein weiteres Problem. Du warst nicht in Gefahr. Das Phänomen zeigte keine Wirkung auf dich. Das bestätigt nur, was ich ohnehin schon wusste: nämlich dass das, was die Symbole aktiviert haben mag, nicht von dir ausgegangen ist.«

»Das alles ergibt keinen Sinn«, sagte Oslang. »Die Symbole aktivieren sich nicht von selbst. Außerdem hätte die Aktivierung nicht auf so einen kleinen Bereich beschränkt sein dürfen. Und aufgrund der Heftigkeit der Reaktion hätte ich einen Uhriel in der Tür erwartet und keinen Haufen verwirrter Brüder.«

»Du übertreibst – wie immer«, schnappte Andawyr; dann fügte er wenig überzeugend hinzu: »Vielleicht sind sie defekt.«

Oslang warf ihm einen Blick zu, der schon an Verachtung grenzte. »Defekt! Wie sollte das wohl möglich sein? Und ich übertreibe nicht, das weißt du. Um Himmels ...«

Andawyr hob die Hand als Zeichen, dass er den Tadel akzeptierte. Dann atmete er tief durch. »Nun, jetzt kann ich sowieso nicht mehr schlafen, selbst wenn ich wollte. Lasst uns anfangen, solange alles noch frisch ist.« Er blickte zu den beiden Wölfen und schnalzte vorwurfsvoll mit der Zunge. »Und? Sind *sie* auch in Ordnung?«

»Ja, danke.« Tarrians Stimme erfüllte Andawyrs Kopf. »Ich weiß ja nicht, was es dir bedeutet, aber du kannst Antyr dafür danken, dass er uns alle sicher zurückgebracht hat. Was auch immer du da drin getan hast, hätte uns fast alle den Verstand verlieren lassen.«

»Was *ich* getan habe?«, rief Andawyr laut, womit er sowohl Yatsu als auch Oslang erschreckte. »Was meinst du mit, was *ich* getan habe? Ich habe nichts getan.«

»Antyr hat es nicht getan, wir auch nicht, und außer uns warst nur du dort.«

»Aber ...«

Andawyr sah das wölfische Äquivalent eines abschätzigen Blickes, womit das Thema erledigt war, soweit es Tarrian betraf. Angesichts der darauf folgenden Stille, drehte Andawyr die Lampen noch etwas heller; dann schüttelte er wütend das Kissen auf, schwang die Füße aufs Bett, legte sich zurück und verschränkte die Hände hinter dem Kopf.

»Können wir nicht an einen etwas ... einen etwas angenehmeren Ort gehen, um das alles zu besprechen?«, fragte Oslang und ließ seinen Blick durch den unordentlichen Raum schweifen.

»Ich finde es hier sehr angenehm«, erklärte Andawyr in endgültigem Tonfall.

Oslang verzog gequält das Gesicht und zog den Stuhl ans Bett heran. »Dann machen wir uns mal daran, alle Einzelheiten durchzugehen«, sagte er, nachdem er sich wenig elegant wieder auf den Stuhl hatte fallen lassen.

Andawyr antwortete nicht sofort. Er starrte in eine unbestimmte Ferne. »Es war von Anfang an ein äußerst seltsamer Traum«, begann er schließlich. »Ich habe Antyr dort gefühlt.« Er drehte sich zu dem Traumfinder um. »Es war wirklich faszinierend. Wir müssen einmal ...«

Oslang räusperte sich geräuschvoll. Andawyr blickte ihn von der Seite her an und wandte sich wieder seiner Erinnerung zu.

»Wie gesagt, es war ein seltsamer Traum. Ich betrachtete mein Spiegelbild in einem See ... und die

Berge. Usche und Ar-Billan waren dort, auch wenn sie nichts gesagt oder getan haben. Sie schienen einfach nur ... dort zu sein und haben gewartet. Dann waren da Sturmwolken, und ich ging inmitten eines heulenden Blizzards durch die Gänge der Cadwanen ... Überall war Schnee. Sämtliche Symbole wiesen auf einen Angriff hin, doch das war egal. Es war nur ein kleiner Angriff, das wusste ich, allerdings nicht von wem oder warum. Und Hawklan war auch dort.« Er blickte zu Oslang. »Mit dem Schwert – Ethriss' Schwert. Aus irgendeinem Grund hat es mich nicht überrascht, es wieder zu sehen. Ich streckte die Hand aus, um es zu berühren, und dann ...« Er warf die Arme in die Luft.

»So war es«, bestätigte Antyr. »Eigentlich war es ein recht gewöhnlicher Traum. Ich weiß nicht, ob die Gestalt Hawklan war; Andawyr hielt sie auf jeden Fall dafür. Und trotz allem, was geschehen ist, hatte der Traum nichts von einem Albtraum an sich: keine Spur von Angst oder Entsetzen. Das einzig Ungewöhnliche war die Tatsache, dass Andawyr nicht mehr die Kontrolle über seinen Traum ausübte, was normalerweise der Fall ist, wie ich vermute. Er ließ den Dingen ihren Lauf.«

»Oder sie haben mich mitgerissen«, sagte Andawyr. »Das *war* seltsam, wie ich gestehen muss. Wie du gesagt hast, habe ich normalerweise alles unter Kontrolle, doch diesmal nicht. Das war zwar nicht unangenehm, aber es war sicher nicht normal. Vielleicht lag das daran, dass auch du dort warst.«

»Vielleicht, aber es war *deine* bewusste Entscheidung.«

Andawyr verzog das Gesicht.

»Und du warst nicht ganz ehrlich, was das Schwert betrifft«, fuhr Antyr fort. Er suchte nach den richtigen

Worten. »Irgendetwas an der Waffe zog dich unwiderstehlich an. So viele merkwürdige Gefühle. Gefühle, wie ich selbst nie sie empfunden habe und die ich auch nicht erklären kann. Tarrian?«

»Er ist ein Mynedarion«, lautete die knappe Antwort.

»Wie es scheint, sind das alle hier«, sagte Antyr. »Aber zumindest sind sie gutwillig.«

»Vielleicht, aber genau da verbirgt sich unsere Antwort. Und in dem Schwert.«

Antyr atmete geräuschvoll aus. Er fühlte, dass Tarrian und Grayle sich jenseits seines Bewusstseins miteinander unterhielten. Das taten sie immer, nachdem sie über die Traumpfade gewandert waren, und er wusste aus Erfahrung, dass es wenig Sinn ergab, sie deswegen zu bedrängen. Tarrian wollte für den Augenblick nichts mehr sagen, und Antyr blieb nichts anderes übrig, als dem Hinweis seines Erdhalters zu folgen.

»Erzähl mir von diesem Schwert«, forderte er Andawyr auf.

Achtes Kapitel

»Ja, das Schwert«, sinnierte Andawyr. »Merkwürdig, dass ich nach all der Zeit wieder daran gedacht habe.« Er lächelte reumütig. »Ich habe mir wohl nur im Traum einen Wunsch erfüllt, das ist alles.«

»Dann ist es also etwas Besonderes?«, fragte Antyr.

»O ja. Etwas sehr Besonderes sogar. Ich bedauere nicht viel in meinem Leben, aber dass ich die Gelegenheit nicht genutzt habe, es eingehender zu studieren, als es noch da war, gehört eindeutig dazu.« Andawyr zuckte mit den Schultern. »Na ja, damals waren wir noch nicht, was wir heute sind. Vermutlich hätten wir gar nicht so viel gelernt. Ganz zu schweigen von der Tatsache, dass wir uns zu jener Zeit noch um viele andere Dinge haben kümmern müssen.« Er seufzte leise. »Wahrscheinlich habe ich mich nur wieder daran erinnert, weil ich heute so viel an Hawklan gedacht habe. Ich glaube nicht, dass es irgendetwas mit dem zu tun hat, was gerade geschehen ist.«

»Tarrian ist da anderer Meinung, und wenn du nicht so gerne darüber sprechen willst, ist das nur umso mehr Grund, eingehender darüber zu reden.«

Ein Schatten von Wut huschte über Andawyrs Gesicht, doch ob er sich nun über sich selbst ärgerte oder über sein Gegenüber, vermochte Antyr nicht zu sagen.

»Du hast Recht«, sagte Andawyr nach kurzem, unangenehmem Schweigen und zupfte an seinem Kissen herum. »Ich weiß nicht so genau, was ich darüber sagen soll. Es war Hawklans Schwert. Er hat damit in einer der großen Schlachten des Ersten Kommens gekämpft.« Er hob die Hand, um Antyrs verwirrter Frage zuvorzukommen. »Fragen sind sinnlos«, erklärte er. »Wir haben nicht die geringste Ahnung, wie Hawklan – oder ein Teil von ihm – gleichzeitig in jener und in unserer Zeit sein konnte. Er selbst weiß es übrigens auch nicht; aber es ist so – jedenfalls soweit wir das beurteilen können. Es gibt viele Mysterien aus dieser Zeit; allerdings muss ich zugeben, dass dies wohl das größte ist.« Er hielt unvermittelt inne, als er sich wieder an die Schwierigkeiten mit diesem lange diskutierten Problem erinnerte; dann fuhr er fort: »Jetzt wollen wir uns erst einmal auf unser eigenes Mysterium konzentrieren. Wie gesagt hat das Schwert Hawklan gehört, und es gehört ihm noch immer, obwohl es nach jener schrecklichen Schlacht verloren gegangen ist. Hawklan fand es in der Waffenkammer von Anderras Darion, oder besser: *Es* fand *ihn*. Es ist ihm im wörtlichen Sinne von einem Haufen Waffen vor die Füße gefallen. Es schien von ihm angezogen zu werden. Damals wusste niemand, was es war. Man vermutete nur, dass Ethriss es dort zurückgelassen hatte – schließlich zog er unbewaffnet in die Letzte Schlacht –; etwas Genaues weiß man jedoch nicht.«

Unzählige Fragen in Bezug auf Hawklan schwirrten in Antyrs Kopf herum, doch Andawyrs Verhalten zeigte eindeutig, dass er sich nicht weiter zu dem Thema äußern wollte. Antyr zwang sich, seine Aufmerksamkeit wieder auf den Traum zu richten.

»Dieses Schwert ist also etwas Besonderes, weil es mit Ethriss in Verbindung steht – ein Symbol seiner früheren Siege«, schloss er, »so etwas Ähnliches wie ein Kriegsbanner, um das sich die Truppen scharen.«

»Nein«, widersprach Andawyr schlicht. »Es ist etwas Besonderes, weil es *an sich* etwas Besonderes ist. Es ist ein äußerst ungewöhnliches Artefakt. Es ist so etwas wie ein … ein Fokus … eine Konzentration der Macht. Das ist nicht leicht zu erklären. Tatsächlich ist es sogar *unmöglich* zu erklären.« Wie ein trotziger Schuljunge hob er die Fäuste. »Ich wünschte nur, ich würde es noch einmal in die Finger bekommen.«

»Was ist damit passiert?«

Andawyr nahm die Hände wieder herunter und blickte traurig auf sie hinab. »Hawklan hat es in den Kedrieth-See geworfen, als Sumeral sich ihm entgegen gestellt hat. Er hat es *weggeworfen.*« Offensichtlich betrachtete er das als Fehler.

»Unter den gegebenen Umständen war das wohl kaum überraschend«, bemerkte Oslang.

Sofort widerrief Andawyr. »Nein, natürlich nicht. Trotzdem …« Nachdenklich legte er die Stirn in Falten. »Er hat nur ein einziges Mal über jene Zeit gesprochen – jedenfalls mit mir. Ich erinnere mich daran, dass er erzählt hat, wie es durch die Dunkelheit fiel und fiel, bis es mit einem lauten Klirren gelandet ist. Keine Ahnung, warum ich ihn damals nicht gefragt habe, was er damit gemeint hat.«

»Nach allem zu urteilen, was du und die anderen mir erzählt habt, waren zu jenem Zeitpunkt eine Menge seltsamer Geräusche zu hören, um es vorsichtig auszudrücken«, sagte Oslang. »Das war ja auch nicht verwunderlich mit Sumerals Niederlage, der Zerstörung von Derras Ustramel und so.«

»Das stimmt«, räumte Andawyr ein. »Aber das war davor, und Hawklan war sehr deutlich, was die Sache mit dem Schwert betraf. Es fiel und fiel durch die Dunkelheit, bis es mit einem lauten Klirren landete …

Was für eine merkwürdige Bemerkung. Es platschte nicht einfach in den See, als es vom Damm herunterfiel ... Rätsel über Rätsel ... Und warum habe ich seitdem kaum darüber nachgedacht?«

»Doch, das hast du«, widersprach Oslang leicht gereizt. »Oder hast du vergessen, dass du *mir* den Auftrag erteilt hast, mit diesen Hochgardisten auf die Suche danach zu gehen?« Er wandte sich Antyr zu, als wäre der Traumfinder ein langjähriger Verbündeter. »Wir waren wochenlang dort – mitten in den Eingeweiden von Narsindal.« Er schauderte. »Es ist ein Wunder, dass ich anschließend nicht alles hingeworfen habe und wieder nach Hause gegangen bin, das kann ich dir sagen. Und was diese armen jungen Kerle betrifft: Sie haben ihr verdammt Bestes getan. Sie sind durch den verfluchten See gewatet, haben in ihm herumgefischt und sind sogar hinabgetaucht – *hinabgetaucht*, um Himmels willen! Einige von ihnen sind schwer erkrankt. Du kannst dir nicht vorstellen, wie furchtbar es war. Es gibt keine Worte, um diesen Ort zu beschreiben. Weißt du ...?«

»Ja, ja«, unterbrach ihn Andawyr erregt. »Ich erinnere mich. Und ich erinnere mich auch daran, dass ich mich anschließend bei dir in aller Ausführlichkeit entschuldigt habe – und das mehrmals.« Die beiden Männer blickten einander schweigend an, bis Andawyr mit einem schelmischen Lächeln den Waffenstillstand erklärte. »Wie auch immer ...«, sagte er. »Ich wünschte, ich hätte das Schwert jetzt hier. Wir müssen mit Hawklan darüber reden, wenn wir in Anderras Darion sind.«

»Das alles bringt uns jedoch nicht der Antwort auf die Frage näher, was in deinem Traum geschehen ist«, bemerkte Antyr so taktvoll wie möglich. »Was auch immer aus dem Schwert geworden sein mag, ist es wirklich endgültig verloren?« Die Frage war sowohl an Andawyr als auch an Oslang gerichtet.

Beide Männer nickten gedankenverloren.

»Dann weiß ich nicht mehr weiter«, erklärte Antyr. »Allerdings habe ich den Eindruck, Andawyr, dass die Waffe wichtiger für dich ist, als du im Augenblick bereit bist zuzugeben, ob dir das nun bewusst ist oder nicht. Das könnte vielleicht die seltsamen Gefühle erklären, die ich empfunden habe, als du es berühren wolltest ... Eine schwammige Erklärung, wie ich zugeben muss, zumal das auch nichts mit der plötzlichen Gefahr zu tun hat.«

Er blickte zu den Symbolen, die schwach neben der Tür glühten. »Falls diese ... diese Warndinger, diese Maschinen oder was auch immer sie sein mögen, wirklich defekt sind, warum haben sie dann so reagiert? Und warum warst du so überrascht, dass nur hier im Gang noch ein paar weitere aktiviert worden sind?« Die letzte Frage war an Oslang gerichtet.

Es folgte ein langes Schweigen. Als Oslang schließlich antwortete, klang seine Stimme ernst und sachlich.

»Die Warnzeichen sind keine Maschinen, Antyr – zumindest keine, wie du sie dir vermutlich vorstellst. In vielerlei Hinsicht könnte man sie eher als ein Lager für Wissen bezeichnen – *unser* Wissen, dass wir über die Jahre angesammelt haben. Sie sind alle miteinander verbunden, und sie suchen ständig in den Cadwanen nach ... nach *unangemessenen* Anwendungen der Macht. Sie können nicht im eigentlichen Sinne denken, bisweilen hat man jedoch den Eindruck, sie könnten es doch, wenn man beobachtet, wie sie sich ständig gegenseitig überprüfen, um ein Höchstmaß an Schutz zu gewährleisten. Du musst verstehen, dass sie geschaffen wurden, um uns vor einem ungewöhnlich listigen und fähigen Feind zu beschützen; es sind wirklich sehr ausgeklügelte Geräte, heute mehr denn je. Was diese beiden hier angezeigt haben, war eine Bedrohung erster Ordnung, ein massiver Missbrauch der Macht. Unter normalen Umständen wären wir von einem schweren Angriff ausgegangen, der sämtliche Warnzeichen in den gesamten Cadwanen hätte aktivieren müssen. Dass sich nur diese wenigen derart spontan aktiviert haben, ergibt keinen Sinn.«

Wieder folgte ein langes Schweigen. »Willst du mir damit sagen, dass das, was geschehen ist, theoretisch nie hätte geschehen *können*?«, fragte Antyr schließlich vorsichtig.

»Ja, verdammt noch mal, genau das will er damit sagen«, knurrte Andawyr diesmal offen verärgert. Er schwang sich aus dem Bett. »Es war vollkommen unmöglich. Lasst uns von hier verschwinden. Ich brauche einen Ort zum Nachdenken. Oslang, bring Antyr in mein Arbeitszimmer. Sobald ich mich gewaschen und umgezogen habe, werde ich zu euch kommen.«

»Brauchst du mich noch?«, fragte Yatsu.

Andawyr blickte ihn an, und ein Lächeln vertrieb den finsteren Ausdruck aus seinem Gesicht. »Ah, die stets geduldigen, stets aufmerksamen Goraidin. Unsere schweigsamen Wächter draußen in der Welt. Wie würden wir nur ohne euch zurechtkommen? Ich hatte dich ganz vergessen, Yatsu, tut mir Leid. Danke für das, was du heute Nacht getan hast. Ich nehme an, du hast einigen das Leben gerettet, als du Oslang auf seinem Stuhl und unsere eifrigen Brüder vor der Tür gehalten hast. Wenn du willst, kannst du dich uns gerne anschließen; aber ich fürchte, wir werden nur endlos reden. Heute Nacht werden wir keine ›Experimente‹ mehr machen, dessen kannst du sicher sein.«

Yatsu verneigte sich. »Glaubst du nicht, dass ihr mich brauchen werdet, um euch beide auseinander zu halten?« Er nickte in Richtung Oslang.

»Ich habe das Gefühl, dass Antyr schon mit uns fertig werden wird«, erwiderte Andawyr.

Yatsu lächelte. »Dann lasse ich euch jetzt allein. Es war ein langer Tag.«

Andawyrs Arbeitszimmer lag nur ein kleines Stück von seinem Schlafzimmer entfernt, doch auf dem Weg dorthin kamen Oslang und Antyr gleich an mehreren Leuten vorbei, die offenbar allesamt dringende Aufgaben zu erledigen hatten. Obwohl man sie nur stumm und flüchtig grüßte, gewann Antyr den Eindruck, dass er und Oslang eine Menge Aufmerksamkeit auf sich zogen.

Oslang blickte ihn müde an. »Morgen wird hier das reinste Chaos herrschen«, sagte er. »So viele kluge und unverbesserlich neugierige Menschen zu ermutigen, noch klüger und noch neugieriger zu werden, hat nämlich den Nachteil, dass sie es auch wirklich werden.«

Sein zerknirschter Gesichtsausdruck provozierte ein Lachen von Antyr, gefolgt von einer nicht ernst gemeinten Entschuldigung.

Als sie Andawyrs Arbeitszimmer betraten und das Licht anging, fand sich Antyr in einem Raum wieder, der in krassem Gegensatz zu Andawyrs Schlafzimmer stand. Alles hier war funktional und auf Effizienz ausgelegt. Zwei Wände wurden von schlichten, eleganten Regalen voller Bücher und Schriftrollen dominiert, die ordentlich angeordnet und gekennzeichnet waren. Ein Kreis kleinerer Tische umgab einen größeren in der Mitte des Raums, und an der dritten Wand befanden sich zwei reich geschmückte Holzpaneele, von denen Antyr wusste, dass sich Spiegelsteine dahinter verbargen.

»Das sieht schon anders aus, nicht wahr?« Oslang hatte Antyrs überraschten Gesichtsausdruck richtig gedeutet.

»In der Tat«, bestätigte Antyr.

Tarrian und Grayle drängten sich an ihm vorbei, um den Raum einer gründlichen Untersuchung zu unterziehen.

»Es gibt tatsächlich einen Grund dafür«, fuhr Oslang fort. »Wenn Andawyr sagt, Ordnung sei nicht seine Stärke, ist das eine drastische Untertreibung.« Er tippte sich an die Schläfe. »Hier drin sind Gedanken so scharf wie Kristalle und logische Reihen gerader als der Horizont auf See, und er besitzt eine visionäre Kraft und eine Intuition, für die ›inspiriert‹ ebenfalls eine Untertreibung wäre. Aber das hier ...« Er schüttelte den Kopf. »Andawyr ist eine Katastrophe. Dieser Raum hier ist so etwas wie ein Kompromiss. Es ist sein Raum, den er meist auch tatsächlich nur allein benutzt, aber *wir* ...«, er tippte sich auf die Brust, » ... *wir* halten ihn in Ordnung, einschließlich sämtlicher Aufzeichnungen, Bücher und dergleichen. Von Zeit zu Zeit kommt es deswegen zu Reibereien, aber alles in allem läuft es recht gut.«

»Ein Kompromiss?«, hakte Antyr nach.

»Der Kompromiss besteht darin, dass er uns den Raum – und in gewissem Maße auch sich selbst – in Ordnung halten lässt, und als Gegenleistung dafür füttern wir ihn.«

»Oh, *die* Art von Kompromiss«, lachte Antyr, dem Oslangs subtile, bissige Art gefiel. »Die Art von ›Kompromiss‹ kenne ich. Ich würde ihn in dem Satz zusammenfassen: Tu, was man dir sagt, und es gibt keine Probleme.« Diesmal war es Oslang, der lachte. Es war ein tiefer, zurückhaltender Ton; nichtsdestotrotz hellte sein Gesicht sich deutlich auf. Er führte Antyr zu einem Stuhl an dem großen Tisch.

»Wo wir gerade davon reden …« Antyr hatte sich entschlossen, endlich die Frage zu stellen, die ihm schon seit seiner ersten Begegnung mit Andawyr im Kopf herumspukte. »*Wer* sagt hier eigentlich den Leuten, was sie zu tun oder zu lassen haben?«

Oslang blickte ihn verwirrt an, sodass Antyr fortfuhr:

»Hier scheint es keine formelle Herrschaft zu geben. Andawyr wird als Oberhaupt des Ordens bezeichnet und du als sein Stellvertreter, doch ihr tragt weder besondere Kleidung noch irgendwelche Insignien. Andawyrs Quartier unterscheidet sich in nichts von den anderen, zumindest nicht von außen. Er isst in einem öffentlichen Refektorium. Usche und Ar-Billan, die beide weit unter euch stehen und zudem viel jünger sind, sprechen mit euch wie …« Er hielt kurz inne und dachte nach.

»Wie wir gerade miteinander reden?«, schlug Oslang vor. »Wie Gleichgestellte?«

»Nun … Ja«, bestätigte Antyr.

»Stört dich das?«

»Nein«, antwortete Antyr, ohne zu zögern, obwohl sein Tonfall genau das Gegenteil vermuten ließ. »Ganz und gar nicht … glaube ich. Ich finde es nur sehr ungewöhnlich. Wo ich herkomme, geht es besonders in den Palästen der Reichen und Mächtigen deutlich anders zu. Die Menschen wissen, wo sie und auch die anderen hingehören, und verhalten sich entsprechend. Man erweist Höherstehenden offen und deutlich Respekt.«

Oslang blickte ihn aus zusammengekniffenen Augen an. »Ich glaube, du meinst eher damit, dass man Respekt *zur Schau* stellt, oder? Die Leute verhalten sich so, wie es für sie am besten ist, sei es nun, um nicht das Opfer von Machtmissbrauch zu werden oder um sich selbst diese Macht zu sichern – Ehrgeiz.«

»Ja, ich nehme an, das habe ich damit gemeint«, gestand Antyr widerwillig und nach kurzem Nachdenken. Das ist recht oft der Fall, aber nicht immer. Einige der Mächtigen werden sowohl gefürchtet als auch wirklich respektiert.«

»Aber nur einige.«

Antyr geriet ins Wanken. »Ja ... aber ... Ich wollte nicht kritisieren, wie ihr es hier handhabt...«

Oslang lächelte. »Ich wollte dich nur ein wenig necken«, sagte er. »Das ist bei einem Gast zwar riskant, aber ich hatte so das Gefühl, dass du es mir nicht übel nehmen würdest.« Bevor Antyr etwas darauf erwidern konnte, rückte Oslang seinen Stuhl näher heran, und seine Stimme nahm einen belehrenden Tonfall an. »Das Risiko ist groß, selbstgefällig zu klingen, wenn ich dir von uns erzähle; aber die Frage war interessant. Natürlich haben auch hier manche Leute mehr zu sagen als andere. Eine gewisse Hackordnung ist unvermeidlich, sobald mindestens zwei Menschen auf einem Fleck beisammen sind; das liegt in unserer Natur. Hier ist es uns bis jetzt aber gelungen, die schlimmsten Auswüchse dieses Rudeltriebs zu unterdrücken.« Tarrian richtete die Ohren auf. Plötzlich wurde Oslang ernst. »Ethriss hat unseren Orden geschaffen, um Wissen zu sammeln – und vielleicht auch Weisheit –, damit wir es gegen einen schrecklichen Feind einsetzen können. Aber er hat uns auch ermahnt, weiter zu gehen, auf ewig zu suchen, denn unser größter Feind wird stets die Unwissenheit bleiben – Unwissenheit über uns selbst und über die Welt um uns herum. Das ist es also, was wir tun – was wir immer getan haben, wenn auch mit wechselndem Erfolg. Wir sammeln Wissen sowohl um seines praktischen Nutzens als auch um seiner selbst willen; wir sammeln es um all der Wunder willen, die wir immer wieder finden. Bei der Suche nach der Wahrheit verlassen wir uns sehr auf die Vernunft. Alles wird immer wieder hinterfragt und mittels Diskussion und Experiment erbarmungslos überprüft.« Er hob den Finger, um Antyrs Frage zuvorzukommen. »Und auf dieser Suche verschmähen wir nichts, was uns weiteres Wissen bringen könnte. Einsicht gewinnt man oft an den merkwürdigsten Orten. Andawyr würde einem Stallburschen genauso aufmerksam zuhören wie mir oder einem anderen unserer Brüder. Manchmal können die einfachsten Worte die Perspektive vollkommen verändern. Sie können unerwartet Licht in die Dunkelheit bringen ... oder eine Dunkelheit erkennbar machen, von der bisher niemand wusste, dass sie existierte. Und jeder, der sich uns anschließt, muss das von Anfang an lernen. Wir versuchen, die zerstörerischen Nebenwirkungen unserer persönlichen Eitelkeiten durch Ehrlichkeit und Vertrauen abzuschwächen; aber natürlich ist das keine einfache Lektion – für niemanden. Im Herzen sind wir noch immer Rudeltiere und fehlbar. Doch insgesamt bemühen wir uns, eine Gemeinschaft unabhängiger Individuen zu sein, die trotzdem zusammenarbeiten, und jedwede Autorität, die einer von uns besitzt, gründet sich gleichermaßen auf dessen Fähigkeiten wie auf die Anerkennung durch die Allgemeinheit. Natürlich ist im Augenblick die Tatsache recht hilfreich, dass wir in einer aufregenden Zeit leben, in der so viel Neues geschieht, sodass es für jeden genug zu tun gibt. Was du wohl als die ›Regierung‹ dieses Ortes bezeichnen würdest, ist strukturiert und unstrukturiert zugleich. Strukturiert in dem Sinne, dass natürlich jeder von uns seine eigene Verantwortung hat und für jeden Fehler Rechenschaft ablegen muss. Unstrukturiert, weil gleichzeitig jeder Verantwortung für das Ganze übernimmt.« Er lachte leise. »Andawyr zum Beispiel würde mehr tun, als nur mit einem Stallburschen zu plaudern. Falls der Stall ausgemistet werden müsste und alle anderen beschäftigt wären, würde er es selber tun.«

»Das soll eine Metapher sein, nehme ich an«, sagte Antyr.

»Nein, nein.« Oslang lachte. »Warum, glaubst du wohl, sieht seine Robe so schäbig aus?«

Antyr riss die Augen auf. »Ich kann mir beim besten Willen nicht vorstellen, wie der Herzog von Serenstad die Ställe ausmistet, ganz zu schweigen von einigen seiner Offiziere. Andererseits hat er in jungen Jahren immer in vorderster Reihe gekämpft. Zumindest im Krieg hat er von anderen nie verlangt, was er nicht selbst zu tun bereit war.«

»Und deshalb sind seine Männer ihm treu gefolgt«, sagte Oslang.

»Auf viele trifft das mit Sicherheit zu«, erwiderte Antyr. »Aber im Gegensatz zu hier kann man seine Herrschaft über die Stadt kaum als Triumph der Logik und der Vernunft bezeichnen. Verschwörungen und Intrigen waren unter seiner Regierung an der Tagesordnung; unzählige Fraktionen rangen um die Macht im Staat.«

Oslang lachte erneut. »Ich fürchte, du hast nur diesen Eindruck, weil ich es dir ein wenig zu schnell erklärt habe. Was wir hier haben, würde ich beileibe nicht einen Triumph nennen. Es funktioniert recht gut; aber auch bei uns ist nicht alles Gold, was glänzt, und einige der armseligen Streitereien zwischen den ach so rationalen Erwachsenen würde man selbst auf einem Schulhof nicht erleben, glaub mir. Und was das Thema Macht betrifft ... Was bedeutet denn Macht über andere? Ich befehle dir, etwas zu tun; du weigerst dich, und entweder durch Gewalt oder durch Androhung derselben zwinge ich dich dazu. Aber gleichzeitig müsste ich ständig über die Schulter schauen, damit jemand nicht dieselbe Regel gegen mich anwendet. So funktioniert das doch, oder?«

Antyr runzelte die Stirn. »Ja, aber es funktioniert gut genug, besonders wenn der eine so viel stärker ist, dass er den anderen töten kann, ohne fürchten zu müssen, bestraft zu werden.«

Oslang blickte sein Gegenüber ernst an. »Ja, das stimmt. Bitte, entschuldige. Ich wollte deine Ausführungen nicht ins Lächerliche ziehen. Auch wir haben schmerzhaft erfahren müssen, dass es ein grundlegender Fehler ist anzunehmen, mit Gewalt ließe sich keine Lösung erzwingen. Vielleicht funktioniert unsere Gemeinschaft auch nur, weil wir über diese Furcht erregende Macht verfügen und ...«

»Aha. Euren feierlichen Gesichtern nach zu urteilen, habt ihr während meiner Abwesenheit wohl die Welt ins rechte Lot gerückt.« Das war Andawyr. Er setzte sich neben Antyr und klatschte in die Hände.

»Und wer wäre auch besser dafür geeignet?«, erwiderte Oslang und lehnte sich zurück. »Wir haben gerade damit begonnen, den Sinn der menschlichen Existenz zu definieren.«

Abschätzig verzog Andawyr das Gesicht. »Eine leichte Aufgabe, wie ich sehe. Der Sinn der menschlichen Existenz ... ist es, sämtliche Geheimnisse des Universums zu ergründen und herauszufinden, woher wir kamen und wohin wir gehen. Nächste Frage!«

Antyr ließ sich vom fröhlichen Geist der Diskussion anstecken. »Und werden wir das schaffen?«, fragte er.

Andawyrs Antwort fiel unerwartet ernst aus. »O ja«, sagte er und lächelte. »Ohne Zweifel. Es wird aber eine Zeit lang dauern.«

Ein verächtliches Geräusch, einem Prusten nicht unähnlich, hallte in Antyrs und Andawyrs Kopf wider. Es stammte von den beiden Wölfen. Grayle hatte den Kopf auf die Pfoten gelegt und starrte sie an, während Tarrian sich leidenschaftlich kratzte.

»Würdet ihr euch vielleicht gerne an der Diskussion beteiligen?«, fragte Antyr bissig.

»Ihr seid noch nicht bereit dafür«, antwortete Tarrian. »Macht ruhig weiter. Wir werden uns schon melden, wenn es etwas Interessantes zu sagen gibt.«

Antyr zuckte mit den Schultern.

»Nun, vermutlich ist das nur eine andere Perspektive«, sagte Andawyr und blickte die beiden Wölfe rätselhaft an. Dann ergriff er Antyrs Arm. »Hast du dich wieder vollständig erholt?«, fragte er. »Keine Nachwirkungen irgendwelcher Art?«

»Nein, keine. Und du?«

»Ich bin noch immer verwirrt, das ist alles. Und ich mache mir Sorgen.« Er kippte seinen Stuhl gefährlich weit zurück und nahm ein paar Papiere aus einer

Schublade heraus. Nachdem er diese auf den Tisch geworfen hatte, kramte er in seiner Robe herum und holte schließlich einen Stift hervor. Gemächlich begann er, vor sich hin zu kritzeln.

»Ein Alarm erster Ordnung, Oslang. Auf einen winzigen Bereich begrenzt. Dein erster Gedanke?«

Oslang trommelte mit den Fingern auf den Tisch. »Ich fürchte, mein erster und letzter Gedanke sind ein und derselbe ... nichts«, antwortete er. Andawyr blickte ihn weiterhin erwartungsvoll an. Oslang fühlte sich offenbar in die Ecke gedrängt. Er seufzte. »Bis heute Nacht hätte ich es für unmöglich gehalten«, sagte er. »Aber ich habe es gesehen und gehört; also ist es nicht unmöglich. Deshalb würde ich es jetzt als äußerst unwahrscheinliches Ereignis bezeichnen. Allerdings habe ich nicht die geringste Ahnung, wo ich mit der Suche nach einer Antwort beginnen sollte.«

»Um die Ursache für ein unwahrscheinliches Ereignis zu finden, muss man vermutlich an einem unwahrscheinlichen Ort danach suchen. Was denkst du, Antyr?«

Die plötzliche Frage erschreckte Antyr. »Äh ... Keine Ahnung«, antwortete er. »Ich habe es euch schon erklärt. Es war hauptsächlich ein Reflex, der uns zurückgebracht hat. Nachgedacht habe ich so gut wie gar nicht. Auf jeden Fall ergibt es für mich genauso wenig Sinn wie für euch. An dem Traum war nichts Ungewöhnliches abgesehen von der fehlenden Kontrolle, die du normalerweise über deine Träume ausübst, Andawyr. Das an sich ist wohl kaum beunruhigend. Tarrian und Grayle haben ebenfalls nichts Ungewöhnliches entdeckt, sonst hätten sie es mir inzwischen gesagt. Was auch immer es war, es kam aus dem Nichts und ohne Vorwarnung. Ich habe allerdings das Gefühl, dass es etwas mit dem Schwert zu tun hatte.«

Andawyr nickte, doch wie bei Oslang blickte er auch Antyr weiter an, als erwarte er mehr. Antyr geriet ins Wanken. Er deutete auf die Symbole neben der Tür. »Wie genau funktionieren diese Dinger? Was *genau* sollen sie aufspüren?«, fragte er.

Nachdenklich folgte Andawyr Antyrs Blick; dann drehte er sich wieder zu ihm um. Auf die Frage ging er jedoch nicht ein. »Du bist hier, an diesem seltsamen Ort und fern der Heimat, weil du kein normaler Traumfinder bist, nicht wahr? Du hast uns erzählt, dass du irgendwie in der Lage wärst, in Welten vorzudringen, die so real sind wie diese hier und doch anders.«

»Ja.«

»Wie viel Kontrolle besitzt du über diese Fähigkeit?«

»Ich weiß nicht, ob ich sie überhaupt kontrollieren *könnte.* Das ist einer der Gründe, warum ich hier bin.« Er blickte zu Oslang. »Mein Unwissen belastet mich.«

»Warum?«

Wieder erschrak Antyr über die Frage, doch diesmal wartete Andawyr nicht auf die Antwort. »Warum freust du dich nicht einfach über diese Fähigkeit? Warum betrachtest du sie nicht einfach als einmalige Gelegenheit, Reiche zu erkunden, von denen andere nicht zu träumen wagen, geschweige denn, dass sie dorthin reisen?«

Antyr schüttelte den Kopf. »Du verstehst mich nicht. Es fühlt sich irgendwie falsch an, in einer anderen Welt zu sein.« Er hielt kurz inne. »Nein, das ist nicht ganz richtig. *Ich* habe mich irgendwie falsch gefühlt, als *ich* in einer anderen Welt war. Es war ein Gefühl der ... der Unzulänglichkeit. Ich habe nicht dorthin gepasst. Diese Gabe – wenn es denn eine ist –, von der ich nicht weiß, wie ich sie bekommen habe, entzog sich vollkommen meiner Kontrolle und tut es wahrscheinlich noch. Was ich getan habe, habe ich instinktiv getan. Ich war von meinen Erdhaltern abgeschnitten. Sie jagten in einem Reich, das von meinem getrennt war – irgendwo zwischen den Welten. Soweit ich weiß, hätte ich mich auf ewig in einer dieser Welten verlieren können; mein Leib wäre dann vielleicht weder tot noch lebendig gewesen.« Er schauderte, als die Ängste wieder zu ihm zurückkehrten, die er damals empfunden hatte. »Ich hatte vergessen, wie schrecklich es war. Und ich hatte in jenen fremden Welten auch das Gefühl, ein Eindringling zu sein, dass meine Gegenwart Folgen hatte, die ich nicht sehen konnte.«

Andawyr blickte ihn schmerzerfüllt an. »Und nun bedrückt dich meine Ignoranz«, sagte er. »Es tut mir Leid. Das war mehr als nur gedankenlos. Ich war von deiner Geschichte so fasziniert, dass ich mich einfach abscheulich verhalten habe. Nach solch einer Reise hattest du mindestens das Recht, eine Weile nichts zu tun. Und was mache ich? Ich bedränge dich. Ja, ich ziehe dich sogar in meine Träume hinein, und jetzt frage ich dich auch noch mitten in der Nacht aus.« Er schob die Papiere beiseite und schlug auf den Tisch. »Die Warnzeichen sind verstummt. Alles ist wieder normal. Ich kann mich gar nicht genug für mein Verhalten entschuldigen. Geh ins Bett, und ruh dich etwas aus. Morgen kannst du dann machen, was du willst. Wir werden über all das ein andermal reden, wann immer dir danach ist.«

Antyr schickte sich an aufzustehen, blieb dann jedoch sitzen. »Nein. Ich *bin* müde, aber ich bezweifele, dass ich schlafen kann. Im Augenblick würde ich eigentlich lieber reden.« Er blickte Andawyr aus zusammengekniffenen Augen an. »Warum hast du meine Frage betreffs der Symbole nicht beantwortet? Das ist schon die zweite, der du aus dem Weg gegangen bist.«

Diesmal war es Andawyr, den eine Frage erschreckte. Einen Augenblick lang fingerte er an den Papieren herum; dann warf er einen kurzen Blick zu den Symbolen, bevor er antwortete: »Du hast Recht. Ich würde gerne sagen, dass ich nur abgelenkt war, doch das wäre gelogen. Die Wahrheit ist, dass ich nicht genau weiß, warum ich deine Frage nicht beantwortet habe.« Er runzelte die Stirn. »Die Funktionsweise der Symbole ist nichts, was man geheim halten müsste.«

»Vielleicht liegt dieser unwahrscheinliche Ort, wo man nach einem unwahrscheinlichen Ereignis suchen muss, genau vor unserer Nase«, bemerkte Oslang.

Andawyr nickte. »Ja, darauf hätten wir schon längst kommen müssen.«

Er ging zu dem Symbol und winkte den anderen, ihm zu folgen. Leise vor sich hin summend, berührte er es. Antyr stieß ein unpassendes »Oh« aus, als es auf der Wand um das Paneel mit dem Symbol herum plötzlich von Zahlen und weiteren Symbolen nur so wimmelte. Auch Tarrian und Grayle trabten herbei, um zu sehen, was hier vor sich ging.

Mehrere Minuten lang studierten Andawyr und Oslang aufmerksam das Paneel. Gelegentlich berührte einer von ihnen ein Symbol, was unzählige Veränderungen bei den anderen hervorrief. Schließlich konnte Antyr sich nicht mehr beherrschen.

»Was hat das alles zu bedeuten?«, fragte er.

Andawyr blähte die Wangen. »Diesmal gehe ich deiner Frage nicht aus dem Weg, Antyr, wirklich nicht; aber ich weiß noch nicht einmal, wo ich anfangen sollte, dir das zu erklären. Du weißt einfach nicht genug.«

»Mir geht es ähnlich«, sagte Oslang. Er legte den Finger auf eine Figurenkette und schüttelte verwirrt den Kopf. »Die scheinen meine ursprüngliche Schlussfolgerung zu bestätigen.«

»Dass das, was geschehen ist, unmöglich war?«

Oslang murmelte etwas vor sich hin, und Andawyr hob die Augenbrauen und schnalzte kritisch mit der Zunge.

»Oslang hat einige sehr interessante alte Sprachen studiert«, erklärte er Andawyr. Oslang errötete und räusperte sich.

»Wir werden das in aller Ruhe und mit äußerster Sorgfalt untersuchen müssen«, sagte er und ignorierte Andawyrs Belustigung. »In diesen Figuren gibt es Anomalien – Widersprüche –, die einfach nicht da sein sollten. Es ist fast, als ...«

Andawyr ergriff Oslangs Arm und wandte sich rasch Antyr zu. »Deine Frage«, sagte er. »Was sollen die Warnzeichen aufspüren? Oslang hat das vorhin schon angerissen. Sie spüren Machtanwendungen auf, die von keinem von uns stammen oder ein zerstörerisches Ziel verfolgen. Sie erfüllen eine Aufgabe, die kein Mensch erfüllen könnte, und sie erfüllen sie ohne Unterlass und stets mit der gleichen Gründlichkeit und Präzision. Vor unserer Nase, Oslang, vor unserer Nase. Genau da ist es auch. Ich kann es förmlich riechen.« Er deutete auf das Paneel. »Einen Augenblick lang *muss* es hier eine Machtquelle gegeben haben, und zwar eine von beachtlicher Stärke.«

»Aber der Stärke der Reaktion nach zu urteilen, hätten wir beide sie ebenfalls fühlen müssen.«

»Nicht wenn dieser Augenblick sehr kurz gewesen ist.«

»Aber wirklich *sehr* kurz.«

»Vielleicht war es nur ein Augenblick zwischen zwei Augenblicken«, sagte Andawyr und blickte seinen Ordensbruder bedeutungsvoll an.

Oslang straffte die Schultern und erwiderte den Blick. Er setzte zweimal zum Sprechen an, bevor er schließlich erwiderte: »*Das* ist wirklich nur eine Mutmaßung, um es vorsichtig auszudrücken. Aber selbst, wenn ich diese Möglichkeit ebenfalls in Betracht ziehen würde – was ich nicht tue –, beantwortet das noch immer nicht die Frage nach dem Woher.«

»Es ist eigentlich gar nicht so sehr eine Mutmaßung«, widersprach Andawyr. »Du willst nur nicht akzeptieren, was daraus folgt.«

»Wer würde das schon wollen?«

»Vielleicht, aber das ist egal, nicht wahr? Es wäre nicht das erste Mal, dass unser Weltbild auf den Kopf gestellt werden würde.«

»Komm auf den Punkt.«

»Meiner Meinung nach gibt es nur eine Erklärung – oder zumindest ist es bis jetzt die Beste: Mit seiner seltsamen Fähigkeit, von der er zugibt, dass er sie nicht kontrollieren kann, hat Antyr Hawklans Schwert für diesen winzigsten aller Augenblicke in diese Welt gebracht.«

Oslang schüttelte den Kopf, doch weniger aus Widerspruch, als vielmehr um ihn freizubekommen. »Das geht mir alles zu schnell. Zu viele unfundierte

Gedankensprünge.« Schuldbewusst verzog er das Gesicht und warf Antyr einen entschuldigenden Blick zu. »Wir wissen nicht, um was es sich bei Antyrs Fähigkeit handelt. Was er erlebt hat, muss nicht unbedingt das sein, was er *glaubt*, erlebt zu haben. Wir müssen uns ausführlich mit ihm unterhalten. Wir …«

»Wir müssen es erst einmal unbesehen glauben«, unterbrach ihn Andawyr. »Wir haben bereits genug harte, interessante Fakten von Yatsu und Jaldaric bekommen, und nach der beschränkten Erfahrung des heutigen Abends, kann ich sagen, dass Antyr eine Fähigkeit besitzt, die …« Er wedelte mit den Händen herum. »Aus dem entsprechenden Winkel betrachtet *wissen* wir es.« Er wurde immer aufgeregter. »Antyr, ist es möglich …?«

Er hielt unvermittelt inne.

Antyr hatte die Augen geschlossen und schwankte unsicher.

Tarrian und Grayle traten drohend an seine Seite.

Neuntes Kapitel

Andawyr trat instinktiv auf Antyrs wankende Gestalt zu; doch Oslang, der sich noch sehr gut an Yatsus starken Arm erinnerte, welcher ihn auf den Stuhl zurück gedrückt hatte, als Andawyr und Antyr so abrupt aus ihrem Traum erwacht waren, packte ihn rasch. Und Oslang erinnerte sich auch an den Anblick der Wölfe mit ihren leuchtend gelben wilden Augen.

»Nein. Geh nicht näher ran.«

Kurz widersetzte sich Andawyr Oslangs Griff; aber im selben Augenblick, da er sich losreißen wollte, sträubte sich Tarrians Nackenfell, und der große Wolf fletschte die mächtigen Zähne, begleitet von einem drohenden Knurren.

Oslang verstärkte seinen Griff um Andawyrs Arm, doch nicht nur um seinen Ordensbruder von Dummheiten abzuhalten, sondern auch um sich selbst zu beruhigen.

Andawyr gab seinen Widerstand auf und erstarrte, als Grayle dem Beispiel seines Bruders folgte.

»Was ist los?«, fragte Andawyr alle drei, wobei er sich bemühte, so gleichmütig wie möglich zu klingen. Antyr, der noch immer schwankte, antwortete nicht, doch wilde, beunruhigende Bilder strömten in Andawyrs Geist, die offenbar von Tarrian stammten. Darunter war auch ein schwacher, rasch dahinschwindender Hauch von Bedauern; dann fühlte Andawyr, wie die angeborene Wildheit gänzlich von dem Wolf Besitz ergriff.

»Ich verstehe«, sagte er und bewegte sich als Reaktion auf Oslangs Drängen langsam rückwärts. »Das ist, was ihr seid. Ihr habt keine andere Wahl. Wir werden ihn auch bewachen.«

Als Antwort darauf bekam er wieder nur ein Knurren.

Den Blick fest auf die Wölfe gerichtet, tastete Andawyr hinter sich nach einem Stuhl. Nachdem er sich schließlich gesetzt hatte, winkte er Oslang, es ihm gleichzutun.

»Wir scheinen keine so große Bedrohung darzustellen, wenn wir kleiner wirken«, sagte er.

Trotz der Tatsache, dass er es gewesen war, der Andawyr zurückgezerrt hatte, zischte Oslang: »Wir können nicht einfach hier herumsitzen. Antyr ist krank.«

»Ich glaube nicht, dass wir unter diesen Umständen irgendetwas tun können«, erwiderte Andawyr.

Oslang verzog das Gesicht. »Vielleicht sollten wir sie irgendwie binden«, schlug er vor und deutete diskret auf die Tiere.

»Nein, nein«, widersprach Andawyr. »Jedenfalls jetzt noch nicht. Nicht bevor wir nicht ernsthaft bedroht werden oder Antyr offensichtlich in Gefahr schwebt.« Er sprach seine Gedanken im selben Augenblick aus, da sie ihm in den Sinn kamen, ein viel zu schneller Kontrapunkt zu dem steten Knurren der beiden Wölfe. »Wir wissen über keinen von ihnen auch nur das Mindeste, nur dass sie sich nicht mit der Macht vertragen. Niemand vermag zu sagen, was geschehen würde, sollten wir unsere Fähigkeiten direkt gegen sie einsetzen.«

Oslangs Blick huschte zu dem Warnzeichen und dann wieder zu den Wölfen.

»Starr sie nicht an«, ermahnte ihn Andawyr.

»Ich weiß. Aber ihre Augen sind nicht dieselben, wenn ... Oh.«

Noch während er sprach, wurden die Augen der Wölfe plötzlich wieder unnatürlich hell. Andawyr sog ob des Anblicks zischend die Luft ein. Das Knurren wurde langsam leiser, und Antyr sank mit noch immer geschlossenen Augen auf die Knie und legte sich langsam hin. Es war die berechnete Bewegung eines Mannes, der noch ausreichend Kontrolle über seinen Körper besaß, um einen Sturz zu vermeiden, bevor er das Bewusstsein verlor. Die Wölfe legten sich neben ihn. Ihre Erscheinung war nun noch bedrohlicher als zuvor, obwohl sie das Knurren aufgegeben hatten. Die nun folgende Stille verstärkte die Spannung im Raum nur, anstatt sie zu mildern. Das änderte sich auch nicht, als die beiden Tiere die Augen schlossen.

»So war es auch, als Antyr deinen Traum betreten hat«, flüsterte Oslang. Er wiederholte Antyrs strenge Warnung, dass er sich nicht einmischen solle, aber Andawyr musste nicht überzeugt werden. Er hatte noch immer das Bild der wilden Wolfsnaturen im Kopf.

Die beiden Männer blickten einander hilflos an.

»Ich nehme an, uns bleibt nichts anderes übrig, als zu warten«, sagte Andawyr schließlich und sprach damit widerwillig aus, was sie beide dachten. Trotzdem beugte er sich vorsichtig vor und betrachtete Antyr aufmerksam; er suchte nach irgendwelchen Zeichen von Gefahr an der reglosen Gestalt. Eines von Tarrians Augenlidern hob sich ein Stück und enthüllte eine scharfe, dünne gelbe Linie. Unnötigerweise legte Oslang seinem Freund die Hand auf den Arm, um diesen davon abzuhalten, näher heranzugehen.

»Er scheint einfach nur zu schlafen«, sagte Andawyr leise.

Oslang nickte, doch inzwischen galt seine Aufmerksamkeit dem Warnzeichen. Auch wenn es kein Geräusch von sich gab, das Symbol und die Zeichen veränderten sich so rasch, dass sie nur noch verschwommen zu erkennen waren.

Alles war Dunkelheit. Antyr stand wie angewurzelt da. Er war eins mit sich selbst, obwohl er sich bewusst war, dass sein Körper reglos in Andawyrs Arbeitszimmer lag, bewacht von seinen beiden Erdhaltern. So wie er dort war, so war er auch hier. In solchen Fällen war das immer so, denn wo auch immer er sein mochte, er befand sich nicht in irgendjemandes Traum. Dieser Ort war real. Das wusste er. Irgendwie und ohne den Übergang bemerkt oder ihn bewusst herbeigeführt zu haben, war er durch ein Portal gezogen worden … Es war ganz so wie damals bei seinem verzweifelten Kampf mit Ivaroth und dem Blinden.

Antyr fürchtete sich. Und er fürchtete sich auf vielerlei Art. Es waren primitive Ängste: Welche Gefahren lauerten hier? Welche Messer, welche Würgeschlingen und welche Boshaftigkeit verbargen sich in der Dunkelheit? Dann folgten vernünftigere Fragen: Wie war er hierher gekommen? War er selbst unwissentlich verantwortlich dafür, oder war dies das Werk von irgendjemand oder irgendetwas anderem, und wenn ja, wer oder was war das – und vor allem warum? Und die vielleicht Furcht erregendste Frage von allen: War es schlicht Zufall gewesen – wie ein herunterfallender Dachziegel, der den einen Mann erschlägt und dessen Gefährten unverletzt lässt? Und in der Folge all dieser Fragen: Wie konnte er von hier entkommen?

Er zitterte.

Als er sich dem blinden Mann mit all seiner schrecklichen Macht an jenem Ort jenseits aller Orte gestellt hatte, hatten die Stimmen der anderen, die dort gefangen waren, triumphierend aufgeschrieen und ihn einen Adepten genannt. Gleichzeitig hatten sie ihn jedoch auch verachtet. Er sei kaum ein Lehrling, hatten sie gesagt.

Antyr zweifelte nicht daran, dass Letzteres der Wahrheit entsprach, egal was Ersteres auch immer bedeuten mochte. Mit Sicherheit wusste er nur, dass Tarrian und Grayle ihn irgendwo suchten, dass ihre raubtierhaften Naturen durch die verwirrenden Räume zwischen den Welten jagten, durch Chaos und Veränderung und an Orten jenseits seiner Vorstellungskraft – jenseits *jedermanns* Vorstellungskraft.

Tarrian! Grayle!, rief er stumm.

Kurz hörte er den Hauch eines weit entfernten Heulens.

Zu mir! Zu mir!

Du wirst an allen Orten von einer großen und uralten Kraft beschützt. Stumm formte er mit den Lippen die rituelle Beruhigungsformel, die alle Traumfinder ihren Kunden vortrugen. Die Leere der Worte ließen ihm seine Lage noch aussichtsloser erscheinen. Panik keimte am Rand seines Bewusstseins auf, doch es gelang ihm, sie mit einem Hagel vernünftiger Argumente zurückzuhalten. War er bis jetzt nicht immer von solch einer Translation zurückgekehrt? Hatte nicht irgendeine innere Kraft ihn stets durch die größten Gefahren geführt, egal ob nun in seiner eigenen oder den jenseitigen Welten? Und war es wirklich wahrscheinlich, dass er ausgerechnet jetzt zerbrechen würde, nachdem die schrecklichen Feinde, die ihn hatten versklaven oder vernichten wollen, ihrerseits vernichtet waren? Und das nachdem er endlich die Cadwanen erreicht hatte, das Ziel seiner Reise? Die Cadwanen: ein Ort, der voller Hoffnung und Neugier war und wo man mit dem Licht von Vergangenheit und Gegenwart die Zukunft erhellte – das hatte Antyr schon nach einem Tag erkannt. Seit er seine Heimat verlassen hatte, hatte ihn nichts bedroht außer harten Märschen, schlechtem Wetter und Seekrankheit. Dann konnte ihn hier doch auch nichts bedrohen ... oder?

Und es bedrohte ihn auch nichts ... was er fühlen konnte.

Aber ...

Die Argumente, mit denen er sich zu beruhigen suchte, hatten etwas Machtloses an sich.

Die Panik drohte, wieder zurückzukehren, doch erneut drängte er sie zurück. Im Augenblick war für ihn Kontrolle das Wichtigste: Kontrolle über alles, worüber er die Kontrolle ausüben konnte. Da er nicht wusste, was er tun sollte, blieb ihm nichts anderes übrig, als zu warten.

Zu mir! Zu mir!

Nichts.

Wo war dieser Ort?

Die Dunkelheit und die Stille waren so vollkommen, dass er auf keinen Fall draußen liegen konnte. Draußen hätte er inzwischen mit Sicherheit zumindest einen *Hauch* von Licht am Himmel sehen oder ein schwaches Geräusch hören müssen: ein Nachtinsekt, ein umherhuschender Nager, das Flattern eines Vogels. Aber weder sah noch hörte er etwas, er spürte noch nicht einmal die Nachtluft auf seinem Gesicht.

Plötzlich kam ihm ein ganz anderer Gedanke. Yatsu hatte ihm einst eine Glühsteinlaterne gegeben und ihn ermahnt, sie zusammen mit anderen harmlosen Gegenständen ständig bei sich zu tragen. Die Erfahrung hatte ihn auf ihrer Reise durch die Berge den Wert dieses Rates gelehrt; doch inzwischen hatten alte Gewohnheiten wieder das Kommando übernommen – bedingt durch ein weiches Bett und das schnelle Aufwachen, um einem Kunden zu Diensten zu sein –, und die Tasche, die an seinem Gürtel hätte hängen sollen, lag zusammen mit diesem über einem Stuhl in seinem Zimmer.

Antyr schimpfte sich einen Narren. *Du bist mir ja ein schöner Adept! Welch Krieger des Weißen Weges!* Dass er plötzlich an einen fremdartigen Ort transportiert worden war, dafür konnte er nichts; doch dass er eine Lichtquelle vergessen hatte, war dumm und zeugte von seiner Unfähigkeit.

Nüchtern fasste Antyr einen Entschluss. Sowohl durch Glück als auch kraft seiner eigenen Fähigkeiten hatte er eine große Prüfung überlebt und eine seltsame, vielleicht wertvolle Gabe in sich entdeckt. Er musste sich den Fragen, die sich aus diesen Ereignissen ergeben hatten, stellen und sich ihnen ständig mit aller Aufmerksamkeit widmen. Er musste danach streben, wie Yatsu und Jaldaric zu werden, sich den Wert des Augenblicks bewusst machen und lernen, das Besondere im Gewöhnlichen zu erkennen. Den ›Geist des Kriegers‹ hatten die beiden das genannt, und immer hatten sie über den pompösen Klang dieses Begriffes gelacht. Aber sie hatten oft und über viele Dinge gelacht, diese sonst so ernsten Männer. Und sie sahen die Dinge so klar und waren so ausgeglichen, dass Antyr sie darum beneidete. Jede ihrer Bewegungen zeugte davon.

Der Entschluss war nicht neu, und Antyr ballte die Fäuste so fest, dass sich die Fingernägel in seine Handflächen gruben. Er ärgerte sich über seine eigene Torheit, die ihn zwang, sich noch einmal zu diesem Entschluss durchzuringen.

Er seufzte leise.

Das tat ihm gut – ein beruhigendes Geräusch.

Doch kaum war sein Seufzen verhallt, da erwachte die Dunkelheit um ihn herum plötzlich mit Myriaden Seufzern zum Leben. Sie waren so leise, dass Antyr das Geräusch fast nicht gehört hätte. Dann, so langsam, dass man es kaum wahrnehmen konnte, wurde das Geräusch lauter, leiser und wieder lauter. Zunächst glich es dem Rauschen des Meeres an einem entfernten Ufer, doch von Mal zu Mal wurde es lauter und seltsamer.

Als Antyr sich auf das Geräusch konzentrierte, um nach einem Hinweis darauf zu suchen, wo er sich befand, fühlte er, wie das Geräusch tief in ihn eindrang. Dabei weckte es uralte, unaussprechliche Ängste; es wirbelte sie auf, um Antyrs Geist zu vernebeln und ihm das Denken unmöglich zu machen. Die Ängste wuchsen und wuchsen ...

Schließlich vermochte Antyr nicht mehr zu sagen, was von dem Geräusch in und was außerhalb von ihm war. Inzwischen war es nicht mehr nur ein Geräusch; es hatte etwas Boshaftes an sich, das von allen Seiten auf Antyr eindrang.

Er spürte, wie sich ein Schrei in seiner Kehle bildete. Ein Schrei, nach dem das Geräusch gesucht hatte. Ein Schrei, von dem es sich nähren konnte. Ein

Schrei, mit dem es ihn ertränken und niederschmettern konnte, bis er eins mit der erstickenden Dunkelheit war.

Doch sein Geist lebte noch.

Er hatte auch früher schon grausamen und mächtigen Feinden gegenübergestanden und war aus dem Kampf als Sieger hervorgegangen.

Von einem Ort tiefer noch als der Ursprung der Ängste stieg ein grausamer, wilder Trotz empor.

»Nein!«

Andawyr zuckte zusammen, und Oslang schrie ebenfalls, als der Traumfinder plötzlich die Augen aufriss und die Hände nach vorne stieß, als wolle er etwas packen. Im selben Augenblick sprangen die beiden Wölfe auf, wedelten mit den Schwänzen und leckten Antyr das Gesicht. Kurz herrschte ein sabberndes Chaos, während der Traumfinder versuchte, seine Erdhalter gleichzeitig abzuwehren und zu umarmen.

»Dürfen wir uns jetzt bewegen?«, fragte Andawyr, der sich bereits halb von seinem Stuhl erhoben hatte; doch bevor Antyr etwas darauf erwidern konnte, fügte er hinzu: »Was ist passiert?«

Oslang wartete ebenfalls nicht auf die Antwort, sondern sprang auf, eilte zu dem Warnzeichen und musterte es eingehend.

»Ich war auf dem Weg, eine Antwort auf die Frage zu finden, wegen der ich hierher gekommen bin«, erklärte Antyr, nachdem es ihm schließlich gelungen war, die beiden Tiere zu beruhigen. »Ich war an einem anderen Ort.« Zitternd richtete er sich auf und ließ sich auf seinen Stuhl fallen.

Es folgte ein unangenehmes Schweigen.

»Du warst hier. Du hast auf dem Boden gelegen, und deine Gefährten haben dich bewacht«, erklärte Andawyr vorsichtig.

Antyr sackte nach vorne, senkte den Kopf und hob die Hand, um um Verständnis dafür zu bitten, dass er sich erst einmal erholen musste.

»Ja, ich weiß«, sagte er nach einem Augenblick und setzte sich wieder auf. »Einmal hast du dich vorgebeugt, um nach mir zu sehen, und Oslang hat dich zurückgehalten, stimmt's? Das war klug von ihm.«

Verunsichert und misstrauisch kniff Andawyr die Augen zusammen.

»Ich nehme dir deine Zweifel nicht übel«, sagte Antyr; »aber ich kann dir nur die Wahrheit sagen, so wie ich sie erlebt habe. Ich war sowohl hier als auch an einem anderen Ort. Es war sehr dunkel, und es war vollkommen still – zuerst. Dann ...« Er erzählte Andawyr, was geschehen war.

Der Cadwanwr hörte ihm aufmerksam zu, stellte aber keine Fragen. Sein Gesichtsausdruck war schwer zu deuten.

»Dort war es genauso real wie hier«, schloss Antyr seinen Bericht. »Aber wo ich war und warum, und wie ich dorthin gekommen bin, das weiß ich nicht – wie immer.«

Um die Bilder zu vertreiben, die während der Erzählung zurückgekehrt waren, wandte er sich Oslang zu, der noch immer das Warnzeichen studierte. »Verrät dir das irgendwas?«

Oslang machte ein seltsames Geräusch. »Nur dass Andawyrs Bemerkung, das etwas in alle bekannten Richtungen abzweigt, einmalig passend war.« Verärgert berührte er eines der Symbole; das komplexe Muster aus Zahlen und Symbolen verschwand, und das Paneel wurde wieder in seinen Ursprungszustand versetzt. »Später«, sagte er, drehte sich kopfschüttelnd um und runzelte die Stirn. »Ich werde später darüber nachdenken, wenn mein Verstand nicht mehr so durcheinander ist.«

»Konntest du ein Eindringen feststellen?«, fragte ihn Andawyr.

»Nein. Was *das* betrifft, bin ich sicher«, antwortete Oslang selbstbewusst. »Aber was da sonst noch war...« Er zuckte mit den Schultern. »Nun, wenn du willst, kannst du ja selbst nachsehen.«

Die drei Männer blickten schweigend einander an.

»Er war verschwunden.« Tarrians Stimme ertönte in Andawyrs Kopf. »So wie es auch früher schon der Fall gewesen ist. Durch eines der Portale. Grayle und ich konnten wieder einmal nichts anderes tun, als zu jagen und nach ihm zu rufen. Die Wege sind dann immer so ... so seltsam.« Bilder voller tierischer Bedürfnisse und Wildheit brachen über Andawyr herein und erfüllten nicht nur seinen Kopf, sondern seinen gesamten Körper. Obwohl er sie nur flüchtig sah – fast waren sie schon wieder verschwunden, bevor er sie erfassen konnte –, war ihre primitive und zugleich subtile Macht so groß, dass er erschrocken nach Luft schnappte.

»Ihr habt keine Worte dafür, Mensch, genauso wenig wie ich Worte für das habe, was sich jenseits der schmalen Brücke verbirgt, die uns verbindet. Mehr kann ich dir nicht geben.«

»Alles in Ordnung?«, fragte Oslang, der seinen erstarrten Freund besorgt musterte. Andawyr nickte und deutete auf Tarrian, nachdem er sich vom ersten Schreck erholt hatte.

»Besteht vielleicht die Möglichkeit, dass auch ich

mich an diesen Gesprächen beteiligen kann?«, erkundigte sich Oslang ein wenig verärgert.

»Nein«, sagte Tarrian schlicht zu Andawyr.

»Wie es scheint nicht«, erklärte Andawyr seinem Freund. »Aber frag mich nicht danach. Es ist wirklich seltsam.«

»Na ja. Und was hat er gesagt?«

Andawyr erzählte es ihm, doch brachte sie auch das nicht der Antwort auf die Frage näher, was mit Antyr geschehen war.

»Wo, im Namen der Vernunft, sollen wir denn überhaupt anfangen?«, verlangte Oslang nach längerem Schweigen zu wissen.

»Wir werden darüber nachdenken müssen, was Antyr uns gerade gesagt hat; dann ...« Andawyr nickte in Richtung des Warnzeichens. »Morgen können wir dann analysieren, was das hier und die anderen in meinem Schlafzimmer registriert haben. Wir werden mit Usche und Ar-Billan daran arbeiten. Die beiden ...«

»Ar-Billan? Das meinst du doch nicht ernst, oder? Er ist ...«

»Er ist ein äußerst talentierter junger Mann«, erwiderte Andawyr überzeugt. »Er braucht lediglich etwas mehr Selbstvertrauen, und unter richtiger Anleitung und mit entsprechend verantwortungsvollen Aufgaben betraut wird er es auch entwickeln.« Oslang sah aus, als wolle er sich nicht damit zufrieden geben, doch Andawyr ließ ihm keine Zeit für weiteren Protest. »Und ich vertraue darauf, dass *du* derjenige sein wirst, der ihn mit seiner Erfahrung auf diesem Weg führt.«

Oslang kniff die Augen zusammen und schob das Kinn vor, doch Andawyr hob die Augenbrauen, um ihn an Antyrs Gegenwart zu erinnern, eines Gastes, den man nicht mit Familienstreitigkeiten belästigen durfte. Widerwillig verzichtete Oslang auf weiteren Widerspruch.

»Wie du willst«, erklärte er gereizt. Das ›Aber‹ sprach er zwar nicht aus, doch es hing in der Luft.

Andawyr beließ es dabei. Unruhig rutschte er auf seinem Stuhl hin und her; dann breitete er die Arme zu einer Geste aus, die sowohl Antyr als auch die Wölfe einschloss. »Ich bin fest davon überzeugt, dass ihr glaubt, was ihr sagt, und ich sehe selbst, dass ihr furchtbare Angst bekommen habt. Ohne Zweifel geht hier etwas äußerst Beunruhigendes, um nicht zu sagen Gefährliches vor. Ich weiß nicht, wie ich es sagen soll ... Bitte, betrachtet es als Ausdruck unserer Art hier, dass ich einfach misstrauisch sein *muss* – aufgeschlossen –, was eure Deutung des Geschehens betrifft.« Um seine Verlegenheit zu überspielen, fuhr er rasch fort: »Natürlich könnte es durchaus so sein, wie ihr sagt. Einige von uns halten ein solches Phänomen schon seit einiger Zeit theoretisch für möglich, obwohl keiner von uns auch nur eine Ahnung davon hat, was die Ursache dafür sein könnte.« Er glaubte, ein leises, verächtliches ›Menschen sind Narren!‹ von dem sonst so stummen Grayle zu hören, doch die Worte gingen in Antyrs Husten unter. »Aber im Augenblick ist das egal«, fuhr er rasch fort und blickte zu Antyr. »Im Augenblick zählt dein – *euer* persönliches Wohlbefinden, und das bereitet mir große Sorge. Kann dir so etwas jederzeit und überall passieren? Falls ja, wäre es vielleicht besser ... wenn du hier bleiben würdest ...«

Tarrian und Grayle hoben drohend die Lefzen. »Er braucht keine Wächter«, erklärten zwei wilde, kategorische Stimmen. Die Bemerkung wurde von einem Gefühl kaum beherrschbarer Wut begleitet ob der Aussicht, eingesperrt zu werden.

Unwillkürlich rückte Antyr seinen Stuhl ein Stück zurück. Antyr griff nach den beiden Wölfen. Die Tiere verstummten, doch auch Antyr runzelte misstrauisch die Stirn. »Es sieht so aus, als könnte es tatsächlich jederzeit passieren«, sagte er. »Allerdings ist es nicht mehr vorgekommen, seit ich im Großen Traum war, und wir drei haben seitdem mit vielen Kunden gearbeitet. Ein- oder zweimal hatte ich das Gefühl, etwas Seltsames sei in der Nähe – vielleicht ein Portal –, und wenn ich mich anstrengen würde, könnte ich hindurch gehen. Ich hatte sogar das Gefühl, dass ich ein Portal *erschaffen* könnte; doch ich verspürte weder das Verlangen, noch besaß ich das Wissen, so etwas zu tun. Aber das ist im Augenblick egal. Was auch immer mit mir geschehen mag, hier kann mir niemand helfen – niemand. Sollte ich euch zur Last fallen, werde ich gehen; aber ich würde lieber bleiben und euch helfen, eine Erklärung für all das zu finden. Ihr habt mir Gastfreundschaft gewährt, und dementsprechend werde ich mich verhalten; doch Tarrian und Grayle werden sich von *nichts* und *niemandem* in ihrer Freiheit beschränken lassen. Ich denke, es wird ausreichen, wenn jeder hier weiß, dass man sich mir nicht nähern soll, sollte man mich ... *bewusstlos* und mit meinen Gefährten an meiner Seite finden.«

Besorgt hob Andawyr die Augenbrauen, doch Antyr ließ ihn nicht zu Wort kommen. »Du *weißt*, dass ihr mir nicht helfen könnt – jedenfalls noch nicht.« Er senkte die Stimme. »Es ist durchaus möglich, dass mir niemand helfen kann; dass nur ich allein herausfinden muss, was das alles zu bedeuten hat, dass meine wahre Reise mich nicht über Berge und Meere, sondern tief in mein Inneres führt. Ich weiß es nicht. Aber falls dem so sein und ich mich plötzlich hier und zugleich an jenem anderen Ort wiederfinden sollte, bestünde die Gefahr nicht nur darin, dass Tarrian und Grayle jeden Eindringling angreifen und vielleicht sogar töten würden; ihr würdet dann eurerseits gegen sie vorgehen müssen, und dann stünden sie nicht mehr an meiner Seite, während ich womöglich gegen eine noch weit größere Bedrohung kämpfen müsste.«

Andawyr rieb sich die Nase. Seine Stimme klang angespannt, als er gestand:

»Du hast Recht. Wir können dir nicht helfen. Nicht mit dem, was wir im Augenblick wissen. Und vielleicht hast du ebenso Recht, wenn du sagst, dass du deine Reise alleine machen musst. Das ist etwas, mit dem viele von uns hier gut vertraut sind.«

Er täuschte eine Herzlichkeit vor, die er nicht empfand. »Wir werden tun, was du verlangst. Jeder ist freiwillig hier. Du kannst bleiben oder gehen, wann immer du willst. Solltest du dich fürs Bleiben entscheiden – was ich vorziehen würde, allein schon, weil ich inzwischen einen Narren an deinen beiden Gefährten gefressen habe ... und natürlich an dir«, fügte er nach kurzem Nachdenken hinzu, »dann werden wir tun, was du sagst. Wir werden dich liegen lassen, wo auch immer du fallen solltest.«

Am nächsten Tag schlief Antyr lange, woraufhin ihn Yatsu und Jaldaric mit Verachtung straften.

»Ich bin sicher, ihr habt noch ein paar Briefe zu schreiben oder sowas«, knurrte er, als die beiden

Goraidin ihn schließlich aus dem Bett warfen. An die beiden Wölfe gewandt, die Zeuge dieser Grausamkeit wurden, fügte er tadelnd hinzu: »Ihr seid mir ja schöne Wächter.«

»Ich dachte, wir hätten beschlossen, unseren guten Freunden hier nachzueifern«, erwiderte Tarrian und spielte den Beleidigten. »Du weißt doch: asketisch bis zur Selbstaufgabe, fest in der Gegenwart verwurzelt, stets . . .«

»Halt's Maul.«

»Oh. Ich muss dich wohl missverstanden haben. Aber das tue ich ja jedes Mal, wenn du diesen besonderen Entschluss triffst.«

»Wir sind zu einer respektablen Zeit aufgestanden«, sagte Yatsu, der die Hälfte des Gesprächs, die er hatte hören können, korrekt interpretiert hatte. »Dann haben wir erledigt, was es zu erledigen gab, und jetzt dachten wir, du würdest vielleicht etwas essen wollen.«

»Habe ich euch je gesagt, dass dieser Frohsinn zu früher Stunde eine eurer weniger liebenswerten Eigenschaften ist?«, fragte Antyr säuerlich.

»Wenn ich mich recht erinnere, jeden Tag«, antwortete Yatsu in verbindlichem Tonfall und blickte auf der Suche nach Bestätigung zu Jaldaric.

»Nicht *jeden* Tag«, verteidigte Jaldaric den Traumfinder. »Ich müsste in meinem Tagebuch nachsehen, aber ich glaube, er hat es mindestens zweimal vergessen. Als er seekrank war zum Beispiel. Erinnerst du dich?« Er ignorierte Antyrs bösen Blick und berührte das Paneel, hinter dem sich der Spiegelstein verbarg. Das Paneel öffnete sich geräuschlos, und Licht strömte in den Raum, begleitet von einer kühlen Brise. Die beiden Wölfe reckten sich ausgiebig; dann sprangen sie mit den Vorderpfoten auf den Fenstersims, um die Aussicht zu genießen.

»Ist das nicht ein wunderbarer Ort?«, seufzte Yatsu. Dann fügte er besorgt hinzu: »Wie ich gehört habe, hattest du eine schlechte Nacht.«

Antyr wusste nicht so recht, was er darauf antworten sollte. »Ja«, sagte er schließlich. »Ich bin ohne Vorwarnung an einen anderen Ort verschlagen worden. Es war ein schrecklicher Ort – dunkel, Furcht erregend und voller erschreckender Geräusche.«

»Andawyr hat uns davon erzählt.«

»Gut«, sagte Antyr erleichtert. »Ich möchte das wirklich nicht noch einmal durchmachen müssen.«

Yatsu klopfte ihm auf den Rücken und straffte dann auf soldatische Art die Schultern. Die Geste sagte Antyr, dass er überlebt und vermutlich etwas dabei gelernt hatte, und das war alles, was zählte. Er war ein wenig beleidigt ob dieser scheinbaren Abwertung dessen, was er durchgemacht hatte, doch fiel es ihm nicht schwer, dieses Gefühl zu vertreiben. Das *war* alles, was zählte. Er hatte auf seiner Reise, die im Großen Traum begonnen und ihn schlussendlich hierher geführt hatte, mehr gelernt, als ihm bisher bewusst gewesen war. Und er wusste, dass Yatsu und Jaldaric ihm treue Freunde waren. Soweit es für sie im Bereich des Möglichen lag, würden sie ihm stets zur Seite stehen. Tatsächlich versuchten sie auch im Augenblick, ihm zu helfen. Ihre Anwesenheit hielt ihn in der Gegenwart fest, sodass er sich von den wertlosen Teilen der Vergangenheit lösen konnte.

»Alle wissen, dass sie dich in Ruhe zu lassen haben, sollte das noch einmal geschehen«, berichtete Yatsu.

»Alle?«, echote Antyr ungläubig. »Jetzt schon?«

»Alle«, bestätigte Yatsu. »Ich habe dir doch gesagt,

dass dies hier ein bemerkenswerter Ort ist. Wasch dich, und zieh dir etwas Ordentliches an; dann können wir essen gehen.«

Sie aßen in dem Speisesaal, wo Antyr und Andawyr am gestrigen Tag gegessen hatten, nur dass es dort nun wesentlich geschäftiger zuging. Zunächst fiel es Antyr schwer, mit dem Interesse zurechtzukommen, dass man an ihm zeigte; allerdings lernte er rasch, die neugierigen Blicke mit einem freundlichen Gruß zu beantworten.

»Ich habe mich schon gefragt, wie lange es wohl noch dauern würde, bis du auf die Idee kommst, ein wenig Freundlichkeit an den Tag zu legen«, bemerkte Tarrian. »Das hier sind keine versoffenen Trottel wie die, die in den Spelunken herumgehangen haben, wo du dich rumgetrieben hast, weißt du? Alle zeichnen sie sich durch eine kluge Neugier aus. Tatsächlich könnte man sie fast als zivilisiert bezeichnen.«

»Ich bin sicher, dass sie sehr viel Wert auf deine Hochachtung legen«, erwiderte Antyr.

»Davon bin ich fest überzeugt«, stimmte ihm Tarrian zu.

Da Yatsu und Jaldaric einiges zu tun hatten und Tarrian und Grayle beschlossen, ein wenig umher zu streunen, blieb Antyr den Großteil des Tages sich selbst überlassen. Mit großem Selbstvertrauen setzte er sich in Bewegung. Er wanderte durch geschäftige Hallen und Räume, klein und groß, doch obwohl er sich nach Kräften um Orientierung bemühte, verwirrte ihn das komplizierte Labyrinth sich windender und ineinander verschlungener Gänge zutiefst. Erschwert wurde das Ganze noch von der Tatsache, dass nicht an einer einzigen Tür zu lesen stand, was sich dahinter verbarg, und an keiner einzigen Kreuzung waren Wegweiser angebracht.

Mit dem unfehlbaren Talent eines Fremden an einem fremden Ort fragte er immer nur ausgerechnet jene um Rat, die sich nur wenig mehr in den Cadwanen auskannten wie er selbst.

»Wie findet ihr euch hier zurecht?«, fragte er einen rotgesichtigen Mann, der plötzlich neben ihm herging.

»Nur mir großen Schwierigkeiten, Traumfinder«, lautete die Antwort. Dass dieser Fremde wusste, wer er war, wunderte Antyr schon längst nicht mehr. Wie auch immer Andawyr die Information in seinem Reich verbreitet haben mochte, es war sehr effektiv – ein weiterer Punkt auf Antyrs ständig wachsender Fragenliste. Nach einem kurzen Gespräch fand Antyr heraus, dass der Mann neben ihm erst seit gut einer Woche als Novize hier diente, und als sie sich irgendwann wieder voneinander verabschiedeten, waren sie Freunde in der Not geworden, denn beide hatten sie sich inzwischen vollkommen verirrt.

Schließlich führten Antyr seine Wanderungen in einen plötzlich breiter werdenden Gang und von dort in einen großen Gemeinschaftsbereich. Einen Augenblick lang glaubte er, nach draußen gelangt zu sein, denn eine Seite des Raums wurde fast vollständig von einem Bergpanorama eingenommen. Der Anblick ließ ihn verblüfft anhalten.

Es wimmelte hier nur so von Menschen, die redeten, lasen oder dösten, doch der Raum war so groß, dass er nicht überfüllt wirkte. Schweigen begrüßte Antyr, als unzählige Augenpaare sich prüfend auf ihn richteten, doch es dauerte nur einen Augenblick; dann wichen die misstrauischen Blicke Lächeln, und mehrere Hände wurden gehoben, um Antyrs Aufmerksamkeit zu erregen. Eine Hand an seinem Ellbogen ersparte ihm die Qual, sich eine Einladung aussuchen zu müssen.

Es war Usche.

»Ich bin sicher, du würdest dich gerne setzen«, sagte sie lachend. »Du hast den verzweifelten Blick eines Novizen, der sich verlaufen hat.«

»Einen von denen habe ich getroffen«, erwiderte Antyr. »Vermutlich hast du Recht.«

Usche führte ihn zu einer Gruppe am anderen Ende des Raums. Einen ihrer Brüder scheuchte sie von seinem Platz und setzte Antyr auf eine niedrige Couch. Erleichtert sackte der Traumfinder in sich zusammen und rieb sich die Fußgelenke. Das rief eine ähnliche Reaktion hervor wie Usches erste Begrüßung. »Du wirst dich schon daran gewöhnen«, lautete die allgemeine Meinung; doch Usche schüttelte den Kopf.

»Ich glaube nicht«, sagte sie. »Es ist ohnehin nicht leicht, und die Zeichen sind für ihn nutzlos. Antyr scheint keinen Kontakt zur Macht herstellen zu können.«

Das Interesse der Gruppe an dem Fremdling vergrößerte sich um ein Vielfaches, was in der Frage gipfelte: »Wie kann das sein?«

Usche konnte nur wenig dazu sagen. »Ich bin nicht sicher; zumindest hat Andawyr das gesagt. Er hat eine einfache Übertragung vorgenommen, während ich etwas demonstriert habe und ... nichts. Andawyr glaubt, dass das vielleicht etwas mit Antyrs Fähigkeit zu tun hat, in Träume einzudringen; aber was auch immer es sein mag, ich zweifele nicht daran, dass es schon bald Gegenstand ausführlicher Debatten sein wird.« Schuldbewusst blickte sie zu Antyr. »Bitte, entschuldige. Wir reden über dich, als wärst du nicht hier.«

»Ist schon gut«, sagte Antyr, der zufrieden damit war, bei jemandem zu sitzen, den er kannte. »Ich verstehe eure Neugier, und ich habe mich mittlerweile daran gewöhnt, dass jeder hier weiß, wer ich bin, und mir ständig Fragen stellt. So etwas ist mir noch nie passiert. Es ist ein seltsames Gefühl, in gewissem Sinne aber auch beruhigend.«

»Ich denke nicht, dass dich hier jedermann kennt«, sagte Usche. »Sie kennen deinen Namen und wissen ein wenig über deine ungewöhnliche Fähigkeit, aber vor allem wissen sie, dass sie dich in Ruhe lassen sollen, sollten sie dich ... bewusstlos finden.« Fragend blickte sie zu Antyr. Der Traumfinder bestätigte das.

»Ja, das *müsst* ihr tun«, sagte er nachdrücklich und blickte jedem Einzelnen nacheinander in die Augen. »Ihr begebt euch in große Gefahr, falls ihr euch nicht daran haltet, und auch für mich könnte es bedrohlich werden.«

»Das kommt mir recht seltsam vor«, bemerkte ein junger Mann, der unmittelbar neben ihm saß.

Die ernste Art des Mannes provozierte Antyr zu einem leisen Lachen. »Nach allem, was ich über eure *Macht* gehört und von ihr gesehen habe«, er drehte sich zu Usche um, »bin ich eigentlich davon ausgegangen, dass ihr seltsame Dinge gewohnt seid.«

Nervös erklärte der Mann: »Ich meine, es erscheint mir irgendwie ... herzlos, einen Menschen einfach so liegen zu lassen.«

Antyr bedauerte sein Lachen, packte den Cadwanwr am Arm und sprach mit ihm von Mann zu Mann. »Normalerweise wäre es das auch«, sagte er, »aber nicht in diesem Fall. Ihr müsst mir einfach vertrauen. Es ist wirklich wichtig, dass jeder das versteht.«

»Dann sind die Wölfe also gefährlich?«, fragte jemand.

Antyr hielt seinen üblichen Vortrag über Tarrian und Grayle. »Mich zu beschützen liegt in ihrer Natur; aber sie sind selbstständige Tiere. Sie gehen, wohin sie wollen, und schulden niemandem Gehorsam. Sie sind weder ausgebildet noch zahm. Versucht nicht, sie anzufassen, es sei denn, sie kommen zu euch – was eher unwahrscheinlich ist.«

»Offensichtlich muss man sich an viele Regeln halten, wenn man mit dir zu tun hat«, sagte sein Nachbar, und Antyr musste wieder lachen.

»Ich nehme an, es sieht so aus«, räumte er ein. »Aber tatsächlich gibt es nur die zwei: Lasst mich in Ruhe, wenn ich irgendwo liege, und haltet euch von den Wölfen fern.«

»Wo sind sie jetzt?«

Mehrere Leute schauten sich ängstlich um.

»Keine Ahnung«, antwortete Antyr. »Allerdings werden *sie* sich nicht verlaufen. Und inzwischen haben sie vermutlich jede Nahrungsquelle in den gesamten Cadwanen ausfindig gemacht. Macht euch keine Sorgen. Wie gesagt, gehen sie Menschen generell aus dem Weg. Sie halten uns für recht unzulängliche Wesen.«

»Na, großartig«, bemerkte jemand bissig. »Erst behandeln uns die Felcis, als seien wir ihnen meilenweit unterlegen, und nun die Wölfe. Ich denke, Andawyr sollte Tieren den Zutritt zu den Cadwanen verwehren, sonst enden wir irgendwann noch am Ende der Nahrungskette.«

»Wie sind diese Felcis so?«, erkundigte sich Antyr.

»Das wirst du bald genug herausfinden, glaub mir«, sagte der junge Mann neben ihm. »Tatsächlich wundert es mich sogar, dass sie nicht schon längst nach dir gesucht haben, wo doch inzwischen so viel über dich geredet wird. Sie sind sehr neugierig.«

»Wissbegierig wäre ein freundlicheres Wort dafür«, bemerkte Usche.

»Neugierig passt aber besser.«

Bevor sie das Gespräch fortführen konnten, brach am anderen Ende des Raums ein Tumult aus.

Zehntes Kapitel

Die Geräusche hatten etwas an sich, das Antyr sofort mit Tarrian in Verbindung brachte: das Poltern von Leuten, die plötzlich beiseite sprangen, und laute Stimmen, in denen sich gleichzeitig Angst und Wut ausdrückte. Auch ohne in die entsprechende Richtung zu sehen, wusste Antyr, dass der Wolf und vermutlich auch sein Bruder ohne Rücksicht auf Verluste alles überrannten, um irgendwohin zu gelangen. Ein aufgeregtes Bellen und das Krachen von irgendetwas, das zu Boden stürzte, gefolgt von wilden Flüchen bestätigte Antyrs Einschätzung.

»Ich glaube, sie sind hier«, sagte er und wuchtete sich müde von der Couch. Dann erreichte ihn ein weiteres Geräusch, das er noch nie gehört hatte: ein immer tiefer werdendes und bemerkenswert lautes Pfeifen. Neugierig geworden gesellte er sich zu den anderen und reckte den Hals, um zu sehen, was dort vor sich ging. Kurz sah er ein braunes sehniges Tier, das durch den Tumult hindurch huschte, und instinktiv machte sich Antyr bereit, auf die Couch zu springen.

Sie müssen eine Ratte aufgescheucht haben, dachte er, *und wie es aussieht, eine verdammt große noch dazu.*

Er war erleichtert, aber auch verlegen. Zumindest hatten die beiden Wölfe nicht wirklich etwas Schlimmes angestellt; allerdings war es auch nicht die feine Art, die unangenehmeren Mitbewohner seines Gastgebers ins Freie zu zerren, ganz zu schweigen davon, sie in wilder Jagd durch dessen ganzes Domizil zu hetzen.

Plötzlich war das Tier vor ihm. Unwillkürlich stellte Antyr einen Fuß auf die Couch, und nur aufgrund der offensichtlichen Sorglosigkeit von Usche und ihren Freunden ließ er den anderen auf dem Boden stehen. Und tatsächlich bewegte sich das Tier nicht mehr. Es hatte sich auf die Hinterbeine gehockt und ließ die Vorderpfoten baumeln. Langsam neigte es den Kopf zur Seite, während es Antyr mit hellen, durchdringenden Augen musterte.

Es wirkte bemerkenswert gefasst.

Und was auch immer es sein mochte, es war keine Ratte.

Das muss ein Haustier sein, erkannte Antyr entsetzt, als Tarrian und Grayle erschienen und rutschend auf dem polierten Boden zum Stehen kamen. Vor seinem geistigen Auge sah Antyr die Vision eines wilden, blutigen und äußerst öffentlichen Gefechtes, das in der brutalen Zerstörung von jemandes Liebling gipfelte. Dem folgte sofort die Angst vor den schrecklichen und demütigenden Konsequenzen, die solch eine Tat zwangsläufig für ihn und die Wölfe nach sich ziehen würde. Er wollte Tarrian und Grayle gerade zurufen, sich zurückzuhalten, als das Tier gelassen über die Schulter zu den keuchenden Wölfen blickte.

»Das ist er, stimmt's?«, fragte es träge, aber klar verständlich.

Tarrian und Grayle rührten sich nun nicht mehr – abgesehen von ihren baumelnden Zungen und den schlagenden Schwänzen. Schwach hörte Antyr einen der beiden Wölfe antworten, und das Tier drehte sich wieder zu ihm um.

»Hm. Er kann ganz schön weit den Mund aufsperren.«

Trotz der Verwirrung, die mehr und mehr von ihm Besitz ergriff, fühlte Antyr, dass Usche unmittelbar hinter ihm stand. Als sie ihm die Hand auf den Arm legte, tat sie das wie jemand, dem sehr daran gelegen war, dass ein unmittelbar bevorstehendes und wichtiges Treffen erfolgreich über die Bühne ging. So gelassen wie möglich nahm Antyr wieder den Fuß von der Couch.

»Das ist Kristabell«, sagte Usche rasch und mit offensichtlich erzwungener Herzlichkeit. »Sie ist eine Felci. Dem nach zu urteilen, was du gerade gesagt hast, bist du nicht mit diesen Tieren vertraut.«

»Mach den Mund zu.« Unerwartet zischte Tarrians Stimme in Antyrs Kopf. »Du siehst lächerlich aus.«

Trotz Tarrians Entrüstung, Usches Sorge und der fortgesetzten Musterung durch die seltsame Kreatur hegte Antyr den Verdacht, dass er hier irgendeinem merkwürdigen Streich aufsaß. Es kostete ihn sichtlich Mühe, sich wieder zusammenzureißen; dann murmelte er ein paar unverständliche Worte vor sich hin, bis er schließlich sagte: »Hallo, Kristabell.«

Die Felci nickte bei jedem Wort wie ein Erwachsener, der ein Kind ermutigen will, mit der sorgfältig einstudierten Begrüßung fortzufahren. »Sehr gut. Dem ersten Teil konnte ich zwar nicht ganz folgen, aber das Ende war durchaus verständlich. Er scheint mir recht sympathisch zu sein. Habt ihr viel Ärger mit ihm?«

Tarrian verbarg seine Antwort vor Antyr. Kristabell nickte wissend. »Ich verstehe«, sagte sie.

»Kristabell, benimm dich«, presste Usche zwischen zusammengebissenen Zähnen hervor. »Antyr ist unser Gast.«

Die Felci blickte sie lange an; dann ließ sie sich wieder auf alle viere nieder. Dank des spektakulären Auftritts der beiden Wölfe stand die Gruppe nun im Mittelpunkt der gesamten Halle, und inzwischen hatte sich eine beachtliche Menschenmenge um sie herum versammelt, die darauf wartete, wie sich die Dinge entwickeln würden. Usche setzte sich wieder und winkte Antyr, es ihr gleichzutun. Als er das tat, kletterte die Felci auf sein Knie, was ihn nicht nur erstaunte, sondern auch ein wenig ängstigte. Nachdem Kristabell sich eine geeignete Stelle gesucht hatte, hockte sie sich wieder auf die Hinterbeine und fuhr fort, Antyr eingehend zu mustern.

»Antyr, hm? Ihr Wesen gebt euch schon seltsame Namen. Ich dachte, die Welpen hätten ihn vielleicht falsch verstanden, aber hier bist du nun. Ich hätte ihnen mehr vertrauen sollen, hm?« Kristabells Stimme klang tiefer und voller, als man es von solch einem verhältnismäßig kleinen Tier erwartet hätte. Auch wirkte es ungewöhnlich kräftig, und aus der Nähe betrachtet kam Antyr zu dem Schluss, dass es sich in der Tat um einen ausgesprochen komplizierten Scherz handeln musste, falls es denn einer war. War das vielleicht eine gut gemeinte Demonstration dieser Macht, die alles hier zu durchdringen schien? Das hielt er für unwahrscheinlich: Die Kreatur, ihre Eigenart, ihre Stimme, all das wirkte äußerst echt. Bei seinen Überlegungen half ihm auch nicht gerade, dass er einen Hauch von Belustigung in der Stimme zu erkennen glaubte.

»Kristabell!«, zischte Usche. »Hör auf damit!«

Wie zuvor, so ignorierte die Felci Usche auch diesmal und fuhr fort, Antyr zu studieren. Der Blick ihrer strahlenden, klugen Augen machte den Traumfinder nervös.

»Du bist wirklich ein seltsamer Kerl, hm?«, bemerkte Kristabell schließlich. Ihre Stimme klang ernst und fasziniert, von Belustigung keine Spur mehr. Sie zog die Lefzen hoch und klopfte sich geistesabwesend mit der Pfote an die Zähne. Antyr bemerkte, dass sowohl die Zähne als auch die Kralle, die aus der Pfote ragte, ausgesprochen machtvoll wirkten. Das und die Muskeln, die sich unter dem glatten Fell abzeichneten, ließen Antyr zu dem Schluss kommen, dass dieses Tier ein wilder Kämpfer sein konnte, sollte es nötig sein.

»Ich sehe große Tiefen. Du hast etwas sehr Altes an dir, junger Mann. Hm, hm ... sehr interessant.« Vor sich hin summend, beugte Kristabell sich näher an Antyr heran und blickte ihm tief in die Augen. Dann schloss sie die Augen; das Summen verstummte, und sie schnüffelte an ihm.

Plötzlich riss sie die Augen wieder auf und sagte in geselligem Tonfall: »Die Welpen haben mir erzählt, sie würden mit dir über die Traumwege streifen. Wie, glaubst du, machst du das?«

»Kristabell!« Usche beugte sich zu der Felci. »Ich bin sicher, Andawyr wird dich darum bitten, sollte er wollen, dass du unseren Gast verhörst.«

»Das wäre weise von ihm, mein Kind«, erwiderte Kristabell. Antyr fühlte, wie sich Usche bei dem Wort ›Kind‹ versteifte. »Er wird nicht viel mit ihm anfangen können, wenn ich nicht dabei bin, glaub mir.« Kristabell stieß ein lautes Lachen aus, das in einem fröhlichen Pfiff endete. »Der arme Andi. Er wird große Schwierigkeiten haben, den hier in seine Berechnungen einzubauen, das kann ich dir sagen. Ich darf nicht vergessen, mit ihm darüber zu reden; ohne unsere Hilfe ist er verloren.«

»Ich bin sicher, dass er das zu schätzen wissen wird.«

Kristabell blickte zu der jungen Cadwanwr; dann sprang sie von Antyrs Schoß und kletterte auf Usches. Sie stieß ein tiefes, tadelndes Pfeifen aus und schnalzte mit der Zunge. »Sarkasmus passt wirklich nicht zu dir, mein Kind.«

»Nenn mich nicht Kind«, knurrte Usche. Das war offenbar kein neuer Wunsch, doch noch während sie die Worte sprach, begann sie, die Felci liebevoll zu streicheln.

»Sarkasmus *und* auch noch überempfindlich. Das sind nicht gerade gewinnende Eigenschaften für eine *junge Frau*, meine liebe Usche. Stimmst du mir da nicht zu, Traumfinder?«

Antyr geriet erneut ins Stottern, als er so plötzlich in diese private weibliche Diskussion mit einbezogen wurde.

»Ich ... Ich denke, Usche versucht vielleicht ... versucht vielleicht nur ... eine gute Gastgeberin zu sein. Sie will mir helfen, mit den ...«, er wollte ›seltsam‹ sagen, entschied sich aber gerade noch rechtzeitig dagegen, » ... mit den ungewöhnlichen Dingen an diesem Ort zurechtzukommen.«

Kristabell drehte sich wieder zu ihm um. »Ah, ein Kavalier. Wie erfrischend.« Sie warf den Cadwanwr, die sich um sie herum versammelt hatten, einen bedeutungsvollen Blick zu, bevor sie fortfuhr: »Du findest mich also ungewöhnlich, ja?«

Aus lauter Verzweiflung und von Tarrian dazu angehalten, entschied sich Antyr, die Wahrheit zu sagen.

»Ja, um ehrlich zu sein, das tue ich«, antwortete er. »Ich habe noch nicht einmal von ... von Felcis gehört, geschweige denn einen gesehen. Tatsächlich habe ich noch nie ein Tier getroffen, das im eigentlichen Sinne sprechen konnte.«

»Wirklich?«, fragte Kristabell. »Nun, deine Offenheit spricht für dich, aber ich nehme an, du meinst, du hast bis jetzt nur *Menschen*tiere kennen gelernt, die in der Lage sind, eure merkwürdige und recht unzulängliche Sprache zu sprechen.« Eine Pfote deutete auf die um sie versammelte Gruppe.

Antyr gab auf. »Ich nehme an, ja«, räumte er seine Niederlage ein.

Kristabells Stimme nahm einen beruhigenden Tonfall an. »Sei unbesorgt, junger Mann. Ich würde nicht im Traum daran denken, dir einen Vorwurf daraus zu machen. Du stehst nicht allein da. Ich fürchte, dort draußen gibt es eine Menge Kreaturen, die glauben, ihre eigene Art sei die Krone der Schöpfung. Du kannst zumindest mit den Welpen reden.«

Bevor Antyr etwas darauf erwidern konnte, sprang Kristabell von Usches Schoß und kratzte sich leidenschaftlich. »Nun denn. Ich muss jetzt wieder weg. Hab viel zu tun. Es war mir eine Freude, dich kennen zu lernen, Antyr. Wirklich. Bei Gelegenheit müssen wir uns ausführlicher unterhalten. Du bist weit interessanter, als du weißt. Du könntest sogar einer von uns sein.« Ihre Stimme wurde plötzlich sanfter. »Darvolci hätte dich sicherlich gerne einmal kennen gelernt. Ich wünschte, er ...« Sie hielt inne und schwieg einen Augenblick lang. Dann nahm ihre Stimme wieder den brüsken Tonfall an. »Na ja, er wird zurück sein, wenn er wieder zurück ist, und sich darüber zu ärgern, wird seine Rückkehr auch nicht beschleunigen, oder?«

Zu Antyrs großer Sorge stand sie auf den Hinterbeinen unmittelbar vor Tarrian. Seine Sorge verwandelte sich jedoch in Überraschung, als der Wolf sich auf den Boden legte und unterwürfig auf den Rücken drehte.

Grayle tat es ihm nach und schob die Schnauze sanft zwischen seinen Bruder und die Felci.

»Und es ist auch schön, euch wieder zu sehen, ihr zwei Welpen«, sagte Kristabell und kitzelte Tarrian am Bauch. »Ihr seid zu schönen Tieren herangewachsen. Und ihr habt gut daran getan, euch diesen ... diesen Traumfinder zu suchen – sehr gut. Ich werde allen erzählen, dass ihr wieder zurück seid. Auch den Alphraan. Es wird sie freuen. Gut, sehr gut. Bald werden wir gemeinsam singen.« Und dann schlüpfte sie pfeifend und lachend zwischen den Beinen der Umstehenden hindurch und war verschwunden.

»Welpen?«, wandte sich Antyr an Tarrian und Grayle, während Kristabells Pfeifen rasch leiser wurde. »Was sollte das denn?«

»Später. Das ist sehr kompliziert«, antwortete Tarrian. Er stand auf und schüttelte sich. Antyr ging nicht weiter auf das Thema ein. Er fühlte etwas bei den Wölfen, das er noch nie gefühlt hatte. Allerdings war dieses Etwas viel zu tief in der Natur der Wölfe verwurzelt, als dass er es hätte identifizieren können, auch wenn es sich offensichtlich um ein freudiges Gefühl handelte. Er wusste, dass die beiden Wölfe ihn absichtlich an diesem Gefühl teilhaben ließen, und er wusste auch, dass sie es ihm nicht erklären konnten. Er bückte sich und streichelte die beiden zum Zeichen, dass er verstanden hatte.

»Bist du in Ordnung?« Das war Usche. Wie immer, wenn er kurz zuvor mit dem wahren Wesen der beiden Wölfe zu tun gehabt hatte, klang die menschliche Stimme für Antyr hart und rau. Einen Augenblick lang verstand er, was Kristabell mit der Bemerkung gemeint hatte, die menschliche Sprache sei merkwürdig und unzulänglich.

»Tut mir Leid«, sagte er. »Ich habe mit Tarrian und Grayle gesprochen.«

Usche klopfte sich gerade Fellhaare von der Robe. Sie hielt inne und blickte zuerst zu Antyr, dann zu den beiden Wölfen. »Nun, ich nehme an, wenn unsere Felci dich damit überrascht hat, dass sie für jeden hörbar spricht, werden wir uns wohl daran gewöhnen müssen, dass du dich stumm mit deinen Wölfen unterhalten kannst.« Dann stellte sie die gleiche Frage, die auch Oslang gestellt hatte. »Könnten sie auch mit mir so reden?«

»Das könnten sie, aber sie werden es nicht tun«, erklärte Antyr, der Tarrians Antwort geahnt hatte. Usche blickte ihn enttäuscht mit ihren braunen Augen an.

»Ich weiß nicht, warum sie es nicht tun«, fühlte sich Antyr verpflichtet hinzuzufügen. »Und es würde auch nichts bringen, sie dazu zu drängen. Ich glaube, sie finden unsere Gedanken beunruhigend. Wir haben irgendetwas an uns – irgendetwas, das sie nicht erreichen können, so wie ich nicht gänzlich in ihr Wesen vordringen kann – irgendetwas, das sie ängstigt.« Er zuckte mit den Schultern. »Das ist nur so ein Gedanke. Auf jeden Fall habe ich im Laufe der Jahre gelernt, das Thema zu meiden.«

»Ich verstehe«, sagte Usche, obwohl Antyr sah, dass das Thema früher oder später wieder zur Sprache kommen würde. Dann runzelte Usche die Stirn und blickte die Wölfe von der Seite her an. »Du hast ›Gedanken‹ gesagt, stimmt's? Sie können doch nicht in meine Gedanken einbrechen, oder? Wissen sie, was ich denke?«

»Nein«, log Antyr selbstbewusst wie immer, wenn ihm diese Frage gestellt wurde. Alle Traumfinder von Serenstad logen in dieser Hinsicht regelmäßig und überzeugend. Das war das einzige echte Geheimnis der Gilde der Traumfinder. Niemand wusste warum, doch man ging davon aus, dass diese Praxis ihren Ursprung in einer gewalttätigen Vergangenheit hatte.

Usche wirkte erleichtert, wenn auch ein wenig misstrauisch; allerdings hielt sie die Neugier ihrer umstehenden Brüder und Schwestern davon ab, das Thema weiter zu verfolgen. Inzwischen hatten sich alle im Raum um sie herum versammelt, und jeder Neuankömmling wurde unweigerlich in ihre Richtung gezogen. Sie begannen, Antyr Fragen zu stellen.

Usche stand auf und hob unsicher die Arme, um ihren Brüdern Schweigen zu gebieten. Antyr erkannte auch den Grund für ihre Unsicherheit: Einige der Anwesenden standen offenbar im Rang über Usche.

»Darf ich euch um ein wenig Geduld bitten, meine Brüder? Wir alle haben viele Fragen, die wir beantwortet sehen wollen; aber wie ihr wisst, hat Antyr gerade eine lange Reise hinter sich, und ihr wisst auch, dass er vergangene Nacht nur wenig geschlafen hat. Allein schon aus Höflichkeit sollten wir ihm etwas Ruhe gönnen und ihm Zeit geben, sich bei uns zurechtzufinden, bevor wir ihn mit Fragen löchern.« Ihre Rede war nicht sonderlich beeindruckend, aber zusammen mit ihrem flehentlichen Blick und ein wenig Händeringen reichte sie aus, um die meisten Zuschauer ihrer Wege ziehen zu lassen. Langsam kehrte die Halle wieder in den Zustand zurück, in dem Antyr sie vorgefunden hatte; allerdings verrieten ihm die Blicke, die ihm immer wieder zugeworfen wurden, dass er das einzige Gesprächsthema war.

Er versuchte, von sich abzulenken, indem er die Aufmerksamkeit auf die beeindruckende Aussicht lenkte.

»Sind das echte Fenster oder auch wieder Spiegelsteine?«, fragte er. »Bis jetzt habe ich zumindest noch keine derart großen gesehen.«

»Das sind Spiegelsteine«, antwortete Usche. »Das gilt für alle Fenster bei uns. Die Cadwanen sind von der Außenwelt vollkommen isoliert, abgesehen von ein paar Eingängen, und die sind gut bewacht.«

Antyr empfand den Widerspruch zwischen der scheinbaren Offenheit der Halle und Usches düsterer Beschreibung beunruhigend.

»Wie eine Festung, hm?«, hörte er sich selbst sagen.

»Wie eine Festung«, bestätigte Usche. Sie erkannte, in welcher Stimmung Antyr sich befand. »Aber zumindest leben wir in einer Festung des Lichts«, sagte sie. »Wie Anderras Darion. Wir sammeln Wissen und verbreiten es. Wir erleuchten.« Plötzlich wurde sie lebhaft. »Sieh dich doch nur einmal um, Antyr. Jede Einzelheit dieses Ortes ist eine große Errungenschaft. Vermutlich hast du bis jetzt nur einen Bruchteil davon gesehen, wenn überhaupt; aber hattest du auf deinen Rundgängen je das Gefühl, tief im Inneren eines Berges zu sein? Hattest du je den Eindruck, dich *nicht* in einem ganz gewöhnlichen Gebäude zu befinden, wenn auch in einem prachtvollen?« Sie beantwortete ihre Fragen selbst und tippte sich mit dem Finger an die Schläfe. »Nein, denn es ist das Wissen, das alles hier zum Leben erweckt und das selbst den Sonnenschein und frische Luft in die Tiefen zu uns bringt, sodass wir wie zivilisierte Menschen leben können.«

»Man könnte genauso gut sagen, dass ihr euer Wissen zur Täuschung missbraucht, dass ihr die Vision eines Ortes erschafft, der eigentlich gar nicht existiert«, erwiderte Antyr mit einer Offenheit, die ihn selbst überraschte, aber Usche hatte ihn mit ihrer Leidenschaft provoziert.

Usche legte den Kopf zurück, und ein breites Lächeln vertrieb den Ernst aus ihrem Gesicht. »Was ist die Funktion eines Fensters, Antyr?«, fragte sie.

Antyr öffnete den Mund, um darauf zu antworten, schloss ihn dann aber wieder. »Das Licht hereinzulassen – und vielleicht die Luft – und um zu sehen, was draußen vor sich geht«, erklärte er nach kurzem Nachdenken.

»O Mann, o Mann, o Mann.« Das war Tarrian. »Und schon ist er in die Falle getappt. Frag sie mal, ob irgendwelche Kinder in der Nähe sind, mit denen du diskutieren kannst – irgendjemand in deiner Klasse.«

»Halt den Mund«, knurrte Antyr und fügte bissig hinzu: »Welpe.«

Tarrian und Grayle lachten nur.

Dann stand Usche verwirrt auf, ebenso wie ihre Freunde. »Wir sind spät dran«, sagte sie. »Das ist Kristabells Schuld. Wegen ihr haben wir die ganze Zeit geredet. Sie hat keine Ahnung, wie viel es hier zu tun gibt.« Sie legte Antyr die Hand auf den Arm. »Tut mir Leid, aber wir müssen gehen. Bis später.«

Derart allein gelassen, fand Antyr sich erneut im Mittelpunkt der Aufmerksamkeit wieder. Er wollte sich gerade wieder auf den Weg machen, als Yatsu und Jaldaric die Halle betraten. Sie wurden von allen Seiten gegrüßt, während sie sich ihm näherten.

»Gibt es hier irgendjemanden, den ihr nicht kennt?«, fragte Antyr, als Yatsu sich neben ihn setzte.

»O ja. Es gibt hier immer neue Gesichter, und es wimmelt hier nur so von Gerüchten«, antwortete

Yatsu. Er blickte zu Antyr und lachte. »Du siehst aus wie ein Novize, der gerade mal eine Woche hier ist. Komm schon. Gib es zu. Du hast dich vollkommen verirrt, stimmt's?«

»Die beiden hier verspotten mich schon genug; da kann ich auf eure Kommentare verzichten«, sagte Antyr und stieß Tarrian mit dem Fuß an. »Dieser Ort hier ist ziemlich verwirrend. Außerdem kann ich nicht ein einziges dieser komischen Symbole lesen, die überall geschrieben stehen.«

Er erzählte den Goraidin die Einzelheiten seiner heutigen Wanderung und zum Schluss von seiner Begegnung mit Kristabell.

»Das war ein Privileg«, erklärte Jaldaric. »Felcis sind wunderbare Tiere, aber sie haben die Angewohnheit, Menschen wie geistig minderbemittelte Haustiere zu behandeln.« Er schaute sich in der Halle um. »Und sie betrachten diesen Ort als Erweiterung ihrer eigenen Tunnel und Höhlen – eine Erweiterung, die zu nutzen sie uns gnädigerweise gestatten.«

»Und Kristabell ist recht eigen. Sie findet nicht so rasch an jemandem Gefallen«, fügte Yatsu hinzu.

»Zuerst habe ich geglaubt, irgendjemand hätte sich einen Scherz mit mir erlaubt.«

»Ich kann nachvollziehen, dass der Anblick eines Felci für dich eine Überraschung gewesen sein muss, denn außer mit deinen Wölfen bist du es ja nicht gewöhnt, dich mit Tieren zu unterhalten.«

»Wie kommen sie hier herein? Usche hat mir erzählt, es gäbe hier nur ein paar gut bewachte Eingänge.«

Das amüsierte die beiden Männer. »Und schon bist du auf eines der vielen Geheimnisse gestoßen, die die Felcis umgeben«, sagte Yatsu, »und auf einen von Andawyrs größten Flüchen.« Er lachte. »Das macht ihn wahnsinnig. Sie kommen und gehen, wie es ihnen beliebt, und niemand hat je herausgefunden, wie sie das machen. Irgendwie scheinen sie gegen die Macht immun zu sein.«

»Ich nehme doch an, irgendjemand hat sie mal danach gefragt, oder?«, bemerkte Antyr das Offensichtliche.

»O ja, oft«, bestätigte Yatsu noch immer lachend. »Aber ohne Erfolg. Sie sagen immer nur, wir seien zu jung, um das zu verstehen.«

»Das ist seltsam. Kristabell meinte, ich sei alt – oder zumindest ein Teil von mir.«

Antyr hatte erwartet, dass Yatsu ihn auslachen würde, doch stattdessen schürzte der Goraidin nachdenklich die Lippen. »Interessant. Felcis wissen viel, was uns unbekannt ist, so viel steht fest. Ich kann noch nicht einmal vermuten, was sie damit gemeint hat, aber es könnte sich als wichtig erweisen. An deiner Stelle würde ich mit Andawyr darüber reden.«

»Sie hat gesagt, sie würde das ohnehin tun. Es schien sie zu amüsieren.«

»Felcis lachen viel.«

Antyr zögerte kurz, bevor er weitersprach. »Mir ist aufgefallen, dass sie äußerst kraftvolle Zähne und Krallen besitzt«, bemerkte er schließlich. »Ich kann mir gut vorstellen, dass Felcis recht wild sein können. Sind sie gefährlich?«

»Sehr«, antwortete Yatsu schlicht. »Aber nie grundlos. Sie sind nicht wie Menschen, sondern wie die meisten anderen Tiere. Wenn du sehen willst, wie gefährlich sie wirklich sind, musst du sie provozieren – und das auf ziemlich drastische Art und ausdauernd, wie ich hinzufügen möchte. Doch dann wirst du die Folgen tragen müssen.« Er fuhr sich mit dem Finger über den

Hals. »Normalerweise ziehen sie es vor, dich mit einer bissigen Bemerkung niederzustrecken; aber diese Krallen können dich von oben bis unten aufschlitzen, und diese Zähne durchtrennen Knochen wie trockene Zweige.« Wie oft, wenn er über solche Dinge sprach, verlieh Yatsus nüchterne Art der Schilderung eine Lebendigkeit, um die ihn manch ein Geschichtenerzähler beneidet hätte. Antyr zuckte unwillkürlich zusammen. »Sie leben in den Bergen«, fuhr Yatsu fort. »Ihre Krallen sind dafür gedacht, sich durch Fels zu graben, und mit diesen Zähnen können sie Steine beißen, obwohl ich vermute, dass sie das nur in unserer Gegenwart tun, weil es ihnen Freude bereitet zu sehen, wie wir bei dem Geräusch die Gesichter verziehen.«

»Du scheinst sehr beeindruckt von ihnen zu sein.«

»Das bin ich, und das wirst du auch, wenn du sie erst einmal besser kennen gelernt hast. Und falls Kristabell Interesse an dir zeigt, wird das schon bald der Fall sein.«

»Das ist alles sehr seltsam. Sofern ich überhaupt je darüber nachgedacht habe, weiß ich nicht, wie ich mir diesen Ort vorgestellt habe. Vermutlich habe ich etwas Ähnliches erwartet wie die Häuser des Lernens in Serenstad: würdevolle, wenn auch ein wenig heruntergekommene Gebäude voller würdevoller, wenn auch ein wenig heruntergekommener weiser Männer, die seit Jahren immer wieder dieselben Vorträge herunterleiern. Auf jeden Fall habe ich nicht diese bizarre Mischung aus Belagerungsmentalität und unstillbarer Neugier erwartet, ebenso wenig wie dieses Labyrinth aus unzähligen Gängen und Räumen, in dem Menschen wie Oslang und Andawyr leben und seltsame, sprechende Tiere, die mich alt nennen und Steine fressen.«

»Nun, so gesehen kann man diesen Ort in der Tat als ungewöhnlich bezeichnen. Du wirst dich daran gewöhnen.«

Plötzlich fühlte Antyr sich unbeschwert. »Ja, ich glaube, das werde ich«, sagte er. »Tatsächlich freue ich mich sogar schon darauf.«

Andawyrs Arbeitszimmer bot einen Anblick, der sich vollkommen von dem unterschied, was Antyr am Abend zuvor gesehen hatte. Auf den Regalen herrschte das reinste Chaos; mehrere Schubladen waren aufgezogen, aus denen Papiere quollen, und auf den Tischen stapelten sich Bücher und Schriftrollen. Selbst der Boden war nicht unverschont geblieben.

Im Zentrum dieser Unordnung saß ihr Architekt.

Andawyr lümmelte sich auf einem gut gepolsterten Stuhl, die Beine über die Lehne gelegt. Er hielt ein Stück Papier voller Symbole in der Hand. Von Zeit zu Zeit warf er einen Blick darauf.

Oslang saß steif und aufrecht an einem der Tische, starrte mit leeren Augen geradeaus und trommelte mit einem Finger unrhythmisch auf den Tisch.

Das Papier glitt Andawyr aus der Hand und flatterte zu Boden, wo es auf einem Haufen vieler anderer landete.

»Das führt uns nirgendwohin«, sagte er, schwang seine Beine von der Lehne und stand auf. Er begann, auf und ab zu laufen. Die Papiere knisterten unter seinen Füßen wie trockenes Laub. »Nirgendwohin, nirgendwohin, nirgendwohin.«

»Du verlierst schon wieder die Geduld«, sagte Oslang. Er deutete auf die Tische. »Wir haben reichlich Informationen. Wir müssen sie nur methodisch und sorgfältig durcharbeiten, sie ordnen und ...«

»Das machen wir schon den ganzen Tag, und es führt uns *nirgendwohin*!«, unterbrach ihn Andawyr.

»Wir haben gerade erst einen Blick hineingeworfen. Bald wissen wir genug, um die anderen zu rufen, damit sie uns helfen können. Ich glaube, allmählich schält sich ein Muster heraus.«

»Nein, da ist kein Muster. Es sei denn natürlich, du betrachtest wachsendes Chaos als ein Muster.«

Während Oslang sich noch eine Antwort überlegte, öffnete sich die Tür, und Kristabell betrat den Raum. Kurz schaute sie sich um, dann blickte sie zu Andawyr.

»Es ist eine Schande, dass dein edler Verstand und deine Seele sich nicht stärker in den praktischeren Aspekten dieser Welt manifestieren, Cadwanwr«, sagte sie in verächtlichem Tonfall.

»Ich komme heute auch ganz gut ohne deine mütterlichen Predigten aus, danke, Kristabell«, erwiderte Andawyr. »Was willst du? Siehst du nicht, dass wir beschäftigt sind?«

»Ah, so charmant wie eh und je. Und welch Gegensatz zu dem feinen Herrn, den ich gerade kennen gelernt habe. Der Neue, den die Welpen mitgebracht haben, weißt du – der Alte – der Traumfinder. Er ist Usche sofort zur Seite gesprungen, um sie zu verteidigen, als ob sie das nötig hätte. Welch glücklicher Instinkt. Ich nehme an, der Umgang mit den Welpen hat ihm nicht gerade geschadet; aber ich frage mich, wie lange es wohl dauern wird, bis er unter deinen chaotischen Einfluss gerät.«

»Kristabell, wovon redest du überhaupt?«

Die Felci sprang auf den Tisch, summte vor sich hin und begann, in den Papieren herumzuwühlen.

»Wie ich sehe, geht ihr wieder einmal auf Umwegen. Ihr zieht eure endlosen Furchen und markiert die Richtung mit euren Symbolen.«

Eine Geste von Oslang hielt Andawyr davon ab, etwas auf diesen Spott zu erwidern. Er zwang sich, in einem möglichst beschwichtigenden Tonfall zu sprechen.

»Kristabell, wir haben hier ein Problem, das sofort unserer Aufmerksamkeit bedarf.«

Die Felci hörte auf herumzustöbern und setzte sich auf die Hinterbeine. »Ja, das habt ihr, nicht wahr? Ich habe alles darüber gehört.« Sie kratzte sich den Bauch. »Und ich glaube, ihr werdet noch weit mehr Probleme bekommen. Ich wünschte, Dar-volci wäre wieder zurück. Seine Pfote ist in diesen Dingen sicherer als meine.«

»Was meinst du damit?«, fragte Andawyr besorgt ob des plötzlichen und ungewöhnlichen Ernsts der Felci.

»Ich weiß es nicht. Das Lied ist durcheinander gebracht. Alle Wege fühlen sich bewölkt und gefährlich an. Es ist, als würde ein Sturm heraufziehen – ein schlimmer Sturm. Dinge kommen zusammen, die nicht zusammen kommen sollen. Alte Dinge. Tiefe Dinge.« Sie schob ein Papier zur Seite. »Ich fürchte, das wird nicht reichen. Ein anderer Weg muss gefunden werden.«

Sie stieß ein tiefes, trauriges Pfeifen aus; dann sprang sie vom Tisch. Als sie die Tür erreichte, blieb sie noch einmal stehen und drehte sich um.

»Du solltest den Traumfinder nach Anderras Darion bringen, Andawyr. Das ist ein stärkerer Ort als dieser hier. Bring ihn *jetzt* dorthin. Zögere es nicht hinaus.«

Elftes Kapitel

Die Sonne ging unter. Farnor Yarrance lehnte sich ans Tor und blickte in den roten Himmel hinauf, der von dünnen Wolkenstreifen durchzogen war, deren Farbe sich allmählich von Grau in Schwarz wandelte. Marna und die anderen waren vor weniger als einer Woche aufgebrochen, doch Farnor hatte das Gefühl, als wären sie schon Jahre weg. Als er ihnen Lebewohl gesagt hatte, war es seine feste Absicht gewesen, die schrecklichen Ereignisse der vergangenen Wochen ein für alle Mal hinter sich zu lassen und den zweiten Teil seines Lebens zu beginnen: einen Teil, der die Fortsetzung des Lebens sein würde, das er vor Nilssons Ankunft geführt hatte, vor der Ermordung seiner Eltern; ein Leben, von dem Farnor wusste, dass seine Eltern es sich für ihn gewünscht hätten, ein Leben, das auch er wollte.

Bevor Marna gegangen war, hatte er geglaubt, dass dies sein Weg sein musste. Es war noch immer der Weg, den er gehen wollte, und der Alltag hatte bereits begonnen, ihn schützend einzuhüllen. Die Landarbeit, die eifrige Hilfe seiner Freunde und Nachbarn, all das war ihm vertraut, tröstete ihn. Aber Marna und die anderen waren kaum einen Tag fort gewesen, da hatte er erkannt, dass es nicht sein sollte. Nicht *etwas* hatte sich verändert; *alles* hatte sich verändert. Alles um ihn herum, alles im Dorf. Nichts war ihm wirklich noch vertraut, und nichts vermochte ihn noch so zu trösten wie einst; es würde nie mehr so sein wie früher.

So viele Dinge waren schicksalhaft in kurzer Zeit zusammengekommen. Nilssons Männer, die das Dorf besetzt hatten, nachdem man sie fälschlicherweise für des Königs Steuereintreiber gehalten hatte. Marnas Flucht, um in der Hauptstadt Hilfe zu holen; doch anstatt auf des Königs Männer war sie auf Yengar, Olvric, Jenna und Yrain getroffen, vier Soldaten aus einem fernen Land, die Nilsson und seine Männer erbarmungslos verfolgt hatten, um sie für ihre Verbrechen zur Verantwortung zu ziehen. Die Begegnung zwischen Rannick und der Kreatur aus den Höhlen, die die seltsame natürliche Begabung eines säuerlichen, stets übellaunigen Landarbeiters in eine mörderische Macht verwandelt und ihm die Kontrolle über andere gegeben hatte. Rannick hatte seine Bitterkeit und Unbeherrschtheit immer weiter genährt, bis es schließlich so weit gekommen war, dass er Farnors Eltern ermordet hatte. Dann war da Farnors verzweifelte Flucht in den Großen Wald gewesen, das Heim der in den Bäumen lebenden Valderen, und die Entdeckung seiner eigenen mysteriösen Gabe, jener Gabe, die ihm unter anderem die Fähigkeit verlieh, mit dem Willen der uralten Bäume des Großen Waldes Kontakt aufzunehmen; bis jetzt hatte er nicht ergründen können, wie weit diese Gabe ging. Auch jetzt noch, da er sich weit vom Wald entfernt befand, hörte er das Flüstern der Bäume in der Nähe, und er wusste, dass sie ihn beobachteten und es immer tun würden, so weit der Wille des Waldes reichte. Denn er hatte zwar ihr Vertrauen gewonnen, was nur selten einem Menschen – einem Beweger – gelang, aber er wusste auch, dass sie ihn nicht einschätzen konnten, und das beunruhigte sie.

Und schließlich war da noch der Furcht erregende Schluss gewesen. So viel Furcht und Schmerz. Die

Dörfler waren zum Angriff auf die Burg getrieben worden, und es hatte eine kurze, aber blutige Schlacht zwischen Nilssons Männern und den Valderen gegeben, während Farnor zurückgekehrt war, um sich dem wahnsinnigen Rannick und dessen bösem Vertrauten zu stellen.

Farnor schloss die Augen. Besonders Letzteres würde ihn für alle Zeit verfolgen. Die Wunden, die er beim Kampf mit der Kreatur davongetragen hatte, heilten allmählich, aber er würde sich immer an die betörend schönen Welten erinnern, die jenseits seiner eigenen lagen: Welten, in die entweder Rannick, die Kreatur oder beide eingebrochen waren und die Rannick schlussendlich in den Tod geführt hatten, als er auf der Suche nach noch mehr Macht immer tiefer in sie vorgedrungen war.

Farnor zitterte. Sein Mund war wie ausgetrocknet, und kalter Schweiß stand ihm auf der Stirn, als er die Augen wieder öffnete. Das war immer so, wenn er über das Geschehene nachdachte. Und er konnte es nicht vermeiden, darüber nachzudenken – immer und immer wieder. Manchmal, ohne dass er den Grund dafür erkennen konnte, befand er sich wieder mitten im Herzen jener Geschehnisse. Dann streckte er die Hand in dem vergeblichen Versuch aus, Rannick zu retten, wie er es auch in jenem Augenblick getan hatte, als er gleichzeitig den Riss geflickt hatte, der zwischen den Welten erschienen war.

Farnors Hand wanderte zur obersten Torstange und umklammerte sie.

Was war er? Wie hatte er so etwas tun können?

Er schreckte vor diesen Fragen zurück.

Als er hinunterblickte, sah er einen alten Balken, der durch jahrelange Benutzung glatt gerieben war.

Der Anblick und die Berührung waren ihm vertraut, so lange er denken konnte, doch auch das war jetzt anders. Die letzten paar Tage, jene Tage, an denen er einen neuen Anfang hatte machen wollen, hatten etwas so Unwirkliches an sich gehabt, dass sie schon einem Albtraum glichen. Selbst die simpelsten Arbeiten, die er schon seit Jahren Tag für Tag erledigte, waren ihm falsch und leer erschienen. All die Dinge, die ihm hatten helfen sollen, sein altes Leben wieder zusammenzufügen, schienen sich stattdessen verschworen zu haben, es noch weiter auseinander zu reißen.

Die Fragen kehrten zurück, doch diesmal ging Farnor ihnen nicht mehr aus dem Weg.

Liebevoll strich er über den Torbalken, als wolle er ihm zeigen, dass er nicht ihm die Schuld für seine düstere Stimmung gab. Er hatte keine Wahl; das wusste er jetzt. Es war unmöglich, dass er anstelle seines Vaters der Bauer Yarrance wurde. Es war unmöglich, das zurückzubringen, was verlorengegangen war, noch nicht einmal einen Teil davon.

Was hatte sein Vater immer gesagt? ›Feiere das, was du hast, solange du es hast. Das hilft, wenn es dann verschwunden ist.‹ Eine Bemerkung, die Farnor angesichts der ansonsten eher optimistischen Veranlagung seines Vaters als düster empfunden hatte. Wie bei den meisten elterlichen Ermahnungen war er damals einfach so darüber hinweggegangen, doch nun glaubte er, dass er sie allmählich verstand. Er hatte stets eine gewisse Zufriedenheit und innere Ruhe bei seinem Vater gefühlt, die sich hinter den unterschiedlichen Launen verbarg, welche das Bauernleben und die damit verbundenen Arbeiten mit sich brachten. Und bei den vier Männern, die Nilsson verfolgt hatten, war ihm etwas Ähnliches aufgefallen, obwohl sie sich nicht deutlicher von seinem Vater hätten unterscheiden können. Yengar war sehr direkt, und nachdem alles vorüber war, gab er sich auch recht leutselig. Olvric war ruhig und konnte einen leicht nervös machen. Und dann waren da noch die beiden Frauen, die Marna so beeindruckten. Auch jetzt noch fiel es Farnor schwer, all die Geschichten zu glauben, die er über Jennas und Yrains Art zu kämpfen und zu reiten gehört hatte.

Die vier hatten ihm vorgeschlagen, dass er sie in ihre Heimat begleiten solle.

»Dort gibt es Menschen, die deine seltsame Gabe verstehen und wissen, was damit zu tun ist«, hatte Yengar zu ihm gesagt. »Und Menschen, die den Schmerz tief in deinem Inneren lindern können.«

»Sie kannten mich besser als ich mich selbst«, sagte Farnor laut in den immer dunkler werdenden Himmel hinein. Er schlug auf das Tor und drehte sich zum Haus um. Die Mauern waren noch immer von dem Feuer rußgeschwärzt, das Rannick gelegt hatte, obwohl schon viel repariert worden war. Das passte nicht zu der Erinnerung, die Farnor an diesen Ort hatte, zu dem Bild, wie es sein *sollte.* Farnor fühlte sich in der Entscheidung bestätigt, die er gerade getroffen hatte.

Er würde Marna und den anderen folgen.

Ein paar Tage später war er unterwegs.

Der Abschied war ihm schwerer gefallen, als er erwartet hatte, besonders der Abschied von seinen Hunden; aber auf dem Weg allein in Richtung Norden zum Großen Wald hatte er genug Gelegenheit zum Weinen gehabt. Dass Gryss, der Dorfälteste, seinen Entschluss gutgeheißen hatte, war ihm eine große Hilfe gewesen. Auch war der alte Mann derart munter gewesen, dass Farnor nicht anders gekonnt hatte, als ihn nach dem Grund dafür zu fragen.

»Die ganze Angelegenheit hat mich aufgerüttelt, mein junger Farnor, und genau das habe ich gebraucht«, erklärte Gryss und lächelte traurig. »Vielleicht haben wir alle das gebraucht; ich wünschte nur, die Umstände wären glücklicher gewesen. So viele Menschen sind auf so grausame Art verletzt worden. Doch was geschehen ist, ist geschehen, und es liegt an jedem von uns, das Beste daraus zu machen.« Er stieß ein Lachen aus. »Zumindest werden wir jetzt im Wirtshaus endlich einmal neue Geschichten zu hören bekommen, und es wird interessant sein zu sehen, wie sie sich im Laufe der nächsten Monate verändern werden.« Dann blickte er Farnor in die Augen und fuhr ernst fort: »Wir werden dich vermissen, Farnor, ich ganz besonders. Aber es ist richtig, dass du gehst. Daran darfst du keinen Augenblick lang zweifeln. Um ehrlich zu sein, hat es mich überrascht, dass du nicht gleich mit ihnen gegangen bist.« Er senkte die Stimme. »Du hast etwas Besonderes an dir, Farnor, und du musst mehr darüber erfahren. Hier gibt es niemanden, der dir helfen kann, und wenn du bleibst und beschließt, deine Gabe zu ignorieren ...« Er zögerte. »Vielleicht schwärt sie dann im Dunkeln ... wie bei Rannick. Wer kann das schon sagen?«

Das war ein erschreckender Gedanke. Beide wussten sie, dass Farnor und Rannick, die beide in so einer kleinen Gemeinschaft gelebt hatten, gemeinsame Vorfahren haben mussten. Hatte Rannick ihn nicht am Ende seinen ›Vetter‹ genannt?

»Die ganze Zeit über warst du genauso wie ich, und wir haben es nie gewusst.«

Furcht erregende Worte. Vielleicht waren es diese Worte mehr als alles andere, was Farnor vorwärts trieb.

Der Rest des Gesprächs mit Gryss war von praktischen Fragen bestimmt gewesen, die die bevorstehende Reise betrafen. Es ging um Pferde, Proviant, Kleidung und nicht zuletzt um die Frage, wer sich in Farnors Abwesenheit um den Hof kümmern sollte. Nach einer ungewöhnlich langen Umarmung trennten sie sich voneinander, und nach einem Tag Vorbereitungen verließ Farnor das Dorf still und heimlich im Zwielicht unmittelbar vor Sonnenaufgang. Er zwang sich, nicht die dunkle Spur zurückzublicken, die er in dem taunassen Gras hinterlassen hatte.

Seine Reise in den Großen Wald unterschied sich deutlich von seiner ersten dorthin. Damals war er voller Angst gewesen und hatte sich in Panik in die Mähne eines ebenso panischen Pferdes gekrallt. Die Welt, in die er vorgedrungen war, hatte er nur aus Lagerfeuergeschichten gekannt. Nun ritt er mit leichtem Herzen, und er fühlte, dass die Bäume ihn willkommen hießen. Doch auch jetzt hatte sein Ritt etwas Dringendes an sich, und das hatte nichts damit zu tun, dass er Marna und die anderen einholen wollte.

Bevor er den Wald betreten hatte, hatte er nach Art der Valderen die Bäume um Erlaubnis gebeten.

»Du bist uns stets willkommen, Lauscher«, hatte die vielstimmige Antwort gelautet. »Viel hat sich verändert. Die Brut des Großen Bösen ist von diesem Ort verschwunden, und die Dunkelheit in dir ist nicht mehr das, was sie war.«

Dem Wald fiel es schwer, einen Gedanken wie ›Freundschaft‹ zu akzeptieren. Diese seltsame Mischung aus Zusammen- und doch Getrenntsein war ihm vollkommen fremd; nichtsdestotrotz fühlte Farnor seine Zustimmung – allerdings auch eine gewisse Sorge im Hintergrund.

»Was bereitet dir Sorgen?«, fragte er.

Dann hörte er die schwache, aber verständliche Stimme aus dem Herzen des Großen Waldes. Sie rief zu ihm aus ihrer riesigen, stillen Enklave im Norden, wohin nur wenigen erlaubt war vorzudringen und die die Valderen als den Ort der Ältesten kannten.

»Es herrscht noch immer Unruhe in den Welten, Farnor, und das Große Böse versucht noch immer zurückzukehren.«

Die Welten!

Als er diese Worte hörte, wurde Farnor von einer Bilderflut überwältigt. Er hatte sie schon bei seinem ersten Kontakt mit dem Wald gesehen, doch noch immer vermochte er ihnen keinen Sinn zu entnehmen, und noch immer beunruhigten sie ihn zutiefst.

Einen Augenblick lang war er versucht, nach einer Erklärung zu suchen, doch er wusste, dass das sinnlos war. Obwohl der Wald ihm vertraute und obwohl er so eng mit dem Wald verbunden war wie kein Mensch seit Generationen mehr, wusste er, dass die Brücke zwischen ihren unterschiedlichen Wesen schmal und unsicher war.

»Ich höre eure Ängste«, sagte er. »Ich werde euch beschützen, wenn ich kann.«

»Und wir dich, Far-nor. Es ist gut, dass du nach dem Licht suchst.«

»Einen schönen Tag wünsche ich euch, junger Herr.« Die Stimme erschreckte Farnor. Obwohl sie laut in seinen Ohren widerhallte, wusste er, dass der Sprecher geflüstert hatte, was sowohl von Wissen als auch von Respekt zeugte.

»Marken?«, sagte er, lächelte und breitete die Arme zur Begrüßung aus. »Was machst du denn hier?«

Der alte Mann mit dem schmalen Gesicht und der dürren Gestalt schwang sich aus dem Sattel und musterte Farnor von Kopf bis Fuß.

»Wie du dich vielleicht erinnerst, Farnor, *lebe* ich hier. Die Frage ist: Was tust *du* hier? Aber natürlich bist du hier jederzeit willkommen.« Er packte Farnors Arme mit schmerzhaft festem Griff – die traditionelle Valderenbegrüßung.

»Ich meine, woher wusstest du, dass ich hier bin?«, fragte Farnor verwirrt.

Marken hob die Augenbrauen. »Du bist nicht der einzige Lauscher im Wald, weißt du? Sie haben mir gesagt, dass du kommst und dass ich – dass wir alle dir auf deiner Reise helfen sollen. Nebenbei bemerkt höre ich jetzt besser als früher. Ich weiß nicht, ob es an mir oder an ihnen liegt, aber es ist ... es ist ein gutes Gefühl.« Farnor lächelte ob der offensichtlichen Freude seines Freundes. »Allerdings muss ich gestehen, dass es mich ein wenig überrascht, dich schon so bald wieder zu sehen. Ich dachte, du wolltest wieder auf deinem Hof leben.«

Farnor erklärte ihm, was er vorhatte. Marken nickte mitfühlend. »Ich verstehe«, sagte er. »Auch hier haben sich viele Dinge verändert, nicht nur meine Fähigkeit zu Hören. Vielleicht zum Besseren nach alledem, was wir haben ertragen müssen. Ich weiß es nicht. Die Zeit wird es uns ohne Zweifel zeigen.« Seine Stimme nahm einen forschen Tonfall an. »Wirst du mich zu Derwyns Nest begleiten und eine Weile bei uns bleiben?«

»Ich kann nicht, Marken. Ich muss meine Freunde einholen. Sie dürften es nicht eilig haben, aber sie haben mehrere Tage Vorsprung, und ich weiß nicht genau, wohin ich reite, nur dass es nach Osten geht. Außerdem bin ich noch immer vom Kampf mit Rannicks Kreatur erschöpft. Ich glaube, ich würde euch zu Tode erschrecken, wenn ich in diesem Zustand versuchen würde, eine eurer Leitern hinaufzuklettern.«

»Das hast du immer schon getan«, erklärte Marken offen. »Du bist der geborene Faller; daran besteht kein Zweifel. Bist du sicher, dass du mich nicht zu Derwyn begleiten willst? Er wäre ...«

»Er wäre äußerst verärgert, würde ich in seinem Nest herumtrödeln, wo es doch dringende Dinge zu erledigen gilt.«

Marken blickte ihn mit klugen Augen an.

»Hilf mir, meine Freunde zu finden, Marken«, drängte Farnor. »Sie sind mit eurer Erlaubnis hier entlang geritten, und ich wäre überrascht, würdest du nicht wissen, welchen Weg sie genommen haben und wo sie jetzt sind.«

Marken räusperte sich. »Wir beobachten ... Neuankömmlinge im Wald, natürlich. Sie könnten Hilfe brauchen, Führung. Es ist leicht, sich hier zu verirren.«

»Hm.«

»Und natürlich sind wir auch neugierig«, räumte Marken ein. »Sie haben uns einen großen Dienst erwiesen. Wir ehren sie.«

»Ich weiß«, erwiderte Farnor.

Marken beugte sich vor. »Das junge Mädchen – Marna – ist seltsam. Sie ist wie du – ein Faller –, auch wenn sie sich große Mühe gegeben hat und schnell lernt. Aber die anderen sind bemerkenswert. Sie sind so leichtfüßig, und sie hegen großen Respekt vor allem, was sie umgibt. Sie hinterlassen keine Spuren. Fast könnten sie Valderen sein.«

Das war ein beachtliches Kompliment.

»Wie weit hast du sie begleitet?«, erkundigte sich Farnor.

»Nur einen Tagesritt weit«, antwortete Marken. Sein Tonfall verriet, dass er es bereute, nicht länger bei ihnen geblieben zu sein. »Dann mussten wir zum Nest zurück.«

»Wir?«

»Es waren ... ein paar von uns.«

»So viele, hm? Die Dinge *haben* sich geändert.«

»Ich nehme an, ich sollte dich jetzt besser auf den Weg führen, wenn du es so eilig hast. Derwyn und seinem Nest soll ich vermutlich Grüße bestellen und ihnen alles Gute wünschen, hm?«

»Natürlich. Das weißt du doch.«

Marken ritt einen halben Tag lang neben ihm her, und unter seiner Führung kam Farnor ein gutes Stück voran.

»Lass den Wald dein Pferd führen«, sagte Marken, als sie sich schließlich voneinander verabschiedeten.

»Ich glaube nicht, dass das nötig sein wird«, erwiderte Farnor und deutete auf die zwei Reiter, die sich ihnen näherten.

»Vermutlich nicht«, sagte Marken und grinste breit. »Ich habe Botschaften vorausgeschickt. Ich halte es für unwahrscheinlich, dass du längere Zeit allein sein wirst, wenn überhaupt. Vermutlich wirst du deine Geschichte ein paar Mal erzählen müssen, aber du wirst gut vorankommen und einen Großteil deines Proviants sparen können.« Erneut ergriff er Farnors Arme. »Ich weiß nicht, ob ich dir das schon einmal gesagt habe – eigentlich habe ich auch gar nicht die Worte dafür, um auszudrücken, was ich fühle –; aber ich danke dir für alles, was du getan hast – für mich und für den Wald.« Er ließ ihn wieder los. »Gute Reise, Lauscher. Und kehre eines Tages zu uns zurück.«

»Das werde ich.«

Die Reise verlief genauso, wie Marken gesagt hatte. Farnor wurde den ganzen Weg über begleitet, und er sparte nicht nur Proviant, sondern er bekam sogar noch mehr, denn jedes Nest, durch das er kam, überhäufte ihn mit Geschenken.

Dann, eines Morgens in der Früh, erreichte er den Rand des Waldes. Das Gelände stieg eine Zeit lang an; plötzlich verschwanden die Bäume, und Farnor fand sich an den Ausläufern der Berge wieder. Er und seine Gefährten stiegen ab.

»Wir müssen dich jetzt verlassen, Farnor«, sagte der Älteste seiner Begleiter. »An diesem Ort können wir dich nicht mehr führen.« Er deutete auf einen Bergsattel zwischen zwei Gipfeln. »Dort oben. Diesen Weg sind deine Freunde gegangen.« Es folgte ein Valderenabschied mit einem kräftigen Griff zu den Armen, dann: »Gute und sichere Reise. Es war uns eine Ehre, mit dir reiten zu dürfen ... Faller.« Die vorsichtig vorgetragene, vertraute Stichelei war liebevoll gemeint, und Farnor wusste, dass er seinen Gefährten mit seinem Lachen mehr dafür dankte, als es mit Worten möglich gewesen wäre. Nichtsdestotrotz sagte er auch ein paar Worte zum Abschied; dann machte er sich auf den Weg den Felshang hinauf.

Als er den Grat erreichte, drehte er sich um. Die Valderen standen noch immer am Waldrand. Farnor winkte ihnen zu, dann ritt er über den Grat hinweg. Die Valderen erwiderten seinen Gruß und verschwanden ihrerseits im Wald.

Eine Zeit lang, während er den Hang auf der anderen Seite hinunterritt, hörte Farnor die Hörner der

Valderen, die ihm Glück auf seiner Reise wünschten. Es war ein gutes Geräusch, voller Bedeutung für ihn. Nach und nach wurde es schwächer und verhallte schließlich.

Farnor blickte das Tal entlang. Es war weit schmaler als sein Heimattal, aber es war grün und üppig, und obwohl die Gipfel zu beiden Seiten hoch in den Himmel ragten, wirkten sie keineswegs bedrückend. Farnor schwang sich wieder in den Sattel und schnalzte mit der Zunge, um sein Pferd anzutreiben.

Zum ersten Mal seit er seine Heimat verlassen hatte, fühlte er sich wirklich allein. Im Wald war er nicht nur von den Valderen begleitet worden, sondern auch vom unaufdringlichen, mächtigen Willen des Waldes selbst. Letzteres bestätigte ihm, dass die Ältesten ihn in der Tat beobachteten, und bis wohin auch immer ihr Bewusstsein reichte – bis zu den geringeren Wäldern jenseits des Großen Waldes, den Überresten dessen, was sie einst gewesen waren –, sie würden ihn auch dort beobachten.

Aber hier war nichts.

Farnor bekam ein wenig Angst.

Hatte er die richtige Entscheidung getroffen, als er seine Heimat und seine Freunde verlassen hatte auf der Suche nach ...

Nach was?

Immer wieder plagten ihn von nun an Zweifel, aber jedes Mal, wenn er kurz davor stand, die Zügel anzuziehen und das Pferd zu wenden, erkannte er erneut, dass er nicht anders handeln konnte. Er musste weiterziehen, Marna und die anderen finden und mit ihnen zu jenen Leuten gehen, die seine Gabe verstanden. Noch immer plagte ihn die Furcht, dass seine Gabe ihn in einen neuen Rannick verwandeln könnte, sollte er sie ignorieren. Zu guter Letzt verhallten seine Zweifel jedoch wie die Hörner der Valderen.

Gegen Abend glaubte er, weit entfernt eine dünne Rauchfahne zu erkennen. Kurz brach sie das Licht der untergehenden Sonne im Tal, doch das Licht änderte sich so rasch, dass der Rauch kaum zu erkennen gewesen war. Farnor betrachtete die immer länger werdenden Schatten um sich herum und bemühte sich abzuschätzen, wo genau das zu dem Rauch gehörende Feuer lag.

Er konnte es schaffen, entschied er und trieb sein Pferd an.

Das war ein Fehler, wie er bald feststellen musste, als die Sonne endgültig hinter den Bergen verschwand und Dunkelheit sich über das Tal senkte. Farnor blickte nach oben. Obwohl einige Gipfel noch mattrot schimmerten, waren die meisten bereits in Schatten gehüllt, und graue Wolkenfetzen sammelten sich um sie herum. Im Osten strahlte ein einsamer Stern klar und hell wie ein Leuchtfeuer; doch so schön er auch sein mochte, Farnor erkannte, dass sein Licht ihn nur täuschen und die Schatten im Tal vor ihm nur umso tiefer erscheinen lassen würde.

Widerwillig brachte er sein Pferd zum Stehen, und nach einem letzten Blick in die Richtung, wo er den Rauch gesehen hatte, beeilte er sich, ein Lager aufzuschlagen, solange er noch einen Rest Tageslicht hatte.

Wie immer seit er sein Zuhause verlassen hatte, so schlief er auch diesmal gut.

Als er wieder aufwachte, erwartete ihn ein feiner Nieselregen. Der Großteil des Tals war hinter diesem Regenschleier verborgen, während die Gipfel darüber vollständig in den Wolken verschwunden waren.

Seltsamerweise spornte diese kalte Begrüßung Farnor mehr an als strahlender Sonnenschein. Dank seines Lebens als Bauernsohn war er frühes Aufstehen und die rasche, ordentliche Erledigung der morgendlichen Arbeiten gewohnt; doch während Sonnenschein stets seine Faulheit weckte, machte ihn Kälte und Regen entschlossener, wenn auch ein wenig grimmig. Und heute kam natürlich auch noch ein zusätzlicher Ansporn hinzu: Er würde Marna und die anderen bald eingeholt haben.

So kam es, dass Farnor in verhältnismäßig kurzer Zeit das Lager abgebrochen, gefrühstückt, gepackt und aufgesattelt hatte. Dann erinnerte er sich an Markens Worte. Farnor schaute sich sorgfältig um, um sich zu vergewissern, dass auch er keine Spuren hinterließ.

Als er sich schließlich aufs Pferd schwang und die Kapuze überzog, begann er, das bevorstehende Treffen zu planen. Es war noch sehr früh, und es war unwahrscheinlich, dass seine Beute ihr Lager mit dem gleichen Eifer abbrechen würde wie er. Mit etwas Glück würde er sie überraschen können, bevor sie überhaupt aufgewacht waren. Er beeilte sich jedoch nicht. Das Tal stieg ein wenig an, und Farnor sah häufig Felsen, die die Sode durchbrachen. An einigen Stellen würde er absteigen und die Pferde führen müssen. Es wäre eine Katastrophe, wenn er oder eines der Pferde verletzt werden würde, nur weil er es zu eilig hatte.

Nichtsdestotrotz hielt ihn eine Zeit lang die Aussicht aufrecht, bald sein Ziel zu erreichen. Er versuchte, sich die Reaktion der anderen vorzustellen. Marna würde ohne Zweifel mit ihm schimpfen, aber wie die anderen reagieren würden, das wusste er nicht. Yengar würde ihn vermutlich mit einem Lächeln begrüßen, während Olvric so schweigsam und rätselhaft sein würde wie eh und je. Was die beiden Frauen betraf, so hatte er nicht die geringste Ahnung.

Er dachte noch immer darüber nach, als er das Ende des Anstiegs erreichte und auf das Lager seiner Freunde hinabblickte. Es lag unauffällig zwischen zwei Felsvorsprüngen, und Farnor bemerkte es zuerst gar nicht. Plötzlich kam ihm der furchtbare Gedanke, dass dies vielleicht gar nicht das Lager war, das er suchte. Es gab keinen Grund, warum nur er und sie hier im Tal sein sollten. Waren Nilsson und seine Männer nicht auch überall umher gezogen, bevor sie über sein Dorf gestolpert waren? Was, wenn dieses Lager ähnlichem Volk gehörte?

Dann entdeckte Farnor zwischen zwei ungewöhnlichen Zelten ein drittes, kleineres, das er als Marnas erkannte. Er seufzte erleichtert, und seine Aufregung kehrte wieder zurück. Eine gewisse Selbstgefälligkeit mischte sich darunter, während er die friedliche Szene beobachtete. Wie auch immer sie reagieren mochten, er würde sie auf jeden Fall überraschen. Vielleicht sollte er schon einmal Feuer für sie machen. Sie würden das sicherlich zu schätzen wissen. Andererseits würde er sich wahrscheinlich lächerlich machen, wenn sie ihn nass und verzweifelt dabei ertappen würden, wie er versuchte, bei diesem Wetter etwas zum Brennen zu bekommen.

Farnor schob diese Gedanken erst einmal beiseite und führte seine Pferde vorsichtig den Hang hinunter.

Den Fuß des Hangs erreichte er ohne Probleme, und er überlegte sich gerade wieder, wie er sich ankündigen sollte, als eine vermummte Gestalt hinter den Felsen hervortrat. Sie hielt ein Schwert in der Hand.

Zwölftes Kapitel

Die Gedanken, die er beim ersten Anblick des Lagers gehabt hatte, überschlugen sich in Farnors Kopf. Was wenn Marna und ihre Gefährten von einer Gruppe wie Nilssons überfallen worden waren? Erwarteten ihn hier die Auswirkungen eines neuen Schreckens, eine neue Gefahr?

»Das ist eine schlechte Art, sich einem Lager zu nähern, mein Freund.« Die Stimme der Gestalt riss Farnor aus seinen Gedanken. Es war die Stimme eines Mannes, sanft und ruhig, aber obwohl sie nicht direkt drohend klang, hatte sie etwas an sich, das Farnor einen kalten Schauder über den Rücken jagte. Er fühlte sich wehrlos.

Farnors Hand zuckte unwillkürlich nach dem Messer in seinem Gürtel, doch im letzten Augenblick beherrschte er sich. Vor ein paar Wochen hätte er noch nicht einmal an so etwas gedacht, aber damals war er auch noch nicht der gewesen, der er jetzt war. Um seine Reaktion zu überdecken, strich er die Robe glatt und trat vorsichtig einen Schritt zurück. Falls nötig würde er einfach aufs Pferd springen und fliehen.

Der Mann schien Farnors inneren Konflikt zu bemerken, denn er bewegte sein Schwert, als wäre auch er nicht sicher, was er tun sollte. Dann neigte er den Kopf zur Seite und beugte sich ein Stück vor.

»Farnor?«

Farnor trat noch einen Schritt zurück und riss dann

seine Kapuze herunter. Langsam tat die Gestalt es ihm nach, und Olvric kam zum Vorschein. Er lächelte leicht, steckte das Schwert weg und bot Farnor die Hand an. »Was auch immer dich hergebracht haben mag, es ist schön, dich zu sehen, junger Mann. Aber für die Zukunft wärst du besser beraten, dich anzukündigen, wenn du dich in freundlicher Absicht einem Lager näherst.« Er hob eine Augenbraue. »Und solltest deine Absichten einmal nicht so freundlich sein, solltest du dich leiser bewegen.«

»Ich *habe* mich leise bewegt«, protestierte Farnor.

»Oh.«

»Farnor, was machst du denn hier?« Diese Stimme und ihr quengelnder Tonfall waren unverkennbar, und eine alte Beziehung erwachte sofort wieder zum Leben.

»Schön, dich wieder zu sehen, Marna«, sagte Farnor zu dem Gesicht mit den vom Schlaf trüben Augen, das aus dem kleinsten Zelt herausschaute.

Besorgt zog Marna die Brauen zusammen. »Zuhause ist doch alles in Ordnung, oder?«

»Ja, allen geht es den Umständen entsprechend gut. Ich habe nur beschlossen, doch mit euch zu kommen.«

Marna dachte einen Augenblick lang darüber nach; dann blickte sie das regenverhangene Tal hinauf und verschwand im Zelt.

Yengar trat aus einem der anderen Zelte. Wie Farnor vermutet hatte, lächelte Yengar ihn warmherzig an und streckte die Hand aus, um ihn zu begrüßen.

»Oder soll ich dich lieber auf Art der Valderen begrüßen?«, fragte er lachend. Er ahmte die entsprechende Bewegung mit zu Krallen geformten Händen nach und rieb sich in gespieltem Schmerz die Arme.

»Es dauert etwas, bis man sich daran gewöhnt hat«, sagte Farnor und ergriff rasch Yengars Hand aus Angst, er könnte seine Drohung wahr machen.

»Das stimmt wohl. Ich bin mit blauen Flecken geradezu übersät.« Das war wieder Marna, die inzwischen ebenfalls ihr Zelt verlassen hatte und sich die Haare kämmte. »Und diese verdammten Leitern und Laufplanken. In meinem ganzen Leben habe ich noch nie so viel Angst gehabt.« Sie atmete tief durch. »Zumindest nicht *so* eine Angst.«

»Ihr seid in einem ihrer Nester gewesen?«, fragte Farnor überrascht.

»Ja, das waren wir in der Tat«, bestätigte Yengar. »Und es war eine bemerkenswerte Erfahrung. Die Valderen sind faszinierend. Ich wäre gerne länger bei ihnen geblieben – vielleicht einen Tag. Sie haben uns eingeladen, zurückzukommen.«

»Sie müssen viel von euch halten.«

Yengar zuckte mit den Schultern. »Wir haben für eine gemeinsame Sache gekämpft. So etwas reißt Mauern ein, die man in ruhigeren Zeiten nicht überwinden kann. Aber ich glaube, du bist ihr Held. Sie haben ständig nur von dir und deinen Taten gesprochen.«

»Vielleicht sollten wir nicht gerade im Regen darüber reden«, sagte Marna, während sie die Haare aus ihrem Kamm entfernte. Sie blickte zu Olvric. »Aber natürlich erst, nachdem du Feuer gemacht hast. Ich war gestern dran.«

»Ja, und du hast das ganze Tal mit genug Rauch gefüllt, um jeden Baum im Großen Wald zu erschrecken«, erwiderte Olvric.

»Das ist nicht wahr. Es war nur ...«

»Komm. Bring Farnors Pferde zu den anderen;

dann werde ich es dir noch mal zeigen. Pass diesmal aber besser auf.«

Farnor empfand einen Hauch von Groll, als er die Freundschaft sah, die sich offenbar mittlerweile zwischen Marna und diesen Leuten entwickelt hatte. Dieses Gefühl überraschte ihn, doch es verflog sofort wieder, als Marna ihm die Pferde abnahm und ihm ein verschwörerisches ›Schon wieder Ärger‹-Grinsen zuwarf.

Yengar hatte sich inzwischen hingehockt und fummelte an etwas an seinem Zelteingang herum. Als er wieder aufstand, kam das Etwas mit ihm hoch, und einen Augenblick später stand das Zelt offen und ein Vordach war errichtet. Yengar verneigte sich und winkte einen erstaunten Farnor mit übertriebener Höflichkeit hinein. Innen kam Farnor das Zelt wesentlich größer vor, und das bemerkte er auch Yengar gegenüber. Yengar holte zwei Klappstühle hervor, die er unter das Vordach stellte.

»Ein bisschen Nachdenken, ein bisschen Erfahrung und ein bisschen Geschick«, sagte Yengar und ließ seinen Blick durch das geräumige Zeltinnere schweifen, als hätte er es schon lange nicht mehr gesehen. »Aber!« Er klatschte in die Hände. »Was tust du hier?« Bevor Farnor die Frage beantworten konnte, beugte sich Yengar vertrauensselig vor. »Es *ist* doch alles in Ordnung daheim, oder?«

»Alles in Ordnung«, bestätigte Farnor. »Es ist anders, aber in Ordnung. Falls euer Angebot noch steht, würde ich es gerne annehmen. Ich meine, dass ihr mich nach ... zu wem auch immer bringt, der mir helfen kann zu verstehen, was mit mir geschehen ist.«

Yengar lächelte verständnisvoll. »Eine weise Entscheidung, nehme ich an, und ich bin froh, dich zu sehen, sowohl um deinet- als auch um unsertwillen. Ich war ohnehin sicher, dass man jemanden zu dir geschickt hätte, um mit dir zu reden, nachdem wir Bericht erstattet haben. Vielleicht wäre sogar Andawyr persönlich gekommen. Und was mich betrifft ... Ich möchte dir und den Deinen gegenüber nicht respektlos erscheinen, aber ich würde gerne mal wieder einige Zeit in meiner Heimat verbringen.«

»Andawyr?«, fragte Farnor.

»Er ist das Oberhaupt der Cadwanol – der Leute, die vermutlich am meisten über das wissen, was mit dir geschehen ist. Er wird dir gefallen.« Yengar lachte leise. »Er ist beim besten Willen nicht gerade das, was man sich unter dem Oberhaupt eines gelehrten Ordens vorstellen würde. Aber er ist sehr klug ... und sehr weise.«

Ihr Gespräch wurde vom gleichmäßigen Trommeln des Regens auf dem Vordach untermalt und dem unregelmäßigen Plätschern des abfließenden Wassers. Marnas laute Stimme hallte zu ihnen herüber. Sie und Olvric kauerten über einem Haufen Steine, aus denen eine dünne Rauchfahne emporstieg. Marna beschwerte sich über irgendwas.

Farnor fühlte sich verpflichtet, sich für sie zu entschuldigen. »Marna ist recht dickköpfig«, sagte er. »Manchmal ist es nicht leicht, mit ihr zurechtzukommen.«

Yengar deutete auf das andere große Zelt. »Wir sind dickköpfige Frauen gewöhnt«, sagte er und fügte laut hinzu: »und faule!«

Farnor fiel etwas ein. »Da ich nicht wusste, wie lange wir unterwegs sein würden, habe ich eine Menge Proviant mitgenommen. Dann haben die Valderen mir noch eine Menge mehr gegeben. Das ist ihre Art.

Wenn sie dich erst einmal kennen, sind sie äußerst großzügig.«

»Das haben wir auch schon gemerkt«, sagte Yengar. »Wir waren nicht sicher, ob es eine Beleidigung gewesen wäre, hätten wir uns geweigert, die Geschenke anzunehmen; also haben wir brav gelächelt, Danke gesagt und die armen Packpferde noch ein wenig mehr beladen. Ich glaube, wir haben genug zu essen, um den gesamten Winter zu überstehen. Nach Hause reicht es allemal.«

»Nun, jetzt habt ihr auf jeden Fall auch noch meinen Proviant.«

Sie wurden von Yrain und Jenna unterbrochen, als diese ihr Zelt verließen und ein ähnliches Vordach aufbauten wie Yengar, nur schneller.

»Marna, du musst dein Zelt lüften!«, rief Jenna, während sie und ihre Freundin zu den beiden Männern gingen. Es kam keine Antwort; aber Farnor sah, wie Marna wütend einen Buckel machte. Er wollte gerade aufstehen, um einer der Frauen seinen Stuhl anzubieten, als diese ihn packten und leidenschaftlich umarmten.

»Schön, dich wieder zu sehen, junger Mann«, sagte Yrain und ließ ihn wieder los; dann setzte sie sich mit gekreuzten Beinen neben ihn. »Ich bin froh, dass du dich doch noch entschieden hast, uns zu begleiten.«

Farnor blickte Yengar überrascht an.

»Sie haben uns belauscht«, erklärte der Goraidin in abschätzigem Tonfall. »Wahrscheinlich hast du sie bei deiner Ankunft geweckt. Sie haben dann wohl ängstlich in ihrem Zelt gekauert aus Furcht, ein Bergdämon könnte über uns hergefallen sein.«

»Du bist dran mit Frühstückmachen, stimmt's?«, fragte ihn Jenna, bevor Yrain die bissige Erwiderung aussprechen konnte, die sich in ihren Augen ankündigte.

Yengar klopfte Farnor auf die Schulter, dann verließ er sie und ging zu den Pferden.

»Für mich brauchst du nichts zu machen«, rief ihm Farnor hinterher. »Ich habe schon gegessen.«

Yrain blickte zum Himmel hinauf. »Ein Frühaufsteher«, sagte sie bewundernd.

»Die Tiere schlafen auch nicht länger«, erklärte Farnor. Yrain lächelte und drückte ihm liebevoll den Arm.

Während die anderen aßen, erzählte Farnor ihnen die paar Dinge, die sich seit ihrer Abreise im Dorf ereignet hatten; dann erklärte er, warum er sich doch noch entschlossen hatte, sie zu begleiten. Seine Gründe überraschten niemanden, und alle wiederholten sie Yengars Worte, dass sie ohnehin wieder hätten zurückkommen müssen, um ihn zu holen.

»Wie dem auch sei«, sagte Yengar. »Es muss eine schwere Entscheidung für dich gewesen sein. Zu akzeptieren, dass jemand für immer fort ist, ist niemals leicht.«

»Ich denke nicht, dass ich das wirklich akzeptiert und das Kapitel damit abgeschlossen habe«, erklärte Farnor ruhig. »Zumindest nicht ganz. Ich glaube, dass das, was meine Mutter und mein Vater mir gegeben haben und Gryss, meine Freunde und mein ganzes Leben im Tal, ja selbst Rannick am Ende ... All das *wird* auf ewig ein Teil von mir bleiben.«

Die anderen blickten einander an, und Jenna wandte sich ab.

»Ich glaube, als ich das gelernt habe, war ich mindestens zehn Jahre älter als du jetzt«, sagte Yengar. »Gut gemacht.«

Dann kam Bewegung ins Lager. Die beiden großen Zelte wurden mit der gleichen Geschwindigkeit und Geschicklichkeit abgebrochen und auf den Packpferden verstaut, wie Yengar das Vordach errichtet hatte. Marna brauchte ein wenig länger und kommentierte ihre Arbeit mit deftigen Worten. Das Feuer wurde gelöscht, die Latrinen verschlossen und der ganze Lagerplatz sorgfältig untersucht, bis sie sicher waren, dass alles wieder so war wie zuvor.

Farnor half, wo immer er konnte. »Marken hat gesagt, dass ihr keine Spuren hinterlasst«, berichtete er seinen Gefährten. »Das hat ihn beeindruckt.«

Er beobachtete, wie Olvric einen Stein umdrehte, bevor er sich schließlich in den Sattel schwang.

»Warum so viel Sorgfalt?«, fragte Farnor, als sie sich endlich in Bewegung setzten.

»Inzwischen ist uns das zur Gewohnheit geworden«, antwortete Olvric. »Einst war es Teil unserer Ausbildung. Es gehört zu unserer Arbeit.«

»Arbeit? Ich dachte, ihr wärt Soldaten.«

»Soldat zu sein heißt nicht nur vorstürmen und Leute erschlagen – oder erschlagen werden«, erklärte Yengar. »Wir dringen tief in Feindesland vor, um herauszufinden, was sie tun: wo ihre Armee liegt, wie groß sie ist, wie viel Fußvolk und von welcher Art, wie viel Reiterei, wie gut ausgerüstet sie sind, wie diszipliniert und so weiter. Diese Informationen bringen wir dann zu unseren eigenen Leuten zurück, damit sie entscheiden können, wie man am besten vorgehen soll. Gelegentlich müssen wir auch Schaden verursachen.« Farnor blickte ihn an. Er hoffte auf eine Geschichte, doch Yengar wurde unerwartet ernst. »Unser Beruf ist das Studium geordneter Gewalt, Farnor. Wenn wir unsere Arbeit gut erledigen, werden weniger Leute sterben, als es ansonsten der Fall sein würde. Und wenn wir sie *wirklich* gut erledigen, wird vielleicht sogar niemand sterben und die Schlacht nie stattfinden.« Sein Gesicht hellte sich wieder auf. »Und ein Teil unserer Arbeit – ein Teil, für den wir eine besondere Vorliebe haben, wie ich hinzufügen möchte –, besteht auch darin, am Leben zu bleiben. Das ist auch der Grund dafür, warum wir uns bemühen, keine Spuren zu hinterlassen.«

»Hier in der Gegend gibt es aber keine Feinde«, protestierte Farnor.

»Du kennst also dieses Land und diese Berge hier, ja?«

»Nun, äh, nein, aber …«

»Nun, äh, nein, aber, ja, ja. Aber vermutlich hast du trotzdem Recht. Ich bezweifele, dass wir hier mit Feinden rechnen müssen. Doch unsere Arbeit kann gefährlich und Furcht erregend sein. Glaub mir: Wenn dich jemand jagt, wird er einen zerbrochenen Zweig entdecken, einen umgedrehten Stein oder platt getretenes Gras, und dann wird er über dich kommen wie ein Sommersturm. Wie Olvric gesagt hat, verlassen wir uns auf unsere gute Ausbildung und unsere guten Gewohnheiten – Gewohnheiten, die wir nicht vernachlässigen dürfen, nur weil wir keine unmittelbare Bedrohung erkennen.«

Farnor akzeptierte diese Erklärung.

»Außerdem«, fuhr Yengar fort, »zeugt es nicht gerade von Respekt für die anderen Kreaturen, die hier leben, wenn man einen Ort unaufgeräumt verlässt, oder? Falls dich also der Gedanke ans Kämpfen abstoßen sollte, betrachte unseren Ordnungssinn einfach als Ausdruck guter Manieren.«

»Er stößt mich nicht ab. Er jagt mir Angst ein.« Farnor atmete tief durch. »Und er verwirrt mich. Ich verstehe, was Kämpfen bedeutet, und doch auch wieder nicht. Als ich die Ältesten erreichte, war ich voller Hass auf Rannick. Vor meinem geistigen Auge sah ich ihn tot – von mir getötet. Ich wollte ihn wie ein Schwein abschlachten, und ich wollte das Wissen der Bäume, sodass ich zurückkehren und es geschehen lassen konnte. Doch als ich wieder von ihnen fortging, hatte ich mich verändert. Der Hass war noch immer da und trieb mich an, doch er war irgendwie anders. Da wusste ich, dass ich versuchen musste, Rannick aufzuhalten. Mir blieb keine andere Wahl. Was danach geschehen würde, daran verschwendete ich keinen Gedanken.« Er lachte leise. »Ich hatte die vage Vorstellung, ihn der Gerechtigkeit zuzuführen, ihn vor ein Gericht zu bringen, wo er für seine Missetaten verurteilt werden würde. Aber ich wusste, dass ich in Wahrheit mit ihm würde kämpfen müssen – und mit dieser Kreatur –, und dass ich dabei sterben konnte. Ich überzeugte mich selbst, dass ich es nicht mehr nur für mich alleine tat, sondern für alle. Ich wollte ihn davon abhalten, andere Menschen so zu verletzen, wie er mich verletzt hatte. Doch es war noch immer derselbe Hass, und mein Verlangen nach Rache war noch genauso groß wie mein Wunsch nach Gerechtigkeit.«

Er schwieg und versank in Gedanken. Niemand störte ihn.

»Und am Ende habe ich ihm vergeben«, fuhr er schließlich fort. »Ich habe ihm den Mord an meinen Eltern vergeben. Wie konnte ich so etwas tun?« Wieder lachte er und verschluckte sich dabei, sodass es fast wie ein Schluchzen klang. »Und diese Vergebung hat ihn genauso sicher vernichtet, als hätte ich ihn aufgeschlitzt wie seine verdammte Kreatur.« Er schlug die

Kapuze zurück und blickte nach oben, sodass ihm der Regen aufs Gesicht fiel. »Ich streckte die Hand aus, um dem Mörder meiner Eltern zu helfen, und das hat ihn vernichtet. Glaubt ihr, dass ich wusste, was geschehen würde? Dass dies der sicherste Weg war, um ihn zu vernichten?« Er schüttelte den Kopf und wischte sich mit den Händen übers Gesicht. »Es ist zu kompliziert. Ich verstehe es nicht.«

Es folgte ein langes Schweigen.

»Weisere Männer als du und ich haben sich darum bemüht, die Dunkelheit zu verstehen, die in uns lauert, Farnor«, erklärte Yengar schließlich. »Und sie haben versagt. Ich nehme an, wir alle müssen unseren eigenen Frieden damit machen, so gut wir können, und danach streben, so wenig Leid wie möglich zu verursachen. Was du getan hast, hast du für einen Zweck getan, den jeder von uns als gerecht betrachten würde. Und du hast es gut gemacht. Tatsächlich hast du dich sogar hervorragend geschlagen. Die Umstände haben dich dorthin gebracht, wo du warst, und so finster sie auch gewesen sein mögen, du hast überlebt – in jeder Hinsicht. Die Schuld lag einzig und allein bei Rannick. Er hatte die gleiche Wahl wie du, doch während du die grausamere Seite deines Ichs für einen guten Zweck verwendet hast, hat er sich von ihr verschlingen lassen.« Farnor wollte etwas darauf erwidern, doch Yengar fuhr fort: »*Niemand* kann Menschen wie ihn verstehen, nachdem sie einen gewissen Punkt überschritten haben. Sie bahnen sich ihren eigenen wahnsinnigen Weg durch die Leben anderer, der schlussendlich zu ihrer eigenen Zerstörung führt.«

Ein zustimmendes Murmeln kam von den anderen.

»Gryss glaubt, dass ich über dieselbe Macht verfügen könnte wie Rannick.«

Die Worte hingen in der feuchten Luft.

»Vielleicht stimmt das«, sagte Yengar in beiläufigem Tonfall. »Ich behaupte nicht, etwas von diesen Dingen zu verstehen, aber da ihr beide aus einer kleinen Gemeinschaft stammt, seid ihr wahrscheinlich auf irgendeine Art miteinander verwandt – falls das denn etwas zu bedeuten hat; aber eigentlich ist es egal.«

Farnor war von Yengars lockerer Art überrascht. »Egal? Aber ...«

»Aber nichts.« Yengar blickte ihm tief in die Augen. »Du bist auf die Probe gestellt worden, und das mehr als viele Kämpfer, die ich kenne. Wärst du dazu bestimmt, dich in einen zweiten Rannick zu verwandeln, hättest du das schon längst getan. Vertrau mir.« Er deutete auf seine Gefährten. »Man hat immer eine Wahl – und immer sind es das Herz und der Verstand, die dich führen. Du hast deine Wahl getroffen, und zwar eine gute. Wie du selbst gesagt hast: Was deine Eltern dir mitgegeben haben, wird für immer ein Teil von dir sein. Auch jetzt hast du wieder eine Wahl getroffen, indem du mit uns kommst. Du hast dich entschieden, mehr über dich selbst zu lernen. Und falls sich herausstellen sollte, dass du über gewisse Fähigkeiten mit der Macht verfügst – oder mit etwas anderem –, dann lern so viel darüber, wie du kannst. Du wirst Fehler damit begehen – das ist unvermeidlich –; aber du wirst sie nie zum Bösen einsetzen.« Beruhigend legte er Farnor die Hand auf die Schulter. »Im Augenblick brauchst du dich allerdings nur darum zu kümmern, im Sattel zu bleiben. Ansonsten genieße die Reise.«

Farnor runzelte die Stirn. »Du hast viel darüber nachgedacht, nicht wahr?«

Yengar warf den Kopf zurück und lachte laut. Jenna

und Yrain stimmten in das Lachen ein, und Olvric lächelte. Farnor und Marna blickten einander an; sie sahen keinen Grund für diesen plötzlichen Freudenausbruch.

»Ja, das habe ich mit Sicherheit«, erwiderte Yengar noch immer lachend. »*Oft* hat jeder von uns Grund gehabt, sich zu überlegen: ›Was mache ich eigentlich hier?‹ Und sollte ich dich in zehn Tagen lehren können, wofür ich zehn Jahre gebraucht habe, werde ich das nur allzu gerne tun.«

»Könntest du mich lehren, wie du zu sein?«

Yengar hörte auf zu lachen und warf Farnor einen seltsamen Blick zu, als wolle der junge Mann ihn verspotten. »Was meinst du damit?«, fragte er.

»Ich meine damit, dass ich wie du sein will. Jemand, der andere vor Leuten wie Nilsson beschützt. Ein Krieger.«

Yengar öffnete und schloss den Mund zweimal, bevor er schließlich hervorbrachte: »Du hast Nilsson herausgefordert und überlebt. Du hast Rannick herausgefordert und überlebt. Du hast den Großen Wald herausgefordert und überlebt. Du hast dich in die Tiefen deiner eigenen Ängste und Zweifel gestürzt und überlebt. Und nicht zuletzt hast du gegen etwas gekämpft und es besiegt, was fast sicher ein Serwolf war, und nur ein paar blaue Flecken davongetragen. Du brauchst keine Lektionen von mir, Farnor. Du bist alles, was du sein musst.«

»Ich hatte Glück.«

Wieder brach Yengar in Lachen aus, obwohl diesmal weniger fröhlich als vielmehr ungläubig. »Das hattest du vermutlich«, sagte er. »Aber ein *Krieger* zu sein ...«, spöttisch betonte er das Wort, »... bedeutet nicht, ohne Glück auszukommen.«

»Du weißt, was ich meine.«

»Nein, das weiß ich nicht. Warum, um Himmels willen, willst du wie ich sein – oder wie sonst einer von uns?«

»Weil ich es will! Ich kann mich noch sehr gut an meine Hilflosigkeit erinnern, als Nilsson mich geschlagen hat. So etwas habe ich nie zuvor erlebt. Ich konnte nichts tun. Für ihn war ich wie eine Kinderpuppe. Du hast Recht. Ich habe überlebt, aber nur weil Gryss sich eingemischt und uns herausgeredet hat. So etwas möchte ich nie wieder erleben!«

Yengar antwortete nicht. Er war überrascht und auch ein wenig irritiert ob dieses plötzlichen Ausbruchs von Leidenschaft.

»Selbst Gulda hat mich herumgestoßen, als wäre ich ein Nichts«, fügte Farnor hinzu.

»Gulda?«, rief Yrain, die plötzlich ein reges Interesse an dem Gespräch zeigte. »Warum sollte sie dich herumschubsen?«

Farnor drehte sich verlegen zu ihr um. »Sie hat mich überrascht«, sagte er und räusperte sich. »Sie hat mich überrascht, als ich am Lagerfeuer saß. Ich ... Ich habe mit einem Stock nach ihr geschlagen.«

»Ich kann nicht glauben, was ich da höre«, sagte Yrain. »Du hast uns nie davon erzählt.«

»Ihr habt nie danach gefragt«, erwiderte Farnor leise.

Die beiden Frauen ritten links und rechts neben ihn. Dabei verdrängte Yrain beiläufig Yengar ungeachtet der Tatsache, dass er ebenso fasziniert von dieser Enthüllung war wie sie.

»Was war passiert?«, drängten die beiden Frauen.

»Ich weiß es nicht«, antwortete Farnor. Dieses plötzliche Interesse überraschte ihn, und er bedauerte bereits, überhaupt davon angefangen zu haben. »Ich habe im Feuer herumgestochert, als wie aus heiterem Himmel plötzlich diese Gestalt hinter mir auftauchte. Ich wirbelte einfach mit dem Stock in der Hand herum.«

»Und ...«

Farnor zögerte einen Augenblick lang. »Ich erinnere mich daran, wie die Lichtung sich plötzlich auf den Kopf drehte. Und dann schlug ich auf den Boden ... ein Stück weiter entfernt. Zweimal glaube ich. Und ohne meinen Stock. Als ich wieder klar denken konnte, sah ich, wie *sie* damit im Feuer herumstocherte.«

Die anderen lachten laut. Mehrfach wurde er kräftig auf die Schultern geklopft und so herzlich umarmt, dass er fast aus dem Sattel gerutscht wäre.

»Er hat mit einem Stock nach Gulda geschlagen«, sagte Yrain, wischte sich die Tränen aus den Augen und half Farnor, sich wieder gerade hinzusetzen. »Das hätte ich gern gesehen.«

»Nein, das glaube ich nicht«, meldete sich Yengar wieder zu Wort. »Du hättest dich im nächsten Baum versteckt wie der Rest von uns auch.«

»Da hast du vermutlich Recht.«

Wieder brachen die vier in lautes Gelächter aus.

»Das ist nicht lustig«, sagte Farnor beleidigt.

»Doch, das ist es«, widersprach Yengar. »Du kennst Gulda nicht so gut wie wir.«

»Sie ist einfach nur eine alte Frau«, erklärte Farnor, obwohl er im selben Augenblick wusste, dass das nicht stimmte. Um dem peinlichen Thema ein Ende zu bereiten, fragte er: »Kann sie diese ... diese Macht benutzen, von der ihr gesprochen habt? Hat sie mich damit durch die Gegend geworfen?«

Das Lachen verstummte.

»Niemand weiß, wozu Gulda in der Lage ist, oder auch nur, *wer* sie ist. Die meisten von uns haben geglaubt, nach dem Krieg nie wieder etwas von ihr zu hören.« Das war Olvric. »Sie ist wie Hawklan: tiefgründig und rätselhaft.«

»Und beeindruckend«, fügte Yengar hinzu. »In jeder Hinsicht. Es würde mich nicht überraschen, wenn sie die Macht einsetzen könnte; aber um mit dir fertig zu werden, hat sie sie wohl kaum gebraucht. Falls es dich tröstet, keiner von uns würde sich mit ihr anlegen und auch niemand, den ich kenne.«

Farnor hob die Schultern. »Aber trotzdem ...«

Yengar erwiderte den schmerzerfüllten Blick des jungen Mannes; dann blickte er in den Himmel. »Also gut. Ich sehe, dass dich irgendetwas plagt. Wir werden tun, was du verlangst. Wir alle wissen, was es heißt, verprügelt zu werden. So etwas verursacht Schäden, die weit über die körperlichen Wunden hinausgehen. Wir werden dir so viel zeigen, wie wir können. Ein paar Tricks und ein bisschen Nachdenken, und schon bald wirst du wesentlich selbstbewusster sein.« Er wurde ernst. »Aber ich habe gemeint, was ich vorhin gesagt habe. Ich würde dich nicht gerade als Krieger bezeichnen, aber das wichtigste Merkmal davon bemerkst du bereits: die Entschlossenheit zu überleben. Ohne diese Entschlossenheit ist alle Waffenkunst wertlos.«

Er warf einen Blick zu Marna. »Da muss irgendwas im Wasser eures Tals sein. Jetzt haben wir schon zwei Schüler. Aber nichtsdestotrotz ...« Er schaute Farnor tief in die Augen. »Vielleicht bin ich in der Lage, dich zehn Jahre Nachdenken über Gewalt und Krieg in zehn Tagen zu lehren, aber wenn es ans Kämpfen selbst geht und an alles, was damit zu tun hat – einschließlich sich aus einer Situation herauszureden, wie Gryss es getan hat, und hier draußen zu überleben –, da fürchte ich, wirst du den langen Weg gehen müssen.«

»Ich verstehe«, erwiderte Farnor. Er war ein wenig nervös, nun da ihm sein Wunsch gewährt worden war. »Wann ... Wann können wir anfangen?«

Yengar hob eine Augenbraue. »Jetzt. Wir beginnen jetzt«, antwortete er. »Hier kommt deine erste und wichtigste Lektion in Selbstverteidigung, Farnor. Vergiss sie nie.« Er beugte sich zu Farnor hinüber und legte ihm freundschaftlich den Arm um die Schulter. Farnor blickte ihn erwartungsvoll an.

»Schlag nie wieder mit einem Stock nach Gulda.«

Lachen erfüllte die regendurchtränkte Luft, während der kleine Zug sich durchs Tal schlängelte.

Kurze Zeit später hörte es auf zu regnen, und die Wolken lichteten sich, bis schließlich die ersten Streifen blauen Himmels zu erkennen waren. Als die Gefährten das Ende des Tals erreichten, hielten sie an, um ihren Pferden ein wenig Ruhe zu gönnen und etwas zu essen. Und sie mussten sich entscheiden, in welche Richtung sie weiterziehen wollten, denn das Tal mündete in ein noch breiteres, das von Nord nach Süd verlief.

»Such dir eine Richtung aus«, forderte Yengar Farnor auf, während sie die Gipfel auf der anderen Seite musterten.

Farnor blickte ihn verwirrt an. »Wohin gehen wir?«

Yengar lächelte. »Zweite Regel der Selbstverteidigung: Stell solche Fragen, *bevor* du dich auf den Weg machst.«

Farnor funkelte ihn an.

»So sind sie ständig«, erklärte Marna und biss in eine große Valderenpastete. »Und sie lachen viel –

außer ihm.« Sie deutete mit der Pastete auf Olvric, der zur Antwort den Kopf ein wenig zur Seite neigte. »Ihre Hauptregel der Selbstverteidigung scheint zu sein, ständig neue Regeln zu erfinden, um sicherzustellen, dass der Schüler nie etwas richtig macht.«

»Um sicherzustellen, dass der Schüler versteht, dass alles immer noch ein wenig besser gemacht werden kann«, korrigierte Yengar sie.

»Siehst du, was ich meine?«, sagte Marna und seufzte schicksalsergeben.

»Trotzdem war das eine gute Frage«, meldete sich Jenna zu Wort. »*Was* tun wir jetzt? Wir müssen nach Vakloss, um vor dem Geadrol Rechenschaft abzulegen, aber …« Sie deutete auf Farnor, der nervös hin und her rutschte, weil sich alle Aufmerksamkeit wieder auf ihn richtete.

»Anderras Darion«, sagte Olvric schlicht und widmete sich wieder der Packtasche, die er gerade reparierte. »Gulda wird auch dort sein.«

Farnor spürte, wie sich kurz Unruhe unter seinen Gefährten ausbreitete. Yengar machte dem ein Ende, indem er die anderen auf der Suche nach Zustimmung der Reihe nach anblickte.

»Entweder dort oder in den Cadwanen«, sagte Jenna. »In Vakloss gibt es niemanden, der *seine* Fragen beantworten kann. Und der schnellste Weg zu den Cadwanen führt ohnehin an Anderras Darion vorbei.«

»Dann werden wir dich also zu Hawklans Festung bringen, Farnor«, sagte Yengar. »Von dort an kann dich niemand besser beraten, was deinen weiteren Weg betrifft, wie er.«

»Und Gulda?«, fragte Farnor. »Wird sie wirklich auch dort sein?«

Erneut bemerkte er eine gewisse Unruhe.

»Was ist los?«, fragte er. Er konnte nicht anders.

Ohne dass jemand das Signal dazu gegeben hätte, standen alle auf und machten sich zum Aufbruch bereit.

»Gulda ... Aus irgendeinem Grund wird sie von Ärger magisch angezogen«, erklärte ihm Yengar, als sie ihre Pferde ins Tal hinunterführten. »Um ehrlich zu sein, ich glaube nicht, dass sie dich einfach so im Wald zurückgelassen hätte, wenn sie nicht noch etwas weit Dringenderes andernorts hätte erledigen müssen.« Er lächelte beruhigend. »Aber das sind alles nur Vermutungen. Wir werden schon bald genug herausfinden, ob sie dort ist. Im Augenblick müssen wir uns nur darum kümmern, welche Richtung du für uns ausgewählt hast.« Er deutete das Tal hinunter.

»*Ich* weiß es nicht«, protestierte Farnor besorgt. »Habt ihr keine Möglichkeit herauszufinden, welches der beste Weg für uns ist?«

»Doch«, antwortete Yengar nachdenklich. »Man nennt es raten.«

Es kostete sie den Rest des Tages, das Tal zu durchqueren. Abgesehen von der Suche nach einer Furt, über die man den ansonsten reißenden Fluss überqueren konnte, verlief die Reise ereignislos, und schließlich schlugen sie ihr Lager auf einem Felskamm auf, der – so hatten sie sich geeinigt – ›genauso gut aussah wie alle anderen auch‹.

Allein in seinem Zelt dachte Farnor über die Ereignisse des Tages nach, beginnend mit seiner Begegnung mit Olvric. Es war ein guter Tag gewesen, entschied er, auch wenn ihn die düstere Stimmung beunruhigte, die sich der Gruppe bei der Erwähnung von Guldas Namen bemächtigt hatte. Trotzdem waren diese Leute Soldaten, die in einem erbitterten Krieg gekämpft hatten, lange bevor sie auf die Jagd nach Nilsson und seinen Männern in Farnors Tal gekommen waren. Es gab vermutlich viele Dinge, die sie nicht unbedingt mit ihm oder Marna teilen wollten. Dann erkannte er, dass dies das erste Mal seit dem Tod seiner Eltern war, dass er sich mit einem Gefühl der Sicherheit zum Schlafen niedergelegt hatte; zum ersten Mal sah er wieder eine Zukunft vor sich. Während er in Schlaf versank und seine Gedanken sich zu einem unsinnigen Durcheinander auflösten, freute er sich darauf.

Dann war er hellwach, und Furcht bemächtigte sich seines ganzen Körpers.

Dreizehntes Kapitel

Farnor richtete sich sofort auf; sein Herz klopfte. Er brauchte einige Zeit, um sich daran zu erinnern, wo er war, und noch ein wenig mehr, um zu erkennen, dass es sich bei dem seltsamen Geräusch, das durch das Zelt rasselte, um seinen eigenen Atem handelte. Noch länger brauchte er, um seine Atmung wieder unter Kontrolle zu bringen, denn die Furcht, die ihn geweckt hatte, war noch immer bei ihm. An einem Punkt war er versucht, laut zu rufen, doch irgendetwas hielt ihn davon ab. Langsam fiel ihm auf, dass die Angst nicht wirklich Angst war. Es glich mehr der Reaktion, wenn jemand mit den Fingernägeln über Glas kratzte. Und es war ein vertrautes Gefühl.

Dann kam die Angst.

So hatte er sich gefühlt, als er Rannick und dessen schrecklichem Vertrauten entgegen getreten und ein Riss in die Realität gerissen worden war, der die Myriaden von Welten jenseits davon enthüllt hatte. Als die Erinnerungen nun zurückkehrten, reagierte Farnor genauso, wie er damals reagiert hatte: Er fühlte, wie ein Teil von ihm hinausgriff, um diesen Affront wieder rückgängig zu machen – ein Teil, den er nicht verstand und der ihn zu kontrollieren schien. Mit seiner Hilflosigkeit kam eine andere Art von Angst – nicht zuletzt, weil sich ein Kampf anbahnte. Irgendeine Macht widersetzte sich jenem Teil von ihm.

Dann, plötzlich, war der Kampf vorbei. Der Riss war ebenso verschwunden wie jener geheimnisvolle

Teil von Farnors Ich. Alles war wieder so, wie es sein sollte.

Farnor beugte sich vor und stützte sich auf den Arm, als wäre er gestolpert. Und er zitterte am ganzen Leib.

Was war geschehen?

Ein Albtraum?

Nein.

Das Gefühl war ohne Zweifel echt gewesen, aber was es zu bedeuten hatte, das wusste Farnor nicht. Diesmal hatte er keine Vision des Risses zu den jenseitigen Welten gesehen, nur die Dunkelheit des Zeltes um ihn herum. Auch war das Gefühl nicht so intensiv gewesen; doch ohne Frage hatte es sich um dasselbe gehandelt. Anders war nur die Tatsache gewesen, dass sich dieses Mal etwas seinem Bemühen entgegen gestellt hatte, den Fehler wieder zu korrigieren.

Erneut war Farnor versucht zu rufen, und erneut zwang er sich dazu, es nicht zu tun. Was auch immer geschehen sein mochte, es war definitiv vorbei, und so freundlich seine neuen Gefährten auch sein mochten, es würde ihnen kaum gefallen, mitten in der Nacht geweckt zu werden, und das nur wegen etwas, das *sie* als Albtraum betrachten mussten. Denn Farnor bezweifelte, dass er den Vorfall in Worte würde fassen können.

Trotzdem erzählte er ihnen davon, als sie am nächsten Morgen das Lager abbrachen.

Ein unangenehmes Schweigen folgte auf seine Geschichte.

»Ich weiß nicht, was ich sagen soll«, erklärte Yengar schließlich. »Es ist ...«

»Hast du Gefahr gespürt?«, mischte sich Olvric ein.

Farnor dachte einen Augenblick lang nach, bevor

er antwortete: »Ich hatte Angst; aber ich glaube, das lag mehr daran, was vorher geschehen ist, und ich konnte nichts tun – jedenfalls nicht absichtlich. Ich war hilflos. Dieses Gefühl an sich war schon schlimm genug.« Er geriet ins Wanken. »Ich ... Es tut mir Leid. Ich weiß wirklich nicht, wie ich es ausdrücken soll. Es war einfach falsch, unnatürlich, etwas, das nicht sein darf. Es verursachte mir eine Gänsehaut.« Er schauderte, dann blickte er die anderen der Reihe nach an. Sie beobachteten ihn aufmerksam. Schweigend führte Marna ihr Pferd neben ihn als kleine Geste der Unterstützung gegen diese potenziell feindlichen Fremden.

»Hast du Gefahr gespürt?«, wiederholte Olvric seine Frage.

Farnor war ihm für seine kalte, nüchterne Art dankbar. Olvric vorverurteilte ihn nicht; er wollte es nur wissen.

»Nein«, erklärte Farnor. »Keine Gefahr. Aber es war trotzdem etwas Böses, etwas, das nicht sein darf. Und diesmal widersetzte sich irgendetwas dem, was auch immer ich tun wollte, um den Riss wieder zu schließen.

»Weck uns, sollte es noch einmal passieren.«

»Aber ...«

»Weck uns.« Olvrics Tonfall war sowohl nüchtern als auch eindeutig, und er schien die Unsicherheit der anderen zu vertreiben.

»Es tut mir Leid, falls wir dich angestarrt haben sollten«, sagte Yengar. »Du hast uns alle überrascht. Olvric hat Recht. Weck uns das nächste Mal – wenn es denn ein nächstes Mal gibt. Es könnten noch andere Dinge geschehen, die du nicht bemerkst, die wir aber sehen können.«

»Aber ...«

»Information, Farnor«, fuhr Yengar fort. »Das habe ich dir doch erklärt. Es ist unser Beruf. Informationen sammeln. Je mehr wir Hawklan oder Andawyr darüber erzählen können, was mit dir geschieht, desto besser.«

»Und wenn es nichts für euch zu sehen gibt – oder zu fühlen?«

»Das an sich ist schon eine Information. Sie könnte genauso bedeutsam sein. Wer sind wir schon, dass wir das beurteilen könnten? Es ist unsere Aufgabe, die Ereignisse akkurat aufzuzeichnen, sodass wir sie anderen ebenso akkurat wiedergeben können.«

»Ich nehme an, du hast Recht«, räumte Farnor widerwillig ein. Die Stimmung der Gruppe besserte sich ein wenig. »Das hört sich alles nur so ... *kleinlich* an.«

Yengar dachte über das Wort nach. »Nun, man hat uns schon mit schlimmeren Worten beschrieben. Ich ziehe es vor, mich selbst als besessen zu betrachten. ›Kleinlich‹ hört sich irgendwie armselig an, findest du nicht?«

Farnor musterte ihn misstrauisch aus zusammengekniffenen Augen; er wusste nicht so recht, wie er den abwehrenden Humor einschätzen sollte, durch den sich nicht nur Yengar, sondern die ganze Gruppe auszeichnete. Seine Reaktion rief einige Heiterkeit hervor.

»Unterschätze niemals die Wirkung einer noch so kleinen Geste«, erklärten die beiden Frauen im Chor. Offenbar wiederholten sie damit einen Lehrsatz, den sie sich selbst oft genug hatten anhören müssen.

»Sumeral verbirgt sich oft in Kleinigkeiten«, sagte Yrain mit einer schrillen, autoritären Stimme, die Farnor irgendwie bekannt vorkam.

»Ethriss verbirgt sich in den Kleinigkeiten«, echote Jenna im gleichen Tonfall.

Dann lachten beide.

»Ich bin sicher, Gulda wird sich freuen, dass ihr ihr so gut zugehört habt«, bemerkte Yengar mit gespielter Strenge. Nun wusste Farnor, woher er die Stimme kannte.

»*Memsa* Gulda, Goraidin. *Memsa*«, trillerten die beiden Frauen, was noch mehr Heiterkeit hervorrief. Kurz widerstand Yengar noch der allgemeinen Stimmung; dann kapitulierte er. »Mich betrifft das nicht. Im Notfall kann ich Farnor immer noch mit einem Stock auf sie hetzen.«

»Ich habe dir ja gesagt, dass sie ständig so sind«, sagte Marna zu dem verwirrten Farnor über das Lachen hinweg. »Aber natürlich nur, wenn sie nicht gerade jemandem die Drecksarbeit aufhalsen«, fügte sie laut hinzu.

»Das ist ein notwendiger Bestandteil deiner Ausbildung, Kadett«, erklärte Jenna mit Guldas Stimme.

Marna warf Farnor einen wissenden Blick zu und ließ sich wieder zu den Frauen zurückfallen. Olvric trat an ihre Stelle.

»Verwechsele unseren Humor nicht mit Frivolität, Farnor«, sagte er, nachdem sie eine Zeit lang schweigend nebeneinander her geritten waren. »Wir haben sehr viel zusammen erlebt. Wir vertrauen einander uneingeschränkt.«

»Ich verstehe«, erwiderte Farnor. Olvrics Worte erinnerten ihn an seine Freunde und deren Fröhlichkeit, die er im Dorf zurückgelassen hatte. All das schien nun schon so lange her zu sein. Dann verstand er plötzlich wirklich, und obwohl das Lachen hinter ihm sich nicht verändert hatte, so klang es doch anders und verriet viel von dem wahren Ich dieser Leute.

»Das meinte Marken wohl damit, als er von eurer Leichtigkeit sprach«, bemerkte er, drehte sich um und blickte zu den rätselhaften Goraidin.

Olvric hob die Augenbrauen und beugte sich anerkennend ein Stück nach vorn.

Farnor straffte die Schultern, als hätte man ihn gerade von einer großen Last befreit.

»*Du* lachst allerdings nicht viel«, hörte er sich selbst sagen.

Unerwartet kicherte Olvric leise. »Das tue ich schon, aber auf meine Art«, erwiderte er, und das Kichern wich einem kurzen Lächeln. »Mach dir darum keine Sorgen.« Einen Augenblick lang dachte er nach; dann sagte er: »Es ist gut, euch beide dabei zu haben«, bevor er sein Pferd antrieb, um wieder alleine zu reiten.

Der Himmel war bewölkt, und es sah so aus, als würde sich daran auch den ganzen Tag lang nichts ändern. Gegen Mittag kam jedoch Wind auf und vertrieb die Wolken. Das Tal, das die Gefährten gewählt hatten, wand sich hierhin und dorthin; allerdings führte es sie stetig nach Osten, und sie kamen gut voran. Farnor gewöhnte sich nach und nach an die Art der Goraidin zu reisen. Mal gingen sie, mal ritten sie, mal ruhten sie sich aus, mal aßen sie. Und die ganze Zeit über wurden er und Marna behutsam in den unterschiedlichsten Dingen unterwiesen.

Als sie am Spätnachmittag anhielten, um ihr Nachtlager aufzuschlagen, beauftragte man Farnor damit, einen geeigneten Platz zu suchen. Nachdem er ein wenig herumgewandert war und sich den Kopf zerbrochen hatte, wählte er die windabgewandte Seite eines großen Felsvorsprungs.

Jenna musterte die Stelle kritisch. »Trockener Boden, windstill, keine Spur von losen Steinen über uns, die uns unangenehm wecken könnten, und in der Nähe eines Bachs, doch nicht so nah, dass das Plätschern uns stören oder andere Geräusche übertönen würde. Nicht schlecht.«

Später saßen sie um das Feuer herum und aßen.

»Ich fürchte, Jagderfahrung werden wir dir nicht vermitteln können, Farnor«, sagte Yengar und warf einen abgenagten Knochen ins Feuer. »Nicht bei der Menge an Proviant, die wir noch übrig haben.« Er verzog das Gesicht. »Tatsächlich glaube ich sogar, dass ein großer Teil der Vorräte verderben wird, bevor wir ihn essen können. Wir werden ihn den hiesigen Aasfressern überlassen müssen.«

»Ich habe schon Hasen und Füchse mit Fallen gefangen«, erzählte Farnor ihm.

»Kannst du mit einem Bogen umgehen?«, fragte Olvric. Farnor schüttelte den Kopf. »Nicht wirklich. Es gab im Dorf schon ein paar davon; aber ich bezweifele, dass irgendjemand sie richtig zu benutzen verstand. Als wir zum ersten Mal nach der Kreatur gesucht haben, hat Gryss niemandem erlaubt, einen mitzunehmen.«

»Es ist keine gute Idee, eine Waffe zu haben, die man nicht benutzen kann«, erklärte Olvric.

Farnor zuckte mit den Schultern. »Falls sie jemals für irgendwas verwendet worden sind, dann zum Jagen, und das war eigentlich unnötig. Ich glaube nicht, dass irgendjemand sie je als Waffe betrachtet hat.« Seine Stimme wurde leiser. »Nun, zumindest glaubten wir, dass wir keinen Bedarf dafür hätten.«

»Eine passende Grabinschrift«, sagte Olvric und starrte ins Feuer. »Und eine alte.«

»Wo wir gerade davon sprechen ... Was ist das?« Yrain deutete auf das Schwert, das neben Farnors Sattel lag.

»Das ist ein Schwert«, antwortete Farnor ein wenig verärgert.

»Darf ich es mir einmal ansehen?«

Farnor machte eine einladende Geste. Yrain zog das Schwert aus der Scheide und brachte es zum Feuer. Sie verzog das Gesicht, als sie es hob.

»Das ist nur ein altes Ding, das ich gefunden habe«, sagte Farnor.

»Das ist es mit Sicherheit«, stimmte ihm Yrain zu.

»Ich wollte ein Schwellenschwert. Wie die Valderen. Ich glaube, im Dorf hat jetzt jeder eins. Ich weiß, dass der Schmied Tag und Nacht damit beschäftigt war, neue zu machen und alte zu reparieren. Besser spät als nie, nehme ich an.«

Yrain prüfte die Klinge, und ihr Gesichtsausdruck veränderte sich. »Fast alles an diesem Ding lässt zu wünschen übrig, aber die Schneide ist gut«, sagte sie sichtlich überrascht. »Hat euer Schmied es dir gemacht.«

»Nein, *ich* habe es gemacht. Ich war schon immer ein guter Scherenschleifer.«

Yrains Überraschung wandelte sich in offene Bewunderung. Das Schwert ging bei den vier Soldaten herum, und jeder reagierte ähnlich.

»Ich nehme an, du weißt auch nicht, wie man das benutzt, oder?«, fragte Olvric und gab Farnor die Waffe zurück.

»Was gibt es da zu wissen?«, erwiderte Farnor und machte zur großen Bestürzung der anderen eine spielerische Kampfbewegung.

»Eine Menge«, sagte Olvric streng, als sich seine

Finger um Farnors Handgelenk schlossen und er ihm vorsichtig das Schwert abnahm. Dann winkte er Yrain.

»Kommt, ihr zwei. Hier rüber«, forderte er Farnor und Marna auf.

Nach einem rituellen Protest der beiden jungen Leute verbrachten sie die nächste Stunde mit Unterricht in grundlegenden Schwertkampftechniken.

»Haltet es *sehr* einfach«, betonte Olvric, nachdem er seine Schüler eine Weile beobachtet hatte. »Passt einfach auf, dass wir nicht an unserem eigenen Lagerfeuer niedergestreckt werden oder ihr euch selbst die Köpfe abschlagt.«

Als Yrain schließlich fertig mit ihnen war, war es fast dunkel. Mit roten Wangen und außer Atem brachen Farnor und Marna neben dem Feuer zusammen. Farnor rollte mit den Schultern und massierte sich den rechten Arm. Yengar wollte etwas sagen, doch Farnor warf ihm einen bösen Blick zu. »Sag mir nicht, ich soll mich entspannen. Die letzte Stunde habe ich nichts anderes gehört.«

»Dann möchtest du also nicht noch etwas waffenlosen Kampf üben?« Yengar grinste ihn an. Farnors Gesichtsausdruck wurde immer düsterer.

»Ich nehme an, das soll ›Nein‹ heißen«, sagte Yengar und lachte laut.

Olvric blickte fragend zu Yrain.

»Nicht schlecht«, sagte sie. »Ich habe schon Schlimmeres gesehen. Sie sind einfach nur ungeduldig, wie junge Leute nun mal sind.« Sie wurde ernst. »Aber sie denken klarer als die meisten.«

»Das war zu erwarten«, sagte Yengar traurig.

Farnor setzte sich auf. »Wie lange dauert es, all das zu lernen?«, fragte er.

»Was all das?«, erwiderte Yengar.

»All das … Zeug, das ihr übers Kämpfen, Reiten, Lagern, Jagen und Überleben an solchen Orten wie dem hier wisst … all das eben.«

»Zeug!«, rief Jenna mit gespielter Verzweiflung.

»Seht ihr jetzt, was ich mit ›ungeduldig‹ meine?«, warf Yrain ein.

»Du hast die falsche Frage gestellt, Farnor«, sagte Olvric.

»Was?«

»Die falsche Frage«, wiederholte Olvric. »Du hättest fragen sollen: *Wie* soll ich all das lernen?«

»Also gut. *Wie* soll ich all das lernen?«

»Indem du einen Schritt nach dem anderen machst.«

»Danke, du warst mir eine große Hilfe«, sagte Farnor giftig. »Und wie lange wird das dauern?«

Olvric stieß sanft den Fuß ins Feuer, und Funken stoben in die Luft. »Ein Leben lang«, antwortete er. »Es ist schon gut, dass du heute Abend damit begonnen hast. Bleib dabei, und du wirst weit kommen.«

Jenna empfand Mitleid für Farnor. »Was Olvric dir damit sagen will, ist: Wenn du wirklich wie wir sein willst, wirst du nie aufhören zu lernen. Es gibt keinen Punkt, an dem du all das … *Zeug* gelernt hast. Hast du das erst mal kapiert, hast du allerdings schon viel gelernt. Dann wirst du auch deine Ungeduld verlieren.«

»Klingt nach harter Arbeit.«

»Sie ist so hart, wie du sie machst. Aber sicherlich ist es nicht härter, als jeden Tag bei Sonnenaufgang aufzustehen, um sich um den Hof zu kümmern. Nach einiger Zeit wird es zur Gewohnheit, wenn du entsprechend zu denken gelernt hast.«

Farnor verzog das Gesicht. Er wusste nicht, was er darauf erwidern sollte. »Nun, das Nächste, was ich lernen werde, ist wohl, wie kalt dieser Bach ist. Ich will mich jetzt erst einmal waschen.«

»Ich werde dich begleiten«, sagte Marna.

Als die beiden in die Dämmerung davongingen, blickten die vier Goraidin einander an.

»Wir müssen sie alles lehren, was wir sie lehren können«, beantwortete Olvric eine unausgesprochene Frage. »Sie sind sehr klug, tapferer als sie glauben, und sie haben ein gutes Herz – trotz allem, was sie durchgemacht haben.«

»Ich weiß nicht«, erwiderte Jenna zweifelnd. »Wir sind geworden, was wir sind, weil wir Kriege zu kämpfen hatten. Wir hatten einen Feind, dem wir uns stellen mussten. Die beiden haben das nicht.«

»Es gibt immer Feinde, denen man sich stellen muss«, sagte Olvric.

»Du weißt, was ich meine«, knurrte Jenna erregt.

»Und *du* weißt, was *ich* meine«, entgegnete Olvric. »Würdest du etwas anderes sein wollen als das, was du bist? Marna belastet noch immer der Mann, den sie getötet hat, und was Farnor betrifft, so belasten ihn auf jeden Fall noch die Schläge, die er von Nilsson hat einstecken müssen. Damit können wir ihm helfen. Das ist das Mindeste, was wir für ihn tun können. Und dann ist da noch seine ... seine Gabe. Soweit ich das beurteilen kann, könnte sie mit der Macht in Verbindung stehen. Ich glaube, früher oder später wird er sehr viel Selbstvertrauen entwickeln müssen.«

Jenna runzelte die Stirn. »Vergiss nicht, dass *wir* bis jetzt diese Gabe nie in Aktion gesehen haben«, sagte sie.

»Das habe ich nicht vergessen«, erwiderte Olvric schlicht; »aber wir haben genug Beweise, dass etwas Besonderes an ihm ist – nicht zuletzt die Tatsache, dass er es irgendwie geschafft hat, allein mit Rannick und dessen Kreatur fertig zu werden. Wir ihr euch vielleicht erinnert, haben wir mit unserer viel gepriesenen Kampfkunst eine Begegnung mit Rannick *allein* nur dadurch überlebt, dass er durch irgendetwas abgelenkt worden ist und sich von uns abgewandt hat! Und keiner von uns hier bezweifelt doch, dass Rannick die Macht angewendet hat, oder?«

»Oder dass er nach Sumeral stank«, fügte Yrain zähneknirschend hinzu. Niemand widersprach ihr.

Olvric fuhr fort: »Dann sind da die Valderen. Sie müssen nicht überzeugt werden. Für sie ist Farnor etwas *sehr* Besonderes. Sie mögen seltsam sein, aber ich halte sie für äußerst nüchtern; sie stehen mit beiden Beinen auf dem Boden der Tatsachen. Ob er nun in ›die Welten jenseits von dieser hier‹ sieht oder nicht – was auch immer diese Welten sein mögen –, ist vermutlich ohne jede Bedeutung. Er glaubt, dass es so ist, und nach allem, was wir von Marna, Gryss und aus unseren eigenen Beobachtungen erfahren haben, ist er ein ordentlicher Junge: aufgewühlt, ja – das ist auch kein Wunder nach allem, was ihm widerfahren ist –, aber besonnen und bodenständig. Er ist weder verrückt, noch ist er ein Lügner. Wir können nicht mehr tun, als seinem eigenen Urteil zu vertrauen und ihn aufmerksam zu beobachten, um in einer Anhörung über ihn Bericht erstatten zu können.«

Er blickte von einem seiner Freunde zum anderen; sie stimmten ihm schweigend zu.

»Und in der Zwischenzeit müssen wir ihm helfen, allein zurechtzukommen. Mein Instinkt sagt mir, dass ihm noch viele Gefahren drohen. Ich kann mir noch nicht einmal vorstellen, was ihn dazu getrieben hat, sein Heim zu verlassen und zu uns zu kommen, aber er vertraut uns und sucht Führung. Während er bei uns ist – was ohnehin nicht länger als ein paar Tage dauern dürfte –, sollten wir ihn so viel lehren, wie wir können. Ich denke, Hawklan würde das von uns erwarten.«

»Auf jeden Fall würde Gulda das von uns erwarten«, stimmte ihm Yengar zu. »Es besorgt mich noch immer, dass sie ihn allein im Wald zurückgelassen hat, wo er doch offensichtlich Hilfe benötigte.«

»So ist Gulda«, sagte Yrain. »Sie sieht weiter als wir alle zusammen. Wenn sie ihm nicht geholfen hat, dann konnte sie es auch nicht. Oder vielleicht hatte sie schon alles getan, was sie konnte, als sie sich voneinander verabschiedeten. Für jeden kommt einmal die schreckliche Zeit, wo er nur daneben stehen *kann* und zusehen muss, wie ein anderer etwas auf die harte Art lernt.«

»Nun, sollte sie in Anderras Darion sein, wenn wir dort eintreffen, kannst du sie ja fragen«, sagte Yengar.

»Ich glaube, das werde ich auch.«

Diese entschlossene Ankündigung brachte Yrain eine Menge Spott ein, der noch immer anhielt, als Marna und Farnor wieder zurückkehrten.

»Das ging aber schnell.«

»Ja, wir lernen schnell. Wir haben sehr schnell gelernt, dass das Wasser sehr kalt ist«, erklärte Marna für sie beide. »Habt ihr hinter unseren Rücken über uns gesprochen?«

»Natürlich«, gestand Yengar. »Das ist viel lustiger, als wenn ihr hier seid.« Er wechselte das Thema, bevor Marna etwas darauf erwidern konnte. »Habt ihr die Schwertkampfübungen genossen?«

»Ja.« Marnas Antwort kam prompt und voller Leidenschaft. Farnor war ein wenig zurückhaltender. »Es war nicht gerade das, was ich erwartet habe.«

»Und was hast du erwartet?«

Farnor dachte einen Augenblick lang nach. »Jetzt, wo du es erwähnst... Ich weiß es nicht.«

»Ah, dann hast du also zumindest zwei Dinge gelernt.«

Farnor blickte ihn verständnislos an.

»Dass nur wenige Dinge im Leben so sind, wie du sie dir vorstellst, egal ob du dir im Vorfeld nun Gedanken darüber gemacht hast oder nicht.«

Er legte eine bedeutungsvolle Pause ein.

»Und?«, hakte Farnor misstrauisch nach.

»Du lernst nicht immer das, von dem du glaubst, dass du es lernst.«

Marna beugte sich zu Farnor und sagte: »Jetzt werden sie lachen.«

Und das taten sie auch.

Plötzlich sackte Farnor nach vorne. Yengars Arm schoss vor und packte ihn, bevor er ins Feuer fallen konnte. Jenna und Yrain griffen ebenfalls nach ihm und richteten ihn wieder auf, als Olvric plötzlich zischte: »Ruhe!«

Sofort spürte Marna Yrains freie Hand auf ihrem Mund, und der Blick der Goraidin war ein eindeutiger Befehl. Sie nickte rasch zum Zeichen, dass sie verstanden hatte. Yrain nahm die Hand wieder weg. Olvric spähte in die Dunkelheit. Leise schob Yengar einen flachen Stein über das Feuer, um das Licht zu dämpfen, während Yrain und Jenna Farnor ebenso leise auf den Boden legten. Jenna flüsterte ihm etwas zu, dann überprüfte sie seinen Puls und beugte sich schließlich über ihn, um seinen Atem zu hören.

Yrain zog ihr Messer.

Marna wollte etwas sagen, doch sie kannte die Goraidin inzwischen lange genug, um zu wissen, dass sie in solch einer Situation den Befehlen ihrer Gefährten folgen und wachsam sein musste. Sie bemerkte, wie Olvric in eine bestimmte Richtung deutete. Als sie mit dem Blick seinem ausgestrecktem Arm folgte, sah sie ein gutes Stück vom Lager entfernt eine Bewegung. Sie kniff die Augen zusammen, um besser sehen zu können, doch ohne Erfolg. Die Bewegung war nicht die einer Gestalt, sei sie nun menschlich oder tierisch. Es war mehr ein seltsames Schimmern, als würde die Nachtluft über heißen Kohlen tanzen. Und ihr fiel auf, dass sie auch die Entfernung nicht richtig einschätzen konnte. War es nun wirklich weiter weg oder ganz in ihrer Nähe? Einen Augenblick lang hatte Marna das Gefühl, als fände die Bewegung gar nicht außerhalb des Lagers statt, sondern in ihrem Kopf. Zischend sog sie die Luft ein, und im selben Augenblick war die Bewegung wieder außerhalb des Lagers.

Jenna versuchte noch immer, eine Reaktion von Farnor zu bekommen – ohne Erfolg. Entsetzt sah sie, dass seine Augen weit offen standen, mattweiß in der Dunkelheit.

Die anderen verhielten sich still und beobachteten.

Marna konnte sich nicht länger beherrschen. »Was ist das?«, flüsterte sie.

»Beobachte. Lausche«, lautete die Antwort.

Dann spürte Marna ein schwaches, unangenehmes Kribbeln. Es veränderte sich, ein Spiegelbild der geheimnisvollen Bewegung in der Dunkelheit. Die Härchen auf Marnas Armen stellten sich auf. Hinter sich hörte sie ein Scharren. Als sie über die Schulter blickte, sah sie, wie Farnor versuchte, sich aufzusetzen. Jenna half ihm. Die Hand hatte sie ihm auf den Mund gelegt, um einem eventuellen Schrei zuvorzukommen.

Das Kribbeln in Marnas Armen wurde schlimmer und dehnte sich auf ihren Rücken aus. Sie wollte sich von dem tanzenden Gebilde abwenden, doch schlangengleich nahm es sie gefangen. Ein dünnes, waberndes Licht schnitt einen unregelmäßigen Spalt hinein. Als auch der Spalt sich veränderte, leuchteten Teile von ihm hell auf wie grauenvolle Juwelen; dann schwand das Licht, der Spalt weitete sich und gab den Blick auf eine schäumende graue Masse frei.

Noch immer vermochte Marna nicht zu sagen, wie weit das Ding von ihnen entfernt war; sie wusste noch nicht einmal, ob es nun auf dem Boden stand oder frei in der Luft schwebte. Ihr drehte sich der Magen um.

Sie fühlte, wie Farnor sich erneut bewegte.

»Nein«, hörte sie ihn heiser sagen. »Nein! N...« Sie wusste, dass Jenna ihm sanft, aber bestimmt die Hand auf den Mund presste.

Die Sturmwolke wurde von einem Krampf geschüttelt, und inmitten der wirbelnden grauen Masse erschien die Silhouette eines Reiters.

Vierzehntes Kapitel

Marna spürte, wie ein Schrei in ihrer Kehle Gestalt annahm, doch kein Ton kam über ihre zitternden Lippen.

»Nein.« Der heisere Schrei wurde zu einem donnernden Knurren. Obwohl Marna wusste, dass das von Farnor kam, so erkannte sie doch kaum seine Stimme, denn sie war voller Zorn und Trotz. Und obwohl er nicht laut gesprochen hatte, so schien das Wort doch überall um sie herum widerzuhallen. Die kochende graue Masse erzitterte, als das Echo sie berührte, und sowohl Reiter als auch Pferd waren einen Augenblick lang wie erstarrt. Dann, langsam, als würde die Bewegung die Luft selbst durchschneiden, drehte sich der Kopf des Reiters.

Marna spürte einen brennenden Blick, der in der Dunkelheit suchte. Obwohl sie bereits auf dem Boden hockte, verspürte sie das Bedürfnis, sich flach hinzuwerfen, um diesen unsichtbaren Augen zu entgehen. Dann wurde ein Arm gehoben; eine Hand deutete in Richtung der Gefährten, und das Pferd wieherte und stampfte mit den Hufen, als kämpfe es darum, vorwärts zu kommen. Das unangenehme Kribbeln, das sich inzwischen auf Marnas ganzen Körper ausgebreitet hatte, verwandelte sich in eine Welle des Entsetzens. Auch wenn sie nichts hören konnte, so wusste sie doch, dass dieses Gefühl von der Stimme des Reiters kam. Sie wandte sich von ihm ab und hob schützend die Hände. In diesem Augenblick erkannte sie kurz andere Reiter, die hinter dem ersten erschienen.

Dann drängte sich Farnor, der sich von Jenna befreit hatte, mit ausgestreckten Armen an ihr vorbei.

Marna hatte den Eindruck, dass sich plötzlich zwei große Mächte gegenüberstanden – sie waren im Gleichgewicht –, und sie konnte nichts anderes tun, als die Luft anzuhalten, um dieses Gleichgewicht nicht zu stören. Langsam neigte sich die Waagschale. Marna hatte das Gefühl, als würde etwas in und um sie herum zerreißen – ein Geräusch, das kein Geräusch war. Zögernd hob sie den Blick und sah die graue Sturmwolke schrumpfen. Verzweifelt wünschte sie sich, dass sie verschwinden möge, während sie sich mit schmerzhafter Langsamkeit um die Reiter schloss. Dann, plötzlich, löste sie sich in Nichts auf; nur ein dünner, böser roter Strich blieb übrig, der zitterte und zuckte, bevor auch er verblasste. Im selben Augenblick verschwand auch das schreckliche Kribbeln; dennoch rieb sich Marna weiterhin die Arme.

Es folgte ein tiefe Stille, die scheinbar eine Ewigkeit dauerte. Dann bellte Yengar Befehle; seine Stimme klang kalt und drängend, und Jenna sprang vor, um Farnor aufzufangen, der langsam auf die Knie sank. Noch während Yengar sprach, marschierten er und Olvric in die Nacht hinaus, dorthin, wo das geheimnisvolle Bild erschienen war. Yrain hielt nach wie vor ihr Messer in der Hand, spähte in die Dunkelheit und blieb schützend an Marnas Seite, die sich noch immer die Arme rieb.

Die Stille kehrte zurück.

Marna beobachtete die verschwommenen Bewegungen der beiden Männer in der Dunkelheit. Helle Lichtstrahlen erschienen und verschwanden wieder, wann immer sie versuchten, mit ihren Abblendlaternen die Finsternis zu durchdringen. Alles, was plötzlich in solch einen Lichtstrahl geraten würde, wäre entdeckt und benommen und somit ungeschützt – entweder vor dem Schwert in der anderen Hand des Laternenträgers oder dem seines Kameraden, der schweigend in der Dunkelheit lauerte. Yengar und Olvric bewegten sich in tödlichem, gut eingeübtem Rhythmus.

Eine Zeit lang tanzten die Lichter wie Glühwürmchen durch die Nacht; dann waren sie verschwunden, und die beiden Männer kehrten wieder zurück.

»Nichts«, sagte Yengar. Unglauben mischte sich unter die Verzweiflung in seiner Stimme, während er die Abblendlaterne von seinem Handgelenk löste, sie überprüfte und neben das Feuer stellte. »Keine Spur von irgendetwas. Nicht ein Stein hat sich bewegt, und nicht ein Grashalm ist geknickt. Kein Geräusch von Reitern, die sich entfernen. Da draußen gibt es einfach nichts. Niemand ist hier und auch nicht in der Nähe. Was im Namen von Ethriss war das?«, fragte er niemanden im Besonderen.

»Hilf mir mit Farnor«, forderte ihn Jenna auf, ohne auf die Frage einzugehen.

Die Gefährten versammelten sich und suchten Trost in der gemeinsamen Sorge ob des unheimlichen Ereignisses, dessen Zeuge sie gerade geworden waren. Der zitternde und offensichtlich leidende Farnor wurde zum Feuer gebracht und auf den Boden gesetzt. Olvric nahm vorsichtig die Steinplatte von der Glut, und kurz darauf knisterten bereits die Flammen wieder. Das Licht des Feuers vertrieb die Dunkelheit aus dem Tal um sie herum, doch nicht die Erinnerung an das, was sie gerade gesehen hatten.

Lange Zeit saß Farnor nur regungslos da, schwieg und starrte mit weit aufgerissenen Augen ins Feuer; er blinzelte noch nicht einmal. Niemand sagte ein Wort. Jeder schien darauf zu warten, dass ein anderer den Anfang machte.

»Irgendetwas Schreckliches geht hier vor«, sagte Farnor schließlich.

»Kannst du uns erklären, was geschehen ist?«, fragte Jenna sanft.

»Ich muss mehr über dieses Ding in mir lernen«, fuhr Farnor fort, als hätte er Jenna nicht gehört. Er drehte sich zu der Stelle um, wo die Vision erschienen war. »Und über das. Über alles dort draußen.« Er blickte von einem seiner Gefährten zum anderen. Verzweiflung zeichnete sich in seinen Augen ab. »Ich habe solche Angst. Werden die Leute, zu denen wir gehen, mir helfen können? Dieser Hawklan und dieser Andawyr?«

»Mehr als wir«, antwortete Yengar. »Und es hat uns allen eine Heidenangst eingejagt, das kannst du glauben. Wenigstens scheint jetzt keine Gefahr mehr zu bestehen – falls es denn je eine gegeben hat.«

»Es *hat* Gefahr bestanden.« Farnors Tonfall war eindeutig.

»Nun, jetzt ist sie zumindest vorüber. Tatsächlich findet sich noch nicht einmal eine Spur, dass je etwas hier gewesen ist. Bist du jetzt wieder in Ordnung? Innerlich, meine ich.« Während er sprach, legte Yengar Farnor die Hand auf die Stirn; dann fühlte er ihm den Puls am Hals.

Farnor kümmerte die Untersuchung nicht; er blickte auf seine Hände hinab. Sie zitterten, und er kämpfte gegen dieses Zittern an. Yengars Gesichtsausdruck verriet den anderen, dass ihm der Zustand des jungen

Mannes keine unmittelbaren Sorgen bereitete, und so blickten die vier Goraidin einander an und wandten sich dann anderen Fragen zu.

»Was hat jeder von uns gesehen?«, fragte Olvric. »Marna?«

Marna zuckte leicht zusammen; es überraschte sie, dass auch sie in das Gespräch mit einbezogen wurde. Sie rieb sich noch immer die Arme, auch wenn das Kribbeln schon lange verschwunden war. »Was hast du gesehen?«, hakte Olvric nach.

Zögernd beschrieb Marna die graue Masse und den Reiter – vielleicht mehrere –, und wie sie verschwunden waren, als das graue Etwas um sie herum zusammengebrochen war.

»Das habe ich auch gesehen«, sagte Olvric, nachdem sie geendet hatte. Die anderen pflichteten ihm bei. »Gut gemacht«, sagte er zu Marna. »Zumindest wissen wir jetzt, dass dieses Etwas nicht nur in unseren Köpfen war. Wenn einer von uns halluziniert, ist das eine Sache; aber wenn fünf von uns das Gleiche sehen, ist es mehr als unwahrscheinlich, dass es sich um Einbildung handelt.«

»Aber was war das?«, platzte Marna mit zitternder Stimme heraus.

Bewusst verlieh Olvric seiner Stimme einen belehrenden Tonfall. »Zunächst einmal müssen wir uns klar darüber werden, was wir gesehen und gehört haben, dann was wir gefühlt haben. Anschließend können wir dann vielleicht etwas spekulieren.« Er nahm Marnas Hände; sein Griff war unerwartet sanft. »Es ist nur selten leicht, die Dinge so zu sehen, wie sie sind; aber schlussendlich ist das unser bester Schutz. Zu gegebener Zeit wirst auch du soweit sein. Du siehst die Dinge klarer, als dir vermutlich bewusst ist. Das ist eine große

Gabe.« Er ließ sie wieder los. »Warum hast du deine Arme so gerieben?«

Marna erklärte es ihm. Als Olvric sich diesmal zu den anderen umdrehte, erhielt er Kopfschütteln als Antwort. Yengar fasste ihre Reaktionen zusammen. »Ich habe weder etwas gehört noch etwas Außergewöhnliches gefühlt – außer dass ich mir vor Angst fast in die Hose gemacht hätte.«

Nachdenklich runzelte Olvric die Stirn. »Es ist durchaus möglich, dass du entfernt mit Farnor verwandt bist, Marna«, sagte er. »Vielleicht hat das etwas damit zu tun. Wie auch immer ... Vergiss nicht, wie es sich angefühlt hat. Womöglich hilft uns das, falls es noch einmal geschehen sollte.«

»*Noch einmal?*«

»Warum nicht?«

Marna lief ein Schauder über den Rücken, doch ob nun die Aussicht auf die Rückkehr der Reiter der Grund dafür war oder Olvrics gelassene Akzeptanz einer solchen Möglichkeit, das vermochte sie nicht zu sagen. Olvric wandte sich an Farnor. »Wie geht es dir jetzt? Kannst du uns sagen, was geschehen ist?«

Das Feuer warf tiefe Schatten auf Farnors Gesicht, wodurch er wesentlich älter wirkte. Erneut streckte er die Hände aus. Sie zitterten nicht mehr. »Ich habe das Gleiche gesehen wie ihr«, sagte er; »aber was ich gefühlt habe, kann ich nicht beschreiben. Es war, als wäre jeder Teil von mir mit Zorn und Entsetzen erfüllt gewesen ... Allerdings waren es Teile, von denen ich nichts weiß, und ... Es tut mir Leid.« Er lächelte schwach.

Yengar kam ein Gedanke.

»Ist das Gleiche passiert, als du Rannick vernichtet hast?«, fragte er.

»Es war ähnlich, ja«, antwortete Farnor. »Doch bei Rannick war es viel ... viel intensiver. Das hier fühlte sich grob, erzwungen, ja sogar noch unnatürlicher an, falls so etwas denn möglich sein sollte. Und was auch immer in mir stecken mag, das hinausgegriffen hat, um den Fehler zu korrigieren, diesmal wurde ihm Widerstand entgegengebracht...« Er hielt kurz inne. »... genau wie letzte Nacht. Irgendetwas kämpfte darum, den Spalt offen zu halten. Das ist nicht passiert, als Rannick verloren gegangen ist. Und was ich gesehen habe, war vollkommen anders.« Er drückte sich mit den Fingerspitzen auf die Stirn. »Es war, als würde ich mit meinem ganzen Körper sehen. Ich ›sah‹ Dinge, die man nicht nur mit den Augen sehen kann.« Vage deutete er in die Dunkelheit hinein. »Aber das war da draußen. Ein Loch, das absichtlich zu diesem Ort aufgerissen worden ist von ... von irgendwo anders her ... und Reiter, die versuchten hindurchzukommen.«

»Marna glaubt, einen Schrei gehört oder gefühlt zu haben. Hast du etwas gehört?«

Erneut legte Farnor die Hand an die Stirn. »Ja, aber nichts, was ich hätte identifizieren können.« Er schauderte. »Nur einen furchtbaren Lärm in meinem Kopf – Triumphgeheul, das dann Zorn und schließlich Hass wich.«

»Und du weißt noch immer nicht, wie du ... wie du hinausgreifst und diesen Dingen ein Ende bereitest?«

Farnor schüttelte langsam den Kopf. »Nein. Nicht im Mindesten.« Plötzlich packte er Yengars Handgelenk, und sein Gesicht verzerrte sich, als er seiner Verzweiflung Ausdruck verlieh. »Wir *müssen* so bald wie möglich herausfinden, was das alles zu bedeuten hat.

Ich kann mir noch nicht einmal vorstellen, wer oder was durch diesen Riss kommen wollte oder warum, aber *sie gehören nicht hierher!*«

»Woher willst du das wissen?« Das war Yrain. »Es war erschreckend, aber nur weil es unerwartet kam und so seltsam war. Wir wissen nicht, ob diese Reiter uns irgendein Leid zufügen wollten. Was auch immer sie sein mögen, vielleicht sind es nur Wanderer wie wir selbst, Leute, die sich plötzlich einem mysteriösen Phänomen gegenübersahen und ...«

Farnor und Marna schüttelten die Köpfe.

»Dort war etwas Böses«, erklärte Farnor mit einer Ruhe, die eindringlicher war als jede noch so laute Tirade. »Allein durch ihre Gegenwart würden sie Leid in diese Welt bringen. Dass sie nicht hierher gehören, ist an sich schon schädlich. Dieser Reiter griff in andere Welten hinaus – in Welten, wo *er* nicht hingehörte –, und er suchte nach der Macht, die Rannick vernichtet hat. Es war so falsch ... so gefährlich. Und obwohl ein Teil von mir diese Risse, Spalten, Portale oder was auch immer sie sein mögen bis jetzt stets versiegelt hat, so weiß ich doch nicht, was ich tue. Ich weiß weniger darüber als mein Pferd über das Fliegen.« Sein Zorn kehrte wieder zurück. »Und ich weigere mich, meine Hilflosigkeit zu akzeptieren, während irgendetwas mich benutzt, egal ob nun zum Guten oder zum Schlechten!«

»Vielleicht können diese Leute in Anderras Darion dich von dem befreien, was in dir steckt«, sagte Marna.

Farnor drehte sich zu ihr um. Sowohl Schuld als auch Verzweiflung zeigte sich in seinem Gesicht, als sie sich von ihm abwandte. »Das ist nichts, was man einfach so wegnehmen kann, Marna. So viel weiß ich darüber. Es gibt nichts, was mir mehr gefallen würde, als wenn es einfach verschwände und alles wieder so wäre wie früher; aber das wird nicht geschehen.« Er deutete auf Olvric. »Es ist, wie er sagt: Wir sind besser dran, wenn wir die Dinge so sehen, wie sie sind – nicht dass ich das nicht schon längst gewusst hätte.« Er lachte kalt. »Wieder etwas gelernt, hm? Alle Lektionen müssen immer und immer wieder neu gelernt werden.« Dann drückte er Marna liebevoll die Hand auf eine Art, die in seltsamem Gegensatz zu seinem Verhalten stand. »Und so wie die Dinge stehen, hat irgendjemand oder irgendetwas versucht, gewaltsam in diese Welt einzudringen: irgendjemand oder irgendetwas, das nicht hierher gehört und das uns nur Leid bringen kann – wie Rannick.« Er hielt kurz inne und atmete tief durch. Seine Stimme klang matt. »Und aus irgendeinem Grund kann ich diesem Etwas ebenso wenig den Rücken zukehren wie Rannick. Vielleicht liegt das daran, das ich das Richtige tun muss; vielleicht glaube ich aber auch nur, dass es mir ohnehin folgen würde. Ich glaube ... Nein, ich *weiß*, dass sie Angst vor mir haben. Ich habe sie auf irgendeine Art bedroht. Daraus folgt wiederum, dass mir keine andere Wahl bleibt, als herauszufinden, wer ich wirklich bin.«

Er schwieg, und lange Zeit sagte niemand etwas.

»Ich werde mich jetzt schlafen legen«, erklärte er schließlich. »Ich muss eine Weile allein sein ... um nachzudenken.« Reumütig lächelte er Olvric an. »Das nächste Mal werde ich dich wecken, wenn etwas passiert.«

Nachdem er gegangen war, senkte sich erneut Schweigen über die Gruppe.

»So viele Fragen und nicht der Hauch einer Antwort in Sicht«, seufzte Yengar.

»Trotzdem kann der Junge sich auf mein Schwert verlassen«, sagte Olvric. Die anderen blickten ihn an.

»Und auf meins«, verkündeten sie der Reihe nach.

»Und auch auf meins, was auch immer das wert sein mag«, erklärte Marna zum Schluss. Sie kämpfte mit den Tränen.

Jenna legte ihr den Arm um die Schulter. »Das ist eine Menge wert, Marna«, sagte sie. »Du bist ihm mehr ein Freund, als wir es je sein können, und das ist wichtig. Er ist mehr auf dich angewiesen, als ihr beide wisst.«

Die Nacht verlief ohne weiteren Zwischenfall, allerdings hielten die vier Goraidin abwechselnd Wache, ohne dass Farnor oder Marna etwas davon bemerkt hätten. Am folgenden Morgen hatte sich die Stimmung schon wieder gebessert; dennoch kamen sie überein, vor dem Aufbruch den Ort noch einmal abzusuchen, wo die Reiter erschienen waren. Die genaue Stelle zu bestimmen erwies sich jedoch als schwieriger, als sie vermutet hatten, und so untersuchten sie ein größeres Gebiet, von dem alle glaubten, dass die Erscheinung irgendwo dort gewesen sein musste. Sie fanden nichts anderes als Olvric und Yengar in der vergangenen Nacht. Nirgendwo in der Nähe des Lagers war auch nur die geringste Spur zu sehen. Das schien auch niemanden zu überraschen.

»Ihr seid Orthlundyn: Ist irgendetwas ungewöhnlich an diesem Ort?«, fragte Yengar Yrain und Jenna und ließ seinen Blick über die Berge schweifen.

Die beiden Frauen schauten sich ebenfalls um. »Wir sind keine Former«, antwortete Jenna. »Das weißt du. Deshalb sind wir ja Soldaten geworden. Unsere Eltern sind förmlich an uns verzweifelt.« Sie und Yrain schüttelten spöttisch den Kopf und murmelten im Chor: »So steinblind.«

»Trotzdem seid ihr sensibler, was diese Dinge betrifft, als wir«, hakte Yengar ernst nach.

»Vielleicht ja, vielleicht nein, aber ich fühle auf jeden Fall nichts Ungewöhnliches«, erklärte Jenna und schwang sich aufs Pferd.

»Ich auch nicht«, fügte Yrain hinzu.

»Former?«, fragte Marna.

»Die großen Steinformer, die Orthlundyn«, sagte Yengar. »Sie leben als Bauern, aber *für* das Steinformen. Sie besitzen ein schier unglaubliches Talent für das Bearbeiten von Steinen. Wenn wir dort sind, werdet ihr es sehen.«

»Frag nur nie einen von ihnen danach, wenn du nicht mindestens anderthalb Tage Zeit hast. Solange dauert es nämlich, bis sie es dir erklärt haben«, warnte Olvric theatralisch. Er schien noch mehr dazu sagen zu wollen, doch als Jenna ihm vom Sattel herab einen freundschaftlichen Tritt zwischen die Schulterblätter verpasste, änderte er seine Meinung.

Später am Tag erreichten sie den Rand der Berge.

»Eirthlund«, verkündete Yengar, als sie auf einem Felsvorsprung anhielten. »Jetzt ist es nicht mehr weit, und sind wir erst mal unten, kommen wir auch leichter voran.«

Unter ihnen lag eine wellige Landschaft, die sich bis zum dunstverhangenen Horizont erstreckte. Farnor und Marna betrachteten schweigend das Land. Schließlich stieß Marna ein nervöses Lachen aus.

»Das ist schon komisch. Es fühlt sich irgendwie seltsam an. Vermutlich liegt das daran, dass ich es gewohnt bin, Berge um mich herum zu haben. Hier komme ich mir so ... so schutzlos vor.«

»Wie lange dauert es noch, bis wir Anderras Darion erreichen?«, erkundigte sich Farnor ungeduldig.

»Das hängt davon ab, wo genau wir uns befinden«, antwortete Yengar, »und wie weit wir von einer der Flussbrücken entfernt sind. Aber es dürften höchstens noch ein paar Tage sein.« Er grinste. »Unser Proviant hält auf jeden Fall noch ein gutes Stück länger, so viel steht fest. Wenn wir ankommen, können wir vermutlich noch die guten Leute von Pedhavin mit Valderenessen versorgen. Wie es aussieht, werdet ihr auf dieser Reise zumindest nicht mehr Jagen lernen.«

Farnor schürzte die Lippen. »Dann lehrt mich, wie man kämpft – und wie man schnell reitet.«

Zum Zeichen der Zustimmung neigte Yengar leicht den Kopf zur Seite, auch wenn eine gewisse Traurigkeit in seinem Blick lag, als sie wieder losritten.

Trotzdem erfüllten die vier Goraidin Farnors Wunsch, und der erste Tag durch das Land der Eirthlundyn verging unerwartet schnell. So wuchtete sich dann auch ein sehr steifer junger Mann aus dem Sattel, als sie schließlich anhielten. Niemand bemerkte etwas dazu, und niemand bot ihm Hilfe an. Farnor verspürte das Verlangen, sich erst einmal an sein Pferd zu lehnen, bevor Yengars Befehl, sich um die Tiere zu kümmern, ihn wieder in Bewegung setzte. Beim Aufschlagen des Lagers bewegte Farnor sich langsam und konzentriert, und als er sich zu guter Letzt setzte, erklärte er, dass er Schmerzen an Stellen habe, von denen er bis jetzt noch nicht einmal gewusst hatte, dass sie existierten. Flüchtiges Nicken war die einzige Antwort auf diese Enthüllung. Niemand zeigte sonderlich viel Mitleid, obwohl Yengar Farnor erklärte, er ›schlage sich gut‹ und dass er sich nur ›ein wenig mehr entspannen‹ müsse. Er unterstrich diesen Rat mit einem kräftigen Schulterklopfen, das Farnor weit die Augen aufreißen ließ; eine Zeitlang konnte der junge Mann sich nicht mehr bewegen.

Marna, die von Natur aus entspannter war als Farnor, war es auf dem Ritt ein wenig besser ergangen; außerdem hatte sie sich beim Aufbruch aus ihrem Tal geschworen, so viel wie möglich von diesen Leuten zu lernen, ohne sich zu beschweren. Also schloss sie sich der Verschwörung der Goraidin an und täuschte Begeisterung vor, als eine Schwertkampfübung vorgeschlagen wurde. Farnor zögerte einen Augenblick lang; doch gefangen zwischen Yengars ermutigendem Lächeln und Marnas Verrat gab er sich damit zufrieden, seiner Freundin einen nachtragenden Blick zuzuwerfen, bevor er sich langsam auf die Beine quälte.

Zu Farnors großem Entsetzen beschloss Olvric, an der Übung teilzunehmen. »Gute Idee«, erklärte Olvric grinsend. »Ein wenig kämpfen wird unsere Muskeln lockern.«

Die Übung erwies sich als ebenso Kraft raubend wie der Ritt, und als sie schließlich vorüber war, zogen sich Marna und Farnor erschöpft in ihre Zelte zurück.

Das leise Murmeln der sich unterhaltenden Goraidin erfüllte die Dunkelheit, die Farnor umgab, während er langsam in den Schlaf hinüberglitt. Vor seinem geistigen Auge drehten sich die Bilder von Olvrics Lektion. Egal, was der Mann auch tat, alles wirkte schier unglaublich kraftvoll, doch seltsamerweise kam Farnor auch eine Variation von Markens Worten in den Sinn: Olvric war der Leichtfüßigste von allen. Farnors letzte wache Gedanken waren von Verwirrung bestimmt. Warum war dieser Mann mit seiner Furcht erregenden Kampfkunst so viel sanfter und weniger kriegerisch in seinen Lektionen als die Frau

Yrain? Das letzte Bild, das Farnor sah, war Yrain, die gelassen zuschaute, wie Olvric Marna und ihm etwas zeigte. Kurz hatte er in diesem Augenblick Yrains Augen gesehen. Diese fähige und entschlossene Frau lernte immer noch …

Lernte immer noch …

Und sie war froh darüber …

Farnor schlief gut, und aus langjähriger Gewohnheit wachte er am nächsten Morgen früh auf. Die gleiche Gewohnheit ließ ihn auch sofort aufstehen, auch wenn ihm das diesmal schwerer fiel als für gewöhnlich, denn die Steifheit in seinen Gliedern hatte sich inzwischen in seinem ganzen Körper ausgebreitet.

Gequält kroch Farnor aus dem Zelt. Draußen begrüßte ihn eine kühle, feuchte Morgendämmerung, die jedoch strahlenden Sonnenschein für den Rest des Tages versprach. Trotz seiner Beschwerden genoss Farnor die Luft. Er atmete tief ein und langsam wieder aus; dann bewegte er vorsichtig seine widerspenstigen Glieder. Wie üblich war er früher wach als die anderen. Aus Gründen, die er nicht erklären konnte, verspürte er plötzlich das Bedürfnis, ihnen etwas Gutes zu tun, und so hatte er sich bereits um die Pferde gekümmert und Frühstück gemacht, als sie schließlich ihre Zelte verließen.

Das brachte ihm viel Lob ein – tatsächlich trugen die Goraidin sogar ein wenig dick auf –; nur Marna konnte nicht anders, als eingedenk ihrer alten Beziehung etwas von ›Lehrers Liebling‹ zu bemerken: eine Stichelei, die Farnor damit beantwortete, dass er ein übertrieben braves Verhalten an den Tag legte.

Sie ritten genau wie am vorigen Tag und kamen gut voran.

»Lebt jemand in diesem Land?«, fragte Farnor auf der Suche nach Themen, die ihn von seinen schmerzenden Knochen ablenken würden.

»Nicht viele«, antwortete Yengar. »Hier und da gibt es ein paar Dörfer. Verglichen mit hier herrscht in Orthlund geradezu Überbevölkerung, und dort leben wirklich nicht gerade viel.« Er dachte einen Augenblick lang nach. »Andererseits glaube ich, dass selbst Pedhavin größer ist als das Land, an das ihr gewöhnt seid. Was ihr aus Vakloss machen werdet, wenn wir erst einmal dort sind, kann ich mir nicht vorstellen.«

Kaum hatte er diese Bemerkung gemacht, da trafen sie auf eine Straße. Sie war unbefestigt, doch Spurrillen und Hufabdrücke verrieten, dass sie vor kurzem benutzt worden war. Nach kurzer Debatte beschlossen die Gefährten, ihr zu folgen. »Alle Wege führen nach Anderras Darion«, erklärte Yrain.

Die Straße führte sie durch ein Eirthlundyn-Dorf, wo sie sofort im Mittelpunkt der Aufmerksamkeit standen und anhalten mussten, während die neugierige, aber freundliche Bevölkerung sie mit Fragen bedrängte.

»Ihr seid sehr geduldig«, sagte ein älterer Mann, kurz bevor genau das Gegenteil offensichtlich werden konnte. »Wir sehen hier nicht gerade viele Reisende, und kommen doch einmal welche, können wir recht aufdringlich sein. Hier passiert nicht viel.«

Das hielt die Gefährten noch länger auf.

»Listiger, alter Bettler«, bemerkte Yengar, nachdem ihnen schließlich die Flucht gelungen war. »Er hat es doch glatt geschafft, mir ein schlechtes Gewissen zu machen, weil ich nicht den ganzen Tag dageblieben bin und ihm unsere ganze Geschichte erzählt habe. Na ja, zumindest wissen wir jetzt, wo genau wir sind.«

»Ihre Kleider waren wunderbar«, sagte Marna. »So bunt. Und die Stickereien! So ausgefeilt! So etwas habe ich noch nie gesehen.«

»Sie sind berühmt für ihre Weber und dergleichen«, erklärte Jenna. »Sie verkaufen ihren Stoff und ihre Kleider in ganz Orthlund, Fyorlund und Riddin. Sie sind geschickte Händler. Deshalb ist es dem alten Mann auch so leicht gefallen, Yengar ständig neue Geschichten aus der Nase zu ziehen. Er hat nun so viel Neues gehört, dass er die nächsten Tage sein Bier in der Taverne nicht mehr wird zahlen müssen.«

Während sie weiterritten, wurde die Straße immer breiter, und an jeder Kreuzung, an der sie vorüberkamen, trafen sie auf immer mehr Reisende, die sich in beide Richtungen bewegten. Einige gingen zu Fuß mit schweren Packen beladen, ein paar waren zu Pferd, doch die meisten fuhren in hochwandigen Karren, die im selben Stil verziert und bemalt waren wie die Kleider der Eirthlundyn. Jeder, den sie trafen, grüßte sie freundlich, und mehr als einer versuchte, ihnen etwas zu verkaufen. Farnor empfand die Hartnäckigkeit der Leute als ein wenig erschreckend, denn selbst die Erklärung, sie hätten kein Geld, brachte ihnen stets nur ein gleichgültiges Schulterzucken ein, gefolgt von einem neuen Angebot. Zu guter Letzt tauschten die beiden männlichen Goraidin einen Teil des Valderenproviants für drei Beutel mit Glühsteinen, zwei Ledergürtel und zwei bunte Tücher. Yengar band seines um den Hals und brüstete sich damit vor den anderen. Die beiden Frauen schüttelten die Köpfe, und Jenna wandte sich verschwörerisch an Farnor. »Wenn es um Schwert und Bogen geht, sind die beiden ja nicht schlecht, aber als Händler geben sie eine armselige Figur ab. Was das betrifft, könnt ihr von ihnen nur lernen, wie man es *nicht* machen soll.«

Kurz darauf, nach einem weiteren Zusammentreffen mit einem Eirthlundyn-Händler, war Jenna jedoch die stolze Besitzerin eines wunderschönen Schals. Yengar sagte nichts dazu, sondern pfiff verärgert vor sich hin.

»Vielleicht sollten wir eine Zeit lang traben«, schlug Farnor vor.

Sie wären auch über die Brücke getrabt, als sie sie erreichten, doch Farnor und Marna stiegen ab und stiegen das Ufer hinunter, um das Bauwerk zu bestaunen. Massive Steinbögen ragten von beiden Ufern auf den Fluss hinaus, und in der erhöhten Mitte der Brücke sorgte ein großer, den Fahrweg überspannender Bogen aus kunstvoll verarbeitetem Holz und Eisen für zusätzliche Stabilität.

»Sie steigt zur Mitte hin an, damit Boote unter ihr durchfahren können«, erklärte Yengar, bevor Farnor fragen konnte. »Jedenfalls hat man mir das so erklärt. Aber auch wenn heutzutage nur noch wenig Verkehr auf dem Fluss herrscht, so kann ich mir doch kaum etwas vorstellen, was nicht auch unter den Uferbögen hindurch könnte.«

»Sie ist groß«, war alles, was Farnor hervorbrachte. Und sie war auch wesentlich breiter als die Straße, die zu ihr führte. Farnor schätzte, dass mindestens sechs Karren sie nebeneinander passieren konnten.

»Wer hat sie gebaut?«, fragte er. »Und warum, wo doch so wenige Menschen hier leben?«

Yengar schüttelte den Kopf. »Ich habe keine Ahnung. Es gibt eine Menge Bauwerke in dieser Gegend, deren Ursprünge längst vergessen sind. Vermutlich ist sie während der Kriege des Ersten Kommens errichtet worden. Heutige Brücken werden ähnlich gebaut, und was die Größe betrifft ... Nun, ich nehme an, man wollte möglichst viel möglichst schnell auf die andere Seite bringen, und das heißt für gewöhnlich eine Armee.« Er schien das Thema beenden zu wollen. »Kommt. Ihr könnt sie euch weiter ansehen, während wir sie überqueren. Wenn ihr auf ihr steht, ist sie noch viel beeindruckender.«

Da im Augenblick niemand sonst die Brücke benutzte, ritten die Gefährten nebeneinander hinüber mit noch genügend Platz zwischen ihnen. Sie ritten gleichmäßig die Steigung hinauf, doch als sie sich dem Mittelpunkt näherten, blickten Farnor und Marna einander an, sprangen ohne ein Wort von den Pferden und rannten zum Brückengeländer, um ins Wasser hinunterzublicken. Die vier Goraidin hielten an und beobachteten die beiden einen Augenblick lang; dann wechselten auch sie einen Blick, stiegen ab und gesellten sich zu ihnen.

»Ich glaube, das sollte ich öfter tun«, sagte Yengar, hob einen Stein auf und ließ ihn ins wirbelnde Wasser fallen.

Olvric nickte und beugte sich wie Farnor und Marna so weit über das Brückengeländer, dass seine Füße den Boden verließen. Dann warf auch er einen Stein hinunter.

»Vielleicht solltet ihr beiden das nächste Mal eure Holzbötchen zum Spielen mitbringen«, schlug Yrain vor, lehnte sich an das Geländer und blickte den Mittelbogen hinauf, der sich unmittelbar vor ihnen erhob.

»Gute Idee«, erwiderte Yengar. »Wir könnten eure kleinen Püppchen in sie setzen. Oder werden die Armen leicht seekrank?«

Bevor Yrain etwas auf diese Herausforderung erwidern konnte, schrieen Farnor und Marna auf.

Ein großer schwarzer Vogel war dicht über ihre Köpfe hinweggeflogen und hatte sie erschreckt. Nun stieß er hinunter und berührte fast das Wasser, bevor er in weitem Bogen wieder nach oben stieg. Schließlich schien er hoch in der Luft zu schweben. Ein würdeloses Raunen hallte auf den Fluss hinaus, während Farnor und Marna darüber debattierten, ob sie fliehen sollten oder nicht, denn der Vogel kam wieder näher. Schließlich wichen sie langsam zurück, doch Olvric streckte die Arme aus, um sie aufzuhalten.

Kaum waren die beiden stehen geblieben, da landete der Vogel auf dem Brückengeländer.

Es war ein großer Rabe.

Er hatte ein Holzbein.

Fünfzehntes Kapitel

Vredech war ein Betbruder in der Kirche Ishryths gewesen. Nun reiste er nach Norden, fort von seiner Heimat, Canol Madreth; begleitet wurde er von seiner Frau Nertha und zwei weiteren Gefährten, Dacu und Tirke. Auf ihrer Reise waren sie durch Arvenstaat gekommen, wo sich ihnen ein junger Caddoran angeschlossen hatte, Thyrn, und dessen Freund Endryk.

Wie Antyr und Farnor, so waren auch Vredech und Thyrn gequälte Seelen. Vredech war in eine seltsame, fremde Welt transportiert worden, als er versucht hatte, einen anderen Betbruder, Cassraw, von einer unheimlichen Macht zu exorzieren, die durch Cassraw und dessen Frau Dowinne versucht hatte, von ganz Canol Madreth und schlussendlich auch von den Ländern jenseits davon Besitz zu ergreifen. Im Gegensatz dazu hatte Thyrn mehr durch Zufall die hochfliegenden Pläne seines Herrn Vashnar zunichte gemacht, des Obersten Hüters von Arvenstaat. Mit ein paar widerwilligen Verbündeten hatte man ihn als Vogelfreien in die Karpasberge gejagt. Da sie allesamt Stadtbewohner waren, hatten sie nur dank Endryk dort überleben können, den sie zufällig auf ihrer Flucht getroffen hatten.

Wie Antyr und Farnor hatten auch diese beiden Männer bösen Mächten gegenübergestanden, die sich ihrem Verständnis entzogen, und um sie zu besiegen, hatten sie Kräfte eingesetzt, von denen sie bis dahin nicht gewusst hatten, dass sie sie besaßen. Beide hatten sie an irgendeinem Punkt um ihren Verstand gefürchtet, und beide wären sie fast getötet worden. Nun da sie überlebt hatten, war ihr altes Leben vorbei – für immer. Im Vertrauen auf die Gefährten, dic das Schicksal zu ihnen geführt hatte, wollten sie nun in Anderras Darion nach Antworten auf ihre vielen Fragen suchen.

Dacu und sein jüngerer Gefährte Tirke waren Goraidin. Gemeinsam mit Yrain, Jenna, Jaldaric und Yatsu hatten sie Hawklan und Andawyr ins Herz Narsindals begleitet, um sich dem wiedergekehrten Sumeral zu stellen. Sie hatten am Ufer des Kedrieth-Sees gestanden, als Derras Ustramel nach der schicksalhaften Begegnung ihres Schöpfers mit Hawklan in sich zusammengefallen war. Zur selben Zeit hatten Yengar und Olvric in der Schlacht gegen Sumerals Uhriel und Seine finstere Armee gefochten.

Dacu, Tirke und viele andere waren auf Vorschlag der Cadwanol in fremde Länder gereist. Dacu und Tirke waren allerdings nicht auf der Jagd nach Flüchtlingen gewesen; sie hatten mehr über die Welt jenseits von Fyorlund, Orthlund und Riddin lernen sollen, um herauszufinden, wie weit Sein zersetzender Einfluss sich diesmal ausgebreitet hatte. Die Ereignisse, deren Zeugen sie in Canol Madreth geworden waren, hatten sie so sehr beunruhigt, dass sie Vredech geraten hatten, sie nach Anderras Darion zu begleiten. Ihre anschließende Begegnung mit Thyrn und dessen Geschichte hatte ihre Sorge nur noch vergrößert.

Endryk war ein Mitglied der Hochgarde von Fyorlund. Auch er hatte gegen Sumerals Heer gekämpft, doch die Schrecken jenes Tages und dessen, was ihm vorausgegangen war, waren zu viel für ihn gewesen, und wie viele andere auch war er nicht mehr nach

Hause zurückgekehrt, nachdem er das Schlachtfeld verlassen hatte, sondern fortan verloren durch die Welt gewandert. Schließlich war er nach Arvenstaat gekommen, wo er Trost im einsamen Leben eines Ufermanns gefunden hatte. Dort hatte er dann den fliehenden Thyrn und dessen Gefährten getroffen, und indem er ihnen geholfen hatte, fand er die Kraft, in seine Heimat zurückzukehren, um dort vielleicht einen Teil seines alten Lebens wiederzufinden.

Nertha war Ärztin. Ihr Vertrauen und ihre Nüchternheit hatten Vredech gestützt, als er während seines Kampfes mit Cassraw an den Rand des Wahnsinns getrieben worden war; ihr Mut hatte ihm das Leben in jener letzten, tragischen Konfrontation gerettet, als eine dunkle Macht versucht hatte, in diese Welt einzudringen.

Trotz dieser düsteren Vergangenheit und der Schatten, die sie auf die Gegenwart warf, waren die Wanderer guten Mutes, und jeder freute sich auf seine Art darauf, Anderras Darion endlich zu erreichen. Vor allem Thyrn war bei weitem nicht mehr der verschreckte Jüngling, als den Endryk ihn kennen gelernt hatte. Die Caddoran waren eine uralte Gilde von Boten. Ihre Ursprünge lagen im Dunkeln; vermutlich gingen sie aber auf die Schlachten des Ersten Kommens zurück, die in Arvenstaat vergessen worden waren. Heutzutage waren sie lediglich die Diener reicher Händler und hoher Beamter; ihr Handwerk war allerdings nach wie vor sehr ungewöhnlich geblieben. Sie memorierten nicht nur Botschaften, sie memorierten auch die Nuancen in der Intonation des Absenders sowie dessen Gesichtsausdruck. In der intriganten Welt von Arvenstaats Wirtschaft und Regierung waren sie unentbehrlich. Thyrn war ungewöhnlich begabt, und so war er zum jüngsten Caddoran des Obersten Hüters geworden, den es je gegeben hatte. Nun halfen ihm seine Caddoranfähigkeiten, so rasch zu lernen, dass er seine neuen Freunde immer wieder in Staunen versetzte.

Da sie allesamt recht gesellig waren, redeten sie viel und oft bis in die Nacht miteinander; jeder erzählte von seinem Land und dem Leben, das er früher dort geführt hatte. Die Goraidin sprachen von Fyorlund mit seiner Königin, den vielen Fürsten und der königlichen Hochgarde, über Orthlund mit der großen Feste Anderras Darion, über Riddin mit seiner Gesellschaft, die vollständig auf der Liebe des Riddinvolks zu seinen Pferden beruhte, und natürlich auch über das Erste und Zweite Kommen Sumerals – nur über ihre Angst sprachen sie selten, dass Er Seine Finger bei dem im Spiel gehabt haben könnte, was Vredech und Thyrn widerfahren war. Thyrn war fasziniert, da sich viele Aspekte dieser Geschichten in der Folklore seines eigenen Volkes wiederfanden, während Vredech diese Übereinstimmung als zutiefst beunruhigend empfand, denn auch in den Lehren seiner Religion gab es Entsprechungen.

»Ich verstehe, warum du dich so aufregst«, sagte Dacu zu ihm. »Mit unseren Geschichten erschüttern wir die Grundfesten deines Glaubens, ja, deiner persönlichen Berufung. Aber um ehrlich zu sein, fällt es mir schwer, allein nur den Gedanken an so etwas wie Religion zu akzeptieren. Ich glaube, dass etwas, das nur auf blindem Glauben beruht, unweigerlich in sich zusammenbrechen *muss.*«

Dacus ruhige, gelassene Art machte es ihm möglich, so etwas zu sagen, ohne jemanden zu beleidigen.

»Hat dein Volk keinen Gott? Keine Religion?«, fragte Vredech überrascht.

»Nein«, antwortete Dacu, ohne zu zögern. Dann lächelte er und gestand: »Es gibt ein oder zwei merkwürdige kleine Kulte und jede Menge Leute mit seltsamen Ideen, aber keine Staatsreligion wie die deines Ishryth.«

»Unsere Religion ist kein Werkzeug unserer Regierung«, protestierte Vredech. »Niemand ist verpflichtet, zu glauben oder die Versammlungshäuser zu besuchen.«

»Es wird aber *gemacht*«, erklärte Dacu.

Vredech kniff die Augen zusammen und ging zum Angriff über. »Da hast du wohl Recht«, sagte er. »Das ist wohl so etwas wie eure jungen Männer, die sich ›freiwillig‹ zur Hochgarde eurer Königin melden.«

»Das dient der Charakterbildung.« Dacu lachte leise.

»Hm. Ich glaube, wir können uns darauf einigen, dass es in beiden Gesellschaften ein paar Unzulänglichkeiten gibt. Dennoch fällt es mir schwer zu glauben, dass niemand in deinem Volk Fragen stellt wie ›Wo kommen wir her?‹ oder ›Warum sind wir hier?‹.«

»Und Ishryth kennt die Antworten auf diese Fragen?«

»Wir versuchen, sie zu finden – im Glauben.«

Nun war es Dacu, der sein Gegenüber mit zusammengekniffenen Augen betrachtete. »Allgemein würde ich sagen, dass wir die Antworten auf solche Fragen nicht im Glauben suchen – nicht in der blinden Akzeptanz einer Doktrin, die irgendjemand aufgestellt hat, egal wie überzeugend sie auch immer sein mag –, sondern im Verstand. Wir hinterfragen alles immer und immer wieder, machen unsere Beobachtungen und ziehen schließlich unsere Schlüsse.«

»Und mittels Beobachtungen findet ihr die Antworten auf *solche* Fragen?«, erwiderte Vredech in scharfem Ton. »Damit tröstet ihr die Leidenden?«

Dacu lachte reumütig. Sein Lachen verhallte jedoch rasch wieder, und er wurde ernst. »Nein, ich fürchte, auf diese Art können wir nicht alle Antworten finden. Tatsächlich finden wir sogar nur immer mehr Fragen. Mehr ist auch nicht möglich. Allerdings glaube ich, dass diese Art zu denken uns vor den schlimmsten Auswüchsen der dunklen Seite unserer Natur bewahrt.« Bevor Vredech etwas darauf erwidern konnte, fuhr er rasch fort: »Und was das Trostspenden betrifft ... Ich glaube, jeder von uns sucht und findet Trost dort, wo er kann. Ich zum Beispiel und meine Gefährten, die wie ich dem Weg des Soldaten folgen, wir trösten uns damit, die Dinge möglichst klar zu sehen – so wie sie sind.«

Vredech blickte ihm in die Augen. »Das ist ein harter Glaube«, sagte er sanft.

Dacu nickte. »Möglich. Aber alles in allem betrachtet ist eine harte Wahrheit oft besser als eine weiche Lüge. Und vielleicht hätte ein wenig Klarsicht, ein wenig mehr Fragenstellen, dein Volk vor einem Teil seiner Leiden bewahrt.«

»Das kann ich kaum leugnen. Aber um gerecht zu sein, muss man sagen, dass die geistlose Bigotterie, die Cassraw in seinem Wahn gefördert hat, kein Teil der Lehren Ishryths war – eures Ethriss. Warum sie sich so verbreitet hat ...« Er warf die Arme in die Höhe. »Ich weiß es nicht. Es war Furcht erregend – ebenso wie die Ohnmacht unserer Kirche und unserer Führer. Ich nehme an, das ist auch der Grund, warum ich hier bin und mit euch durch fremde Länder zu einem unbekannten Ziel reise. Ich ›glaube‹ an euch, wenn ihr so wollt.«

Theatralisch legte Dacu die Hand auf die Stirn, um Vredech ein wenig aufzuheitern. »Jetzt weiß ich, wie ein Gott sich fühlen muss. Ach, die Last solch vorbehaltlosen Vertrauens … Aber«, fuhr er mitfühlend fort, »zurückblickend konntest du gar nicht anders reagieren, als Angst zu haben. Und trotz ihrer viel gerühmten Logik und unserer erprobten Regierungsform – die der deinen weit überlegen ist; diese Tatsache weiß ich aus eigener Beobachtung – gerieten auch meine Landsleute ins Wanken und wurden in die Irre geführt. Zuerst stürzten wir uns in einen Bürgerkrieg, dann griffen wir unsere Nachbarn an. Es waren furchtbare Zeiten. Ich glaube, wir können uns darauf einigen, dass es – ungeachtet der Antworten auf die ›großen Fragen‹ – Menschen und Mächte in dieser Welt gibt, die nur im Sinn haben, anderen Leid zuzufügen, auch wenn wir nicht ergründen können warum.«

»Vielleicht sind sie vom Bösen besessen.«

»Ich bin noch nicht einmal sicher, was das bedeutet. Ich neige eher zu Thyrns Ansicht, dass es Menschen gibt, die mit Attributen geboren wurden, welche die Zeiten überdauert haben. Logik bringt uns da nicht weiter. Allerdings ist es in manchen Fällen keine Gabe wie bei Thyrn; vielmehr scheint diesen Menschen etwas zu fehlen. Sie sind fehlerhaft, unvollständig. Ihnen fehlen die Fesseln, mit denen *wir* die Finsternis in unserem Inneren binden: Fesseln, die am Ende einer weit grausameren Zeit geschmiedet wurden, als das Leben ein ständiger Kampf gegen Hunger, Kälte, ja, gegen die Natur im Allgemeinen war. In gewissem Sinne repräsentieren diese Menschen einen Teil unserer Vergangenheit, der zurückgekehrt ist, um uns zu plagen.« Er blickte Vredech tief in die Augen. »Aber wo auch immer sie herkommen mögen, es *gibt* sie, wie wir beide nur allzu gut wissen, und sie zu ignorieren heißt, eine Katastrophe heraufzubeschwören. Und wenn Leute wie du und ich diesen Menschen nicht entgegentreten, verraten wir nicht nur uns selbst, sondern auch jene, die ihr Vertrauen in uns setzen.«

Er schwieg.

»Wir müssen nach ihnen Ausschau halten und uns um sie kümmern«, fügte Vredech hinzu.

Dacu nickte. »Mit allem, was uns zur Verfügung steht: Kopf, Herz und Schwert. Wenn es sein muss, müssen wir sogar das Böse in uns selbst freilassen.« Er lächelte grimmig. »Wie es scheint, haben auch wir eine besondere Gabe: Wir können nicht einfach daneben stehen und nichts tun.«

»Das Böse obsiegt, während das Gute schläft.«

»Wir werden euch beide nicht mehr zusammen reiten lassen, wenn ihr ständig über solch kosmische Themen diskutiert.« Lächelnd ritt Nertha zwischen die beiden Männer. »Warum könnt ihr euch nicht mal eine Weile über das Wetter unterhalten?«

»Die Sonne scheint«, sagte Dacu rasch und ergriff Nerthas Hand.

»Ja«, bestätigte Vredech und griff nach der anderen Hand seiner Frau. »Später könnte es allerdings regnen.«

»Wirklich drollig«, erwiderte Nertha bissig und zog ihre Hände weg, um das Band zu richten, das ihr langes schwarzes Haar zusammenhielt. »Würdet ihr vielleicht lieber darüber reden, wo wir sind oder wo wir morgen sein werden? Wie lange noch bis Anderras Darion?« Sie zog das Band fest und klopfte ihren

Ärmel ab. Roter Staub flog auf. Angewidert verzog Nertha das Gesicht und blickte zu Dacu. »Ich nehme an, es gibt dort fließend Wasser, oder?«

»Nun, wenn es regnet, dann ...«

»Es gibt dort alles, was du brauchst, Nertha«, mischte Tirke sich rasch ein, als er sah, das Nertha die braunen Augen zusammenkniff. »Was die Frage betrifft, wo wir sind ... Um es kurz zu machen: Wir wissen es nicht.«

Nertha seufzte gequält. »Tirke, ich möchte ja nicht unhöflich sein, aber ich muss dir sagen, dass mich das nicht gerade beruhigt.«

Tirke geriet ins Stottern. »Ich ... Ich meine, wir wissen nicht *genau*, wo wir uns befinden. Wir reiten nach Norden ... nach Hause ..., aber auf dem Hinweg sind wir nicht hier lang gekommen. Wir haben uns weiter östlich gehalten, an der Küste. Aber dort gibt es Städte – die Wildhäfen –, denen wir auf dem Rückweg lieber aus dem Weg gehen wollten.«

»Ich weiß, wo wir sind.« Das war Endryk. »Wir sind am südlichen Ende der Thlosgaral.«

Die anderen blickten ihn fragend an.

»Ich bin vor langer Zeit durch diese Gegend gekommen«, erklärte Endryk. »Die Thlosgaral ist eine ... eine felsige Wüste. Staubig, öde und gefährlich. Die einzigen Menschen, die sich in sie hineinwagen, sind Bergleute und die Banditen, die sie ausplündern.« Er verzog das Gesicht; dann schauderte er. »Es ist ein böser Ort. Und sie bewegt sich.«

»Sie *bewegt* sich?«, riefen Nertha und Tirke im Chor.

Endryk zeigte sich von ihrem Unglauben nur wenig beeindruckt.

»Sie bewegt sich«, bestätigte er. »Langsam, aber eindeutig. Sie ist wie ein Ozean, der in einer anderen Zeit gefangen ist. Ich habe dort einmal eine Nacht verbracht – nur eine. Ich bin nicht schnell genug wieder hinausgekommen. Und die Felsen und Steine scheinen etwas Ungesundes an sich zu haben. Ihr werdet das verstehen, wenn ihr die Bergleute seht. Sie sehen alle gleich aus – als hätte etwas das Leben aus ihnen herausgesaugt.« Er drehte sich zu Dacu um. »Wir sollten sie umgehen. Der Weg ist zwar länger, aber schneller und um einiges sicherer.« Dacu nickte und winkte Endryk, die Führung zu übernehmen.

Gegen Abend blickte Dacu verwirrt zum östlichen Horizont.

»Dieser rötliche Schein am Himmel, das ist die Thlosgaral«, erklärte ihm Endryk. »Es ist wie ein ewiger Sonnenuntergang.«

»Mehr wie eine entzündete Wunde«, bemerkte Nertha und runzelte die Stirn.

Thyrn ritt neben Endryk. »Dieser Ort fühlt sich an wie jener in den Karpasbergen, wo Vashnar uns angegriffen hat.« Der junge Caddoran wirkte sichtlich unglücklich, als auch er zum östlichen Horizont blickte.

»Das stimmt«, bestätigte Endryk knapp. »Vielleicht sind beide Orte Auswüchse ein und desselben Übels.«

Dacu runzelte die Stirn. »Wenn diese Thlosgaral dem Ort so ähnlich ist, den ihr uns beschrieben hat, dann sollten wir sie uns vielleicht einmal genauer ansehen. Andawyr und die anderen wird das sicher interessieren.«

»Dann sollen Andawyr und die anderen gefälligst selbst hierher kommen und sie sich ansehen«, erwiderte Endryk. »Ich war schon einmal dort, und ich werde bestimmt nicht noch einmal dorthin gehen.«

»Ich auch nicht«, sagte Thyrn und zog die Schultern hoch.

Das war das erste Mal, dass sie so etwas wie einen Streit auf dieser Reise hatten. Zum Zeichen des Friedens hob Dacu die Hand. »Reine Gewohnheit, das ist alles. Es liegt in meiner Natur, alles untersuchen zu müssen. Aber ich verstehe, warum ihr euch so aufregt. Es tut mir Leid.«

Endryks Stimme nahm einen versöhnlichen Tonfall an. »Die Chancen stehen gut, dass wir uns dort heillos verirren würden. Ist man erst einmal in der Wüste, ist es, als wäre man in eine andere Welt versetzt worden. Sie ist vollkommen anders als jeder Ort, an dem ihr bisher gewesen seid. Und sie bewegt sich *wirklich.* Manchmal kann man es sogar spüren, wenn alles um einen herum zu zittern beginnt. Plötzlich ist nichts mehr an seinem Platz – noch nicht einmal der Boden. Man fühlt sich benommen, krank ... Es ist beängstigend. Dann verliert man die Orientierung, wenn man feststellt, dass sich sämtliche Landmarken verändert haben. Und es gibt nichts zu sehen – überall nur roter Fels. Es gibt keine natürlichen Erosionsmuster, keine Spuren, keine Vegetation, keine Tiere, nichts. Das Land ist wie verbrannt. Und es gibt Geräusche von sich, wenn es sich bewegt – wie ein Gefolterter.«

»Wir haben deinen Standpunkt schon verstanden«, sagte Dacu. »Deine Schilderung war sehr lebendig. Trotzdem sollten wir mehr über diesen Ort herausfinden, wenn er wirklich etwas mit jenem zu tun hat, wo ihr gegen Vashnar gekämpft habt. Du hast die Bergleute erwähnt. Vielleicht könnten wir mit einigen von ihnen reden, sollten wir denn welche sehen. Außerdem ... Was ist so wertvoll, dass es sich lohnt, an solch einem Ort danach zu graben?«

»Kristalle. Allerdings weiß ich nicht, was genau sie so wertvoll macht. Ich nehme an, sie werden in Arash-Felloren oder den Wildhäfen verkauft.«

»Arash-Felloren? Das liegt nordwestlich von hier, nicht wahr? Ich glaube, mich daran zu erinnern, den Namen gehört zu haben, als wir durch die Wildhäfen gekommen sind.«

»Stimmt«, bestätigte Endryk. »Dort war ich auch einmal.«

Dacu wirkte überrascht. »Das hast du nie erwähnt.«

»Das ist schon lange her, und damals ging es mir wirklich dreckig. Der Staub auf Nerthas Jacke hat mich daran erinnert.«

»Wie ist die Stadt so?«

Endryk verzog das Gesicht. »Groß«, antwortete er. »Sehr groß. Viel größer als Vakloss.« Dacu hob zweifelnd die Augenbrauen. »Und sehr verwirrend. Sie ist voller Hügel und sich windender Straßen. Ich erinnere mich vage an alle möglichen Arten von Gebäuden – groß, klein, alt, neu, reich, verkommen –, breite Alleen und enge Gassen. Und überall waren Menschen.«

»Klingt seltsam, aber interessant. Sind die Menschen dort Fremden gegenüber freundlich?«

Endryks Gesicht nahm einen gequälten Ausdruck an. »Selbst wenn es mir gut geht, bin ich kein Goraidin, Dacu, und damals konnte ich mich kaum an meinen Namen erinnern, geschweige denn, dass mich gekümmert hätte, was um mich herum geschah. Ich erinnere mich daran, dass die Menschen weder freundlich noch unfreundlich waren – nur gleichgültig. Wenn du dort auf der Straße fallen würdest, würden sie dich vermutlich liegen lassen, bis du entweder stirbst oder wieder aufstehst. Die Leute würden einfach über dich hinweg klettern.« Dacu runzelte ob dieser Vorstellung die Stirn. Endryk fuhr fort: »In der Stadt herrschte ein schier unglaublicher Lärm. Jeder kaufte oder verkaufte irgendwas, und alle waren in Eile. Damals kam mir das wohl zupass: von vielen Menschen umgeben und doch allein.«

Dacu musterte den Hochgardisten. »Es tut mir Leid«, sagte er. »Ich habe Erinnerungen geweckt, die du lieber vergessen hättest. Das klingt nach einem furchtbaren Ort.«

»Darüber maße ich mir kein Urteil an«, erklärte Endryk. »Es *ist* lange her, und wie gesagt befand ich mich damals nicht gerade in guter Verfassung. Ich weiß, dass mir damals Leute geholfen haben, doch zu meiner Schande muss ich gestehen, dass ich mich weder an Namen noch an Gesichter erinnern kann. Wenn ich an die Stadt denke, erinnere ich mich nur daran, verwirrt gewesen zu sein; doch das kann genauso gut an mir wie an Arash-Felloren gelegen haben. Es muss dort unzählige gute Seelen geben, sonst hätte eine solch gewaltige Stadt sich schon längst selbst vernichtet.«

»Könnten wir sie besuchen?«, meldete Thyrn sich enthusiastisch zu Wort. Auf seiner Flucht durch Arvenstaat hatte er stets davon geträumt, Zuflucht in ›einer großen Stadt im Norden‹ zu finden. Dacu blickte fragend zu Endryk.

Endryk drehte sich zu den Packpferden um. »Es gibt keinen besonderen Grund dafür; wir haben genug Proviant. Außerdem fehlt uns das hiesige Geld, sodass wir uns eh nichts kaufen könnten.« Er schüttelte den Kopf. »An *eines* erinnere ich mich klar und deutlich: Die Leute dort sind verdammt harte Händler. Ich bezweifele, dass einer von uns es mit ihnen aufnehmen könnte, wenn es ums Feilschen geht.«

»Wir müssen ja nichts kaufen. Wir könnten uns einfach nur ein wenig umsehen, eine Zeitlang durch die Straßen wandern und so«, schlug Thyrn hartnäckig vor.

Sein Enthusiasmus ließ die anderen lächeln.

»Nun, wenn Endryk der Meinung ist, dass uns dort keine Gefahr droht, und wenn der Umweg nicht allzu groß ist, spricht eigentlich nichts dagegen, dass wir uns die Stadt einmal ansehen«, warf Tirke ein. »Mich würde es auf jeden Fall interessieren, eine Stadt zu sehen, die größer als Vakloss ist.«

»Ich weiß nicht, was dagegen einzuwenden wäre«, sagte Dacu. Er blickte zu den anderen. »Mal ein paar neue Gesichter zu sehen tut uns vermutlich allen ganz gut.«

Am nächsten Tag erreichten sie eine Straße, die nach Norden führte. Zunächst trafen sie nur auf wenige Reisende, doch je weiter sie vorwärts kamen, desto geschäftiger ging es zu; nahezu an jeder Kreuzung wurde der Verkehr dichter. Sie machten ein paar kurze Bekanntschaften auf dem Weg: Menschen in Gruppen, Menschen allein, Familien in ordentlicher Prozession, Familien in chaotischen Haufen, Bauern auf Karren voller Heu, Gemüse und Getreide, Hirten mit Schafen und anderem Vieh, Handwerker und alle möglichen Arten von Kaufleuten, die gingen, ritten, Packpferde hinter sich her führten oder auf Wagen der unterschiedlichsten Form und Größe hockten.

»Wie es scheint, hattest du Recht«, bemerkte ein staunender und aufgeregter Dacu zu Endryk, nachdem es ihm gelungen war, sich von einem besonders hartnäckigen Exemplar von Kaufmann zu lösen. »Sie wollen alle irgendetwas kaufen oder verkaufen.« Er deutete auf den Kaufmann, der die Geste als Gruß missdeutete und sie erwiderte. »Ich habe ihm *mehrmals* erklärt, dass wir uns nur auf der Durchreise befinden und noch einen weiten Weg vor uns haben, und trotzdem wollte er mir mit aller Gewalt Fensterglas verkaufen. *Fensterglas!* Für mein Zelt, nehme ich an.« Er knurrte. »Oder vielleicht sollte ich es in meinen Sattel einbauen. Ich nehme an, es war ihm egal. Das sei mein ›Glückstag‹ hat er gesagt, dass ich an ihn und nicht an einen seiner schurkischen Konkurrenten geraten sei. Sein Glas sei allerdings ›nicht billig‹, hat er gestanden.« Dacu legte die Hand auf die Brust und ahmte den feierlichen Gesichtsausdruck des Händlers nach. »Aber es ist etwas ›ganz Besonderes. Doppelte Dicke‹. Es hält ›ein Leben lang‹ ... Allerdings hat er nicht gesagt, wessen Leben er damit gemeint hat.« Entsetzt riss er die Augen auf. »Ich hätte tatsächlich fast etwas gekauft. Dieser Ort muss ja schlimmer sein als der Gretmearc.«

Bis jetzt hatte Endryk sich bemüht, ein Lachen zu unterdrücken; jetzt gab er auf. »Ein Soldat mit deiner Erfahrung sollte wissen, wann er verloren hat. Es ist keine Schande, sich unter solchen Umständen zurückzuziehen.«

»Mir macht nur Sorge, dass ich den Hinterhalt nicht gesehen habe. Diese Leute sind das kaufmännische Gegenstück zu einer gemischten Einheit aus Goraidin und schwerem Fußvolk.«

»Wenn du der Belastung nicht mehr standhältst, brauchen wir einen neuen Führer«, erklärte Endryk feierlich. Er nickte in Richtung Nertha, die sich mitten in einem hitzigen Gespräch mit einem rotgesichtigen Mann befand, der einen leuchtend gelben Karren voller Kleider vor sich her schob. Vredech ritt hinter ihr wie ein Kind, dem die Mutter mit allem Nachdruck klar gemacht hatte, dass es sich ruhig zu verhalten habe, wenn Erwachsene redeten. Begleitet von dramatischen Gesten erfuhren Dacu und Endryk, dass der Händler mehrere kranke Kinder hatte, die irgendwo am Hungertuch nagten, während Nerthas Pferd sich offenbar eine schwerwiegende Krankheit zugezogen hatte, für deren Heilung sie ihren gesamten weltlichen Besitz aufwenden musste. Als Ärztin standen Nertha unzählige geheimnisvolle Ausdrücke und jede Menge garstiger Symptombeschreibungen zur Verfügung. Zu guter Letzt bekam Vredech eine Jacke von unbestreitbarer Qualität, während der Händler seines Weges zog, obwohl er sich noch immer um das Wohlergehen seiner Familie sorgte, das sich minütlich verschlechterte. Allerdings war er nun stolzer Besitzer eines eleganten Kleides, mit dem er sein Weib ohne Zweifel milde würde stimmen können.

»Ich hatte sowieso keine Verwendung mehr dafür«, erwiderte Nertha auf den Protest ihres Mannes. »Eigentlich weiß ich schon gar nicht mehr, warum ich es mir überhaupt gekauft habe. Und du hast eine gute Jacke gebraucht.«

Es gab allerdings auch weniger unterhaltsame Begegnungen. An einer Kreuzung überquerte ein Haufen uniformierter, aber zwielichtiger Gestalten die Straße in Richtung Thlosgaral. Begleitet wurden sie von zwei verdächtig gut gekleideten Herrn.

»Söldner, die irgendjemanden durch die Thlosgaral eskortieren«, erklärte Endryk Dacu. »In der Stadt gibt es viele Leute, die ihr Geld damit verdienen, andere oder deren Eigentum zu bewachen.«

»Haben die denn keine Regierung, die so etwas übernimmt?«

Endryk schürzte die Lippen. »In gewissem Sinne

schon. Es gibt den Präfekten und seine Garde – die Weartan –, aber die sind korrupt, schlimmer noch als die Hüter von Arvenstaat.«

»Je mehr ich höre, desto mehr habe ich den Eindruck, dass diese Stadt einfach nur furchtbar ist«, bemerkte Dacu.

»Nun, wenn ich jetzt so darüber nachdenke, glaube ich, das liegt schlicht an der Größe der Stadt. Zu viele Menschen auf zu engem Raum. Man kann sie mit Gewalt ebenso wenig beherrschen wie uns, und für eine funktionierende Regierung gibt es zu viele unterschiedliche Fraktionen, die alle ihre eigenen Interessen verfolgen. Es dürfte unmöglich sein, einen Konsens zu erreichen.«

»Dann ist sie also dem Untergang geweiht.«

Endryk zeigte sich unerwartet optimistisch. »Das glaube ich nicht. Es ist ihr Schicksal, sich ständig zu verändern, ja, aber daran sind die Menschen wohl gewöhnt. Besäßen wir einige ihrer Eigenschaften, wären wir vermutlich besser geschützt. Wir wären wachsamer, misstrauischer ... Ich weiß es nicht.«

Dacu schwieg eine Zeitlang, bevor er erklärte: »Da könntest du Recht haben.«

Später, während sie zu Fuß gingen und die Pferde führten, wurden sie von einer vermummten Gestalt überholt, die angespannt und mit langen Schritten die Straße hinuntereilte. Dacu und Tirke erschraken, als der Fremde an ihnen vorübereilte, während Thyrn instinktiv nach Endryks Arm griff.

»Ich wünsche Euch einen guten Tag, mein Herr«, sagte Dacu freundlich. Seine Gefährten sahen ihm allerdings deutlich an, wie viel Mühe ihn diese Freundlichkeit kostete.

Der Mann zögerte; dann drehte er sich überrascht um.

»Auch Euch einen guten Tag«, erwiderte eine harte, unangenehme Stimme. Dann setzte der Vermummte seinen Weg fort.

Ein Passant mittleren Alters spie geräuschvoll aus und blickte der Gestalt verächtlich hinterher.

»Kennt Ihr den Vermummten?«, fragte Dacu.

»Ich kenne *sie*«, antwortete der Mann voller Abscheu. »Kyrosdyn. Man sollte das ganze Pack verbrennen.«

»Das scheint mir ein wenig extrem zu sein.«

»Ihr seid fremd hier, nicht wahr?«

»Ja, wir sind auf dem Weg nach Norden.«

»Willkommen in Arash-Felloren, meine Freunde.«

»Ich möchte nichts kaufen«, versicherte Dacu rasch.

Der Gesichtsausdruck des Mannes änderte sich. Er lachte leise. »Ah, wie ich sehe, seid ihr schon nicht mehr ganz so fremd. Macht euch keine Sorgen. Ich will euch nichts verkaufen. Ich will mir nur einen der Tierkämpfe heute Abend ansehen. Aber ich werde euch einen Rat geben – umsonst: Während ihr in der Stadt seid, haltet ein Auge auf eure Sachen, lasst die Hand auf eurer Börse, und bleibt von den Kyrosdyn fern.«

Dacu kniff bei der Erwähnung von Tierkämpfen die Augen zusammen. »Das sind also schlimme Leute, diese Kyrosdyn, ja?«, fragte er.

»Ja, sehr schlimm«, antwortete der Mann. »Eigentlich sollten sie nur Kristalle bearbeiten, aber sie haben ihre Finger in allem drin.«

»Was für Kristalle?«, fragte Dacu.

Der Mann starrte ihn ehrlich überrascht an. »Ihr müsst wirklich von sehr, sehr weit her kommen. Man benutzt sie für alles: für teuren Schmuck, um das Eisen der Pflugscharen, Messer und dergleichen zu härten, um die Möbel derer zu verzieren, die es sich leisten können, als Medizin …«

»Medizin?«, mischte sich Nertha ein.

Der Mann musterte sie von Kopf bis Fuß, als stünde sie zum Verkauf. »Salben, Tränke, Pastillen. Sie ziehen das Übel aus allem heraus, ja, das tun sie.« Er setzte einen lüsternen Gesichtsausdruck auf. »Oder sie geben einem wieder Kraft … wenn's mal hängt.« Als Nertha nicht darauf reagierte, verschwand die Lüsternheit wieder, und der Mann versuchte es mit etwas anderem. »Manche mischen sie in ihr eigenes Blut, und dann …« Er machte eine Kratzbewegung auf dem Arm, doch das schien ihm größeres Unbehagen zu bereiten als Nertha, der das alles gar nichts sagte. Er wandte sich wieder den Männern zu. »Wenn ihr mich fragt, machen die Kyrosdyn das die ganze Zeit. Deshalb sehen sie auch alle gleich aus.« Er deutete auf die sich rasch entfernende Gestalt. »Die zucken alle so durch die Gegend, so verspannt sind die.« Erneut stieß er ein verächtliches Schnaufen aus; dann packte er Dacu am Arm. »Glaubt mir, ihr Stern sinkt, nachdem Imorren nun umgebracht worden ist und so.«

»Imorren?«

»Ihre Ailad – ihr Oberhaupt. Was für eine Hexe. Sah verdammt gut aus, wie ich gehört habe, war aber ein böses Weib. Nicht schade drum, wenn ihr mich fragt.«

Bevor Dacu ihn weiter danach befragen konnte, hatte der Mann den Gruß eines vorbeikommenden Kutschers erwidert und war auf dessen Karren gesprungen, ohne dessen Einwilligung abzuwarten.

»Mit Anstand haben es diese Leute hier nicht so sehr«, bemerkte Nertha.

»Hast du etwas damit anfangen können?«, fragte Dacu sie.

Nertha schüttelte den Kopf. »Das mit diesen Kristallen klingt seltsam.« Sie ahmte die Kratzbewegung des Fremden nach. »Und das war auch sonderbar.«

Dacu kniff die Augen zusammen, als er zu der nun weit entfernten Gestalt des Kyrosdyn blickte. »Ich könnte schwören, dass ich die Berührung der Macht gespürt habe, als er an uns vorüberging«, sagte er zu Tirke, der ernst nickte, jedoch nichts darauf erwiderte. »Thyrn, dich hat doch etwas erschreckt, nicht wahr?«

»Ich weiß nicht. Einen Augenblick lang hatte ich das Gefühl, als wäre Vashnar … Ich weiß es nicht … Ich …«

Er war offenbar verzweifelt. Dacu unterbrach ihn. »Mach dir keine Sorgen. Hier droht uns keine Gefahr. Erinnere dich einfach nur an dieses Gefühl für später.«

Dann sagte er leise zu Tirke. »Und du auch. Falls das wirklich die Macht war, werden Andawyr und die anderen noch mehr an diesem Ort interessiert sein.«

»Sollen wir dem Mann folgen?«

Dacu dachte einen Augenblick lang nach. »Nein. Wir können die anderen nicht zurücklassen, und niemand vermag zu sagen, was uns in der Stadt erwartet. Auf jeden Fall werde ich ohne einen Cadwanwr an meiner Seite niemanden aufscheuchen, der über die Macht gebietet. Wir werden die Sache auf sich beruhen lassen und in der Anhörung darüber Bericht erstatten.«

Im weiteren Verlauf des Tages gelang es Nertha, noch ein paar weitere unnütze Gegenstände gegen die örtliche Währung einzutauschen.

»Die werden uns helfen, wenn wir die Stadt erreichen«, sagte sie und ließ die Münzen in ihrer Börse verschwinden.

»Wo wir gerade davon sprechen ... Ich glaube, wir werden uns bald entscheiden müssen«, verkündete Dacu. Vor ihnen, am Fuß eines flachen Hangs, befand sich eine weitere Kreuzung. Ein Teil des Verkehrs bewegte sich Richtung Osten, ein weiterer Richtung Norden, der Großteil jedoch Richtung Westen.

Ein Stück abseits der Straße stand ein großes Gebäude, das von mehreren Nebengebäuden und Ställen umgeben war, und ein Schild über dem hölzernen Torbogen verkündete: ›Im Weidland‹.

Als die Gefährten sich dem Gebäude näherten, wehte ein appetitanregender Geruch zu ihnen herüber und ließ sie spontan anhalten. Sie blickten einander an.

»Wollen wir doch mal sehen, wie lange unser neuerworbenes Vermögen hält«, sprach Dacu aus, was alle dachten. »Es wäre schon schön, wieder einmal auf einem Stuhl zu sitzen und sich das Essen von jemand anderem kochen zu lassen. Während des Essens können wir dann entscheiden, was wir als Nächstes tun. Was denkt ...?«

Die anderen befanden sich bereits auf dem Weg zum Tor.

Sechszehntes Kapitel

Der Eigentümer des Gasthofs ›Im Weidland‹ war Ghreel. Er war sehr fett und sehr unangenehm. Hätte das Überleben des Gasthofs von seinem Charme abgehangen, er wäre schon längst verfallen. Tatsächlich blühte das Geschäft jedoch, obwohl dem Gebäude von außen nichts davon anzumerken war; es glich einem vornehmen Haus, das schon bessere Zeiten gesehen hatte. Seinen Erfolg verdankte der Gasthof vornehmlich seiner Lage. Die meisten Reisenden, die von Arash-Felloren zu den Wildhäfen wollten, kamen ebenso an ihm vorbei wie alle, die von Nord nach Süd unterwegs waren. Fairerweise muss man allerdings sagen, dass Ghreel ein guter Koch war; schließlich war er selbst ja auch sein größter Kritiker – er war nicht immer so fett gewesen –, und die meisten Reisenden fühlten sich durch diese Kochkünste ausreichend für seine miese Art entschädigt. Außerdem pflegten eben diese Reisenden immer wildere Geschichten über Ghreel zu verbreiten, was ihn zwar nicht gerade zu einer mythischen Figur machte, ihm aber doch eine gewisse Popularität an den Tischen der Tavernen verschaffte.

Ghreel stand an seinem üblichen Platz. Er lehnte an der schlichten, aber robusten Theke und funkelte seine Stammgäste an, als sich plötzlich knarrend die Tür öffnete und die Ankunft von Dacu und seinen Gefährten verkündete. Mit seinen Knopfaugen musterte Ghreel die Neuankömmlinge, die blinzelnd im

Dämmerlicht des Schankraums standen; ansonsten rührte er sich nicht. Dann knarrte die Tür erneut, als Thyrn versuchte, sie leise zu schließen. Nertha rümpfte die Nase ob des Geruchs, der im Schankraum herrschte, ebenso wie Vredech, nur dass er das unauffälliger erledigte.

»Habt Ihr was zu essen für uns, Herr Wirt?«, erkundigte sich Dacu.

Anstatt zu antworten, nickte Ghreel in Richtung einer Doppeltür am anderen Ende des Raums. Die sechs Gefährten schoben sich an den versifften Möbeln im Schankraum vorbei zur Tür; dahinter erwarteten sie vier lange Tische. Mehrere Leute aßen bereits dort, doch für die Neuankömmlinge war noch genug Platz vorhanden.

»Wenigstens stinkt es hier nicht nach abgestandenem Bier wie in dem anderen Raum«, sagte Vredech und setzte sich mit sichtlicher Freude hin.

Es folgte ein kurzes, verschwörerisches Gespräch, in dessen Verlauf beschlossen wurde, Nertha solle über ihre Mahlzeit mit einem der Jungen verhandeln, die an den Tischen servierten. Auf der Straße hatte Nertha sich als raffinierte Händlerin erwiesen, wobei sie vornehmlich gelogen hatte, dass sich die Balken bogen. Hier wandte sie eine Mischung aus Geduld und Dummes-Frauchen-Spielen an, bis sie schließlich gewonnen hatte.

»Allmählich verstehe ich, warum du sie geheiratet hast«, sagte Dacu.

»Ich lerne von Tag zu Tag mehr«, erwiderte Vredech geheimnisvoll.

Kurze Zeit später wurde das Mahl serviert und schweigend verschlungen, bis sich schließlich alle entspannt und satt zurücklehnten.

»Hervorragend«, lautete die allgemeine Meinung, obwohl sie das angesichts des Griesgrams von Wirt überraschte.

»Ich bin allerdings nicht sicher, ob das wirklich so eine gute Idee war«, bemerkte Tirke und schloss gesättigt die Augen. »Nach dieser Mahlzeit werden wir unseren Reiseproviant kaum noch runterkriegen.«

»Der Wirt scheint ein ziemliches Interesse an uns zu haben«, bemerkte Thyrn, ohne aufzublicken. »Er kommt des Öfteren hier herein und wirft immer einen Blick zu uns.«

»Das habe ich auch bemerkt«, sagte Dacu. »Er wirkte überrascht, als ich das erste Mal mit ihm gesprochen habe.«

»Vermutlich überlegt er sich gerade, wie viel er uns dafür abknöpfen kann, dass wir die Pferde in seinem Hof getränkt haben«, sagte Nertha.

Vredech warf seiner Frau einen tadelnden Blick zu. »Du wirst allmählich etwas zynisch, meine Liebe.«

»Ich lerne die Leute hier halt langsam kennen«, erwiderte Nertha in energischem Ton. »Ich glaube, sie würden uns sogar noch die Luft in Rechnung stellen, wenn sie nur wüssten wie.«

»Nun, wir werden bald rausfinden, was unser Wirt im Schilde führt«, sagte Dacu. »Er kommt.«

Die Gefährten drehten sich um und sahen Ghreel auf sie zu watscheln.

»Das war ein gutes Essen, mein Herr Wirt«, erklärte Dacu freundlich, als Ghreel an ihrem Tisch zum Stehen kam und die Teller einsammelte. »Ihr scheint sehr interessiert an uns zu sein. Was können wir für Euch tun?«

»Wie subtil«, murmelte Nertha.

Ghreel hätte beinahe die Teller fallenlassen. »Vorsichtig«, sagte Dacu und streckte die Hand aus, um den schwankenden Stapel zu stabilisieren. Mit einem breiten Grinsen verlieh er seiner Frage Nachdruck.

Ghreel stieß eine Reihe seltsamer Laute aus, die schließlich in etwas endeten, das man als ›Danke‹ interpretieren konnte. Dann sagte er: »Ich hoffe, ihr habt keine Ratten dabei.«

Ein merkwürdiges Schweigen senkte sich über die Gruppe, während sie zuerst den Wirt, dann einander und schließlich wieder ihren Gastgeber anblickten.

»Ratten?«, fragte Dacu zögernd, als hätte er sich verhört. »Warum sollten wir Ratten dabeihaben?«

»Ihr seid doch von da oben, oder?«, erwiderte Ghreel.

»Da oben?«

»Aus dem Norden.«

»Einige von uns, ja«, bestätigte Dacu, doch sagte er nicht wer.

»Das habe ich sofort gewusst, als ihr durch die Tür gekommen seid«, erklärte Ghreel stolz. »Das liegt an der Art, wie ihr redet. Irgendwie komisch.«

»Schön, dass wir Euch eine Freude machen konnten«, sagte Dacu, doch der Sarkasmus verfehlte sein Ziel.

»Aus dem Norden kommen nicht viele hier durch.«

»Wie seltsam. Ich hätte gedacht, die Leute strömen nur so hierher«, sagte Dacu. Wieder zeigte die Ironie keine Wirkung. Einmal losgelassen machten Ghreels Sorgen sich jedoch selbstständig und entwickelten einen Schwung, der dem seines massigen Leibes in Nichts nachstand, als er das Geschirr durch eine Luke schob und zum Tisch zurückstapfte.

»Vor ein paar Tagen hatten wir schon einmal einen

von eurer Art hier – mit seiner Ratte. Und ich hab die Nase voll davon, das kann ich euch sagen. Haltet ihr sie euch als Haustiere oder was?«

»Nun, wir sind schon eine Zeitlang unterwegs«, antwortete Dacu nachdenklich; »aber als wir aufgebrochen sind, war es bei uns nicht üblich, Ratten als Haustiere zu halten.«

Ghreel war nicht überzeugt. Seine Geschichtc musste einfach raus.

»Was für ein böses, kleines Schwein das war. Und es hatte Zähne, wie ich sie noch nie bei einem Tier gesehen habe.« Er straffte die Schultern und bemühte sich vergebens, den Bauch einzuziehen. »Meine Hunde hätten das Vieh zerfetzt, wenn ich sie nicht zurückgehalten hätte, das könnt ihr mir glauben.« Er runzelte die Stirn. »Und das war verdammt hart.« Er deutete auf zwei große Hunde, die in der Ecke schliefen.

Dacu nickte verständnisvoll. »Mein lieber Herr Wirt, ich kann euch versichern, dass wir keine Ratten oder andere Haustiere mit uns führen, für die ihr eure Hunde braucht. Und sollte ich jemandem mit einer Ratte begegnen, werde ich ihm raten, sie vor der Tür zu lassen.«

Das zeigte nun erstmals Wirkung. Ghreel verzog das Gesicht. Dacu kam dem drohenden Tadel zuvor, indem er aufstand und freundlich nach dem Arm des Wirtes griff. »Ich verstehe Euch. Ihr habt ein Geschäft zu führen. Natürlich könnt ihr seltsamen Tieren nicht einfach gestatten, zu kommen und zu gehen, wie es ihnen beliebt. Das würde euch rasch einen schlechten Ruf einbringen. Was war das für ein Mann? Es gibt nicht viele von uns hier ›unten‹, wie Ihr ja bereits bemerkt habt. Vielleicht kennen wir ihn. Wir könnten mit ihm darüber reden, wenn wir ihn sehen.«

Teilweise besänftigt beschrieb Ghreel den unangenehmen Kunden. »Und er trug einen großen Hut, obwohl die Sonne schien«, beendete er die Beschreibung.

Dacu musste nicht so tun, als hätte er den Mann erkannt. Gleiches galt für Tirke. »Und die Ratte?«, hakte Dacu nach. »Seid Ihr sicher, dass es sich wirklich um eine Ratte gehandelt hat?«

Ghreel verzog erneut das Gesicht, diesmal jedoch, weil er nachdachte. »Er sagte, es sei ein Welci, Fulci oder so was.«

»Ein Felci?«, schlug Dacu vor.

Ghreel nickte grimmig. »Für mich sah es trotzdem wie eine Ratte aus.« Er stieß den fetten Finger auf den Tisch. »Und ich will ihn und sein verdammtes Vieh nicht mehr sehen. Sagt ihm das, wenn ihr ihn seht.«

»Das werden wir.«

»Und sagt ihm auch, dass mich sein Trick nicht im Mindesten beeindruckt hat.«

»Trick?«

»Er hat es so aussehen lassen, als könne das Vieh sprechen.« Dacu hob eine Augenbraue. Wieder stieß Ghreel den Finger auf den Tisch; dann deutete er zur Tür. »Das war genau in dem Augenblick, als sie gegangen sind. Es hat sich auf die Hinterbeine gestellt, mir für das Essen gedankt und dann gelacht.« Er schnaufte verächtlich. »Hat mir erzählt, er sei ein Lehrer, der verlogene Lump. Wenn ihr mich fragt, war er nur ein armseliger Gaukler, der nicht genug Grips im Kopf hatte, um sich hier seinen Lebensunterhalt zu verdienen und deshalb wieder nach Hause schlurfte. Sagt ihm, ich hätte bessere Tricks beim Spülen gesehen. Der und seine sprechende Ratte ...«

»Sollte er uns zufällig über den Weg laufen, werden

wir ihn darüber informieren, dass Euch sein ›Trick‹ nicht gefallen hat«, sagte Dacu und winkte den anderen zu gehen. »Wollte er weiter nach Norden?«

Ghreel schüttelte abfällig den Kopf. »Woher soll ich wissen, was er vorhatte? Er hatte einen Schwachsinnigen dabei. Aber er ist auf jeden Fall Richtung Norden gezogen.«

Im Hof blickten Dacu und Tirke einander an, als sie sich in die Sättel schwangen.

»Atlon«, sagten sie gleichzeitig.

»Und Dar-volci, möchte ich wetten«, fügte Dacu hinzu. »Das passt zu ihm, sich mit einer solchen Stichelei zu verabschieden; gerade bei so jemandem wie unserem Freund hier, konnte er der Versuchung sicherlich nicht widerstehen. Aber was um Himmels willen haben sie hier draußen gemacht? Und wer ist dieser ›Schwachsinnige‹, den sie bei sich hatten?«

»Ihr kennt diesen ›Nordmann‹ mit seiner sprechenden Ratte?«, fragte Nertha.

»Das klang nach einem alten Freund von uns«, antwortete Tirke. Plötzlich wurde er ernst. »Atlon ist ein Cadwanwr. Er ist ungefähr in meinem Alter und doch mehrere Menschenleben älter. Er hat bei Oslang und den anderen Cadwanwr gestanden und Sumerals Uhriel davon abgehalten, unsere Armee mit der Macht zu vernichten. Was ihn das gekostet hat, können wir nicht erahnen.«

»Ich wollte nicht vorlaut sein.«

»Ist schon gut. Es wirkt nur etwas komisch auf uns, wenn so über ihn gesprochen wird.«

»Glaubt ihr, dass er in Gefahr schwebt?«

»Ich bezweifele es. Er ist ein Riddinwr.«

»Und das heißt?«

»Das heißt, dass er und sein Pferd wie bei allen Riddinwr ein tödliches Team bilden. Und für einen Gelehrten Bruder versteht Atlon auch recht gut mit einem Schwert umzugehen.«

Dacu hatte jedoch Bedenken. Er wandte sich an Thyrn. »Ich weiß, es gibt keinen konkreten Grund dafür, aber was ich gerade gehört habe, macht mich doch etwas nervös. Ich würde gerne rasch weiter Richtung Heimat ziehen. Vielleicht holen wir ihn ja noch ein.« Er deutete nach Westen, in Richtung des unsichtbaren Arash-Felloren, und blickte den Caddoran fragend an.

Thyrn folgte Dacus ausgestrecktem Arm und dachte einen Augenblick lang nach. »Dann also ein andermal. Ich habe mich spontan entschlossen, hierher zu gehen, und ich kann es wieder tun. Die Stadt wird auch noch in ein paar Jahren hier sein.«

»Danke«, sagte Dacu.

»Außerdem«, fügte Thyrn hinzu, »fasziniert mich diese sprechende Ratte.«

Sie verließen den Hof, und nachdem sie sich eine Zeitlang den Verkehr auf der Kreuzung angeschaut hatten, nahmen sie die leerere Straße Richtung Norden.

»Bei dieser sprechenden Ratte handelt es sich fast sicher um Dar-volci«, erklärte Dacu dem jungen Caddoran. »Er ist ein Felci. Einer der wenigen, die sich ernsthaft für Menschen interessieren, und vermutlich der einzige, der überhaupt irgendwohin reisen würde. Felci sind Bergbewohner, und sie sehen nicht im Mindesten wie Ratten aus.« Er lächelte vor sich hin. »Wenn ich den braven Wirt richtig einschätze, hat er zwar versucht, seine Hunde auf Dar-volci zu hetzen, was aber kläglich gescheitert ist.«

»Das waren verdammt große Hunde. Ich möchte mich nicht mit ihnen anlegen«, warf Vredech ein.

»Größe hat nichts damit zu tun«, sagte Dacu. »Felci sind merkwürdige Kreaturen: voller Leben und nur Unsinn im Kopf – aber sehr gefährlich, wenn sie kämpfen müssen.«

»Und sie können wirklich sprechen?« Das war Nertha.

»O ja. Wie gesagt, es sind merkwürdige Kreaturen. Sie behaupten, ihre Abstammung reiche bis in die Zeit vor Beginn der Schöpfung zurück.«

»*Vor* Beginn der Schöpfung?«, rief Vredech ungläubig.

Dacu zuckte mit den Schultern. »Du bist der Theologe hier. Erklär du es mir. Das ist zumindest, was sie behaupten. Ich bin sicher, Dar-volci wird das nur zu gerne mit dir diskutieren – und zwar in aller Ausführlichkeit.«

Vredech blickte ihn misstrauisch an. »Ich muss gestehen, dass ich in der Vergangenheit schon die ein oder andere Stunde mit einem Hund verbracht habe; aber irgendwie fällt mir die Vorstellung schwer, mit einer sprechenden Ratte über Theologie zu diskutieren.«

Die beiden Goraidin lachten. »Bitte, gestatte mir, dir einen kleinen Rat zu geben«, sagte Dacu. »Nenn Dar-volci nicht eine Ratte, wenn du ihm gegenüber stehst. Er kann recht ›bissig‹ werden. Und was seine geistigen Fähigkeiten betrifft, würde ich mit dem Urteil warten, bis du mit ihm gesprochen hast.«

Vredech schaute noch misstrauischer drein denn zuvor. Hilfesuchend drehte er sich zu Endryk um. »Stimmst du in dieser Sache mit deinen Landsleuten überein?«, fragte er.

Endryk versuchte, angesichts von Vredechs Unsicherheit nicht zu lachen, doch er scheiterte kläglich.

»Ich fürchte ja«, antwortete er. »Ich hatte nie das Privileg, mit einem Felci zu reden, aber ich habe ein oder zwei gesehen, und Dacu sagt wohl die Wahrheit. Und soweit ich gehört habe, halten sie uns für eine minderwertige Spezies, die nichts als Ärger macht und die man deshalb im Auge behalten muss.«

Vredech blickte zu seiner Frau. »Allmählich habe ich den Eindruck, dass ich den Humor dieser Leute einfach nicht verstehe.« Er wandte sich wieder Dacu zu. »Ich nehme an, als Nächstes wirst du mir sagen, dass dieser Dar-volci so eine Art Felci-König ist.«

Dacu kicherte. »Nein. Allein das Konzept ... So etwas würden sie als typisch menschlich betrachten, als exzentrisch und gefährlich.« Unvermittelt wurde er wieder ernst. »Aber er ist sehr ungewöhnlich.« Er blickte zu Endryk, um ihn in das Gespräch mit einzubeziehen. »Es war Dar-volci, der Sumerals mächtigsten Uhriel getötet hat, Oklar. Den Mann – die Kreatur –, die mit einer Handbewegung eine Schneise durch Vakloss geschlagen hat. Er hat ihn einfach so umgebracht.« Er schnippte mit den Fingern. »Was auch immer die Felci sein mögen und egal, woher oder aus welcher Zeit sie auch stammen, man darf sie nicht unterschätzen, und sie scheinen die Macht nicht zu fürchten.«

Endryks Gesichtsausdruck zeigte Vredech deutlicher als tausend Worte, dass sich hier niemand über ihn lustig machte.

»Offenbar habe ich noch viel über euer Land und euer Volk zu lernen«, sagte er.

»Wir alle müssen noch viel über den jeweils anderen lernen«, erwiderte Dacu, »und noch viel mehr. Es fällt mir schwer, an diese ›anderen Welten‹ zu glauben, von denen du sagst, du seist auf geheimnisvolle

Art dorthin transportiert worden, und die Thyrn gesehen haben willst.« Er lächelte. »Aber ich freue mich schon darauf, mehr darüber herauszufinden.«

Die Straße führte schnurgerade nach Norden. Die Gefährten folgten ihr für den Rest des Tages, und angetrieben von Dacu ritten sie schneller als zuvor. Schließlich lagerten sie in einem kleinen Wäldchen auf einem Hügel. Als die Sonne unterging und der Himmel sich verdunkelte, erschien ein Glühen am westlichen Horizont. Eine Zeitlang verwirrte das die Freunde, bis sie erkannten, dass dies die Lichter von Arash-Felloren sein mussten.

»Was für ein merkwürdiger Anblick«, sinnierte Dacu. »Es sieht aus, als stünde die Stadt in Flammen. Auch Vakloss kann man nachts sehen, aber nur wenn man direkte Sicht hat, nicht über die Berge hinweg. Warum beleuchten diese Leute den Himmel und nicht nur ihre Straßen und Gassen? Wollen sie den Sternen Konkurrenz machen?«

Vredech lachte. »In Canol Madreth haben wir uns nie Gedanken darüber gemacht, in welche Richtung die Straßenlaternen strahlen«, sagte er. »Auf jeden Fall habe *ich* nie darüber nachgedacht, und ich nehme an, bei diesen Leuten ist es nicht anders. Welch furchtbare Gedankenlosigkeit – aber sicherlich keine große Sünde.«

»Ich empfinde es nur als unangenehm, das ist alles«, sagte Dacu. »Es mag nur gedankenlos sein, aber im Gegensatz zu dir kann ich den Leuten diese Gedankenlosigkeit nicht so leicht verzeihen. Wäre es nur der Fehler eines einzelnen Menschen, ja, aber eine ganze *Stadt*? Das ist symptomatisch. Wenn sie schon ihren eigenen Leuten gegenüber so gedankenlos sind, dass sie den Tag zur Nacht machen, sodass niemand mehr schlafen kann, wie verhalten sie sich dann wohl Fremden gegenüber?«

Vredech hob die Augenbrauen. »Jetzt bist du aber wirklich ein wenig streng. Ich hätte dich nie für solch einen Eiferer gehalten. ›Du sollst kein Licht machen in der Nacht‹. Hast du wirklich nicht irgendwann einmal Theologie studiert?«

Dacu antwortete mit einem Lächeln auf diese Stichelei und blickte Vredech herausfordernd an. »Versuch doch mal, einen Fehler in meiner Logik zu finden, Priester. Je mehr wir über diesen Ort herausfinden, desto deutlicher wird Sumerals Einfluss. Ich frage mich, ob die Stadt einst eine Seiner Zitadellen gewesen ist?« Die Frage war halb an Tirke und halb an sich selbst gerichtet, doch keiner von beiden ging näher darauf ein. »Wie auch immer, ich bin froh, dass wir davon erfahren haben; aber dass wir nicht hingegangen sind, war vermutlich sehr klug.«

»Ein andermal«, erinnerte ihn Thyrn.

»Ein andermal, sicher. Nachdem Nertha uns gelehrt hat, wie man richtig feilscht.«

Am nächsten Tag zogen sie im selben hohen Tempo weiter die Straße entlang, die noch immer gerade Richtung Norden führte. Bereits am Tag zuvor hatten sie kaum Reisende getroffen, und von Abzweigung zu Abzweigung waren es immer weniger geworden. Nun trafen sie niemanden mehr, und nach und nach verschwand auch die Straße beziehungsweise verschmolz mit der Landschaft. Die Stimmung der Gefährten besserte sich.

»Glaubt ihr, dass euer Freund hier entlang gekommen ist?«, fragte Vredech.

»O ja«, antwortete Dacu.

»Du scheinst dir ziemlich sicher zu sein.«

»Wenn er nach Hause will, ist das der direkteste Weg. Es gibt keinen Grund, warum er ihn verlassen sollte. Außerdem hat er Spuren für uns hinterlassen, denen wir folgen können.«

»Spuren? Ich habe nichts gesehen. Und er hat doch nicht gewusst, dass wir ihm folgen würden, oder?«

»Nein, tut mir Leid. Ich habe mich nicht genau ausgedrückt. Ich wollte damit sagen, dass er nicht versucht, sich zu verbergen. Er hat Spuren hinterlassen, die man sieht, wenn man weiß, wonach man suchen muss. Bis jetzt war es leicht ... Kratzspuren im Staub und der ein oder andere Hufabdruck.«

»Dar-volcis Pfotenabdrücke nicht zu vergessen«, fügte Tirke hinzu.

Vredech blickte die beiden Goraidin staunend an. »Neben euch komme ich mir blind und nutzlos vor. Ich würde auch gerne nach diesen ›Spuren‹ suchen, wenn ihr mir sagt, wonach ich Ausschau halten soll.«

»Ich auch«, meldete sich Thyrn. »Als wir durch die Berge gejagt wurden, hat Endryk mich gelehrt, wie man keine Spuren hinterlässt. Er hat gesagt, auf unsere Flucht durch Arvenstaat hätten wir förmlich eine Schneise durchs Land geschlagen.«

Rasch ging es weiter Richtung Norden. Alle suchten sie nun nach Atlons kaum erkennbaren Spuren, und bald verließen sie das Grasland und stiegen in die Berge hinauf. Im Gegensatz zu anderen Gebirgszügen, durch die die Gefährten auf ihrer Reise gekommen waren, erwiesen sich diese als wesentlich zugänglicher, und so kamen sie leicht voran. Schließlich, während sie durch ein Tal ritten, zügelte Dacu sein Pferd, nachdem er schon länger ständig vor- und zurückgeblickt hatte.

»Das war einmal eine richtige Straße, kein Feldweg oder so etwas. Ich wette, von dem Grat da oben könnte man sie als Strich in der Landschaft noch deutlich sehen«, sagte er. »Faszinierend.« Er wandte sich an Tirke und Endryk. »Wir müssen diese Region wirklich in allen Einzelheiten studieren. Sobald wir Anderras Darion erreichen, können wir sofort damit beginnen; in der Bibliothek dort gibt es jede Menge Karten und dergleichen.«

Thyrn kniff bei dem Wort ›studieren‹ die Augen zusammen. »Wie weit, glaubt ihr, ist euer Freund noch vor uns?«, fragte er rasch.

»Nicht weit, könnte ich mir vorstellen«, antwortete Dacu. »Wir sind gut vorangekommen, und ich bezweifele, dass er sich sonderlich beeilt. Vielleicht holen wir ihn noch heute ein.«

Und das taten sie auch. Gegen Abend, als sie sich dem Ende des Tals näherten, sahen sie das Licht eines Lagerfeuers.

»Lasst uns mal nachsehen, wie wachsam unser Krieger-Cadwanwr ist.« Dacu und Tirke genossen den Scherz, den nur sie verstanden. Als sie sich dem Lagerfeuer näherten, kam ein Zelt in Sicht, das dem der beiden Goraidin glich, doch nirgends war etwas von den Bewohnern zu sehen.

»Hey da!«, rief Dacu.

»Hey da, Goraidin!«, antwortete eine Stimme in unmittelbarer Nähe. Dacu und Tirke lachten; dann applaudierten sie, als eine Gestalt aus den Schatten zwischen den Felsen trat. Sie hielt eine Laterne in der Hand, mit der sie den Neuankömmlingen ins Gesicht leuchtete.

Es folgte ein Chaos aus Begrüßungen und den üblichen Sticheleien lange getrennter Freunde; dann wurde Atlon den anderen vorgestellt.

»Du bist also ein Cadwanwr«, sagte Thyrn, als er in das wettergegerbte Gesicht mit den tief liegenden Augen blickte. »Es hieß, du würdest einen großen Hut tragen.«

Ein breites Lächeln erschien auf Atlons Gesicht. »Nur wenn ich nicht kämpfen will«, erklärte er. Dann musterte er sein Gegenüber. Kurz erschien ein Ausdruck des Schmerzes in seinen Augen, und seine Hand zuckte, als wolle er sie ausstrecken, um Trost zu spenden. Stattdessen deutete er jedoch in Richtung Feuer.

»Seid an meinem Herd willkommen. Ich wollte gerade ...«

»Haben wir nicht etwas vergessen?« Abgesehen von Atlon und den beiden Goraidin drehten sich alle nach dem Besitzer dieser seltsam tiefen Stimme um. Nertha stieß ein leises »Oh!« aus, und Thyrn zuckte zusammen, als sich Dar-volcis sehnige Gestalt aus den Schatten schälte. »Immerhin war ich es, der dir gesagt hat, dass sie kommen.«

»Ich habe sie auch gehört«, erwiderte Atlon trotzig.

»Hm.«

Ohne Vorwarnung sprang der Felci auf Atlons Arme und von dort auf dessen Schulter. »Dann wollen wir uns unsere Gäste mal ansehen«, sagte er in väterlichem Tonfall. »Ich habe eure Namen, aber ein paar von euch riechen interessant.« Atlon führte ihn nacheinander zu jedem einzelnen. Eingehend musterte der Felci die Neuankömmlinge. Immer wieder stieß er den dreieckigen Kopf vor; seine Schnauze zuckte, und die ganze Zeit über pfiff er leise und gedankenverloren vor sich hin.

»Sehr interessant. Ja, in der Tat«, erklärte er schließlich. »Ich denke, wir haben viel zu bereden. Stell sie Pinnatte vor; dann können wir essen.«

Pinnatte, ein schlanker junger Mann mit unordentlichem blondem Haar, war der ›Schwachsinnige‹, von dem Ghreel gesprochen hatte – nur dass er nicht schwachsinnig war.

»Die Kyrosdyn haben ihn für eines ihrer Experimente missbraucht«, erklärte Atlon, nachdem sie sich zum Essen ums Feuer versammelt hatten.

Nertha runzelte die Stirn, sagte aber nichts. Auf ihrer Reise mit den Goraidin hatte sie gelernt, dass sie alles stets genau und klar erklärten, und wenn andere etwas erklärten, hörten sie zu. Besonders Letzteres betrachtete sie als Tugend. Ihrer Erfahrung nach war so etwas sehr selten.

Atlon fuhr fort: »Sie haben ihn ›infiziert‹ – ich kann es nicht anders ausdrücken –, und zwar mit einem Mittel, das sie selbst entwickelt hatten. Vermutlich hatte es etwas mit Kristallen zu tun.« Er hielt kurz inne und blickte zu Dacu. »Das war eine Bosheit von der Art, über die ich nur schwer sprechen kann. Es erfüllt mich mit einem gewissen Stolz, dass ich bei der Vernichtung der Urheberin mitwirken konnte.«

»Imorren?«, fragte Dacu. Es war ungewöhnlich, dass er jemanden unterbrach. »Ihr Oberhaupt?«

Es überraschte Atlon nicht, dass Dacu davon wusste. Er nickte.

»Das ist eine lange Geschichte«, sagte er, »und ich habe sie noch nicht ganz verarbeitet. Es reicht, wenn ich sage, dass ich nach meiner Rückkehr in die Cadwanen eine lange Anhörung erwarte.«

»Ich verstehe. Erzähl uns trotzdem, so viel du kannst.«

Atlon dachte einen Augenblick lang nach. Vielleicht würde er neue Einsichten gewinnen, wenn er seine Geschichte jemandem erzählte, der nichts mit den Ereignissen zu tun hatte. Vielleicht würden ihm so Dinge auffallen, die er bis jetzt übersehen hatte. Aber wo sollte er anfangen?

Ihm fielen Andawyrs Worte wieder ein. »Wenn du nicht weißt, wo du anfangen sollst, fang einfach an.«

Also begann er: »Wie gesagt, benutzten sie ihn für ein Experiment. Was genau sie im Sinn hatten, weiß ich nicht, aber was rauskam, war, dass sie versuchten, ihn zu etwas zu machen, was er nicht sein konnte.«

»Was meinst du mit ›was er nicht sein konnte‹?«, unterbrach ihn Thyrn, was ihm einen tadelnden Blick von Endryk einbrachte.

Atlon blickte zu dem jungen Caddoran, und seine Stimme wurde zu der eines Mannes, der eine schwierige Vorlesung zu halten hat. »Sag mir, junger Mann: Was weißt du über die Macht?«

Siebzehntes Kapitel

»Ich habe davon gehört«, antwortete Thyrn und deutete auf seine Gefährten als Quelle dieser Information. »Das ist etwas, das angeblich alles durchdringt: diese Berge, das Essen, uns. Und einige Menschen – so wie du, die Cadwanwr – können sie benutzen, um Dinge zu bewegen und zu verändern.« Er räusperte sich verlegen. »Ich weiß, dass Dacu und Tirke mich nie belügen würden, und ich weiß aus eigener Erfahrung, dass es merkwürdige Dinge auf dieser Welt gibt, aber um ehrlich zu sein, scheint mir dieses ganzes Konzept doch ein wenig weit hergeholt.«

»Deine Skepsis spricht für dich«, sagte Atlon und lächelte wieder. »Bewahre sie dir, denn sie ist dein Schwert und Schild. Stell *alles* in Frage. Du bist nicht der Einzige, dem die Vorstellung einer allumfassenden Macht Schwierigkeiten bereitet. Auch wir Cadwanwr verstehen vieles an ihr noch nicht, und wir haben sie studiert, seit Ethriss unseren Orden gegründet hat. Allerdings wissen wir inzwischen schon mehr – tatsächlich hat sich unser Wissen seit Sumerals Zweitem Kommen vervielfacht. Nichtsdestotrotz ist sie immer schwerer zu fassen, je näher wir ihrer wahren Natur kommen.« Nachdenklich runzelte er die Stirn. »Vielleicht werden wir sie nie vollständig ergründen, weil wir selbst ein Teil davon sind.« Er lächelte. »Wie auch immer ... Akzeptiere die Vorstellung im Augenblick einfach, Thyrn, so wie du jede Lagerfeuergeschichte akzeptieren würdest. Für Zweifel ist auch später noch Zeit.« Er schaute sich um, um die anderen in das Gespräch mit einzubeziehen. »Es ist nicht leicht, sich vorzustellen, aber einer der Schlüsse, die wir aus unseren Studien gezogen haben, ist der, dass es noch andere Welten geben könnte, die zur selben Zeit und im selben Raum existieren wie diese hier.« Er deutete auf die in Schatten gehüllten Berge und hielt kurz inne, als erwarte er eine Reaktion von seinen Zuhörern; niemand sagte jedoch ein Wort. Alle blickten ihn erwartungsvoll an. Dacu interpretierte die kurze Verwirrung richtig.

»So seltsam sie auch erscheinen mag, wir alle sind mit der Vorstellung vertraut, Atlon«, sagte er nach einer Weile. »Besonders Thyrn und Vredech. Sie haben ihre eigenen Geschichten zu erzählen; aber erzähle du uns erst deine.«

Atlon war sichtlich überrascht. »Nun, ich muss gestehen, das war nicht die Antwort, die ich erwartet habe. Ihr fasziniert mich.« Kurz musterte er Thyrn und Vredech, bevor er seine Gedanken wieder sammelte. »Wie gesagt, das war unsere Schlussfolgerung. Sie besaß eine gewisse Logik, doch größtenteils war es natürlich Spekulation. Vor einiger Zeit sind wir jedoch zu der Überzeugung gelangt, dass die Existenz dieser Welten nicht nur *möglich*, sondern *wahrscheinlich* ist. Wir glauben sogar, dass einige Individuen unter bestimmten Umständen zwischen diesen Welten hin und her wechseln können – auch wenn wir uns dessen nun wirklich nicht sicher sein können.« Er drehte seinen leeren Teller um. »Was jedoch definitiv *nicht* möglich ist – und das wissen wir so sicher, wie dieser Teller mehr als eine Seite hat –, ist, dass jemand, der über die Macht gebietet, eine solche Reise unternehmen kann. Das liegt in der Natur der Dinge begründet, und das wiederum bringt uns zu den Kyrosdyn. Eigentlich sollten sie schlicht Handwerker sein, Kristallbearbeiter. Tatsächlich interessieren sie sich jedoch mehr für die Macht.«

»Wie du«, bemerkte Thyrn, als Atlon kurz innehielt. Endryk stupste ihn an, um ihn zum Schweigen zu gemahnen.

»Ja«, gestand Atlon. »Aber *wir* studieren die Macht einerseits aus wissenschaftlicher Neugier, da sie eines der geheimnisvollsten Phänomene unserer Existenz ist, und andererseits weil wir sie als etwas verstehen, das durch Missbrauch großen Schaden verursachen kann. *Sie* studieren sie, um durch sie andere kontrollieren zu können. Und die Art, wie sie sie studieren, kann man nur als krank und obszön bezeichnen. Das steht im Widerspruch zu allem, woran wir glauben und was wir je getan haben.« Sein schmales Gesicht verkrampfte sich, während er sich bemühte, seinen Zorn unter Kontrolle zu halten. Dann wandte er sich direkt an Dacu. »Ohne Zweifel war Arash-Felloren einst Seine Stadt, und die Kyrosdyn sind Seine Diener, ob ihnen das nun bewusst ist oder nicht.« Er senkte die Stimme. »Dem nach zu urteilen, was ich über Imorren in Erfahrung bringen konnte und nachdem ich sie auch persönlich kennen gelernt habe, würde ich sagen, dass sie ihr Wissen direkt von Ihm bezogen hat – in Derras Ustramel.«

Sowohl Dacu als auch Tirke legten die Stirn in Falten, sagten aber nichts. Thyrn rutschte nervös hin und her, folgte jedoch dem Beispiel der beiden Goraidin und schwieg ebenfalls. Schützend ergriff Atlon Pinnattes Hand.

»Der Grund, warum sie ihn infiziert haben«, angewidert verzog er das Gesicht, »ist einfach zu erklären –

sie nannten es übrigens ›Salbung‹. Sie wollten ihn in ein Gefäß für Sumerals Rückkehr verwandeln!«

Bei den letzten Worten überschlug sich seine Stimme fast. Tirke sprang auf und wandte sich ab. Thyrn fühlte, wie Endryk zusammenzuckte. Dacu rührte sich nicht, doch seine Augen verengten sich zu schmalen Schlitzen.

»Ich war am Ende dort«, beantwortete Atlon die unausgesprochene Frage. »Ich habe gefühlt, wie Er sich gesammelt und darauf vorbereitet hat, wieder in diese Welt zu treten.« Er schauderte und schwieg.

»Aber offenbar ist es nicht soweit gekommen«, sagte Tirke mit zitternder Stimme. Er starrte noch immer in die Dunkelheit hinaus. »Ihr habt gesiegt.«

Atlon nickte unsicher. »Wir haben überlebt«, erwiderte er. »Pinnatte, Dar-volci und ich. Imorren ist gestorben. Allerdings weiß ich nicht, ob man wirklich sagen kann, dass wir gesiegt haben. Vielleicht war das Projekt von Anfang an zum Scheitern verurteilt, vielleicht aber auch nicht. Wäre ich abergläubisch, würde ich sagen, dass eine höhere Macht sich eingemischt hat; doch das einmal außer Acht gelassen, war es ein verdammt glücklicher Zufall, der uns die Sache hat überstehen lassen. Es war ein Zufall, ein Unfall, um genauer zu sein, der ihr Experiment verdarb und Pinnatte genug Menschlichkeit bewahren ließ, dass ich ihn erreichen konnte, als die Zeit gekommen war.«

»Was ist passiert?«

Pinnatte hob die rechte Hand, um damit Atlons zu umschließen, die noch immer seine linke hielt. Sie war dick verbunden.

»Kurz nachdem er infiziert worden war – hier auf dem Handrücken –, hat er sie sich schlimm zerkratzt. Eine tapfere Tat, aber das erzähle ich euch später. Man trug eine einfache Heilsalbe auf die Wunde auf, und das war's gewesen. Das Experiment der Kyrosdyn wurde plötzlich in etwas verändert, das sich ihrer Kontrolle entzog. Wie ein kleiner Stein, der einen Berghang hinunterrollt und eine Lawine auslöst. Ich weiß nicht, was hätte passieren sollen, aber Pinnatte verwandelte sich am Schluss in jemanden, der nicht hätte sein dürfen – in jemanden, der sowohl die Macht benutzen als auch zwischen den Welten reisen konnte.« Atlon schloss die Augen. »Es war ein Albtraum. Die schreckliche Instabilität von allem. In meinem ganzen Leben hatte ich noch nie so viel Angst, noch nicht einmal als ich mit der Armee den Uhriel entgegengetreten bin.« Er atmete flach und schnell, und seine Stimme zitterte immer mehr. Dacu beugte sich vor und griff ihm helfend unter den Arm.

»Darf ich mir seine Hand einmal ansehen?«, fragte Nertha in die anschließende Stille hinein.

Atlon blickte zunächst zu Dacu, und als dieser nickte, zu Pinnatte. Der junge Mann schwieg, streckte Nertha aber seine Hand entgegen. Nertha lächelte ihn an und begann, den Verband zu lösen. Dabei nickte sie anerkennend. »Besser hätte ich sie auch nicht verbinden können«, sagte sie, »und ich bin stolz, was mein Können im Verbandanlegen betrifft. Hast du eine Ausbildung als Arzt genossen, Atlon?«

»Ich kenne mich ein wenig in der Heilkunst aus, ja«, bestätigte Atlon unverbindlich.

Nerthas Gesichtsausdruck war bewusst leer, als sie schließlich die Hand enthüllte; nur an ihren Mundwinkeln zeigte sich eine gewisse Härte. Pinnattes Finger waren zu Klauen gekrümmt und steif, und sein Handrücken war schrecklich deformiert.

»Was ist damit passiert?«, fragte Nertha Atlon mit

leiser, aber fester Stimme. »Das ist mehr als nur ein infizierter Kratzer. Das sieht eher aus, als wäre er mit der Hand unter ein Wagenrad geraten.«

»Ein Serwolf hat ihn gebissen«, antwortete Atlon schlicht.

»*Was?*«, rief Tirke.

»Ein Serwolf.« Dar-volcis tiefe Stimme machte der aufkeimenden Verwirrung ein Ende. »Das dürfte euch eigentlich nicht so überraschen. Wir haben euch oft genug gesagt, dass noch genug von Seinen Kreaturen in den Tiefen lauern.«

»Ja, aber ...«

»Dar-volci hat gegen ihn gekämpft und ihn getötet.« Das war Pinnatte. Von seinem allgemeinen Verhalten her hätten die anderen eine zittrige Stimme erwartet, doch er sprach klar und deutlich, wenn auch mit offensichtlicher Mühe. Er besaß den harten Akzent, wie er für Arash-Fellorens Straßenbewohner üblich war.

Dar-volci lachte düster. »Das habe ich auch getan, ja. Was für eine Drecksarbeit.« Er spie ins Feuer, woraufhin ein paar Funken aufstoben und eine kleine Rauchwolke sich in die Nacht hinaufschlängelte. »Allerdings war es mir ein Privileg und eine Freude zugleich, Stücke aus solch einer Abscheulichkeit herauszureißen.«

»Wo, verdammt noch mal, kam denn ein Serwolf her?«, verlangte Dacu von Atlon zu wissen. Der Goraidin war offenbar zutiefst beunruhigt.

»Es gibt Tunnel und Höhlen unter der Stadt. Soweit wir wissen, haben die Kyrosdyn ihn irgendwo dort gefangen, um ihn in den Arenen gegen Hunde, Bären und dergleichen kämpfen zu lassen. Aber er entkam und verband sich mit Pinnatte.«

»Er war ich und ich er«, fügte Pinnatte gequält hinzu. Weiter ging er nicht darauf ein. Atlon bedeutete Dacu, den jungen Mann nicht weiter danach zu fragen.

»Es hatte etwas mit dem zu tun, was sie ihm angetan haben – oder mit dem, zu dem er geworden war.«

»Und trotzdem hat der Serwolf ihn angegriffen?«, fragte Nertha.

»Er hat ihn gebissen, als er sich eingemischt hat, um mir das Leben zu retten«, sagte Atlon. »Auch das werde ich euch später erzählen.«

Die Atmosphäre am Lagerfeuer war angespannt.

»Und kann Pinnatte immer noch die Macht benutzen *und* zwischen den Welten reisen?«, fragte Thyrn zögernd.

Atlon schüttelte den Kopf. »Nein. Sein Zustand war so instabil, wie er gefährlich war.« Er hob seinen Teller auf. »Was ihm passiert ist, war unwahrscheinlicher, als wenn ich diesen Teller so auf die Felsen dort werfen würde, dass er auf dem Rand stehen bleibt. Selbst wenn er so landen würde, würde er wohl kaum länger in dieser Position verharren, nicht wahr? Wären die Dinge anders verlaufen, wäre er jetzt vermutlich tot – oder besessen. Glücklicherweise sind sie aber nicht anders verlaufen. So ist er normal geblieben – was auch immer ›normal‹ bedeuten mag –, auch wenn ich fürchte, dass er seine Hand nie wieder richtig wird benutzen können. Und die unterschiedlichsten Dinge quälen ihn, Dinge, mit denen ich ihm nicht helfen kann. Das ist auch der Grund, warum ich ihn zu Hawklan bringen will. In Arash-Felloren gibt es nichts für jemanden in seinem Zustand.«

Nertha hatte die Zunge ein Stück herausgeschoben und verband Pinnattes Hand neu. »Auf jeden Fall ist das eine böse Wunde«, sagte sie; »aber ich habe schon Schlimmeres gesehen. Ich glaube, mit ein wenig Übung könnten wir ihr einen Teil ihrer Beweglichkeit wieder zurückgeben. Wenn du es versuchen willst ...« Sie lächelte Pinnatte fragend an, der kaum merklich nickte.

Als sie seine Hand wieder losließ und sich zurück setzte, schlich Dar-volci ums Feuer herum und ließ sich gegen sie fallen. Ohne nachzudenken, begann Nertha, den Felci zu streicheln, und es dauerte nicht lange, da legte Dar-volci den Kopf auf ihren Schoß und schloss die Augen.

»Ich verstehe jetzt, warum du glaubst, dass deine Anhörung länger dauern wird«, sagte Dacu zu Atlon. Er blickte zu seinen Gefährten. Es geschieht so viel. Warte, bis du hörst, was Vredech und Thyrn zu sagen haben.« Er rollte die Schultern, als wären sie verspannt. »So viele Fragen. Und alle so ...« Er seufzte laut auf und schlug sich auf die Knie. »Aber alles zu seiner Zeit. Was habt ihr beide überhaupt hier unten gemacht? Ich nehme an, ihr habt keinen Ärger gesucht.«

»Das haben wir mit Sicherheit nicht«, erwiderte Atlon reumütig. »Und mehr als einmal wäre ich beinahe wieder nach Hause zurückgekehrt, das kannst du mir glauben, und zwar schnell. Aber ...« Er zuckte mit den Schultern.

»Noch einer mit der Gabe«, sagte Vredech zu Dacu in der Hoffnung, den Goraidin ein wenig aufzuheitern. Atlon blickte ihn fragend an. »Das ist etwas, worüber wir gestern gesprochen haben«, erklärte Vredech. »Wir alle scheinen die Gabe zu besitzen, im Angesicht des Bösen nicht einfach daneben stehen zu können.«

Dacu akzeptierte die Geste. »Vredech ist Priester. Bei ihm ist diese Gabe eine Frage der Tugend, etwas, das ihm von einer höheren moralischen Macht verliehen worden ist. Wir beide wissen es einfach nicht besser«, sagte er provozierend.

Atlon lächelte breit. Der Schlagabtausch verriet ihm eine Menge über diese ungleichen Gefährten, die so unerwartet an seiner Seite erschienen waren. »Du bist wohl ständig auf der Suche nach einem Kampf, hm, Krieger?«, sagte er. »Beachte ihn gar nicht, Vredech. In Arash-Felloren könnte es ruhig ein paar mehr Leute mit dieser besonderen Gabe geben. Solltet ihr je wissen wollen, wie tief Menschen sinken können, die Stadt ist ein gutes Beispiel dafür.«

»Das haben wir uns schon gedacht«, sagte Dacu. »Nun, was habt ihr dort gemacht?«

Atlon senkte den Kopf. »Jetzt, wo du es erwähnst ... Fast hätte ich es vergessen. Inzwischen kommt es mir so trivial vor ... und es scheint so lange her zu sein.« Er reckte sich ausgiebig. Offenbar hatte es ihn erleichtert, zumindest einen Teil seiner düsteren Geschichte erzählt zu haben. »Wir haben gesehen, dass Kristalle auf dem Gretmearc verkauft worden sind – was eine Überraschung war, um es vorsichtig auszudrücken. Andawyr hat sich Sorgen gemacht. Er bat uns, herauszufinden, woher die Kristalle gekommen sind.« Schuldbewusst verzog er das Gesicht. »Er wird einen ziemlichen Schock erleben. Das werden sie alle.«

Dacu runzelte die Stirn. »Was sind diese Dinger? Diese Kristalle?«, fragte er mit einem Hauch von Verärgerung in der Stimme. »Bevor wir hierher gekommen sind, habe ich noch nie davon gehört. Und warum sind die Cadwanol daran interessiert?«

Atlon drehte sich um und kramte in dem Rucksack,

an den er sich gelehnt hatte. Er holte ein kleines, flaches Kästchen hervor, welches er öffnete und den anderen zeigte. Zwei Reihen großer, facettenreicher Juwelen lagen darin. Sie waren alle von verschiedener Farbe und glitzerten verführerisch im Feuerschein.

Nertha beugte sich vor und stieß ein fasziniertes »Oooh!« aus, doch bevor sie einen der Kristalle berühren konnte, streckte Pinnatte die Hand aus und schloss das Kästchen wieder. Seine Bewegung war ruhig, aber entschlossen, sein Gesicht schmerzverzerrt.

»Tut mir Leid«, sagte Atlon zu ihm. »Das war gedankenlos von mir.« Er legte das Kästchen in den Rucksack zurück. Nertha seufzte und blickte dem Kästchen traurig hinterher.

»Inzwischen kann er es noch nicht einmal ertragen, sie anzusehen. Vor noch nicht allzu langer Zeit hätte er wie jeder in Arash-Felloren alles getan, um auch nur einen davon in die Finger zu bekommen.«

»Nein«, sagte Pinnatte, den Blick fest auf Nertha gerichtet. »Ließen sich nicht verkaufen. Zu viele andere.« Er fuhr sich mit dem Finger über die Kehle.

Atlon nickte verstehend. »Offensichtlich gibt es eine Hierarchie bei den Dieben der Stadt. Die höherstehenden stehlen von den niederen.« Er klopfte auf seinen Rucksack. »Und in diesem Kästchen befindet sich für viele genug, um dafür zu töten. Diese Kristalle könnten einen Menschen ein ganzes Leben lang finanziell unabhängig machen.«

»Warum sind sie so wertvoll?«, fragte Dacu.

»Man kann sie auf vielerlei Art verwenden«, antwortete Atlon. »Tatsächlich sogar auf weit mehr, als wir je geglaubt haben. Was ihren Wert betrifft, so verstehe ich nicht wirklich, wie genau er festgelegt wird. Es scheint sich um ein willkürliches Abkommen zwischen den Kyrosdyn, den Kristallhändlern, den Bergleuten und jenen, die die Bergleute kontrollieren, zu handeln. Eine der wenigen guten Eigenschaften von Arash-Felloren ist die Tatsache, dass die Stadt so groß und übervölkert ist, dass keine Fraktion und kein Individuum sie jemals beherrscht hat, und darauf legen die Menschen auch keinen Wert. Deshalb müssen selbst die Kyrosdyn mit ihrem Reichtum und ihrer Fähigkeit, die Macht einzusetzen, List anwenden, um zu erreichen, was sie wollen.«

»Für was verwenden sie sie?«, hakte Dacu nach. »Und wo wir gerade darüber reden ... Für was braucht *ihr* sie?«

»Wir studieren sie hauptsächlich. Ich habe versucht, sie zu verstehen, was uns zu der Erkenntnis gebracht hat, dass es um uns herum noch andere Welten gibt. Die Kristalle können die Eigenschaften des Raums verändern, ja sogar der Zeit...« Als Dacu die Augenbrauen hob, hielt Atlon in seiner Erklärung inne. Der Cadwanwr seufzte laut und hob zur Antwort ebenfalls die Augenbrauen. »Möchtest du, dass ich dir die technischen Feinheiten erkläre?«, fragte er.

»Ich bin nur ein wenig skeptisch«, erwiderte Dacu und erinnerte Atlon damit an den Rat, den er Thyrn gegeben hatte.

»Du hast doch schon einmal die Rutschen benutzt, um dich durch die Cadwanen zu bewegen, nicht wahr?«, fuhr Atlon fort.

»Bevor ihr sie geschlossen habt, ja. Allerdings habe ich sie nie gemocht. Im einen Augenblick ist man hier, im nächsten da ... Irgendwie unheimlich.« Er schauderte. »Und das nur, um ein wenig Zeit zu sparen.«

»Nun, das mag ja sein, wie es will. Andawyr hat einmal eine zur Flucht benutzt, als er und Hawklan auf dem Gretmearc angegriffen worden sind, auch wenn ich bezweifele, dass außer ihm jemand dazu imstande gewesen wäre. Aber für die Rutschen verwendet man auch Kristalle. Nachdem wir mehr über die Kristalle herausgefunden hatten, hörten wir auf, die Rutschen zu benutzen.«

Dacu schürzte zweifelnd die Lippen. »Andawyr hat mir erzählt, er hätte euch die Benutzung der Rutschen untersagt, weil ihr faul und fett geworden seid.«

»Unser ehrenwertes Oberhaupt beliebt bisweilen zu scherzen; das ist alles«, erwiderte Atlon. »Er wollte sicher nur nicht, dass du dir Sorgen machst.« Er wurde wieder ernst. »Es ist das Gleiche wie mit dem Gebrauch der Macht im Allgemeinen. Je mehr wir darüber lernen, desto umsichtiger gehen wir damit um.«

Dacu nickte. »Warum wart ihr so überrascht, als ihr gesehen habt, wie Kristalle zum Verkauf angeboten wurden? Wie seid ihr eigentlich an eure gekommen?«

»Ethriss hat sie uns gegeben, aber wie er sie bekommen hat, das wissen wir nicht. Sofern überhaupt jemand darüber nachgedacht hat, ist man immer davon ausgegangen, dass er sie für uns erschaffen hat. Heute klingt das eher naiv.«

»Nun, wenn diese Dinger in Minen abgebaut werden, dann *hat* er sie vielleicht in gewisser Hinsicht erschaffen. Er war der erste der Wächter«, bot Dacu als Lösung an.

Atlon lachte freudlos auf. »Ein netter Gedanke, aber ich fürchte, in dieser Frage hilft uns Pedanterie nicht weiter. Tatsache ist, dass wir schlicht nie über sie nachgedacht haben. Wir haben ihre Existenz stets als selbstverständlich betrachtet, und deshalb haben wir nicht die geringste Ahnung, woher sie gekommen sind. Genau genommen war es sogar mehr als nur eine Überraschung, sie an einem Marktstand zum Verkauf angeboten zu sehen: Es war ein beachtlicher *Schock*. Das musst du dir so ähnlich vorstellen, als würdest du Hawklans Schwert im Altmetallhaufen einer Schmiede finden.« Er drehte sich halb zu seinem Rucksack um. »Seltsamerweise habe ich jedoch das Gefühl – und es ist wirklich nur ein Gefühl, wie ich gestehen muss –, dass sie in der Tat *erschaffen* wurden, obwohl man sie aus der Erde holt wie jeden anderen Edelstein auch. Ich glaube, dass ihre vielen Verwendungsmöglichkeiten Ausdruck eines Zwecks sind, der in ihrer Erschaffung begründet liegt – eines Zwecks, den selbst Ethriss nicht verstanden hat. So wie man sie benutzt, um die Macht zu manipulieren ... Ich kann den Gedanken einfach nicht aus meinem Kopf vertreiben, dass sie als eine Art Waffe gedacht waren.«

Nachdenklich betrachtete Dacu den Cadwanwr. »Vertraue deinem Urteil, Atlon«, sagte er. »Ich würde keinen Augenblick zögern. Das Licht wird sich irgendwann einen Weg bahnen; das weißt du.«

Nerthas Gesicht hatte sich immer mehr verdunkelt, während sie dem Gespräch gelauscht hatte. Das Bild von Pinnatte, der das Kästchen schloss, kehrte wieder zurück, um Atlons Vortrag über die Kristalle zu untermalen.

»Droht uns im Augenblick von diesen Dingern Gefahr?«, fragte sie und deutete auf den Rucksack.

»Sie *können* gefährlich sein«, antwortete Atlon, »wenn du empfindlich auf sie reagierst – besonders die grünen. Das war Andawyrs Hauptsorge, nachdem er herausgefunden hat, dass nicht nur wir welche besitzen. In Riddin, Fyorlund und Orthlund gibt es eine Menge Leute, die eine gewisse Begabung im Umgang mit der Macht besitzen, und auch wenn diese Begabung meist kaum merklich ist, könnte ein Missbrauch der Kristalle ihnen großen Schaden zufügen.«

»Wie?«

Nerthas Frage war wie ein Schlag, und Atlon geriet kurz ins Wanken. Es dauerte jedoch nicht lange, bis er sich wieder zusammenriss und antwortete:

»Verzeih mir. Ohne zu wissen, wie du deine Heilkunst wirkst, ist es schwer zu erklären, aber einfach gesagt, liegt die Macht der Energie zugrunde, die uns durchdringt, und so wie die Kristalle die Macht fokussieren und verändern können, so können sie es auch mit dieser Energie. Die Folgen reichen von einfachen Verbrennungen über Geschwüre bis hin zu einem permanenten Ungleichgewicht in den körpereigenen Abwehrkräften.«

»Faszinierend. Wir haben gehört, dass sie auch als Medizin verwendet werden«, sagte Nertha. »Aber ich verstehe, warum du dir Gedanken machst.«

Sie schwiegen.

Dar-volci öffnete ein trübes Auge, nieste laut und explosiv und schloss das Auge wieder, als Nertha ihn am Kopf kraulte.

Die Nacht erfüllte das Tal, und zwischen dünnen, langsam dahinziehenden Wolkenstreifen waren die Sterne zu sehen. Dann und wann hallte in der Ferne ein Tierruf durch die Dunkelheit. Das Feuer glühte dunkelrot, und ein- oder zweimal war das eilige Flügelschlagen eines Nachtvogels über der schweigenden Gruppe zu hören.

Plötzlich deutete Pinnatte auf Vredech. »Deine Geschichte«, sagte er und schnippte an seinem Ohr. »Hören.«

Die Geste und seine Art sorgten für Belustigung am Feuer. Endryk schürte die Flammen und legte etwas Holz nach. Kurz stoben helle Funken hervor, als wollten sie den Sternen Konkurrenz machen.

Viel Zeit verging, bis Vredech und Thyrn ihre eigenen, seltsamen Geschichten beendet hatten, und die Müdigkeit forderte ihren Tribut. Pinnatte war der Erste, der ihr erlag; doch auch die anderen blieben nicht mehr lange am Feuer, nachdem Nertha und Atlon ihn zu Bett gebracht hatten.

Am nächsten Tag ließen sich weder Vredech noch Pinnatte wecken.

Achtzehntes Kapitel

Der Rabe legte den Kopf auf die Seite und musterte zuerst Marna, dann Farnor. Bei Farnor schob er den Kopf noch vor, um ihn besonders gründlich zu begutachten, und wann immer er sich bewegte, schimmerte sein schwarzes Gefieder. Dann klopfte das Tier mit seinem Holzbein auf das Steingeländer und drehte sich zu den Goraidin um.

»Meine lieben Jungen, liebe Mädchen, schön, euch wieder zu sehen«, sagte er mit einer tiefen, kultivierten Stimme. »Und welch eine Überraschung. Ich war gerade in der Gegend ... habe einen Freund besucht ... als ich diese kleine Armee bemerkte, die so entschlossen über die Brücke ritten. Invasoren, dachte ich, was wohl jeder geglaubt hätte. Ohne Zweifel beabsichtigt der Feind, uns mit Spitzen und Rüschen aus Eirthlund zu bombardieren. Also hielt ich es für angebracht, hinabzustoßen und euch zu verscheuchen. Und hier seid ihr nun. Wie schön. Und noch dazu zur rechten Zeit.«

Nachdem der erste Schreck überwunden war, packte Marna aufgeregt Farnors Arm. »Ein sprechender Rabe!«, rief sie. Die Goraidin zuckten zusammen; sie wussten, was nun kam. Langsam drehte der Rabe sich zu Marna um und starrte sie an.

»Und ihr habt Gäste mitgebracht. Wie nett. Genau, was wir brauchen: junge Leute«, sagte er in giftigem Tonfall. Dann wandte er sich wieder Yengar zu und flüsterte laut: »Sag ihnen, sie sollen den Mund nicht so aufreißen, lieber Junge. Ich verspüre sonst das überwältigende Verlangen, sie mit Würmern voll zu stopfen. Das ist irgendein Vaterding, glaube ich, auf gewisse Art recht irritierend.«

»Marna, Farnor, gestattet mir, euch Gavor vorzustellen«, sagte Yengar. »Hawklans Gefährten. Wir haben euch von ihm erzählt.«

Farnor riss die Augen auf, als er erkannte, wem er hier vorgestellt wurde. Gavor spielte eine tragende Rolle in den Lagerfeuergeschichten der Goraidin über den Krieg des Zweiten Kommens.

Instinktiv streckte er dem Raben die Hand entgegen, doch nachdem sie eine Weile in der Luft geschwebt hatte, ließ er sie verlegen wieder sinken.

»Es ist mir eine Ehre, Euch kennen zu lernen ... mein Herr«, sagte er unsicher, wie er den Vogel ansprechen sollte.

Gavor verneigte sich. »Farnor, hm? Nun, das *ist* eine Überraschung. Angesichts der seltsamen Namen, die ihr Leute euch gebt, nehme ich an, dass du Farnor Yarrance bist, der junge Mann, den Memsa Gulda im Wald getroffen hat. Schön, dich kennen zu lernen. Ich habe schon viel von dir gehört. Die Memsa spricht oft von dir. Sie hat sich große Sorgen gemacht, weil sie dich einfach so hat zurücklassen müssen. Sie sagte, du hättest dich verirrt und seiest voller Dunkelheit. Sicher, du hast etwas Merkwürdiges an dir, auch wenn ich nicht die Kralle drauflegen kann, aber du scheinst recht helle zu sein – für einen, der gerade erst flügge geworden ist. Jemand, der extra anhält, um den Fluss zu betrachten, kann nicht schlecht sein, stimmt's? Und um ehrlich zu sein, betrachtet die Memsa die Dinge bisweilen ein wenig zu ... zu düster.« Bevor Farnor etwas darauf erwidern konnte, wandte sich Gavor Marna zu.

»Du bist seine Gefährtin, nehme ich an. Ich muss sagen, du bist...«

»Das bin ich nicht!«, unterbrach ihn Marna entrüstet. Sie deutete mit dem Daumen auf die grinsenden Goraidin. »Ich bin mit ihnen gekommen.« Der Daumen wanderte zu Farnor. »Er ... Er ist uns später gefolgt.«

Im Angesicht dieses machtvollen Widerspruchs schlug Gavor nervös mit den Flügeln und hüpfte ein Stück zurück. »Ich bitte dich zutiefst um Entschuldigung, liebes Mädchen«, sagte er. »Doch das war zwar ein Fehler meinerseits, aber ein verständlicher. Ich wollte gerade bemerken, wie attraktiv du bist und wie glücklich sich Farnor schätzen kann, die Zuneigung eines so liebreizenden Mädchens gewonnen zu haben.« Marnas Mund klappte auf, woraufhin Gavor sich gezwungen sah hinzuzufügen: »Das mit dem attraktiv gilt natürlich nur, wenn dein Mund nicht gerade sperrangelweit offen steht, meine Liebe. Achte besser darauf; das steht dir wirklich nicht.«

Yengar mischte sich ein, um eine weitere Eskalation zu vermeiden. »Du bist weit weg von daheim, Gavor.«

»Ich wollte nur den alten Flügeln ein wenig Bewegung verschaffen. Ich habe gar nicht bemerkt, wie weit ich gekommen bin. Eigentlich wollte ich nur eine Zeitlang für mich allein sein. Anderras Darion ist heutzutage ziemlich übervölkert. Es ist, als würde die ganze Welt dorthin gezogen. Allmählich geht es dort wirklich wild zu.«

»Ich bin sicher, Memsa Gulda wird wieder für Ordnung sorgen«, sagte Yrain. »Wie lange ist sie schon dort?«

»Nun, ihr wisst ja, wie das mit der Memsa ist. Erst ist

sie jahrelang verschwunden – könnte genauso gut auf ewig weg sein, soweit wir wissen –, um ihren Platz in den Legenden einzunehmen. Dann ist sie auf einmal wieder da und setzt das Gespräch fort, das ihr zuletzt geführt habt, als wäre sie nie weg gewesen. Und wie du schon richtig vermutet hast, sorgt sie für Ordnung. Tatsächlich ist das einer der Gründe, warum ich mich für eine Weile aus dem Staub gemacht habe.«

Sein verzweifelter Tonfall reizte die Goraidin zum Lachen.

»Und wie geht es dir, Fürst des Himmels?«, fragte Yrain. »Hast du uns vermisst?«

Mit wildem Flügelschlagen hob Gavor ab und flog vom Brückengeländer auf Yrains Schulter. »Ständig, meine Liebe, ständig. Wie hätte es auch anders sein können, wo die Festung doch ihrer strahlendsten Bewohnerin beraubt war? Du bist mir keinen Augenblick aus dem Sinn gegangen – ihr beide nicht«, fügte er mit einem raschen Blick zu Jenna hinzu.

»Gavor, ich kann beim besten Willen nicht verstehen, wie es dir gelingen konnte, so lange dem Kochtopf zu entgehen«, bemerkte Yrain und versuchte vergebens, den Raben von ihrer Schulter zu scheuchen.

»Charme, Geduld, ein kluger Kopf, entschlossene Treue, um nur ein paar meiner hervorragendsten Eigenschaften zu nennen. Und wie du weißt, bin ich ein ausgezeichneter Zuhörer. Aber jetzt hör auf, so mit den Händen herumzuwedeln; du machst mich ganz verrückt.« Er sprang auf Yrains Kopf und wandte sich an die ganze Gruppe. »Und jetzt erzählt mal, was ihr so getrieben habt. Lasst nichts aus. Ich *muss* der Memsa endlich mal etwas erzählen, das sie nicht bereits weiß.«

»Nein«, erwiderte Yengar deutlich. »Wir werden

bald genug in Anderras Darion sein, und wir wollen nicht alles zweimal erzählen.«

»Mein lieber Junge«, gurrte Gavor. »Nur ein bisschen. Nur so viel, dass ich *einmal* in den Himmel blicken und sagen kann ›ich weiß‹, wenn sie mir etwas erzählt.«

Yengar schürzte die Lippen und schüttelte den Kopf. »Unser Eid als Goraidin verbietet uns explizit, uns in Streitigkeiten zwischen gefährlichen alten Damen und Vögeln aller Art einzumischen. Das hat was mit Selbsterhaltungstrieb zu tun.«

Gavor trommelte ungeduldig mit seinem Holzbein auf Yrains Kopf.

»Sehr drollig. Aber ich muss dir sagen, Goraidin, dass es vermutlich in eurem besten Interesse liegt, die Anhörung im Schnellverfahren schon einmal durchzugehen. Dann wird euch vielleicht so manches klarer werden. Außerdem werdet ihr die Anhörung in Anderras Darion ohnehin mehrmals durchstehen müssen.«

Yengar musterte ihn misstrauisch. »Warum?«

»Ich habe es euch doch gesagt. Es wimmelt dort nur so von Leuten, die Fragen stellen.«

»Das war auch schon so, als wir aufgebrochen sind, wie du dich vielleicht erinnerst. So lange waren wir nicht fort. Was erwartest du, wo heutzutage so viele Menschen in andere Länder reisen? Der Memsa muss man es außerdem nur einmal erzählen, das weißt du. Es ist eine Freude, sich einer Anhörung durch sie zu stellen.« Er winkte Farnor und Marna. »Kommt, ihr zwei. Steigt auf. Wir wollen uns wieder auf den Weg machen. Wenn wir uns beeilen, können wir vor morgen Mittag dort sein.«

»Andawyr ist auch da«, verkündete Gavor und breitete sehr zu Yrains Verärgerung die Flügel aus, um das Gleichgewicht zu behalten, als sie sich in Bewegung setzten.

Yengar wirkte überrascht, ließ sich davon jedoch nicht einschüchtern. »Hervorragend«, sagte er. »Das bedeutet, dass wir nicht noch den weiten Weg zu den Cadwanen rauf müssen. So kommen wir dann viel schneller nach Hause – worauf ich mich nach allem, was geschehen ist, sehr freue.«

»Und was ist so alles geschehen?«

»Ah.«

»Gavor, würdest du bitte von meinem Kopf herunterfliegen, verdammt noch mal?«, machte Yrain dem Thema ein Ende. »Du bist zu schwer.«

Gavor seufzte laut, als er hochsprang, um Yrains schlagender Hand zu entgehen.

»Und setz dich bloß nicht auf meinen Kopf«, sagte Jenna entschlossen. »Nicht nach dem, was letztes Mal passiert ist.«

»Ich habe mich doch entschuldigt, mein liebes Mädchen. Das war nur ein kleines Versehen. So etwas passiert nun mal, wenn man in Gedanken woanders ist. Das sollte keine persönliche Kritik sein. Außerdem steht es dir gar nicht gut an, so nachtragend zu sein.« Jenna funkelte ihn trotzdem weiterhin böse an. Olvric streckte die Hand aus. Gavor sprang darauf und von dort auf Olvrics Kopf. Als der Rabe seine großen Schwingen ausbreitete, hatte Farnor den Eindruck, als trüge Olvric einen uralten Kriegshelm. Staunend hielt er die Luft an.

»Kannst du noch immer die Bäume Hören – und mit ihnen reden?«

Gavor sprach mit ihm. Überrascht konnte Farnor nur ein paar unverständliche Laute hervorbringen, bevor der Rabe sich bei Yengar beschwerte: »Er reißt schon wieder den Mund auf. Das ist wirklich äußerst irritierend.«

»Ja, kann ich«, sagte Farnor schließlich. »Wenn auch nur schwach. Wir sind weit weg vom Großen Wald.«

»Der Große Wald ist überall«, sagte Gavor, beugte sich vor und starrte Farnor an. »Das ist trotzdem bemerkenswert. Eine seltene Gabe – in der Tat – selbst unter den Valderen. Und laut der Memsa sind deine Fähigkeiten selbst für Valderen ungewöhnlich.«

»Das glaube ich auch. Kennst du die Valderen und den Großen Wald?«

Gavor antwortete nicht darauf. »Der Wille des Großen Waldes entzieht sich unserem Verständnis«, sagte er.

»Das ist mir schon klar«, erwiderte Farnor. »Meistens waren sie sehr schwer zu verstehen. Und es hat mich verwirrt, wann immer sie auf uralte Dinge zu sprechen kamen. Es schien, als würden sie sich haargenau an alles erinnern, was sie je gewusst hatten, als hätten sie nie etwas vergessen. Es war ein Gefühl, als würde es keine Zeit mehr geben und alles gleichzeitig geschehen.«

»Bemerkenswert, in der Tat«, sagte Gavor leise, wie zu sich selbst. »Du musst sie bei dir behalten – sie oft berühren. Lass ihre Stimme nicht in dem Lärm untergehen, den deine Art die ganze Zeit macht.« Inzwischen hatten sie die Brücke verlassen, und Gavor nickte bedeutungsvoll in Richtung der Bäume, die verstreut die Landschaft von Orthlund zierten.

»Das werde ich tun«, versprach Farnor, den das Verhalten des Raben unerwartet gerührt hatte.

»Weshalb ist Andawyr runtergekommen?«, fragte

Yengar in bewusst gleichgültigem Tonfall, was Gavor jedoch nicht davon abhielt, hämisch zu krächzen.

»Och, wegen diesem und jenem«, antwortete er in ebenso gleichgültigem Ton. »Ich bin sicher, er wird es dir sagen, wenn er die Zeit dafür findet.« Plötzlich war der Spott aus seiner Stimme verschwunden. »Tatsächlich ist er erst gestern eingetroffen; also weiß ich es nicht. Yatsu und Jaldaric haben ihn begleitet. Und jetzt kommt auch ihr zurück mit diesem bemerkenswerten jungen Mann. Es sieht so aus, als käme die ganze Welt in Anderras Darion zusammen – wie eine alte Mutter, die ihre Kinder zusammenruft.«

»Geht es Yatsu und Jaldaric gut?«, unterbrach Yengar den Raben.

»Ja, gut genug. Sie sind wie ihr von der Reise ein wenig müde, aber guter Stimmung.«

»Haben sie die Männer gefunden, die sie gesucht haben?«

»Ich glaube schon. Es ist eine ziemlich erhebende Geschichte, auch wenn ich noch nicht alles darüber gehört habe. Offenbar haben sie die Torheiten, die sie in Oklars Namen begangen haben, mehr als gesühnt, indem sie einem anderen Herrn treu gedient haben. Und ihr? Habt ihr eure gefunden?«

»O ja. Schlussendlich haben wir sie gefunden. Aber ihr Schicksal ist alles andere als erhebend. Jene, die nicht gefallen sind, werden im Augenblick gefangen gehalten, bis wir für ihre Rückführung gesorgt haben, damit sie sich einer Anhörung stellen können.«

»Wenn man bedenkt, wer sie waren, konnte man wohl nichts anderes erwarten. Aber wenn ich mich recht erinnere, solltet ihr nur herausfinden, wohin sie gegangen sind, keinen Krieg mit ihnen anfangen.«

»Das ist eine lange Geschichte.«

»Was du nicht sagst.«

So ritten sie weiter, und trotz Yengars vorheriger Erklärung, verbrachten sie den Großteil des Tages damit, Gavor die Geschichte ihrer Reisen zu erzählen. Sie berichteten, wie Nilsson und seine Männer Farnors Tal übernommen hatten, vom Auftauchen des Serwolfs, von Rannicks Furcht erregender Verwandlung und von der Vernichtung der drei.

»Eine bedeutsame Geschichte«, erklärte Gavor ernst, nachdem die Goraidin geendet hatten. »Und so viele offene Fragen.«

»Nun, die werde ich definitiv jetzt nicht beantworten«, verkündete Yengar entschlossen.

»Ich denke nicht im Traum daran, sie dir zu stellen, mein lieber Junge«, erwiderte Gavor. »Du warst die Großzügigkeit in Person. Außerdem bin ich nicht sicher, was ich dich fragen sollte, und meine Schwungfedern sagen mir, dass Yatsu und Jaldaric ebenso viel zu erzählen haben. Ich vermute, sie sind auf ihren Reisen auch in ein paar hitzige Auseinandersetzungen geraten.« Er warf einen Blick zu Farnor und senkte die Stimme. »Und dieser Antyr, den sie mitgebracht haben, ist ... seltsam, um es vorsichtig auszudrücken.«

»Das klingt sehr düster, Gavor. Wer ist Antyr?«

Plötzlich war Gavor wieder er selbst. »Unsinn, mein lieber Junge. Wie könnte ich düster klingen? Ich bringe den Menschen Licht und Freude. Das weißt du doch. Und wo wir gerade davon sprechen ...« Er beugte sich vor, als wolle er nicht belauscht werden, und seine Zuhörer taten es ihm nach, um ihn noch zu verstehen, da er immer leiser wurde. »Andawyr hat seine reizende kleine Akolythin mitgebracht. Ein solches Urteilsvermögen hätte ich ihm ehrlich gesagt gar nicht zugetraut. Sie heißt Usche – ein typisch unförmiger Riddinname –, aber sie ist ein Leckerbissen, ein richtiger Leckerbissen. So hübsch in diesen Cadwanolroben. Ihr habt ja keine Ahnung ... Ihr kennt ja die Art, wie ...«

»Wer ist Antyr, Gavor?«, presste Yrain zwischen zusammengebissenen Zähnen hervor und machte damit Gavors leidenschaftlicher Beschreibung ein Ende.

Unerwarteterweise geriet Gavor ins Stottern. »Ah, Antyr ... Er ist ein ... ein Traumfinder, glaube ich.«

»Ein was?«

»Ein Traumfinder. Offenbar bringt ihr alle interessante Leute mit zurück. Aber ich muss mich jetzt wieder auf den Weg machen. Hab viel zu tun. Ich kann nicht den ganzen Tag mit Quatschen vertrödeln. Sicher macht man sich schon Sorgen, weil ich so lange weg bin.«

Und bevor irgendjemand etwas darauf erwidern konnte, hatte Gavor die Flügel ausgebreitet, schoss die Straße hinunter und dann hoch in den Himmel hinauf.

»Ich werde ihnen sagen, dass sie euch morgen erwarten sollen!«, rief er von oben herab.

»Ich glaube, dieser Vogel *übt* tatsächlich, anderen auf die Nerven zu gehen«, knurrte Yrain, während der schwarze Fleck in der Ferne verschwand.

»Ich halte das eher für eine natürliche Begabung«, sagte Jenna. »Er ist so gut darin, und es fällt ihm so leicht.«

»Was ist ein Traumfinder?«, fragte Farnor niemanden im Besonderen.

»Ein Traumfinder ist eine Geduldsprobe, die Gavor sich für uns ausgedacht hat«, antwortete Olvric. »Wir werden abwarten müssen.«

»Klingt faszinierend.«

»Ebenso wie Andawyrs … Akolythin.« Yengar und Olvric blickten einander an und lachten. Yrain und Jenna tauschten nur einen Blick aus.

»Konzentriert euch einfach darauf, im Sattel zu bleiben, ihr zwei«, sagte Yrain verächtlich. »Und haltet nach einem geeigneten Lagerplatz Ausschau. Es sei denn, ihr seid so *fasziniert*, dass ihr die Nacht durch galoppieren wollt.«

Schließlich schlugen sie ihr Nachtlager auf einem nahe gelegenen Bauernhof auf. Sie aßen mit dem Bauer und seiner Frau, schlugen aber ihre Zelte auf einem der Felder auf. Das einzige Problem dabei war, den Bauern, einen großen, freundlichen Mann, dazu zu überreden, einen Teil des Valderenproviants als Beitrag zum Abendessen zu akzeptieren.

In vielerlei Hinsicht fühlten Farnor und Marna sich dank des warmen Empfangs durch den Bauern fast wie zu Hause, sodass sie während des Abendessens und bei den Gesprächen danach einen Hauch von Heimweh empfanden. Die Goraidin verstanden diese Gefühle und ließen den beiden Zeit, selbst damit zurechtzukommen. Tatsächlich hielt dieses traurige Gefühl auch nicht lange an, denn die Freundlichkeit der Bauersleute erinnerte die beiden jungen Leute zwar an ihre Heimat, doch der Hof unterschied sich doch sehr von jenen in ihrem Tal. Außerdem war dies hier nicht nur ihre erste Begegnung mit den Einwohnern von Orthlund – Yrain und Jenna einmal ausgenommen, die laut eigener Aussage eher ungewöhnlich waren –, es war auch ihr erster Kontakt mit der Liebe der Orthlundyn zu Steinmetzarbeiten.

Überall waren Beispiele dieser Kunst zu sehen. Es war jedoch nicht die Art der Orthlundyn, willkürlich

Tische, Kaminsimse, Fensterbänke und andere flache Oberflächen mit ein paar hübschen Gegenständen zu verzieren. Beispiele ihrer Kunst waren ein wesentlicher Bestandteil von Wänden, Decken, Treppen, Türrahmen, Kaminen, Pfosten und Querbalken, von jedem Ort, den man mit Hammer, Meißel und einer gewissen Portion von Einfallsreichtum erreichen konnte. Doch nichts davon war ohne Sinn und Verstand. Alles hatte seine Ordnung, auch wenn der Sinn bisweilen nicht auf den ersten Blick erkennbar war. Tatsächlich war das sogar eher selten der Fall, denn die Orthlundyn waren nicht nur begnadete Handwerker, sondern auch subtile Denker.

So kam es, dass die Steinmetzarbeiten der Orthlundyn selbst den kritischsten Betrachter faszinierten. Jede einzelne war mit ihrem Nachbarn verbunden, entweder direkt oder durch irgendeinen unauffälligen Verweis, und jede einzelne schien sich im wechselnden Licht des Tages ständig zu verändern.

Im Laufe des Abends faszinierten die Arbeiten der Orthlundyn Farnor mehr und mehr. »So etwas habe ich noch nie zuvor gesehen«, sagte er schließlich. »Sie sind unglaublich ... so kompliziert und fein ...«

Der Bauer lachte leise und verneigte sich. »Nun, ich bin nicht Isloman, aber ich gebe mein Bestes, und ich weiß das Urteil eines Fremden durchaus zu schätzen.«

Im Gegensatz zum Raum, so bemerkte Farnor, war der Tisch, an dem sie saßen, überhaupt nicht verziert.

»Bearbeitet ihr nicht auch Holz?«, fragte er.

»Nein!«, donnerte der Bauer verächtlich. »Mit Holz kann man nicht ins Herz der Dinge vordringen. Im Stein verbergen sich unzählige Geschichten, die leicht zu finden sind, wenn man nur sucht.« Er warf einen spitzbübischen Blick zu Olvric und Yengar. »Mit Holz rumzumachen ist mehr was für die Fyordyn. Allerdings muss man ihnen zugestehen, dass sie ziemlich gut darin sind.«

»Auch die Valderen im Großen Wald sind hervorragende Schnitzer«, sagte Farnor. »Ihr werdet dort oft auf geschnitzte Figuren stoßen, die euch aus den Ästen heraus anblicken. Hauptsächlich findet man diese in und um die Valderennester, aber manchmal auch mitten im Nirgendwo – weit weg von jedem Nest –, und das nur, weil irgendjemand Gefallen an einem besonderen Baum, Busch oder einer Lichtung gefunden hat.« Er beugte sich vor und nahm mit seiner leidenschaftlichen Art die Zuhörer gefangen. »Sie haben eine große Versammlungshalle mit einer gewölbten Decke, die aus einem Geflecht riesiger Wurzeln zu bestehen scheint – Wurzeln von Bäumen so groß, dass sie bis in die Wolken hinaufreichen. Wenn dort jemand spricht, können alle es hören. Ich selbst habe auch einmal dort gesprochen; ich wünschte nur, ich hätte sie mir genauer angesehen, als ich Gelegenheit dazu hatte. Tatsächlich wünschte ich, ich hätte *allem* mehr Aufmerksamkeit geschenkt. Na ja, ich werde es nachholen, wenn ich wieder zurückkehre, so viel steht fest. Die Valderen benutzen Holz für alles – *alles*. Sie bauen damit, schmücken damit ihre Nester, bearbeiten damit den Boden und machen Fäden und dicke Seile daraus und sogar Medizin und Duftwässer. Und sie machen nichts, ohne vorher den Wald um Erlaubnis zu fragen.«

Der Bauer war beeindruckt. Bis jetzt war der Große Wald nur ein Mythos für ihn gewesen; er hätte nie geglaubt, dass irgendwo noch ein Teil davon existierte. So musste Farnor die Lebensart der Valderen beschreiben und – so gut er konnte – auch die des Waldes selbst. Es brauchte keiner unauffälligen Geste von Yengar, um ihn zu ermahnen, nicht die dunkleren Aspekte seiner Zeit dort zu erwähnen. Als er seine Erzählung schließlich beendete, blickte der Bauer ihn nachdenklich an.

»Ich stehe in deiner Schuld, junger Mann«, verkündete er und schlug auf den Tisch, sodass seine Frau erschrak. »Was für eine Geschichte. Du hast mir genug Ideen für ein ganzes Leben gegeben.« Er blickte auf seinen leeren Teller. »Und falls die Schnitzereien der Valderen auch nur annähernd so gut sein sollten wie ihr Essen, dann haben sie sich wirklich meinen Respekt verdient.« Er schaute nach oben. »Eine Decke aus Wurzeln, die die Worte eines Einzelnen zu allen trägt, sagst du ... die die Menschen beschirmt und Erde und Himmel miteinander verbindet, und kleine Tiere, die an zumeist unsichtbaren Stellen eingraviert sind, und Holz, das man für alles benutzt ...« Sein Blick wanderte durch den Rest des Raums, und er versankt immer tiefer in Gedanken, bis seine Frau ihn mit einem Löffel anstieß, damit er seine Aufmerksamkeit wieder den Gästen zuwandte.

»Dies hier ist ein wunderbares Land«, sagte Farnor zu Olvric, als sie das Bauernhaus verließen und zu ihren Zelten gingen. »Es hat etwas Besonderes an sich. Das habe ich mehr und mehr gefühlt, seit wir die Brücke überquert haben.«

»Du hast Recht«, erwiderte Olvric. »Orthlund ist ein sehr besonderer Ort.«

»Und all die Menschen wie er – den Bauern, meine ich, und seine Familie?«

»Allgemein gesprochen, werden die Orthlundyn

dir stets mit Vertrauen begegnen und dir ihre Gastfreundschaft anbieten«, antwortete Olvric.

»Und doch hängt auch neben ihren Türen ein Schwellenschwert.«

»Das ist eine Tradition aus Fyorlund, die wir zu exportieren scheinen. Hier ist es erst seit dem Krieg üblich.« Überraschend lächelte Olvric traurig. »Ein Teil von mir denkt, ich solle unglücklich darüber sein, doch das fällt mir schwer, denn die Orthlundyn verleihen allem, was sie tun, eine bestimmte Qualität. Was mit deinen Leuten passiert ist, sollte mich eher traurig stimmen, denn sie haben die Tradition des Schwellenschwertes übernommen, weil die düstere Wirklichkeit der Außenwelt über sie hereingebrochen ist. Es ist etwas, das sie nur mit großem Bedauern getan haben, und sie würden lieber ohne diese Tradition leben. In gewissem Sinne haben sie ihre Unschuld verloren. Vielleicht sollte ich sogar über mein eigenes Volk weinen. Für uns war das Schwellenschwert nur noch eine religiöse Tradition. Wir hatten das Symbol ständig vor Augen, doch wir hatten vergessen, was es bedeutete – selbst wir, die Goraidin, die Elite der Hochgarde, Veteranen der Morliderkriege, wir, die wir die Dinge klarer hätten sehen müssen als alle andere.«

»Es tut mir Leid«, sagte Farnor. »Ich wollte dich nicht aufregen.«

Olvric winkte ab. »Mach dir keine Sorgen. Das hast du nicht. Es vergeht nicht ein Tag, an dem ich mich nicht an irgendetwas aus dem Krieg erinnere. Ich kann es nicht vermeiden; aber es ist auch keine Last. Es ist nur einer der vielen Unterschiede zwischen dir und mir, das ist alles.«

Farnor schickte sich an, in sein Zelt zu klettern, hielt dann jedoch an. »Was hast du damit gemeint, ›die Orthlundyn verleihen allem, was sie tun, eine bestimmte Qualität‹?«

»Genau das.« Olvric befand sich nun ein paar Schritt von ihm entfernt, eine schattenhafte Gestalt vor dem Licht aus den Fenstern des Bauernhauses. »Selbst als sie solch eine schlichte Tradition wie das Schwellenschwert übernommen haben, war das für sie keine unglückliche Notwendigkeit wie für deine Leute. Bei ihnen sah es fast so aus, als würden sie einen uralten Schwur erneuern. Doch gleichzeitig haben sie es mit ... mit einer gewissen *Leichtigkeit* getan.«

»Das verstehe ich nicht.«

»Mach dir darüber keine Gedanken. Ich verstehe das auch nicht. Als Einzelne sind sie wie du und ich; als Volk sind sie tiefgründig.«

»Warum?«

In Olvrics Antwort schwang ein ungewohnter Hauch von Ärger mit. »Farnor, es war ein langer Tag, und ich bin müde. Du hast dir wirklich keine gute Zeit für solche Fragen ausgesucht.«

»Entschuldige.« Olvric drehte sich halb zu seinem Zelt um; dann hielt er inne. Er sprach in die Dunkelheit hinein.

»Die Orthlundyn sind der Rest jenes Volkes, das sich in der Zeit des Ersten Kommens als erstes und am längsten Sumeral entgegengestellt hat. Sie waren Ethriss engste Verbündete, und sie haben einen furchtbaren Preis dafür bezahlt. Sie haben ihre Unschuld schon vor langer Zeit verloren.« Er drehte sich wieder zu Farnor um. »Im Gegensatz zu meinem Volk und dem Riddinvolk besitzen sie keine kriegerische Tradition. Sie sind einzig und allein an der Landwirtschaft und der Steinmetzkunst interessiert. Wenn wir überhaupt je über sie nachgedacht haben, dann zwar freundlich, aber auch amüsiert, fürchte ich. Doch als Er wieder zurückkehrte, haben sie aus dem Nichts eine Armee aufgestellt und über die Berge geführt. Dort haben sie dann nicht nur gekämpft, als hätten sie seit Geburt nichts anderes getan, sondern als wären sie über Generationen hinweg dem Weg des Kriegers gefolgt.« Farnor konnte Olvrics Gesicht nicht sehen, doch er bemerkte die geballten Fäuste des Goraidin, die dieser zur Betonung erhoben hatte. »Du solltest sie kämpfen sehen, Farnor. Dieser Mut und diese Disziplin. Unglaublich. Sie konnten es mit unseren Besten aufnehmen. Und erst ihre Elite, die Helyadin, was unseren Goraidin entspricht ... Yrain und Jenna waren Helyadin. Gulda führte sie.« Die Fäuste wurden wieder gesenkt. »Und als alles vorüber war ...« Er zuckte mit den Schultern. »Sie haben sich aufgelöst und sind wieder zu ihren Bauernhöfen und Steinmetzwerkstätten zurückgekehrt.«

»Als wenn nichts geschehen wäre?«

»O nein. Dazu wäre niemand in der Lage gewesen. Zu viele waren auf grausamste Art verletzt worden – in jeder Hinsicht. Sie hatten sich verändert, so wie wir alle. Doch während wir und das Riddinvolk unser Leben und unsere Geschichte plötzlich mit neuen Augen betrachteten, schienen die Orthlundyn erwacht zu sein. Sie wurden zu etwas, das sie schon einmal gewesen waren – und sie schienen sich dabei wohl zu fühlen.«

Er schwieg.

Eine Tür wurde im Haus geschlossen, und irgendwo bellte ein Hund.

»Gute Nacht, Farnor.«

»Gute Nacht, Olvric.«

Am nächsten Morgen regnete es, und eine kräftige Brise wehte über das Land, doch Farnor, der wie immer als Erster aufgewacht war, konnte nicht anders, als dem Bauern bei dessen Arbeit zur Hand zu gehen. Abgesehen von einer knappen, überraschten Begrüßung akzeptierte der Bauer die Hilfe in freundschaftlichem Schweigen.

Als die Arbeit beendet war, blickte Farnor zum Bauernhaus. Er verglich es mit seinem eigenen Heim, sowohl vor als auch nach den Ereignissen, die ihn von dort vertrieben hatten. Die Erinnerung bedrückte ihn, und eine Zeit lang rannen ihm nicht nur Regentropfen über die Wangen.

Nach dem Frühstück mit dem Bauern und seiner Frau machte die kleine Gruppe sich wieder auf den Weg, allerdings – sehr zu Farnors und Marnas Erleichterung – nicht im selben Tempo wie am Vortag. Es dauerte nicht lange, und sie ritten auf befestigten Straßen durch kultiviertes Land, wo der Verkehr immer dichter wurde. Jeder, den sie trafen, grüßte sie freundlich, und ein-, zweimal legten sie eine längere Pause ein, als alte Freunde sich wiedererkannten.

Farnor wurde zunehmend nervös. Die Erinnerungen, die bei ihrem kurzen Aufenthalt auf dem Hof erwacht waren, beunruhigten ihn. Was machte er hier so weit weg von seinem Heim und seinen Freunden? Warum lernte er die dunkle Goraidinkunst? Was war da in ihm, womit er hinausgreifen, den Großen Wald und die Wege zu den jenseitigen Welten berühren konnte? Und was tat Marna hier? Die dunkelhaarige und widerspenstige Marna, die in die brennende Burg gesprungen war, um die vier Goraidin zu retten? Aber er kannte die Antwort. Sowohl er als auch die Marna, die er gekannt hatte, hatten sich verändert, und diese

Veränderung hatte sie beide auf diese Reise geführt und zu dem, was auch immer darauf folgen würde.

Fast hätte er es nicht bemerkt, aber er lauschte in sich der Stimme des Großen Waldes. Bewusst hatte er das schon lange nicht mehr getan.

»Du musst mit ihnen in Verbindung bleiben«, hatte Gavor gesagt. »Lass ihre Stimme nicht in dem Lärm untergehen, den deine Art die ganze Zeit macht.«

»Ich bin hier«, sagte Farnor innerlich. »Alles ist gut. Dies ist ein Ort des Lichtes.«

Und noch während er diese Worte formte, fiel die Unruhe von ihm ab. Orthlund war in der Tat ein Ort des Lichts. Farnor fühlte das überall um sich herum. Seine Nervosität wandelte sich in Erwartung.

»Bist du in Ordnung?«

Er fuhr zusammen, als Marna ihm ihre Sorge zuzubellen schien.

»Ja«, antwortete er und schüttelte den Kopf. »Ich habe nur über etwas nachgedacht.«

Sie führten die Pferde eine kleine Anhöhe hinauf.

Marna wandte sich an Yengar. »Wie weit noch, bis ...«

Yengar hob die Hand, um Schweigen zu gebieten, und sie hielten an der Spitze der Anhöhe an. Dort waren nur noch das Klappern des Pferdegeschirrs und das leise Flattern von Farnors Umhang im Wind zu hören.

Yengar deutete zum Horizont. Der Regen hatte aufgehört, und die Wolken begannen, sich aufzulösen. In der Ferne erhob sich ein sonnenbeschienener Gebirgszug, und zwischen zwei Gipfeln spiegelten sich die Sonnenstrahlen auf etwas in gleißender Helligkeit.

»Das ist das Tor von Anderras Darion«, sagte Yengar.

Neunzehntes Kapitel

Farnors Nervosität kehrte wieder zurück. Sie wechselte sich mit freudiger Erregung ab. Was war das wohl für ein Ort? Und wie würden die Menschen dort sein? Gulda kannte er – oder zumindest hatte er sie getroffen, wenn auch nur kurz; allerdings hatte sie zwar einen mächtigen Eindruck auf ihn gemacht, dennoch hatte er nicht die geringste Ahnung, warum seine ansonsten so energischen und furchtlosen Gefährten eine derartige Ehrfurcht vor ihr empfanden. Wie würde Andawyr sein? Die Beschreibung, die man Farnor gegeben hatte, passte nicht zum Oberhaupt eines offenbar uralten Ordens von Gelehrten. Und nicht zuletzt... Wie würde dieser große Führer, der Besitzer von Anderras Darion sein, dieser Hawklan? Alt? Jung? Wild und grimmig? Unglaublich stark? Mit Kriegsnarben übersät? Würde er eine heroische Rüstung tragen und von Bewaffneten umgeben auf einem großen Thron sitzen?

Farnor kämpfte gegen das Verlangen an, die Goraidin mit Fragen zu bestürmen, und wie er sah, erging es Marna nicht anders. Farnor und Marna schwiegen nun schon geraume Zeit, den Blick stur auf die alles beherrschende Festung gerichtet. Obwohl sie neben den gewaltigen Berggipfeln zu beiden Seiten geradezu winzig erschien, dominierte sie die Aussicht wie eine Mutter zwischen zwei grobschlächtigen Kindern. Über den kahlen, fensterlosen Mauern, in denen das Große Tor lag, konnte man einen wahren Wald von

Türmen und Giebeln erkennen, der den Eindruck entstehen ließ, eine gewaltige Felslawine sei von den Gipfeln hinabgerollt und an einem unnachgiebigen Damm hängen geblieben. Während Farnor zu ihnen hinaufstarrte, glaubte er immer wieder, ein Muster in ihnen zu erkennen, doch wenn er es eingehender betrachten wollte, verschwand es wieder wie ein Schatten am Rand eines Traums.

Die Goraidin lächelten einander an, als sie das Staunen in den Gesichtern der beiden jungen Leute bemerkten. Doch ihr Lächeln war nicht das nachsichtiger Eltern, denn obwohl sie selbst die Feste schon oft gesehen hatten, wussten sie doch, dass Anderras Darion stets die Aufmerksamkeit des Betrachters gefangen nahm und ihm Ehrfurcht einflößte.

Erst als sie das Dorf betraten und die Festung außer Sichtweite verschwand, fanden Farnor und Marna die Sprache wieder.

»So groß.«

Marna flüsterte, als würde es ihr Tadel einbringen, sollte sie die Stimme zu sehr erheben. »Ich habe die Burg im Tal schon für groß gehalten, aber das hier...«

»Ja«, stimmte ihr Farnor zu. Unzählige Fragen schwirrten ihm im Kopf herum, doch er fand nicht die richtigen Worte, sie zu stellen; stattdessen fragte er schlicht und ebenfalls im Flüsterton: »Wer hat sie gebaut?«

»Die Orthlundyn«, antwortete Yengar ebenso flüsternd, bevor er erkannte, was er da tat. Verlegen räusperte er sich und fuhr dann in normalem Tonfall fort: »Zur Zeit des Ersten Kommens. Damals waren die Orthlundyn ein mächtiges Volk, von Fürsten und Königen beherrscht, aber frei und stark. Ethriss hat die Festung übernommen, nachdem ...« Er hielt kurz inne. »... nachdem die Orthlundyn in einer schrecklichen Schlacht gegen Sumerals Armee fast völlig vernichtet worden waren.«

»Sie ist unglaublich.«

»Sie ist ein wundersamer Ort, Farnor, aber wie alles, so hat auch sie ihre dunklen Seiten.« Yengar runzelte die Stirn, als hätte er gerade etwas gesagt, was er eigentlich gar nicht hatte sagen wollen. Farnor bemerkte die Reaktion jedoch kaum, da er seine Aufmerksamkeit inzwischen auf das Dorf gerichtet hatte. Wie die Burg, so war auch das Dorf vollkommen anders als alles, was er je gesehen hatte. Die meisten der steinernen Häuser waren zwei Stockwerke hoch mit schweren, flachwinkeligen Dächern, die an den Giebeln provokant auf die Straße hinaus ragten. Sie standen scheinbar wahllos durcheinander und bildeten ein verwirrendes Labyrinth schmaler, hügeliger Straßen, die hier und da von einem hellen Platz oder einem Hof durchbrochen wurden. Und überall waren Balkone zu sehen.

Hätte Farnor das Dorf Pedhavin vor dem Krieg gekannt, ihm wäre ein deutlicher Unterschied aufgefallen. Nun gab es überall Gärten und Bäume, und Blumen und Ranken hingen von Giebeln, Balkonen und besonders Kragsteinen herunter. Früher war Pedhavin wie alle Orthlundyn-Dörfer nur von seinen Steinornamenten geschmückt gewesen. Jetzt schienen die Orthlundyn ständig an Auf- und Verblühen erinnert werden zu wollen, an Anfang und Ende, die eigentlich weder Anfang noch Ende waren. Nicht dass hier weniger Ornamente zu sehen gewesen wären als anderswo. Tatsächlich gab es hier sogar mehr, denn die Orthlundyn entdeckten immer neue Muster in den sich ständig verändernden Pflanzen, die sie nun umgaben.

Obwohl Farnor in den paar Stunden, die er in dem Bauernhaus verbracht hatte, bereits mit den Steinmetzarbeiten der Orthlundyn vertraut gemacht worden war, staunte er dennoch über die komplizierten, verschlungenen Szenen, von denen er hier umgeben war. Auf diesen Bildern arbeiteten Männer und Frauen unter Wolken, in brütender Hitze auf den Feldern und in ihren Heimen; diskutierten miteinander, schlugen Schlachten, stritten und liebten sich. Auf einigen Bildern waren sogar Steinformer zu sehen, die anderen Steinformern bei der Arbeit zusahen. Manche Arbeiten erzählten ganze Geschichten, die viel zu kompliziert waren, als dass man sie im Vorbeireiten hätte verstehen können. Wieder andere waren schlicht Muster, einfach, ausgefeilt, unglaublich symmetrisch, vollkommen willkürlich, eckig und geschwungen. Und es waren so viele, dass jeder noch so kleine kahle Fleck die Aufmerksamkeit des Betrachters auf sich zog.

»Für gewöhnlich gibt es dafür zwei Gründe«, erklärte Yengar, nachdem Farnor ihn nach den kahlen Stellen gefragt hatte. »Entweder hat jemandem nicht gefallen, was er gemacht hat, und deshalb hat er es weggemacht...«

»Deshalb reißen sie eine halbe Hauswand ein?«, unterbrach ihn Farnor ungläubig.

»Das tun sie ständig«, antwortete Yengar. Er tauschte einen verschmitzten Blick mit Olvric aus und fügte hinzu: »Wenn du kein guter Former bist, findest du immer noch als Maurer Arbeit in Orthlund.«

Ungläubig blähte Farnor die Wangen. »Und was ist der andere Grund?«

»Ah, der ist ein wenig tiefgründiger. Mit den kahlen Stellen erweist man dem besseren Former Respekt, der noch kommen wird.«

Für ein Orthlundyn-Dorf war Pedhavin recht groß, auch wenn es nicht lange dauerte, es zu durchqueren. Doch obwohl Farnor und Marna sich getreu der Anweisungen der Goraidin darum bemühten, sich stets den Weg zu merken, konnte keiner von beiden sagen, wo genau sie entlanggeritten waren, als sie das Dorf schließlich wieder verließen und auf die gewundene Straße zur Festung hinauf einbogen.

Trotz des steilen Anstiegs ging es auf der Straße recht geschäftig zu, und die Goraidin wurden nun sehr zu Farnors Verärgerung ständig und von jedem gegrüßt. Auch wenn es nahezu unmöglich war, die Festung von der Straße aus zu sehen, fühlte Farnor ihre alles beherrschende Präsenz. Sie schien ihn vorwärts zu ziehen. Nachdem sie eine Kurve hinter sich gebracht hatten, die auf das letzte Stück Straße führte, hörte Farnor hinter sich ein »Uh-oh.« Das war Yrain.

Als er die Straße hinaufblickte, sah er eine kleine schwarze Gestalt. Sie stützte sich auf einen Stab. Farnor lächelte, und ohne nachzudenken, trieb er sein Pferd voran. Die anderen versuchten nicht, mit ihm Schritt zu halten.

Farnor erreichte die Kuppe, und die Straße öffnete sich auf eine breite Grasfläche. Seine Aufmerksamkeit wanderte von der vertrauten Gestalt zu den mächtigen Mauern und dem Großen Tor, die über ihm aufragten. Gebannt hielt er an und starrte hinauf.

»Gavor hat mir schon erzählt, dass du öfters den Mund aufzureißen pflegst, Farnor. Wie ich sehe, hat er nicht übertrieben. Allerdings ist das unter den gegebenen Umständen verständlich.«

»Sie ist gigantisch«, sagte Farnor heiser.

»Ich habe zwar schon poetischere Reaktionen gehört, aber ich nehme an, für einen Bauernjungen aus der Mitte von Nirgendwo ist das gar nicht mal so schlecht.«

Farnor riss sich wieder zusammen und kletterte eilig aus dem Sattel. »Tut mir Leid«, sagte er und lächelte nervös. »Ich habe sie von weitem nun schon fast den ganzen Tag gesehen, und trotzdem hat mich der Anblick überrascht. Ich ...« Entschuldigend zuckte er mit den Schultern. »Tut mir Leid. Ich mache mich zum Narren, nicht wahr? Es ist schön, dich wieder zu sehen.«

»Es ist auch schön, dich wieder zu sehen, junger Mann«, lautete die Antwort. »Und du machst dich nicht zum Narren. Der Anblick von Anderras Darion hat schon vielen die Sprache verschlagen.« Farnor sah sich dem Blick durchdringender blauer Augen ausgesetzt, die bis tief in seine Seele vorzudringen schienen. Sie wurden von einer entschlossenen Stirn beschattet, und zwischen ihnen wuchs eine lange Nase hervor, die wiederum über einen strengen Mund hinausragte. Memsa Gulda, wie stets in Schwarz gekleidet, stützte sich auf ihren Stab, und so streng ihr Mund auch sein mochte, sie lächelte.

»Wie ich sehe, hast du noch immer den Stab, den ich dir gegeben habe«, bemerkte Farnor.

Gulda grunzte, und mit beängstigender und recht unerwarteter Geschwindigkeit wirbelte sie den Stab herum, sodass er mit einem entschlossenen Klatschen in ihrer anderen Hand landete. Die Bewegung führte Farnor sofort zurück zu der Zeit, da sie allein auf der Lichtung im Großen Wald gewesen waren und er Gulda zum Abschied den Stab gegeben hatte. »Natürlich«, sagte sie. »Das war ein schönes Geschenk. Er hat mir schon viele gute Dienste geleistet, seit du versucht hast, mich mit ihm zu schlagen.«

Farnor blickte sie schelmisch an; dann wagte er zu sagen: »Ich glaube nicht, dass ich mich ein zweites Mal dafür entschuldigen werde. Du hättest dich nicht an mich heranschleichen sollen.«

»Ehrlich gesagt bin ich nicht sicher, ob du dich auch nur *einmal* bei mir entschuldigt hast«, erwiderte Gulda. »Als du auf den Boden aufgeschlagen bist, hast du einfach nur nach Luft geschnappt.« Sie kicherte.

»Es ist trotzdem schön, dich zu sehen ... Memsa ... Aschenstock ... Wie soll ich dich nennen? Yengar und die anderen scheinst du ziemlich nervös zu machen.«

»Das liegt daran, weil sie viel weltklüger und weniger scharfsinnig sind als du, junger Farnor. *Du* darfst mich Aschenstock nennen. Schließlich gehören wir beide dem Geschlecht des Großen Waldes an, nicht wahr? Das ist etwas sehr Seltenes – selbst unter den Valderen. Das dürfen wir nie vergessen.« Erneut drang der Blick der blauen Augen tief in ihn ein. »Du hast dich verändert, und zwar zum Besseren. Du kannst nun tiefer in dich hineinblicken; aber dort liegt nach wie vor auch Dunkelheit verborgen. Du bist noch immer aufgewühlt, nicht wahr?«

Sie hob die Hand zum Zeichen, dass sie keine Antwort darauf haben wollte. Farnor bemerkte, dass nun auch die anderen herangekommen waren. Als sie abstiegen, drückte Gulda Farnor sanft ihren Stab in die Hand; dann schob sie ihn beiseite und begrüßte seine Gefährten der Reihe nach. Die Männer packte sie nach Art der Valderen am Arm, und die Frauen umarmte sie zu deren Überraschung.

»Wie wunderbar, euch alle wieder zu sehen. Ihr seht

gut aus.« Gulda musterte Olvric rasch von Kopf bis Fuß, schlug Yengar mit dem Handrücken auf den Bauch und nickte schließlich widerwillig, aber zufrieden. »Und wie ich sehe, tut ihr euer Bestes, um in Würde zu altern.«

Obwohl sie sich sichtlich freuten, die alte Frau zu sehen, hatte Farnor die vier Goraidin noch nie so nervös erlebt.

Als Nächstes richtete Gulda ihre Aufmerksamkeit auf Marna. Sie streckte die Hand zu einer normalen Begrüßung aus. »Gavor hat mir von dir erzählt, Marna, die du mit Sicherheit nicht Farnors Gefährtin bist. Möge das Licht mit dir sein. Willkommen in Anderras Darion.«

Bevor Marna etwas darauf erwidern konnte, ergriff Gulda ihren Arm und schnippte gleichzeitig mit den Fingern, um Farnor zu signalisieren, er solle ihr den Stab zurückgeben. Farnor zuckte ob des lauten Geräuschs zusammen und streckte ihr rasch den Stab entgegen; dann musste er sich beeilen, um mit Gulda mitzuhalten, die Marna strammen Schrittes in Richtung Tor führte.

»Ich nehme an, Farnor hat ebenso wie ich keine andere Wahl, als hier zu sein«, sagte sie zu Marna. »Die Festung scheint stets die ihren zu sich zu rufen. Aber was hast *du* in der Gesellschaft dieser Taugenichtse verloren?«

Guldas Griff war zwar sanft, aber kräftig genug, um Marna davon abzuhalten, sich hilfesuchend zu ihren Gefährten umzudrehen. Wie sollte sie sich dieser seltsamen Frau gegenüber verhalten?

»Ich ... Ich weiß es eigentlich nicht so genau«, stammelte sie schließlich. »Ich vermute, nach allem, was passiert ist, fühlte sich mein Zuhause, das Tal, das

Dorf, einfach alles irgendwie klein an ... verwundbar. Tut mir Leid, ich ... ich ...«

»Sie hat uns das Leben gerettet. Und sie ist eine Goraidin, beziehungsweise sie wird es sein, mit ein wenig Ausbildung und ...«

Gulda hob den Stab, um der Goraidin Schweigen zu gebieten. »Geduldig wie eh und je, hm, Yrain?«, sagte sie, ohne sich umzudrehen.

»Ich habe jemanden getötet«, erklärte Marna unvermittelt und mit leiser Stimme.

»*Was?*«, rief Farnor, doch wieder hob Gulda den Stab, um auch ihn zum Schweigen zu bringen.

»Der verdammte Hurensohn hat versucht, sie zu vergewaltigen. Es war ein sauberer Tod. Sie hat es gut gemacht. Ein paar Mal haben wir darüber geredet, aber es treibt sie noch immer um.« Noch während sie sprach, bereitete Yrain sich innerlich auf einen weiteren Tadel vor.

Er kam jedoch nicht. Stattdessen nickte Gulda nur und verstärkte ihren Griff um Marnas Arm zu einem beruhigenden Drücken. »Solche Dinge neigen dazu, einen aufzuregen, selbst wenn man keine andere Wahl gehabt hat. Du kannst mir die Einzelheiten später erzählen, Marna, aber auf Yrains Urteil in diesen Dingen kann man sich uneingeschränkt verlassen. Vertrau mir. Mach so gut es geht deinen Frieden mit dem, was geschehen ist, aber schäm dich deswegen nicht. Du bist einfach nur ein wenig weiser geworden, das ist alles. Manche Dinge kann man nicht vermeiden.« Sie blickte in Marnas bleiches Gesicht und dann zu dem noch immer benommenen Farnor; Gulda kniff die Augen zusammen. »Und ich nehme an, dich belastet weniger, was du getan hast, als vielmehr die Tatsache, dass du es vor jemandem verheimlicht hast.«

Marna zuckte heftig zusammen und blieb unvermittelt stehen. Gulda ging noch einen Schritt weiter; dann drehte sie sich zu Marna um. Marnas Blick zuckte mehrmals zwischen Gulda und Farnor hin und her, bevor er schließlich auf ihrem alten Freund haften blieb. Innerlich schien sie all ihre Kraft zu verlieren.

»Es tut mir Leid«, sagte sie unglücklich. »Ich wusste nicht, wie ich es dir sagen sollte. Ich weiß auch nicht warum. Und je länger ich es hinausgeschoben habe, desto schwerer fiel es mir.«

Farnors Mund war wie ausgetrocknet. Angesichts dessen, was er gerade erfahren hatte, und angesichts Marnas offensichtlicher Qual, wusste er nicht, was er tun sollte.

Dann griff irgendetwas in ihm zu ihr hinaus. »Es ist egal«, hörte er sich selbst sagen. »Es ging mich ohnehin nichts an. Auch hätte ich nicht gewusst, wie ich dir hätte helfen sollen. Ich nehme an, du hast getan, was du getan hast, weil du schlicht genau zu dieser Zeit an jenem Ort gewesen bist ... Mit Rannick ist es mir ähnlich ergangen.« Er blickte zu Yrain und Gulda. »Und ohne jemandem zu nahe treten zu wollen ... Mir muss niemand erklären, dass du nichts Falsches getan hast. Das weiß ich auch so.«

Verlegen legte er ihr den Arm um die Schulter und drückte sie an sich. Kurz sah es so aus, als würde Marna in Tränen ausbrechen, doch sie kämpfte dagegen an und murmelte irgendetwas Unverständliches vor sich hin. Gulda scheuchte beide wieder in Richtung Tor.

Als sie sich der Festung näherten, sah Farnor eine offen stehende Ausfalltür. Zwei Gestalten traten durch sie hindurch, die eine groß und kräftig gebaut, die andere kleiner und mit breiter Brust; doch trotz ihrer unterschiedlichen Größe schien der Kleinere es ohne weiteres mit dem Größeren aufnehmen zu können.

»Wie immer zu spät«, verkündete Gulda, als die beiden vortraten, um die Neuankömmlinge zu begrüßen. Farnor bemerkte sofort, dass die beiden auf Guldas Gegenwart ähnlich wie die Goraidin reagierten: wie ungeduldige Kinder, denen die Eltern eingebläut hatten, sich möglichst gut zu betragen. Farnor hätte am liebsten darüber gelächelt, doch er tat es nicht ... nicht solange Gulda in der Nähe war.

Mit ihrem Stab deutete Gulda nacheinander auf die beiden Männer, auf den Kleineren zuerst.

»Das ist Loman. Hawklan hat ihn zum Kastellan ernannt; eigentlich ist er Schmied.« Sie versetzte ihm einen fast liebevollen Stups mit dem Stab. »Und sollte die Not es erfordern, ist er ein guter Menschenführer.« Der Stab wanderte weiter. »Das ist sein älterer Bruder, Isloman, Pedhavins Erster Former. Mit dem Meißel versteht er ohne Zweifel umzugehen. Dies sind unsere Gäste, meine Herren, Farnor und Marna.«

Farnor sah seine Hand zuerst in Lomans riesiger, vom Schmiedefeuer gebräunter Faust verschwinden, dann in Islomans noch größerer, aber blasserer Pranke. Beider Griff war zwar entschlossen, doch auch unerwartet sanft, und ihr warmes Willkommen vertrieb viele der nervösen Gedanken, die Farnor über die Bewohner dieses Ortes gehegt hatte, zu dem er nun so lange gereist war und über den er so viel gehört hatte.

Dann, unter lauten Freudenbekundungen, begrüßten die beiden Männer die Goraidin. Dazu gehörte unter anderem auch, dass Isloman sich Yengar und Olvric mit je einem Arm packte und sie gleichzeitig vom Boden hob. Die Frauen warfen den beiden warnende Blick zu, und so wurden sie vorsichtshalber nur sanft umarmt.

Gulda schaute sich um. »Wo ist Hawklan?«, verlangte sie zu wissen. »Und Andawyr?«

»Gavor sucht sie bereits«, antwortete Loman.

»Zeig diesen jungen Leuten ihre Quartiere, Loman. Dann bring sie in den kleinen Speisesaal. Ihr habt doch Hunger, oder?«, fragte sie über die Schulter hinweg und beantwortete sich ihre eigene Frage mit einem »Gut, gut« gleich selbst, bevor irgendjemand etwas darauf erwidern konnte.

Eine kleine Gruppe von Leuten stand nahe beim Tor und studierte es offenbar eingehend. Einige redeten aufgeregt miteinander, andere strichen sanft und in Gedanken versunken über das Tor, während wieder andere sich Notizen machten und Zeichnungen anfertigten.

»Was machen die da?«, flüsterte Farnor zu Gulda.

»Sie studieren das Tor.«

Verwirrt runzelte Farnor die Stirn. »Warum?«

Gulda ließ die Prozession anhalten. »Geh, und sieh es dir einmal an, Farnor. Du auch, Marna.«

Selbstbewusst folgte Farnor der Aufforderung; Marna tat es ihm nach. Als er sich dem Tor näherte, erkannte er, dass das Schimmern, das er schon aus der Ferne bemerkt hatte, von äußerst komplizierten Mustern herrührte, die in die metallische Oberfläche graviert waren. Auch sah er, dass die Linien so klar und deutlich waren, als hätten die unzähligen Sommer und Winter ihnen nichts ausgemacht.

»Das ist unglaublich«, sagte er ebenso zu sich selbst wie zu Marna. »Gryss würde diesen Ort lieben.« Dann strich auch er sanft über das Tor wie die Leute, über die er gerade noch gestaunt hatte. Szenen und Texte erschienen und verschwanden wieder in der schier unglaublichen Komplexität der Gravuren. Da war ein Streitwagen, gezogen von weißäugigen Pferden mit Schaum vor dem Mund, deren Mähnen wild im Wind flatterten, während sie sich mit aller Kraft dem Willen des Wagenlenkers zu widersetzen versuchten. So lebhaft war dieses Bild, dass Farnor glaubte, er könne das Schnaufen der Tiere hören, das Donnern der Hufe und das Knarren und Klirren des Wagengeschirrs. Aber war das Bild nah oder weit weg? Dann erkannte er, dass Streitwagen, Pferde und Wagenlenker aus unzähligen anderen, kleineren Szenen bestanden, jede genauso detailliert wie die große. Farnor blinzelte, um besser sehen zu können; dabei fiel ihm auf, dass alles wiederum die sich überlagernden Bestandteile einer weiteren, größeren Gravur war. Eine kleine Wolke trieb vor der Sonne vorbei und schickte einen schwachen Schatten über das Tor. Farnor schnappte nach Luft und trat einen Schritt zurück, als das gesamte Tor plötzlich zum Leben zu erwachen schien. Sein Blick wurde nach oben gezogen, die alles überragende Mauer hinauf.

»Vorsichtig.« Eine kräftige Hand bewahrte ihn davor, unrühmlich hintüber zu fallen, während er sich immer weiter zurücklehnte, um nach oben schauen zu können.

Farnor drehte sich um, um seinem Retter zu danken, doch es dauerte einen Augenblick, bis er wieder klar sehen konnte. Dann sah er sich einer großen Gestalt in einer schlichten schwarzen Robe gegenüber. Der Mann war ungefähr genauso groß wie Isloman; aber obwohl er nicht so kräftig gebaut war wie dieser, vermittelte er den Eindruck, weit stärker zu sein, und obwohl er sich nicht bewegte, fühlte Farnor instinktiv, dass dieser Mann zu Bewegungen fähig war, um die Olvric und die anderen ihn nur beneiden konnten. Sofort wusste er, wen er hier vor sich hatte.

»Du bist Hawklan, nicht wahr?«, fragte er und blickte in ein schmales, wettergegerbtes Gesicht. Eckig, mit hohen Wangenknochen und einer herausragenden Nase wurde es von hellen grünen Augen beherrscht.

»Der bin ich«, gestand Hawklan und verbeugte sich knapp. »Und du bist Farnor, nehme ich an, wenn man Gavors Beschreibung trauen kann.« Er streckte die Hand zu Marna aus. »Und du musst Marna sein, die junge Frau, die mit den Goraidin reitet und die mit Sicherheit nicht Farnors Gefährtin ist. Du hast einen ziemlichen Eindruck auf unseren Vogel gemacht.«

Marna nickte auf ehrfurchtsvolle Art.

»Gefällt euch das Tor?«

»Ich glaube nicht, dass ich etwas darüber sagen könnte, ohne ins Stottern zu geraten«, antwortete Farnor.

Hawklan blickte am Tor hinauf. »Das ist keineswegs eine unangebrachte Reaktion«, sagte er. »Es gibt Menschen, die es zu ihrer Lebensaufgabe gemacht haben, es zu studieren, aber bis jetzt ist es niemandem gelungen, es in seiner Gänze abzuzeichnen. Noch nicht einmal die besten Former Orthlunds scheinen ein Auge dafür zu haben. Du hast mit der Hand darüber gestrichen, wie ich bemerkt habe.« Schuldbewusst wischte sich Farnor die Hände an der Hose ab und ließ sie dann verstohlen hinter dem Rücken verschwinden. »Wärst du blind, würdest du Bilder sehen und Geschichten lesen, die sich sehr von jenen unterscheiden, die wir wahrnehmen können. Zumindest hat man mir das gesagt. Und wenn du die Ohren dafür hast, singt es bei der leisesten Brise.«

Farnor blickte ihn unsicher an. Hawklan lachte freundlich. »Vor allem du solltest nicht daran zweifeln, Farnor. Du kannst den Großen Wald Hören.«

Bevor Farnor etwas darauf erwidern konnte, wurden er und Marna zu den anderen zurückgescheucht. Hawklan wandte sich den vier Goraidin zu. Seine Begrüßung fiel zwar nicht so wild aus wie die von Loman und dessen Bruder, doch war sie ebenso herzlich.

Kurze Zeit später saßen sie alle zusammen in einem hellen, luftigen Raum über einem großen Garten, einem von vielen innerhalb der Festung. Farnor und Marna schwankten ständig zwischen Aufregung und schier unglaublichem Staunen hin und her, während sie eine Entdeckung nach der anderen machten. Loman hatte sie in die Quartiere geführt, die er für sie vorbereitet hatte. Groß, elegant eingerichtet und wie alles andere auch mit Steinmetzarbeiten bedeckt glichen die Räume ebenfalls nichts, was Farnor und Marna je gesehen hatten. Es hatte eine Zeitlang gedauert, bis Loman die beiden jungen Leute davon überzeugt hatte, dass dies wirklich ihre Zimmer waren, solange sie sich in der Festung befanden. Nun, gebadet, umgezogen und von einem nahrhaften, schlichten Mahl gestärkt saßen sie auf den gut gepolsterten Stühlen und harrten der Dinge, die da kommen würden.

Farnor versuchte gerade, Loman zu erklären, dass er solch großzügige Gastfreundschaft unmöglich akzeptieren könne, ohne dafür zu bezahlen. »Ich arbeite gerne auf den Feldern. Oder ich kann etwas reparieren oder den Boden schrubben oder ...« Und Loman versuchte, ihm zu versichern, dass dies vollkommen unnötig sei. Plötzlich unterbrach ein Tumult an der Tür ihre Diskussion.

Fluchend stolperte Andawyr in den Raum. Tarrian und Grayle hatten ihn aus dem Gleichgewicht gebracht, als sie sich grob an ihm vorbeigedrängt hatten. Die vier Goraidin sprangen sofort auf und griffen beim Anblick der Wölfe nach ihren Messern.

»Alles in Ordnung!«, rief Hawklan rasch. »Es besteht keine Gefahr. Bitte, setzt euch wieder.«

Nur mit Widerwillen kamen die Goraidin der Aufforderung nach; auch setzten sie sich nur auf die Stuhlkanten, während die beiden Wölfe unbekümmert durch den Raum streiften und an allem und jedem schnüffelten. Andawyr folgten Antyr, Oslang, Usche und ein verlegen dreinblickender Ar-Billan.

Nachdem alle einander vorgestellt und Stühle hin und her gerückt worden waren, übernahm Andawyr den Vorsitz über die Versammlung.

»Es ist sehr schwer. Ich weiß nicht, wo ich anfangen soll, denn was hier geschieht, ist mir alles andere als klar. Wie auch immer ... Zunächst einmal reicht es, wenn ich euch sage, dass ich mit meinen Ordensbrüdern – und meiner Schwester – hierher gekommen bin, weil Yatsu und Jaldaric Antyr zu uns gebracht haben und mit ihm eine äußerst beunruhigende Geschichte.«

»Wo sind die beiden?«, verlangte Gulda höflich zu wissen.

»Sie werden gleich hier sein«, antwortete Loman.

»Wie ich gesagt habe«, fuhr Antyr demonstrativ fort, »hat Antyr eine sehr beunruhigende Geschichte zu berichten. Eine, die in ihren Einzelheiten mit anderen Dingen übereinstimmt, über die ich ...« Er streckte die Hand in Richtung Oslang aus. »... über die *wir* in den Cadwanol uns mehr und mehr Sorgen gemacht haben, und das schon seit geraumer Zeit. Und nach dem zu urteilen, was ich von Gavor gehört habe, hält unser neuer Gast, Farnor, eine ebenso beunruhigende Geschichte für uns parat. Da es somit viel zu erzählen gibt, schlage ich vor, dass wir beginnen.«

Die Tür öffnete sich, und Yatsu und Jaldaric betraten den Raum. Unter Guldas wachsamem Blick setzten sie sich verlegen hin.

»Wir sollten mit der Anhörung der Goraidin beginnen«, sagte Gulda. »Wenn wir dann der Meinung sind, es ist soweit, können Antyr und Farnor das ihre dazu beitragen.«

Es dauerte lange, die verschiedenen Geschichten zu erzählen, nicht zuletzt weil Gulda und Andawyr unzählige Fragen stellten. Allerdings waren die Berichte der Goraidin so gründlich, dass Antyr und Farnor nur noch ihre eigene Rolle bei den Ereignissen erklären mussten: Antyr erzählte von Ivaroth und dem Blinden, der ihn beherrscht hatte, und Farnor von Rannick und dem Serwolf.

Nachdem alle geendet hatten, herrschte Stille im Raum. Draußen war die Sonne hinter den Burgmauern versunken, und Dunkelheit hatte sich über den Garten gesenkt. Während das Licht verschwunden war, waren überall im Raum Lampen zum Leben erwacht.

»Das sind wirklich seltsame Geschichten«, sagte Gulda und klopfte geistesabwesend mit ihrem Stab auf den Boden, »und sehr beunruhigende – wie du gesagt hast, Andawyr.«

»Du hast uns noch nicht gesagt, warum du wieder zurückgekommen bist, Memsa«, stellte Hawklan die Frage, die Andawyr schon die ganze Zeit hatte stellen wollen.

Gulda zuckte mit den Schultern. »Ich wurde hierher gezogen«, antwortete sie schlicht.

Hawklan blickte zu Andawyr. »Irgendwelche Schlussfolgerungen?«

Andawyr schüttelte den Kopf. »Noch nicht«, antwortete er. »Nur jede Menge neue Fragen. Allerdings bin ich jetzt noch wesentlich besorgter als zuvor. Irgendetwas Böses ist hier im Gange, aber …«

»Kein ›Aber‹, Andawyr«, unterbrach ihn Gulda mit fester Stimme und stieß zum allgemeinen Erschrecken den Stab auf den Boden. »Irgendetwas Böses ist hier in der Tat im Gange. Du und ich, wir müssen uns sofort und ausführlich um diese Fragen kümmern. Verzögerungen bringen uns nicht weiter.« Sie stand auf. »Ich habe keine Zweifel, dass das geballte Soldatentum hier ein wenig in alten Kriegsgeschichten schwelgen will, und unsere Gäste haben im Augenblick alles getan, was sie tun können. Loman, könntest du …?«

Die Tür öffnete sich, und ein rotgesichtiger Junge stürmte in den Raum. Atemlos, aber geschickt wand er sich zwischen den Sitzenden hindurch und hielt, ohne auf Guldas Basiliskenblick zu achten, geradewegs auf Loman zu.

»Die Wache sagt, Reiter kommen von Süden, Kastellan, und zwar schnell.«

Zwanzigstes Kapitel

Im Licht der untergehenden Sonne stand eine kleine Schar vor der Festung, warf lange Schatten und wartete auf die sich nähernden Reiter. Als sie eintrafen, war sofort klar, dass sie schon längere Zeit mit beachtlicher Geschwindigkeit geritten waren. Die Pferde waren erschöpft, und die Reiter sahen kaum besser aus. Hawklan führte die Gruppe an, die ihnen entgegenrannte. Überraschung verstärkte seine Sorge noch, als er die Reiter erkannte.

»Dacu, Tirke! Was ist passiert?«

Die beiden Goraidin verweigerten jede Hilfe, als sie sich müde aus den Sätteln wuchteten, doch dankbar gaben sie die schwitzenden Pferde in fürsorgliche Hände. Dacu verschwendete keine Zeit mit Begrüßungen, sondern übermittelte Hawklan sofort seine Nachricht. Sie war so klar und deutlich, wie sie dringend war.

»Du wirst gebraucht. Zwei von uns liegen danieder.«

Erst nach kurzer Erklärung bemerkte er Gulda und Andawyr. Obwohl er überrascht war, die beiden zu sehen, fragte er nicht nach; er verneigte sich nur respektvoll und sagte an Andawyr gewandt: »Komm auch, wenn du kannst.«

Kurz nach ihrer Ankunft saßen die beiden Goraidin bereits wieder auf frischen Pferden und ritten die steile Straße in Richtung Dorf hinunter. Sie wurden von Hawklan begleitet; Andawyr und Isloman folgten ihnen auf einem Wagen in immer größer werdendem

Abstand. Trotz ihrer Müdigkeit hatten Dacu und Tirke ihre Erholung auf die kurze Zeit beschränkt, in der die neuen Pferde gesattelt wurden; einzig ihre vom Straßenstaub verschmutzten Gesichter hatten sie in dem eisigen kleinen Fluss erfrischt, der neben dem Großen Tor aus der Erde quoll.

Nachdem sie Pedhavin durchquert hatte, wandte sich die Gruppe nach Süden und beschleunigte ihr Tempo; der Wagen fiel rasch zurück, während die Reiter vorausgaloppierten. Auf dem Weg erzählten Dacu und Tirke Hawklan alles, was auf ihrer Reise durch Canol Madreth und Arvenstaat geschehen war, sowie von ihrer Begegnung mit Atlon. Hawklan hörte leidenschaftslos zu, während die seltsamen Geschichten von Vredech, Thyrn und Pinnatte Gestalt annahmen.

Obwohl sie hell strahlende Riddin-Pferdelaternen dabei hatten, die ihnen den Weg erhellten, konnten sie doch nicht so schnell reiten wie die Goraidin auf dem Weg nach Anderras Darion, und so war schon Mitternacht vorbei, als ein hin und her schwingendes Licht ihnen zeigte, dass sie ihr Ziel erreicht hatten.

Ungeduldig hieß Atlon sie herzlich willkommen.

»Nertha ist bei ihrem Mann und Pinnatte«, berichtete er Hawklan. Er sprach sehr leise, als wolle er niemanden stören. »Thyrn und Endryk schlafen – sie sind erschöpft. Das gilt zwar auch für Nertha, aber ...« Er zuckte mit den Schultern.

»Wie Dacu mir berichtet hat, ist sie sowohl Heilerin als auch Ehefrau«, sagte Hawklan, »und unter den Umständen somit doppelt mit Schlaflosigkeit gesegnet.« Er drehte sich zu Dacu und Tirke um. »Wo wir gerade davon sprechen ... Ihr beide müsst euch jetzt ausruhen. Ihr habt eure Sache gut gemacht; jetzt gibt es nichts mehr für euch zu tun, zumindest nicht bis

Andawyr und Isloman hier eintreffen. Schlaft, so lange ihr könnt. Atlon wird sich um die Pferde kümmern; dann wird auch er sich hinlegen.« Tirke schien dem widersprechen zu wollen, doch Hawklans gehobene Augenbrauen und ein sanfter Stoß von Dacu hielten ihn davon ab. Atlon verneigte sich knapp und übernahm die Pferde.

Nertha trat aus einem der Zelte. In den tanzenden Schatten des Lichts von Feuer und Laternen wirkte ihr Gesicht abgespannt und besorgt. Als sie Hawklan sah, strich sie ihre Jacke glatt, richtete sich zu ihrer vollen Größe auf und trat entschlossen und mit ausgestreckter Hand auf ihn zu. Hawklan ergriff die Hand und fühlte sofort die Kraft von Nerthas Willen, der mit den Zweifeln und der Schwäche um die Vorherrschaft rang, wie sie jeder Heiler empfand, wenn er sich um einen ihm Nahestehenden kümmern musste.

»Dacu hat mir erzählt, was er über deinen Mann und Pinnatte weiß«, sagte Hawklan und führte Nertha zum Zelt zurück, »was sowohl sehr viel als auch sehr wenig war. Hat sich irgendetwas verändert, seit die beiden aufgebrochen sind?«

»Nein«, antwortete Nertha. Dank ihrer Erfahrung als Heilerin gelang es ihr gerade so, das Zittern aus ihrer Stimme zu halten. »Sie ... Sie schlafen immer noch.«

Es hatte für große Aufregung im Lager gesorgt, als niemand Vredech und Pinnatte hatte wecken können. Was die Gemüter schließlich wieder ein wenig beruhigt hatte, war mehr Nerthas nüchterne, beherrschte Art gewesen als ihre Diagnose, nachdem sie sie untersucht hatte.

»Ich weiß nicht, was geschehen ist, aber als mein Mann das letzte Mal so gewesen ist – als er geschlafen hat und nicht mehr geweckt werden konnte –, lebte er oder ein Teil von ihm an einem anderen Ort, vielleicht auch zu einer anderen Zeit.« Sie atmete tief durch und drehte sich zu Thyrn um. »Er hat dir davon erzählt. Dir ist etwas Ähnliches passiert, nicht wahr, Thyrn?« Thyrn nickte, sagte aber nichts. Wie ein Kind klammerte er sich an Endryks Arm. »Ich habe keine Erklärung dafür«, fuhr Nertha fort. »Wir sind hier, weil wir die Gründe für all diese Geschehnisse erfahren wollen. Bei den letzten Malen ist er irgendwann einfach wieder aufgewacht. Ich glaube, im Augenblick können wir nichts anderes tun, als es ihnen so bequem wie möglich zu machen ... und zu warten.«

Dacu betrachtete die beiden offenbar schlafenden Gestalten und runzelte die Stirn. »Von so etwas am Lagerfeuer zu hören ist eine Sache, es zu sehen ist ... beunruhigend, um mich vorsichtig auszudrücken.« Langsam schaute er sich im Lager um und sagte: »Hier können wir aber nicht warten. Unsere Vorräte reichen nicht ewig, und wenn das Wetter umschlägt, stecken wir in ernsten Schwierigkeiten.«

Das war auch der Grund dafür gewesen, warum sie den vergangenen Tag und den Großteil der Nacht damit verbracht hatten weiterzuziehen. Das Gelände war jedoch größtenteils zu uneben gewesen, als dass die Pferde die improvisierten Bahren hätten ziehen können, sodass es sich für die Gefährten als notwendig erwiesen hatte, Pinnatte und Vredech die meiste Zeit über selber zu tragen. Zwar war keiner der beiden Männer schwer, dennoch war es eine harte, ermüdende Arbeit gewesen. Die ganze Zeit über hatte sich ihr Zustand nicht verändert, und als die Gefährten schließlich ihr Lager aufgeschlagen hatten, hatte Dacu beschlossen, dass er und Tirke nach kurzem

Schlaf so rasch wie möglich nach Anderras Darion reiten würden, um Hilfe zu holen. Atlon und die anderen hatten bleiben sollen, wo sie waren, doch daran hatten sie sich nicht gehalten, und als die Goraidin mit Hawklan wieder zurückkehrten, waren sie schon ein gutes Stück nordwärts gekommen.

Nertha drehte das Licht der Laterne auf, während Hawklan die beiden Männer untersuchte. Routinemäßig überprüfte er ihren Puls und andere Vitalfunktionen, obwohl er nach allem, was er bisher gesehen und was Nertha ihm erzählt hatte, fest davon überzeugt war, nichts Ungewöhnliches finden zu können.

»Sie scheinen zu schlafen«, bestätigte er schließlich seine Vermutung. »Ich kann nichts finden außer den typischen Erschöpfungserscheinungen, wie sie alle Menschen zeigen, die über eine weite Strecke gereist sind. Tatsächlich wirken sie sogar so entspannt, dass ich sagen würde, sie träumen – nur dass ihre Augen sich nicht bewegen.«

»Mein Mann sagt, dass er nie träumt«, erklärte Nertha in Gedanken versunken.

Hawklan ergriff Pinnattes verletzte Hand. »Das ist allerdings seltsam. Fast scheint sie Teil von etwas anderem zu sein, von etwas ... jenseits von ihm.« Nachdenklich schüttelte er den Kopf. »Trotzdem scheinen sie nicht in Gefahr zu schweben.«

»Jedenfalls nicht hier«, schränkte Nertha ein und betrachtete Hawklans Gesicht aufmerksam. »Sie *sind* allerdings irgendwo anders; dessen bin ich sicher.«

»Ja. Das hat Dacu mir schon gesagt«, erwiderte Hawklan. Er sah, wie Nertha nach Zweifeln in seinen Augen suchte. »Ich bin ein Heiler wie du«, erklärte er. »Es gibt vieles, was ich nicht verstehe, aber ich habe gelernt, die Dinge so zu akzeptieren, wie sie sind, egal wie seltsam sie auch erscheinen mögen. Das ist eine merkwürdige Geschichte, das gebe ich zu, aber ich habe schon seltsamere gehört.« Er stieß ein leises Lachen aus, welches das Zelt zu wärmen schien. »Tatsächlich war ich selbst schon in seltsameren Situationen.«

Plötzlich runzelte er die Stirn, kniete sich zwischen die beiden Schlafenden und legte ihnen die Hand auf die Stirn. »Hier seid ihr sicher. Wir wachen über euch«, sagte er. »Habt keine Angst. Alles ist gut. Alles wird wieder in Ordnung kommen.«

Dann stand er auf. »Im Augenblick können wir nichts tun, was du nicht schon getan hättest. Uns folgt ein Wagen. Wir werden sie so schnell wie möglich nach Anderras Darion bringen. Dort haben wir mehr Möglichkeiten, mehr Wissen, mehr von allem zur Verfügung. In der Zwischenzeit solltest du dich ein wenig hinlegen und schlafen.«

Nertha schüttelte den Kopf. »Ich gehöre hierher.«

»Du hast getan, was du tun konntest. Das weißt du«, sagte Hawklan. »Ich werde hier bleiben und dich wecken, sollte etwas passieren.« Unsicher verzog Nertha das Gesicht.

»Wenn sie dich dann brauchen, wirst du stark und ausgeruht sein«, versuchte Hawklan, sie weiter zu überzeugen.

Nertha blickte ihn ernst an; sie stand kurz vor der Kapitulation. »Vermutlich hast du Recht«, räumte sie ein. »Aber ich kann genauso gut bei euch bleiben. Schlaf zu brauchen und schlafen zu können, sind zwei Paar Schuh.«

»Ich verstehe«, sagte Hawklan. »Wenn du gestattest …«

Doch ohne auf ihre Erlaubnis zu warten, strich er Nertha mit der Hand übers Gesicht und fing sie auf, als sie fiel.

»Du konntest schon immer gut mit Frauen umgehen.«

Das war Dar-volci, der Hawklan begrüßte, als dieser Nertha aus dem Zelt trug.

»Schön, dich wieder zu sehen, Felsenesser«, sagte Hawklan. »Auch wenn es so aussieht, als könne ich dich noch nicht einmal ein paar Tage alleine hinausziehen lassen, ohne dass du gleich die Welt auf den Kopf stellst. Welches Zelt gehört ihr?«

Nachdem er es Nertha bequem gemacht und er sich vergewissert hatte, dass alle schliefen, stellte Hawklan eine Signallaterne für Loman und Andawyr auf; dann setzte er sich ans Feuer. Er warf eine Hand voll kleiner Zweige hinein und beobachtete die Funken, die in den Nachthimmel stoben. Dar-volci rollte sich ihm gegenüber zusammen.

»Was hältst du davon?«, fragte Hawklan den Felci.

»Es bedeutet nichts Gutes. Sumeral nimmt irgendwo wieder Gestalt an, und Er versucht zurückzukommen.«

Hawklan hatte das Gefühl, plötzlich in Eiswasser gefallen zu sein. Einen Augenblick lang hörte er nur noch seinen eigenen Herzschlag, und sein Sichtfeld war von Dar-volcis dreieckigem Kopf erfüllt. Das Maul des Felci bewegte sich. »Arash-Felloren stinkt nach Seiner Gegenwart.« Dar-volcis nüchterner Ton half Hawklan, den Schock zu überwinden und die Erinnerungen an den Krieg zurückzudrängen, die ihn plötzlich zu überwältigen drohten. »Die Stadt muss einst eine Seiner Zitadellen gewesen sein; ihre Wurzeln sind uralt und verdorben. Und diese verdammten

Kyrosdyn hätten Ihn fast zurückgebracht, indem sie Pinnatte dafür benutzt haben.« Wütend knirschte er mit den Zähnen und kratzte sich das Fell. Kurz schwieg er, dann: »Weißt du ... Wenn ich jetzt so zurückblicke, bin ich nicht sicher, ob das wirklich so schlimm gewesen wäre.« Der entsetzte Ausdruck in Hawklans Augen wich Ungläubigkeit, aber er schwieg. »Doch in was auch immer die Kyrosdyn Pinnatte verwandelt hatten, es war instabil. Es wäre nicht von Dauer gewesen. Wie es allerdings jemals so weit hat kommen können ... keine Ahnung.« Kurz klang Dar-volcis Stimme ironisch. »Andawyr würde dir heutzutage vermutlich eine Gleichung präsentieren können, um solch eine Möglichkeit zu beweisen, dabei reicht es eigentlich, gefühlt zu haben, dass etwas dort war. Frag Atlon. Ich glaube, wenn Er Pinnattes Körper übernommen hätte, wäre das Sein endgültiger Untergang gewesen. Aber ungläubig wie immer sind wir natürlich zur Rettung geeilt. Und Pinnatte ist auf seine Art eigentlich auch ein ganz netter Kerl.«

Hawklan hoffte, dass der Felci hier nur einer düsteren, spöttischen Fantasie Ausdruck verlieh, doch dem war offenbar nicht so. Selbst Dar-volci besaß keinen *so* schwarzen Humor. Hawklan legte den Kopf in die Hände und schüttelte ihn langsam. Es dauerte eine Weile, bevor er wieder sprechen konnte.

»Du sprichst sehr gelassen davon. Ich hingegen kann es kaum ertragen, auch nur darüber nachzudenken.« Er blickte den Funken des Lagerfeuers hinterher und in den Nachthimmel hinauf. »Kann das wirklich wahr sein, Dar? Du musst dich irren. Wie sollte Er wieder zurückkehren können?« Er wusste, dass diese Frage sinnlos war. Dar-volci hätte nichts gesagt, wäre er nicht hundertprozentig sicher gewesen. Trotzdem musste Hawklan fragen. Das half ihm, die Dinge zu akzeptieren, wie sie waren. »Zumindest nicht so schnell, nachdem Er ... nachdem Er vernichtet worden ist. Zwischen dem Ersten und Zweiten Kommen sind unzählige Generationen vergangen.«

Dar-volci machte es ihm nicht gerade leichter. »Wir wissen nicht, wie lange Er schon in Narsindal gewesen ist, bevor wir von Ihm gehört haben, oder? Wir hatten es Oklars Torheit zu verdanken, dass wir von Ihm erfahren haben, nicht unserer Wachsamkeit. Auch wissen wir nicht, was Ihn wieder zurückgebracht hat, und in welcher Gestalt. Aber auf jeden Fall hat es länger gedauert, Derras Ustramel wieder aufzubauen und die Uhriel ins Leben zurückzuholen.« Die Zusammenfassung des Felcis war schrecklich genau. Und es waren keine neuen Gedanken. Die Art und Weise und der Augenblick von Sumerals Rückkehr waren nach dem Krieg lange unter den Fyordyn und ihren Verbündeten diskutiert worden. In einem waren sich dabei alle von Anfang an einig gewesen: Egal wann und wie auch immer es geschehen sein mochte, sie hatten kläglich in ihrer uralten Verantwortung versagt.

Schweigend starrte Hawklan ins Feuer.

»Das kann nicht sein«, sagte er. Es war mehr ein Flehen als eine Erklärung. »All die Menschen, die getötet worden sind. All das Leiden, das uns noch immer begleitet ... endlose Folgen. Ich bezweifele, dass es irgendjemanden gibt, der am Krieg beteiligt war und nicht jeden Tag von den Erinnerungen daran heimgesucht wird. Wir können nicht noch einmal gegen Ihn kämpfen, nicht auf diese Art. Es hätte vorbei sein sollen. Er ist vernichtet worden, bevor er Seine volle Stärke wiedererlangt hat. Er hat sich selbst zerstört. Er hat sich selbst wer weiß wohin zerstreut.«

»Genau«, sagte Dar-volci. »Wer weiß wohin. Von Anbeginn an hat niemand gewusst, was Er war, woher Er kam oder warum Er so war, wie Er war. Selbst Ethriss wusste nur, dass Er wie er selbst vom Anbeginn der Zeit stammte – aus der Großen Hitze – das und die Tatsache, dass Er wieder zurückkehren würde, auch wenn Ethriss nie erklärt hat, woher er das wusste; allerdings nehme ich an, es war nur eine Vermutung. Aber zurückgekehrt ist Er. Und Er kommt noch einmal wieder, wenn wir keinen Weg finden, Ihn aufzuhalten.«

Hawklans Gedanken überschlugen sich. »Vielleicht habt du und Atlon Ihn in Arash-Felloren zerstört.«

Dar-volci schüttelte den Kopf. »Wir haben Seine Pläne durchkreuzt, das ist alles. Von Zerstörung habe ich nichts gefühlt. Und ich *hätte* so etwas gefühlt, dessen bin ich sicher. Nun haben wir noch Vredechs Erfahrung zusätzlich zu dem, was uns widerfahren ist. Dacu hat dir davon erzählt, nehme ich an.«

Hawklan nickte. »Sein Freund – Cassraw, stimmt's? – war von irgendetwas besessen, und er versuchte, andere über den Weg einer wahnsinnigen Religion ebenfalls davon besessen zu machen und ...«

Dar-volci unterbrach ihn. »Religion war schon immer Sein liebstes Werkzeug, das weißt du. Es ist der leichteste Weg. Ignoranz maskiert sich als Sicherheit. Es bieten sich unzählige Möglichkeiten für alle Arten von Schrecken, wenn diese Phrasen den Schwachen und Leichtgläubigen erst einmal eingetrichtert sind.« Er stieß ein leises Pfeifen aus. »Ihr Menschen seid Kreaturen, die sich nur allzu gerne führen lassen. Dann ist da noch die Sache, die Thyrn widerfahren ist. Das alles sind keine Zufälle.«

»Glaubst du, dass Thyrn auch von Ihm berührt worden ist?«, fragte Hawklan vorsichtig. »Dass es Sumeral war, der von dem Mann Besitz ergriffen hat, in dessen Diensten der Junge stand?« Er suchte nach dem Namen.

Dar-volci fand ihn für ihn. »Vashnar. Irgendeine Art hochrangiger Regierungsmensch.« Er streckte sich und rollte sich dann wieder zusammen. Die Spannung in seiner Stimme wurde durch Nachdenklichkeit ersetzt. »Über Thyrn weiß ich nicht viel. Was ihm widerfahren ist, fühlt sich ähnlich und vollkommen anders zugleich an. Was auch immer es gewesen sein mag, das von diesem Vashnar Besitz ergriffen hat, es gebot über die Macht, wenn man denn Thyrns Beschreibung trauen kann – und das kann man, wie du selbst herausfinden wirst. Aber da ist etwas an der Art, wie er darüber spricht. Vermutlich hat das was damit zu tun, dass er ein Caddoran ist. Er gibt das, was er gehört hat, mit ungewöhnlicher Genauigkeit wieder. Es ist bemerkenswert. Du musst ihn bitten, dass er dir seine Geschichte persönlich erzählt; dann wirst du sehen, was ich meine. Wenn ich ihm zuhöre, während er über Vashnar und die Macht spricht ... die Wesenheit oder was immer es auch gewesen sein mag, das ihn angetrieben hat ... dann habe ich das Gefühl, als wäre hier etwas *wirklich* Altes, vielleicht sogar aus der Zeit *vor* der Großen Hitze wieder zurückgekehrt. Es ist sehr seltsam und äußerst beunruhigend. Ich kann meine Kralle nicht darauf legen, aber ich kann es auch nicht einfach so verdrängen.«

Normalerweise war Dar-volci sich nie unsicher, und sein Zögern vergrößerte Hawklans Sorge noch; dennoch antwortete er mit einer gewissen Leichtigkeit. »Dann kannst du dich ja darum kümmern. Ihr Felcis stammt doch angeblich aus einer Zeit vor der Großen

Hitze, nicht wahr?«, sagte er. Er wusste selbst nicht, ob er das nun ernst meinte oder nicht.

»Das stimmt«, erwiderte Dar-volci schlicht. »Genauer gesagt lässt sich unsere Linie bis in diese Zeit zurückverfolgen.« Plötzlich riss er die Augen weit auf und funkelte Hawklan herausfordernd an. »Du fragst, woher wir so etwas wissen? Es ist tief in dem Wissen verborgen, das jeden von uns durch und durch erfüllt.« Dann kam er Hawklans Bedürfnis nach Aufheiterung entgegen und wurde ironisch. »Aber ich fürchte, wir haben es nicht auf irgendeinem Stück Papier niedergeschrieben, um es jedermann zu zeigen«, sagte er.

Hawklan lachte. Er war dankbar für Dar-volcis Humor, auch wenn er nur kurz die Dunkelheit vertrieb, in die ihn die ursprüngliche Analyse des Felci gestürzt hatte. Während er nun so darüber nachdachte, erkannte er, dass diese Dunkelheit in vielerlei Hinsicht schon seit dem Krieg gewachsen war. Sie unterschied sich jedoch deutlich von den Schmerzen und dem Leid, das er gesehen und um das er sich hatte kümmern müssen. Das war etwas gewesen, das er akzeptieren und wovon er sich gleichzeitig distanzieren konnte, ein notwendiger Bestandteil seines Berufs als Heiler. Dies hier war jedoch etwas vollkommen anderes. Dies hier war undeutlich; es besaß keine richtige Gestalt. Diese Dunkelheit kam von einem anderen Ort in ihm selbst, und sie umgab die Worte, die Sumeral zu ihm gesagt hatte, als er mit Ethriss Schwarzem Schwert in der Hand über den Damm am Kedrieth-See in Richtung der nebelverhangenen Feste Derras Ustramel gestürmt war, um dieser zurückgekehrten Abscheulichkeit ein Ende zu bereiten.

»*Größter meiner Uhriel*«, hatte Er ihn genannt.

Wann immer die Erinnerung an diese Worte zu

Hawklan zurückkehrte, rannte er im Geiste wieder über den feuchten, leeren Damm, und um ihn herum waren nur noch seine eigenen dumpfen Schritte und das leise Plätschern des eisigen Sees zu hören. Eine unheimliche Kälte hatte von ihm Besitz ergriffen, als er von Sumerals wunderschöner und zugleich Furcht erregender Stimme erfüllt worden war.

»*Größter meiner Uhriel.*«

Jeder Teil von ihm hatte aufgeschrieen, um das zu leugnen. Das war unmöglich! Hatte Ethriss eigene Hand ihn nicht dem Tod auf jenem uralten Schlachtfeld zur Zeit des Ersten Kommens entrissen, auf dass er sich Sumeral nun entgegenstellen konnte?

»*Das war meine Hand, Hawklan. Ethriss hat keine seiner Schöpfungen verschont. Ich habe deinen wahren Wert erkannt und dich zu dem meinen gemacht für die Zeit, da ich wieder auferstehe.*«

Seelenzerreißende Worte.

»*Siehe dein Erbe, und leugne es, wenn du kannst.*«

Dann hatte Hawklan Seine Vision von Ethriss' Welt und jener jenseits davon gesehen und wie Er sie nach Seinem Bilde neu erschaffen wollte. Fehlerlos, perfekt, ohne die geringste Schwäche. Selbst jetzt noch lauerte die Vision in Hawklans Geist, auch wenn er nur selten darüber sprach. Er schien unfähig zu sein, hinter sie zu blicken, sie in Frage zu stellen. Sie war da. Vollendet. Eine Ganzheit.

Und mit dieser Erinnerung kehrte noch eine weitere zurück, eine, die ihn zutiefst quälte: Von Sumerals Enthüllung wie benommen und von Seinen Worten in Versuchung geführt, hatte er das Schwarze Schwert fallen lassen. »*Ethriss grausamer Stachel.*« Das war eine schier unglaublich närrische Tat gewesen, wie Hawklan inzwischen glaubte, obwohl er nicht wusste, warum er dessen so sicher war. Er brauchte kein Schwert in dieser nun so friedlichen Welt, und falls doch, dann gab es in den Waffenkammern von Anderras Darion genug, die ihm genauso gute Dienste leisten würden. Dennoch hatte er das Gefühl, als hätte er mit dem Schwert einen Teil von sich selbst verloren.

Er spürte, wie seine Hand sich öffnete und das Schwert hinausfiel. Es konnte nur in diesen grauen kalten See gefallen sein, oder? Aber er erinnerte sich daran, wie es ewig gefallen war, durch die Dunkelheit ... Es fiel und fiel, bis ein Klirren signalisiert hatte ... was? Hawklan versuchte, sich genau daran zu erinnern, was er gehört hatte. Um ihn herum hatten so viele Geräusche das dunkle Grau Narsindals erfüllt, als Sumeral und Seine große Feste vernichtet worden waren. Es konnte unmöglich so gewesen sein, wie er sich daran erinnerte. Und doch ...

»Bist du wieder am See?« Dar-volcis Stimme riss Hawklan aus seinen Gedanken.

»Auch wenn du es immer wieder leugnest, glaube ich, dass du Gedanken lesen kannst«, erwiderte Hawklan und hob den Blick.

Dar-volci schüttelte den Kopf. »Ich ziehe es vor, tiefsinnige Dinge von einer gewissen Qualität zu lesen.«

Er spie ins Feuer.

»Schlechten Geschmack im Mund?«

»Ich bin wieder am See«, antwortete Dar-volci säuerlich.

»Glaubst du, wir werden ihn je wieder verlassen?«

Dar-volcis Augen funkelten im Feuerschein. »Ich habe ihn am gleichen Tag wieder verlassen«, erklärte er. »Ich gehe nur immer wieder zurück, weil du noch dort bist.« Er schüttelte den Kopf, knurrte verärgert und spie wieder ins Feuer.

Hawklan verneigte sich entschuldigend. »Tut mir Leid«, sagte er; »aber ich weiß deine Gesellschaft zu schätzen.« Dann hörte er sich selbst sagen: »Ich hätte das Schwert nicht fallen lassen sollen.«

Einen schier endlosen Augenblick lang gab es nur noch den Mann und den Felci am Feuer, die in einem Universum des Schweigens schwebten. Langsam legte Dar-volci den Kopf zur Seite.

»Nun ja ... Du hast ja einige Zeit gebraucht, um das zuzugeben, hm?«

Hawklan atmete tief durch. Er fühlte sich, als würde tief in seinem Inneren ein riesiger, stiller Ozean von einer unsichtbaren Kraft aus dem Gleichgewicht gebracht werden, sodass sich Ebbe in Flut verwandelte.

»Ich glaube, du hast vielleicht Recht«, sagte er.

»Du denkst doch nicht darüber nach, noch ein paar unglückliche Freiwillige loszuschicken, um in dieses faule Wasser hinabzutauchen, oder?«

Hawklan beeilte sich zu erklären, dass er nichts mit diesem berüchtigten Unternehmen zu tun hatte. »Glücklicherweise war das nicht meine Idee. Außerdem ... Wo auch immer es sein mag, dort ist es nicht, dessen bin ich inzwischen sicher. Es ist auf genauso geheimnisvolle Art verschwunden, wie es gekommen ist.«

Dar-volci drehte sich zu dem Zelt um, wo Vredech und Pinnatte lagen. »Irgendwo anders, hm? Wie unsere beiden Freunde vielleicht? Womöglich werden sie es für dich finden.«

Eine freundschaftliche Stille senkte sich zwischen die beiden.

Schließlich brach Dar-volci sie. »Hast du manchmal das Gefühl, dass auf irgendeiner tiefen, verborgenen Ebene alles auseinander fällt, dass es sich auflöst?«

Hawklan blickte ihn verwirrt an.

Dar-volci stand auf und schüttelte sich. »Ist ja auch egal. War nur so ein Gedanke. Ich bin sicher, wenn irgendetwas falsch ist, wird es früher oder später schon von selbst ans Tageslicht kommen.«

»Andawyr sagte, er hätte mehr das Gefühl, als würden die Dinge zusammenkommen, anstatt auseinander zu fallen«, sagte Hawklan. »Du, Atlon, Thyrn und all die anderen, die ihr so plötzlich erschienen seid, gebt mir mit euren Geschichten viel Stoff zum Nachdenken.«

»Andawyr ist in Anderras Darion?«

Hawklan zählte auf. »Und Yatsu und Jaldaric. Und Yengar, Olvric, Jenna und Yrain. Alle haben sie wie du ungewöhnliche Gäste mitgebracht. Und *Gulda* ist auch da!«

Dar-volci saß auf den Hinterbeinen und stieß eine Reihe aufgeregter Pfiffe aus. »Was du nicht sagst, mein lieber Junge«, imitierte er Gavor. Dann kippte er ruckartig den Kopf zur Seite und murmelte irgendetwas vor sich hin.

»Spar dir die Mühe. Sie sind hier.«

»Hab keine Angst«, sagte Vredech.

»Still!«, lautete die drängende Antwort.

Keine Sonne war zu sehen, und der Himmel besaß eine dunkle, ungewöhnliche blaue Farbe. Unter ihm erstreckte sich eine raue, zerklüftete Landschaft. Blauschwarze Schatten fielen von gezackten Gipfeln und Graten auf eine weite Ebene, die bis zum bläulichen Horizont hin von tiefen Gräben durchzogen war, welche ihr das Aussehen von etwas Totem, etwas schon lange Verwestem verliehen.

Vredech wusste nicht, warum er gesagt hatte, »Hab keine Angst«, denn er fürchtete sich ja selbst. Das war nur eine Angewohnheit, entschied er, eine Angewohnheit, die von seinen pastoralen Pflichten herrührte. Es war Teil seines Berufs, Trost zu spenden, auch wenn dieser Trost sich auf Nichts gründete.

Er und Pinnatte standen unmittelbar unter einem Bergsattel, der links und rechts von ihnen zu scharfkantigen Gipfeln hinaufführte. Wo sie sich befanden, wie sie hierher gekommen und wie lange sie schon hier waren, diese Fragen waren Vredech ein Rätsel. Er war ganz normal zu Bett gegangen; dann, plötzlich und ohne dass er sich einer Veränderung bewusst gewesen wäre, hatte er hier gestanden, und Pinnatte hatte neben ihm gehockt.

Pinnattes Instinkte als Straßendieb sorgten dafür, dass er sich angesichts dieser unerwarteten Entwicklung erst einmal vollkommen ruhig verhielt, bis er sie einschätzen konnte. Denn Gefahr drohte hier, dessen war er sicher. Auch er hatte sich unvermittelt an diesem Ort wiedergefunden, ohne dass er sich daran hätte erinnern können, wie er hierher gelangt war.

Pinnatte spähte in das dunkelblaue Zwielicht hinaus und suchte in dem geheimnisvollen, unangenehmen Terrain nach Anhaltspunkten darauf, wo sie sich befanden. Aber er fand nichts. Allerdings bemerkte er, dass er hier wieder der alte Pinnatte war, der selbstbewusst durch die überfüllten Straßen und dunklen Gassen seiner Heimatstadt gehuscht war, immer auf der Suche nach Gefahr und Gelegenheit. Fort war der Dunst, der sich zwischen seinen Verstand und seine Sprache gelegt hatte, nachdem die Kyrosdyn mit ihren verdammten Experimenten begonnen hatten. Das war gut.

»Würde ich träumen, würde ich sagen, das ist einer«, bemerkte er leise.

»Für gewöhnlich träume ich auch nicht«, sagte Vredech. »Und wo auch immer dieser Ort sich befinden mag, er ist real. So etwas ist mir schon einmal passiert.«

»Was ist dir schon einmal passiert?«

»Dass ... Dass ich an einen anderen Ort versetzt werde ... ohne Vorwarnung. Ich verstehe es allerdings nicht. Das ist einer der Gründe, warum ich nach Anderras Darion will. Ich war sogar schon einmal an dem Punkt angelangt, da ich geglaubt habe, den Verstand zu verlieren.«

»Vielleicht haben wir beide den Verstand verloren«, sagte Pinnatte.

Vredech schüttelte den Kopf und legte Pinnatte beruhigend die Hand auf den Arm. »Hier gibt es keinen Wahnsinn – oder jedenfalls nicht in uns.«

Er hob die Hand vors Gesicht. Obwohl kein Wind wehte, hatte er das Gefühl, als würde ihm irgendetwas ins Gesicht blasen.

»Deine Hände zittern«, sagte Pinnatte. »Du hast doch gesagt, dass sei dir auch früher schon passiert.«

»Aber ich habe nicht gesagt, dass ich es genossen oder dass ich keine Angst gehabt hätte«, erwiderte Vredech. Er schaute sich um. »Und an so einem Ort war ich noch nie. Keine Wolken, keine Sonne, keine Sterne ... Einen solchen Ort hätte ich mir noch nicht einmal vorstellen können.«

»Und die Luft riecht eigenartig.«

»Beißend«, stimmte ihm Vredech zu. »Es riecht wie in einer Schmiede nach glühendem Metall, nur dass es kalt statt heiß ist.«

»Wie kommen wir wieder zurück?«, fragte Pinnatte zögernd.

»Bei den letzten Malen, da mir so etwas passiert ist, bin ich genauso unerwartet wieder ... wieder zurückgekehrt«, antwortete Vredech, obwohl er wusste, dass sie diese Worte nur wenig trösten konnten. Er schloss die Augen. Schwach fühlte er einen anderen Teil von sich, jenen Teil, der noch immer im Zelt lag. Nertha wachte über ihn. Aber ja, die Frage war angebracht: Wie sollten sie wieder zurückkehren? Panik keimte in Vredech auf, und nur mit Mühe hielt er sie unter Kontrolle. Er konnte nichts tun – nichts außer zu warten. Er teilte seinem Gefährten seine Schlussfolgerung mit.

Pinnatte rieb sich die Hand. »Glaubst du, dass es etwas damit zu tun hat, was die Kyrosdyn mir angetan haben?«

»Ich habe keine Ahnung. Ich ...«

»Schau!« Pinnatte deutete nach vorne.

Vredech blickte in die angegebene Richtung auf die zerklüftete Ebene hinaus.

»Ich kann nichts sehen.«

»Da! Schau!« Wieder stieß Pinnatte den Finger nach vorne.

Vredech blinzelte; dann kniff er die Augen zusammen, um in dem allgegenwärtigen dunkelblauen Licht etwas erkennen zu können.

Im selben Augenblick, da er die Gestalten sah, hallten auch schon deren Stimmen zu ihnen hinauf.

Einundzwanzigstes Kapitel

Das war kein Willkommensgruß. Es war ein hoher, grausamer Ton, der Vredech und Pinnatte ebenso durchdrang wie die beißende blaue Luft. Die beiden Männer pressten die Hände auf die Ohren, um das furchtbare Geräusch auszusperren – ohne Erfolg. Vredech hatte das Gefühl, als würden die Berge selbst bei diesem Klang erzitterten. Pinnatte kauerte sich auf den Boden. Vredech, der sich dadurch doppelt ungeschützt fühlte, tat es ihm nach. So hockten sie Seite an Seite und beobachteten die näherkommenden Gestalten.

Abgesehen von den Schwierigkeiten, die das Licht verursachte, waren die Gestalten viel zu weit weg, als dass man Einzelheiten hätte erkennen können, außer dass sie ritten und dass sie zu dritt waren. Sie hielten ihre Formation so genau und ritten auf so geradem Weg, dass sich den Beobachtern der Eindruck aufdrängte, ein Pfeil fliege über die Ebene. Sowohl Vredech als auch Pinnatte schnappten hörbar nach Luft, als die Reiter über einen breiten Graben hinwegsprangen, ohne an Geschwindigkeit zu verlieren und ohne dass sich an der Formation etwas geändert hätte.

»Wer sind die?«, flüsterte Pinnatte.

Vor lauter Aufregung antwortete Vredech verärgert: »Ich habe dir doch gesagt, dass ich noch nie hier gewesen bin. Ich habe keine Ahnung, wer sie sind ... oder was.«

Pinnatte ignorierte Vredechs Tonfall. Wieder übernahm sein Instinkt die Kontrolle. »Ich glaube, wir sollten uns besser von ihnen fern halten.«

Ein weiterer Schrei hallte zu ihnen herüber; dann stimmten andere mit ein, ein fürchterliches Kreischen. Auch wenn er keine Worte in den Schreien erkannte, sträubten sich die Härchen auf Vredechs Armen. Hier war eine grausige Konversation im Gange. »Ja«, sagte er. »Das ist vermutlich eine gute Idee. Die klingen nicht sehr gastfreundlich.«

»Die klingen beängstigend«, korrigierte ihn Pinnatte mit weit aufgerissenen Augen. »Ich bin froh, dass wir auf halbem Weg den Berg hinauf sind.« Er deutete zu ein paar Felsen in der Nähe, und schweigend schlichen die beiden Männer in deren Schatten. »Das fühlt sich schon besser an«, flüsterte Pinnatte, als Vredech sich zu ihm gesellte. »Von hier aus können wir sie beobachten.«

Die Schreie verstummten.

»Sei still! Ganz still!«, zischte Pinnatte. Nun hatte der junge Dieb ihm schon zum zweiten Mal diesen Befehl erteilt, aber obwohl die Reiter noch ein gutes Stück weit entfernt waren, verspürte Vredech nicht das Bedürfnis, etwas dagegen einzuwenden. Auch wenn nun Stille herrschte, schienen die Schreie noch immer in ihm widerzuhallen. Sie beschworen eine derartige Dunkelheit in ihm herauf, dass er sich nur mit Mühe davon abhalten konnte zu beten.

Wo lag dieser Ort? Und wie waren er und Pinnatte hierher gekommen? Oder warum? Das war eine böse Frage. Vredech scheute vor ihr zurück. Er schloss die Augen und griff zu jenem Teil von sich hinaus, der nach wie vor sicher unter den wachsamen Augen seiner Frau im Zelt lag. Er war noch immer dort; allerdings hatte er nun etwas Seltsames, Verwirrtes an sich...

Pinnatte schüttelte ihn und rief ihn so in die unheimliche blaue Welt zurück.

Die Gestalten hatten angehalten. Vollkommen regungslos standen sie nebeneinander. Vredech bemerkte, dass er den Atem anhielt. An diesem Ort war es unnatürlich still, erkannte er. Noch nicht einmal das Plätschern eines entfernten Baches oder das Rauschen des Windes um die Gipfel herum oder durch die Klüfte hindurch war zu hören, wie sie für ein Gebirge typisch waren. Es schien, als seien selbst die Berge in furchtsamem Respekt vor diesen Neuankömmlingen erstarrt.

Oder versuchten sie vielleicht, ihrer Aufmerksamkeit zu entgehen?

Vredech atmete tief durch. *Entspann dich,* befahl er sich selbst. Die Situation war schon seltsam genug, auch ohne dass er sich von seiner Fantasie überwältigen ließ.

Dann, mit einer Langsamkeit, die ebenso unnatürlich war wie die Stille, setzten die Gestalten sich wieder in Bewegung, diesmal eine nach der anderen. Nach und nach vergrößerte sich der Abstand zwischen ihnen; dann schwenkte die Linie und verwandelte sich in einen breiten Kreis. Ein leises Heulen erreichte Vredech und Pinnatte, das jedoch ebenso unangenehm war wie das Kreischen, welches das Erscheinen der Gestalten angekündigt hatte.

Wie Raubtiere, die versuchen, eine scheue Beute herauszulocken, dachte Vredech.

Ein weiteres Muster bildete sich heraus. Während die Reiter ihre jeweilige Position zueinander beibehielten, schrumpfte der Kreis zusammen. Gleichzeitig beschleunigten sie ihre Geschwindigkeit. Die beunruhigende Präzision des Manövers hatte etwas Verwirrendes, ja Hypnotisches an sich, sodass sich für die beiden Beobachter die Zeit selbst zu dehnen schien.

Die Schreie, die diese Bewegungen begleiteten, waren in Harmonie dazu; in unregelmäßigem Rhythmus wurden sie lauter und wieder leiser – fast wie ein krächzender Gesang. Vredech beugte sich vor und kniff die Augen zusammen. Da war etwas in der Mitte des Kreises; dessen war er sicher ... Irgendetwas bildete sich dort.

»Sei vorsichtig«, flüsterte Pinnatte und zog Vredech wieder zurück.

»Kannst du erkennen, um was sie herumreiten?«, fragte Vredech.

Nun kniff Pinnatte die Augen zusammen. »Nein«, antwortete er dann. »Vielleicht ist da ein Licht oder so etwas. Es bewegt sich. In dieser blauen Luft kann ich allerdings nicht gut sehen.«

Eine Geräuschwelle brach sich über ihnen in einem unerwarteten, schrillen Höhepunkt. Dann, so scharf, als hätte ein Schwert hindurchgeschnitten, hörte das Geräusch wieder auf.

Vredech schüttelte den Kopf. Waren die Geräusche, die in seinen Ohren widerhallten, nur eine körperliche Reaktion wie tanzende Flecken vor den Augen, wenn man zu lange ins Licht geblickt hatte, oder waren sie real? Echos der Schreie hallten von den Gipfeln zu ihm hinab, zwischen denen sie hin und her geworfen wurden, sodass sie selbst bis in den entferntesten Winkel dieses öden Ortes reichten. Auch Pinnatte schüttelte den Kopf, als wolle er ihn freibekommen, doch keiner von beiden sagte ein Wort. Sie beobachteten weiter die Gestalten.

Reglos standen die drei Reiter wieder Seite an Seite. Vor ihnen konnte Vredech eine Art hellen Dunst erkennen. Er bewegte sich unruhig von einer Seite zur anderen. Als würde er gegen seinen Willen dort festgehalten, dachte Vredech. Und er drehte sich ständig, dessen war er sicher. Der Dunst nahm flüchtige Formen an, die mal real mal irreal erschienen, und obwohl Vredech ihn sehen konnte, vermochte er nichts deutlich zu erkennen – ja, er konnte noch nicht einmal feststellen, wo genau der Dunst beziehungsweise das Licht sich befand. War das eine Illusion? Vredech blinzelte, um zu sehen, ob sich das verschwommene Etwas danach verändert hatte. Einen kurzen Augenblick lang war er dicht bei den Reitern und blickte in das immer heller werdende Licht. Was er sah, war ein Spalt in der blauen Wirklichkeit dieses Ortes. Und da war etwas in dem Spalt, jenseits davon ...

Dann hallten wieder die Schreie durch die Berge, triumphierend und böse, und Vredech kauerte sich erneut hinter die Felsen.

»Alles in Ordnung?«, fragte Pinnatte. Der Straßendieb hatte Vredech am Arm gepackt und blickte ihn besorgt an.

Vredech nickte. »Ja. Ich bin nur ein wenig benommen, das ist alles.«

»Das ist der Geruch von diesem Ort«, diagnostizierte Pinnatte und verzog das Gesicht, um zu zeigen, dass der Gestank auch ihm zu schaffen machte. »Mir tun ja schon die Zähne weh. Und dann erst das verdammte Licht. Man kann kaum etwas klar sehen. Und es scheint mitten durch mich hindurch zu scheinen. Ich habe das Gefühl, darin zu ertrinken ... oder als wäre ich gar nicht wirklich hier.«

Die Stimmen der Reiter brachten ihn zum Schweigen. Auch wenn man noch immer nichts verstehen konnte, waren sie doch offenbar in heller Aufregung. Ihre geordnete Linie hatte sich aufgelöst, und ihre Reittiere buckelten und traten. Verschwunden war die unheimliche Symmetrie, die ihr Näherkommen und ihren Tanz um das Licht gekennzeichnet hatte. Während er sie beobachtete, beunruhigte Vredech noch etwas anderes. Die Bewegungen der Pferde wirkten seltsam fremdartig.

Fast schlangenhaft, dachte er. Er schob den Gedanken beiseite und wandte seine Aufmerksamkeit wieder dem Licht zu, das der Grund für die Feierstimmung der Reiter zu sein schien. Es erschien ihm nicht klarer als zuvor. Noch immer veränderte es sich ständig und vollkommen willkürlich; nur manchmal passte es sich dem Muster der Schreie an. Dann änderte sich der Ton. Die Aufregung nahm zu und steigerte sich fast zur Wildheit. Einer der Reiter trat direkt auf das verschwommene Licht zu. Es bewegte und veränderte sich, als die Gestalt sich ihm näherte, fast als wolle es ihr ausweichen, und die Schreie, die Vredech und Pinnatte erreichten, wurden zu einer Mischung aus kreischendem Trotz und wildem Drängen.

Die anderen beiden Reiter schlossen sich ihrem Gefährten in dem geheimnisvollen Angriff an, doch jedes Mal wenn der erste Reiter das Licht erreichte, stieß ihn eine unsichtbare Kraft wieder zurück.

»Was tun die da?«, fragte Pinnatte. Vredech winkte ihm zu schweigen. Irgendetwas an der Szene wühlte ihn tief in seinem Inneren auf, erschütterte ihn. Sie war obszön und erschreckend zugleich. Plötzlich wirbelte er herum und übergab sich.

Pinnatte stieß ein überraschtes Zischen aus, in dem sowohl Sorge als auch Ekel mitschwangen.

»Tut mir Leid«, sagte Vredech. Er lehnte sich gegen

den Felsen und wischte sich mit der Hand über die schweißnasse Stirn. »Ich weiß nicht, was ...«

Irgendetwas hatte sich verändert. Ein weiteres Geräusch hallte durch die Berge. Es war voller Zorn und Verzweiflung. Vredech drehte sich um und sah sofort den Grund dafür.

Das Licht veränderte sich wieder. Es schrumpfte zusammen und verschmolz gleichzeitig mit der blauen Luft der seltsamen Welt. Kurz wuchs es noch einmal zitternd im Takt der immer lauter werdenden Schreie, sodass es fast aussah, als würde es wieder zurückkehren; dann wurde es jedoch erneut mit jedem Pulsieren schwächer.

Sein Schicksal war unabwendbar; das sah Vredech, auch wenn er nicht wusste warum. Kein noch so wildes Drängen der drei Reiter konnte etwas daran ändern.

Als es schließlich verschwand, wandte Vredech sich ab und presste die Hände auf die Ohren in Vorbereitung auf die furchtbare Kakophonie, von der er wusste, dass sie nun kommen würde. Pinnatte tat es ihm gleich.

So hockten sie lange Zeit da, bis sich beide plötzlich der Stille bewusst wurden. Als sie wieder über den Felsen blickten, sahen sie die drei Reiter nach wie vor im Kreis und vollkommen regungslos um die Stelle stehen, wo das Licht gewesen war. Vredech fühlte eine wachsende Spannung, die weit beängstigender war als alles, was er bisher empfunden hatte. Sowohl er als auch Pinnatte verhielten sich vollkommen ruhig. Das fiel ihnen auch nicht schwer; selbst die Berge schienen auf eine Entscheidung zu warten – auf irgendeine.

»Sie wissen, dass wir hier sind«, flüsterte Pinnatte

plötzlich. Er hatte die Augen aufgerissen und zitterte am ganzen Leib.

»Nein«, widersprach Vredech und rieb sich den schmerzenden Bauch. »Das können sie nicht. Sie sind zu weit weg.« Doch noch während er sprach, erkannte er die Lüge in seinen eigenen Worten. In dieser trostlosen blauen Welt konnte nichts lange verborgen bleiben.

Ein einsamer, fast lockender Schrei stieg aus der Ebene empor. Seine ungleichmäßigen Töne hallten zwischen den zitternden Gipfeln wider wie das Kreischen eines Jagdfalken. Vredech und Pinnatte hielten den Atem an, als das unheimliche Geräusch die Luft um sie herum erfüllte und an den Felsen zerbrach, hinter denen sie sich versteckt hatten, bevor es wieder zusammenfloss und zu den Reitern zurückströmte.

Pinnattes Zittern steckte Vredech an. *Sie können uns nicht sehen, sie können uns nicht sehen*, wiederholte Vredech im Geiste immer und immer wieder, als würde es dadurch wahr.

Dann ertönte ein weiterer Schrei, hart und spöttisch. Wieder übertrugen die Berge die Botschaft und brachten die Antwort zurück.

Vredech bemerkte, dass sich Pinnattes Hand um einen großen Stein schloss. Er versuchte, dem jungen Mann einen beruhigenden Blick zuzuwerfen, doch es gelang ihm nicht. Zwar hatte er sich selbst auch früher schon plötzlich in anderen Welten wiedergefunden, aber keine von ihnen war so seltsam und so irritierend gewesen wie diese hier, und abgereist war er aus ihnen genauso unfreiwillig, wie er sie betreten hatte. Was auch immer er an sich hatte, das solche Dinge möglich machte, er kontrollierte es nicht. Musste er wütend und verängstigt sein, um Pinnatte und sich hier herauszuholen? Oder musste er entspannt und ruhig bleiben? Er wusste es nicht. Er war hilflos.

Ein dritter Schrei erreichte sie, wütend und selbstbewusst.

Die drei Reiter setzten sich in Bewegung.

»Sie kommen uns holen«, sagte Pinnatte.

»Das weißt du nicht«, versuchte es Vredech.

Pinnatte warf ihm einen Blick zu. »Ich weiß, wenn Leute mich suchen. Das habe ich schon immer gewusst. Deshalb hat man mich ja auch nicht oft geschnappt. Wir müssen dorthin zurückkehren, von wo wir gekommen sind, ein besseres Versteck finden oder uns darauf vorbereiten, die drei fertig zu machen.«

»Ich weiß nicht, wie wir diesen Ort wieder verlassen können«, erwiderte Vredech.

»Nun, wer auch immer sie sein mögen, ich möchte ihnen nicht von Angesicht zu Angesicht gegenüber treten«, meinte Pinnatte ungerührt.

Vredech blickte zu den sich nähernden Reitern hinunter. »Sie beeilen sich nicht«, sagte er, »und die Pferde werden sie nie hier heraufbekommen.«

Pinnatte war weniger zuversichtlich. »Von Pferden verstehe ich zwar nichts, aber wenn sie sich nicht beeilen, heißt das, sie müssen nicht, und das ist kein gutes Zeichen.«

Vredech verzog das Gesicht und verbeugte sich vor der größeren Erfahrung des jungen Mannes in solchen Dingen.

»Damit bleibt uns nichts anderes übrig, als uns ein Versteck zu suchen«, sagte er. »Oder vielleicht sollten wir einfach rennen.«

Pinnatte blickte sich verzweifelt um. »Das ist nicht

meine Umgebung. Ich bin Straßen und Gassen gewöhnt, eine Menge Lärm und Leute.«

Auch Vredech suchte die Landschaft ab. Er klammerte sich noch immer an die schwache Hoffnung, dass die Reiter den langen, schwierigen Aufstieg zu ihnen nicht schaffen würden.

Ein spöttischer Schrei hallte um sie herum wider. Pinnatte presste die Hände auf die Ohren.

»Ihnen ist egal, was wir tun«, sagte er. Er atmete schwer, und offenbar hatte er Mühe, sich zu beherrschen. »Ich habe auch früher schon mit solchen Leuten zu tun gehabt. Wo wir auch hingehen, sie werden uns finden, und es gibt nichts, was wir dagegen tun könnten.« Er packte Vredechs Arm. »Bist du sicher, dass du uns nicht zurückbringen kannst?«

»Ich habe dir doch gesagt, ich weiß nicht wie«, schnappte Vredech und riss sich von Pinnatte los.

Pinnatte legte kurz die Hände vors Gesicht; dann fluchte er und sammelte weitere Steine ein.

»Vielleicht können wir mit ihnen reden«, schlug Vredech wenig überzeugend vor. »Vielleicht sorgen wir uns umsonst. Vielleicht können sie uns helfen, einen Weg zurück zu finden.«

Pinnatte zeigte deutlich, was er davon hielt. »Benutz doch mal deine Ohren, Mann«, zischte er. »Das ist kein Schreiberling mit seiner Familie, die abends ein wenig ausgeritten sind. Ich weiß nicht, was sie sind. Ja, wenn ich mir die Schreie so anhöre, bin ich noch nicht einmal sicher, dass wir es hier mit Menschen zu tun haben. Aber sie sind böse; *das* weiß ich.« Er deutete auf die sie umgebende Landschaft. »Und sieh dir doch nur einmal diesen Ort an. Alles, was hier lebt, dürfte nichts gleichen, was einer von uns je gesehen hat.« Er drückte Vredech ein paar Steine in die Hände. »Ich nehme nicht an, dass du kämpfen kannst, oder?«

Nervös spielte Vredech mit den Steinen. Sie waren unregelmäßig und besaßen scharfe Kanten; solche Steine hatte er noch nie gesehen.

»Da vermutest du richtig«, sagte er. »Ich bin ein Betbruder, kein Krieger.« Erneut blickte er zu den Reitern hinunter, die noch immer mit der gleichen Ruhe vorrückten. Als hätten sie gesehen, dass er sie beobachtete, begrüßten sie ihn mit einem heiseren Schrei. Das Geräusch jagte Vredech einen Schauder über den Rücken und verlieh Pinnattes Worten zusätzliches Gewicht. »Aber sollten sie uns stellen, versuchen wir trotzdem zuerst, mit ihnen zu reden, bevor wir die hier benutzen«, sagte Vredech und wedelte mit den Steinen vor Pinnattes Gesicht. »Wenn wir als Erste werfen, bleibt uns nur noch eine Möglichkeit.«

Pinnatte dachte einen Augenblick lang nach; dann nickte er und sammelte weiter Munition. Vredech schaute sich erneut um. Da er in den Bergen geboren war, hätte dies hier eigentlich mehr sein Territorium als Pinnattes sein müssen, doch das half ihm nicht. Der Ort hatte etwas ... *Neues* an sich. Er strahlte eine rohe Gewalt aus, die sich stark von der uralten Landschaft Canol Madreths unterschied. Steile Felswände ragten zu unmöglichen Gipfeln und Graten empor, die so scharfkantig waren wie frisch gebrochene Kristalle, als wollten sie den Himmel selbst herunterreißen. Wie die Steine, die Pinnatte ihm gegeben hatte, so zeigten auch die Berge keine Spur von Wind und Regen oder den unzähligen Sommern und Wintern, die sie gesehen haben mussten. Und das Land war derart öde und tot, dass der Anblick Vredech zutiefst bedrückte.

Vor ihnen – auf dem Weg, den die Reiter würden nehmen müssen – befand sich ein steiler Hang, der beruhigenderweise rasch außer Sicht verschwand. Rechts und links von ihnen ging es immer steiler zu den Gipfeln hinauf; dort konnten sie sich weder verstecken, noch war es eine Fluchtroute. Hinter ihnen ging es weit weniger steil zum Bergsattel hinauf.

»Du wartest hier. Ich werde mal einen Blick auf die andere Seite werfen«, flüsterte Vredech zu Pinnatte. »Auf der anderen Seite können wir uns vielleicht irgendwo verstecken oder eine falsche Spur legen.«

»Nein!«, rief Pinnatte besorgt und ergriff erneut Vredechs Arm. »Wir sind zusammen hierher gekommen, und wir müssen auch zusammen bleiben. Ich will nicht, dass du dorthin gehst, sonst geht's auf einmal *Puff*, du bist weg, und ich bleibe allein hier zurück.«

»Natürlich könnte es auch andersherum sein«, erwiderte Vredech nüchtern. »Dann lass uns zusammen gehen.«

Ein weiterer Blick nach unten verriet ihm, dass die Reiter bald am Fuß des Hangs außer Sichtweite sein würden. Als sie schließlich verschwanden, machten er und Pinnatte sich den kurzen Weg zum Bergsattel hinauf. Es dauerte nicht lange. Pinnatte war geschickt; Vredech war in den Bergen geboren, und beide hatten sie eine Höllenangst.

Vredech hatte vermutet, vom Bergsattel aus einen weiteren Hang in ein zweites Tal hinunterzublicken, das ihnen – so hoffte er – neue Möglichkeiten eröffnen würde. So schrie er dann ehrlich entsetzt auf, als er plötzlich gefährlich schwankend am oberen Rand einer gerade nach unten abfallenden Felswand zum Stehen kam. Tatsächlich wäre er sogar hinuntergestürzt, hätte Pinnatte, der ein paar Schritt hinter ihm gegangen war, ihn nicht an der Jacke gepackt und grob zurückgerissen.

Es dauerte eine Weile, bis der Erste von ihnen sich so weit erholt hatte, dass er wieder zusammenhängend sprechen konnte.

»Ich bin in Ordnung«, keuchte Vredech mehrmals und strafte seine Worte Lügen, indem er Pinnatte ständig auf die Hand klopfte, mit der dieser ihn noch immer festhielt. Pinnatte erwiderte die beruhigende Geste; dann legte er sich auf den Bauch, um über den Rand in die blaue Leere zu blicken, die seinen Gefährten fast verschlungen hätte. An die Dächer von Arash-Felloren gewöhnt, rühmte er sich, keine Angst vor großen Höhen zu haben. Das hier war jedoch etwas vollkommen anderes. Die Abbruchkante war so sauber wie die einer Mauer von Menschenhand, und die Felswand verschwand in einer undurchsichtigen blauen Dunkelheit, die zu Pinnatte hinaufzugreifen schien, als dieser hinunterblickte. Er sog zischend den Atem ein. Der Anblick verwirrte ihn, nicht zuletzt, so erkannte er, weil die Dunkelheit zwar auf die überall zu sehenden Schatten zurückzuführen war, doch es gab ja weder eine Sonne noch eine andere Lichtquelle, welche die Schatten in der blauen Luft hätte werfen können.

Noch vorsichtiger, als er sich ihr genähert hatte, schob Pinnatte sich wieder von der Felskante zurück und gesellte sich zu Vredech.

Vredech atmete zwar noch immer schwer, aber er war teilweise wieder er selbst. Er blickte zu den sie umgebenden Gipfeln hinauf und winkte seinem Gefährten, ruhig zu sein. Pinnatte rührte sich nicht mehr. In diesem Augenblick bemerkte er ein leises

Heulen überall um sie herum. Spöttisch erfüllte es die beißende Luft.

»Mein Schrei«, sagte Vredech und verzog verärgert das Gesicht. »Das Echo wird immer wieder und wieder zurückgeworfen. Wenn sie bis jetzt nicht gewusst haben, wo wir sind, nun wissen sie es.« Untypisch für ihn fletschte er die Zähne. »Diese Berge müssen jedes Geräusch so weit tragen, wie sie reichen. So ein Gebirge habe ich noch nie gesehen.«

»Das habe ich mir schon gedacht, als du beinahe über die Kante gestürzt wärst«, erwiderte Pinnatte bissig.

Ein unerwarteter Hauch von Humor in seinem Tonfall durchbrach Vredechs Frustration und Zorn und entlockte ihm ein leises Lachen. Wie zur Bestätigung seiner Aussage über die ungewöhnliche Natur dieser Berge stieg das Geräusch zu den Gipfeln auf und mischte sich mit den langsam verhallenden Echos seines Schreis. Nichts hatte sich an ihrer Lage geändert, und Vredechs Herz pochte noch immer von seinem Beinahesturz; trotzdem fühlte er sich ein wenig erleichtert.

»Wie es scheint, können wir nur runter gehen – unseren Gastgebern entgegen«, sagte er und stand zitternd auf. Pinnatte riss die Augen auf. »Nun, sollen wir?«, drängte Vredech, bevor der junge Dieb einen Einwand erheben konnte.

»Ich ... Ich nehme an, nein ...«, stammelte Pinnatte. »Aber ...«

Vredech legte ihm ernst die Hand auf die Schulter. »Sie kommen den einen Weg rauf, wir gehen auf einem anderen hinunter«, sagte er.

»Und was, wenn es nur einen Weg hinauf und hinunter gibt?«

Vredech zuckte mit den Schultern. »Dann treffen wir sie eben ein wenig früher, das ist alles.«

»Aber ...«

»Komm!« Vredech zog ermutigend an Pinnattes Arm und machte sich auf den Weg den Hang hinunter. Sie waren erst ein paar Schritt weit gegangen, als Pinnatte auf seine Finger blickte und fluchte.

Vredech drehte sich um und sah, wie der junge Mann an seiner Hand saugte und ausspuckte.

»Was ist los?«, fragte er.

»Ich habe mich geschnitten, weiter nichts. Hier ist alles so scharf.«

Rasch untersuchte Vredech den Schnitt. Er befand sich an der Daumenwurzel, und obwohl er nicht tief war, blutete er doch stark. Pinnatte saugte daran und spie erneut aus, sodass sich ein unregelmäßiger purpurner Fleck auf dem Boden bildete. Vredech holte ein Taschentuch hervor und band es um die Hand. »Sieht sauber aus«, erklärte er. »Sorg nur dafür, dass das immer fest angezogen ist.« Dann betrachtete er seine eigenen Hände. Er fand ein, zwei dünne Kratzer, an die er sich nicht erinnern konnte; allerdings bluteten sie nicht. Das war eine Warnung zur rechten Zeit, dachte er. Jede Kante an diesem Ort schien erbarmungslos scharf zu sein – ein weiterer grausamer Unterschied zwischen diesem Gebirge und den Bergen, die er kannte.

Als sie die Stelle erreichten, wo sie sich zuerst wiedergefunden hatten, blieb Vredech stehen und versuchte abzuschätzen, welchen Weg die Reiter nehmen würden. Da er sich jedoch an nichts orientieren konnte, entschied er sich für den scheinbar leichtesten Weg. Pinnatte folgte ihm, ohne seine Entscheidung in Frage zu stellen.

Da er das gerade Erlebte noch äußerst lebhaft in Erinnerung hatte, bewegte Vredech sich sehr langsam. Aufmerksam schaute er nach vorne und machte jeden Schritt mit übertriebener Sorgfalt. Gelegentlich erinnerte sie ein hoher Schrei daran, dass sich die Reiter noch immer in der Nähe befanden und vermutlich nach ihnen suchten. Jedes Mal, wenn das geschah, blieben sie einen Augenblick lang stehen, als hätte das Geräusch sie gelähmt; doch nun, da sie eine Entscheidung getroffen hatten – egal wie sinnlos sie auch sein mochte –, stellte Vredech fest, dass er allmählich auf die Schreie mit einem wachsenden Trotz reagierte. Nach und nach bestätigte sich jedoch seine Befürchtung: Der Hang wurde steiler, ihre Möglichkeiten geringer, und sie mussten immer vorsichtiger sein. Obwohl die Berghänge mit Felsen und Steinen übersät waren, waren diese so scharf und spitz wie die Gipfel über ihnen, ihre Eltern. Auch war es nicht leicht, in dem blauen Licht zu sehen, und das Atmen fiel in der beißenden Luft schwer.

Die beiden Gefährten hielten hinter einem großen Felsblock an, um erst einmal Luft zu schnappen.

»Wir scheinen der Ebene kein Stück näher gekommen zu sein«, keuchte Pinnatte unglücklich, während er den Hang zunächst rauf- und dann hinunterblickte.

»Tatsächlich sind wir schon ein gutes Stück weit gekommen«, versicherte ihm Vredech. »Die Berge sind einfach nur größer, als du glaubst. In solch einer Umgebung neigt man dazu, jegliches Gefühl für Größe und Entfernung zu verlieren. Was nur eine halbe Stunde entfernt erscheint, stellt sich oft als halber Tagesmarsch heraus.«

»Nun, zumindest sind wir zu Fuß unterwegs«, sagte

Pinnatte und schaute sich um. »Ich mag ja nicht viel über Berge wissen, aber kein Pferd, das ich je gesehen habe, kann hier drüber laufen. Mit zwei guten Füßen und zwei guten Händen ist das schon hart genug.« Als er auf seine Hände hinunterblickte, drehte er die, die der Serwolf zerschmettert hatte, und betrachtete sie gründlich. »Deine Frau glaubte, sie könne es schaffen, dass ich sie zumindest teilweise wieder benutzen kann«, sagte er so leise, als spräche er mit sich selbst. »Das würde mir gefallen. Deine Frau ist ziemlich gut, weißt du?«

Pinnattes harter Stadtakzent verlieh dem Kompliment eine Note, die Vredech dazu veranlasste, ihn trotz der Umstände mit gehobenen Augenbrauen anzublicken. Pinnatte bemerkte das sofort. Er stammelte: »Ich habe ... Ich meine ... Sie ist freundlich ... klug ... Atlon hat mir das Leben gerettet, als dieses Ding schwärte – als es mich zu verbrennen drohte –, aber ich glaube nicht, dass er überhaupt darüber nachgedacht hat, wie man ihr ihre Beweglichkeit zurückgeben könnte.«

Er beugte sich vor und packte Vredechs Arm. »Wenn wir hier herauskommen, wenn wir wieder im Lager sind und mein Kopf wieder in ... in Spinnweben erstickt, sag ihr ›Danke‹ von mir. Sag ihr, ja, ich wolle meine Hand wiederhaben, wenn sie das bewerkstelligen kann. Ich werde tun, was immer sie sagt. Sag ihr ... Sag ihnen allen ...« Er tippte sich an den Kopf. »Ich bin hier drin. Ich höre zu. Ich lerne. Und ich bin dankbar.«

Vredech war von diesem plötzlichen, leidenschaftlichen Ausbruch überrascht. »Das werde ich«, brachte er schließlich hervor, doch Pinnatte war noch nicht fertig. Er fletschte die Zähne. »Und sag ihnen auch, dass ich wütend bin. Wütend auf das, was diese verfluchten Kristallspinner mir angetan haben. Als Straßendieb mag ich ja niemandem genützt haben, aber das habe ich nicht verdient. Und das hier verdiene ich auch nicht. Ich …«

Vredech legte Pinnatte sanft die Hand auf den Mund.

»Ich verstehe«, sagte er drängend. »Ich verstehe. Und ich werde dafür sorgen, dass es auch alle anderen verstehen, wenn wir wieder zurück sind. Und es *heißt* ›wenn‹ wir wieder zurück sind, nicht ›falls‹. Hast *du* das verstanden?«

Pinnattes Nicken wurden von einem triumphierenden Kreischen hoch über ihnen unterbrochen. Die beiden Männer zuckten zusammen, so furchtbar war das Geräusch. Instinktiv drückten sie sich an den schützenden Felsen. Vredechs Kehle war wie ausgetrocknet. Seine gerade erst abgegebene Erklärung in Bezug auf ihr schlussendliches Ziel fühlte sich mit einem Mal leer und sinnlos an.

»Wie sind sie über uns gekommen?«, flüsterte Pinnatte.

»Wie du gesagt hast: Das hier ist ihr Terrain«, antwortete Vredech, nachdem er sich wieder ein wenig von dem Schock erholt hatte. Doch noch während er sprach, erkannte er, dass er Pinnattes Frage nicht richtig beantworten konnte. Es schien unmöglich, dass irgendetwas diesen Hang so schnell hinaufklettern konnte.

»Interessanter ist die Frage, warum sie so klingen. Es hört sich an, als hätten sie das gefunden, wonach sie gesucht haben.«

»Vermutlich haben sie das auch«, erwiderte Pinnatte angespannt. »Vielleicht waren sie doch nicht hinter uns her.«

Vredech blickte ihn unglücklich an. Pinnattes Worte entbehrten nicht einer gewissen Logik, doch alles in ihm weigerte sich, diese Erklärung zu akzeptieren. Die Reiter suchten *sie*, und das Triumphgeheul verhieß nichts Gutes.

»Bleiben wir, oder rennen wir?«, fragte er.

»Wir rennen«, antwortete Pinnatte, ohne zu zögern.

Nicht dass ›Rennen‹ auch nur annähernd möglich gewesen wäre, aber sie lösten sich von dem schützenden Felsen und setzten den quälenden Abstieg fort.

Das Schreien über ihnen ging weiter. Erst war es nur eine Stimme, dann zwei, dann drei, die mal lauter und dann wieder leiser wurden. Dort oben fand eine Diskussion statt. Eine geruhsame Diskussion, dachte Vredech. So gelassen, wie die Reiter sich über die Ebene bewegt hatten, so gelassen verfolgten sie nun ihre Beute. Obwohl Pinnatte und Vredech das Geschrieene nicht verstehen konnten, so war der Tenor doch klar: Sie konnten nirgendwohin; nirgends gab es ein Versteck für sie, nirgends an diesem ganzen, verdammten Ort.

Wie zur Bestätigung dieser Schlussfolgerung hallte ein tiefer, zufriedener Schrei zu ihnen hinab.

Die beiden Gefährten blieben stehen und drehten sich gleichzeitig um.

Über ihnen auf dem Felsen, hinter dem sie sich zuerst versteckt hatten, schwarz vor dem dunkelblauen Himmel und noch immer auf ihren Reittieren, standen die drei Gestalten.

Zweiundzwanzigstes Kapitel

Pinnatte und Vredech schauten sich um, doch noch immer schien eine Flucht über das tückische Terrain unmöglich. Vredech bemerkte, dass Pinnatte langsam in seine Tasche griff.

»Zuerst reden«, erinnerte er ihn ruhig, aber eindringlich.

Pinnatte rührte sich nicht mehr; die Hand behielt er jedoch in der Tasche.

Nicht dass Vredech geglaubt hätte, mit Reden Eindruck auf die Reiter machen zu können. Obwohl sie sich nicht bewegten, strahlten die drei Gestalten eine mächtige, bedrohliche Präsenz aus, und sie besaßen eine Aura, die Pinnattes Bemerkung bestätigte, dass dies hier *ihre* Welt war.

Dann setzten sie sich in Bewegung, und die Szene wurde um eine weitere, erschreckende Eigenschaft bereichert. Zwar schien es sich bei ihren Reittieren in der Tat um Pferde zu handeln, doch wiesen sie einige deutliche Unterschiede zu gewöhnlichen Pferden auf, die sie fast zu Karikaturen derselben machten: eine subtile Härte in ihren Umrissen; bösartige, glühende Augen; Hufe, die wie Klauen aussahen, und viel zu lange Köpfe auf viel zu langen Hälsen, die ständig hin und her pendelten, als folgten sie einem Geräusch, das nur sie hören konnten. Der Anblick rief Vredech wieder den schrecklichen Eindruck ins Gedächtnis zurück, den er beim Angriff der Gestalten auf das seltsame Licht gehabt hatte: schlangenhaft.

Und die Art, wie sie sich über die zerklüftete, scharfkantige Landschaft bewegten, verstärkte diesen seltsamen Eindruck noch; wenn sie einen Huf vor den anderen setzten, taten sie dies mit der unbekümmerten Sicherheit einer Katze.

Seite an Seite hielten die Reiter an. Die Köpfe ihrer Reittiere pendelten noch immer hypnotisierend hin und her, während ihre grausamen, raubtierhaften Augen auf Vredech und Pinnatte fixiert waren. Die Stille wurde vom rasselnden Atem der Tiere erfüllt. Vredech zwang sich, aufrecht stehen zu bleiben. Nur mit Mühe gelang es ihm, den Blick von den Tieren zu lösen und auf die Reiter zu richten.

Nicht dass er dabei viel erkannt hätte, denn wie alles an diesem Ort waren sie nur undeutlich zu sehen – ein beunruhigender Flickenteppich aus blauer Masse und Schatten, die keine Schatten sein sollten, manifestierte sich und löste sich wieder auf. Und doch waren die Reiter nur allzu real. Daran bestand kein Zweifel. Und sie waren Furcht erregend. Waren das Rüstungen, was sie da trugen? Schwarz und schimmernd? Wie die Landschaft mit scharfen Spitzen und Kanten bewehrt? Und was verbarg sich hinter den Helmvisieren? Vredech bemühte sich, seine Fantasie zu zügeln und wenigstens den Anschein von Ruhe zu bewahren, während die drei Gestalten und ihre Tiere ihn und Pinnatte schweigend musterten. Er wollte gerade etwas sagen, als der mittlere Reiter sich plötzlich nach vorne beugte. Vredech fühlte, wie er noch genauer gemustert wurde, sodass er den Blick fast körperlich spüren konnte. Es kostete ihn all seine Kraft, nicht zurückzuweichen.

Das Gefühl ließ auch nicht nach, als der Reiter sich wieder aufsetzte. Statt dessen verstärkte es sich sogar, auch wenn Vredech glaubte, Überraschung und Zweifel in der Haltung des Reiters erkennen zu können. Das waren unerwartet menschliche Eigenschaften. Gleiches galt für die Erregung, die alle drei ausstrahlten; allerdings war diese so fiebrig, dass aller Trost wie weggeblasen war, den die vorherige Beobachtung hätte spenden können.

Dann sprachen die Reiter miteinander. Es war eine komplexe Mischung unheimlicher Geräusche, die zwar an die Schreie erinnerten, mit denen sie ihre Ankunft angekündigt hatten, gleichzeitig aber auch vollkommen anders waren. Während er auf das Ergebnis der Beratung wartete, drehte Pinnatte sich um und suchte abermals nach einer Fluchtmöglichkeit. Eines der Reittiere streckte den Kopf vor und zischte ihn an. Dabei fletschte es die Zähne – Raubtierzähne. Pinnatte erstarrte.

Die Unterhaltung verhallte. Schwache Echos davon wanderten in die Ferne.

»Willkommen«, sagte einer der Reiter.

Die Stimme klang verzerrt und abstoßend, und das Wort wirkte weniger gesprochen als vielmehr einem der schrecklichen Schreie entsprungen, sodass sich Vredech die Nackenhaare sträubten.

So grotesk und unnatürlich wie alles an diesem finsteren Ort, dachte er. Er öffnete den Mund, um etwas darauf zu erwidern, doch kein Geräusch kam über seine Lippen.

»Ihr seid nicht so, wie wir geglaubt haben.«

»Ihr seid nicht von diesem Ort.«

Vredech konnte nicht erkennen, welcher der Reiter sprach.

»Wir sind Fremde«, brachte er schließlich hervor. Seine eigene Stimme klang fremd in seinen Ohren.

Düstere Belustigung lag in der Antwort.

»Ja. Hier sind in der Tat nur noch wenige übrig, die unseren Segen noch nicht empfangen haben, seit Er diese Welt zu der Seinen gemacht hat.«

»Gesegnet sei Sein Name. Groß sind Seine Werke.«

Letzteres intonierten alle drei Reiter gemeinsam. Das Geräusch traf Vredech, als hätte ihm jemand eisiges Wasser ins Gesicht geschüttet. Er fühlte sich an die mechanischen Antworten erinnert, die er schon so oft in seiner eigenen Gemeinde gehört hatte.

»Führ uns zur Öffnung der Wege.«

Einen Augenblick lang waren Vredech und Pinnatte angesichts dieses plötzlichen Befehls wie erstarrt; dann blickten sie sich verwirrt an.

»Führ uns zur Öffnung der Wege«, wiederholte die Stimme ungeduldig.

»Ich ... Wir ... wissen nicht, was ihr meint«, erwiderte Vredech zögernd. »Wir wissen nichts von solchen Dingen. Ja, wir wissen noch nicht einmal, wie wir hierher gekommen sind. Wir ...«

Eine Geste brachte ihn zum Schweigen. »Führ uns zur Öffnung der Wege!« Das Reittier des Sprechers trat drohend einen Schritt vor. Es hatte den Hals vorgestreckt, und sein Kopf pendelte nicht länger hin und her. Vredech verließ der Mut. Einer der anderen Reiter streckte die Hand aus und berührte seinen Gefährten an der Schulter, welcher sich daraufhin widerwillig wieder zurückzog.

»Ihr müsst uns verzeihen«, sagte der Reiter, der sich eingemischt hatte. »Diesen Ort zu reinigen, seit wir hierher gezogen worden sind, ist uns sowohl Pflicht als auch Freude, und wir ehren Ihn mit der Freude, die wir hierher bringen. Und wir erfreuen uns auch an der Suche. Nun bist du uns geschickt worden, um uns zu führen. Seine Wege sind unergründlich, Allyn Vredech.«

Entsetzt riss Vredech die Augen auf. »Woher kennt ihr meinen Namen?«, fragte er.

Darauf folgte ein Geräusch, das ein Lachen hätte sein können, nur dass kein Lachen so verdorben klang.

»Habe ich mich so sehr verändert, dass du mich nicht mehr erkennst? Du, dessen liebevolle Berührung mich auf diesen ruhmreichen Weg geführt hat?«

Der Reiter hob die Hände und zog seinen Helm aus …

Ihren Helm.

Denn Vredech blickte nicht in das Gesicht eines grimmigen, grausamen Kriegers, sondern in das eines weit schlimmeren Monsters. Es war schmäler und härter geworden; die Augen schimmerten schwarz, doch nichtsdestotrotz gehörte es unverkennbar Dowinne, der Frau seines einstigen Freundes Cassraw.

Vredech sog die Luft ein und schwankte einen Schritt zurück. Dabei verfing sich sein Fuß an einem Stein, und hätte Pinnatte ihn nicht festgehalten, er wäre gestürzt.

»Aber du bist tot«, platzte er heraus. Das Entsetzen in seinem Gesicht war unverkennbar. »Ich … Ich habe dich selbst getötet … Ich habe dich in diesen schrecklichen Abgrund gestürzt.«

»Wie hättest du jemanden wie mich töten können, Allyn? Alles geschieht nach Seinem Willen. Du bist lediglich Sein Werkzeug – wie wir alle. Deine Aufgabe war es, mich von meiner fleischlichen Hülle in jener Welt zu befreien, damit ich mein weit größeres Schicksal erfüllen konnte.«

»Du bist tot«, wiederholte Vredech mit schwacher

Stimme, obwohl die Worte inzwischen sinnlos in ihm widerhallten.

Dowinne neigte leicht den Kopf zur Seite wie eine Lehrerin, die es mit einem fähigen, aber sturen Schüler zu tun hatte. Sie deutete auf die Ebene und die Berge, doch ihr Blick blieb unverwandt auf Vredech gerichtet. »So blind kannst du doch nicht sein, oder? Durch die Perfektion und die Reinheit, die wir hier geschaffen haben und noch immer schaffen, hat Sein Wille zu dir hinausgegriffen und uns beide wieder zusammengebracht. Er hat sich deiner großartigen Gabe bedient, damit du uns zu Seiner Herzwelt zurückführen kannst.«

Vredech stützte sich auf Pinnatte. Seine Gedanken überschlugen sich. Obwohl Dowinne ihren Tod selbst herbeigeführt hatte, bedrückte ihn seine Rolle dabei bis heute. Sein einziger Trost war das Wissen, dass er es nicht aus Hass getan hatte, sondern um etwas Schlimmeres zu vermeiden, dass seine Tat gerechtfertigt gewesen war. Trotzdem bereitete sie ihm noch immer großen Kummer.

»Daran wird sich auch nichts ändern«, hatte ihm Dacu gesagt. »Erst wenn es dir egal ist, solltest du dich wirklich fürchten.«

Doch nun stand Dowinne vor ihm wie ein Gottesgericht.

Er spürte, wie Pinnatte seinen Griff verstärkte und Finger sich in seinen Arm bohrten.

»Steh auf, verdammt!«, zischte der Dieb leise, aber unmissverständlich tadelnd. »Wenn du zusammenbrichst, kommen wir nie hier weg. Du bist derjenige, der gesagt hat, wir sollten reden. Erinnerst du dich?«

Die drei Reiter schienen miteinander zu streiten. Diesmal erkannte Vredech Dowinnes Stimme, die gegen die Ungeduld der anderen ankämpfte; die Aufregung, die er vorhin bemerkt hatte, kennzeichnete sie alle.

Reden.

Er musste die Dinge sehen, wie sie waren, und die Wirklichkeit akzeptieren. Alles andere führte zu gar nichts oder sogar zu Schlimmerem. Dies hier war ohne Zweifel Dowinne. Die Dowinne, von der er geglaubt hatte, er hätte sie getötet. Die Dowinne, die damals schon seltsame und gefährliche Kräfte besessen hatte. Wie sie wieder auferstanden und hierher gekommen war, war irrelevant. Nur eines war wichtig: Was auch immer sie geworden war, er hatte sie einst gekannt. Somit existierte eine Verbindung, wie zerbrechlich sie auch sein mochte.

Vredech atmete tief durch und löste sich sanft aus Pinnattes Griff.

»Ich verstehe nichts von alledem, Dowinne«, sagte er und bemühte sich, das Zittern aus seiner Stimme zu halten. »Ich weiß nicht, wie wir hierher gekommen sind. Wir wollen nur weg von hier. Wir ...«

»Es ist nicht nötig, dass du irgendetwas verstehst. Du sollst nur gehorchen.«

Der Tonfall war abschätzig, und die Aufmerksamkeit der Reiter richtete sich plötzlich auf Pinnatte. Lange Zeit blickten sie ihn schweigend an. Nachdem Vredech den ersten Schock überwunden hatte, beschloss er, seinen einstmaligen Beschützer nun seinerseits zu beschützen. Langsam schob er sich an Pinnatte heran.

»Wer bist du?«, fragte Dowinne Pinnatte.

»Jedred, Euer Ehren«, antwortete Pinnatte, ohne zu zögern, und verneigte sich knapp. Er war es gewohnt, unter solchen Umständen zu lügen. »Sattlerlehrling in der Faldine-Gilde. Dieser Mann und ich, wir sind Fremde hier. Im einen Augenblick teilten wir noch ein Nachtlager in den Bergen, und plötzlich waren wir hier. Das ist alles äußerst beunruhigend. Um ehrlich zu sein – und ohne Euch oder Euren Freunden gegenüber despektierlich wirken zu wollen – kann ich nicht anders, als zu glauben, dass ich träume, und …«

Eine wütende Handbewegung von Dowinne brachte ihn zum Schweigen. Erneut verbeugte er sich höflich und rieb sich unterwürfig die Hände.

»Du bist in der Tat fremd hier«, sagte Dowinne nachdenklich. »An dir sind Dinge, die … die nicht sein sollten. Jemand wie du ist uns versprochen worden. Jemand, der Sein Gefäß sein sollte. Aber du bist fehlerhaft, nicht perfekt. Ein derart armseliges Ding würde Er niemals benutzen. Und doch …«

»Wenn Ihr Ihn vielleicht fragen würdet …«, begann Pinnatte.

Plötzlich stiegen die drei Reittiere. Ihre Augen glühten, und ihre krallenbewehrten Hufe traten nach der Luft.

»Blasphemie!«

Dowinnes Stimme, hart und schrecklich, zischte auf Pinnatte zu wie ein brennender Pfeil, gefolgt von einem verwickelten Strang aus den heiseren Schreien der anderen Reiter.

Vredech trat vor ihn und hob schützend die Hand, noch während er vor dem wilden Tadel zurückzuckte.

»Lasst ihn in Ruhe!«, rief er in den Lärm hinein. »Er ist nur ein Junge. Wenn ihr etwas von mir wollt, Dowinne, dann fragt, aber lasst ihn gehen. Er ist nur durch Zufall hier.«

»Es gibt keinen Zufall. Es gibt nur Seinen Willen.«

»Gesegnet sei Sein Name. Groß sind Seine Werke.«

»Er will nur weg von hier«, sagte Vredech.

»Was er will, ist ohne Bedeutung. Er ist hier, um zu dienen, wie wir auch. So wie alle dienen werden, wenn Er wieder zurückkehrt. Du bist geschickt worden, um uns zu führen; er...« Sie deutete auf Pinnatte und hielt kurz inne. »Das werden wir noch herausfinden. Irgendwo in ihm steht Sein Wille geschrieben. Wir werden ihn finden. Komm her.«

Sie winkte Pinnatte.

Vredech streckte beide Arme zur Seite aus, um Pinnatte davon abzuhalten, an ihm vorbeizugehen. Die Geste war allerdings unnötig, denn Pinnatte hatte entschieden, nun sei genug geredet worden und sein Teil des Handels erfüllt.

»Das sind Kyrosdyn«, flüsterte er Vredech ins Ohr. »Sie alle. Sie stinken danach. Der ganze Ort stinkt danach. Ich werde nicht mit ihnen gehen.« Die Verzweiflung in seiner Stimme veranlasste Vredech dazu, sich umzudrehen. Pinnatte griff in seine Tasche.

Vredech packte ihn am Arm. »Nein! Wir müssen...«

»Wir müssen *was*?« Pinnattes Augen leuchteten mit einer Mischung aus Panik und einem fast wahnsinnigen Zorn. »Mit ihnen gehen? Niemals. Ich weiß, wozu Kyrosdyn fähig sind.« Er riss sich von Vredech los. »Auf der Straße haben wir eine einfache Regel, um mit solchen Situationen fertig zu werden. Für uns ist es das Beste, wenn sie uns nirgendwohin bringen, also: Was auch immer wir tun, *wir gehen nicht mit ihnen.*«

Vredech geriet angesichts von Pinnattes Selbstsicherheit ins Wanken. In Pinnattes Worten lag eine schreckliche Wahrheit, die auf furchtbare Art mit der Furcht korrespondierte, die ihm den Magen umdrehte. Er schaute sich in der zerklüfteten Landschaft um;

dann blickte er zu den drei Reitern. Dowinne hatte den Helm wieder aufgesetzt und ihr Gesicht verborgen. Ihre Hand winkte sie noch immer heran.

Geh nicht mit ihnen!

»Das ist unsere letzte Chance«, sagte Pinnatte.

Vredech atmete tief durch.

»Lass uns versuchen, zusammen zu bleiben«, sagte er.

Dann rannten sie den Hang hinunter, sprangen von Fels zu blau schimmerndem Fels, und nur dank ihrer Reflexe stürzten sie nicht. Und ohne Geräusch oder Signal folgten ihnen die drei Reiter. Ihre Tiere bewegten sich leichtfüßig und ohne Eile, aber mit schier unglaublicher Schnelligkeit.

Einen kurzen Augenblick lang war Vredech wieder ein Kind, das absichtlich ungehorsam war und tollkühn einen felsigen Berghang hinunterstürmte. Das hatte er nur einmal getan, und dieser Ausflug hatte ihm ein paar geprellte Rippen, ein verdrehtes Fußgelenk und eine Reaktion von seinem Vater eingebracht, die sowohl von Wut als auch von Erleichterung geprägt gewesen war.

Mit dieser Erinnerung kam auch das typische ›Wie soll das nur enden?‹, doch er schob sie rasch beiseite, denn im Augenblick konnte er sie nicht brauchen. Vage war er sich Pinnatte bewusst, der unmittelbar vor ihm lief, doch er konnte ihm weder helfen noch Hilfe von ihm verlangen. Alles war nun vom Geräusch seines Atems erfüllt, vom Klopfen seines Herzens, und rein instinktiv bewegte er die Füße.

Dann drang derselbe Instinkt in seinen Geist ein.

Er musste langsamer werden.

Der Hang wurde immer steiler und steiler. Schon bald würden sie nicht mehr rennen, sondern stürzen, und an diesem Ort konnte eine Verletzung einen wahrhaft schrecklichen Tod bedeuten.

Und doch reagierten Vredechs Beine nicht. Er war bereits zu schnell unterwegs. Er konnte nichts dagegen tun – nichts außer dem katastrophalen Ende seiner wilden Flucht entgegen zu stürmen. Panik keimte in ihm auf.

Die kreischenden Schreie der drei Reiter hallten zu ihm hinunter, doch er wagte es nicht, über die Schulter zurückzublicken, um zu sehen, wie nah sie bereits waren. Aber nun schwang in den Schreien auch etwas mit, das an Sorge erinnerte ...

Dann berührte ihn irgendetwas, wand sich um seinen Körper, hielt ihn fest, verlangsamte ihn und versprach, seinen stolpernden Abwärtslauf aufzuhalten. Doch alles, was Vredech angesichts dieser Fessel empfinden konnte, war Abscheu. Sie klebte an ihm wie der ekelhafte Ausfluss einer entzündeten Wunde.

Vredech sah, dass auch Pinnatte von irgendwas beeinflusst wurde. Der junge Mann bewegte sich wie durch Wasser, obwohl Vredech keinen offensichtlichen Grund dafür erkennen konnte. Beide waren sie zum Stehenbleiben gezwungen worden.

Pinnatte drehte sich zu den näher kommenden Reitern um; seine ganze Haltung strahlte Angst und Wut aus. Als auch Vredech sich zu ihnen umdrehte, sah er, wie Pinnattes Arm sich bewegte und ein Stein in hohem Bogen durch die beißende Luft flog. Ein wütender Schrei begleitete ihn, und der Reiter, auf den er gezielt war, zuckte zusammen und hob schützend den Arm. Der Stein traf ihn wirkungslos an der Schulter, doch seine Reaktion war unerwartet menschlich gewesen, was etwas in Vredech zum Leben erweckte: einen vagen Hoffnungsschimmer, den er nicht genau zu identifizieren vermochte. Allerdings spürte er, wie die mysteriöse Kraft, die ihn gefangen hielt, kurz ins Wanken geriet. Gleiches galt offenbar für Pinnatte, denn ein weiterer Stein, begleitet von einem weiteren Fluch, flog an Vredech vorbei zum selben Ziel. Dieser traf jedoch gar nichts. Mit einem Geräusch wie ein gequältes Tier zerfiel er mitten in der Luft zu Staub, als das beabsichtigte Ziel ihm gelassen jene Hand entgegenstreckte, die es gerade verraten hatte.

Doch im selben Augenblick waren Pinnatte und Vredech wieder frei. Die Flamme der Hoffnung in Vredech flackerte auf wie ein Feuer im Wind, und ohne richtig zu merken, was er da eigentlich tat, umarmte er seinen Gefährten. In diesem Moment wurde die Hoffnung zu einem blendenden Licht, durch das die beiden Männer hindurchfielen. Um sie herum erschallten die wilden Schreie ihrer Verfolger, die an dem Licht zerrten und es zu zerreißen versuchten.

Der schreckliche Lärm umgab sie immer noch, als sie sich mit weit aufgerissenen Augen und nach Luft schnappend ruckartig aufsetzten.

Der Raum, in dem sie sich wiederfanden, hallte vom enttäuschten Kreischen der drei Reiter wider.

Als das Kreischen verhallte, war Nertha die Erste, die sich wieder erholte. Die Gefühle, die sie mühsam unter Kontrolle gehalten hatte, seit Pinnatte und ihr Mann ins Koma gefallen waren, brachen mit einem Mal hervor, und mit einem wortlosen Schrei sank sie an Vredechs Bett zusammen und schlang die Arme um seinen Hals.

Andawyr war zwar sichtlich erschüttert, sprang aber sofort zu Pinnatte. Wie Nertha, so wiederholte auch er immer wieder, »du bist in Sicherheit, du bist in Sicherheit«, bis es ihm schließlich gelang, die Aufmerksamkeit des jungen Mannes zu erregen. Pinnatte schien dessen allerdings nicht so sicher zu sein, während sein Blick sich nach und nach klärte und er schließlich in Andawyrs Gesicht blickte. Unwillkürlich zuckte er vor dem alten Mann zurück und schaute sich wild in dem schwach beleuchteten Raum um. Als er die große Gestalt entdeckte, die in den Schatten am Fuße des Bettes stand, wich er instinktiv zurück, und seine Hand tastete nach weiteren Steinen, die er schleudern konnte.

Die Gestalt bewegte sich jedoch nicht.

»Hab keine Angst«, sagte sie mit ruhiger Stimme. »Wo auch immer ihr gewesen sein mögt, jetzt seid ihr sicher wieder zurückgekehrt. Hier kann euch nichts mehr geschehen. Ich werde jetzt ein wenig mehr Licht reinlassen. Ist das in Ordnung?«

»Ja«, antwortete Vredech zögernd für seinen Gefährten.

Hawklan berührte etwas am Fenster, und ein komplizierter Satz Fensterläden schwang langsam zurück und verschmolz mit dem Fensterrahmen. Strahlender Sonnenschein flutete in den Raum und enthüllte die ausgefeilten Muster an Wänden und Decke. Noch immer erschrocken ob ihrer plötzlichen Rückkehr starrten Vredech und Pinnatte sie offenen Mundes an, denn als die ersten Lichtstrahlen die Muster trafen, schienen diese sich zu bewegen, um die Sonne willkommen zu heißen. Vredech atmete tief durch und spürte, wie das Licht die letzten Überreste der beißenden blauen Luft hinwegspülte, die ihn noch vor wenigen Augenblicken durchdrungen hatte.

Pinnatte tat es ihm nach. Der junge Dieb wedelte vage mit der Hand und fragte: »Wo …?«

»In Anderras Darion, junger Mann«, antwortete eine strenge Stimme. »Interessanter wäre allerdings zu erfahren, woher du mit solch einer Gabe gekommen bist?« Pinnatte drehte sich um und sah eine alte Frau, die nicht weit vom Bett saß. Zumindest glaubte er, dass es sich um eine alte Frau handelte, denn ihr Gesicht hatte etwas Altersloses an sich, sodass er es nicht mit Gewissheit sagen konnte. Leuchtend blaue Augen hielten ihn gefangen.

Hawklan drehte sich zu der Frau um. »Nicht so grob, Memsa«, sagte er tadelnd und überrascht zugleich. Gulda stieß ungeduldig den Stab auf den Boden; dann, mit einem höflichen Nicken, ließ sie ihren Gefangenen frei.

Pinnatte und Vredech waren zusammen mit den anderen Schläfern, so schnell es die Nacht und die Straße erlaubten, nach Anderras Darion gebracht worden. Sowohl Hawklan als auch Andawyr hatten sie sofort noch einmal untersucht, nachdem sie die Festung erreicht hatten, doch keiner von beiden hatte eine Idee gehabt, was geschehen sein könnte. Da keine offensichtliche Gefahr zu erkennen gewesen war, war ihnen schließlich nichts anderes übrig geblieben, als Nerthas Vermutung zu akzeptieren, dass die beiden sich vermutlich an einem anderen Ort befanden; daraufhin hatten sie es ihnen dann so bequem wie möglich gemacht und widerwillig beschlossen zu warten – vielleicht würde ihnen im Licht des nächsten Tages etwas einfallen.

Kurz nach Sonnenaufgang hatte sich eine grimmig dreinblickende Nertha zu ihnen gesellt; sie war für den Schlaf nicht gerade dankbar gewesen, den Hawklan ihr verschafft hatte. Gulda war die ganze Zeit bei ihnen gewesen. Auch sie hatte ihren Teil zur Untersuchung der beiden Männer beigetragen, indem sie ihnen die Hand auf die Stirn gelegt hatte; gesagt hatte sie allerdings nichts. Den Rest der Nacht saß sie einfach nur in ihrer charakteristischen Pose da: die Hände auf der Spitze ihres Stabs verschränkt und das Kinn darauf gelegt.

Als die beiden Männer schließlich wieder erwachten und der Raum von den durchdringenden Schreien der Reiter erfüllt wurde, hatten Andawyr, Hawklan und Nertha ihrerseits geschrieen und entsetzt die Hände auf die Ohren gepresst. Gulda jedoch hatte sich aufgesetzt und sich im Raum umgeschaut, als folge sie jedem einzelnen Echo der Schreie.

Hawklan kniete sich zwischen die beiden Betten. »Seid ihr in Ordnung?«, fragte er die beiden Männer.

»Ich glaube schon«, antwortete Vredech, obwohl er bleich und offensichtlich verwirrt war. »Ist das wirklich Anderras Darion?«

»Ja«, bestätigte Hawklan. »Willkommen in meinem Heim.«

Vredech richtete sich auf. Die Bewegung machte ihn ein wenig benommen, und er griff nach dem Arm seiner Frau, um sich zu stützen. Dann bemerkte er, dass seine Beine zitterten – eine Erinnerung an seinen tollkühnen Lauf den Berghang hinunter. Er blickte zu seinem Gastgeber und brachte ein Lächeln zustande.

»Dann bist du also der Mann, den zu treffen wir so weit gereist sind.« Er streckte die Hand aus. »Ich weiß nicht, wie wir hierher gekommen sind, aber ich nehme an, wir schulden dir unseren Dank...« Unvermittelt hielt er inne und drehte sich schuldbewusst zu Pinnatte um. Dann schwang er die Beine aus dem Bett, beugte sich vor und betrachtete seinen Gefährten besorgt. »Bist *du* in Ordnung?«, fragte er.

Pinnatte nickte; dann schüttelte er den Kopf.

»Sind die Spinnweben wieder da?«, erkundigte sich Vredech und legte gequält die Stirn in Falten.

Pinnatte verzog das Gesicht und nickte erneut.

Vredech drückte ihm ermutigend den Arm. »Mach dir keine Sorgen. Ich werde mich erinnern. Ich werde dafür sorgen, dass es alle erfahren. Du wirst nicht außen vor bleiben. Und danke für das, was auch immer du gerade getan hast.«

Pinnatte legte den Kopf zur Seite. »Du«, sagte er.

Vredech zuckte mit den Schultern. »Das ist nicht wichtig«, sagte er. »Wichtig ist nur, dass wir hier in Sicherheit sind.«

»Nein«, widersprach Pinnatte schlicht. »Niemand ist sicher.« Er schaute sich um. »Erzähl es.«

»Ja«, sagte Gulda. Laut stieß sie den Stab auf den Boden und stand auf. »Erzähl es.«

»Nein«, mischte sich Nertha ein und stellte sich entschlossen zwischen die beiden Männer und die vorrückende Memsa. »Das Reden kann warten. Die beiden müssen sich zunächst einmal waschen, die Kleider wechseln und etwas essen, bevor sie etwas anderes tun.«

Einen langen Augenblick lang blickten die beiden Frauen einander in die Augen, dann stieß Gulda ein kurzes Grunzen aus. »Du hast Recht«, sagte sie. »Ich entschuldige mich.«

Hawklan und Andawyr tauschten einen ehrlich überraschten Blick aus – allerdings achteten sie darauf, dass Gulda das nicht bemerkte.

Die Tür öffnete sich, und Atlon betrat den Raum. Sein Gesicht war gerötet, und er wirkte besorgt. »Was war das für ein Lärm? Oh.«

Als er Vredech und Pinnatte wach sah, verwandelte

sich seine Sorge in Erleichterung und dann wieder in Sorge. »Du blutest ja«, sagte er zu Pinnatte.

Nertha stieß einen leisen Fluch aus, und mit einem wütenden Blick zu Hawklan und Andawyr stieß sie die beiden beiseite und trat zu Pinnatte.

»Vorhin hat er nicht geblutet«, verteidigte sich Andawyr.

»Nun, jetzt blutet er auf jeden Fall«, entgegnete Nertha, löste Vredechs Taschentuch und untersuchte die Wunde. »Sie sieht schlimmer aus, als sie ist.« Sie lächelte Pinnatte an. »Wenigstens ist sie sauber. Jemand soll mir bitte meine Tasche und etwas Wasser bringen.«

Während Nertha sich um Pinnatte kümmerte, betrachtete Vredech seine eigenen Hände. Sie waren genauso zerkratzt, wie sie es in der fremden blauen Welt gewesen waren. Was hatte er sonst noch von dort mitgebracht?, fragte er sich. Und was hatte er zurückgelassen?

Andawyr nahm Atlon beiseite. »Kümmere dich um Pinnatte und Vredech.« Er senkte die Stimme. »Und um Nertha. Behalt sie im Auge, und sei wachsam.«

Als Atlon sich seinen Schützlingen zuwandte, richtete Gulda ihren Stab auf Hawklan und Andawyr. »Kommt mit mir, ihr beiden. Wir müssen reden.«

Sie führte sie einen hellen Gang hinunter, an dessen Ende sich eine Tür auf einen breiten, halbrunden Balkon öffnete. Von hier aus konnte man in einen kleinen Park hinuntersehen, und Kinderstimmen hallten zu den dreien hinauf. Gulda lehnte sich auf die steinerne Brüstung und beobachtete die Kinder eine Zeit lang, ohne etwas zu sagen. Sie wirkte ungewöhnlich nervös.

»Was ist los, Memsa?«, fragte Hawklan schließlich.

»Ja, was ist hier los?«, erwiderte Gulda, ohne den Blick von den spielenden Kindern zu wenden. »Ja, was?«

Hawklan und Andawyr blickten einander an, doch keiner von beiden vermochte den anderen irgendwie zu erleuchten.

»Deinem Verhalten nach zu urteilen, geht es hier nicht um etwas Unwichtiges, im Gegenteil«, sagte Hawklan. »Tatsächlich habe ich mir das schon gedacht, als du nach Anderras Darion zurückgekehrt bist. Eigentlich bin ich davon ausgegangen, dich niemals wieder zu sehen.«

Gulda ließ ihren Blick über die Türme und Dächer der Festung schweifen, dann drehte sie sich zu Hawklan um. »Ich dachte auch, ich würde niemals wieder zurückkehren«, erwiderte sie. »Ich dachte, da die Uhriel erschlagen und Sumeral vernichtet war, würde man mich nicht mehr brauchen.« Sie drehte sich wieder zu den Kindern um. »Außer als umherziehende Lehrerin.«

»Aber?«

»Aber ... überall fanden sich kleine Zeichen. Kleine Zeichen und Zweifel tief in mir, dass Zufall und Mut uns zwar den Sieg gebracht hatten, es in Wahrheit jedoch noch nicht vorüber war. Ich fürchtete, das, was zerschmettert wurde, könne wieder zusammenkommen, wie es das schon einmal getan hatte.« Kurz trommelte sie mit ihren langen Fingern auf der Brüstung. »Das waren alles nur vage Gefühle, Hawklan, wie etwas Seltsames im Wind, das Regen, Winter, Frühling oder sonst was ankündigt. Ein Ruf, den man nicht mit den Sinnen erfassen kann.«

»Das muss ein wahrlich tief verborgener Ruf sein, wenn er *deinen* Sinnen entgangen ist«, bemerkte Hawklan ernst.

»Wer vermag wirklich die Wirkung selbst des kleinsten Dings vorherzusagen?« erwiderte Gulda. »Wer weiß, was wir wirklich wissen und was nicht? Wer weiß, wie wir uns verhalten sollen?«

Sie begann, auf dem Balkon umherzuwandern. »Es reicht, dass ich irgendeine Art Zusammenkommen gefühlt habe. Es war ein düsteres, unheimliches Gefühl. Und meine Füße haben mich hierher geführt.«

Ungewöhnlicherweise zeigte Andawyr einen Hauch von Ungeduld. »Das werden wir in den nächsten Tagen bereden, zusammen mit allem anderen.« Er legte die Hände auf die Schläfen. »So *viele* Dinge geschehen so rasch, dass wir Zufall nicht mit Ursache verwechseln dürfen. Wir werden die Geschichten unserer Gäste erzählt bekommen – die nach allem, was ich gehört habe, ziemlich seltsam sind –, und wir werden die Goraidin einer Anhörung unterziehen. Sollte es ein Muster in dem allen geben, werden wir es finden; das weißt du. Wir alle sind weiser geworden, als wir waren.« Er und Hawklan folgten Gulda schnellen Schrittes in den Schatten des Turms über ihnen. Das Lärmen der Kinder wurde durch Hufgetrappel im Hof unter ihnen ersetzt. »Aber das ist nicht der Grund, warum du uns hier rausgeführt hast, stimmt's?«

Dreiundzwanzigstes Kapitel

»Nein, das ist nicht der Grund«, erwiderte Gulda und stieß immer wieder ihren Stab auf den Mosaikboden, während sie auf dem Balkon umherlief. Die beiden Männer drängten sie nicht. Die Erfahrung hatte sie gelehrt, dass Gulda tat, was sie wollte, und dass allein der Versuch, etwas von ihr zu erzwingen, einen erinnerungswürdigen Tadel heraufbeschwören würde. Sie waren allerdings versucht, es doch zu tun, denn Gulda zeigte sich offen beunruhigt, was mehr als ungewöhnlich war.

Plötzlich blieb sie stehen; dann setzte sie sich wieder in Bewegung. Als sie wieder ins Sonnenlicht traten, setzte Gulda sich auf eine lange Bank und winkte den beiden Männern, sich zu ihr zu gesellen. Sie wollte gerade beginnen zu reden, als etwas ihre Aufmerksamkeit erregte. Es war Gavor, der hoch über ihnen schwarz und entschlossen am blauen Himmel kreiste. Die Flügel ausgebreitet prüfte er mit den Schwungfedern die Luftströmungen und glitt in einer eleganten Spirale zu ihnen hinunter. Wie so oft war seine Landung allerdings weit weniger elegant und mit einer Menge Flattern und einem leisen Fluch verbunden.

»Ihr sitzenden Seelen solltet euch wirklich mal die Mühe machen, fliegen zu lernen«, sagte er, nachdem er sich wieder erholt hatte. »So schwer ist es gar nicht, und da oben macht es so viel Spaß.« Er blickte vom einen zum anderen. »Ah, wie ich sehe, ist Humor hier im Augenblick nicht angebracht. Na, dann erzählt mal.«

»Hör zu, Vogel«, sagte Gulda, »und auch ihr anderen: Erzählt niemandem von dem, was ihr jetzt hören werdet.« Mit einer höflichen Handbewegung kam sie jedwedem Protest zuvor. »Niemandem«, wiederholte sie in strengem Ton. »Und zwar aus dem ganz einfachen Grund, dass ich noch nicht die wahre Bedeutung dessen kenne, was ich gerade gehört habe, und es gibt keinen Grund, für mehr Unruhe zu sorgen, als ohnehin schon herrscht.«

»Dar-volci hat mir bereits gesagt, er glaube, dass Sumeral wieder ganz sei und versuche zurückzukehren«, sagte Hawklan offen. »Er war recht eindeutig, was das betraf. Was könnte wohl noch beunruhigender sein als das?«

Gulda antwortete nicht direkt darauf. »Hör einfach zu«, sagte sie.

Kinderlachen stieg aus dem Park zu ihnen herauf.

»Das Geräusch, das wir gehört haben, als Vredech und Pinnatte aufgewacht sind ... Was haltet ihr davon?«, fragte sie.

»Es war *seltsam*, um es vorsichtig auszudrücken«, antwortete Hawklan, nachdem er kurz über die unerwartete Frage nachgedacht hatte. »Tatsächlich war es außerordentlich unangenehm. Ich hätte nicht gedacht, dass eine menschliche Kehle zu solch einem Geräusch fähig sein könnte, doch andererseits war auch ihr ganzer Zustand recht seltsam. Allem Anschein nach haben sie nur geschlafen, und doch konnte niemand sie wecken.«

»Es ist nicht ungewöhnlich, wenn Menschen schreiend aus einem Albtraum erwachen, weißt du?«, bemerkte Andawyr abschätzig. »Und soweit ich weiß, haben beide vor gar nicht allzu langer Zeit eine Menge durchgemacht.«

»Sie haben nicht geträumt«, erklärte Hawklan in gelassenem Tonfall, aber deutlich. Dann runzelte er die Stirn, als hätte ihn seine eigene Bemerkung überrascht.

Auch Andawyr wirkte verwirrt. »Sie haben nicht geträumt?«, echote er. »Was meinst du damit?«

»Ich meine damit, dass sie nicht geträumt haben«, erwiderte Hawklan ein wenig verunsichert.

Andawyr schürzte die Lippen und schüttelte den Kopf. »Du musst dich irren. Jeder träumt. Das ist Teil der Grundfunktionen des menschlichen Geistes. Halte jemanden lange genug vom Träumen ab, und er wird wahnsinnig.«

»Das weiß ich«, sagte Hawklan verärgert. Die Falten auf seiner Stirn vertieften sich. »Und ich irre mich nicht. Ich habe genug Nachtwachen mitgemacht, um verschiedene Arten von Schlaf zu erkennen. Wenn ich jetzt so darüber nachdenke, war das Verhalten der beiden sogar äußerst ungewöhnlich. Ich weiß nicht, warum mir das nicht schon früher aufgefallen ist. Sie haben sich nicht herumgewälzt wie normale Schläfer, und sie haben eindeutig nicht geträumt.« Andawyr schien dem widersprechen zu wollen, doch Hawklan ließ ihn nicht. »Keine Anzeichen tiefer Entspannung oder unruhige Augenbewegungen. Nicht eine.«

Andawyr war nicht überzeugt. »Das ist unmöglich«, erklärte er gereizt. »Sie sind dir vermutlich einfach nicht aufgefallen, das ist alles. Du warst ja selbst viel zu müde. Wahrscheinlich bist du von Zeit zu Zeit eingedöst, ohne es zu bemerken. Das passiert schon mal.«

»Ich weiß. Ich habe dich schnarchen hören.«

Ein ungeduldiges Klopfen von Guldas Stab machte

der Diskussion ein Ende. »Das Geräusch«, erinnerte Gulda die beiden Männer an die ursprüngliche Frage.

»Ich weiß nicht, was du willst, Memsa«, sagte Hawklan. Er war noch immer verärgert, weil Andawyr seine Erklärung einfach so abgetan hatte. »Sie sind schreiend aufgewacht, wahrscheinlich nach einer furchtbaren Erfahrung – egal ob es nun ein Traum oder etwas anderes war. Aber wir wissen nichts darüber, solange wir sie nicht eingehend dazu befragt haben – was erst der Fall sein wird, wenn Nertha sie gehen lässt.«

Gulda schnaufte verächtlich. »Denkt einmal an den Augenblick zurück, als sie erwacht sind. Beide!«

Ihr Tonfall verbat jeden Widerspruch; dennoch protestierte Hawklan: »Ich weiß wirklich nicht, was…«

»Denkt nach!«

Gavor kicherte leise, trat gefährlich nah an den Rand der Brüstung und blickte zu den spielenden Kindern hinunter. Hawklan gab nach und tat, was Gulda von ihm verlangte. Eingehend rief er sich noch einmal ins Gedächtnis zurück, was beim plötzlichen Aufwachen von Vredech und Pinnatte geschehen war.

Es hatte keine Vorwarnung gegeben. Im einen Augenblick hatten die beiden Männer noch schlafend und reglos dagelegen, und die einzigen Geräusche im Raum waren das leise Atmen der Anwesenden gewesen und die gedämpften Hintergrundgeräusche der Aktivitäten in der Festung. Dann war der Raum plötzlich vom überwältigenden Schreien der Schläfer erfüllt gewesen, als diese urplötzlich wieder erwacht waren.

Auch jetzt noch, da er im Sonnenlicht saß, umgeben von den freundlichen Wachtürmen von Anderras Darion, schauderte Hawklan, als er sich an die Szene erinnerte. Trotz Guldas energischer Aufforderung, sich das Geschehen ins Gedächtnis zurückzurufen, empfand er einen seltsamen Widerwillen, genau das zu tun. Und warum war Gulda so an dem Geräusch interessiert, das die Schläfer beim Aufwachen gemacht hatten?

Weil nicht sie es gewesen sind, die es gemacht haben!

Die Erkenntnis traf Hawklan wie ein Schlag.

Das Geräusch hatte weder eine genau feststellbare Quelle gehabt noch einen Höhepunkt. Es hatte im selben Augenblick den gesamten Raum durchdrungen, als Vredech und Pinnatte aufgewacht waren. Und es hatte auf merkwürdige Art aufgehört: Es hatte sich nicht in allzu menschliche Schluchzer und Seufzer seiner Erzeuger verwandelt, sondern war in der Ferne verhallt wie Echos in einem Gebirgstal. Vage erinnerte sich Hawklan daran, dass Gulda den Raum abgesucht hatte.

Er sprach seine Erkenntnis aus.

Andawyr rutschte nervös auf der Bank hin und her. Ein Teil von ihm wollte die Vorstellung mit aller Leidenschaft leugnen, doch er war zu der gleichen Schlussfolgerung gekommen.

Eine Brise wehte über den Balkon. Gavors glänzende Federn flatterten, während er sich bemühte, am Rand der Brüstung das Gleichgewicht zu halten. Gulda drehte ihr Gesicht in den Wind und atmete tief durch; ihre Nase teilte die Luft wie der Bug eines Schiffes das Meer.

»Was zu der Frage führt, wer oder *was* das Geräusch verursacht hat?«, sagte Hawklan.

»Und woher es gekommen ist?«, fügte Andawyr hinzu.

Gulda legte ihm unerwartet sanft die Hand auf den

Arm. »Alles zu seiner Zeit«, sagte sie. »Aber es gibt da noch was, was ihr über das Geräusch wissen solltet, das ihr gehört habt.« Sie hielt kurz inne. Wieder hallten die Geräusche der spielenden Kinder zu ihnen herauf, hell und klar in der sonnendurchfluteten Luft. Gulda wartete, bis sie verstummten, bevor sie fortfuhr, als fürchte sie, sie könne die Reinheit des Klanges mit ihren Worten besudeln.

»Es war mehr als einfach nur Lärm«, sagte sie. »Es war eine Sprache.«

Fast schien es, als sagte sie diese Worte gegen ihren Willen. Mehr von ihrem Verhalten beunruhigt als von ihren Worten fasziniert, blickten die beiden Männer sie erwartungsvoll an; doch keiner von ihnen sagte etwas. Gulda beantwortete ihre unausgesprochenen Fragen.

»Es war Seine Sprache. Und die Geräusche, die den Raum erfüllt haben, waren Stimmen, drei deutlich erkennbare Stimmen – die Stimmen Seiner Uhriel.«

Instinktiv machte Andawyr das uralte Zeichen des Eisernen Rings über dem Herzen. Die Geste repräsentierte die Hochgarde der Fyordyn, die Ethriss in der Letzten Schlacht des Ersten Kommens umringt hatte; in der heutigen, erleuchteten Zeit wurde diese Geste gemeinhin als närrisch betrachtet. Als er bemerkte, wie seine Hand ihn verraten hatte, hustete Andawyr verlegen und wandelte die Bewegung in ein scheinbar unbewusstes Glattstreichen seiner Robe um.

»Die Uhriel sind tot«, sagte Hawklan mit einer Stimme, die kaum mehr als ein Flüstern war. »Du ...« Er atmete tief durch. »Du weißt das. Die Körper von Creost und Dar-Hastuin sind verbrannt und ihre Asche in alle Winde verstreut worden. Und Andawyr und ich haben Oklar sterben gesehen. Sie sind nicht mehr –

ein für alle Mal. Wie auch immer Sumeral sie wiedererschaffen haben mag, das kann man nicht wiederholen.«

»Ja«, stimmte ihm Gulda zu. Sie schien sich noch immer zum Sprechen zwingen zu müssen. »Es ist wie du gesagt hast: Sie sind getötet worden. Aber die Geräusche, die mit Vredech und Pinnatte kamen, *waren* trotzdem die Stimmen der Uhriel.« Sie stieß ihren Stab auf den Boden, und als wäre das ein Signal gewesen, war sie wieder ganz sie selbst. Sie gab Hawklan und Andawyr keine Gelegenheit, etwas darauf zu erwidern. »Meine Herren«, verkündete sie. »Ich fürchte, wir müssen akzeptieren, dass die Uhriel ...«, sie schürzte die Lippen, »... dass sie wiedergeboren worden sind. Irgendwo existiert Sein Wille noch als Einheit, und Er hat neue Gefäße für Sein uraltes Übel gefunden, Gefäße, die ohne Zweifel willens sind, Seine Wege genauso gründlich zu erlernen wie ihre Vorgänger.« Sie schnaufte. »Schlimmer noch: Dem nach zu urteilen, was wir vorhin gehört haben, hege ich die Vermutung, dass ihre Verderbtheit genauso alt ist wie die von Sumeral selbst. Ihre Herzen sind stark und frisch und voll des brennenden Eifers und der Selbstgerechtigkeit, wie sie für die gerade erst Erleuchteten typisch sind.«

Die beiden Männer wichen vor der ungewöhnlichen Leidenschaft und dem Zorn in Guldas Stimme zurück. Trotz dem, was sie gerade gehört hatten, wussten sie, dass es sinnlos war, Memsa Gulda danach zu fragen, warum sie dessen so sicher war. Gulda stellte ein größeres Rätsel dar als selbst Hawklan. Bestimmte Fragen stellte man ihr besser nie, und selbst jene, die nur darüber spekulierten, taten dies zumeist nur im Flüsterton. Jene, die sie kannten, wussten überdies, dass man einfach nur annehmen konnte, was sie einem gab. Andawyr fand als Erster die Sprache wieder.

»Ich habe kein Problem damit, das, was du sagst, ohne zu fragen zu akzeptieren, Memsa«, sagte er. »Aber so düster deine Worte auch sein mögen, sie enthalten nichts, was man nicht in offener Diskussion untersuchen könnte, oder? Warum sprechen wir hier draußen wie Verschwörer?«

»Wegen der Sprache, Andawyr, wegen der Sprache«, antwortete Gulda. »Nicht wegen Seiner ... erneuerten ... Existenz und auch nicht wegen der Wiedergeburt der Uhriel. Zu dem Schluss werden deine Leute früher oder später schon selber kommen. Für das eine bestand schon immer eine gewisse Wahrscheinlichkeit, egal wie klein sie auch gewesen sein mag, und das andere ist nur eine natürliche Konsequenz davon. Aber sie wissen nichts von der *Sprache*. Es war Seine Sprache und nur Seine allein. Es ist die wahre Sprache der Macht – Sein bestgehütetes Geheimnis. Die ersten Uhriel lehrte er nur einen Hauch davon, gerade so viel, wie sie für ihre Bedürfnisse brauchten, oder besser, wie sie für *Seine* Bedürfnisse brauchten. Und das, was er sie lehrte, verpflichtete er sie, nur selten zu gebrauchen.« Kurz hielt sie inne. Sie war wieder nervös. »Die Stimmen, die wir gerade gehört haben, waren durchdrungen davon.«

»Und das heißt?«, fragte Andawyr.

»Das heißt. Er hat ihnen viel mehr Wissen über die Macht gegeben als den ersten Uhriel.«

Andawyr schloss die Augen, lehnte sich zurück und drehte das Gesicht in die Sonne.

»Das kann nicht sein«, sagte er. Es klang mehr wie ein Flehen denn wie eine Erklärung. »Oklar allein hat schon mit nur einer Geste eine Schneise durch Vakloss geschlagen. Und als Oslang und die anderen sich den Uhriel auf dem Schlachtfeld entgegen gestellt haben, wurden sie an Grenzen getrieben, die sie sich vorher noch nicht einmal hatten vorstellen können. Auch wenn wir in den letzten Jahren weit mehr gelernt haben als in unzähligen Generationen zuvor, würde ich mich ihnen, so wie sie waren, nur ungern wieder entgegenstellen, geschweige denn, wenn sie stärker geworden sind.«

Gulda zeigte kein Mitleid. »Ihr seid nur Staub im Angesicht der Macht, die sie jetzt besitzen.«

Es folgte ein düsteres Schweigen. Selbst die Kinder unten schienen auf etwas zu warten; ihr Spiel klang gedämpft, als würden sie nur noch flüstern. Gavors Holzbein klapperte leise, während er auf der Brüstung auf und ab ging. Er blieb stehen.

»Bist du sicher, was du gehört hast?«, fragte Andawyr vorsichtig.

»O ja, sehr sicher«, bestätigte Gulda, ohne auch nur einen Hauch des typischen Ärgers zu zeigen, mit dem sie normalerweise auf eine solche Frage reagiert hätte. Hawklan beugte sich vor, legte den Kopf in die Hände, und erneut senkte sich Stille um sie.

»Du malst uns da ein erschreckendes Bild, Memsa«, sagte er schließlich. »Ich weiß nicht, wo ich anfangen soll, dem allen einen Sinn zu geben.« Er verzog das Gesicht und strich mit den Händen darüber. »Seit dem Krieg habe ich niemals wirklich Ruhe gefunden. Und jetzt das. Das kann nicht wieder geschehen. Wir dürfen es nicht zulassen. Aber warum sollte Er diesen neuen Uhriel ein derartiges Wissen geben, das Er selbst jenen verweigert hat, die Ihm so lange und treu gedient haben?«

Gulda schaute zunächst zu ihm, dann zu Andawyr.

»Es hieß schon immer, dass Er menschliche Gestalt *angenommen* hat. Er hat sie angenommen, weil sie Seinen Bedürfnissen entsprach. Aber niemand weiß, was Er wirklich ist.« Wieder hielt sie kurz inne. »Wir können jedoch sicher sein, dass Er nach Seiner Zerstörung – oder vielleicht sollte ich sagen nach Seiner *Entfernung* aus dieser Welt – sich noch weiter von der Menschlichkeit gelöst hat, die Er womöglich einst besaß. Und wie du Andawyr, wie der Rest der Cadwanwr und wie wir alle, wird er inzwischen um einiges weiser geworden sein.«

»Weiser?«

Gulda verzog den Mund zu einem grimmigen Lächeln. »Du bist sehr spitzfindig, gelehrter Mann. Du gehst davon aus, dass alle Weisheit nur zu *unserem* Besten dient. Sagen wir einfach, er hat *gelernt.*«

»Und wie wird er dieses Wissen verwenden?«, fragte Hawklan.

Gulda packte ihn am Arm. Es war ein Griff, mit dem er vertraut war; er erinnerte nicht im Mindesten an den einer alten Frau, sondern war kräftig und entschlossen, der Griff eines Schwertkämpfers. Auch war dieser Griff beruhigend und flehend zugleich. Er verriet Hawklan, dass Gulda sowohl seine Hilfe als auch sein Vertrauen brauchte.

»Die Uhriel waren immer einfach nur Waffen«, erklärte Gulda. »Gut gepflegte Werkzeuge, um Seinen Willen in die Tat umzusetzen. Wir haben keinen Grund anzunehmen, dass sich daran etwas geändert hat. Aber während sie einst Waffen waren, die nur im Geheimen zum Einsatz kamen, zumindest anfangs, sind sie jetzt vielleicht Waffen roher Gewalt: Löwen, die man auf die Schafe hetzt.«

Nach seinem Ärger über die Anspielung auf die Schwäche der Cadwanwr vor den Uhriel rutschte Andawyr ob dieses Vergleichs unruhig hin und her und wagte es, Gulda einen tadelnden Blick zuzuwerfen.

»Ihr *seid* Schafe«, erklärte Gulda bestimmt, doch nicht ohne einen Hauch von schwarzem Humor. »Die Wächter sind schon lange gegangen, und Er weiß das auch mit Sicherheit. Und Er weiß auch, dass Er das letzte Mal nur gescheitert ist, weil Er es da *noch nicht* mit Sicherheit gewusst hat. Er weiß, dass Er einfach aus Narsindal hätte vorstürmen und alle vor sich her treiben können, als Oklars Torheit Seine Rückkehr verraten hat.«

Diese Schlussfolgerung war nicht zu leugnen. In den quälenden Diskussionen, die auf den Krieg gefolgt waren, hatten die meisten, die daran teilgenommen hatten, widerwillig akzeptiert, dass pures Glück bei ihrem Sieg eine ebenso große Rolle gespielt hatte wie Mut und Entschlossenheit.

»Was sollen wir tun?«, fragte Hawklan.

Gulda verstärkte ihren Griff, und der Blick ihrer durchdringenden Augen brannte sich in ihn hinein. »Kämpfen. Was sonst könnt ihr tun?«

»Aber …«

»Aber was? Erwartest du, vernünftig mit Ihm reden zu können? Er hat Versprechen und Verträge schon immer gebrochen; aber angesichts der Tatsache, dass Er beim letzten Mal Verhandlungen noch nicht einmal angeboten hat, bezweifele ich, dass Er es tun wird, wenn Er wieder zurückkehrt – und Er *wird* zurückkehren, dessen bin ich sicher. Ihr werdet die gleiche Wahl haben wie beim letzten Mal: kämpfen oder sterben – oder bestenfalls gestattet Er euch vielleicht, ihm als

Sklaven zu dienen.« Sie schlug Hawklan auf den Arm. »Das sind in der Tat düstere und furchtbare Gedanken, Hawklan, aber es gibt viele seltsame Strömungen, und wir sind in ihnen gefangen, ob wir nun wollen oder nicht. Wenn wir nicht auf ihnen reiten, werden sie uns tragen, wohin sie wollen; daraus kann nur Zerstörung und Elend entstehen. Du bist stärker und weiser geworden, als du es jemals warst; das gilt für uns alle. Alles, was bis jetzt geschehen ist, hat nur dazu gedient, uns zu diesem Punkt zu führen, uns darauf vorzubereiten.« Sie stand auf. »Nun müssen wir mit unseren Gästen reden und sehen, welche Drohungen und Versprechen diese Strömungen zu uns getragen haben.« Tadelnd wedelte sie mit dem Finger in Richtung der beiden Männer und Gavor.

»Erwähnt nichts von der Sprache der Uhriel und was sie bedeutet«, sagte sie. »Meiner Meinung nach würde diese Enthüllung im Augenblick zu viel Angst erzeugen. Euch habe ich davon erzählt, damit ihr die Debatte führen könnt, die wir haben werden.« Sie wandte sich an Andawyr. »Und führe die Debatte gut. Wir müssen genau zuhören, sowohl dem, was gesagt wird, als auch dem, was *nicht* gesagt wird. Irgendwo in diesem Wirrwarr verbirgt sich das Wissen, um ins Herz der Angelegenheit vorstoßen zu können. Vielleicht bietet sich uns sogar die Möglichkeit, dem allen ein für alle Mal ein Ende zu bereiten.«

Die folgenden Tage verlangten in der Tat viel Zuhören seitens der Cadwanwr und der fahrenden Gelehrten, die Andawyr unauffällig unter jenen ausgewählt hatte, die gerade die Festung besuchten. Es gab viele Fragen und viele Diskussionen, als die zurückgekehrten Goraidin sich einer formellen Anhörung stellten und man die Neuankömmlinge bat, auf ihre Art zu erklären, was sie dazu getrieben hatte, ihre Heimatländer zu verlassen und nach Anderras Darion zu ziehen.

Obwohl Antyr und die anderen Ausländer dank der Reise an der Seite der Goraidin eine gewisse Erfahrung mit der mühseligen Art der Orthlundyn und ihrer Verbündeten in diesen Dingen hatten, wirkte das Verfahren doch zunächst seltsam auf sie. Für Vredech und Thyrn war es besonders verwirrend, da sie ihre entsprechenden Regierungsinstitutionen in Canol Madreth beziehungsweise Arvenstaat gewöhnt waren. Beide Institutionen gaben vor, Orte ordentlicher, vernünftiger Debatten zu sein, wo den Wünschen des Volkes eine Stimme verliehen wurde. In Wahrheit waren sie jedoch lediglich Schaubühnen für die Ehrgeizigen, die Eitlen und die Schwatzhaften, die sich in einem ordentlichen Beruf keinen Lebensunterhalt verdienen konnten, und nicht zuletzt für jene, die nach Macht strebten, ohne die damit verbundene Verantwortung tragen zu wollen. Die Qualität der dortigen Debatten unterschied sich von jenen auf Kinderspielplätzen nur durch das gebildetere Vokabular, mit dem jede noch so geringfügige Kleinigkeit ausdiskutiert wurde, und das weit höhere Maß an Heuchelei. Im Gegensatz dazu war Antyr, der aus dem Stadtstaat Serenstad stammte, an eine straffe Gesetzgebung gewöhnt, die auf herzöglichen Edikten beruhte, und so fiel es ihm nicht schwer, die Orthlundyn-Idee eines auf Vernunft und System begründeten Rats zu akzeptieren. Farnor und Marna nahmen das Verfahren einfach so, wie es war. Sie waren beide jung und stammten aus einem kleinen, abgeschiedenen Dorf; von den politischen Torheiten, zu denen größere Gesellschaften fähig waren, wussten sie nichts.

Während Gulda schweigend im Hintergrund saß, leitete Andawyr das Verfahren, wie er jede Versammlung seiner Brüder und Schwestern in den Cadwanen geleitet hätte, und das hieß gemäß der Richtlinien, nach denen die Lords von Fyorlund mit ihrer Königin verhandelten sowie nach denen der formellen Volksversammlung, des Geadrol. Einzelne sprachen größtenteils, ohne unterbrochen zu werden; nur gelegentlich griff Andawyr ein, um den Sprecher zu bitten, auf den Punkt zu kommen, oder ihn wieder zum Hauptthema zurückzuführen. Erst nachdem der Sprecher geendet hatte, waren Fragen erlaubt. Auf Andawyrs Bitte hin wurde jedwede Diskussion allerdings auf das Ende der Anhörung verschoben. Das Ganze war eine äußerst mühsame und ernste Angelegenheit, aber die erbarmungslose Art, wie hier die Wahrheit gesucht wurde, fesselte irgendwann selbst den gleichgültigsten Beobachter.

Als Versammlungsort hatte Andawyr nicht eine der großen Hallen von Anderras Darion gewählt, sondern einen verhältnismäßig kleinen Raum in einem der Türme. Er war kreisrund, und die Hälfte der Wand wurde von Fenstern durchbrochen, die vom Boden bis unter die Decke reichten. Von hier aus konnte man die große Mauer der Festung sehen und jenseits davon die Felder und Wälder von Orthlund. Die andere Hälfte nahm ein Relief eben dieser Aussicht ein, sodass der Eindruck entstand, der Raum sei nach allen Seiten hin offen.

Trotz der Disziplin der Teilnehmer ging es beim Erzählen der einzelnen Geschichten weder ruhig noch einfach zu. Fragen wurden gestellt und unzählige Ideen geäußert.

Tarrian und Grayle waren widerwillig beeindruckt.

»Diese Leute sind sehr zivilisiert«, räumte Tarrian ein. »Für Menschen. Es sind Leute, denen Lernen Freude bereitet und von denen man selbst viel lernen kann. Sie sind diejenigen, die durch Seine vergangenen Taten am wenigsten verdorben worden sind, und doch wissen sie am meisten darüber. Sie sind diejenigen, die sowohl die Notwendigkeit erkennen als auch den Willen besitzen, sich Ihm entgegenzustellen.«

»Das ist in der Tat ein großes Lob«, sagte Antyr mit einem Hauch von Ironie in der Stimme. »Aber du hörst dich auch recht pessimistisch an.«

»Nein. Ich habe einfach Angst. Pessimistisch wäre ich, wenn ich weder die Notwendigkeit erkennen noch den Willen besitzen würde«, erwiderte Tarrian gereizt.

Gulda nahm die Neuankömmlinge unter ihre Fittiche und führte sie durch die Festung, wann immer Andawyr eine Pause in dem Verfahren für angebracht hielt. Wie alle, die Anderras Darion zum ersten Mal besuchten, waren sie sprachlos angesichts der Pracht und der Wunder, auf die sie überall stießen.

»Warum wurde sie gebaut?«, fragte Farnor, als Gulda sie auf einen gepflasterten Hof führte.

»Eines der Probleme mit jungen Leuten ist, dass sie immer so tödliche Fragen stellen«, sagte Gulda verschwörerisch zu Vredech und Nertha. »Sie wurde als Festung gebaut, komisch, nicht wahr, junger Mann? Als ein Ort der Stärke, wo die Menschen vor Sumerals wütenden Armeen Zuflucht suchen konnten. Und diesem Zweck hat sie auch lange Zeit gedient. Aber in was Ethriss sie später verwandelt hat...?« Sie zuckte mit den Schultern. »Das weiß er allein ... oder auch nicht, wenn ich mich hier so umschaue.«

»Sie ist ein Wunder – wie ein schönes Gemälde oder Musik«, bemerkte Nertha.

»Das war sie vielleicht einmal, ja«, sinnierte Gulda. »Als die Welt noch jung war und Sumeral sie noch nicht verdorben hatte. Sie ist ohne Zweifel schön, ja wunderbar; aber ich vermute – und habe es immer vermutet –, dass sie noch einem verborgenen Zweck dient.«

»Lasst Ihn nichts bauen«, sagte Vredech.

»Bitte?« Gulda blickte ihn fragend an.

»Lasst Ihn nichts bauen«, wiederholte Vredech wie zu sich selbst. »Der Pfeifer hat das zu mir gesagt. Er war recht eindeutig, was das betraf.«

»Der Pfeifer? Ah, der Mann, die Kreatur, der seltsame Flötenspieler, den du in deinen Träumen getroffen hast«, sagte Gulda.

»Ich träume nicht«, erklärte Vredech. »Das habe ich nie. Und wer oder was der Pfeifer auch immer gewesen sein mag, er war ebenso wenig eine Ausgeburt meiner Fantasie wie du.« Gulda sagte nichts darauf. »Er spielte einen einzelnen Ton«, fuhr Vredech fort und verzog nachdenklich das Gesicht, als er sich die Begegnung ins Gedächtnis zurückrief. »Und der Ton erzeugte ein Echo. ›Der Fels besitzt eine Eigenschaft, die auf den Ton reagiert‹, hat er erklärt. ›Mit Ihm verhält es sich genauso. Wer auf Sein Lied reagiert, baut einen Weg für Ihn. Und Er kann auf vielen Wegen kommen, auf Wegen des Geistes, des Herzens und des Fleisches. Lass diesen Freund von dir nichts bauen.‹ Damit meinte er Cassraw. ›Keine Denkmäler, keine Paläste, nichts. Ein solcher Ort könnte Ihn anziehen wie ein Baum den Blitz.‹«

Gulda blickte ihn mit zusammengekniffenen Augen an. »Erzähl das den anderen, wenn du im Rat wieder sprichst«, sagte sie. »Ich werde auch ein wenig darüber nachdenken.«

Beiläufig strich sie mit dem Finger über eine Schriftrolle, die Teil eines wunderbaren Reliefs an der Wand neben ihnen war. Es gab viele dieser Reliefs in Anderras Darion, und sie weckten den Neid selbst der besten Former in Orthlund, denn wenn man sie mit einem Vergrößerungsglas betrachtete, enthüllten sie immer mehr Details. Diese Details waren so vielschichtig, dass manche entgegen aller Vernunft glaubten, dies ginge noch wesentlich länger so weiter, als selbst mit einem Vergrößerungsglas zu erkennen war.

»Alle Unendlichkeit auf nur einem einzigen Punkt«, murmelte Gulda vor sich hin; dann folgte sie mit ihrem Blick der Schriftrolle zur Gesamtheit des Reliefs und schließlich zu den Formen, die Fenster und Balkone bildeten, und all die schattigen Nischen und Ritzen der drei- und viergeschossigen Gebäude, welche den Hof umgaben. Immer höher wanderte Guldas Blick hinauf, bis über die Dächer und zu den Türmen, die sich alle vollkommen voneinander unterschieden, und dann zu den schweigsamen, geduldigen Bergen jenseits davon.

»Endlose Muster in Mustern«, sagte Gulda leise und zu sich selbst. »Und Resonanzen in Resonanzen. Echos, die ich weiß nicht wohin wandern.«

Dann stieß sie den Stab auf den Boden zum Zeichen, dass es weiterging.

Die Goraidin hatten sich der Anhörung gestellt, und die Geschichten von Antyr, Farnor, Vredech, Pinnatte und Thyrn waren erzählt. Das hatte lange gedauert.

Andawyr wandte sich an die Versammlung.

Vierundzwanzigstes Kapitel

»Nun beginnen wir«, sagte Andawyr und ließ seinen Blick über die Gesichter der kleinen Versammlung schweifen.

Ein Gefühl bewusster Kontrolle über sich türmende Fragen erfüllte den Raum. Darunter war jedoch eine tiefsitzende Unsicherheit zu spüren. Andawyr sprach dieses Problem direkt an.

»Nun werden wir damit beginnen, das, was wir in den vergangenen Tagen gelernt haben, zu einem zusammenhängenden Bild zu formen – wenn wir können. Ich gehe nicht davon aus, dass es uns leicht fallen wird. Ich gehe nicht davon aus, dass es uns beruhigen wird. Tatsächlich fürchte ich, dass eher das Gegenteil der Fall sein wird. Allein das Zuhören hat uns schon alle gefordert, und düstere Schatten haben sich auf unsere Überlegungen gelegt. Ich werde euch nicht bitten, keine Angst zu haben: Ich glaube, wir haben bereits genug erfahren, um zu wissen, dass das zuviel verlangt wäre; aber ich *werde* euch bitten, euch nicht von der Angst den Verstand vernebeln zu lassen und all eure Fähigkeiten einzusetzen, bis wir wenigstens eine Ahnung von der Wahrheit haben, die sich hinter alldem verbirgt. Ich weiß, dass ich hier nur das Offensichtliche ausspreche.« Er warf einen raschen Blick zu Farnor, Marna und Thyrn. »Das ist etwas, was die meisten von uns schon gelernt haben. Aber ›offensichtlich‹ ist ein tückisches Wort, und ich wiederhole lieber etwas ein Dutzend Mal, als dass ich zulassen würde, dass es unbewusst unter den Tisch fällt. Wie schlimm sie auch immer sein mag, die Wahrheit ist dem Unwissen jederzeit vorzuziehen. Haltet euch daran fest, wenn Ängste und Zweifel euch zu überwältigen drohen. Ihr seid anerkanntermaßen allesamt Männer und Frauen von beachtlichen Fähigkeiten und ebensolcher Entschlossenheit. Vergesst nicht, wer bei euch ist und wo ihr euch befindet.« Mit einer weit ausholenden Geste deutete er auf die Aussicht, die sich von hier oben bot; allerdings war die Orthlundyn-Landschaft größtenteils hinter einem feinen Regenschleier verborgen.

Andawyr setzte sich und schwang ein Bein auf den Tisch. Seine Stimme nahm einen sachlichen Tonfall an. »Wir werden sowohl unsere Köpfe als auch unsere Herzen brauchen, um mit dieser Angelegenheit fertig zu werden, meine Freunde, unseren Intellekt und unsere Intuition.« Er zögerte. »Und in dieser Hinsicht muss ich sagen, mich sorgt am meisten, dass ... Ich habe das Gefühl, dass wir nicht sonderlich viel Zeit haben, bevor irgendjemand oder irgendetwas anderes uns die Entscheidung abnimmt.« Er hob die Hände, um jedwede Frage abzuwehren, obwohl keine gestellt worden war. »Es ist wie gesagt nur ein Gefühl«, wiederholte er. »Es kommt aus dem Bauch, nicht aus dem Kopf. Seht mir das bitte nach. Seid gründlich in euren Fragen und in eurer Arbeit, aber vergesst auch nicht, wie *dringend* es ist!«

Er öffnete die Arme in Richtung von Antyr und den anderen. »Ich muss gestehen, dass ich nicht weiß, was ich euch sagen soll. Jeder von euch hat seine eigene schreckliche Prüfung ertragen müssen – Prüfungen, die grausam genug waren, um euch auf der Suche nach Hilfe aus eurer Heimat und fort von euren

Freunden zu treiben. Und was haben wir für euch getan? Wir sind mit endlosen Fragen auf euch eingestürmt. Normalerweise sind wir nicht so ungastlich. Wir schulden euch zumindest eine Entschuldigung. Ich kann euch nur bitten ...«

»Eine Entschuldigung ist unnötig«, unterbrach ihn Antyr und zog damit alle Aufmerksamkeit auf sich. »Natürlich kann ich nicht für die anderen sprechen, aber diese Anhörung, wie ihr sie nennt, ist wie ein frischer Wind durch meinen Geist geweht und hat all den Staub und den Wirrwarr hinweggeblasen. Allerdings hat sie keines meiner Probleme gelöst. Ich weiß noch immer nicht mehr über meine ... Gabe. Und einige der Dinge, die ich seitdem gehört habe, waren äußerst beunruhigend. Aber ich setze große Hoffnung in diesen Ort und in euch alle. Dies ist der Ort, wo ich glaube, dass ich im Augenblick sein muss, und auf jeden Fall ist es der Ort, wo ich sein *will*. Ihr schuldet mir nichts, aber ich schulde euch meinen Dank.«

Da er Komplimente nicht gewöhnt war, nahm Andawyr das Bein vom Tisch und räusperte sich verlegen. Er errötete ein wenig.

»Er spricht für uns alle«, fügte Vredech hinzu, nachdem er kurz zu Thyrn, Farnor und Pinnatte geblickt hatte.

Andawyr räusperte sich erneut; dann funkelte er Usche an, die verschmitzt grinste, und Ar-Billan, der das Grinsen nur mit Mühe unterdrücken konnte. Er stand auf, unternahm einen erfolglosen Versuch, seine Robe glatt zu streichen und verneigte sich steif vor Antyr. Dann gab er unnötige Instruktionen.

»Wir müssen in der Bibliothek der Festung nach Referenzen auf die Traumfinderei suchen und nach allem, was irgendwie mit Reisen zwischen verschiedenen Welten zu tun hat – Mythologie, Aberglauben, Kindergeschichten, alte Wissenschaft, abstruse Mathematik, alles. Wir müssen es finden, es studieren und es in Beziehung zu den Informationen, den *Fakten* setzen, die wir gelernt haben. Ich gehe davon aus, dass Antyrs seltsame Fähigkeit von fundamentaler Bedeutung in dieser Angelegenheit ist.« Er kramte in ein paar Papieren herum, die vor ihm auf dem Tisch lagen. »Auch das muss eingehend untersucht werden, auch wenn ich keine Möglichkeit sehe, das schnell zu tun. Ich scheine vor eine Wand gelaufen oder besser in einen Strudel geraten zu sein. Trotzdem ...« Nachdenklich trommelte er mit den Fingern auf die Papiere; dann nahm er sie auf und drückte sie Usche in die Hand. »Lass mich wissen, wie du darüber denkst«, sagte er. »Arbeite mit Ar-Billan daran.«

Andere wurden mit der Aufgabe betraut, Pinnatte zu helfen, die ›Spinnweben‹ aus seinem Kopf zu entfernen, von denen er Vredech erzählt hatte, und die ihn offenbar beim Sprechen behinderten. Nertha schloss sich diesen Leuten entschlossen an. Wieder andere sollten die durchsichtigen blauen Steine untersuchen, die Pinnatte nach seiner überstürzten Rückkehr aus der Welt der Uhriel in seiner Tasche gefunden hatte. Bei ihrer Entdeckung hatte er für einen kleinen Aufruhr gesorgt, als er laut aufgeschrieen und sie weit weggeworfen hatte.

»Kristalle«, hatte er gesagt und Andawyr unsicher, aber entschieden die Hand auf den Arm gelegt, als dieser sich gebückt hatte, um sie wieder aufzuheben. »Gefährlich.«

Andawyr blickte ihn an; dann hielt er die offene Hand über die Steine und betrachtete sie aufmerksam, bevor er einen von ihnen vorsichtig mit dem Finger anstieß. Was er dabei fühlte, sagte er nicht, aber er legte die Stirn in Falten. »Ich glaube, du hast Recht«, sagte er und hob sie rasch mit einem Stück Tuch auf. Mit einem strengen »Sei vorsichtig« gab er sie schließlich einem Cadwanwr-Bruder zum Studium.

Später, nachdem ihn seine verschiedenen Schützlinge mit den Worten weggescheucht hatten, sie bräuchten keine Hilfe bei ihren Aufgaben, saß Andawyr allein in seinem Raum. Die Füße auf den Tisch gelegt, den Stuhl gefährlich auf zwei Beine nach hinten gekippt und die Hände hinter dem Kopf verschränkt, starrte er zur Decke hinauf. Ein leises Kratzen an der Tür riss ihn aus seinen Gedanken. Er öffnete und blickte auf Tarrian hinunter. Fragend hockte er sich vor den Wolf, der ein wenig zur Seite trat, den Kopf senkte und in den Raum spähte.

Tadel erfüllte Andawyrs Geist. »Was für eine Unordnung«, sagte Tarrian verzweifelt. »Na ja, das geht mich wohl nichts an. Es ist Zeit zum Reden. Grayle holt Gulda und Hawklan.«

»Aber ...«

»Komm. Trödel nicht. Es ist ja nicht so, als würdest du gerade etwas Nützliches tun – wie dein Zimmer aufräumen zum Beispiel.«

Tarrian zog sich den Gang hinunter zurück. Das Drängen in seiner Stimme hatte Andawyrs Füße bereits in Bewegung gesetzt, bevor dieser sich dessen überhaupt bewusst geworden war.

»Wohin gehen wir?«, fragte er, während sie eine Wendeltreppe hinunterstiegen.

»Vorwärts.«

Andawyr kniff die Augen zusammen. »Ich verstehe«, sagte er bissig. »Aus der Vergangenheit in die Zukunft. Von hier nach da und so weiter. Eine korrekte, aber vollkommen nutzlose Antwort. Ich habe schon genug, worüber ich nachdenken muss, auch ohne dass ich mit dir über schlechte Philosophie diskutiere, Wolf. An welchen Ort gehen wir im Augenblick bitte genau hin und warum?«

Sie gingen durch einen breiten, hell erleuchteten Gang. Von halbkreisförmigen Sockeln blickten Statuen auf sie hinunter, die bis unter die gewölbte Decke reichten. Tarrians Krallen klickten zielstrebig auf dem Mosaikfußboden, ein abgehacktes, rhythmisches Gegenstück zu Andawyrs Schlurfen.

»Wir gehen zu Antyr«, antwortete Tarrian im selben Augenblick, da Andawyr die Frage wiederholen wollte.

Am Ende des Gangs befand sich eine große Doppeltür. Tarrian und Andawyr mussten an der kleinen Nebentür warten, um eine laute, fröhliche Gruppe hineinzulassen – Riddinvolk ihrem Akzent nach –, bevor sie das Gebäude verlassen und über einen breiten Rasen gehen konnten. Das Gras war erst vor kurzem geschnitten worden, und da es früher am Tag geregnet hatte, duftete es stark. Tarrian blieb einen Augenblick lang stehen und schnüffelte leidenschaftlich, wobei sein Kopf von einer Seite zur anderen schwang. Auch Andawyr schloss kurz die Augen und atmete tief durch.

Dann gingen sie wieder weiter. Tarrian ging die steile Treppe voraus, die auf die Burgmauer führte. Oben angekommen, keuchte Andawyr ein wenig und sah Hawklan und Gulda bei Antyr stehen. Sie blickten auf die Landschaft hinaus. Die Sonne stand dicht über dem Horizont und strahlte hell, weshalb ein Großteil der Landschaft unter langen, goldgefleckten Schatten verborgen war.

»Ein schöner Abend«, bemerkte Andawyr, als er sich zu den anderen gesellte. Die höfliche Floskel klang leer angesichts der Pracht der Sonne. Tarrian sprang auf eine Laibung, wo Grayle und Dar-volci sich bereits gemütlich ausgestreckt hatten. Er legte sich neben sie. Die Augen der beiden Wölfe schimmerten gelb im Sonnenlicht.

Andawyr blickte zuerst zu Gulda und dann zu Hawklan. Beide erwiderten seinen fragenden Blick.

»Wir dachten, ihr würdet gerne reden wollen«, sagte Dar-volci.

»Wir?«, fragte Gulda und blickte ihn tadelnd an.

»Ich, Tarrian, Grayle und Gavor.«

»Wir reden schon seit Tagen, oder habt ihr das etwa nicht bemerkt?«, erwiderte Andawyr mit einem Hauch von Ungeduld in der Stimme.

»O ja, das ist uns nicht entgangen. Und ihr habt sogar recht vernünftige Arbeit gemacht«, mischte sich Tarrian ein. Die Bemerkung war an alle gerichtet.

Andawyr warf Antyr einen lebensüberdrüssigen Blick zu. »Es ist schon schlimm genug, überall gönnerhafte Felcis zu treffen. Da müssen nicht auch noch die Wölfe dazukommen.«

Antyr zuckte unschuldig mit den Schultern.

»Setzt euch einfach eine Zeit lang ruhig hin«, sagte Tarrian, ohne Andawyrs Sarkasmus zu beachten. »Genießt den Sonnenuntergang und die Sterne über Anderras Darion.«

Glühsteinlaternen entließen ihr gespeichertes Sonnenlicht bereits in jene Teile der Festung, die in Schatten versunken waren. Die Lichtintensität änderte sich je nach Bedarf, sodass ständig ein sanftes Licht herrschte, dass die Dunkelheit eher verdrängte, anstatt sie wie ein Schwert zu durchschlagen.

Ein schwarzer Schatten landete auf der Mauerkrone und hüpfte auf Hawklans Schulter.

»Tut mir Leid, dass ich so spät bin, meine lieben Jungen, Memsa«, sagte Gavor. »Ich habe nur ein wenig mit einem Freund gequatscht.«

Gulda stupste ihn mit dem Finger am Schnabel an; dann lachte sie leise, setzte sich neben die Wölfe und winkte den anderen, es ihr gleichzutun.

Lange Zeit saßen sie so schweigend beieinander und beobachteten, wie die Sonne langsam hinter dem Horizont verschwand und die Landschaft in Dunkelheit gehüllt wurde. Der Abend war eine Zeit, da die Orthlundyn gerne durch die Straßen wanderten, um das Schattenspiel auf ihren Reliefs zu beobachten. Orthlundyn-Reliefs zeigten bisweilen Ergebnisse, die ihre Erschaffer nicht beabsichtigt hatten. Dadurch eröffnete sich sehr zur Freude der Orthlundyn eine Vielzahl neuer Möglichkeiten.

Während der westliche Himmel sich verdunkelte und immer mehr Sterne am Firmament erschienen, erwachten überall in der Burg die Lichter zum Leben. Gelegentlich wurden Geräusche zu den Beobachtern hinübergetragen, welche die Stille noch betonten, die sie umgab: Stimmen, fern und undeutlich, Lachen, eine sich schließende Tür, der Schrei eines Nachtvogels oder eines anderen Tiers.

»Entschuldigt uns bitte«, sagte Tarrian. Er und Grayle rappelten sich auf und sprangen von der Laibung.

»Sie mögen ja gönnerhaft sein, wenn es ihnen so gefällt«, sagte Gulda, als die beiden Wölfe die Mauer entlang davon trotteten; »aber sie besitzen eine Selbstsicherheit, die wir nur schwer erlangen und noch schwerer bewahren können.«

»Ich hielt die Anhörung für gelungen«, bemerkte Andawyr in leicht verletztem Tonfall.

»Das war sie auch«, bestätigte Gulda. »Es war eine hervorragende Anhörung, sofern man angesichts dessen, was wir gelernt haben, das Wort ›hervorragend‹ überhaupt in den Mund nehmen kann. Aber ein wenig Schweigen, ein wenig Stille und ein wenig Freiheit kann ja nicht verkehrt sein, oder? Lasst die Burg in uns einsickern.«

Sie blickte nach oben. Wo Lichter in den Türmen brannten, waren sie so auf- und eingestellt, dass es schwer fiel, sie von den Sternen zu unterscheiden.

»Es sieht aus, als würden sich Ethriss' Muster bis in den Himmel erstrecken«, sagte Gulda leise. »Als würden sie mit den Sternen selbst um die Vorherrschaft dort oben ringen.«

»Wie jene im Heft des Schwarzen Schwertes«, sagte Hawklan ebenso leise.

Andawyr blickte ihn an. »Was hältst du davon, dass du und das Schwert in meinem Traum aufgetaucht sind?« Die Frage wirkte unvermittelter, als er beabsichtigt hatte. »In dem Traum, den ich in den Cadwanen gehabt habe, nachdem ich Antyr dazu gedrängt habe, seine Kunst an mir zu praktizieren.«

Hawklan antwortete nicht sofort. Seine Gedanken waren zu dem Lager in den Bergen zurückgewandert, wo er und Dar-volci über den Verlust des Schwertes gesprochen hatten, und wo Dar-volci so beiläufig seiner Überzeugung Ausdruck verliehen hatte, Sumeral sei wieder ganz und beabsichtige, wieder zurückzukehren. Er erzählte die Gedanken, die er an jenem Tag gehegt hatte.

»Ich weiß es nicht. Eigentlich brauche ich kein Schwert, und doch plagt mich nach wie vor die Erinnerung, dass ich es einfach so aus der Hand habe fallen lassen.«

»Unterschätze niemals die Macht von Sumerals Stimme«, sagte Gulda. »Wäre ich ein wenig weiser gewesen, hätte ich dich vielleicht besser vorbereiten können.«

Hawklan schüttelte den Kopf und täuschte eine Gelassenheit vor, die er nicht empfand. »Ich bezweifele es. Aber das ist auch egal. Getan ist getan, und das Schwert ist verloren.«

»Aber es treibt dich noch immer um?«

»›Umtreiben‹ ist ein zu hartes Wort dafür. Von Zeit zu Zeit kehrt die Erinnerung zu mir zurück, und sie fühlt sich jedes Mal irgendwie falsch an. Ich kann nicht anders, als mich selbst dafür zu tadeln, was geschehen ist.«

»Von Zeit zu Zeit?« Andawyr runzelte die Stirn. »Könnte man nicht eher sagen, dass kaum ein Tag vergeht, ohne dass du daran denkst?«

Hawklan verzog das Gesicht und wich dem Blick des Cadwanwr aus. »Vermutlich ja«, gab er widerwillig zu. »Besonders in letzter Zeit, seit ich mit Dar gesprochen habe; aber ...«

»Kein Aber«, unterbrach ihn Andawyr. »Die Erinnerung mag dir ja vielleicht nicht den Schlaf rauben, aber sie bereitet dir Kopfzerbrechen. Und um ehrlich zu sein, mache auch ich mir deswegen große Sorgen – ich weiß auch nicht warum. Du und das Schwert, ihr seid auf irgendeine Art miteinander verbunden. Es ist dir fast wörtlich in die Hände gefallen, als es gebraucht wurde. Wie ist es in die Waffenkammer gelangt? Vorher kann es unmöglich dort gewesen sein. Ein Schmied wie Loman hätte seine Gegenwart schon Jahre vorher gefühlt. Und bei den wenigen

Gelegenheiten, da du es benutzt hast, war das wie eine Fanfare. Es tönte hell und klar, und Klarheit und Wahrheit folgten ihm.« Er schwieg; dann drückte er den Handballen auf die Stirn. »Warum habe ich das nicht schon früher gesehen?«, sagte er und riss die Augen auf. »Es ist so offensichtlich. Er hatte Angst davor – Angst!«

»Es ist, wie du selbst gesagt hast: ›Offensichtlich‹ ist ein tückisches Wort«, sagte Gulda. »Wer hatte Angst davor?«

»Er! Sumeral!«, antwortete Andawyr und wirbelte zu ihr herum. »Das Schwert ist irgendein äußerst ungewöhnliches Artefakt der Macht; aber wenn er es hätte benutzen können, hätte er es sich einfach genommen. Hawklan selbst kann die Macht nicht einsetzen. Er stellte keine Bedrohung dar – jedenfalls keine, die wir hätten erkennen können. Nur mit Glauben und Hoffnung bewaffnet ist er auf Derras Ustramel zugerannt. Sumeral hätte ihn ohne Mühe dort festhalten und das Schwert an sich nehmen können.« Er drehte sich zu Hawklan um und stieß ihm zufrieden den Finger auf die Brust. »Aber stattdessen hat Er dich aufgehalten, bevor du die Festung erreichen konntest, ja, bevor du sie durch den Nebel überhaupt hast sehen können. Und Er ließ dich das Schwert in den See werfen.«

»Nein, nicht in den See«, sagte Hawklan. »An irgendeinen anderen Ort.«

Andawyr fletschte in einem Anfall von Ärger die Zähne, und seine Erregung war wie weggeblasen. Dann ließ er die Schultern hängen. »Nun, das mag ja sein, wie es will«, seufzte er. »Es ist auf jeden Fall verloren, stimmt's? Wie du gesagt hast: Getan ist getan. Es ist sinnlos, sich weiter darüber zu ärgern.«

»Es ist meistens sinnlos, sich über irgendetwas zu ärgern«, erklärte Gulda in scharfem Ton. »Aber angesichts der Tatsache, dass unser Heiler nach so langer Zeit noch immer seinen Verlust betrauert – und das in letzter Zeit mehr denn je, wie es scheint –, und da das ehrenwerte Oberhaupt der Cadwanol es in seinen Träumen sieht, halte ich es für angebracht, wenn wir ein paar Überlegungen in diese Richtung anstellen würden.«

Als sie die beiden Männer daraufhin bedeutungsvoll anblickte, drang ein leiser, stöhnender Schrei aus der Dunkelheit. Ein anderer folgte ihm. Alle drehten sich in Richtung der Geräusche um.

»Das sind Tarrian und Grayle«, erklärte Antyr, während das Heulen der Wölfe langsam an Intensität gewann. Dar-volci streckte sich; dann setzte er sich auf und legte den Kopf zur Seite.

Niemand sprach, niemand bewegte sich, während die Stimmen der beiden Wölfe die von Sternen erhellte Nacht erfüllte. Langgezogene Töne wurden mal lauter, mal leiser, mischten sich untereinander und hallten um die hohen, stummen Türme von Anderras Darion herum und durch die Spalten der Berge, die Hawklans Festung umgaben. Sie sangen das Große Lied, erzählten die uralte Geschichte von den Wundern und Mysterien, die in allen Dingen verborgen lagen – und von der Freude am Leben.

Noch lange, nachdem das Lied in der Ferne verhallt war, sprach und bewegte sich niemand.

Die beiden Wölfe stapften aus der Dunkelheit.

»Das habe ich jetzt gebraucht«, sagte Tarrian, setzte sich und kratzte sich leidenschaftlich.

Gulda beugte sich vor und streichelte ihnen die Köpfe. »Die Alphraan werden es zu schätzen wissen«, sagte sie leise, bevor sie sich wieder den anderen zuwandte. »Das Schwert, meine Herrn. Es ist Zeit, wieder von den Sternen herunterzukommen und sich weltlicheren Problemen zu widmen.«

Sie richtete den Stab auf Andawyr. »Wenn mich meine Erinnerung nicht täuscht, glaubst du, dass das Schwert in deinem Traum nicht wirklich Teil davon war, sondern irgendwie durch Antyrs seltsame Gabe dorthin gebracht worden ist – oder du zu ihm – dass sich ein Weg zwischen den Welten geöffnet hat, sodass du zu ihm gelangen konntest. Ist das korrekt?«

Andawyr blickte sie misstrauisch an. Ihr Tonfall verunsicherte ihn. »Ja«, bestätigte er zurückhaltend. »Ich habe das für möglich gehalten.« Er straffte die Schultern und stellte sich Guldas Blick. »Nach allem, was ich inzwischen gehört habe, bin ich tatsächlich von dieser Möglichkeit sogar *überzeugt*. Aber es klingt immer noch weit hergeholt.« Er schüttelte den Kopf. »Ich empfinde diese immer wieder auftauchenden Beweise für die Existenz anderer Welten nach wie vor als beunruhigend. Ideen, Theorien, Berechnungen und Experimente sind eine Sache, aber wenn das alles plötzlich diese Form annimmt ... und trotzdem ...« Er rieb sich mit der Faust über die zerschmetterte Nase. »Das plötzliche Auftauchen des Schwertes erklärt zumindest das Auslösen der Warnzeichen.«

Gulda wandte sich an Antyr. »Glaubst du das auch?«

»Ich weiß es nicht. Es könnte möglich sein. Ich besitze nicht Andawyrs Wissen, was jene Orte betrifft, aber ich hege auch nicht seine Zweifel. Ich weiß, dass sie dort sind, und um dorthin zu gelangen, braucht man nur den Geist. Der Körper – ein Körper – *dein* Körper – ist dort nicht anders, als er hier ist, und man kann dort genauso leicht leben wie sterben. Und

Objekte kann man auch bewegen – wie die blauen Steine, die Pinnatte mitgebracht hat. Der Vorfall in Andawyrs Traum war nicht so klar und offensichtlich wie die anderen Male, da ich in eine andere Welt gereist bin, aber auf jeden Fall handelte es sich nicht um einen gewöhnlichen Traum.«

»Du bist der Experte«, sagte Gulda. »Doch angesichts dessen, was ich inzwischen erfahren habe, klingt das logisch für mich. Allerdings soweit wir wissen könnte Pinnatte die Steine schon seit Arash-Felloren in der Tasche gehabt haben. Immerhin ist er Dieb von Beruf. Es ist ziemlich ...«

»Nein«, unterbrach sie Andawyr. »Was auch immer diese Steine sein mögen, so etwas habe ich noch nie gefühlt, und sie *sind* gefährlich. Meiner Meinung nach sogar noch gefährlicher als die grünen Kristalle, und *die* sind für jeden, der die Macht benutzen kann, geradezu furchterregend. Auf jeden Fall sind sie viel zu gefährlich, als dass man sie einfach so in der Tasche tragen könnte, und Dieb hin oder her, er hat sie nicht einfach so weggeworfen, um irgendeine Schau abzuziehen. Ich habe sofort jemanden drangesetzt.«

»Er und Vredech *sind* Traumfinder«, platzte Antyr heraus. Seine Enthüllung verursachte großes Staunen.

»Das hast du bis jetzt nicht erwähnt«, sagte Andawyr.

»Ich war nicht sicher. Aber nachdem ich Vredech zugehört und mit ihm gesprochen habe, und nachdem ich Atlon mit Pinnatte gesehen und eingehend über alles nachgedacht habe, bin ich nun recht überzeugt davon. Natürlich sind sie nicht ausgebildet, und sie haben keine Erdhalter, aber sie sind nichtsdestotrotz Traumfinder. Und nicht nur das: Ich glaube, sie sind wie ich ... in der Lage, zwischen den Welten zu reisen.«

»Adepten?« Andawyr musterte ihn eingehend. »Ich dachte ... Du hast mir gesagt, das sei etwas sehr Seltenes.«

»Ich dachte, es gäbe sie gar nicht«, erwiderte Antyr. »Bis der Blinde mich so genannt hat, waren ›Adepten‹ für mich nur ein Traumfindermythos. Selbst jetzt habe ich noch Probleme mit dem Namen. ›Adept‹ impliziert eine beachtliche und *bewusste* Fähigkeit. Ich gebe zu, dass ich ein fähiger, vielleicht guter Traumfinder bin, aber als Adept bin ich ehrlich gesagt miserabel. Irgendetwas in mir erteilt mir Befehle, das ich nicht kontrollieren kann.«

»Und doch glaubst du, dass auch Vredech und Pinnatte Adepten sind?«, hakte Gulda nach.

Antyr verlor ein wenig die Kraft unter ihrem strengen Blick, doch er blieb standhaft. »In Serenstad gibt es viele Traumfinder, aber die ganze Idee von Adepten – Menschen, die die Portale zur Schwelle finden können, zu anderen Welten, vielleicht sogar zu den Portalen des Großen Traums – wird gemeinhin als Unsinn betrachtet. Niemand glaubt, dass sie wirklich existieren.« Verächtlich schürzte er die Lippen. »Am wenigsten glaubt man so etwas in der Gilde der Traumfinder – *die* sind nur an den Gebühren interessiert, die der Innere Kreis erheben kann. Aber da ich nun gezwungen war, darüber nachzudenken ... Vielleicht gibt es sogar noch mehr Adepten, als wir wissen. Wenn ich einer bin, dann war Ivaroth auf jeden Fall auch einer. Und gelegentlich sterben Traumfinder unter rätselhaften Umständen.« Er setzte sich und streichelte Tarrian über den Kopf. »Bei meinem eigenen Vater war das zum Beispiel der Fall. Und alles, was ihre Erdhalter sagen können, ist, dass sie ... ihnen entglitten sind. Vielleicht waren sie immer schon Adepten, aber aus irgendeinem Grund können wir sie nicht mehr erkennen. Oder vielleicht konnte man diese Gabe noch nie beherrschen.« Angesichts dieser letzten Schlussfolgerung verzog er das Gesicht.

Gulda drehte sich zu Tarrian um. »Wolf, kannst du das irgendwie besser erklären?«

»Nein«, kam sofort die Antwort. »Es ist in einem Teil von mir – uns –, der jenseits eures Verständnisses liegt, so wie vieles an euch uns verborgen bleibt. Die anderen Welten sind dort. Wir ›sehen‹ sie, wie wir die Dunkelheit um uns herum dank der Gerüche ›sehen‹. Aber ihr seid blind für dieses Wissen, wie ihr auch blind für die Gerüche der Nacht seid, und ich kann mich nicht wirklich in euch versetzen. Wie sollen die Lebenden das Leben den Ungeborenen erklären? Erdhalter bewegen sich zwischen den Welten. Ich habe keine anderen Worte dafür, geschweige denn die Erklärungen, die du brauchst – nur das Wissen. Aber die Portale sind nicht für uns. Wenn unser Schützling durch eines geht, zu einem gezogen wird oder über eins stolpert, verschwindet er einfach – wie Antyr gesagt hat: Er entgleitet uns. Kurz war ich mir des Großen Traums bewusst, als Antyrs Vater gestorben ist, aber ...« Seltsame, wilde Bilder erfüllten die Köpfe der vier Zuhörer und ließen sie verwirrt und kopfschüttelnd zurück. »Wir jagen nach ihnen. Wir haben keine andere Wahl, aber ...« Tarrians Gedanken verhallten.

Gulda holte die Gruppe wieder in die wirkliche Welt zurück. »Du hast uns erzählt, einst hätte man die Traumfinder Traumkrieger genannt«, sagte sie an Antyr gewandt.

»Das ist die Tradition«, erwiderte Antyr froh darüber, endlich von Tarrians beunruhigenden Gedanken befreit zu sein. »Es waren Menschen, die den Geist anderer beschützten.«

»Vor was?« Guldas Frage war wie das Zuschlagen einer Tür, die der Wind gepackt hatte.

»Ich ... Ich weiß es nicht«, stammelte er.

Gedankenverloren stampfte Gulda mit ihrem Stab auf den Boden; dann schwang sie ihn in die Höhe und betrachtete ihn nachdenklich. »Farnor hat ihn mir gegeben, bevor er in das Herz des Großen Waldes gegangen ist«, sagte sie. »Ich wollte ihn damals nicht allein lassen, aber mit seinen Problemen konnte nur er allein fertig werden.« Sie runzelte die Stirn und schwieg einen Augenblick lang. »Es war schon lange her gewesen, seit ich selbst mit den Bäumen gesprochen hatte – seit ich in Kontakt mit ihren seltsamen, uralten Erinnerungen gekommen war. Es war ein *heilsames* Erlebnis, um es vorsichtig auszudrücken. Wir sind so von uns selbst besessen. Wir haben vergessen, auf wie viele Arten Sumeral diese Welt zur Zeit des Ersten Kommens angegriffen hat. Tatsächlich haben wir es nie ganz gewusst. Es gibt keinen einzigen Bericht über den Krieg in seiner Gänze, doch jede Aufzeichnung, die wir haben, impliziert – in einigen steht es sogar direkt –, dass andernorts noch viele andere Schlachten geschlagen worden sind von Leuten, die über geheimnisvolle Kräfte geboten, und von Wesen, die keine Menschen sind, Wesen hoch in den Wolken und tief in den Ozeanen.« Sie hielt kurz inne und blickte zu Antyr.

»Was auch immer ich sein mag, ich fürchte, ich bin kein Krieger«, sagte Antyr wieder einmal verunsichert von Guldas Blick. »Es ist noch nicht allzu lange her, dass ich schlicht ein Trunkenbold war.«

»Ja, das hast du uns erzählt«, sagte Gulda. »Aber du

bist nüchtern geblieben und hast deinen Verstand bewahrt, nachdem du deine Fähigkeit entdecktest, dich zwischen den Welten bewegen zu können. Du hast dich Ivaroth Mann gegen Mann gestellt und den blinden Mann besiegt, den Mynedarion, wie du ihn genannt hast – oder sollte ich sagen, den Schänder der Macht? Das alles waren keine geringen Leistungen.«

Angesichts dieser Liste von Heldentaten konnte Antyr nichts anderes tun, als mit den Schultern zu zucken. »Ich hatte Glück«, protestierte er unpassenderweise. Seine Reaktion ließ Hawklan und Andawyr lachen, und selbst Gulda hob die Augenbrauen.

»Das ist eine unschätzbare Eigenschaft für einen Krieger«, sagte sie und schlug ihm freundschaftlich auf den Arm. »Ich wünschte, wir hätten eine Ausbildung dafür.« Sie führte ihn die Mauer entlang. »Das ist ein schöner Abend. Lass uns in die Parks hinuntergehen und dort eine Weile wandern, reden und spekulieren, wie deine Gefährten vorgeschlagen haben.«

Ein rascher Doppelstoß mit ihrem Stab verwandelte den Vorschlag in einen Befehl, und Hawklan und Andawyr folgten dem Paar.

Gavor breitete die Schwingen aus und schwebte lautlos in die Dunkelheit davon.

Tarrian, Grayle und Dar-volci blickten einander an. Dann streckten sie sich, sprangen von der Laibung und bildeten die Nachhut der kleinen Prozession.

Fünfundzwanzigstes Kapitel

Innerhalb der Mauern von Anderras Darion gab es viele Parks, und viele Menschen genossen die Ruhe des Abends. Gulda legte ein ungewöhnlich entspanntes Tempo vor und führte ihr Gefolge in einen der Parks, der recht belebt war. Während sie sich durch die sich ständig verändernden Schatten bewegten, die von den Myriaden Lichtern Anderras Darions erschaffen wurden, gingen sie durch ein Spalier freundlich grüßender Menschen, bis sie sich schließlich zu ein paar, im Kreis aufgestellten Bänken auf der Kuppe eines kleinen künstlichen Hügels gingen. Als sie sich auf Guldas Geheiß einander gegenüber niederließen, erwachte über ihnen eine Lampe zum Leben. Ihr Licht glich dem des Mondes, doch war es nicht so kalt. Als wäre das ein Signal, begannen Singvögel in den nahe gelegenen Bäumen sofort mit einem Sängerkrieg. Gavor schwebte aus der Dunkelheit herbei, um sich neben Hawklan niederzulassen. Die beiden Wölfe rollten sich zu Antyrs Füßen zusammen, während Dar-volci ungebeten auf Guldas Knie kletterte.

Eine lange Zeit sagte niemand ein Wort.

»Was auch immer geschehen mag, ich bin froh, diese Reise unternommen zu haben«, sagte Antyr schließlich mit einer Stimme so leise, als spräche er mit sich selbst. »Es gibt soviel Wunder an diesem Ort, soviel Perfektion.«

Niemand erwiderte etwas darauf, und erneut senkte sich Schweigen über die Gruppe, bis Gulda mit der

Zunge schnalzte, die Hände auf ihrem Stab faltete, ihr Kinn darauf legte und in der Folge davon Dar-volci von ihrem Schoß kippte.

»Was haben wir, meine Freunde?«, sagte sie. »Oder fangen wir besser an … *Wen* haben wir?« Ihr Tonfall war rhetorisch. Den Kopf noch immer auf den Stab gestützt, blickte sie zu Antyr. »Da sind du, Tarrian und Grayle und die seltsame Fähigkeit, die du besitzt, nämlich in die Träume anderer einzudringen und offenbar in andere Welten zu reisen. Welten, über deren Existenz wir bis dahin lediglich spekuliert haben. Dann ist da Farnor, kaum mehr als ein Junge, auf brutale Art zum Waisen gemacht, mit der Fähigkeit, den Geist des Großen Waldes zu berühren – und Risse zwischen den Welten zu heilen, wenn ich seine Geschichte richtig verstanden habe. Und seine Freundin Marna, eine Frau, die Soldat werden will, obwohl wir keinen Krieg zu kämpfen haben. Nicht weniger als vier unserer Goraidin haben sie als äußerst fähig und couragiert bezeichnet, was in der Tat ein großes Lob ist.«

»Ich bin nicht sicher, dass sie wirklich Soldat werden will«, bemerkte Hawklan.

»Das will ich nicht bestreiten«, erwiderte Gulda; »aber die Fähigkeiten eines Kriegers beschränken sich ja nicht nur auf den Kampf, nicht wahr? Und wenn sie es lernen will, dann muss sie das wahrscheinlich.« Sie kehrte wieder zu ihrer Zusammenfassung zurück. »Dann ist da Vredech, ein einstiger Betbruder.« Sie kniff die Augen zusammen und verzog missbilligend den Mund.

»Sie sind nicht alle schlecht«, verkündete Andawyr, der das Bedürfnis verspürte, Vredech in dessen Abwesenheit zu verteidigen.

»Du hast nicht so viele von ihnen gesehen wie ich«,

entgegnete Gulda bissig. »Glaub mir: Abgesehen vom Krieg war Religion Sumerals größtes *Geschenk.*« Andawyr verkrampfte sich, doch Gulda lenkte ein. »Ärgere dich nicht, alter Mann. Ich werde ihn so nehmen, wie er ist; das weißt du. Wie sein eigener Santyth sagt: ›Richte nicht, auf dass du nicht gerichtet wirst.‹ Und ich stehe über solchen Dingen wie andere zu richten.« Hawklan und Andawyr tauschten einen wissenden Blick aus, den sie allerdings vor Gulda zu verbergen suchten, während diese fortfuhr: »Falls Antyr Recht hat, dann ist auch er ein Traumfinder, vielleicht sogar ein Adept, und für Pinnatte gilt das Gleiche. Ein weiterer junger Mann – ungefähr Farnors Alter, würde ich sagen –, aber weit älter in seinen Erfahrungen, auch wenn man das nach seinen Worten niemals vermuten würde.«

»Wir tun unser Bestes, um ihm darüber hinweg zu helfen«, sagte Andawyr. »Ich bin sicher, dass es sich nur um irgendeine Art Schock handelt. Aber da ist irgendetwas an ihm, was ich nicht ganz fassen kann.« Wut machte seine Stimme rau. »Diese verdammten Kyrosdyn, die an Menschen herumexperimentieren. Sie …«

»Das ist Seine Art«, unterbrach ihn Gulda. »Das weißt du.«

Andawyr verkniff sich eine Bemerkung dazu. »Ich weiß nicht, was sie ihm angetan haben, aber ich glaube, ein Teil davon ist immer noch in ihm drin«, sagte er ein wenig ruhiger.

Gulda nickte, ging aber nicht weiter darauf ein. »Und schließlich haben wir noch Thyrn. Wieder ein junger Mann. In vielerlei Hinsicht der jüngste von allen. Endryks Bericht nach von seinen Eltern übertrieben beschützt, kultiviert; und dann ist er kopfüber in die Mühlen der hohen Politik Arvenstaats geraten.

Er scheint hier viele Freunde zu gewinnen. Das ist schön. Ich bezweifele, dass er eine Kindheit hatte, die der Rede wert gewesen ist.« Sie verzog das Gesicht, als würde sie dieser Gedanke besonders stören, doch sie fuhr fort: »Was für ein seltsames Talent er besitzt. Wenn er über andere spricht, sind sie da; man kann ihre Gegenwart förmlich spüren. Bemerkenswert. Gegen ihn sind die Goraidin plump und ungenau.«

»Und er besitzt die gleiche heilende Gabe wie Farnor«, fügte Hawklan hinzu.

»Ich habe Leute daran gesetzt, über die Geschichte der Caddoran zu forschen«, sagte Andawyr. »Da lässt sich vielleicht was Interessantes finden. Vermutlich sind sie nur ein Relikt alter Schlachtenboten – so etwas wie die Anhörung der Goraidin –, aber es ist schon seltsam, dass niemand von uns bis jetzt etwas davon gehört hat.« Er wurde nachdenklich. »Und ich finde seine Geschichte beunruhigender als alle anderen.« Er streckte die Beine aus, legte die Hände hinter den Kopf und blickte an der Laterne vorbei in den Sternenhimmel. »Der blinde Mann, dem Antyr gegenüber stand, Farnors Rannick und was allem Anschein nach ein Serwolf war, Vredechs Dowinne, die Kyrosdyn und was laut Atlon *definitiv* ein Serwolf war ... All das hat etwas Vertrautes an sich; alles hat auf die ein oder andere Art mit der Macht zu tun. Und es verbirgt sich ein Muster in allem – ein furchterregendes Muster, zugegeben –, aber ein Muster: Alles deutet klar daraufhin, dass Sumeral sich bemüht, in dieser Welt wieder Gestalt anzunehmen. Aber was Thyrn widerfahren ist, fühlt sich vollkommen anders an.«

»Ich welcher Hinsicht?«, fragte Hawklan. »Er war unfreiwillig Zeuge eines Austauschs zwischen Vashnar und ... irgendjemandem ... irgend*etwas* ... voller

Hass und Boshaftigkeit, irgendjemandem, der mit aller Gewalt in diese Welt wollte, um sie zu zerstören. Das war mit Sicherheit eine weitere Manifestation Sumerals oder einer Seiner Kreaturen.«

Andawyr verzog das Gesicht. Widerwillig widersprach er: »Das könnte man glauben, aber während ich Thyrn beobachtete und ihm zuhörte, hatte ich *nicht* das Gefühl, in Sumerals Gegenwart zu sein. Noch nicht einmal einen Hauch von ihm habe ich gefühlt, und das habe ich eigentlich erwartet.« Er blickte zu Gulda, als erwarte er dort Unterstützung für seine Meinung, doch Gulda hatte die Kapuze über den Kopf gezogen, und ihr Gesicht war in Schatten verborgen.

»Das lag vermutlich nur an der Art des Jungen, seine Geschichte zu erzählen. Vielleicht haben wir zu viel in seine Fähigkeit hineininterpretiert«, sagte Hawklan.

Andawyrs Erwiderung war überzeugt. »Nein. Wie du dich vielleicht erinnerst, habe ich mit Sumerals Gegenwart überall um mich herum den Pass von Elwart überquert. Das war eine Reise voller Schrecken, wie ich hinzufügen darf. Und du warst in Narsindal. Ich weiß, wie Er sich anfühlt.« Er deutete auf Antyr. »Ich habe Seine Gegenwart gefühlt, als du uns von dem Blinden erzählt hast, und auch bei den Geschichten der anderen war das unterschiedlich stark der Fall. Ich kenne dieses Gefühl so gut, wie ich die Cadwanen kenne, und als Thyrn gesprochen hat, war es nicht da.« Er schlang die Arme um die Brust und schloss kurz die Augen.

Trotz dieses Leugnens schien Hawklan seine Meinung durchfechten zu wollen. Andawyr ließ ihm jedoch keine Gelegenheit dazu. »Alles, was Thyrn uns erzählt hat, kam zutiefst fremd vor. Allein der Ort, den er uns beschrieben hat, wo Vashnar und diese Gestalt – diese Wesenheit – sich getroffen haben, glich nichts, von dem ich je gehört hätte. Nichts von den komplizierten, ausgefeilten, besessenen Mustern, den scharf umrissenen Punkten und Kanten, die Sein Werk kennzeichnen – diese fanatische Jagd nach Perfektion in Seiner Vorstellung von Perfektion. Und dann das, was die Gestalt gesagt hat.« Er beugte sich vor und zog so den Kreis seiner Zuhörer näher zu sich heran. Nur Gulda rührte sich nicht. Andawyr wirkte zunehmend angespannt. »Erinnert euch. Denkt einmal zurück. Thyrns Erzählung war so lebhaft, dass wir alle in dieser seltsamen grauen Halbwelt neben ihm gestanden haben. Wir waren dort und doch nicht dort und haben das Gespräch belauscht. Wir haben die widerwärtige Grausamkeit und Blutgier der Gestalt gefühlt – und auch, dass sie nur allzu menschlich war. Als sie zum ersten Mal auftauchte, schien sie eine Manifestation mehrerer Willen zu sein, doch dann wurde sie zu einem Individuum. Trotzdem fragte Vashnar sie, wer sie sei, und das hat sie zunächst verwirrt und dann amüsiert.«

»›Von Mächten, die ich nicht ganz verstehe, bin ich nach meinem alten Bild neu geformt worden‹.«

Das war Gulda, die die Worte rezitierte, welche Thyrn Vashnars geheimnisvollem Gefährten in den Mund gelegt hatte. Ihre Stimme klang leidenschaftslos, doch Hawklan bemerkte, dass ihre Hände, die sie über dem Stab gefaltet hatte, sich verkrampften, als könne sie sich nur so vom Zittern abhalten.

»Ja«, sagte Andawyr, den diese unerwartete Unterstützung ein wenig verwirrte. »›Äonen war ich ohne Gestalt‹, hat es gesagt. ›Solch ein Ereignis wie dieses hier, solch ein Zusammenkommen, geschieht nicht einmal in 10.000 Generationen.‹ Das waren nicht die

Worte von Sumeral oder Seinen Akolythen. Abgesehen von der Tatsache, dass Sumeral vor weniger als einer Generation unter uns war, hat Er nie irgendwelches Unwissen eingestanden, vor allem nicht, was den Beginn Seiner Existenz betrifft. Er glaubt von sich, der wahre Anfang zu sein, der Born allen Seins. Und Seine Anhänger tragen stets Seinen Stempel, den Abdruck der Ketten, mit denen Er sie bindet – *immer.* Das ist unverkennbar.«

Hawklan wollte etwas darauf erwidern, doch eine Geste von Gulda ließ ihn schweigen. Andawyr schnippte mit den Fingern und sprach nun ebenso mit sich selbst wie mit den anderen. »›Wie ich wurde, was ich bin, das weiß ich nicht‹.« Andawyr schüttelte den Kopf, während seine Schlussfolgerung immer sicherer wurde. »Noch mehr Eingeständnis von Unwissen, seht ihr? Das war definitiv nicht Sumeral und auch keine Seiner Kreaturen. Alles, was Thyrn uns erzählt hat, bestätigt das.«

»Und wer oder was war es dann?«, fragte Hawklan.

Andawyr runzelte die Stirn. »Ich habe keine Ahnung«, antwortete er schlicht. »Das soll heißen, dass ich keine Ahnung habe, wer das Individuum war, die vermummte Gestalt. Aber ...« Er hielt kurz inne, drückte sich die Nase und strich sich dann ein paar Mal über das unordentliche Haar.

»Sag, was du zu sagen hast, alter Mann«, sagte Gulda.

»Es ist sehr vage und undeutlich«, protestierte Andawyr.

»Und daran wird sich auch nichts ändern, wenn du es nicht ausspuckst.« Gulda schlug die Kapuze zurück, beugte sich zu ihm hinüber und stampfte ungeduldig mit dem Stab auf den Boden.

Andawyr vollführte eine Reihe einleitender Gesten, bevor er tatsächlich fortfuhr: »Da war noch etwas, was die Gestalt zu Vashnar gesagt hat. Auch wenn sie ähnlich war wie wir – jemand, der gerade etwas entdeckt hat –, wusste sie doch, dass sowohl sie als auch jene, die sie ihre Feinde nannte, besiegt worden waren. Sie sprach von einer – Verbindung irgendwelcher Art. Von einem Zusammenkommen, das nicht hätte sein sollen. Sie bezeichnete es als Verrat der Feinde, aber ich habe so das Gefühl, dass es sich um eine Art simultanen Angriff gehandelt hat, bei dem alles vernichtet worden ist. Man hat sich gegenseitig umgebracht.« Andawyr wurde leiser. »Er sagte, ein grelles Licht hätte sich über das Land bewegt – und über die Ozeane. Es bewegte sich durch alles, was lebte – welch seltsame Phrase. Und noch seltsamer: Es bewegte sich ›kaum so schnell wie ein gehender Mann‹. Dabei wuchs es erbarmungslos und nährte sich selbst. Sollte es notwendig sein, kann man die Macht schier unglaublich fein einsetzen, aber das kann sie nicht. Alle sind vor dem Licht geflohen, ›Gläubige und Ungläubige‹, doch niemand entkam.« Andawyr legte den Arm vor die Augen und imitierte damit Thyrns Geste, als dieser die Geschichte erzählt hatte. »›Und dann war da nur noch unerträgliches Licht – ein Neuformen – ein Neuerschaffen.‹ Ein unerträgliches Licht.«

Die ruhige Art, mit der er die letzten Worte aussprach, verliehen ihnen noch zusätzliches Gewicht, sodass sie düster und unheimlich in der Nachtluft zu hängen schienen. Niemand sagte ein Wort. Selbst die Nachtvögel schwiegen.

Dann sprach Hawklan: »Nehmen wir einmal an, dass Thyrns Geschichte der Wahrheit entspricht – und ich habe keinen Grund, daran zu zweifeln –, was beunruhigt dich dann daran so sehr? In der Vergangenheit sind genug Kriege ausgefochten worden. Armeen haben sich auch früher schon selbst zerstört. Vielleicht war dieses Licht eine Metapher für eine militärische Katastrophe.«

Abschätzig rümpfte Andawyr die entstellte Nase. »Das bezweifele ich. Du hast den Charakter des Mannes auch gefühlt, als Thyrn gesprochen hat. Erbarmungslos, mächtig, *fanatisch.* Er sprach von Armeen und Maschinen jenseits aller Vorstellungskraft. Das könnte natürlich übertrieben gewesen sein. Aber Kriegsmaschinen, die ›das Wesen der Feinde zerreißen können‹? Diese Phrase hat sich irgendwie in meinem Kopf festgesetzt und will einfach nicht weggehen. Gleiches gilt für das seltsame, sich langsam bewegende Licht.«

Hawklan mischte sich ein. »Aber...«

»Hör zu!«, brachte Gulda ihn streng zum Schweigen.

Andawyr nickte dankbar. »Das ist sehr schwer«, sagte er. »Gedanken kommen zusammen, ja, sie stürmen aufeinander zu, die die Grundfesten von nahezu allem erschüttern, was ich weiß – oder wovon ich glaubte, dass ich es wüsste.« Er lächelte reumütig. »Als Ethriss die Cadwanol ins Leben gerufen hat, herrschten verzweifelte Zeiten. Er hat von überall her alle möglichen gelehrten Männer und Frauen zusammengerufen, um Wege zu erforschen, sich Sumeral zu widersetzen. Doch schon damals sagte er ihnen, sie müssten ›jenseits davon‹ gehen. Sofern überhaupt jemand über diese Worte nachgedacht hat, so glaubte man, dass sei Ethriss Art gewesen, ihnen zu sagen, alle Möglichkeiten zu erforschen, Ihn niederzuringen, und das war etwas, das zu tun sie ohnehin entschlossen waren. Später, in sichereren Zeiten, wurde die Phrase von Mund zu Mund weitergegeben, auch von mir; nur bezweifele ich, dass sonderlich viel darüber nachgedacht wurde, was sie wirklich zu bedeuten hatte. Nun glaube ich, dass ihre wahre Bedeutung erkennbar wird.« Er blickte von einem seiner Zuhörer zum nächsten, bevor er selbstbewusst fortfuhr: »Während wir über Generationen hinweg studierten, nachdachten, experimentierten und mehr und mehr über …. alles lernten, haben wir viele große Geheimnisse entdeckt und gelüftet: die wahre, turbulente Natur der Wurzeln allen Seins; sie seltsamen, unendlichen Bögen von Raum und Zeit…« Er blickte nach oben. »Oft haben wir die Art in Frage gestellt, wie wir die Dinge sehen, doch so haben wir zwar seltsame Wege eröffnet – und viele sind *wirklich* seltsam –, aber sie fühlen sich richtig an, denn sie bauen auf dem auf, was vorher war, was diese Welt und ihre vielen Teile in Wahrheit bestimmt und was uns vorwärts gehen lässt. Doch es gab auch andere Probleme, die in vielerlei Hinsicht genauso grundlegend waren, die uns plötzlich zum Anhalten gezwungen haben wie ein Schiff, das auf einen verborgenen Felsen aufläuft.« Um seine Worte zu unterstreichen, schlug er mit der Faust in die Hand. »In der Vergangenheit neigten wir dazu, diese Probleme zu lösen – ich sollte wohl besser sagen zu *verdrängen* –, indem wir sagten, unsere Theorien seien wohl fehlerhaft, unsere Messungen ungenau und so weiter. Oft hatten wir damit auch Recht. Später reichte das jedoch nicht mehr aus. Nun wissen wir, dass unsere letzten Theorien nicht *so* falsch waren, unsere letzten Messungen nicht *so* ungenau.« Er streckte den Arm zu den Bergen aus, deren gewaltige Gegenwart von dem inzwischen sternenlosen Himmel nur noch betont wurde. Dann atmete er tief durch und schloss rasch: »Er scheint, als seien die Berge älter, als sie sein sollten.« Er blickte auf seine Hände. »*Wir* sind älter, als wir sein sollten. Auch die Sterne sind älter. *Alles* ist älter, als es sein sollte. Es ist unmöglich, dass die Welt, die wir kennen, in der verhältnismäßig kurzen Zeit seit der Großen Hitze entstanden ist.«

Ein verunsichertes Schweigen folgte auf diese Enthüllung.

»Aber die Große Hitze war der Anfang aller Dinge.« Gulda klang ungewöhnlich verwirrt. »Die Wächter selbst gingen daraus hervor und haben alles daraus erschaffen. Sie ...« Ihr versagte die Stimme, und sie schwieg.

Langsam schüttelte Andawyr den Kopf. »Nein«, sagte er in sanftem Tonfall. »Die Beweise liegen auf der Hand. Streng deinen Verstand an, wie du willst, oder versuch es mit Gewalt. Wirf ruhig den ein oder anderen weg, aber nicht alle ... Himmel, wir haben es oft genug versucht, glaub mir. Ich selbst bin inzwischen gezwungen, dass wir mit Logik und Experiment weit in die Vergangenheit zurückgehen konnten, und nicht alle Wege, die wir dabei beschritten haben, laufen in der Großen Hitze zusammen. Sie war offensichtlich der Anfang von vielen Dingen: Ethriss und die Wächter, Sumeral und einige Seiner Kreaturen, das Leben, wie wir es kennen. Aber sie war nicht der Anfang *aller* Dinge. Nicht vor zehn oder hundert Millionen von Jahren. Ich glaube, Ethriss hat so etwas geahnt, als er uns jene Anweisung gegeben hat.«

Wieder folgte ein verlegenes Schweigen; dann meldete sich Antyr zu Wort.

»Im populärsten Schöpfungsmythos von Serenstad hat der Schöpfer, der Weber des Großen Traums,

Mara Vestriss – euer Ethriss vermutlich – die Menschen nicht *erschaffen*, sondern *entdeckt*, als sein Sohn Marastrumel im Zorn versuchte, das Gewebe des Großen Traums zu zerreißen. In der Geschichte heißt es, Marastrumel konnte das Gewebe nicht zerstören, weil es aus einem einzigen Faden gemacht war, der aus der Natur der zeitlosen Zeit jenseits des Traums stammte und unteilbar war. Doch in dem neuen Muster, das er mit seiner Gewalt wob, sah man die Welt der Menschen und vieler anderer – alle trugen sie das Zeichen Mara Vestriss und seines Sohns. Und als Mara Vestriss dies sah, erkannte er, dass er nicht wusste, wie so etwas hatte entstehen können. Während er dann darüber nachdachte, kam ihm die Frage in den Sinn: ›Wie kommt es, dass ich aus der zeitlosen Zeit gekommen bin, die doch unteilbar ist?‹ Und da erkannte er, wie unwissend er war, und er zog sich aus dem Großen Traum zurück, fest entschlossen, eine Antwort auf seine Unwissenheit zu finden, bevor er den Schaden reparierte, den sein Sohn verursacht hatte.«

Antyr sprach mit einer Stimme, als erzähle er eine Lagerfeuergeschichte.

Andawyr atmete tief und langsam durch und streichelte Dar-volci über den Kopf. »Ich glaube, in eurem Mythos könnte mehr Weisheit liegen als in unserer Wissenschaft. Es ist durchaus vorstellbar, dass Ethriss sich solch eine Frage gestellt hat, und ebenso, dass er sie nicht beantworten konnte. Und da er wohl weise genug war zu wissen, dass Kinder früher oder später ihre Eltern überraschen, wäre es durchaus logisch, wenn er sich an sie gewandt hätte, um sie zu beantworten.«

Hawklan rutschte unruhig hin und her. »Ich weiß zwar nicht, was dies mit unseren gegenwärtigen Problemen zu tun haben soll, Andawyr; aber das ist schon ein ziemlich bemerkenswerter Gedankengang, den du hier so beiläufig an einem schönen Orthlundyn-Abend verkündest. Wie kommt es, dass du uns bis jetzt noch nie davon erzählt hast?«

Andawyr hob entschuldigend die Hand. »Bis vor kurzem war das nur ein Haufen unzusammenhängender Gedanken. Grundlegend, faszinierend, weitreichend, sicher, aber nicht dringend.«

»Und jetzt?«

»Und jetzt weiß ich es nicht mehr. Bitte, hab Geduld mit mir. Wie ich gesagt habe: Im Augenblick kommen so viele Dinge zusammen, dass es schwer fällt, Ordnung ins Chaos zu bringen. Aber was auch immer es wert sein mag, ich glaube, dass Thyrn Kontakt mit dieser Zeit vor der Großen Hitze gehabt hat – oder mit einem Überrest davon.« Er hielt kurz inne und blickte in eine unbestimmte Ferne. »Endryk hat uns erzählt, dass der Ort, an den Thyrn und Vashnar gezogen worden sind, der Thlosgaral gleicht – tot und öde, ein Ort, der das Leben aus den Menschen zu saugen scheint, ein Ort, wo man Kristalle finden kann.« Hawklan beugte sich vor, doch Andawyr beantwortete seine Frage, bevor er sie stellen konnte. »Ich könnte dir mehrere lange Vorträge über Kristalle halten«, sagte er; »aber dann würdest du nicht viel wissen. Einfach gesagt, können sie die Macht einlagern und verwandeln; sie können sie verstärken, sie absorbieren. Für jeden, der über die Macht gebietet, können sie sehr gefährlich werden. Das war auch der Grund, warum wir Atlon und Dar-volci ausgeschickt haben, nach ihrem Ursprung zu suchen, als sie plötzlich auf dem Gretmearc aufgetaucht sind. Wir haben sie für alle möglichen Dinge benutzt, später hauptsächlich für die Rutschen, um uns schnell durch die Cadwanen zu bewegen, wie du dich vielleicht erinnerst, aber...« Nachdenklich schüttelte er den Kopf. »Sie verzerren die Dinge. Sie verzerren den Raum, ja selbst die Zeit. Je mehr wir über sie gelernt haben, desto seltener haben wir sie benutzt. Jetzt sind sie nur noch Teil des Verteidigungssystems der Cadwanen.«

Gulda grunzte. »Warum hätte Ethriss sie erschaffen sollen, wenn sie so gefährlich sind?«

»Ich glaube nicht, dass er sie erschaffen hat«, erwiderte Andawyr. »Tatsächlich neige ich dazu, Atlon zuzustimmen. Sie sind *gemacht* worden.«

»Und das heißt?«

»Das heißt, das irgendjemand anderes sie gemacht hat. Es ist unmöglich, dass sie durch irgendein Naturphänomen entstanden sind. Ihre innere Struktur ist viel zu komplex und ordentlich.«

»Nur weil ihr es nicht erklären könnt, heißt das doch nicht, dass es nicht so sein kann, oder? Warum sonst liegen sie wohl überall in der Thlosgaral verstreut?«

Gulda hob die Augenbrauen. Sie kannte Andawyrs Antwort auf ihre Frage bereits.

»Ich vermute, dass sie von den Leuten gemacht wurden, die vor der Großen Hitze lebten, und dass sie Teil der Waffe oder der Waffen waren, die die Große Hitze verursacht haben«, erklärte er ruhig und mit fester Stimme. Er wirkte wie ein Mann, der gerade widerwillig ein Ziel erreicht hatte und bereit war weiterzuziehen.

»Man kann diese Kristalle als Waffen benutzen?«, fragte Hawklan in die auf Andawyrs Worte folgende Stille hinein.

»O ja. Sie als Waffen zu benutzen ist sogar sehr leicht. Sie auf kreativere Art zu nutzen, das war die Herausforderung«, antwortete Andawyr. »Dem nach zu urteilen, was wir bereits wissen, bedarf es keiner allzu großen Fantasie, um sich Ansammlungen von ihnen vorzustellen, die Waffen von *enormer* Zerstörungskraft bilden.« Er blickte Hawklan in die Augen. »Waffen, die einem Feind das Leben, sein *Wesen* aussaugen können. Waffen, die ihn neu formen, neu schaffen können. Wie auch immer Ethriss in ihren Besitz gelangt sein mag, wir können uns glücklich schätzen, dass es Sumeral nicht gelungen ist, sonst würde diese Welt Ihm schon seit langem gehören.«

Hawklan musterte ihn einen Augenblick lang; dann sagte er: »Das ist ein gewaltiges Gebäude, das du da nur auf die Erzählung eines jungen Mannes als Grundstein baust.«

»Wäre das der Fall, hättest du natürlich Recht«, erwiderte Andawyr; »doch dem ist nicht so. Nun da ich zurückblicke, entwickelte es sich schon lange in diese Richtung, und mein Schluss beruht auf weit mehr als nur auf der Aussage des jungen Thyrn.« Seine Stimme nahm einen schulmeisterlichen Tonfall an. »Was er uns erzählt hat, ist mehr der Schlussstein eines Torbogens. Er verleiht der Idee Stabilität, hält sie zusammen.«

»Auseinander«, korrigierte Gulda geistesabwesend. Andawyr blickte sie an und formte mit den Lippen das Wort ›auseinander‹. Dann brachen beide unerwartet in Lachen aus. Dass Gulda lachte, war eine Seltenheit. Ihr Lachen war das einer jungen Frau. Es mischte sich mit Andawyrs Bellen zu einem Geräusch, dass sowohl Hawklan als auch Antyr ansteckte, obwohl sie eigentlich gar nicht wussten, warum die beiden lachten, und trotz der düsteren Dinge, die sie diskutierten.

»Es ist schon nett, die Abendluft zu genießen, während andere über ihrer Arbeit schwitzen.«

Das war Usche, die im sanften Licht auf sie zu schritt. Ihr folgte die große, nervöse Gestalt von Ar-Billan. Andawyr streckte den Arm aus, um sie willkommen zu heißen, und winkte ihnen, sich zu setzen. Usche hatte vor Aufregung die Augen aufgerissen, doch als sie Hawklan und Gulda sah, zögerte sie. »Ich unterbreche euch doch nicht bei etwas Wichtigem, oder?«, erkundigte sie sich.

»Durchaus möglich«, antwortete Andawyr noch immer lachend. »Aber mach dir darüber keine Gedanken. Was hast du entdeckt, das nicht bis morgen warten kann?« Er blickte auf die Papiere, die sie trug. Das waren die, die er ihr früher am Tag gegeben hatte. »Du hast doch nicht schon aufgegeben, oder? Oder willst du mir vielleicht erklären, dass du all meine verwirrenden Paradoxen gelöst hast?«

»Nun, in gewissem Sinne haben wir das sogar, glaube ich«, erwiderte Usche, und wieder funkelten ihre Augen aufgeregt.

»Wir?«, fragte Andawyr.

Usche deutete auf Ar-Billan, der steif und mit den Händen auf den Knien auf der Bank saß. Usche beugte sich zu Andawyr und senkte die Stimme. »Er hat so seine eigene Art. Manchmal ist es etwas mühselig mit ihm; aber er besitzt einen klaren Verstand, und wenn er sich mal nicht selbst auf den Füßen steht, geht es rasch vorwärts.«

Andawyr lachte leise ob ihres mütterlichen Benehmens. »Dann zeig mir mal, was ihr gemacht habt.« Er nahm Usche die Papiere ab und wedelte ihr damit väterlich drohend vor der Nase herum. »Ich muss sagen, dass es mich gelinde gesagt einige Mühe gekostet hat…«

»Ich weiß, dass das eine unglaubliche Arbeit ist. Ich hätte nie gedacht…«

»Gelinde gesagt«, wiederholte Andawyr und bereitete ihrem Enthusiasmus ein Ende. »Und ich bin in einer Sackgasse gelandet.«

»Ja und nein«, erklärte Usche mit einer Mischung aus Nervosität und Stolz. »Ja, wenn du Schlüssigkeit bis ins kleinste Detail erwartest, obwohl ich vermute, dass das ohnehin unmöglich ist; aber nein, wenn du akzeptierst, was wir in den vergangen Tagen gehört haben: klare, deutlich voneinander unterscheidbare Welten, zu denen es einen *Zugang* gibt.« Plötzlich geriet sie ins Wanken, als sie bemerkte, dass sie ihrem Mentor mit dem Finger vor dem Gesicht herumwedelte. Verlegen stammelte sie: »Das … Das ist natürlich nur eine Arbeitshypothese.« Das Zögern war jedoch nur von kurzer Dauer, und beinahe sofort kehrte ihre Aufregung wieder zurück. »Es ist nur … Ich bin nicht sicher, was die Schlussfolgerung zu bedeuten hat, zu der wir gelangt sind. Alles baut logisch aufeinander auf, nur das Ergebnis ergibt keinen Sinn.«

»Deine Logik hat dich in die Falle geführt, hm, junge Frau?«, sagte Gulda, die die Unterhaltung aufmerksam verfolgte.

»Ich bin nicht sicher, *wohin* sie mich geführt hat, Memsa. Das ist auch der Grund, warum ich hier bin.«

Usche nahm Andawyr die Papiere wieder ab und blätterte sie durch. »Bist du sicher, dass diese eingefügten Zahlen korrekt sind? Das sind nicht die, die wir normalerweise benutzen.«

»O ja, sie sind korrekt«, bestätigte Andawyr nüchtern. »Sie haben sie geändert.«

»Geändert? Aber…«

»Geändert.« Andawyrs Tonfall gestattete keinen Widerspruch. »Entschuldigt mich bitte einen Moment«, sagte er zu seinen Gefährten; dann legte er eine Hand an die Nase und blätterte mit der anderen die Papiere durch. Die anderen schauten ihm zu und amüsierten sich, während er eine Vielzahl unterschiedlicher Klicklaute, Pfiffe und Summtöne ausstieß. Nach einer Weile schwieg er jedoch, und sein Gesicht wurde ernst.

Nachdem er das Ende erreicht hatte, schob er die Papiere sorgfältig wieder zusammen und legte sie auf seinen Schoß. Usche blickte ihn besorgt an. »Habe ich etwas Dummes gemacht?«, fragte sie unfähig, seinen Gesichtsausdruck zu deuten.

»Du hast nichts Dummes gemacht«, antwortete Andawyr. »Im Gegenteil. Das ist hervorragende Arbeit. Ich hätte nie gedacht, dass du dich so schnell durch mein Chaos durcharbeiten würdest, aber du hast es geschafft.«

»Nur durch einen Teil davon«, erwiderte Usche entschuldigend.

»Aber es war der Teil, der zählte«, erwiderte Andawyr ruhig.

Irgendetwas in seiner Stimme ließ Hawklan und Gulda ihn erwartungsvoll anstarren.

»Aber die Schlussfolgerung?«, fragte Usche. »Was hat sie zu bedeuten?«

Kurz blickte Andawyr in den Himmel hinauf. Dann stand er auf, und ohne ein Wort zu sagen, verließ er die anderen und ging in den Schatten der Festung.

Tief unter den Türmen von Anderras Darion, im Labyrinth, das die Waffenkammer bewachte, veränderte sich etwas.

Sechsundzwanzigstes Kapitel

»Antyr, wach auf.«

Als Reaktion auf die Stimme und die Hand, die ihn sanft schüttelte, rollte Antyr sich herum. Unter einigen Schwierigkeiten zwang er zunächst seine Augen, sich zu öffnen; dann kniff er sie wieder zusammen in dem Versuch, die ungehobelte Gestalt zu erkennen, die ihn so erbarmungslos geweckt hatte.

Es war Andawyr.

Antyr setzte sich auf.

»Komm. Beeil dich. Es ist, als würde man einen Frosch kauen, wenn man sich in diesem Zustand mit dir unterhält.« Tarrians freundlich-böse Einmischung dröhnte in Antyrs Kopf und ließ ihn unwillkürlich zusammenzucken.

»Lass das, ja?«, knurrte er gereizt. Andawyr fuhr zusammen, trat einen Schritt zurück und entschuldigte sich rasch. »Nicht du, er!« Diese Worte wurden von einem Kissen begleitet, dass in Richtung Wolf flog. Tarrian rührte sich nicht und beobachtete verächtlich, wie das Kissen auf den Boden fiel und an ihm vorbeirutschte.

»Soll ich euch allein lassen?«, fragte Andawyr besorgt, der nicht in einen Familienstreit verwickelt werden wollte.

»Nein, nein«, versicherte ihm Antyr. »Natürlich nicht. Es ist nur, dass Tarrian nicht an einem am Boden Liegenden vorbeigehen kann, ohne ihm einen Tritt zu verpassen – oder Schlimmeres. Er sagt, das sei sein Raubtierinstinkt; ich sage, es ist einfach Boshaftigkeit.«

»Tatsächlich markieren wir so unser Territorium«, sagte Tarrian im gönnerhaften Tonfall von jemandem, den man zu Unrecht tadelte. Antyr war sich eines leise lachenden Grayle im Hintergrund bewusst. Wir gehen essen. Wir sehen dich dann unten.«

»Was? Wo unten?«

Doch die Wölfe waren bereits verschwunden. Antyr blickte zu Andawyr, der sein Bestes versuchte, jenem Teil der Unterhaltung zu folgen, die er verstehen konnte; die Wölfe hatten nicht speziell mit ihm gesprochen. Auch versuchte er wenig erfolgreich, eine wachsende Ungeduld zu verbergen.

»Stimmt etwas nicht?«, fragte Antyr, rieb sich das Gesicht mit beiden Händen und gähnte. »Gestern Abend bist du recht geheimnisvoll einfach verschwunden.«

Andawyr trat von einem Fuß auf den anderen. »Oh. Das tut mir leid. Ich musste darüber nachdenken, was Usche und Ar-Billan gemacht haben – was sie noch immer tun. Es ist sehr …« Er runzelte die Stirn, als erinnere er sich an eine unangenehme Arbeit; dann gelang es ihm, das Thema beiseite zu schieben. »Wir werden später darüber reden. Im Augenblick würde ich dir gerne etwas zeigen. Ich weiß nicht, warum mir das nicht schon vor Tagen eingefallen ist.«

»Was?«

»Oh, nur so eine Idee.«

Da er sich inzwischen an Andawyrs Art gewöhnt hatte, höfliche Umgangsformen in einem Gespräch zu vergessen, wenn er in Gedanken versunken war, ging Antyr nicht weiter darauf ein, sondern winkte ihm, die Fensterläden zu öffnen. Als sie sich zusammenfalteten, um mit den sie umgebenden Reliefs zu verschmelzen, strömte ein trübes Licht in den Raum. Antyr stand auf und blickte aus dem Fenster. Ein grauer Himmel begrüßte ihn, der kaum wacher war als er.

Er warf Antyr einen bösen Blick zu. »Es ist erst kurz nach Sonnenaufgang, nicht wahr?«, fragte er.

Andawyr gesellte sich zu ihm ans Fenster; dann holte er ein Chronometer irgendwo tief aus seiner Robe hervor. Er betrachtete es eingehend, blickte in den Himmel und antwortete schlicht: »Ja.«

Antyr blinzelte wie eine Eule. »Was auch immer es sein mag, was du mir zeigen willst, und an was du schon vor Tagen hättest denken sollen ... Kann das noch eine Weile warten? Sagen wir, bis ich gewaschen und angezogen bin?« Er schlug sich auf den Bauch und warf Andawyr einen nicht gerade freundlichen Blick zu. »Vielleicht könnte ich ja sogar noch etwas essen, hm?«

Andawyr wirkte verwirrt, dann schuldbewusst. Er machte eine vage, entschuldigende Geste und sagte: »Ich ... Ich werde unten im Speisesaal auf dich warten.«

Als Antyr sich schließlich zu ihm im fast leeren Speisesaal gesellte, hockte Andawyr über den Papieren, die Usche ihm gestern Abend gegeben hatte. Vor ihm stand eine unberührte, traurige Schüssel mit Haferbrei. Tarrian und Grayle lagen zu seinen Füßen und kauten genüsslich auf zwei großen Knochen, die sie mit Schmeicheln den Köchen abgeluchst hatten. Als Antyr sich Andawyr gegenüber setzte und zu essen begann, murmelte und summte der Cadwanwr vor sich hin. Schließlich war Antyr fertig mit dem Essen, und Andawyr schien seine Umgebung noch immer nicht zu bemerken.

Eine Weile beobachtete Antyr ihn ungläubig; dann, als eine Art Experiment, sagte er: »Gib das Tarrian und Grayle, wenn du es nicht isst.«

Andawyr grunzte, und ohne von den Papieren aufzublicken, nahm er die Schüssel und hielt sie unter den Tisch. Gierig fraßen die beiden Wölfe sie leer; allerdings achteten sie sorgfältig darauf, sie Andawyr nicht aus der Hand zu schlagen.

»Sumeral und die Uhriel stehen vor dem Tor und fragen nach dir«, sagte Antyr.

»Hm.«

»Ich sagte, Sumeral und die Uhriel stehen vor dem Tor und fragen nach dir«, wiederholte Antyr und klopfte leise auf den Tisch.

Andawyr runzelte die Stirn, hob den Kopf und blickte in Antyrs ironisch funkelnde Augen; eine beunruhigend lange Zeit schien er ihn tatsächlich nicht zu erkennen. Als es schließlich doch soweit war, geriet er in Hektik und fragte verwirrt: »Bist du schon lange hier?« Antyr antwortete, indem er auf seinen leeren Teller deutete. Gleichzeitig griff Andawyr nach seiner leeren Schüssel. Er starrte sie überrascht an.

»Ich werde dir eine neue holen«, sagte Antyr ohne Erklärung.

»Es tut mir Leid«, sagte Andawyr, als der Traumfinder wieder zurückkehrte. Er tippte bedeutungsvoll auf die Papiere, vermied es aber, sie anzusehen.

»Ist schon gut«, erwiderte Antyr. »Aber um ehrlich zu sein, trotz meiner Reise mit Yatsu und Jaldaric ist der frühe Morgen ... nicht gerade meine beste Zeit; teilweise liegt das natürlich auch an meinem Beruf. Ich möchte ja nicht ungehobelt erscheinen, aber solange die Welt nicht untergeht, lasse sich die Sonne lieber einen Gutteil ihrer Reise hinter sich bringen, bevor ich sie begrüße.«

Kurz blickte Andawyr ihn zerknirscht an, bevor er sich auf sein Essen stürzte, als wäre es eine unangenehme Pflicht.

»Ich fürchte, ich neige dazu, die Tageszeit zu vergessen«, räumte er ein. Er sprach mit vollem Mund. »Das ist eine der Strafen, wenn man unheilbar neugierig ist und größtenteils unter der Erde lebt.« Nachdem er fertig gegessen hatte, lächelte er breit, wischte sich die Hände an der Robe ab und stand auf. »Ich fürchte, uns erwartet jetzt ein kleiner Marsch«, erklärte er.

Nachdem sie den sich langsam füllenden Speisesaal verlassen hatten, deutete er auf einen Durchgang am anderen Ende des Gangs, und kurz darauf folgte Antyr ihm eine breite Wendeltreppe hinunter. Tarrian und Grayle gingen voraus. Auch wenn es schwer einzuschätzen war, da Anderras Darion auf verschiedenen Höhenstufen errichtet worden war, glaubte Antyr, dass sie unter die Erde gingen. Am Fuß der Treppe machte sich Andawyr in angenehmem Tempo auf den Weg einen verlassenen Gang hinunter.

»Wohin gehen wir?«, fragte Antyr schließlich.

»Hier runter«, antwortete Andawyr wenig hilfreich und stieß eine Holztür auf, hinter der sie eine weitere Treppe erwartete. Hierbei handelte sich ebenfalls um eine Wendeltreppe, die jedoch gelegentlich von Absätzen unterbrochen wurde. Sie wand sich um eine breite Steinsäule herum. Antyr fragte sich, ob die Säule hohl oder fest war, und falls Ersteres der Fall war, was sich wohl darin verbarg. Er strich mit der Hand über die Wand, während er Andawyr hinunter folgte, und an beinahe jedem Absatz kamen sie an offenen Türen mit Gängen dahinter vorbei. Wie überall in Anderras

Darion so war auch hier die Handwerkskunst hervorragend. Die Steinblöcke waren präzise zugeschnitten und makellos miteinander verbunden. Auch fiel Antyr auf, dass es hier weder feucht war noch muffig roch, wie es in solch einem tiefen Keller eigentlich der Fall hätte sein sollen, denn inzwischen befanden sie sich ohne Zweifel tief unter der Erde. Das war ein weiteres der vielen kleinen Wunder der Festung, an die Antyr sich mittlerweile gewöhnt hatte. Er machte eine entsprechende Bemerkung.

»O ja«, sagte Andawyr. »Wie in den Cadwanen wird mehr als nur Licht in jede Ritze von Anderras Darion übertragen.« Er klopfte auf die Wand. »Und es steht zweifelsohne fest, dass die Erbauer dieses Ortes äußerst fähige Handwerker waren – mindestens so gut wie unsere heutigen.«

»Aber irgendwie fühlt es sich hier anders an als an anderen Orten der Festung.«

Sie gingen durch einen breiten Gang. Wie die Treppen und Gänge, durch die sie bisher gekommen waren, so war auch dieser hier hervorragend beleuchtet, allerdings menschenleer.

»Dieser Teil ist weit älter als der Rest«, erklärte Andawyr. »Manche behaupten, dass Teile von Anderras Darion bereits existierten, bevor die Fürsten nach Orthlund gekommen sind, aber ...« Er zuckte mit den Schultern. »Wer kann das schon mit Gewissheit sagen?«

Es dauerte eine Weile, bis Antyr noch etwas identifizierte, was ihn verwirrte.

»Es gibt hier keine Reliefs«, sagte er plötzlich.

Andawyr schaute sich um, als wäre ihm das bis jetzt nicht aufgefallen. »Das ist nicht überraschend, nehme ich an«, sagte er, »wenn man bedenkt, wo wir uns befinden. Die Orthlundyn sind zwar kein sonderlich angeberisches Volk, aber sie wollen, dass man ihre Arbeiten sieht, und hier unten kommt nur selten jemand vorbei. Andererseits kann ich auch nicht behaupten, dass ich sie verstehe, wenn es um Steinmetzarbeiten geht. Vielleicht entspricht das Licht hier nicht ihrem Geschmack, oder vielleicht liegt es am Stein – sie sind bei vielen Dingen ausgesprochen wählerisch. Für dich und mich ist Stein gleich Stein, aber das liegt daran, weil wir ›steinblind‹ sind, wie sie es nennen. Für sie kann ein einziger Stein eine ganze Saga rechtfertigen. Ich weiß, dass Isloman schon Monate, ja manchmal sogar Jahre nach einem bestimmten Stein gesucht hat, der zu einer Idee passte, die ihm im Kopf herumschwirrte. Einmal ...«

Er blieb stehen.

»Wir sind da.«

›Da‹ war eine große Kammer. Sie besaß ein schlichtes Aussehen und stammte offenbar aus einer anderen Zeit als der Rest der Festung. Insgesamt machte sie einen düsteren Eindruck, an dem auch das Licht nichts änderte. Antyr machte sie in jedem Fall nervös, und diese Nervosität wurde noch von den unordentlichen Haufen von Waffen verstärkt, die überall herumlagen oder an den Wänden hingen. »Die stammen aus dem Krieg«, beantwortete Andawyr die unausgesprochene Frage. »Viele sind wieder in die Waffenkammer zurückgebracht worden, aber ... es war schwer ...« Er schien nicht fortfahren zu wollen, und Antyr drängte ihn nicht. Seine Aufmerksamkeit richtete sich ohnehin auf das andere Ende des Raums.

»Vorsichtig.« Tarrians und Grayles Stimmen klangen ungewöhnlich furchtsam, als sie Antyrs Kopf erfüllten; es war selten, dass beide Wölfe gleichzeitig sprachen. Antyr blickte sich um und sah die beiden Tiere hinter sich. Sie hatten die Ohren angelegt und die Schwänze gesenkt.

»Was ist los?«, fragte er besorgt.

Sie antworteten nicht.

Nicht dass eine Antwort notwendig gewesen wäre, denn man musste nicht sonderlich sensibel sein, um die unheimliche, dicht beieinander stehenden Säulen zu bemerken, zu denen Antyrs Blick nun wanderte.

»Das ist das Labyrinth«, beantwortete Andawyr eine weitere ungestellte Frage. »Es führt in die Waffenkammer.«

Schweigend starrte Antyr eine Zeit lang auf die Säulen und in die Dunkelheit dahinter. Dabei hatte er das Gefühl, als würde er seinerseits von irgendwas beobachtet werden.

»Das gleicht nichts auch nur annähernd, was ich bisher in dieser Festung gesehen habe«, sagte er mit schwacher Stimme. »Es ist ...« Er verstummte.

»Furcht erregend«, beendete Andawyr den Satz offen. Dann marschierte er auf die Säulen zu. Antyr folgte ihm zögernd. Die beiden Wölfe blieben, wo sie waren. Antyr fühlte, wie sie den Kontakt zu ihm abbrachen. Als er sich den Säulen näherte, überkam ihn das Gefühl, sie seien größer, als er zunächst vermutet hatte – als wären sie weiter weg gewesen, als sie ihm zum ersten Mal aufgefallen waren. Er versuchte, sich damit zu beruhigen, dass dies nur eine weitere Illusion sei, wie er ihr nun schon so oft in den genialen Reliefs begegnet war, die die höher gelegenen Teile der Festung zierten; doch das half ihm nicht – der Effekt war verwirrend. Auch half ihm nicht gerade, dass im Labyrinth offenbar Dunkelheit herrschte, während sonst alles mittels Glüh- und Spiegelsteinen erhellt war. Schlimmer noch: Inzwischen erkannte er, dass das Licht des Raums im selben Augenblick verschwand, da es auf die Säulen traf – Säulen, die, so erkannte er jetzt, vollkommen willkürlich platziert waren.

Zu Antyrs großer Erleichterung blieb Andawyr stehen. Antyr dachte kurz darüber nach, eine scherzhafte Bemerkung zu machen, um das bedrückende Gefühl zu vertreiben, das in ihm aufkeimte, doch die drohende Präsenz der Säulen ließ ihn die Worte wieder hinunterschlucken.

Dann bemerkte er, dass Andawyr mit ihm sprach. Seine Stimme klang schwach und weit entfernt.

»Tut mir Leid«, sagte Antyr. Seine eigene Stimme klang heiser und hart in seinen Ohren. »Ich war abgelenkt.«

»Ist schon gut«, sagte Andawyr. »Ich weiß, wie beunruhigend dieser Ort ist. Er nötigt einem Respekt ab.«

Das war eine seltsame Beschreibung für ein architektonisches Gebilde, aber wenn er die Säulen betrachtete, wusste Antyr, was Andawyr damit meinte. Andawyr fuhr fort: »Ich habe gesagt, dass das Labyrinth den Weg zur Waffenkammer bewacht – jenem Ort, wo die Waffen aus den Kriegen des Ersten Kommens aufbewahrt werden und wo Hawklan das Schwarze Schwert gefunden hat. Es ist der einzige Weg hinein und wieder hinaus. Aber ich habe dich nicht hergebracht, um dir die Waffenkammer zu zeigen. Du solltest das Labyrinth mit eigenen Augen sehen.« Er hob den Finger, um einer Frage zuvorzukommen. »Hab bitte Geduld mit mir.«

Er griff tief in seine Tasche hinein, und nachdem er eine Zeit lang mit ernstem Gesicht darin herumgekramt hatte, holte er die Hand wieder hervor und mit ihr ein Sammelsurium aller möglichen Dinge einschließlich mehrerer kurzer Stücke Kordel, verschiedener Papierknäuel, eines rostigen Schlüssels, der Überreste eines Stiftes, zweier oder dreier Holzstücke sowie einer nicht geringen Zahl von Staubflocken und Steinen. Er wählte einen Kiesel aus, stopfte den restlichen Müll wieder sorgfältig in seine Tasche und warf dann den Kiesel vorsichtig an den ersten Säulen vorbei. Antyr erinnerte sich an seine Ausbildung im Belagerungskrieg, die er während seiner Militärzeit in Serenstad erhalten hatte, und er rechnete damit, dass der Kiesel eine sorgfältig aufgebaute Falle auslösen würde. Doch nichts dergleichen geschah. Der Kiesel landete mit einem harmlosen ›Klack‹ und rollte noch ein Stück über den Boden.

Ein ›Klack‹, das echote.

Und echote ...

Immer und immer wieder ...

Antyr reckte den Hals vor, während das Geräusch nicht verhallte, sondern sich vervielfältige und immer wieder zurückgeworfen wurde. Dabei nahm es sogar an Lautstärke zu wie das Heulen des Windes über einem Sandstrand oder das Prasseln des Hagels auf einem Schieferdach. Dann, mit widerwärtiger Plötzlichkeit, steigerte es sich zu einer kreischenden Kakophonie, die jeder Beschreibung spottete. Antyr wusste hinterher nicht, ob er zurückgewankt war oder ob Andawyr ihn gezogen hatte; aber als er wieder klar denken konnte, befand er sich ein gutes Stück von den Säulen entfernt und hatte die Hände auf die Ohren gepresst. Das Geräusch aus dem Labyrinth verhallte so rasch, wie es sich gesteigert hatte, doch selbst dabei wurde es immer mal wieder kurz lauter; es glich dem wütenden Zischen eines Raubtiers, das seine Beute verloren hatte.

»Was ... Was war das?«, stammelte Antyr mit weit aufgerissenen Augen.

»Das war das Labyrinth«, antwortete Andawyr. »Es führt nicht nur in die Waffenkammer; es bewacht sie. Es kann jedes Geräusch verstärken, bis es zu einer alles zerschmetternden Waffe wird. Was wir gerade gehört haben, war nur ein schwaches Echo dessen, was du hättest ertragen müssen, wärst du in ihm gewesen.« Er zögerte. »Es ist auch noch zu einer Reihe anderer Dinge fähig, über die wir so gut wie nichts wissen.« Es beeindruckte Antyr, dass der Cadwanwr nicht versuchte zu verbergen, dass auch er von dem Ereignis mitgenommen worden war; doch der Blick, den Andawyr ihm nun zuwarf, war äußerst beunruhigend. »Ich glaube, du bist vertrauter damit, als du weißt.«

»Was meinst du damit?«, fragte Antyr. »Ich war nie ...«

Doch Andawyr packte ihn am Arm und führte ihn zu den Säulen zurück. »Komm mit mir.«

Nach ein paar Schritten widersetzte sich Antyr dem Griff, sodass der Cadwanwr stolpernd zum Stehen kam. »Ich werde nicht dort hinein gehen«, erklärte er kategorisch.

»Mach dir keine Sorgen. Es gibt einen sicheren Weg hindurch. Er führt ohne Umwege ans Ziel«, erwiderte Andawyr. »Ich will nur, dass du ein kleines Stück hineingehst – nur ein paar Schritte. Das dürfte mehr als genug sein.«

»Genug für was?«

»Um meine Idee zu testen.«

Antyr hob die Augenbrauen. »Bis jetzt hast du mir nicht gesagt, was das für eine Idee ist.«

Andawyr bückte sich, um etwas aufzuheben. Es war der Kiesel, den er ins Labyrinth geworfen hatte. Irgendetwas hatte ihn zurückgeworfen. Andawyr ließ ihn ohne Kommentar in seiner Tasche verschwinden.

»Ich habe dir aus dem einfachen Grund nichts davon erzählt, weil ich eine ehrliche Antwort von dir haben will. Ich will nicht, dass du mir unterbewusst so antwortest, wie du glaubst, dass ich es von dir erwarte«, erklärte er.

Auf der Suche nach Unterstützung drehte Antyr sich zu Tarrian und Grayle um; aber obwohl die beiden Wölfe das Gespräch aufmerksam verfolgten, vermieden sie absichtlich jeden Kontakt mit ihm. Im Geiste verfluchte er die beiden; dann gab er Andawyrs erneutem Drängen widerwillig nach.

»Bleib dicht bei mir«, sagte Andawyr unnötigerweise, als er zwischen zwei Säulen trat. »Es ist eigentlich recht sicher.«

Antyr atmete tief durch und folgte ihm vorsichtig.

Als er das Labyrinth betrat, hatte er den Eindruck, als würde auch das Gebilde die Luft anhalten. Nervös beäugte er die ihm am nächsten stehenden Säulen, als könnten sie trotz Andawyrs Versicherung plötzlich auf ihn einrücken. Unerwartet beunruhigend war ein Druckgefühl von oben. Antyr hob den Blick und stellte fest, dass er die Decke nicht sehen konnte. Am Eingang des Labyrinths reichten die Säulen ohne Basis oder Kapitell vom Boden bis unter die Decke, doch hier verschwanden sie in der Dunkelheit. Einen Augenblick lang glaubte Antyr, Teile der anderen Säulen zu sehen, die sich in verwirrender Unregelmäßigkeit über ihm zusammendrängten, doch der Eindruck war fast sofort wieder verschwunden.

»Nur ein kleines Stück weiter«, sagte Andawyr. Seine Stimme hallte auf seltsame Art wider, als würde das Labyrinth sie schmecken, testen. Antyr ging hinter ihm her. Mit übertriebener Sorgfalt setzte er einen Fuß vor den anderen, um kein Geräusch zu verursachen, dass dieser Ort gegen ihn einsetzen konnte.

Andawyr blieb stehen und sagte im Flüsterton: »Das müsste weit genug sein.« Antyr blickte ihn misstrauisch an. »Ich möchte, dass du etwas ausprobierst. Ich möchte, dass du die Augen schließt und dich ein paar Augenblicke lang nicht mehr bewegst.« Antyrs Blick wurde noch misstrauischer. »Keine Sorge«, sagte Andawyr und ergriff wieder den Arm des Traumfinders. »Ich werde nirgendwohin gehen, und außerdem schwebst du ohnehin nicht in Gefahr, solange du dich auf dem richtigen Weg aufhältst. Bitte vertrau mir in dieser Sache. Aus einem nichtigen Grund hätte ich dich niemals hier heruntergeschleppt.«

»Was hoffst du eigentlich zu finden?«, fragte Antyr nervös.

»Ich hoffe auf gar nichts«, antwortete Andawyr. »Ich will nur eine ehrliche Reaktion.«

Antyr zuckte mit den Schultern, richtete sich selbstbewusst auf und schloss die Augen.

»Und was soll ich jetzt tun?«, fragte er.

»Nichts. Sei nur still, und hör zu.«

Nachdem die Echos von Andawyrs Stimme verhallt waren, schloss sich Stille um den reglosen Traumfinder. Allein in der Dunkelheit wurde sich Antyr immer deutlicher seines eigenen Atems und seines Herzschlags bewusst.

Was mache ich eigentlich hier?, sinnierte er. Er hatte keinen Grund, an Andawyrs Worten zu zweifeln, dass er ihn nie aus einem nichtigen Grund hierher gebracht hätte, aber er hätte doch gerne gewusst, was der alte Cadwanwr von ihm erwartete. Sollte er auf ein Geräusch lauschen, das andere nicht hören konnten? Auf Stimmen wie die von Tarrian und Grayle, die normalerweise nur er wahrnahm, oder wie die des Großen Waldes, die offenbar mit Farnor sprach? Antyr legte die Stirn in Falten und beugte sich vor, um besser hören zu können; das kam ihm allerdings lächerlich vor, und so richtete er sich wieder auf und seufzte laut.

Das Geräusch trieb davon, und Antyr spürte, wie das Labyrinth es einfing, es verdrehte, vergrößerte und die Luft mit Myriaden Seufzern erfüllte, die es dann in andere, seltsame Geräusch verwandelte – Geräusche, die tief in ihn eindrangen und uralte, vergessene Ängste in ihm weckten ...

»Das ist der Ort, wo ich hingegangen bin!«

Die Worte platzten aus ihm heraus und wischten seinen Entschluss beiseite, sich an diesem Ort so leise wie möglich zu verhalten. Andawyr zuckte unwillkürlich zusammen und schnappte hörbar nach Luft, als er diese unerwartete und laute Enthüllung hörte.

»Du hast mich zu Tode erschreckt!«, schnappte er und schlug sich auf die Brust.

Während die beiden Männer einander anstarrten, wurden ihre eigenen Worte im Labyrinth immer lauter und kehrten als lärmende Welle aus Geräuschen wieder zu ihnen zurück, in der Antyr glaubte, höhnische Schreie und grausames Lachen hören zu können. Kurz erreichte die Welle ihren Höhepunkt, dann brach sie seltsam rasch wieder zusammen und verhallte zu einem schmollenden Grummeln. Auch wenn das Geräusch nur wenig lauter als ihre eigenen Rufe gewesen war und somit keine Gefahr für sie darstellte, reichte es aus, um die beiden Männer daran zu erinnern, wo sie sich befanden. Andawyr ergriff Antyrs

Hand und führte ihn rasch wieder aus dem Labyrinth heraus.

»Das ist der Ort, wo ich hingegangen bin!«, wiederholte Antyr atemlos, nachdem sie das Labyrinth wieder verlassen hatten. »Als ich meinen Erdhaltern entglitten, als ich in den Cadwanen durch das Portal gegangen bin ...« Er stieß den Finger in Richtung der Säulen. »Auch da gab es nicht einen Funken Licht, aber es war dieser Ort!«

Andawyr blickte verschmitzt und aufgeregt zugleich drein.

»Es ist mir mitten in der Nacht einfach so aufgefallen.« Er schnipste mit den Fingern. »Ich erinnerte mich daran, dass mir deine Beschreibung damals vage vertraut vorgekommen ist, aber ich habe nicht weiter darüber nachgedacht. Und jetzt ...« Er schlug in die Hände. »Wir müssen Gulda finden?«

»Was hat das zu bedeuten?«, fragte Antyr, nachdem sie die Kammer verlassen und ihren Aufstieg in die Hauptfestung zurück begonnen hatten.

»Ich habe keine Ahnung«, antwortete Andawyr. »Aber es ist wichtig.« Er klopfte auf die Tasche, die Usches Papiere enthielt. »Gerade hat sich eine neue Facette der Ereignisse enthüllt, etwas, das uns helfen kann, das Mysterium deiner seltsamen Fähigkeit zu enthüllen, etwas, das uns helfen kann, die Geschehnisse zu verstehen.«

»Dann war es also gut?«, fragte Antyr.

»Wir haben einen Fortschritt gemacht«, erklärte Andawyr. »Ob dieser Fortschritt uns zum Guten oder zum Schlechten führt, bleibt abzuwarten.«

Es dauerte einige Zeit, bis sie Gulda fanden, doch schließlich wurden sie zu einem Raum gewiesen, der sich auf einen der kleineren Parks hin öffnete. Als sie sich der Tür näherten, kamen ihnen die Klänge eines Tasteninstruments entgegen. Eines der Dinge, die Antyr an Anderras Darion besonders gefielen, war die Musik, die man hier häufig hörte. Man kam nie sehr weit, ohne dass einem von irgendwoher Instrumente oder Gesang entgegen schallte.

Andawyr wollte gerade an die Tür klopfen, als Antyr ihn davon abhielt. Der Traumfinder legte den Finger auf die Lippen, um seinen Gefährten zum Schweigen zu ermahnen; dann öffnete er leise die Tür und winkte Andawyr hinein. Gulda befand sich am anderen Ende des Raums, und geblendet vom strahlenden Sonnenlicht, das durch die hohen Fenster hereinfiel, glaubte Antyr kurz, eine große, edle Gestalt am Instrument zu sehen. Als er blinzelte, verschwand der Eindruck wieder, und er dachte nicht weiter darüber nach, sondern ging leise zu einem Stuhl in der Nähe.

Gulda bewegte sich kaum beim Spielen, und ihre Musik zeichnete sich durch eine Kraft und Feinheit aus, die Antyr in ihren Bann schlug. Das Stück endete mit einer schnellen Tonfolge, dann folgte eine kurze Pause und schließlich ein leiser Akkord. Ein paar Augenblicke lang blickte Gulda auf die Tasten; dann nickte sie sich selbst zu und drehte sich zu ihrem uneingeladenen Publikum um. Antyr streckte die Arme aus und klatschte kaum hörbar in die Hände.

»Danke«, sagte er.

Andawyr rutschte nervös auf seinem Stuhl herum.

Gulda verneigte sich; dann blickte sie Antyr in die Augen. »Ich danke *dir*, Traumfinder«, erwiderte sie, stand auf und trat auf ihn zu. Ihr Stab zuckte in Richtung Andawyr. »Andawyr besitzt zwar viele Talente, aber unglücklicherweise hat er kein Ohr für Musik. Er kann eine Violine nicht von einer getretenen Katze unterscheiden. Wenn man so darüber nachdenkt, ist diese Art Taubheit eigentlich recht seltsam; schließlich durchdringt Musik so viel.«

Andawyr dachte darüber nach, diesem Vorwurf mit einer bissigen Bemerkung zu begegnen, verwarf den Gedanken jedoch rasch wieder.

»Antyr kam ins Labyrinth, als er in den Cadwanen durch ein Tor geschritten ist«, platzte er stattdessen ohne Vorwarnung heraus.

Guldas Blick wanderte zu Antyr, der bestätigend nickte.

Kurz darauf stand Antyr wieder in der großen Kammer vor dem Labyrinth. Bei ihm waren Andawyr und Gulda zusammen mit Hawklan und einem recht verärgerten Loman; letzteren hatte eine schweigende, aber gebieterische Memsa auf dem Weg aufgelesen.

»Ich habe genug damit zu tun, die Festung in Ordnung zu halten, auch ohne dass ich hier unter herumlaufe«, beschwerte sich Loman nicht zum ersten Mal, als Gulda sie alle vor dem Labyrinth anhalten ließ.

Gulda ignorierte ihn und wandte sich an Antyr. »Das Labyrinth ist äußerst seltsam«, sagte sie, »selbst angesichts solch merkwürdiger Dinge wie den Cadwanen, Anderras Darion, dem Pass von Elwart und der Thlosgaral. Die Dunkelheit im Herzen der Festung ist so finster wie das Licht hell ist, das Anderras Darion in die Welt bringt. Niemand weiß, wer das Labyrinth gebaut hat oder wann und warum. Niemand weiß, ob die Fürsten von Orthlund Anderras Darion darüber errichtet haben oder ob Ethriss das Labyrinth irgendwie hierher gebracht hat. Die Alphraan verstehen es besser als viele, doch selbst sie müssen eingestehen, dass sie darüber nur wenig wissen – wenn man sie denn überhaupt dazu bewegen kann, darüber zu reden, was nur selten der Fall ist.« Sie blickte zu Loman, sprach aber weiter zu allen. »Das Labyrinth fügt den Menschen Narben zu. Es berührt sie tief in ihrem Inneren und hinterlässt kaum spürbare, aber nicht heilende Wunden. Das ist auch der Grund, warum Loman nicht hier unten sein will. Er war es, der während des Krieges überwacht hat, wie man die Waffen aus der Waffenkammer brachte. Eine Gruppe nach der anderen hat er über den gewundenen Weg geführt. Bis heute sickert das Flüstern des Labyrinths immer wieder in seine Träume durch.«

Loman erwiderte ihren Blick, und sein mächtiger Leib wirkte seltsam hilflos. Helfend ergriff Gulda seinen Arm. »Ich weiß, was dieser Ort für dich bedeutet, Loman, und ich hätte dich niemals ohne Grund hierher gerufen, das weißt du. Hier sind Mächte am Werke, die weit jenseits unseres Verständnisses liegen. Endlose Verbindungen werden hergestellt, neue Muster gewoben. Ich muss meiner Nase folgen.« Sie tippte sich mit ihrem langen Zeigefinger an das entsprechende Organ. »Es mag ja nicht viel sein, aber du und Hawklan, ihr versteht diesen Ort besser als jeder andere lebende Mensch. Ich wollte euch beide hier haben – *in Gegenwart des Labyrinths* –, während Antyr uns noch einmal erzählt, was ihm in den Cadwanen widerfahren ist, als er das Portal durchschritten hat.« Sie hielt kurz inne. »Denn als er das tat, fand er sich hier wieder – im Labyrinth.«

»*Was?*«, rief Loman. »Das ist unmöglich.«

»Dem Anschein nach mag das so sein«, erwiderte Gulda.

»Ich *war* hier«, mischte sich Antyr ein. »Wie ich hierher gekommen bin, das weiß ich nicht; aber nachdem ich es nun betreten, es gefühlt und gehört habe, habe ich keinerlei Zweifel mehr daran, auch wenn es bei meinem ersten Besuch stockdunkel war.« Als Kompromiss schlug er vor: »Sollte ich jedoch nicht hier gewesen sein, dann gibt es irgendwo anders noch einen Ort, der mit diesem hier absolut identisch ist.«

Loman verzog das Gesicht und blickte von einer Seite zur anderen, als suche er nach einer Fluchtmöglichkeit, doch Antyrs bescheidene Art ließ ihn bleiben, wo er war. »Ich will niemandes Ernsthaftigkeit bezweifeln«, sagte er schließlich; »aber diese ganze Vorstellung von wegen, dass jemand an zwei Orten zugleich sein kann, macht mir doch zu schaffen. Das ergibt keinen Sinn. Ich bin nur ein einfacher Schmied. Ich biege und forme Eisen. Die Dinge, die ich kenne, sind solide und immer da, wo sie hingehören. Sie können nicht hier *und* dort sein. Sie ...«

Frustriert warf er die Arme in die Höhe.

Gulda stieß ihren Stab auf den Boden. »Du bist genauso wenig ein einfacher Schmied, wie Hawklan ein einfacher Heiler ist«, sagte sie; »aber wir verstehen, was du meinst. Nur wenig von alledem ergibt einen Sinn. Das Einzige, was uns davon abhält, diese Geschichten einfach als Märchen abzutun, ist die Tatsache, dass es viel zu viele Zeugen dafür gibt – zu viel *echte* Information. Sumeral arbeitet ohne Zweifel daran zurückzukehren, und ob diese Dinge nun Sinn ergeben oder nicht, sie *sind,* wie sie sind, und sie sind Teil Seiner Bemühungen. Wir können uns den Luxus nicht leisten, sie zu leugnen, nur weil sie unseren gesunden Menschenverstand beleidigen.«

Loman blickte zu Andawyr und Hawklan, fand aber keine Unterstützung.

»Sowohl in den kleinsten als auch in den größten Dingen löst sich bei genauerer Betrachtung das, was wir den gesunden Menschenverstand nennen, meist auf, Loman«, erklärte Andawyr in nahezu entschuldigendem Tonfall. »Unmögliches wird mit einem Mal möglich.« Unbewusst fummelte er an den Papieren in seiner Tasche herum und wiederholte leise wie zu sich selbst: »Unmögliches wird mit einem Mal möglich.«

»Die Memsa lässt uns keine Wahl, Loman«, sagte Hawklan. »Sie hat Recht. Du und ich, wir beide wissen vermutlich mehr über das Labyrinth als jeder andere. Ich weiß, wie sehr dieser Ort dich beunruhigt. Von mir kann ich auch nicht gerade behaupten, dass ich es genießen würde, dort zu sein. Aber es droht uns dort keine Gefahr, es sei denn, wir beschwören sie selbst herauf. Wir können uns doch zumindest anhören, was gesagt wird, oder?«

Loman knurrte und klammerte sich an einen letzten Strohhalm. »Wie auch immer, ich kenne keine Stelle im Labyrinth, wo es wirklich stockdunkel ist. Diese Kammer hier ist immer beleuchtet ebenso wie die Waffenkammer. Es ist zwar recht düster, aber man kann immer noch sehen, wo man hingeht.«

»Solange man auf dem Weg ist«, bemerkte Gulda.

»Ja, natürlich solange man auf dem Weg ist.«

»Und jenseits davon?«

Loman zögerte. »Jenseits davon stirbst du«, erklärte er kategorisch »Ich bezweifele, dass du zehn Schritt weit kommen würdest, bevor du tot am Boden liegst.« Die letzten Worte fauchte er fast. »Hättest du die Augen geöffnet, würdest du das Licht noch im Sterben sehen.«

Gulda nickte. Sie hob die Hände, als wolle sie etwas messen. »Wie groß ist das Labyrinth?«

Loman imitierte die Geste ohne nachzudenken und blähte die Wangen; er war froh, dass sie sich nun mit praktischeren Fragen beschäftigten. »Ich habe keine Ahnung«, antwortete er schließlich. »Pläne existieren nur von wenigen Teilen der Festung und mit Sicherheit nicht von diesem hier. Und auf jeden Fall verspüre zumindest ich nicht die geringste Lust, ihn zu vermessen. Tatsächlich könnte man das Labyrinth von innen auch gar nicht vermessen, und um es von außen zu vermessen, liegt es viel zu tief unter der Erde. Warum?«

»Ich war nur neugierig. Es könnte riesig sein und unzählige Stellen besitzen, an die das Licht nie vordringt.«

»Das stimmt vermutlich.«

Gulda wandte sich wieder an Antyr. »Wie auch immer, lass uns ...«

Sie wurde von einem Geräusch aus dem Labyrinth unterbrochen.

Ein Heulen.

Siebenundzwanzigstes Kapitel

Alle fünf zuckten ob des Geräuschs unwillkürlich zusammen, das so plötzlich aus dem Labyrinth zu ihnen hinausdrang. Doch bevor einer von ihnen etwas sagen konnte, war das Geräusch überall um sie herum und hallte durch die große Kammer.

»Das sind Tarrian und Grayle!«, schrie Antyr. Er konnte seine eigene Stimme kaum hören, so laut war das Heulen. »Nachdem wir wieder raufgegangen sind, müssen sie dort hineingegangen sein.«

Panik übermannte ihn, und instinktiv griff er zu den beiden Wölfen hinaus. Fast sofort erreichte er auch Tarrians Bewusstsein, doch der Wolf stieß ihn augenblicklich so kräftig zurück, dass er in Lomans Arme taumelte, obwohl der Stoß nur geistig gewesen war.

»Bist du in Ordnung?«, schrie der Schmied ihn über den noch immer lauter werdenden Lärm hinweg an.

Antyrs Panik verdoppelte sich noch. »Sie sind dort drin! Holt sie raus!« Er versuchte, zum Labyrinth zu rennen, doch als Loman dies sah, hielt er ihn mit kräftigen Händen fest.

»Wenn sie dort drinnen und jenseits des Weges sind, kannst du nichts für sie tun. Es wird dich ebenso umbringen, wenn du ihnen folgst.« Lomans Stimme krächzte vor Verzweiflung, als er versuchte, sich Gehör zu verschaffen; dabei lockerte er jedoch nicht eine Sekunde lang seinen Griff um Antyrs Arm.

Dann sahen die fünf eine Bewegung zwischen den lärmenden Säulen, und flankiert von einer wilden grauen Masse, Tarrian und Grayle, stolperte ein Mann in die Kammer. Er hielt ein Messer in der Hand. Guldas Stab schoss schützend und unerwartet schnell vor, als Hawklan, der dem Mann am nächsten war, erschrocken einen Schritt zurücksprang. Loman ließ Antyr los, um Hawklan zu Hilfe eilen zu können, doch es war sofort klar, dass der Mann für niemanden eine Bedrohung darstellte. Tatsächlich wäre er kopfüber gestürzt, hätte Hawklan ihn nicht aufgefangen. Das Messer fiel scheppernd zu Boden. Gulda schlug es mit ihrem Stab zu Loman, der es mit einer Geschicklichkeit aufhob, die man von einem Mann mit derart massigem Leib nie erwartet hätte.

Tarrian und Grayle lösten sich von dem Mann und rannten zu Antyr, der auf die Knie sank, um sie in die Arme zu nehmen. Die beiden Tiere waren außer sich vor Aufregung.

Der Lärm aus dem Labyrinth verhallte unvermittelt und wich einem leisen Stöhnen durchsetzt von etwas, das sich wie ferne Schreie anhörte. Nicht dass das irgendjemand bemerkt hätte, denn alle waren mit den herumspringenden Wölfen und dem geheimnisvollen Fremden beschäftigt.

Eine schwarze Gestalt flatterte in die Kammer, deren Schatten wild über die Wände flackerten und die Verwirrung noch vergrößerten.

»Ich habe den Lärm gehört, meine Lieben. Was ist passiert?«

Gavor landete ungeschickt neben dem inzwischen auf dem Rücken liegenden Mann, den Hawklan bereits untersuchte. »Oha! Der sieht nicht gut aus«, bemerkte der Rabe.

Der Mann trug schwere Stiefel, eine Jacke, die von einem stabilen Ledergürtel zusammengehalten wurde, und eine weite Hose. Obwohl der Stoff seiner Kleidung offensichtlich robust war, war sie an mehreren Stellen zerrissen und so mit Staub durchsetzt, das jedes Mal kleine Wolken davon emporstiegen, wann immer Hawklan ihn berührte. An seinem Gürtel hingen ein Schwert und ein weiteres Messer. Hawklan zog ihm die Waffen aus und reichte sie Loman, der sie neugierig betrachtete.

Der Mann war von durchschnittlicher Größe und Körperbau, und nichts an ihm verriet, wer er wohl sein könnte, doch sein Gesicht war abgehärmt, als hätte er lange Zeit gehungert oder sei von irgendeiner Art schrecklichem, innerem Dämon besessen.

»Ich glaube, er ist nur ohnmächtig«, erklärte Hawklan schließlich. »Er ist vollkommen erschöpft.«

»Ich verstehe das nicht«, sagte Loman. »Wo kann er nur hergekommen sein? Seine Kleider und Waffen stammen weder aus Orthlund noch aus Fyorlund. Und seht euch das einmal an.« Er hielt das Messer hoch, das er aufgehoben hatte. Es war blutverschmiert. Hawklan verzog das Gesicht, sagte aber nichts. »Und wie ist er wieder aus dem Labyrinth herausgekommen?«, fuhr Loman fort und rieb sich mit der Hand über die Stirn, als könne das seine Verwirrung auflösen. Er warf Antyr einen fragenden Blick zu, doch Tarrian und Grayle sprangen noch immer wild um den Traumfinder herum.

»Sie sind viel zu aufgeregt«, sagte Antyr. »Wenn sie so sind, kann ich keinen Kontakt zu ihnen aufnehmen.«

»Im Augenblick ist das auch nicht so wichtig«, sagte Hawklan und hob den Mann in die Höhe. »Wir müssen uns erst um den hier kümmern.« Er hielt kurz inne und blickte nachdenklich auf das inzwischen wieder stille Labyrinth. »Loman, ruf die Goraidin zusammen, und lass sie permanent eine Wache hier aufstellen. Das Labyrinth hat uns in schwierigen Zeiten schon immer überrascht, und nach dem, was gerade geschehen ist, will ich sowohl Schwerter als auch Zeugen mit klarem Verstand hier unten haben.« Erneut blickte er in die Düsternis des Labyrinths; dann sagte er leise zu Gulda: »Könntest du bitte versuchen, Kontakt mit den Alphraan aufzunehmen? Vielleicht wissen sie ja etwas darüber.« Gulda nickte langsam. »Danke«, sagte Hawklan. »Gavor, geh mit ihr.«

Als man den Fremden schließlich in ein bequemes Licht in einem sonnendurchfluteten Raum legte, von wo aus man eine schöne Aussicht auf die Landschaft von Orthlund hatte, marschierte Gulda bereits entschlossen in die Berge hinauf. Gavor kreiste hoch über ihr. Yatsu und Jaldaric hatten nach einem Losentscheid die erste Wache vor dem Labyrinth übernommen, und Loman beruhigte inzwischen die anderen Goraidin.

Nachdem er sich vergewissert hatte, dass sein Patient verbeult, zerkratzt, vermutlich unterernährt, aber in der Tat nur ohnmächtig war, setzte sich Hawklan neben ihn und bereitete sich darauf vor zu warten. Nertha saß auf der anderen Seite des Betts. Antyr hatte sie hergeholt. Seit ihrer ersten Begegnung war Nertha fasziniert von Hawklans Heilkünsten, und so hatte sie ihn aufmerksam beobachtet, während er den Mann untersucht hatte, und ihm viele Fragen gestellt. Andawyr und Dar-volci waren am Fenster. Der eine hatte sich an die Fensterbank gelegt, der andere genüsslich darauf ausgestreckt, wobei er angesichts der seltsamen Ereignisse Gleichgültigkeit vortäuschte. Vredech und Antyr befanden sich mit Tarrian und Grayle im Nachbarzimmer und diskutierten leidenschaftlich. Das Murmeln ihres Gesprächs hallte durch das ansonsten stille Krankenzimmer.

Nach einer Weile bewegte sich der Mann wieder und öffnete die Augen. Als er sich umschaute, wurden sie immer größer. Er schrie auf und versuchte, sich aufzusetzen. Nertha drückte ihn sanft wieder hinunter.

»Hab keine Angst«, sagte sie. »Hier bist du in Sicherheit.«

Der Mann versuchte, ihre Hand beiseite zu stoßen. Hawklan wollte eingreifen, doch das war unnötig. Der Mann konnte es weder mit Nerthas Erfahrung noch mit ihrer Entschlossenheit aufnehmen. Hawklan lächelte, als er entschlossenes Mitgefühl in den Augen der Heilerin funkeln sah. »Du bist in Sicherheit, und du bist unverletzt«, versicherte Nertha dem Mann in sanft-strengem Tonfall. »Mein Name ist Nertha; das ist Hawklan, das Andawyr, und der Felci, der so tut, als würde er auf der Fensterbank schlafen, ist Dar-volci. Falls du es nicht wissen solltest, der Ort, an dem du dich befindest, ist Anderras Darion, und dem nach zu urteilen, was ich gehört habe, bist du gerade auf sehr ungewöhnliche Art hier eingetroffen. Bleib ein paar Minuten ruhig liegen, bis du wieder klar denken kannst. Gibt es irgendetwas, was du sofort haben willst? Etwas zu trinken oder zu essen vielleicht?«

Der Mann blickte von Nertha zu Hawklan und wieder zurück; Furcht und Zweifel standen ihm in den Augen.

»Willst du irgendetwas?«, fragte Nertha erneut.

»Wasser«, lautete die Antwort nach einer unsicheren Inspektion des Raums und der Anwesenden.

»Ich werde dir welches holen«, meldete sich Andawyr freiwillig.

Der Mann schloss die Augen; dann öffnete er sie langsam wieder, als wolle er sich vergewissern, dass er nicht schlief, sondern sich wirklich hier befand. »Ich bin in Ordnung«, sagte er nach einer Weile und richtete sich langsam auf. »Zumindest glaube ich das.«

Andawyr kehrte mit einem Glas Wasser zurück, das der Mann gierig leerte, bevor er es mit einem schuldbewussten, fast furchtsamen Blick wieder zurückgab.

»Es gibt noch viel mehr davon«, beruhigte Andawyr ihn lachend.

Der Mann betastete sich selbst, als glaube er nicht, dass er wirklich hier war. »Ist das alles nur ein Traum gewesen?«, fragte er niemanden im Besondern. »Ein Albtraum?« Er blickte zum Fenster; dann schwang er sich zögernd aus dem Bett und ging dorthin. »Die Sonne«, sagte er leise, als er hinausblickte. »Sie ist wieder zurückgekehrt.« Einen Augenblick lang schien es, als würde er in Tränen ausbrechen. »Ich hätte nie geglaubt, sie jemals wiederzusehen. Das ist doch kein Traum, oder?«

Hawklan und Nertha verzogen das Gesicht angesichts der offensichtlichen Qualen des Mannes, während Andawyr mehr verwirrt aussah ob der seltsamen Worte des Fremden. Der Mann wirbelte herum. »Oder bin ich tot? Haben sie mich geschnappt – mich erschlagen? Sie waren nah – sehr nah. Ich habe sie gefühlt; sie waren direkt hinter mir. Ist das hier so eine Art Leben nach dem Tode?« Er legte die Hand an den Kopf.

»Du träumst nicht, und du bist mit Sicherheit nicht tot«, erklärte Hawklan. »Ich fürchte, du wirst feststellen, dass du hier noch genauso viele Wunden und blaue Flecke hast wie an dem Ort, von dem du gekommen bist. Und wir haben genauso viele Fragen an dich wie du an uns. Nertha hat dir unsere Namen genannt. Wie lautet deiner?«

Der Mann zögerte, bevor er antwortete; er war noch immer unsicher.

»Ich bin Gentren, Gentren Marson«, sagte er schließlich. »Mein Vater ist Andeeren Marson. Er ist ... war der Protektor des Landes von ...« Seine Stimme versagte; dann stieß er ein bitteres Lachen aus. »Nun ist es das Land von Nirgendwo, überall nur Wüste, gequälte Erde und verdorbene Himmel.« Er drehte sich wieder zum Fenster um. »*Wo* ist dieser Ort hier?«

»Du bist in Anderras Darion. Das Land dort draußen heißt Orthlund. Und du bist auf eine Art hierher gekommen, über die wir gerne mehr erfahren würden. Kannst du uns etwas darüber sagen? Und wer diese Leute waren, die dich verfolgt haben?«

»Die Reiter, wer denn sonst? Die drei Reiter.« In Gentrens Stimme mischten sich Überraschung und Ärger, als hätte er es hier mit närrischen Kindern zu tun; allerdings verschwand diese Mischung sofort, als er wieder aus dem Fenster blickte. »Ich hatte ja keine Ahnung, dass es irgendwo noch so etwas gibt. Ich dachte, wir wären die letzten.« Er drehte sich wieder zu Hawklan um. »Und ich weiß nicht, wie ich hierher gekommen bin. Nichts von alledem ergibt einen Sinn.«

Andawyr zuckte mit den Schultern. »Dieser Satz ist uns inzwischen nur allzu vertraut«, sagte er, ließ sich auf einen Stuhl fallen und schwang die Beine aufs Fußende des Bettes. Es war eine absichtlich gelassene

Bewegung, die viel dazu beitrug, die Spannung im Raum abzubauen. Er winkte Gentren zum Bett. »Setz dich, und entspann dich. Ich glaube, es wäre eine gute Idee, wenn du uns ein wenig von dir erzählen würdest. Bis jetzt gibst du uns ebenso viele Rätsel auf wie wir dir. Erzähl uns von diesen Reitern.«

Gentren blickte ihn misstrauisch an. »Wie könnt ihr noch nicht von ihnen gehört haben?«, fragte er mit einer Stimme voller Wut und Verzweiflung. »Sie sind über die ganze Welt gekommen, haben nahezu alles Leben vernichtet, Land und Meer in riesige, tote Obszönitäten verwandelt und selbst die Luft verdorben. Von uns ist kaum noch einer übrig. Menschen, Tiere, Pflanzen – alle tot oder im Sterben.«

Die Kraft seiner Stimme schien den Raum zu verdunkeln, und es dauerte ein paar Augenblicke, bis Hawklan sanft sagte: »Hier hat vor einigen Jahren ein Krieg stattgefunden, doch nichts in der Art, wie du sie beschreibst. Wo auch immer du herkommen magst…« Er zögerte. »Es scheint kein Teil dieser Welt zu sein.«

Gentren blickte die Anwesenden der Reihe nach an; dann schien er förmlich in sich zusammenzufallen. Er befolgte Andawyrs Rat und setzte sich auf die Bettkante.

»Nicht Teil dieser Welt«, wiederholte er für sich selbst. Nachdenklich strich er mit der Hand über die bestickten Bettlaken. »Ist das wirklich möglich?«

Er blickte zu Hawklan. »Bevor die Reiter kamen, haben die Ratgeber meines Vaters – seine Gelehrten, seine weisen Männer, die stets erbarmungslos nach der Wahrheit suchten – von solchen Dingen gesprochen. Sie vermuteten, dass noch andere Welten zur selben Zeit und am selben Ort existierten wie unsere.«

Er lächelte verbittert. »Es war eine interessante Theorie, und viel sprach dafür, sei es nun aufgrund der Logik oder durch Beobachtungen; für mich war das allerdings alles zu hoch. Und es war auch nicht sonderlich wichtig, oder? Es war eine rein akademische Frage, purer Selbstzweck, eine elegante und offenbar auch ... aufregende Idee, eine neue Art, die Welt zu sehen. Dann zeigten sich einige von ihnen plötzlich besorgt. Sie begannen eine Geschichte zu erzählen, die aus längst vergangenen Zeiten hätte stammen können, da blinder Aberglauben als Wissen galt. Eine Katastrophe stehe uns bevor, sagten sie, nichts weniger als das Ende der Welt. Im Herzen der Dinge war vor langer Zeit ein Fehler eingebaut worden. Es herrschte ein unbestimmbares Ungleichgewicht bis in die kleinsten Dinge hinein, die man hat messen können. Und dieser Fehler war seit Generationen gewachsen, und er wuchs immer schneller. Die Folgen davon waren nicht länger klein. Irgendetwas kam zusammen; eine schreckliche Konjunktion stand unmittelbar bevor, eine Konjunktion, die diese vielen verschiedenen Welten zusammenbringen würde.« Er warf die Hände in die Höhe. »Oder irgendwie sowas. Es war alles theoretisch genug, um es als Sturm im Wasserglas abzutun. Das heißt natürlich nur, bis es auf einmal real wurde.« Er tastete seine Taille ab. »Wo ist mein Schwert?«, verlangte er zu wissen.

Hawklan griff nach dem Schwert und dem Gürtel, die an der Wand lehnten. »Hier«, sagte er und legte sie neben Gentren aufs Bett. »Allerdings bezweifele ich, dass du hier ein Schwert brauchen wirst – oder das hier.« Er reichte ihm sein blutiges Messer.

Gentren nahm es und starrte es an. Sein Gesichtsausdruck war unergründlich. »Ich habe einen von ihnen damit angegriffen«, sagte er und lachte spöttisch über sich selbst. »Ein armseliges Stück Eisen gegen die Macht, über die *sie* geboten. Ich nehme an, wenn ich verrückt war, das gegen sie zu benutzen, dann bin ich vielleicht immer noch wahnsinnig, hm?«

»Das könnte sein«, stimmte Hawklan ihm zu; »aber für mich hörst du dich weder verrückt an noch siehst du so aus, und meiner Erfahrung nach stellen wirklich verrückte Leute diese Frage nur selten. Abgesehen davon scheinen wir bessere Gesellschaft zu sein als die, die du gerade verlassen hast, egal ob wir nun Hirngespinste sind oder nicht. Beende deine Geschichte, bevor du dir über deinen Verstand Gedanken machst. Was hat dein Vater wegen des Rats unternommen, den man ihm gegeben hat?«

Gentren zuckte mit den Schultern. »Was hätte er denn tun sollen? Er war besorgt. Diese Männer waren äußerst fähig und weithin respektiert; aber sie rieten ihm nicht, was er tun sollte. Ihre Forschungen verrieten ihnen nichts, außer dass es zu dieser ... dieser Konjunktion kommen würde, und das schon bald, und dass große Zerstörung die Folge sein würde, möglicherweise sogar die Zerstörung der ganzen Welt. Wie hätte er sich auf eine Katastrophe vorbereiten sollen, deren Natur ihm vollkommen unbekannt war? Er konnte nichts anderes tun, als seine Ratgeber höflich zu ignorieren ... und hoffen, dass sie einen Fehler bei ihren Berechnungen gemacht hatten. Das war auch keine unvernünftige Hoffnung, denn sie waren sich in ihren Theorien nicht einig. Und es klang alles so unwahrscheinlich, so fantastisch. Das Ende der Welt ... Ich frage euch: So etwas musste doch Unsinn sein, oder? Trotz des Rufes der Gelehrten war das nichts, worüber ein Protektor ernsthaft nachdenken musste, nicht wahr?« Er schwieg.

»Und dann?«, hakte Hawklan nach.

Gentren begann zu zittern. Er schlang die Arme um die Brust, um es zu beenden. »Dann waren sie plötzlich da. Niemand wusste, wie oder wann sie gekommen waren oder auch nur woher. Sie waren einfach da. Drei Reiter. Keine großen Armeen, keine anderen Welten, die auf die unsere stürzten, den Himmel zerrissen und die Erde zerschmetterten. Nur drei Leute auf Pferden! Aber zu was sie in der Lage waren – was sie taten! –, war jenseits aller Vorstellungskraft. Mühelos ritten sie über unsere ganze Welt und vernichteten alles scheinbar nur mit einer einzigen Geste. Dörfer und Städte fielen ... Sie fielen im *wörtlichen* Sinne. Sie wurden plattgemacht, ausradiert. Es gab keine Belagerungen, keine Schlachten, keine Verhandlungen, keine Forderungen, nichts. Niemand wusste, was sie wollten. Sie wischten Städte und Menschen mit der gleichen Gleichgültigkeit beiseite wie ein Mann ein Ameisennest. Einige Leute versuchten, gegen sie zu kämpfen, andere sandten ihnen Boten, die meisten sind jedoch schlicht geflohen; das Land, das Meer, überall wimmelte es von panischen Menschen. Doch alles blieb ohne Erfolg. Jene, die sie sahen, metzelten sie mit der gleichen Leichtigkeit und dem gleichen Gleichmut hin, wie sie Gebäude und Stadtmauern einrissen.«

Er hielt inne. Sein Gesicht war angespannt, und seine Hände waren zu Fäusten geballt. Die Bilder, die er heraufbeschworen hatte, hingen im Raum. Dank seiner ruhigen Erzählung wirkten sie nur umso schrecklicher.

»Dann hörten sie auf. Wir dachten, sie seien ihrer ... ihrer *Arbeit* überdrüssig geworden, oder vielleicht hatten sie sich alles genommen, was sie wollten. Über allem lag eine seltsame Stille, als würden all jene von uns, die überlebt hatten, gleichzeitig den Atem anhalten. Ich glaube, hauptsächlich war es nur Schock, schierer Unglaube. Wie war es möglich, dass so etwas so rasch hatte geschehen können? Wie war es möglich, dass so viele Menschen so leicht getötet oder vertrieben werden konnten? Eine uralte Zivilisaticn zerschmettert wie das Spielzeug eines tollkühnen Kindes. Aber was auch immer wir gedacht haben mögen, es war egal. Die Zerstörung, die sie bis dahin angerichtet hatten, war nichts im Vergleich zu dem, was nun folgen sollte.« Er drehte sich zum Fenster um. »Ich weiß nicht, was sie gemacht haben, aber sie begannen, das Land selbst zu verändern. Flüchtlinge erzählten uns von Bergen, die aus dem Nichts herauswuchsen – blau und zerklüftet –, und von Meeren, die sich zurückzogen. Wir hätten ihnen natürlich nicht glauben können, doch wir spürten den Boden unter unseren Füßen beben, schwach, aber deutlich – und sehr Furcht erregend.« Er schauderte so heftig, dass er seine Zuhörer erschreckte. »Dann legte sich ein blauer Schleier über den Himmel. Er verdunkelte die Sonne und hüllte alles in ein Ekel erregendes Zwielicht.« Er schloss die Augen. »Die Luft wurde beißend und faul; sie brannte in der Kehle. Danach hat es nicht einen Tag mehr geregnet.« Er blickte auf das Glas, das Andawyr hielt.

»Wenn dir das jetzt zu schwer fällt, können wir auch später noch darüber reden«, sagte Hawklan und legte Gentren die Hand auf den Arm.

»Es ist nur noch wenig zu erzählen übrig«, erwiderte Gentren. »Eine Zeit lang waren sie damit beschäftigt, was auch immer sie taten; dann setzten sie sich wieder in Bewegung und zerstörten neues Land so erbarmungslos wie schon zuvor. Diesmal versuchten wir, uns ihnen zu widersetzen. Meinem Vater gelang es, so etwas Ähnliches wie eine Armee zusammenzutrommeln. Aber wie alle anderen Versuche zuvor, so war auch dieser zum Scheitern verurteilt.« Er schlug mit der Hand durch die Luft. »Sie haben sie einfach hinweggefegt wie alles andere auch.« Wütend verzog er den Mund. »Für sie waren wir *noch nicht einmal* Ameisen. Wir konnten sie noch nicht einmal beißen, bevor wir starben.«

»Und was ist mit dir passiert?«, fragte Hawklan.

»Ja, was?«, erwiderte Gentren bitter. »Am Ende habe ich gemacht, was jeder gemacht hat, das Einzige, was ich tun konnte: Ich bin gerannt.« Er schaute sich im Raum um.

»Und wie bist du dann hierher gekommen?«

Gentren runzelte die Stirn. »Ich habe euch doch gesagt, dass ich das nicht weiß. Sie kamen näher. Jeder, den ich kannte, war nicht mehr – Familie, Freunde. Ich floh in die Hügel mit der vagen Absicht, mich irgendwo zu verstecken, und in der Hoffnung, dass sie mich nicht finden würden. Ich erinnere mich daran, dass ich nicht genug Nägel hatte, um mein Pferd ordentlich zu beschlagen, und so hat es ein Eisen verloren und mich abgeworfen. Aber ich bin weitergerannt, bis ich in einen Graben gestürzt bin.«

Er wurde sichtlich ruhiger, aber auch angespannter.

»Ich muss eingeschlafen sein. Ich erinnere mich daran, geträumt zu haben. Ich habe von einem Pflug geträumt, der die Erde aufreißt. Drei riesige Pferde haben ihn gezogen, und Möwen umkreisten ihn kreischend und stürzten immer wieder herunter, wie es ihre Art ist. Sie waren überall um mich herum. Ich wehrte sie ab, als ich plötzlich in dem Graben wieder erwachte und an totem Gras vorbei in den ekelhaft blauen Himmel starrte. Doch die Möwen schrieen noch immer. Nur dass es nicht die Schreie von Möwen waren – oder die eines anderen natürlichen Wesens. Es war furchtbar. Das Schreien drang in mich ein, und ich hatte das Gefühl, von innen heraus zerrissen zu werden.« Gentrens Augen wurden immer größer, während er die Szene noch einmal durchlebte. »Und plötzlich wusste ich, wer das Geräusch machte. Sie waren es. In dem Geräusch lag alles, was sie waren.« Sein Gesicht verzerrte sich, und er streckte die Hand wie eine Kralle aus, als wolle er etwas zerquetschen. »Plötzlich wurde jedes einzelne Teil von mir von unbändigem Zorn erfüllt, von einem derart mächtigen Zorn, dass ich keine Kontrolle mehr darüber hatte. Sie waren *hier*! Diese Kreaturen, die all diesen Schrecken und diese Zerstörung über uns gebracht hatten, waren hier – vermutlich nur ein paar Schritt von meinem Graben entfernt. Ein Teil von mir wollte hinausspringen und sie niederstrecken, sie in Stücke hacken, bis man noch nicht einmal ein Teil von ihnen würde erkennen können.« Seine Hand verkrampfte sich und entspannte sich wieder. Er lächelte säuerlich und voller Verachtung für sich selbst. »Natürlich habe ich das nicht getan. Ich habe mein Messer gepackt ...« Er deutete die Geste an; dann hielt er inne und blickte auf das Messer vor ihm. »Aber allein das, das Gefühl des vertrauten Heftes in meiner Hand, das Gefühl der Realität, sagte mir, dass ich etwas tun musste. Der Zorn war noch immer da; aber ich wollte nicht sterben. Also hielt ich den Atem an und rührte mich nicht mehr. Ich wünschte mir, sie würden voranmachen – aber das taten sie nicht. Sie blieben, wo sie waren, und kreischten einander endlos an.« Er presste die Hände auf die

Ohren. »Dann war einer von ihnen genau über mir. Sein Pferd trat ein Stück des Grabenrandes ein, sodass ich unwillkürlich zusammenfuhr. Ich fürchtete schon, es würde auf mich stürzen. Dabei muss ich ein Geräusch verursacht haben, denn das Pferd drehte den Hals und blickte in den Graben, nur dass es keinem Pferd ähnelte, das ich jemals gesehen hatte.«

»Langer, knochiger Kopf, böse Augen und eine seltsame Art, sich zu bewegen – wie eine Schlange.« Das war Vredechs Stimme, der mit Antyr in der Tür stand.

»Ja!«, rief Gentren »Woher weißt du das?«

»Sprich weiter«, drängte Hawklan und verzog das Gesicht ob Vredechs Unterbrechung.

»Es hat mich gesehen, mich direkt angeguckt.« Gentren atmete tief durch. »Dann drehte der Reiter sich zu mir um. Noch nie in meinem Leben hatte ich eine solche Angst. Ich musste weg von dort. Ich weiß nicht, was in mich gefahren war. Ich sprang auf, stieß ihm das Messer ins Bein und rannte los.«

Diesmal war es Andawyr, der ihn unterbrach. »Du hast ihm *ins Bein gestochen?*«, fragte er und riss ungläubig die Augen auf.

»Ja«, bestätigte Gentren in einem Tonfall, als überrasche ihn Andawyrs Überraschung. Der Cadwanwr starrte ihn offenen Mundes an. »Ich habe nicht darüber nachgedacht. Ich habe es einfach getan.«

Hawklan winkte Gentren fortzufahren. »Danach kann ich mich nicht mehr an viel erinnern. Ich rannte, wie ich noch nie in meinem Leben gerannt war. Ich konnte die Reiter hinter mir hören, habe mich aber nicht einmal umgeschaut. Eigentlich war ich es gar nicht, der da rannte. Irgendetwas in mir hatte die Kontrolle über mich übernommen und trieb mich vorwärts. Ich tat Dinge, von denen ich wusste, das ich sie nicht tun konnte: Ich sprang von Fels zu Fels und brach durchs Unterholz. Ich erinnere mich allerdings an ihre Schreie. Sie hatten sich verändert; sie waren irgendwie ... menschlicher. Es klang wie keine Sprache, die ich je gehört hatte, trotzdem konnte ich sie gut genug verstehen; ihre Stimmen waren voller Zorn und Hass. Ich wusste, dass sie mich nicht mit der Macht töten würden, über die sie geboten und mit der sie ganze Armeen vernichtet hatten. Ich wusste, dass sie mich fangen wollten. Ich spürte den Schmerz dessen, den ich verwundet hatte.« Er schloss die Augen und atmete abermals tief durch. Konzentriert legte er die Stirn in Falten. »Der Rest ist vage. Ich erinnere mich nur an mein eigenes Atmen und den Schlag meines Herzens, das immer lauter pochte. Auch glaube ich, mich daran zu erinnern, auf ein Licht zugerannt zu sein. Und ich erinnere mich daran, dass sich der Tonfall ihrer Schreie verändert hat; nun hörte ich wilde Verzweiflung. Dann, urplötzlich, verschwand das Licht in der Ferne, und ich ... fiel ... Ja, ich glaube, ich fiel. Ich stolperte durch etwas, das ich noch nicht einmal ansatzweise beschreiben kann. Überall um mich herum erschienen seltsame Lichter und ertönten merkwürdige Geräusche – Geräusche, die zu einem Heulen wurden. Ich erinnere mich daran, gedacht zu haben: ›Sie haben mich getötet. So fühlt sich also der Tod an.‹ Trotzdem fragte ich mich, was das für ein Heulen war. Und ich erinnere mich daran, wie seltsam es doch war, dass ich ausgerechnet in diesem Augenblick Neugier empfand. Dann schien das Heulen mich zu führen; es beschützte mich irgendwie. Und ich hatte wieder festen Boden unter den Füßen und rannte weiter. Blind rannte ich durch eine Dunkelheit, die von einem schrecklichen Brüllen erfüllt war; aber das Heulen führte und beschützte mich noch immer. Und jetzt bin ich hier – wo auch immer hier sein mag mit diesem hellen, offenen Himmel – und dem Sonnenlicht – und ich spreche mit euch – wer auch immer ihr sein mögt mit euren seltsamen Namen und … eurer Freundlichkeit.« Er legte das Messer beiseite und blickte zu Hawklan, als erwarte er von ihm eine Antwort auf all seine Fragen. »Bin ich tot?«, fragte er traurig. »Oder bin ich verrückt?«

»Weder noch«, antwortete Hawklan schlicht und ohne zu zögern. »Es gibt weit seltsamere Dinge in diesem Universum als Tod und Wahnsinn, weit seltsamere.« Er wandte sich an Andawyr. »Noch mehr Fakten für dich?«, fragte er.

»O ja«, antwortete Andawyr in grimmigem Tonfall. »Allerdings sind das ein wenig zu harte Fakten, als dass ich Trost daraus ziehen könnte. Ich werde den anderen sofort davon berichten.« Er blickte zu Gentren. »Nichts, was ich sagen könnte, kann dich die Qualen vergessen machen, die du hast erleiden müssen. Um ehrlich zu sein, kann ich mir noch nicht einmal vorstellen, wie du dich nun fühlen musst, da deine Welt zerstört worden ist; tatsächlich *möchte* ich mir diese Art von Verzweiflung auch gar nicht vorstellen. Ich würde dir gerne sagen, dass du hier vollkommen sicher bist; aber das wäre nicht ganz richtig. Wir kennen die, die du die Reiter nennst – oder wir glauben, sie zu kennen. Wir haben mit ihrer Art schon früher zu tun gehabt. Wir wissen, dass sie versuchen, uns in dieser Welt zu erreichen, vermutlich mit der Absicht, ihr das Gleiche anzutun, was sie deiner Welt angetan haben. In mehrerlei Hinsicht sind wir hier besser ausgestattet, um uns ihnen entgegen zu stellen, als es bei deinem Volk der Fall gewesen war; aber ich fürchte, auch uns steht ein verzweifelter Kampf bevor – einer, den wir sehr gut verlieren könnten.« Hawklans Augen wanderten ständig unruhig zwischen Gentren und Andawyr hin und her, und er hob die Hand, um diesem harten Urteil ein Ende zu bereiten. Doch Andawyr winkte nur ab, und während die Geste freundlich war, waren seine Worte erbarmungslos. »Deine Welt ist nicht mehr; aber vielleicht bietet sich für dich in dieser eine Gelegenheit zur Rache, wenn du willst. Wir könnten deine Hilfe gebrauchen.« Gentren starrte ihn schweigend an. Er zitterte wieder. »Tut mir Leid«, sagte Andawyr. »Das alles geht zu schnell für dich, nicht wahr? Zuviel auf einmal. Mach dir keine Sorgen. Hier droht dir mit Sicherheit keine unmittelbare Gefahr.« Er deutete auf die Tür. »Wenn du bereit bist, wenn du dich davon überzeugt hast, dass Hawklan Recht hat, nämlich dass du weder tot noch wahnsinnig bist, dann kannst du an diesem Ort hingehen, wo immer es dir gefällt – in diesem Land. Sprich mit wem auch immer du sprechen willst, und frag, was auch immer dir auf dem Herzen liegen mag. Vredech und Antyr werden dich begleiten. Es waren Antyrs Gefährten, die dich durch das Labyrinth geführt haben.«

Nertha hustete vernehmlich. »Und auch Nertha wird mit dir gehen«, fügte Andawyr rasch hinzu.

»Woher wisst ihr von den Reitern?«, fragte Gentren und packte Andawyr plötzlich am Arm.

»Später«, antwortete Andawyr. »Es gibt viel zu erzählen. Und auch von dir können wir noch eine ganze Menge lernen, dessen bin ich sicher. Ruh dich jetzt aus.«

Ein kleines Stück ostwärts von Anderras Darion fand in den Bergen eine seltsame Begegnung statt.

Achtundzwanzigstes Kapitel

Gulda stand auf einem Felsvorsprung und blickte in ein breites Tal hinunter. Mit klarer, volltönender Stimme hatte sie bei ihrer Ankunft eine einfache Botschaft gesprochen.

»Alphraan, das Labyrinth erwacht wieder. Helft uns.«

Nun wartete sie so reglos wie die Felsen um sie herum und scheinbar mit unendlicher Geduld. Hoch über ihr schwebte, flatterte und stürzte Gavor durch die unsichtbaren Kaskaden der Bergluft. Unter ihr glitt der Schatten einer kleinen Wolke durchs Tal.

»Ihr benutzt die Macht mit großer Subtilität, Mylady.«

Die Stimme war hinter ihr. Überraschung und Bewunderung lagen in ihr, die schon an Ehrfurcht grenzte. Die Stimme sprach erneut, nicht lauter, doch auf eine Art, die die Worte bis zu Gavor hinauftrug.

»Deine Schwingen machen eine seltene Musik, Himmelsfürst. Gesell dich zu uns, wenn du willst.«

Gavor stürzte sich ein Stück hinunter, bevor er die Flügel wieder ausbreitete und in einer weiten Spirale nach unten schwebte.

»Aaah!«, sagte die Stimme bewundernd.

Gulda drehte sich um.

Ein kleiner, schmal gebauter Mann saß ein Stück über ihr auf einem Felsen. Er trug etwas, was praktische Reisekleider zu sein schienen, einfach, aber von ungewöhnlichem Schnitt, und er musterte Gulda eingehend. Gulda erwiderte das Kompliment. Auf den ersten Blick besaß die Gestalt das Aussehen eines gebrechlichen alten Mannes, doch bei genauerem Hinsehen konnte man anhand des Gesichts das Alter nicht abschätzen. Den durchdringenden Blick von Guldas blauen Augen konnten viele nicht ertragen, doch die Augen des Mannes funkelten hell, und ein breites Lächeln stahl sich auf sein Gesicht. Das war eindeutig nicht das Lächeln eines alten Mannes.

»Große Subtilität«, betonte er. Seine Stimme war hoch und melodisch. Plötzlich nahm sie einen entschuldigenden Tonfall an. »Verzeiht, dass ich Euch so anstarre«, sagte er; »aber ich fürchte, ich habe mich schon immer zu größeren Frauen hingezogen gefühlt.«

Gulda kniff die Augen zusammen.

Der Mann legte verlegen die Stirn in Falten. »Ich mache das nicht sonderlich gut, nicht wahr?«, sagte er und kletterte geschickt von seinem Felsen herunter. »Zwar habe ich in letzter Zeit ein recht volles Leben geführt, aber ich bin den Umgang mit Menschen immer noch nicht gewöhnt – besonders nicht mit solch *bemerkenswerten* Menschen wie Euch.« Er musterte Gulda von Kopf bis Fuß. »Man hat mir von Euch erzählt, aber es fiel mir schwer, die Geschichten zu glauben. Selbst jetzt habe ich noch Probleme damit. Ich muss es einfach fragen: Warum habt Ihr beschlossen zu sein, wie Ihr seid?«

»Ich bin, was ich bin.«

»Bitte, gebt mir eine offene Antwort. Immerhin sind wir beide mit dieser Welt alt geworden, hm?«

»Ich weiß es nicht. Bist du?«

Der Mann lächelte. »Ihr spottet meiner, Mylady – was ich vermutlich auch verdiene. Aber auch wenn ich vielleicht kein echter Klangformer bin und Eure Fähigkeiten im Umgang mit der Macht beachtlich sind, so kann ich doch nicht anders, als zu hören, was Ihr unter dieser Fiktion seid, die Ihr um Euch herum aufgebaut habt.«

Gulda hob warnend den Zeigefinger. »Dann hör nicht zu. Aus dem, was du hier hörst, lässt sich nichts formen. Und es ist meine Fiktion, mein Wunsch, so wie deine Geschichten dir gehören.« Letzteres betonte sie besonders streng.

Der Mann verneigte sich. Dann, nachdem er kurz in seinen Taschen herumgekramt hatte, holte er zwei kleine Stofffetzen hervor, die er zusammenrollte und sich in die Ohren stopfte. Dabei verzog er reumütig das Gesicht. Sein Verhalten ließ Gulda lachen. Verwundert riss der Mann die Augen auf und schaute sich um, als folge er dem Geräusch, wie es sich mit dem Rauschen des Windes mischte, der über das Tal hinweg wehte. Plötzlich stand er dicht bei Gulda und blickte ihr ins Gesicht.

»Euer Lachen ist eine seltene Musik, Mylady. Sehr selten, in der Tat«, sagte er mit tieferer und vollerer Stimme als zuvor. »Und Ihr *seid* eine wunderschöne Frau.« Er stand zwei Schritt von ihr entfernt, als sie wieder warnend den Finger hob.

»Genug«, sagte sie, auch wenn diesem Befehl die Schärfe fehlte, die er unter ähnlichen Umständen normalerweise gehabt hätte. Gavor landete auf ihrer Schulter und machte der Plauderei ein Ende. Er blickte zu dem Mann und legte den Kopf zuerst auf die eine, dann auf die andere Seite. Der Mann verbeugte sich vor ihm. »Es ist auch eine Ehre, dich kennen zu lernen, Himmelsfürst«, sagte er.

Gavor klopfte mit seinem Holzbein auf Guldas

Schulter. »Ich will ja nicht unhöflich sein, mein lieber Junge«, sagte er. »Aber wer bist du?«

»Nur ein Reisender, der vor kurzem wieder nach Hause zurückgekehrt ist«, antwortete der Mann.

Müde klapperte Gavor mit dem Schnabel. »Eines der Probleme, wenn man mit Menschen zu tun hat, ist, dass sie oft nicht das sind, was sie zu sein scheinen. Ich selbst habe nie die Notwendigkeit verspürt, mich zu verstellen. Das macht das Leben so schwierig. Ich sage: Lasst uns doch alle wir selbst sein.«

Der Mann lachte leise, ein wohlklingendes, fröhliches Geräusch. »Ich habe schon von deinem feinen Sinn für Humor gehört, Himmelsfürst. Jemanden, der den Geist von Ethriss durch die Zeitalter getragen hat und der zum Freund des Mannes geworden ist, dem wir die Öffnung von Anderras Darion zu verdanken haben, kann man wohl kaum als gewöhnlichen Vogel bezeichnen, oder?«

»Das mag sein, mein lieber Junge«, sagte Gavor, »aber du hast uns noch immer nicht gesagt, wer *du* bist. Du bist kein Alphraan, so viel steht fest...«

»Und ich bin auch kein Mensch«, unterbrach ihn der Mann in gespielt beleidigtem Tonfall. »Jedenfalls nicht ganz. Du gehst recht freigiebig mit deinen Beleidigungen um.«

»Mein lieber Junge, ich entschuldige mich *wirklich.* Das war unverzeihlich von mir. Wenn ich jetzt so darüber nachdenke, nehme ich an, dass es mir schon zu Anfang hätte auffallen müssen. Aber es war ein verständlicher Fehler, wie du mir hoffentlich zugestehen wirst. Die zwei Beine, weißt du...«

»Wer bist du?«, fragte Gulda, bevor Gavor weiterplappern konnte.

»Ich bin ... mit den Alphraan verwandt«, antwortete der Mann. »Aber ich war lange Zeit fort und habe der Welt gelauscht.«

Gulda hob neugierig die Augenbrauen. »Wie lange?«

»Als ich ging, war das Große Tor noch geschlossen«, lautete die Antwort.

»Und was hast du gehört?«

»So viele Fragen, Mylady. Ich …«

»Er ist der Reisende.«

Die Stimmen überrollten die Antwort des Mannes. Sie waren überall um sie herum, eine und viele zugleich; sie schrieen aus weiter Ferne und flüsterten gleichzeitig in ihrer Nähe. Das Wort ›Reisender‹ wurde mit vielen Bedeutungen gefüllt. »Ihr ehrt uns mit eurer Gegenwart, Mylady, Himmelsfürst. Seit der Öffnung der Wege und des Herzortes ist das Lied gewachsen und hat es uns immer schwerer gemacht, die Angelegenheiten der Menschen zu berühren. Aber wir sind immer die euren, und wie er gesagt hat, auch unser Wille.«

Gavor breitete die Flügel aus, und Gulda sagte leise: »Es ist schön, euch wieder zu hören, Alphraan. Möge euer Lied durch die Zeitalter klingen.«

Die Stimmen hoben zu einer Dankeshymne an, die langsam verhallte und sich mit den Geräuschen der Berge vermischte.

Der Reisende sagte: »Wir haben die Stimme des Labyrinths gehört, und als wir zuhörten, vernahmen wir, dass ihr Hilfe sucht.« So wie die Alphraan das Wort ›Reisender‹ mit unzähligen Bedeutungen gefüllt hatten, so ließ nun er das Wort ›Labyrinth‹ in unterschiedlichen dunklen und unheimlichen Nuancen erklingen. Gulda und Gavor schreckten vor dem Geräusch zurück.

»Und könnt ihr uns helfen?«

»Nein.« Die Stimme des Reisenden war voller Bedauern. »Nicht so, wie ihr es wünscht. Das Labyrinth ...« Wieder klang das Wort beunruhigend. »Das Labyrinth stellt für uns ein ebenso großes Mysterium dar wie für euch, wenn nicht sogar ein noch größeres.«

»Deine Verwandten haben es während des Krieges an einem Punkt kontrolliert. Sie haben uns in einer Zeit der Not von der Waffenkammer fern gehalten«, forderte Gulda ihn heraus.

»Das habe ich gehört. Aber ich glaube, man hat diesen Fehler eingestanden und Wiedergutmachung dafür geleistet. Doch war es eine Tat, die unsererseits weder Verständnis noch Können verlangte. Wir haben euch nur Wasser in die Augen gespritzt. Wie wussten jedoch – wir wissen – wenig über die See, aus der es gekommen ist. Was gerade geschehen ist, entzieht sich unserer Kenntnis. So wie wir die Töne dieser Welt schon lange vor der Menschheit geformt haben, so stand das Labyrinth bereits lange vor uns. Es ist zutiefst fremdartig. Die vielen Pfade, die hindurch führen, führen an viele verschiedene Orte ... und in viele Zeiten.« Er blickte zu Gavor. »Pfade, die sich unsichtbar verändern wie jene, denen du in der Luft folgst, Himmelsfürst.«

»*Viele* Pfade?«, hakte Gulda nach.

»Viele«, bestätigte der Reisende. »Allerdings kann man sie größtenteils weder messen noch eine Karte davon anfertigen. Es liegt in ihrer Natur, dass sie sich verändern, sobald man sie berührt.«

»Der Weg zur Waffenkammer verändert sich nicht, und er ist schon oft benutzt worden.«

»Der Weg zur Waffenkammer verändert sich nur langsam, Mylady. Wie die Berge – Staubflocke für

Staubflocke.« Der Reisende scharrte mit den Stiefeln über den Boden, wirbelte ein wenig Staub auf und hinterließ eine dunkle Narbe. »Andere verändern sich wie die Jahreszeiten, wieder andere wie das Wetter; aber die meisten verändern sich wie ein zitterndes Blatt im Wind.«

»Wie sollen wir dann diese Wege finden? Wie können wir auf ihnen reisen?«

»Kein Teil des Liedes verrät uns das, Mylady. Und wenn das Lied es nicht verrät, dann können einfache Worte es nie erklären.«

Gulda runzelte die Stirn und stieß den Stab auf den Fels. »Ich weiß deine Ehrlichkeit zu schätzen, Reisender, aber wir brauchen weniger Mysterien und mehr Fakten. Wir müssen wissen, woher dieser Fremde gekommen ist, und wie. Ich weiß noch nicht, wer er ist, aber ich wäre überrascht, wenn sein Erscheinen nichts mit den Ereignissen zu tun hätte, die uns im Augenblick Kopfzerbrechen bereiten.«

»Wo wir helfen können, werden wir euch zur Seite stehen«, sagte der Reisende. »Wir werden in den Prüfungen bei euch sein, von denen ihr fürchtet, dass sie auf euch zukommen. Anderras Darion ist für uns von fast so großer Bedeutung wie unser Herzort, und für das Öffnen der Wege schulden wir euch unermesslichen Dank. Aber das Labyrinth ist von Menschen erschaffen, und nur Menschen werden es ergründen können.«

»Du hast gerade gesagt, es sei älter als wir beide«, erwiderte Gulda mit einem Hauch von Verärgerung in der Stimme.

Der Reisende zuckte zurück. »Ja. Das ist es auch. Aber ich habe Euch auch gesagt, dass es zutiefst seltsam ist – ein großes Mysterium –, und es *ist* von Menschenhand gemacht, auch wenn es älter ist als die Menschen. Es hallt von ihrer Art wider. Kein anderes Wesen hätte es erschaffen können.«

Gulda seufzte laut. »Tut mir Leid«, sagte sie. »Ich weiß, dass wir sowohl euer Herz als auch euren Willen haben. Es ist nur ...«

»Schwer.«

»Ja, schwer, in der Tat.«

Die kurze Spannung zwischen ihnen hatte sich aufgelöst.

»Und Furcht erregend«, sagte Gulda. »Sumeral ist wieder ganz, Reisender, und Seine Uhriel sind neu geboren worden. Sie sind weit stärker, als sie jemals gewesen sind, und scheinbar ziehen sie frei in ihrer eigenen verwüsteten Welt umher, während sie sich darum bemühen, hierher zu gelangen.«

»Das haben wir schon befürchtet. Ein Echo Seiner alten Zunge, kurz und weit entfernt, hat erst vor wenigen Tagen das Große Lied zerrissen«, erwiderte der Reisende und biss die Zähne zusammen, als bereite die Erinnerung ihm körperliche Schmerzen. »Es war verdorben jenseits aller Vorstellungskraft. Es gibt kein wahres Licht ohne Dunkelheit und keine wahre Harmonie ohne Dissonanz, aber ...« Seine Stimme verhallte. Offenbar war er unfähig fortzufahren. Leise Geräusche stiegen um die drei Gestalten herum auf. Der Reisende schien sich von ihnen zu nähren. Nachdem er sich wieder erholt hatte, schüttelte er langsam den Kopf. »Ich habe auf meinen Reisen Spuren Seines Willens gesehen, die noch immer aktiv waren. Deshalb bin ich nach Hause gekommen – oder bin wieder hierher gezogen worden. Ich muss nachdenken, bei meinesgleichen sein, das Große Tor wieder sehen und sein Lied hören; ich muss lernen. Ich fürchte, dass viele Wege sich öffnen, die sich nicht öffnen sollten. Im Labyrinth herrscht große Unruhe.«

Gulda drängte ihn nicht. »Ich muss gestehen, dass ich auf mehr gehofft habe«, sagte sie sanft. »Ich glaube, wir werden alles brauchen, was wir haben, wenn wir mit dem fertig werden wollen, was da kommt. Aber es ist schön zu wissen, dass es um euch gut bestellt ist.« Sie blickte ihn ernst an. »Sprich zu uns, wie es dir gefällt, Reisender. Du brauchst nicht zu fragen. Anderras Darion steht dir jederzeit offen, das weißt du.«

Der Reisende lächelte traurig; dann berührte er die Stoffwickel in seinen Ohren. »Unglücklicherweise ist es dort für mich bisweilen ein wenig zu laut, aber ich verstehe, was du meinst. Von Zeit zu Zeit gehen meinesgleichen noch dorthin.« Neckend wedelte er mit dem Finger. »Flackernde Schatten am Rand eures Sichtfelds. Jetzt sind wir häufiger bei euch denn je und lauschen auf das, was ihr nicht hören könnt.«

Gavor stieß sich von Guldas Schulter ab und glitt ins Tal hinunter; dann stieg er wieder in einer Spirale in den Himmel hinauf. »Sehr schön, mein lieber Junge«, rief er herunter. »Wir wissen das zu schätzen und werden nach euch Ausschau halten.«

»Danke, Reisender, Alphraan«, sagte Gulda, als auch sie sich abwandte. »Wir werden eure Worte den anderen überbringen. Zumindest wird es sie trösten, dass ihr noch immer bei uns seid, und eure Wacht wird man zu schätzen wissen. Möge das Licht mit dir sein, Reisender.«

»Und mit Euch, Mylady, Himmelsfürst.«

Während Gulda davonging, kletterte der Reisende wieder auf den Felsen, wo er zuerst gesessen hatte. Schließlich erreichte Gulda eine scharfe Biegung und blickte noch einmal zurück. Der Reisende hatte sich nicht bewegt. Als letzten Gruß hob sie ihren Stab in Richtung der Gestalt.

»Sagt Thyrn, dass Ihr mit mir gesprochen habt.« Die Stimme des Reisenden klang, als stünde er unmittelbar neben ihr. »Ich habe ihn nicht gern so verlassen, aber ich war ... ich war beschäftigt. Ich musste hierher zurück. Ich habe ihn in Sicherheit gebracht und dafür gesorgt, dass seine Freunde ihn fanden.«

»Ich werde es ihm ausrichten«, versprach Gulda.

Der Reisende schickte sich an, ebenfalls zu gehen; dann hielt er jedoch noch einmal inne. »Es war ein uralter Ort«, sagte er zögernd, »zu dem Thyrn unterwegs war. Uralt wie das Labyrinth. Aber verdorben. Ein böser Ort.« Dann seufzte er leise, als wäre ihm der Gedanke gerade erst gekommen.

»Die Welpen«, sagte er.

»Die Welpen?«, echote Gulda überrascht.

»Tarrian und Grayle – die Welpen. Sie überschreiten viele Grenzen. Sie reisen über die Wege zwischen den Welten, berühren sie und doch wieder nicht. Gleiches gilt für die Pfade des Labyrinths, glaube ich. Sprich mit ihnen. Ihr Wissen ist groß – und tief.«

Er war verschwunden.

Seine letzten Worte hallten um Gulda herum wider, während sie auf die Stelle starrte, wo er noch vor wenigen Augenblicken gewesen war.

Gavor landete auf Guldas Schulter. »Nun ja, was für eine ungewöhnliche ... Person«, sagte er. »Sehr angenehm. Aber fast wäre ich mit meinen Krallen im Fettnäpfchen gelandet, hm? Dass ich ihn einen Menschen genannt habe, ts, ts, ts ... Na ja, er hat's ja ganz gut weggesteckt; ist ja nichts weiter passiert. Und er war bemerkenswert weitsichtig, hab ich nicht Recht?« Gulda beäugte ihn misstrauisch, während er eine bedeutungsvolle Pause einlegte und den Kopf zu ihr drehte. »Hat mitten durch dich hindurch gesehen, hm, *Mylady*?«

Gulda schürzte grimmig die Lippen; dann machte sie sich in ihrem üblichen stampfenden Gang auf den Weg den Berg hinunter, wodurch Gavor mit einem Krächzen von ihrer Schulter geworfen wurde.

»Halt den Schnabel, *Krähe*«, schnappte sie.

Gavor lachte leise und flog in den Himmel hinauf.

Es war bereits Nacht, als Gulda wieder nach Anderras Darion zurückkehrte. Sie berichtete Andawyr von ihrer Begegnung mit dem Reisenden, woraufhin Andawyr ihr erzählte, was Gentren gesagt hatte. Sie zeigte keinerlei Reaktion, als Andawyr ihr die Verwüstungen in Gentrens Welt schilderte; sie schloss nur kurz die Augen und nickte kaum wahrnehmbar.

»Wissen alle davon?«, fragte sie.

»Ja.«

»Und was bedeutet das für uns?«

»Ich weiß es nicht«, gestand Andawyr. »Ich fühle mich allmählich wie ein einarmiger Jongleur auf einem Drahtseil.« Er strich sich mit der Hand über das unordentliche Haar. Zum einen werden wir jetzt jedem von den Uhriel erzählen müssen – und davon, wie mächtig sie geworden sind.«

»Wie mächtig sie *gemacht* worden sind«, korrigierte ihn Gulda. »Allerdings ist interessant, dass dieser Gentren einen von ihnen stechen konnte.«

Andawyr zuckte mit den Schultern. »Vermutlich hat er ihn überrascht. Die alten Uhriel haben Generationen unter den Menschen verbracht. Sie waren sich der Gefahr von Mordanschlägen durchaus bewusst und haben sich entsprechend geschützt. Aber diese neuen – Schöpfungen –, die solche Macht besitzen, haben wenig Grund, um ihre Sicherheit zu fürchten. Ich würde nur ungern ein Unternehmen riskieren, das sich auf einen Pfeil oder ein Messer verlässt.«

»Ja«, stimmte ihm Gulda zu. »Trotzdem ist es interessant. Wir sollten besser als alle anderen wissen, dass in der Vergangenheit schon einfachere Dinge die Mächtigen zu Fall gebracht haben.« Ihre Stimme nahm einen forschen Tonfall an, und sie schob den Gedanken erst einmal beiseite. »Kommt irgendetwas von alledem schon zusammen? Lässt sich schon ein Muster erkennen, das wir zu unserem Vorteil nutzen können? Spekulieren können wir ewig; wir müssen schon bald mit ernsthafter Planung beginnen.«

Andawyr verzog das Gesicht. »Viele Dinge kommen zusammen, Memsa. Oslang war wie immer ein Fels in der Brandung. Ruhig und unauffällig hat er alles organisiert und die Leute dazu gebracht, alte Ideen zu überdenken und neue in Betracht zu ziehen, an die sie bis jetzt noch nicht einmal gedacht hatten. Inzwischen sammelt sich Wissen an, über das ich vor zehn Tagen noch nicht einmal zu spekulieren gewagt hätte. Es ist, als hätte die Ankunft von Antyr und den anderen wie eine Art Katalysator gewirkt – wie die paar Staubkörner, die eine Lösung plötzlich kristallin machen können.«

»Aber?«, hakte Gulda nach, der die Unruhe in Andawyrs Ton nicht entgangen war.

»Aber wir wissen noch immer nicht, *was* geschehen wird, oder wann, wo oder wie. Wir scheinen uns in der gleichen Position zu befinden wie Gentrens Vater – vorgewarnt, aber hilflos, der arme Kerl.«

»Nein, es ist nicht ganz das Gleiche«, warnte Gulda.

»Aber ähnlich genug, um keinen Unterschied zu machen.«

Gulda schlug heftig mit dem Stab auf den Tisch. »Verdammt noch mal, Andawyr«, platzte sie wütend heraus. »Vor allem du kannst dir den Luxus nicht leisten, so zu denken. Dein Verstand, dein Instinkt, deine ...«, widerwillig hob sie beschwichtigend die Hand, »... deine arkanen Symbole auf Papierfetzen, alles sagt dir, dass die Ereignisse auf verschiedenen Ebenen zusammenlaufen. Es kommt ein Augenblick, da alle Dinge absolut im Gleichgewicht sein werden – und in diesem Augenblick kann selbst das Fallen einer von Gavors Federn die Waagschale verheerend in eine Richtung neigen.« Sie schlug sich auf die Stirn; ihr Zorn nahm zu. Andawyr zog den Kopf ein. »Es mag ja kaum Unterschiede zwischen uns und Andeeren Marson geben, aber auch der kleinste Unterschied ist für uns lebenswichtig, und wir müssen uns daran klammern.«

Andawyr geriet angesichts dieses unerwarteten Ausbruch ins Stammeln. »Ich ... Es tut mir Leid, Memsa«, begann er. »Ich ...«

Gulda winkte ihm zu schweigen und knurrte. Dann schwieg sie selbst eine Zeit lang, und das einzige Geräusch im Raum war das stete Klopfen ihres Stabs auf dem Boden.

»Nein, *mir* tut es Leid«, sagte sie schließlich mit gedämpfter Stimme. »Das war ungerechtfertigt und unentschuldbar. Es ist nur, dass ...« Sie ließ sich auf einen Stuhl fallen und zog die Kapuze über den Kopf. »Es ist nur, dass ich wie alle anderen auch geglaubt habe, es sei vorbei. Nach so langer Zeit des Wanderns, Lernens und Lehrens war das eingetreten, wovor ich mich immer gefürchtet habe – wovor Ethriss sich gefürchtet hat. Irgendwie war Sumeral wieder zurückgekehrt; die Zeit des Zweiten Kommens war da. Aber wir haben Ihn besiegt – wir oder Seine eigene Torheit, es ist auch egal. Er war nicht mehr; Seine sterbliche Hülle war zerschmettert, Sein Wille zerschlagen und gebrochen. Das hatte zwar ebenso viel mit Glück wie mit guter Planung zu tun, aber er war trotzdem verschwunden. Die Fyordyn, das Riddinvolk und die Orthlundyn – Bauern und Steinformer seit Generationen – kamen zusammen und stampften eine Armee aus dem Boden. Die großen Fürsten der Fyordyn – die natürlichen Anführer solch einer Armee – akzeptierten freiwillig Lomans Führerschaft, eines Schmiedes! Ein Hufschmied, jemand, den ich Lesen und Schreiben gelehrt habe, als er noch ein kleiner Junge gewesen ist, der überdies bei weitem nicht so viel von Steinformung zu verstehen schien wie seine Freunde. Und nun sieh dir einmal an, wie hoch er durch die Ereignisse gestiegen ist...«

»Er hat im Morlider-Krieg gekämpft«, warf Andawyr ein.

Gulda ignorierte ihn. »All diese ... diese bemerkenswerten Dinge geschehen. *Alle* sind durch die Ereignisse über sich hinausgewachsen, in ihren Fähigkeiten, im Herzen, in ihrem Mut, und alle waren fest entschlossen, sich Ihm nicht zu beugen. War das alles umsonst? War das alles nur ein Schritt in einem Plan, der viel zu groß ist, als dass wir ihn verstehen könnten? Ein Test unseres Willens und unserer Stärke? Ein Test für den Wert Seiner alten Diener, Seiner Uhriel? Einfach nur eine Übung?«

Andawyr erwiderte nichts darauf. Abgesehen von der Tatsache, dass Guldas Bemerkungen rein rhetorischer Natur waren, erschütterte ihn die Art, in der sie sprach. Sie war in jeder Hinsicht ebenso untypisch wie ihr vorheriger Wutausbruch. Auch wenn Andawyr es niemals eingestanden hätte, er betrachtete Gulda ebenso wie Hawklan als Fixpunkte in der Welt, und das trotz der Geheimnisse, die sie umgaben, als Anker, die ihm in seinen Sorgen Halt verliehen.

Die Stille kehrte in den Raum zurück. Guldas Fragen hingen in der Luft und hatten Andawyr sprachlos gemacht.

»Ja, ja, ja«, sagte Gulda schließlich und schlug auf die Stuhllehnen. »Es muss ein langer Tag gewesen sein. Solche Gedanken habe ich nicht mehr gehabt, seit...«, sie strich mit der Hand über ihren Stab, »...seit einem Baumzeitalter.« Sie schniefte und schlug die Kapuze zurück. Das Schniefen erschreckte Andawyr, und er hatte fast Angst, sie anzusehen, aus Furcht, Tränen in ihren durchdringenden Augen zu entdecken.

»Das ist nur allzu verständlich«, erklärte er, weil er nicht wusste, was er sonst hätte sagen sollen, um diese rätselhafte Gestalt zu trösten.

Gulda schniefte erneut, diesmal jedoch streng und entschlossen. »Tritt deinen Leuten in den Hintern, Andawyr«, sagte sie. »Ich fühle, dass uns die Zeit davonrennt wie Wasser zwischen den Fingern. Es ist an der Zeit, sich ernsthaft an die Arbeit zu machen, Zeit, uns auf den Krieg vorzubereiten.«

Neunundzwanzigstes Kapitel

Andawyr verzog das Gesicht bei dem Wort ›Krieg‹, doch äußerte er sich nicht direkt dazu.

»Ich nehme an, wir sollten unseren Nachbarn davon erzählen«, sagte er unbehaglich. »Die Führer des Großen Auftriebs und des Geadrol müssen davon erfahren. Soll ich Reiter zu Urthryn und Königin Sylvriss schicken? Soll ich ihnen sagen ...?«

»Ihnen *was* sagen?«, unterbrach ihn Gulda. »Sie *wären* in der gleichen Lage wie Andeeren Marson, wenn ihre ›gelehrten Männer‹ sie vor dem drohenden Untergang warnen würden, ihnen aber weder Rat noch irgendeinen Hinweis darauf geben könnten, was sie tun sollen.« Sie tippte sich an den Kopf. »Nein, wir müssen zuerst das hier lösen – und zwar schnell, befürchte ich. Außerdem bezweifele ich, dass Sumeral uns noch einmal mit dem Schwert entgegentreten wird. Mit dieser Methode hat Er schon zweimal verloren. Wir hätten zwar Mühe, eine zweite Armee aufzustellen, aber wir wären diesmal verdammt besser vorbereitet, sollte Er noch einmal unter uns erscheinen. Nein, Er versucht es auf einem anderen Weg. Nach allem, was du mir von Gentrens Welt erzählt hast, bin ich nun mehr als sicher, dass er inzwischen weiß, dass die Wächter nicht mehr unter uns sind. Er versucht, uns auszuradieren.«

Sie schürzte die Lippen, und einen kurzen Augenblick lang glaubte Andawyr in das Gesicht von jemandem zu sehen, der ebenso schrecklich war wie ihr

Feind. Das Gefühl war jedoch schon wieder verschwunden, bevor er es richtig wahrnehmen konnte, und Gulda stand auf. »Ruf morgen alle zusammen.« Sie blickte in die Dunkelheit hinaus und gab nach. »Nein, sagen wir übermorgen. Wenn alle so gut arbeiten, wie du sagst, könnte ein Tag einen großen Unterschied bedeuten. Aber was wir bis dahin haben, wird reichen müssen. Entscheidungen müssen getroffen werden.« Sie ging einen halben Schritt in Richtung Tür; dann zögerte sie. »Nimm die Kammer des Labyrinths. Das wird uns helfen, unseren Geist zu fokussieren.«

Es war kein beliebter Versammlungsort, besonders nicht bei jenen, die Stühle und Tische in die Tiefen der Festung tragen mussten. Auch zusätzliche Laternen wurden gebracht, aber obwohl sie die große Kammer erhellten, drang nichts von ihrem Licht ins Labyrinth. Stattdessen betonten sie sogar die Finsternis, die es ausstrahlte.

Am vorherigen Tag hatte fast Chaos geherrscht. Gulda war überall herumgewandert und scheinbar zufällig in den unterschiedlichen Studiengruppen aufgetaucht, die über dieser oder jener Information brüteten und neue Ideen diskutierten. Die Neuankömmlinge scheuchte sie mit Ausnahme von Marna in Begleitung von Loman und Isloman aufs Land hinaus.

»Für den Augenblick haben sie uns alles gesagt, was sie sagen konnten. Sie sollten Orthlunds Schönheit noch ein wenig genießen, bevor wir mit den Beratungen beginnen«, hatte sie Andawyr erklärt, nachdem Antyr und die anderen gegangen waren. »Wer weiß, welche Finsternis sie alsbald erwartet?«

Marna hatte stur darauf bestanden, nach wie vor

mit den Goraidin zu trainieren, auch wenn Gulda und Andawyr das gar nicht gefiel. Yrain übernahm den Großteil der Ausbildung.

Die Tische und Stühle wurden in einem weiten Kreis aufgestellt, und gespannte Erwartung machte sich unter jenen breit, die sich in der großen Labyrinthkammer versammelten. Tarrian und Grayle kamen von Zeit zu Zeit vorbei, schnüffelten an jedem und allem, bevor sie sich schließlich unmittelbar vor dem Labyrinth zum Schlafen niederlegten. Dar-volci gesellte sich zu ihnen.

Die letzten beiden Ankömmlinge waren eine sich entschuldigende Yrain und eine rotgesichtige, schwitzende Marna. Rasch huschten sie auf ihre Plätze, denn Andawyr wollte beginnen.

Andawyr verzichtete auf eine ausführliche Einleitung.

»Wie ihr alle wisst, ist vor gut 16 Jahren etwas geschehen, das viele von uns zu unserer Schande bis dahin immer für eine Kindergeschichte gehalten haben, für einen Mythos. Sumeral, der Große Verderber, war wieder unter uns. Wie und von wo er zurückgekehrt ist und wie lange er bereits in Narsindal war, als wir ihn entdeckten, das wissen wir bis heute nicht; doch das Glück hat uns Seine Anwesenheit verraten, und mit Glück und Mut haben wir Ihn vernichtet. Auch wissen wir nicht, was Seine Absichten gewesen sind. Wie unsere Vorfahren zur Zeit des Ersten Kommens beurteilten wir Ihn nach Seinen Taten. Er verdarb, Er zerstörte, Er übte Macht über andere aus und strebte nach noch mehr. All diese Dinge hat Er getan, die für uns als Menschen, die ihre Freiheit und die anderer respektieren, unerträglich waren.«

Er hielt kurz inne, und das Echo seiner Stimme hallte als leises Murmeln aus dem Labyrinth heraus.

»In vielerlei Hinsicht glich Sein Zweites Kommen dem Ersten. Wie zuvor schickte Er sowohl die Uhriel als auch eine große Armee gegen uns, und wie zuvor wussten wir, dass beide besiegt werden mussten. Die Armee durch Waffengewalt und die Uhriel mithilfe der Macht. Der einzige echte Unterschied der beiden Konflikte war ihr Maßstab. Jene, die darin verwickelt waren, erlebten den gleichen Schmerz und die gleichen Schrecken, aber diesmal verhinderten die Umstände zum Glück, dass Er Seine Verderbtheit allzu weit in der Welt verbreiten konnte.«

Andawyr betrachtete seine Zuhörerschaft, als müsse er Kraft sammeln für das, was nun kam.

»Nun jedoch scheint es so, dass wir voreilig darauf geschlossen haben, dass die Vernichtung Seiner sterblichen Hülle und die Zerstörung von Derras Ustramel auch die Vernichtung dessen bedeutete, was Er wirklich ist, und das Ende Seiner Entschlossenheit, in diese Welt wieder zurückzukehren.« Er deutete auf Antyr und die anderen Neuankömmlinge in der Burg. »Die Aussagen, die wir gehört haben, sind eindeutig. Irgendwo ist Er wieder ganz geworden und versucht verzweifelt zurückzukehren.« Nervös spielte er an den Papieren auf dem Tisch vor sich herum. »Weitere Hinweise ergaben sich aus Dingen, die scheinbar nichts damit zu tun hatten und die wir Cadwanol studiert haben. Hinweise aus der Zeit der Großen Hitze selbst – wenn nicht sogar aus der Zeit davor.« Ein überraschtes Raunen ging durch die Zuhörer, doch Andawyr ignorierte es. »Es hat den Anschein, als seien viele Dinge zusammengekommen, die auf ewig hätten getrennt bleiben sollen. Eine tiefe Krise in der Natur allen Seins steht unmittelbar bevor – eine Krise, die wir nicht genau beschreiben können, die uns jedoch alle betreffen wird.« Er lächelte reumütig. »Es könnte durchaus sein, dass auch Sumeral ein Opfer davon ist, so wie wir Opfer Seines Bösen sind.«

»*Was?*«

Der Ruf erschallte aus mehreren Quellen, obwohl solche Versammlungen normalerweise sehr diszipliniert verliefen. Andawyr tadelte die Zwischenrufer nicht. »Macht euch keine Sorgen. Ich versuche nicht, Ihn zu entschuldigen. Er ist sich Seiner selbst genauso bewusst wie wir, und Er allein trägt die Verantwortung für Seine Taten.« Wieder spielte er mit den Papieren herum und war kurz abgelenkt. »Angesichts dieser vielen verschiedenen Zeichen bleibt uns nur eine Schlussfolgerung, nämlich dass es nicht mehr lange dauern wird, bis Er wieder unter uns ist.« Er ließ seinen Blick durch die Runde schweifen. »Er und jene, die Er zu Seinen neuen Uhriel gemacht hat.« Seine Hand schwebte unsicher an seiner Seite, bereit, sofort auf jeden Zwischenruf ob dieser Enthüllung zu reagieren; doch die Versammlung schwieg.

Yatsu beendete das Schweigen. »Dann *sind* diese Kreaturen, die Vredech und Pinnatte getroffen und die Gentrens Welt zerstört haben, also wirklich die Uhriel? Er hat neue Seelen gefunden, um jene zu ersetzen, die vernichtet worden sind?« Seine Art und sein Tonfall verrieten Andawyr, dass die Goraidin unter sich bereits zum selben Schluss gekommen waren. Er wollte etwas darauf erwidern, doch es war Gulda, die die Fragen beantwortete.

»Ja«, erklärte sie offen. »Ich habe ihre uralte Sprache in dem Lärm erkannt, den wir gehört haben, als Vredech und Pinnatte zurückgekehrt sind. Ich habe euch nichts davon gesagt, weil ich geglaubt habe, für jene von euch, die die Uhriel gekannt haben, sei die Aussicht zu beängstigend – und aus anderen Gründen; ich wollte es einfach nicht überstürzt bekannt geben. Ich weiß, es ist nicht unsere Art, solche Informationen zurückzuhalten, und vielleicht habe ich einen Fehler gemacht, aber wie auch immer ... jetzt kann ich ohnehin nichts mehr daran ändern. Und es spricht sehr für euch und eure Fähigkeiten, dass ihr bereits von selbst auf diese Möglichkeit gekommen seid.«

»Und diese anderen Gründe, Memsa«, hakte Yatsu nach und musterte Gulda eingehend. »Wie erschreckend sind die?«

Gulda zögerte einen Augenblick lang, während sie Yatsus Blick erwiderte. Dann erklärte sie den anderen, was sie Hawklan und Andawyr bereits nach Vredechs und Pinnattes beunruhigender Rückkehr aus der blauen Welt der Uhriel auf dem Balkon erzählt hatte. »Die Sprache, die sie nun beherrschen, ist die Sprache der Macht selbst. Dass sie sie kennen, bedeutet, dass Er ihnen ein Wissen gegeben hat, welches das ihrer Vorgänger bei weitem übersteigt.«

»Willst du damit sagen, dass sie sogar noch mächtiger sind als Oklar und die anderen?«, meldete sich Yrain zu Wort und riss die Augen auf. Sie war nicht allein mit dieser Reaktion.

»Ja«, bestätigte Gulda. »Sie sind ihnen so weit überlegen, wie Oklar und die anderen es uns gegenüber waren.«

»Die Götter mögen uns gnädig sein!«

Gulda stieß ihren Stab auf den Boden. Das Geräusch hallte wie ein kriegerischer Trommelwirbel aus dem Labyrinth wider.

»Wir sind hier, um über die Wirklichkeit zu sprechen, Mädchen, nicht um zu beten«, schnappte sie so streng, dass Yrain und einige andere instinktiv die Schultern strafften. »Sumerals erneuerte Existenz, Seine Entschlossenheit, hierher zurückzukehren, die Erschaffung Seiner neuen Uhriel und die Macht, über die sie gebieten, all das können wir als *Fakten* betrachten. Wir haben uns hier versammelt, um zu entscheiden, was wir deswegen unternehmen sollen.«

Die Macht ihrer Persönlichkeit erzeugte eine Stille in der Kammer, die durchaus mit der düsteren Ausstrahlung des Labyrinths zu vergleichen war. Als Yatsu wieder das Wort ergriff, schien er gegen diese Stille ankämpfen zu müssen. Seine Stimme klang weit entfernt und angestrengt.

»Im Laufe der Jahre haben wir uns schon vielen schrecklichen Wahrheiten gestellt, Memsa, und irgendwie ist es uns immer gelungen zu überleben. Es ist ein Glaubensgrundsatz für jeden von uns, dass stets das Vorsichtigste – das Weiseste – am besten ist. Aber es bedarf keines großen strategischen oder taktischen Verständnisses, um zu wissen, dass *nichts* ihm wird widerstehen können, wenn das, was du gesagt hast, den Tatsachen entspricht. Oklar hat mit nur einer Geste eine Schneise durch Vakloss geschlagen; er hat ganze Häuser eingerissen und Hunderte getötet. Als die Armee der Fürsten gegen ihn gezogen ist, hatten die Kämpfer keine Schlachtordnungen im Kopf, sondern Rückzugsstrategien, sollte irgendetwas darauf hindeuten, dass er diese Macht gegen sie einsetzen würde. Hätte Hawklans Pfeil ihn nicht auf irgendeine Art gebunden, wäre der Krieg bereits verloren gewesen, bevor er überhaupt richtig begonnen hatte.«

Die Erwähnung von Hawklans Namen ließ viele Blicke zu der großen, schwarz gekleideten Gestalt neben Andawyr wandern, auf deren Schulter Gavor saß.

Wieder senkte sich Schweigen über die Versammlung.

Hawklan erwiderte Yatsu: »Es ist kein Glaubensgrundsatz, alter Freund. Es ist eine fundamentale Wahrheit, die gründlicher und strenger erprobt worden ist als jedes Theorem der Cadwanol. Es ist unsere einzige Möglichkeit. Und es ist die einzige Antwort auf diese Bedrohung.«

»Aber …«

»Aber ja, uns alle erschüttert diese Aussicht bis tief in unser Innerstes.« Schmerz und Furcht lagen plötzlich in Hawklans Stimme. »Ganz davon zu schweigen, dass es jedem hier den Magen umdreht. Obwohl wir Ihn besiegt haben, und trotz all des Guten, das seither in den drei Ländern entstanden ist, schwebt der Krieg über uns wie ein rachsüchtiger Geist. Ich bezweifele, dass auch nur einer, der vom Krieg berührt worden ist, nicht jeden Tag an irgendeinen Teil davon denkt. Aber das ist unglücklicherweise vollkommen bedeutungslos. Ihr kennt die Regeln, Soldaten. Ich habe sie Yrain gestern Marna gegenüber zitieren gehört: ›Wenn du niedergeschlagen wirst, steh auf – oder stirb; es ist deine Entscheidung.‹ Ein simpler Ausbildungsspruch, der zu allem passt, was uns im Augenblick widerfährt.« Er stand auf und fuhr grimmig fort. »Auf den Knien zu leben oder aufrecht zu sterben, vor dieser Wahl steht jeder von uns, wenn er sich einem Aggressor gegenüber sieht. Aber wenn wir uns ansehen, was Sumeral in der Vergangenheit getan und was er aus Gentrens Welt gemacht hat, scheint er uns nun nur noch die Wahl zu lassen, auf den Knien oder stehend zu sterben; Leben ist nicht mehr Teil des Angebots. Wie die Memsa die Lage deutet – und ich stimme voll und ganz mit ihr überein –, hat Sumeral nun entdeckt, dass die Wächter diese Welt in der Tat verlassen haben, und nun will Er nicht mehr als einer von uns kämpfen, sondern Er schickt uns Seine Uhriel, um uns ein für alle Mal zu vernichten.«

»Warum sollte er das tun wollen?«, fragte Marna plötzlich. Furcht schimmerte in ihren Augen.

Hawklan echote Andawyr. »Wir wissen es nicht. Wir haben es nie gewusst. Vieles, was Er tut, zeichnet sich durch menschliche Eigenschaften aus – Hass, Rachlust, Boshaftigkeit, Wildheit – Eigenschaften, die wir verstehen können, Eigenschaften, die wir alle besitzen. Vielleicht werden wir wissen, warum Er solche Eigenschaften besitzt, wenn wir den Grund bei uns selbst herausgefunden haben, vielleicht aber auch nicht. Und was Seine Absichten betrifft...« Er hielt inne, und wieder einmal stand er auf dem nebelverhangenen Damm über dem Kedrieth-See. Er schloss die Augen und atmete tief durch, um dieses hartnäckige Bild wieder zurückzudrängen. »Die Vision, die Er mir gezeigt hat, war die von wunderschönen Welten – Welten, wo alles perfekt war, wo man nicht den geringsten Fehler fand. ›So soll Ethriss' Torheit rückgängig gemacht werden‹, hat Er gesagt.«

Die Reaktion darauf war unerwartet. Abschätzig schürzte Marna die zitternden Lippen. »Er klingt wie ein verwöhntes Kind«, fauchte sie.

Hawklan blickte sie an. »Ja, das stimmt«, sagte er und lachte leise. »Auch wenn ich bezweifele, dass ich selbst nach ganzen Zeitaltern des Nachdenkens zu diesem Schluss gekommen wäre. Und unglücklicherweise ist er ein sehr großes und mächtiges, verwöhntes

Kind. Eines, das, wie es scheint, in der Lage ist, unsere gesamte Welt zu vernichten.« Er drehte sich wieder zu Yatsu um. »Was uns wieder zu deinen Sorgen zurückführt.«

»Zu unser aller Sorgen«, sagte irgendjemand, und ein zustimmendes Raunen ging durch die Versammlung.

Yatsu meldete sich wieder. »Dem nach zu urteilen, was bisher gesagt worden ist, wird Sein nächstes Kommen ein Krieg der Macht sein, und Er bereitet sich darauf vor, sie in einem Maß einzusetzen, das die Möglichkeiten der Cadwanol bei weitem übersteigt.« Nachdenklich trommelte er mit den Fingern auf den Tisch und blickte auf seine Hände, bevor er fortfuhr: »Vor langer Zeit habe ich die Tatsache akzeptiert, dass ich stehend sterben könnte, sollte es notwendig sein, aber in diesem Zusammenhang fühlt sich das alles irgendwie sinnlos an, was ich ... beunruhigend finde.«

Hawklan betrachtete die anderen Goraidin. Yatsu sprach für sie alle, und seine Aussage war nicht als Jammern gemeint gewesen. Einen Augenblick lang dachte Hawklan darüber nach, ihnen ermutigende Worte zuzurufen, aber er wusste, dass er sie damit nur beleidigen würde. Er konnte das Labyrinth schon förmlich hören, das diese Worte spöttisch zu ihm zurückwarf. Er zuckte mit den Schultern.

»Das gilt auch für mich«, sagte er schlicht. »Als ich Oklar gegenüber stand, war ich wie Antyr, Farnor, Vredech, Pinnatte und Thyrn.« Die Angesprochenen saßen nebeneinander, und Hawklan deutete der Reihe nach auf sie. »Ich hob Ethriss' schwarzes Schwert, und irgendetwas in ihm, oder in mir, beschützte mich, obwohl ich bis zum heutigen Tag nicht weiß, was es war oder was genau es gemacht hat. Das ist eine der Erinnerungen, die mich fast jeden Tag plagen, und ich verspüre nicht den Wunsch, Wesen wie Oklar noch einmal gegenüber zu treten – nie wieder. Was mit Gentrens Welt geschehen ist, ist über die Maßen schrecklich, und jeder, der weiß, was wir nun wissen, kann nur noch Furcht empfinden und jeden Widerstand für sinnlos erachten.«

Er ließ seinen Blick durch die bleiche, schweigende Runde schweifen.

»Bevor wir fortfahren, wäre es vielleicht ratsam, über die Wahl zu sprechen, die jeder von uns hat und über die wir bis jetzt noch nicht geredet haben. Tatsächlich *müssen* wir sogar darüber reden.« Hawklan schwieg einen Augenblick lang nachdenklich, bevor er fortfuhr: »Angesichts dessen, was wir wissen, und da eine weniger Furcht erregende Interpretation der Fakten unwahrscheinlich ist, muss jeder von uns entscheiden, ob er überhaupt etwas tun will.«

Er setzte sich, und eine verwirrte Stille senkte sich über den Raum.

»Was ... Was meinst du damit?«, stammelte Yatsu schließlich.

»Das, was ich gesagt habe«, antwortete Hawklan ruhig.

»*Nichts* tun?«

»Das ist zumindest eine Wahlmöglichkeit.«

Protestgemurmel erhob sich von den Goraidin und einigen anderen, doch hielten sich viele auch merklich zurück. Hawklan wandte sich an Antyr und die anderen Neuankömmlinge.

»Jeder von euch hat eine furchtbare Prüfung durchgestanden und unerwartete Kräfte in sich entdeckt. Ihr seid hierher gekommen, um Hilfe und Rat zu finden, doch ihr habt nur erfahren müssen, dass euch vielleicht eine noch viel schrecklichere Prüfung bevorsteht – dass ihr hier vielleicht die letzten Tage der Welt erleben werdet.« Er deutete auf die Goraidin. »Diese Leute sind gute Soldaten, die weit mehr für andere geleistet haben als die meisten; aber es liegt in ihrer Natur, bis zum Letzten zu kämpfen, wenn sie keine andere Wahl mehr haben.« Er erweiterte seine Geste, um jeden im Raum mit einzuschließen. »Sollte irgendjemand von euch wünschen, einfach wegzugehen – um das Beste aus der Zeit zu machen, die ihm noch bleibt –, dann soll er es jetzt tun. Ihr müsst nichts bedauern, nur wir, weil wir euch nicht mehr helfen konnten.«

Hier und da hustete jemand verlegen, und Stühle wurden gerückt, doch fast sofort meldete sich Antyr zu Wort.

»Wir haben schon darüber diskutiert, Hawklan – in aller Ausführlichkeit.« Er ließ seinen Blick durch die Kammer schweifen und lächelte nervös. »Das Licht, das an Orten wie diesem hier scheint, macht solches Denken offenbar unvermeidlich; aber jeder von uns hier ist durch die Umstände, das Schicksal, nennt es, wie ihr wollt, in die Dunkelheit gestürzt und dann hierher gebracht worden. Welches Leben wir auch immer geführt haben mögen, es ist vorbei, und nichts kann es wieder zurückbringen.« Ihm drohte die Stimme zu versagen. »Das, was wir gelernt haben, seit wir hier eingetroffen sind, hat uns alle in große Angst versetzt. Wir wünschen uns, es würde einfach nur aufhören. Aber wir gehören hierher, und wir wollen nirgends anders sein.«

Hawklan senkte den Blick; er empfand Demut ob dieser Erklärung, schöpfte aber auch neue Kraft daraus. Doch Antyr war noch nicht fertig.

»Und du, Hawklan? Welche Wahl wirst du treffen?«

»Größter meiner Uhriel.«

Erschreckt von Antyrs Frage erfüllten Sumerals Worte Hawklans Geist und mit ihnen die Vision, die Er ihm gezeigt hatte. Hawklan verfluchte diese Verlockungen. Wer war er, dass Sumeral versuchte, ihn auf Seine Seite zu ziehen? Alte Fragen kamen ihm wieder in den Sinn. Wie war er in diese Zeit gekommen? Oder wie hatte Gavor unwissentlich einen Teil von Ethriss' Geist mit sich tragen können? Bruchstückhafte Erinnerungen an seine letzte, lange vergangene Schlacht spukten noch immer in Hawklans Geist herum: die Umzingelung der Überreste seiner Armee, Kampf Rücken an Rücken, die letzten der Gefährten fallen, eine Hand auf seiner Schulter, – eine Hand, die er für Ethriss' gehalten hatte, aber von der er nun wusste, dass sie es nicht hatte sein können.

»Das war meine Hand, Hawklan«, hatte Sumeral zu ihm gesagt. *»Ethriss hat keine seiner Schöpfungen verschont. Ich habe deinen wahren Wert erkannt und dich zu dem meinen gemacht für die Zeit, da ich wieder auferstehe.«*

War er nur eine weitere von Sumerals Kreaturen? Eine unwissende Spielfigur in einem schrecklichen Spiel?

Als er nun zu Antyr und dessen Gefährten blickte, erinnerte er sich daran, was er zu ihnen gesagt hatte. Wie sie, so hatte auch er – oder er und das schwarze Schwert zusammen – etwas an sich, wovon er nichts wusste, außer dass er damit den Lauf der Ereignisse verändern konnte, allerdings ohne es unter Kontrolle zu haben. Aber entzog es sich *wirklich* seiner Kontrolle? Bewusst traf das ohne Zweifel zu, aber vielleicht wurden diese Taten durch andere, willkürlichere Entscheidungen bestimmt. Vielleicht war diese Fähigkeit wie Feuer und Wasser oder gar wie die Macht selbst: neutral, gleichgültig, gleichermaßen fähig, Leben zu erschaffen wie zu zerstören. Antyr und die anderen, all die unfreiwilligen Helden, hatten sich entschlossen, gegen das Böse aufzustehen, während ihre Gegenspieler – der Blinde, Rannick, Dowinne, Imorren und Vashnar – beschlossen hatten, sich ihm zu ergeben. Und die unbekannten Kräfte eines jeden von ihnen hatten sich dementsprechend manifestiert.

Warum war ihm diese simple Erkenntnis bis jetzt nie gekommen? Er empfand eine Leichtigkeit, die er schon lange nicht mehr empfunden hatte, und er lächelte vor sich hin, als ihm Andawyrs oft wiederholte Bemerkung einfiel:

›Offensichtlich‹ ist ein tückisches Wort.

Doch er hatte das schwarze Schwert fallen lassen.

Sein Lächeln verschwand, als er sich vor Antyr verneigte und mit dem Daumen auf die Goraidin deutete. »Ich schließe mich ihnen an«, verkündete er nüchtern. »Ob es mir nun gefällt oder nicht – und es gefällt mir *nicht* –, ich bin für Sumeral von einiger Bedeutung. Ich könnte nicht mehr zwischen meinen Freunden und Nachbarn umhergehen, wenn ich wüsste, dass ich nicht alles getan hätte, um sie zu beschützen, egal wie unzureichend es auch sein mag.« Er lehnte sich auf dem Stuhl zurück und streckte sich. »Außerdem habe ich das Gefühl, dass Sumeral mir eine Anhörung schuldig ist.« Die Bemerkung klang in keiner Weise prahlerisch; sie enthielt nur einen Hauch von schwarzem Humor. »Trotzdem werde ich mit jedem von euch einzeln sprechen. Es ist durchaus wahrscheinlich, dass wir das, was auf uns zukommt, nicht überleben werden, und einige von euch haben die falsche Entscheidung getroffen.«

Diese Worte sorgten für Unruhe, doch Hawklan hob die Hand zum Zeichen, dass er nicht weiter über dieses Thema diskutieren wollte.

»Bleibt noch immer das Problem, was wir jetzt tun sollen«, sagte Gulda.

»Wir sollten uns um Ihn kümmern, bevor Er hierher kommt.«

Das war Vredech. Er zögerte einen Augenblick lang, als er sich plötzlich im Mittelpunkt der Aufmerksamkeit wiederfand, doch seine Jahre auf der Kanzel retteten ihn, und nach einem selbstbewussten Husten richtete er sich auf und übernahm den Vorsitz über seine Gemeinde.

»Ich bin ... Ich war ... ein Prediger, kein Soldat, doch als ich mit den Qualen meines Freunds Cassraw rang, fiel mir ein Wort aus der Kriegersprache ein. Damals ergab es für mich Sinn, und ich glaube, auch jetzt ist es von Bedeutung. Das Wort heißt ›Brückenkopf‹, der erste Haltepunkt auf dem Territorium des Feindes, jene erste gepanzerte Enklave, die einer ganzen Armee gestattet hinüberzuströmen.« Er legte Pinnatte die Hand auf die Schulter. »Wir haben Gentrens Welt gesehen – es sei denn, es gibt zwei davon, dann wären meine Gedanken noch dringender. Es bedarf schon einer großen Menge an Glauben, zu akzeptieren, dass drei ... Leute ... dazu in der Lage waren, aber ich habe nicht eure Erfahrung mit der Macht, und ich muss akzeptieren, was ihr sagt. Trotzdem haben wir beobachtet, wie sie nach etwas suchten, das vermutlich ein Portal in diese Welt war, und sie haben versagt. Yengar und die anderen meinen, sie hätten etwas Ähnliches gesehen, als sie mit Farnor hierher unterwegs waren. Auch dieser Versuch schlug fehl. Diese Kreaturen mögen ja mächtig sein, aber sie sind nicht *all*mächtig.« Er wurde allmählich warm mit dem Thema. Seine Sprache wurde immer rhetorischer, und er fiel in den typischen Rhythmus eines Predigers. »Und wo war ihr Herr, als sie darum gekämpft haben, das Portal zu öffnen? Bei ihnen war er jedenfalls nicht. Aus irgendeinem Grund war dies ihr Kampf und ihrer allein, und sie haben versagt. Es wäre naiv zu glauben, dass das so bleiben würde; aber es ist zweifellos eine Schwäche.« Er machte eine weit ausholende Geste. »Wir dürfen nicht zulassen, dass sie auch nur einen winzigen Brückenkopf in dieser Welt errichten. Was auch immer wir für seltsame ... Fähigkeiten unter uns haben mögen, wir müssen sie dafür einsetzen, diese Portale zu finden, und wenn möglich, sie zu zerstören.«

Er beendete seine Rede mit einem höflichen Nicken. Das darauf folgende staunende Schweigen wurde nach und nach von zustimmendem Murmeln und zögerndem Applaus erfüllt.

»Bravo«, sagte Yatsu leise, aber anerkennend. Er blickte zu den anderen Goraidin. »Ich glaube, wir hätten alle Prediger werden sollen. Dann wäre uns das vielleicht selber eingefallen.«

Hawklan nickte. »Deine Logik ist tadellos, Vredech. Wenn niemand mehr etwas hinzuzufügen hat, schlage ich vor, dass wir uns daran machen, diese Idee in die Tat umzusetzen.«

Es dauerte lange, und alle waren mehr und mehr erschöpft, während jeder versuchte, Ordnung in das Chaos der Ideen zu bringen, die vorgetragen wurden. Wie Gulda vorhergesagt hatte, half die unheimliche Gegenwart des Labyrinths den Leuten dabei, sich zu konzentrieren, denn wann immer jemand aufschrie oder plötzlich vollkommenes Schweigen herrschte, drangen Geräusche aus ihm heraus wie von einer mächtigen Kreatur, die sich im Schlaf wälzt.

Schließlich forderte die Müdigkeit ihren Tribut, und gegen Mitte des Nachmittags und nach einem kurzen Gespräch mit Gulda verteilte Andawyr die Aufgaben und löste die Versammlung auf. Die Versammlung sei gut gewesen, erklärte er, falls man unter den Umständen denn überhaupt ein solches Wort in den Mund nehmen könne. »Schlaft über das, was wir hier getan haben. Morgen werden wir weiterreden.«

Den Rest des Tages über tat Hawklan, was er versprochen hatte, und sprach mit jedem einzelnen. Am folgenden Morgen verließen zwei Leute die Festung.

Dreißigstes Kapitel

Hawklan fand Loman schließlich. Der Schmied saß allein vor seiner kalten Esse. Als Hawklan den Raum betrat, blickte er auf.

»War alles umsonst, Hawklan?«, fragte er, bevor der Heiler ihn begrüßen konnte. »All die Männer und Frauen, die aus ihrem Haus und von ihren Familien gerissen worden sind. All der Schrecken. All die unerträgliche Furcht. All die gebrochenen Leiber und die Leben, die so beiläufig ausgelöscht worden sind. War das alles umsonst?« Die brutale Plötzlichkeit der Frage ließ Hawklan stehen bleiben; er vergaß sogar, die Tür der Schmiede zu schließen. Loman schloss die Augen und lehnte sich in den Schatten zurück, um sein Gesicht zu verbergen. »Du weißt, dass ich manchmal noch mitten in der Nacht aufwache und am ganzen Leib zittere; ich kann nichts dagegen tun.« Er wartete nicht auf eine Beruhigung. »Ich weiß sehr wohl, was der Grund dafür ist. Es ist körperliche Erschöpfung durchsetzt mit purem Schrecken. Wenn so etwas geschieht, war ich wieder mitten im Herzen der Schlacht, in jener mörderischen Zeit, bevor wir den Uhriel gegenüberstanden. Meine Ohren klingen noch heute von diesem schrecklichen Lärm. Ich träume nicht, verstehst du? Ich bin wieder *da.* Ich sehe, fühle, rieche alles so real wie dich jetzt. Es ist, als würde die Schlacht irgendwo in mir noch weiter geführt – irgendwo in uns allen. Sie scheint für alle Zeiten dort gefangen zu sein.«

Farnor empfand Lomans leeren Tonfall als nahezu unerträglich. Er schwieg.

»Und nun finden wir heraus, dass die Ursache für all das doch nicht vernichtet worden ist. Dass für Ihn alles nur ein ... ein vorübergehender Rückschlag war. Dass er zurückkehren wird, schlimmer denn zuvor.« Er schlug mit der Faust gegen die Wand; dann beugte er sich vor und legte den Kopf in die Hände.

»Ich glaube nicht, dass ich noch Kraft in mir habe, Hawklan«, sagte er nach langem Schweigen. In seiner Stimme lag nicht ein Hauch von Selbstmitleid. »Ich kann das Ganze nicht noch einmal durchstehen, oder etwas Ähnliches. Ich bin verbraucht. Es einmal zu tun war schon zu viel verlangt.«

»Ja, das war es«, stimmte ihm Hawklan zu. »Aber du brauchst mich nicht, um dir zu erklären, dass nicht alles umsonst war und dass jene, die nicht zurückkehrt sind, *nicht* einfach so gestorben sind, oder?«

Loman wuchtete sich vom Stuhl und begann, durch seine Schmiede zu wandern, wobei er immer wieder Dinge berührte.

»Nein«, antwortete er düster, während er unnötigerweise ein paar Werkzeuge auf einem Regal neu ordnete. »Wir alle haben unsere Entschuldigungen so oft wiederholt, bis wir sie selbst geglaubt haben: keine wirkliche Wahl; Selbstverteidigung ist jedermanns Recht; das Böse lebt, wenn das Gute schläft; hätten wir nicht zu den Waffen gegriffen, wären die Folgen noch viel schlimmer gewesen; unsere Pflicht den Ungeborenen gegenüber ... Und nicht zu vergessen der ewige Trost der Soldaten: Wir haben getan, was wir getan haben, weil wir dort gewesen sind.«

»Das sind Gründe, keine Entschuldigungen.«

»Gründe, Entschuldigungen ... Ich weiß es nicht.

Ich bin nicht sicher, ob ich beides noch voneinander unterscheiden kann – falls ich das denn jemals gekonnt habe.«

»Es *sind* Gründe, Loman«, sagte Hawklan. »Gründe, die heute genauso gelten wie damals, als wir noch darüber diskutierten, ob wir nun zu den Waffen greifen sollten oder nicht, und als wir den Ausgang noch nicht einmal erahnen konnten, weil vor uns nur Dunkelheit und Unsicherheit lag. Und wenn die Worte nicht mehr reichen, trösten wir uns so gut es geht mit unseren Taten. Es liegt in der Natur des Krieges, dass er uns an die Grenzen unserer Möglichkeiten bringt, und vielleicht unterscheiden wir uns von Ihm nur dadurch, dass wir nach dem Kampf die Waffen niedergelegt und uns wenigstens bemüht haben, einen gerechten Frieden aufzubauen.« Er hielt kurz inne und musterte seinen alten Freund eingehend. Dann deutete er auf die kalte Esse. »Aber das ist kein kleiner Unterschied, nicht wahr? Du hast schon so manches Stück Eisen mit ein wenig zu viel von diesem oder jenem verdorben, stimmt's?« Er zuckte mit den Schultern. »Tatsache ist, dass wir alle in vielerlei Hinsicht ›verdorben‹ sind und Narben davongetragen haben. Aber andererseits glaube ich nicht, dass es irgendwo ein Gesetz gibt, das besagt, es sei leicht oder angenehm, das Richtige zu tun.«

Loman nahm einen kurzstieligen Hammer von der Werkzeugbank, drehte ihn in der Hand und legte ihn dann auf den Amboss. »Das ist nicht gerade eine neue Diskussion, weißt du?«, sagte er leise. Er wirkte resigniert. »Tut mir Leid, dass ich dich wieder damit belästige, aber die ganze Angelegenheit scheint mich stärker mitgenommen zu haben, als ich geglaubt habe. Es ist aus dem Nichts gekommen – und so schnell. Ich finde es hart, mich dem zu stellen. Ich kann nicht tun, was ich schon einmal getan habe. Ich ...«

Hawklan legte ihm die Hand auf die Schulter. »Was auch immer sonst geschehen mag, das wird nicht nötig sein, dessen bin ich sicher. Es wird andere Lasten geben, die es zu tragen gilt, und andere Leute, die sie tragen. Damals hast du mehr getragen als jeder andere. Jetzt erwartet niemand mehr etwas von dir.«

Loman runzelte die Stirn. »Das reicht nicht«, sagte er verzweifelt. »Ich kann nicht einfach weggehen, aber ich kann mich dem allen auch nicht noch einmal stellen. Was ist mit dir, Hawklan? Wie machst du das? Wie bleibst du so, wie du bist? Du hast nicht weniger getan als ich, aber du scheinst im Angesicht dessen, was wir zu erwarten haben, vollkommen ruhig zu bleiben, nachzudenken, zu planen.«

Hawklan hob die Augenbrauen. »Verwechsele nicht die Fassung bewahren mit Gleichmut«, sagte er und lächelte düster. »Ich habe *viel* weniger als du im Krieg getan. Du hast eine Armee geführt. Ich bin nur hinten rum geschlichen.« Der Hauch von Humor in seiner Stimme verflog sofort wieder, und Schmerz zeichnete sich in seinem Gesicht ab. »Was mich bis heute belastet, ist das Gefühl tief in mir, dass es vielleicht nie zum Krieg gekommen wäre, wenn ich nicht dort gewesen wäre.«

Loman blickte ihn überrascht an. »Nein, nein«, sagte er plötzlich besorgt. »Das darfst du nicht denken. Es ist wahrscheinlicher, dass Sumerals Anwesenheit dich hierher gebracht hat.«

»Ich habe nicht gesagt, dass es Sinn ergibt.«

Nun war es Loman, der seinen Freund mit Humor zu trösten versuchte. »Du hast offenbar zu oft bei einigen von Andawyrs wilderen Selbstgesprächen zugehört.«

»Es könnte durchaus sein, dass Andawyr in seinen Selbstgesprächen einen Weg findet, wie wir uns Sumeral erneut widersetzen können.«

»Glaubst du, dass das möglich ist?«

Hawklan zögerte. »Ich weiß es nicht.«

Loman nickte langsam. Er griff nach einer kleinen Figur, die in sauberer Isolation inmitten des unbändigen Chaos' stand, das er als seinen ›Schreibtisch‹ bezeichnete. Es war eine Figur seiner Tochter, Tirilen, die Isloman für ihn gefertigt hatte. Sie war das einzige Kind, das er mit seiner lange verstorbenen Frau gehabt hatte. Wie alle von Islomans Arbeiten war die Figur mehr als nur ein Abbild. Ihr Gesicht schien sich zu bewegen, als Loman sie ins Abendlicht drehte. Tirilen hatte sich in ein Mitglied der Hochgarde von Fyorlund verliebt – in einen von den vielen, die sich in sie verliebt hatten, als sie nach der Schlacht von Narsindal die Verwundeten gepflegt hatte. Nun war sie seine Frau, und sie lebten in Fyorlund. Loman vermisste ihr wehendes blondes Haar und ihre herausfordernde Art weit mehr, als er je zugeben würde – das taten übrigens viele, aber er war ehrlich froh, dass sie glücklich war. Nach ihrer Rückkehr von der schrecklichen Arbeit in den Verwundetenzelten war sie eine Zeitlang nach außen hin wieder die alte gewesen, doch sie hatte sich auch verändert. Loman hatte eine tiefe Wunde in ihr gefühlt, die weder er noch Hawklan hatten erreichen können. Sie war erst geheilt, als ihre neue Liebe gewachsen war. Zärtlich wischte Loman ein paar Staubkörner von der Figur. Hawklan beobachtete ihn.

»Geh zu ihr, Loman«, sagte er. »Geh und besuch deine Tochter und deine Enkelin.«

Loman atmete schwer. »Das ist, was ich tun *will*«, sagte er. »Aber ...« Er schwieg.

Hawklan trat nah an ihn heran. »Wenn geschieht, was auch immer geschehen wird, dann werden wir vielleicht obsiegen, vielleicht aber auch nicht«, sagte er. »Aber es ist, wie Yatsu gesagt hat: So oder so wird es diesmal ein Kampf nur mit der Macht werden. Ich nehme an, für unsere Fähigkeiten als Kämpfer wird man nicht viel Verwendung haben.«

»Ich weiß noch immer nicht, ob ich einfach so weggehen kann«, sagte Loman.

»Wir sind nur Zuschauer, Loman. Diese Rolle fällt uns beiden nicht leicht; aber wir können nur zuschauen und hoffen – und jene ermutigen und unterstützen, die den wirklichen Kampf ausfechten. Geh zu deiner Tochter. Frauen sind so klug mit ihren Babys. Geh und sonne dich im Licht neuen Lebens, und zeige ihm die Freuden deines eigenen.« Loman stellte die Figur wieder auf ihren kleinen Ehrenplatz. Hawklan senkte die Stimme. »Wo wärst du besser am Platze, wenn es zum Schlimmsten kommt? Und wenn wir Ihn besiegen, dann wird die Festung schon noch stehen, auch wenn du eine Zeit lang weg bist, Kastellan.«

So kam es, dass Loman im Morgengrauen des nächsten Tages neben seinem Pferd auf dem taunassen Gras vor Anderras Darion stand. Endryk begleitete ihn. Hawklan hatte auch mit ihm sprechen wollen, doch die Goraidin hatten ihm die Arbeit abgenommen.

»Finde deine Familie und deine alten Freunde, Endryk«, hatte Dacu ihm gesagt. »Und nimm dieses Empfehlungsschreiben für deinen Fürsten mit. Da steht, welche Hilfe du Thyrn und seinen Freunden gewährt hast. Es war eine tapfere Tat. Es war mir eine Ehre, an deiner Seite zu kämpfen. Das wäre es für jeden von uns gewesen.«

Für einen Hochgardisten war dieses Lob sowohl bemerkenswert als auch unerwartet, und Endryk errötete, als er es hörte. Seine Antwort war jedoch die gleiche wie Lomans: »Ich kann nicht einfach weggehen.«

»Dann betrachte das als Befehl«, erwiderte Dacu sanft. »Wir schulden dir weit mehr als du uns. Wir hätten uns mehr Zeit nehmen sollen, jene zu suchen, die nach der letzten Schlacht verloren durch die Welt gewandert sind. Es ist eine Schande für uns, und deine Rückkehr wird nicht nur das Leid deiner Familie lindern.«

Die Goraidin verabschiedeten sich von Loman und Endryk, doch der schwierigste Abschied war der Endryks von Thyrn. So sehr er sich auch bemühte, der junge Caddoran konnte seine Tränen nicht unterdrücken, als er Endryk umarmte und ein heiseres »Danke« krächzte. Auch Endryk war gerührter, als er erwartet hatte. Er erwiderte die Umarmung, vertraute seiner Stimme aber nicht genug, als dass er noch etwas hätte sagen können.

Gulda ergriff Lomans Hand und drückte sie kräftig. »Möge das Licht mit dir sein, mein junger Loman. Du hast mir ganz schön zu schaffen gemacht, aber du hast dich gut geschlagen; daran habe ich immer geglaubt. Überbring deinem Kind und ihrem meine Liebe.«

»Das werde ich, Memsa«, erwiderte er und rieb sich die Hand. »Und danke. Schickt nach mir, wenn ihr mich braucht. Kommt keine Nachricht, werde ich in ... in einer Woche oder so wieder zurück sein.«

Als die beiden Männer sich darauf vorbereiteten aufzusitzen, erschienen Tarrian und Grayle von irgendwoher und hielten zielstrebig auf Endryk zu. Unsicher blickte er zu ihnen hinunter.

»Nals geht es gut.«

Endryk erschrak, als die Stimme in seinem Kopf widerhallte, und Tarrian musste die Botschaft zweimal wiederholen, bevor Endryk realisierte, was hier geschah. Nals war ein Straßenhund, der ihn in Arvenstaat die meiste Zeit über begleitet hatte. Endryk kniete vor dem Wolf nieder, und das feuchte Gras nässte seine Hose.

»Er sagt, es täte ihm Leid, dass er dich an der Grenze verlassen hat, aber er wusste, dass es dir gut gehen würde – dass du deinen Weg gefunden hattest«, fuhr Tarrian fort und fügte männlich vertraulich hinzu: »Und er hatte die Witterung einer Hündin aufgenommen. Jetzt hat er ein ansehnliches Rudel und lässt es anscheinend etwas ruhiger angehen. Er bedankt sich für deine Freundschaft; es sei schön gewesen, mit dir zu laufen.«

Diese Botschaft bedeutete eine besondere und unerwartete Erleichterung für Endryk. Der Anblick seines langjährigen Gefährten, der einsam am Ufer gestanden hatte, während er, Thyrn und die anderen den Fluss überquert hatten, war ihm nie aus dem Kopf gegangen.

»Danke«, sagte er. »Aber woher weißt du das alles?«

»Das ist so ein Wolfsding«, antwortete Tarrian geheimnisvoll.

Dann ritten die beiden Männer langsam die sich windende Straße von der Festung hinunter. Die kleine Gruppe am Tor blickte ihnen hinterher, bis sie außer Sichtweite waren.

Die Atmosphäre in der Kammer des Labyrinths war nervös und gereizt. Es waren mehr als nur ein paar übermüdete Augen zu sehen, denn viele Diskussionen hatten bis weit in die Nacht gedauert, und an Schlaf war für die meisten ohnehin nicht zu denken gewesen.

Wie zuvor, so kam Andawyr auch diesmal direkt auf den Punkt. »Angesichts der Tatsache, dass niemand eine Alternative zu Vredechs Vorschlag gefunden hat, stehen wir nun vor mindestens zwei Problemen, wenn wir den Krieg zum Feind tragen wollen. Erstens wissen wir nur wenig oder gar nichts über die Natur dieser Portale zwischen den Welten, und zweitens, sollten wir die richtige Welt finden, wissen wir aus Erfahrung, dass es nicht leicht ist, einen Uhriel niederzustrecken. Aber wie Vredech uns gestern erinnert hat, wissen wir zu unserem Vorteil auch, dass sie die Macht offenbar nicht dazu benutzen können, die Portale zu durchschreiten, während einige von uns mit Leichtigkeit hindurch gelangen. Und wir wissen, dass man sie verletzen kann, wenn man die Überraschung auf seiner Seite hat.«

»Das mag ja sein«, sagte Yatsu und deutete auf die anderen Goraidin, »aber wir haben einige Schwierigkeiten mit der praktischen Seite. Als Antyr an den Ort ... transportiert worden ist, wo er mit Ivaroth und dem Blinden gekämpft hat, haben Jaldaric und ich nur gesehen, wie sein Körper von Tarrian und Grayle bewacht worden ist. Als Vredech und Pinnatte sich in der Welt der Uhriel wiedergefunden haben, waren auch sie anscheinend hier und haben geschlafen.« Er hob die Hand, um einer Erwiderung zuvorzukommen. »Ich bestreite nicht, was gesagt worden ist, aber ich kann mir nicht vorstellen, wie jemand an zwei Orten zugleich sein kann.« Er winkte abrupt ab. »Aber auch wenn wir das für den Augenblick beiseite schieben, wissen wir immer noch nicht, wo diese Portale sind, was sie sind ... woraus sie bestehen ... oder wie wir sie auf eine vorhersehbare Art durchqueren können, was wir werden tun müssen, wenn wir einen Anschlag verüben wollen.«

Ungewöhnlicherweise wirkte Andawyr hilflos. »Die Portale sind nur die Kontaktstellen zwischen unserer und anderen Welten«, erklärte er unglücklich. »Wie eine gewöhnliche Tür sind sie ... nicht ... durch ihre Umgebung definiert.«

Yatsus Gesichtsausdruck verriet ihm, was er bereits wusste: Das half ihnen auch nicht weiter.

Usche erregte Andawyrs Aufmerksamkeit, und er nickte ihr zu.

»Diese Portale sollten nicht so frei zugänglich sein, wie sie es sind«, sagte sie. »Die verschiedenen Welten sollten einander einfach nicht so oft berühren. Die Tatsache, dass sie es doch tun, ist nur ein weiterer Hinweis auf das, wovon Andawyr gestern gesprochen hat: Irgendetwas auf der tiefsten Ebene dessen, was wir als unsere Realität verstehen, ist ernsthaft falsch – irgendetwas, das bis zur Großen Hitze zurückreicht. Damals ist eine tiefe Wunde geschlagen worden. Was wir Portale nennen, sind eigentlich mehr ... Risse ... Risse wie in einem Gebäude, die langsam immer größer werden.«

Einen Augenblick lang zögerte sie. Ihre eigenen Worte schüchterten sie ebenso ein wie die gespannte Aufmerksamkeit ihrer Zuhörer. Fast wäre sie erschrocken einen Schritt zurückgesprungen, als Dacu die Hand hob und sich zu Wort meldete.

»Wenn wir akzeptieren, was du sagst – und das würde ich lieber nicht tun müssen –, wie passt dann Sumeral in das alles rein? Ist Er die Ursache für diese ... diese Risse ... oder nutzt Er sie nur zu Seinem Vorteil?«

»Wir glauben, dass Letzteres der Fall ist, obwohl wir in Wahrheit noch nicht einmal wissen, was Sumeral genau ist – ob Er nun Ursache oder Wirkung ist. Er könnte eine Manifestation des grundlegenden Fehlers sein oder eine Folge davon.« Usche zitterte. Andawyr winkte ihr, sich wieder zu setzen.

»Wir haben keine absoluten Antworten, Dacu«, sagte er. »Das ist alles, was wir wissen. Du hörst in Minuten Dinge, die wir in jahrelanger Arbeit herausgefunden haben, durch mühselige Experimente, Nachdenken und Analysen. Ich will offen zu dir sein: Als ich über diese Ideen gestolpert bin, hatte ich das Gefühl, die Grundfesten von allem, woran ich glaubte, würden erschüttert. An einem Punkt glaubte ich sogar, den Verstand zu verlieren. Aber die Grundfesten wurden nicht erschüttert; ich begann nur zu lernen, wie tief die Wurzeln wirklich reichen. Ethriss hat den Cadwanol gesagt, sie sollten jenseits von allem gehen, und wir haben die Grenzen unseres Wissens so schnell so weit getrieben, dass sich mir der Kopf dreht. Wie sollte es dir da besser ergehen?« Ein Schatten huschte über sein Gesicht. »Ohne dieses Wissen hätten wir noch nicht einmal gesehen, was auf uns zukommt. Was das betrifft, was wir tun können ... Wir tun es bereits. Wir reden, hören zu und halten unseren Geist für neue Ideen offen. Wir bringen alles, was wir haben, zu dem hier zusammen. Fahr fort, Usche.«

Die junge Cadwanwr hatte sich wieder gefangen, doch diesmal blieb sie sitzen, als sie weitersprach.

»Wir wissen bereits seit einiger Zeit, dass das, wovon wir glaubten, es sei der Anfang allen Seins gewesen, die Große Hitze, eben das nicht war«, begann sie vorsichtig. »Zu viele Dinge um uns herum sind zu alt dafür. Inzwischen glauben wir, dass die Große Hitze von einer Waffe verursacht wurde – oder von mehreren Waffen –, und dass diese Waffen auch für den tödlichen Fehler im Gewebe der Existenz verantwortlich sind.« Ein ungläubiges Raunen ging daraufhin durch die Versammlung, doch Usche fuhr fort. Echos ihrer melodischen Stimme wurden vom Labyrinth in die Kammer geworfen. »Ich verstehe eure Zweifel. Ich bin eine Riddinwr. Wie die Fyordyn besitzen wir eine stark ausgeprägte kriegerische Tradition – ein Überbleibsel der Kriege des Ersten Kommens. Bei uns tragen alle Waffen, und wir sind bereit, uns und unsere Nachbarn gegen jeden Feind zu verteidigen. Deshalb leben wir in Frieden, und dass wir uns heute hier versammelt haben, ist Beweis dafür, dass diese Tradition ihre Berechtigung hat. Aber es fällt mir schwer, mir vorzustellen, dass eine Waffe eine ganze Welt beeinflussen kann, und gar nicht kann ich mir vorstellen, was für eine Art von Gesellschaft eine solche Waffe einsetzen würde! Trotzdem scheint das der Fall gewesen zu sein.«

Yrain trommelte mit den Fingern auf den Tisch.

»Oklar hat in Narsindal die gesamte erste Schlachtreihe in Brand gesetzt«, erinnerte Yengar die Anwesenden, um Usches Ausführungen zu unterstützen.

Usche nickte ihm dankbar zu, schüttelte dann jedoch den Kopf. »Die Waffe, von der wir hier sprechen, war nicht für die Schlacht gedacht. Auch war sie nichts, was einfach nur zerstörte wie ein Schwert oder Feuer. Sie war etwas, was tief in das eingriff, was wir, was *alles* ist. Sie löste die Essenz jedes Lebewesens auf, das sie traf ... und verwandelte sie in etwas, das sich von sich selbst nährte, wuchs und sich verbreitete ...«

Das war zu viel für Yrain.

»Das ist Unsinn!«, platzte sie verächtlich heraus.

»Im Krieg verwandeln Waffen nur lebende in tote Dinge. Und woher wollt ihr wissen, was *vor* dem Anfang aller Dinge geschehen ist?«

Gulda beugte sich vor, doch Usche kam ihr zuvor. Sie musste sich sichtlich zügeln ob Yrains Ton.

»Der Anfang aller Dinge, wie du ihn nennst, *war* nicht der Anfang aller Dinge. Das ist eine Tatsache, die logisch nicht zu widerlegen ist. Akzeptiere sie! Wir wissen nicht, was der Grund für die Große Hitze war, aber dass sie von einer Waffe verursacht wurde, passt zu den Fakten.« Sie deutete auf Thyrn. »Außerdem haben wir Thyrns Bericht, und wir sind ihn immer und immer wieder durchgegangen. Wir haben jede Nuance seiner Caddoran-Fähigkeit studiert und was er von dem Gespräch zwischen Vashnar und der Person – der Wesenheit – mitbekommen hat. Sie sprach von Armeen jenseits aller Vorstellungskraft, von *Kriegsmaschinen* jenseits aller Vorstellungskraft – von Maschinen, die *alles auflösen* – die Essenz eines Feindes.« Um ihren Punkt zu betonen, stieß sie den Finger auf den Tisch. »Aber diese Wesenheit war weder Sumeral noch eine Seiner Kreaturen. Sie war *überrascht,* sich wiederzufinden, wo sie war – und überrascht, dass ihre einstigen Feinde sich im gleichen Zustand befanden. Sie sprach von etwas, das geschehen war, aber nicht hatte geschehen sollen, von etwas, das alle besiegt hatte, etwas ...«

»Ich sehe ein Licht über das Land und das Meer wandern. Es bewegt sich durch alles, was lebt, und ist dabei kaum schneller als ein gehender Mann, doch unbarmherzig wächst es und nährt sich selbst. Und alle fliehen vor seiner Berührung – Gläubige und Ungläubige. Niemand ist ihm entkommen. Und dann war da nur noch das Licht ... eine Neuformung, eine neue Schöpfung.« Das war Thyrn, der auf Caddoran-Art die Worte wiedergab, die er gehört hatte, als er in Kontakt mit Vashnars Geist gewesen war. Die Stimme war die einer mächtigen, kalten und erbarmungslosen Person, aber wie Usche gesagt hatte, drückte sie auch Überraschung und wachsende Erkenntnis aus. Einen Augenblick lang schien die Dunkelheit des Labyrinths jedes Geräusch in der Kammer zu verschlucken.

Niemand sagte ein Wort.

Andawyr griff in seine Tasche und holte ein zerknülltes Taschentuch hervor. Vorsichtig breitete er es auf dem Tisch aus und enthüllte drei grüne Kristalle.

»Ich werde deine nächste Frage beantworten, bevor du sie stellst, Yrain«, sagte er und blickte zu der noch immer gereizten Goraidin. »Kristalle wie diese hier kann man verwenden, um verschiedene Sachen mit der Macht zu machen: Man kann die Macht darin einlagern, sie mit ihnen verstärken und sie verwandeln. Früher haben wir sie in den Cadwanen viel benutzt, jetzt nur noch selten. Ihr Ursprung ist uns unbekannt, aber potenziell sind sie für jeden gefährlich, der über die Macht gebietet. Das war auch der Grund, warum Atlon und Dar-volci die Quelle suchen sollten, als sie eines Tages auf dem Gretmearc aufgetaucht sind. In unserer Arroganz haben wir geglaubt, die einzigen existierenden Exemplare zu besitzen, und sofern wir überhaupt je darüber nachgedacht haben, haben wir angenommen, Ethriss habe sie erschaffen.« Kurz hielt er verlegen inne. »Das soll keine faule Ausrede sein, auch wenn es so klingt. Offenbar werden sie in der Thlosgaral abgebaut; wir kennen keinen natürlichen Prozess, der sie erzeugen könnte. Soweit wir sie untersuchen konnten, ist ihre Struktur auch viel zu komplex und geordnet dafür. Es sind *geschaffene* Dinge.

Wie, das wissen wir nicht. ›Warum‹, darüber reden wir gerade. Es ist durchaus vorstellbar, mit diesen Kristallen eine furchtbare Waffe zu bauen.«

Er wickelte die Kristalle wieder ein und steckte sie in die Tasche.

»Atlon hat euch von dem Kyrosdyn erzählt, der ihn in Arash-Felloren angegriffen hat. Der Mann hat Kristalle verwendet, um seine Möglichkeiten mit der Macht zu vergrößern, und seine Disziplinlosigkeit hat ihn das Leben gekostet. Seine Lebensenergie ist aus ihm heraus gesogen worden.«

Andawyr beugte sich vor und hob warnend den Finger.

»*Ein* Kristall und ein wenig missbrauchtes Wissen war dazu in der Lage. Zwei, entsprechend angeordnet, könnten den vierfachen Schaden anrichten und so weiter. Je mehr wir darüber nachdenken, was sie sind und was sie anrichten können, und je mehr wir darüber nachdenken, wie sie in der Thlosgaral verstreut oder vergraben sind, desto mehr glauben wir, dass sie eine entscheidende Rolle bei dem gespielt haben, woran Thyrn uns gerade erinnert hat – eine Erinnerung, von der wir annehmen, dass sie vom Anfang der Großen Hitze stammt. Und was eine Gesellschaft betrifft, die solche Waffen herstellen würde ... Anders als Usche fällt es mir traurigerweise nur leicht, mir so etwas vorzustellen.« Er warf ihr den tadelnden Blick eines Mentors zu. »Sie ist noch jung, und Geschichte ist nicht gerade ihr Lieblingsfach. Sollte es das aber einmal werden, wird sie lernen, dass schon viele Gesellschaften sich gegenseitig mit einer derartigen Rückhaltlosigkeit zerfleischt haben, wie sie nur aus Selbstgerechtigkeit geboren werden kann. Antyr hat uns von dem erst kurz zurückliegenden

Krieg in seinem Land berichtet. Vredech hat uns erzählt, wie seine Religion über Nacht in Dunkelheit versunken ist. Wir haben von Arvenstaats korrupten und selbstgefälligen Senatoren gehört und von dem blanken Hass und der Grausamkeit der Kyrosdyn. Selbst in Fyorlund ist unter Oklars Einfluss ein Bürgerkrieg ausgebrochen. Alles Beispiele für das schwärende Erbe von Sumerals Erstem Kommen. All das zeigt uns, dass es keine Abgründe gibt, die tief genug wären, als dass der Mensch nicht in sie hinabsteigen würde.« Er klopfte auf die Tasche mit den Kristallen. »Ich weiß nicht genau, wie man aus diesen hier solch eine Waffe herstellen kann, aber nur, weil ich noch nicht lange genug darüber nachgedacht habe.« Die letzten Worte betonte Andawyr leidenschaftlich. »Ich bin mehr als bereit zu glauben, dass sie auf diese Art verwendet wurden und dass sie als Ergebnis davon außer Kontrolle gerieten und der Schaden sich vervielfältigte. Nicht nur die kriegführenden Parteien sind davon betroffen worden, sondern auch alle jenseits davon, bis kein Teil der Welt mehr von ihnen unberührt blieb.«

Ein zitterndes Stöhnen drang aus dem Labyrinth.

Einunddreißigstes Kapitel

Dar-volci, Tarrian und Grayle hatten sich wie am vorherigen Tag vor dem Labyrinth niedergelassen. Alle drei spitzten sofort die Ohren, als das Stöhnen die Kammer erfüllte; dann sprangen sie gleichzeitig auf und rannten in die Dunkelheit. Gavor löste sich von Hawklans Schulter und flatterte ihnen hinterher, doch als die drei verschwunden waren, erfüllte ein strenger Befehl die Köpfe der Anwesenden einschließlich Gavors.

»Bleibt, wo ihr seid! Alle!«

Gavor flatterte aufgeregt; dann wandte er sich vom Labyrinth ab und kreiste zögernd ein paar Mal in der Kammer, bevor er zu seinem vertrauten Sitzplatz zurückkehrte. Hawklan strich ihm über den Schnabel, sagte aber nichts.

»Alles in Ordnung!«, rief Antyr über die erschrockenen Schreie und klappernden Stühle hinweg. »Alles in Ordnung! Das ist Tarrian. Wir werden tun, was er sagt. Er hätte nicht zu uns allen gesprochen, wenn es nicht äußerst wichtig gewesen wäre.«

»Was ist passiert? Wohin sind sie gegangen?«, fragte Andawyr und packte Antyr erregt am Arm.

Andawyr zuckte hilflos mit den Schultern. »Ich habe keine Ahnung.« Er legte die Hand an die Stirn. »Sie sind schon sehr weit weg; ich kann sie kaum noch erreichen.« Er schloss die Augen, um sich konzentrieren zu können, und riss sie sofort wieder weit auf. »Wo auch immer die drei sind, ich kann nicht dorthin gehen.«

Andawyr schaute ihn einen Augenblick lang an. Dann, nach einem weiteren besorgten Blick zum Labyrinth, begann er, alle wieder auf ihre Plätze zurück zu scheuchen. Das Geräusch, das den hektischen Aufbruch der Tiere verursacht hatte, war von dem Tumult erstickt worden, den Tarrians unerwarteter Befehl heraufbeschworen hatte; doch als es nun wieder ruhiger wurde, kehrte das Geräusch wieder zurück. Allerdings war es jetzt leiser, wie das Echo des Winterwinds. Man fühlte es ebenso sehr, wie man es hörte, ähnlich dem Stöhnen und Knarren in den widerhallenden Gängen eines längst verlassenen Herrenhauses. Einige der Anwesenden schauderten.

»Wir sollten besser mit dem weitermachen, was wir gerade getan haben«, sagte Andawyr unglücklich. Das Geschehen hatte ihn offenbar sehr mitgenommen.

»Und was war das?«, verlangte Yrain zu wissen; allerdings klang sie nicht mehr so streitlustig wie zuvor. »Sollen wir uns weiter Geschichten aus der Zeit vor dem Anfang der Zeit anhören und über Waffen, die mächtig genug sind, um ...«, sie warf die Arme in die Höhe, »... um irgendwas zu tun ... *mit einer ganzen Welt*! Waffen, deren Überreste noch überall herumliegen, sodass jeder sie einsammeln und benutzen kann.«

Frustriert schlug sie auf den Tisch; dann hob sie entschuldigend die Hand, um sich vor Gulda zu verteidigen, obwohl die alte Frau sich nicht bewegt hatte.

»Tut mir Leid«, sagte sie. »Ich weiß. Meine Ungeduld. Aber noch immer ergibt nichts von alledem einen Sinn ... oder zumindest keinen Sinn, der uns in die Lage versetzen würde, etwas zu *tun*. Was auch immer in der Vergangenheit geschehen sein mag oder auch nicht; wir haben Probleme in der *Gegenwart*, um die wir uns kümmern müssen.«

Andawyr fiel die Haltung der anderen Goraidin auf. Auch wenn ihnen Yrains direkte Art offenbar unangenehm war, zeigten sie doch Sympathie mit dem, was sie sagte – Andawyr empfand ähnlich.

»Es gibt keinen Grund, sich zu entschuldigen, Yrain«, sagte er und blickte über die Schulter zu den dunklen Säulen des Labyrinths. »Die Bedingungen sind bei weitem nicht ideal.«

Als er sich wieder umdrehte, ließ er den Blick über die gesamte Versammlung schweifen.

Die Goraidin: Yatsu, Jaldaric, Yengar, Olvric, Veteranen des Morlider-Krieges mit ihren jüngeren Gefährten Jaldaric und Tirke und den beiden Orthlundyn-Helyadin Jenna und Yrain. Alle hatten entweder Hawklan auf seinem düsteren Zug nach Anderras Darion begleitet oder waren den Uhriel und Sumerals Armee entgegengetreten. Alle waren sie freundlich und zurückhaltend; alle waren sie grausame und erprobte Kämpfer. Alle verdienten sie etwas Besseres als das, dem sie sich nun stellen mussten.

Die Cadwanwr: Oslang aus Andawyrs eigener Generation und Atlon. Beide hatten sie dabei geholfen, die Uhriel zurückzuhalten, während Loman das Heer in die Schlacht geführt hatte. Atlon war damals kaum mehr als ein Novize gewesen so wie Usche und Ar-Billan jetzt. Als er sich diesen beiden zuwandte, ermahnte sich Andawyr, dass er sich von ihrer Jugend weder überraschen noch einschüchtern lassen durfte. Die eine war barsch, der andere auf reizende Art unbeholfen. Trotzdem waren sie es und ihresgleichen, die das Wissen der Cadwanol erweiterten; sie besaßen einen schier endlosen Wissensdurst und fürchteten sich nicht vor neuen Ideen. Es bekümmerte Andawyr, dass sie sich vermutlich schon bald den Mächten würden stellen müssen, deren Wiedergeburt die Suche der Cadwanol nach Wissen erst wieder angekurbelt hatte.

Dann waren da die Neuankömmlinge: Antyr und Vredech, Traumfinder mit der seltsamen Gabe, von einer Welt in die andere gehen zu können. Farnor und Thyrn. Was waren sie? Eine Art Heiler, hatte Hawklan gesagt. Sie konnten die Macht nicht verwenden, sie waren keine Traumfinder, und doch ... Pinnatte, das Opfer der widerwärtigen Experimente der Kyrosdyn, intelligent, weltgewandt, aber fast unfähig zu sprechen – zumindest in dieser Welt. Gentren, voller Zorn und verwirrt versuchte er, die Vernichtung seiner Welt und von allem, was er je gekannt hatte, zu verarbeiten. Nertha und Marna, tapfere und fähige Frauen: Nertha, die Vredech Halt verlieh, während dieser versuchte, seine Natur zu ergründen, und die ständig ein wachsames Auge auf Pinnatte und Gentren warf; Marna verfolgte ihre eigenen Absichten.

Auch Isloman war hier. Andawyr empfand die Gegenwart des riesigen Steinformers stets als Trost, obwohl er wusste, dass Isloman aufgrund seiner besonderen Sensibilität für das, was die Orthlundyn das Lied der Steine nannten, die Nähe zum Labyrinth stets als äußerst beunruhigend empfand. Wie Oslang und Atlon, so hörte auch Isloman eher zu, als dass er sprach.

Und natürlich waren da auch noch Gulda und Hawklan, beides rätselhafte Gestalten, doch mit Sicherheit Schlüsselfiguren in diesem Geschehen.

»Solch ein Reichtum an Erfahrung und Können ist hier versammelt«, sagte er halb zu sich selbst, »doch auch so viele Geheimnisse. Vielleicht werden wir überhaupt nicht in der Lage sein, uns auf eine Vorgehensweise zu einigen, bis wirklich etwas *geschieht.*« Er drehte sich zu den Goraidin um und bemühte sich um einen entspannten Gesichtsausdruck. »Aber das ist das Wesen des Überlebenskampfes, nicht wahr? Man darf sich weder von dem, was war, noch von dem, was kommen wird, den Blick vernebeln lassen.«

Yatsu widersprach ihm brutal. »Sich im Augenblick des Kampfes von Nichts die Sicht vernebeln zu lassen ist eine Sache; sich ihm in blinder Ignoranz zu nähern ist etwas vollkommen anderes.« Dann lenkte er ein wenig ein. »Ich nehme an, wenn wir nicht wissen, was uns nützen könnte und was nicht, werden wir einfach alles lernen müssen, was wir lernen können. Ich zumindest würde immer noch gerne wissen, wie Menschen zugleich hier und anderswo sein können. Ganz zu schweigen von dem kleinen Problem, wo Sumeral Selbst sich aufhält.«

Das Rauschen aus dem Labyrinth erfüllte die Stille, die auf diese Worte folgte. Mit ihm kam Unruhe in die Versammlung. Andawyr winkte Usche fortzufahren.

Usche funkelte ihn an; dann blickte sie zu Yatsu und seufzte schicksalsergeben. Sie räusperte sich geräuschvoll. »Habt bitte Geduld mit mir«, begann sie. »Das wird nicht leicht werden.« Sie dachte einen Augenblick lang nach, bevor sie in schulmeisterlichem Ton fortfuhr: »Wenn wir nur tief genug in alles hineinblicken – in diese Wände, die Tische und in uns selbst –, dann kommen wir irgendwann in eine Region, wo alles unvorstellbar klein ist und wo die Regeln, die wir im normalen Leben als selbstverständlich betrachten, nicht mehr gelten. Zweifel und Unsicherheit regieren hier. Ursache und Wirkung, ja selbst Zeit und Entfernungen, verlieren nach und nach ihre

Bedeutung. Es ist ein beunruhigender Ort, aber er *ist*, und das müssen wir akzeptieren. Seine Natur ist Gegenstand für ausführliche Debatten, seine Existenz nicht. Auf dieser Ebene hat die Große Hitze den Schaden verursacht. Dort hat auch die Macht ihren Ursprung. Überdies teilen wir diesen Ort mit den Welten, die Antyr und seinesgleichen bereisen können. Wir *glauben*, dass Antyr und seinesgleichen auf ähnliche Art an zwei Orten zugleich sein können wie ein Musikinstrument, das immer noch seinen eigenen Klang besitzt, wenn es mit anderen zusammenspielt. Wie soll ich sagen? Es handelt sich um eine Art Resonanz, aber ...« Sie zuckte mit den Schultern.

Es folgte eine verlegene und unbefriedigende Pause.

Eine zögernde Stimme meldete sich zu Wort.

»In unseren Köpfen.«

Das war Antyr. »In unseren Köpfen«, wiederholte er lauter. »Dort befinden sich die Traumwege, und dort erreichen wir auch die Portale.« Er drehte sich zu Andawyr um. »Du kontrollierst die Macht mit deinem Geist, oder? Und zwar bewusst.«

Andawyr blinzelte verwirrt. »Ja?«

»Also greifen deine Gedanken zu jenem Ort hinaus?«

Andawyr runzelte die Stirn und legte die Hand an die Schläfe. »Die Haupt- und Nebenstraßen unseres Geistes zweigen endlos voneinander ab und teilen sich; mal werden sie größer, mal kleiner. Mit Sicherheit reichen sie bis zu jenen Orten hinunter, wo man die merkwürdigen Effekte dieser Region fühlen kann. Aber um ehrlich zu sein, wissen wir nicht genau, wie Gedanken entstehen, und mit Sicherheit setzen wir die Macht auf dieser Ebene nicht direkt ein, genauso nicht, wie wir unseren Armen einen bewussten Befehl erteilen, sich zu bewegen, wenn sie beim Gehen schwingen. Der Einsatz der Macht geschieht weit ... weiter oben in unserem Denken. Und es ist eine Fähigkeit, die angeboren sein muss, ein körperliches Attribut, das irgendwo in dem Gewebe niedergeschrieben steht, das unser Wesen ausmacht. So wie die Augenfarbe, nur subtiler – vielleicht wie die Affinität der Riddinwr zu Pferden oder dem Talent zur Steinformung.«

»Und wie meine eigene Fähigkeit: das Traumfinden?«, hakte Antyr nach. »Braucht man dafür auch ein körperliches Attribut?«

»Dem nach zu urteilen, was du uns gesagt hast, mit ziemlicher Sicherheit, ja«, antwortete Andawyr nach abermaligem Zögern.

Antyr fasste seine Schlussfolgerung langsam in Worte. »Ich habe den Eindruck, dass wir, um auf die Sorgen der Goraidin einzugehen ...« Er legte wie Andawyr die Finger an die Schläfe. »Das ist der Ort, wo wir suchen müssen. Wenn du, deine Gedanken, aufgrund dessen, was du bist, hinuntergreifen können, dann sollten wir ...«, er deutete auf Vredech und sich selbst, »... aufgrund dessen, was *wir* sind, ihn ebenfalls erreichen können. Ich kann mir nicht vorstellen, dass die Traumfinder so lange überleben konnten, ohne wenigstens ein gewisses Maß an Kontrolle über diese gefährliche Fähigkeit zu besitzen – wenn wir denn dazu neigen würden, uns tollkühn in andere Welten zu stürzen.«

Andawyr atmete geräuschvoll aus und strich sich mit der Hand über das zerzauste Haar. »Du könntest Recht haben«, sagte er schließlich. »Natürlich wäre jedwede Kontrolle nicht mehr als ein Reflex, so wie eine Hand, die man instinktiv von einer Flamme wegreißt. Aber es ist es wert, diesen Gedanken weiter zu verfolgen. Wir können deine grundlegenden Traumfinder-Disziplinen eingehender studieren und sie mit unseren Meditationstechniken vergleichen. Ich weiß nicht, warum ich nicht schon früher darauf gekommen bin. Wenn wir deine Fähigkeit, dich zwischen den Welten zu bewegen, in den Bereich deines Geistes heben können, den du beherrschst, dann …«

Pinnatte zerrte an Vredechs Arm und flüsterte ihm etwas zu.

»Was ist los?«, fragte Andawyr.

Vredech nickte Pinnatte zu. »Er weist darauf hin, dass er sich *nicht* in die Albtraumwelt gedacht hat. Und ich übrigens auch nicht, wo wir schon davon sprechen. Noch weniger habe ich diese abstoßende Karikatur von Dowinne heraufbeschworen und diese … anderen.«

Andawyr blickte die beiden nachdenklich an.

»Seit du deine Heimat verlassen hast, hattest du keine Traumfinder*vorfälle* mehr, bis du Pinnatte getroffen hast, oder?«, fragte er schließlich.

»Nein. Ich wusste noch nicht einmal, was Traumfinden ist.«

»Und jetzt weißt du viel mehr?«

»Er hat schon genug Ahnung von dem, was er braucht«, mischte sich Antyr ein. »Besonders wenn man bedenkt, wie wenig Zeit wir hatten.«

Andawyr nickte. »Pinnatte ist sehr ungewöhnlich«, sagte er. »Die Kyrosdyn haben ihn irgendwie befähigt, die Macht zu gebrauchen *und* zwischen den Welten zu reisen. Das ist etwas, das wir eigentlich als unmöglich betrachten, so wie man eine Laterne nicht gleichzeitig anzünden und löschen kann. Wie wir wissen, hat ihm das schrecklichen Schaden zugefügt. Aber auch wenn diese Fähigkeit jetzt verschwunden zu sein scheint, ist ein schwacher Rest davon übrig geblieben. Vielleicht hat deine unkontrollierte Fähigkeit als Traumfinder im Schlaf Pinnatte irgendwie berührt, und irgendetwas Seltsames in ihm hat euch durch das Portal geworfen.«

»Aber warum an diesen furchtbaren Ort?«, fragte Vredech.

Andawyr verzog das Gesicht. »Ja, warum? Eine wichtigere Frage wäre vielleicht: Was hat die Uhriel dorthin gezogen?«

»Vielleicht. Aber könnte *uns* so etwas noch einmal passieren?« Vredech blickte Andawyr mit seinen schwarzen Augen an. Nertha legte die Hand auf die ihres Mannes.

»Ja, aber wenn es geschieht, geschieht es eben.« Das war Antyr, der diese unerwartet brutale Antwort gab; doch seine Stimme klang ruhig und fest. »Wie du bin ich in der Hoffnung hierher gekommen, jemanden zu finden, der mir irgendwie helfen könnte – jemanden, der mir erklären könnte, was mit mir geschehen ist, jemanden, der die Veränderungen erklären kann, die wir alle durchlebt haben. Langsam, aber sicher bin ich zu der Erkenntnis gekommen, dass nur ich mir selbst helfen kann. So lächerlich sich das auch anhören mag, wir hier sind eine Elite; wir sind die Einzigen, die die Fähigkeit besitzen, die Uhriel zu finden und vielleicht andere mitzunehmen, die sie töten können. Wir haben keine andere Möglichkeit, als herauszufinden, wie diese Fähigkeit funktioniert.«

»Lächerlich, ja«, erwiderte Vredech bissig. »›Elite‹ ist das letzte Wort, mit dem ich mich selbst beschreiben würde.«

Antyr deutete auf die Goraidin. »Du missverstehst mich – wir allen missverstehen uns gegenseitig. Ich habe das Privileg gehabt, mit diesen Leuten zu reiten. Sie werden dir erklären können, wie unzulänglich sie sich vor jedem Kampf fühlen und wie gern sie ihn vermeiden würden. Sie fühlen sich nicht wie Elitekrieger; sie fühlen sich wie ängstliche Männer und Frauen. Nur ihre Erfahrung hält sie aufrecht. Nun ist die Frage: Was für Erfahrung haben *wir*?« Ernst legte er die Stirn in Falten. »Trotz meiner Trunkenheit und trotz deines und Pinnattes Unwissen haben wir – wie Hawklan gesagt hat – alle dem Tod gegenübergestanden, und wir haben überlebt. Gleiches gilt für Farnor und Thyrn. Wir mögen unsere Gaben nicht verstehen, aber ebenso wenig verstehen wir die Möglichkeiten, die sie uns bieten; wir wissen nur, dass wir stärker geworden sind als zuvor. Wir sind stärker geworden! Wir können das tun!«

»Du verfügst recht leichtfertig über das Leben meines Mannes«, bemerkte Nertha wütend.

Antyr zuckte vor ihrem Tonfall zurück; dann sagte er ruhig: »Ich glaube nicht, dass irgendjemand von uns im Augenblick ›leichtfertig‹ ist, Nertha.«

Die Bemerkung schien Gavors Interesse geweckt zu haben, denn plötzlich glitt er herunter und ließ sich mitten im Kreis nieder. Hawklan beobachtete ihn misstrauisch. Gavor nahm nicht oft an solchen Diskussionen teil, und seine bissige Art war das Letzte, was sie jetzt brauchen konnten. Trotzdem hatte er jedermanns Aufmerksamkeit.

»Entschuldigt die Unterbrechung«, sagte er. »Aber was den Punkt mit den unsichtbaren Möglichkeiten betrifft – und eure Entscheidungsfreiheit hier, wo wir schon dabei sind –, darf ich euch da etwas sagen, was ich von Ethriss gelernt habe?«

Schweigen senkte sich über die Kammer. Selbst die Geräusche aus dem Labyrinth wurden zu einem fernen Flüstern. Gavor wartete nicht auf die Erlaubnis.

»Als Ethriss sich mir zu erkennen gab, war das eine große Überraschung für mich, wie ihr euch sicher vorstellen könnt – eine wundervolle Überraschung. Er entfaltete sich in meinem Geist wie eine silberne Wolke. Doch das nur nebenbei. Wichtiger ist, dass viele der Erinnerungen daran, wie er zu mir gekommen ist, in dem Augenblick wieder zurückkehrten, als ich mir seiner bewusst geworden bin. Ich erinnerte mich daran, wie ich und meine Gefährten in der Letzten Schlacht des Ersten Kommens gegen Sumerals verdorbene Himmelsgeschöpfe gekämpft haben – ich konnte damals noch viel besser sehen. Als ich ihn geholt habe, sagte er: ›Es ist vollbracht.‹ ›Wo soll ich dich hinbringen?‹, fragte ich ihn – in solchen Augenblicken weiß man nur selten, was man sagen soll; ich war sehr aufgeregt. ›Ich muss nachdenken‹, antwortete er. ›Ich muss an einen Ort gehen, der kein Ort ist – wo Sumeral Fürst Hawklan und das schwarze Schwert hingeschickt hat, den Ort zwischen den Welten, zwischen den Augenblicken, wo alles Zufall ist‹.«

Gavor hielt kurz inne und klopfte mit seinem Holzbein auf den Boden.

»Willst du damit sagen, dass Sumeral mich *tatsächlich* hergeschickt hat?«, fragte Hawklan drängend.

»Lass mich ausreden, mein lieber Junge«, erwiderte Gavor tadelnd und klopfte weiter mit seinem Bein. »Noch während wir sprachen, gab er mir ein Geschenk – ihr wisst, wie er war. Er machte mein Bein wieder ganz. Ich hatte noch nicht einmal die Gelegenheit, ihm dafür zu danken, als ich plötzlich hier in den Bergen war, mitten in einem Schneesturm, und weder wusste, wo ich war und vor allem *wann*; ja, ich wusste noch nicht einmal mehr, *wer* ich war. Ich konnte nicht fliegen, und nach nur wenigen Minuten war ich wieder in der Falle gefangen, die mich das Bein gekostet hat. Den Rest kennt ihr alle, aber …« Er flatterte mit den Flügeln, als wolle er eine lang anhaltende Spannung lösen. »Nachdem Sumeral sich selbst vernichtet hatte und während Ethriss sich von mir löste, schnappte ich seine Gedanken auf. Er war voller Verwirrung und Zweifel. Hawklan war in diese Zeit gekommen, das schwarze Schwert war hierher gekommen, ich mit Ethriss im Geiste und auch Sumeral. Das war ein wenig viel Zufall, stimmt's? Aber was mit meinem Bein geschehen war, schien ihn am meisten zu beunruhigen. Was er für mich getan hatte – eigentlich eine Kleinigkeit für ihn –, war sofort wieder rückgängig gemacht worden. War alles irgendwie unvermeidlich? Waren alle Mühen umsonst? Dann fragte er sich: War diese Welt eigentlich gar nicht seine Schöpfung? Hatte sie vielmehr ihn erschaffen? Das waren sehr, sehr alte Zweifel. Dann schien er plötzlich etwas zu verstehen. ›Nichts ist unvermeidlich, Himmelsfürst‹, sagte er. ›Das Leben kämpft zu hart gegen solche Fesseln an – selbst gegen die, die ich ihm angelegt habe. Es kennt seine eigene Stärke nicht.‹ Und er lachte – über sich selbst –, als er mir schließlich entglitt. Es war ein gutes Geräusch, voller Hoffnung. ›Andere werden diese Welt weiter formen‹, sagte er und lachte noch immer über seine eigene Torheit. ›Andere, die stärker und freier sind als ich, der Gott.‹«

Nachdem Gavor geendet hatte, wurde das Flüstern des Labyrinths zu einem leisen Seufzen. Gavor hustete theatralisch; dann flatterte er vor Hawklan auf den Tisch, der sofort seine Frage wiederholte, wenn auch diesmal ruhiger.

»Hat er gesagt, dass Sumeral mich hierher geschickt hat?«

»Ich wünschte, du würdest mir zuhören, mein lieber Junge«, erwiderte Gavor müde. »Er hat gesagt, Sumeral hätte dich zwischen die Welten geschickt; aber wie wir alle hierher gekommen sind, das wusste er nicht. Und wenn *er* es nicht wusste, dann hatte mit Sicherheit auch Sumeral keine Ahnung, als Er dich loswerden wollte. Und das war vermutlich genau das, was Er getan hat. Er wollte einfach nicht, dass man deine zerstückelten Überreste auf dem Schlachtfeld fand. Du hast Seine Armee stark geschwächt, und Er wusste, sollte Ethriss dich in Stücke geschlagen finden, würde Ihn nichts mehr vor seinem Zorn bewahren. Aber wenn du einfach vermisst warst ... das würde für Kopfzerbrechen sorgen, aber nicht für Zorn. Er machte das Beste aus einer schlechten taktischen Situation: Er ließ dich verschwinden und rannte. Eigentlich ein ziemlich geschickter Zug. Aber in der Hitze des Augenblicks ... Da konnte man nichts planen.«

Hawklans Gesicht war vollkommen ausdruckslos, als er die Hand ausstreckte und Gavor wieder auf seine Schulter hob.

»Was schließt du aus alledem, Hawklan?«, fragte Yatsu.

»Ziemlich wenig«, antwortete Hawklan und schüttelte den Kopf, um ihn wieder freizubekommen. »Alle haben gesagt, was zu sagen ist, wodurch die Ereignisse zumindest ein wenig Sinn bekommen haben. Aber ich weiß noch immer nicht, wie ich in all das hineinpasse. Ich kann die Macht nicht benutzen, und ich bin mit Sicherheit kein Traumfinder. Wie gesagt, ich bin an eurer Seite – nur ein weiterer, einfacher Soldat – und werde die Wunden unserer Kämpfer flicken. Ansonsten bin ich nur ein Relikt aus einer anderen Zeit.«

»Nein«, sagte Andawyr. »Nein, du stehst im Zentrum von alledem, dessen bin ich sicher.«

»Kannst du das auch beweisen?«, fragte Hawklan mit einem Hauch von Spott in der Stimme.

»Nein, aber ich fürchte, du wirst meiner Intuition vertrauen müssen, wenn ich den Gedankengang abgeschlossen habe. Du und dieses Schwert, ihr seid wichtig, das weiß ich.«

Antyr stimmte ihm zu und fügte hinzu: »Gleiches gilt für das Labyrinth. Wie ihr euch erinnert, bin ich in den Cadwanen sowohl zu ihm als auch zu dem Schwert gezogen worden.«

Hawklan verzog das Gesicht. »Ja, das Schwert. Es beunruhigt mich, dass sein Verlust mich immer mehr kümmert, obwohl ich eigentlich überhaupt keine Verwendung dafür habe. Ich kann den Verlust einfach nicht abschütteln, oder schlimmer noch, meine Torheit, dass ich es einfach so habe fallen lassen. Und was ich gerade gehört habe, hilft mir auch nicht weiter. Es fiel zwischen den Welten hindurch, um in einer Zeit der Not genau vor meinen Füßen zu landen, und ich habe es einfach wieder weggeworfen.«

»Es fiel zwischen den Welten hindurch, um in der Waffenkammer vor deinen Füßen zu landen«, sagte Gulda. Das war das erste Mal, das sie sprach, und alle Augen richteten sich auf sie. Sie blickte zu den dunklen Säulen am Ende der Kammer. »Auf der anderen Seite des Labyrinths.«

Zweiunddreißigstes Kapitel

Hawklan blickte zu Gulda; dann stand er plötzlich auf und ging auf das Labyrinth zu.

Kurz herrschte Schweigen, bevor Andawyr und einige andere aufsprangen und ihm hinterher rannten. Andawyr packte ihn am Arm und wäre fast gestolpert, als Hawklan unvermittelt stehen blieb.

»Du kannst nicht da rein gehen«, keuchte der Cadwanwr, nachdem Hawklan ihn wieder aufgerichtet hatte.

Hawklan hob die Hand, um ihm Schweigen zu gebieten.

»Hör zu«, sagte er leise.

Das Geräusch aus dem Labyrinth veränderte sich ständig, wenn auch kaum merklich. Im einen Augenblick war es ein Wind, der sich mit den Bergen unterhielt, dann wortlose Stimmen, die mal lauter, mal leiser wurden, das warnende Knurren eines Tieres oder das Atmen eines sie alle beobachtenden Kolosses – ein Geräusch, das mehrere der Zuhörer zurückweichen ließ. Dann war es etwas Undefinierbares – unnatürlich und beunruhigend.

»Wo sind Tarrian und Grayle jetzt?«, fragte Hawklan Antyr im Flüsterton.

»Weg von mir«, antwortete der Traumfinder und verzog gequält das Gesicht. »Wo sie sein sollten, fühle ich nur Leere.«

»Alphraan, hört ihr das?«, fragte Gulda mit nicht allzu lauter, aber klarer Stimme.

Ein schwaches Flüstern bahnte sich einen Weg durch die sich verändernden Geräusche des Labyrinths.

»Dieses Lied kennen wir nicht, Mylady. Es ist weit älter als all unser Wissen. Und es ist falsch ... Es sollte nicht sein. Was ihr fürchtet, ist über euch gekommen. Wir können euch nicht helfen. Es tut uns Leid. Wir ...«

Die letzten Worte verhallten im Nichts, doch die Furcht und das Drängen, das in ihnen gelegen hatte, war sowohl verzweifelt als auch unüberhörbar gewesen. Sofort bauten sich die Goraidin zu einer Verteidigungslinie zwischen dem Labyrinth und den anderen auf.

»Wer von euch noch nicht bewaffnet ist, sollte das schnell ändern«, sagte Yatsu und deutete auf die Waffenstapel an den Wänden.

»Was geschieht hier?«, verlangte Nertha zu wissen. »Wer hat da gerade gesprochen?«

»Die Alphraan«, antwortete Yatsu, während er sich rasch ein paar Kampfmesser schnappte. Vorsichtig überprüfte er ihre Schneiden, dann steckte er sie Nertha in den Gürtel, bevor diese dagegen protestieren konnte.

»Was das betrifft, was hier geschieht, so habe ich nicht die geringste Ahnung«, sagte er; »aber die Alphraan sind standhafte Verbündete. Sie würden uns nicht wegen nichts warnen. Und sie klangen verängstigt.« Sein kalter, entschlossener Blick hielt sie gefangen. »Das hier sind gute Klingen. Du bist eine Heilerin; du weißt, wie man sie benutzt, sollte es notwendig sein.« Einen Augenblick lang stand Nertha wieder auf dem verregneten Gipfel des Ervrin Mallon in Canol Madreth und schnappte nach Luft, während sie versuchte, Vredech vor der wahnsinnigen Erscheinung zu beschützen, die einst Dowinne gewesen war.

Yatsu packte ihre Arme, um sie zu schütteln, doch sie riss sich los. »Tut mir Leid«, keuchte sie. »Ich bin in Ordnung. Kümmere dich um die anderen.«

»Ich glaube, es wäre eine gute Idee zu gehen«, sagte Yatsu zu Andawyr. »Vielleicht ist draußen etwas geschehen.«

Andawyr stimmte ihm zu. Der Tonfall der Alphraan hatte ihn zutiefst erschüttert. Bevor er jedoch etwas sagen konnte, lenkte ein Schrei die Aufmerksamkeit aller vom Labyrinth ab.

Es war Ar-Billan. Er deutete zum anderen Ende der Kammer – oder zu dem, was das andere Ende gewesen war. Wo sich einst eine Wand, ein Haufen Waffen und nicht zuletzt eine Tür befunden hatte, war nur noch eine einzige graue Masse, eine kalte Leere.

»Bleibt weg davon!«, riefen Farnor und Thyrn zugleich.

»Was ist das?«, fragte Andawyr. Ein Blick verriet ihm, dass die beiden jungen Männer große Angst hatten.

»Ein Riss ... ein Spalt«, brachte Farnor mühsam hervor. Er streckte die Hand danach aus; offenbar bereitete der Anblick ihm große Qual. »Das ist zu viel«, sagte er und sank langsam auf die Knie. Irgendjemand fing Thyrn auf, als auch er zusammenbrach. Nertha war sofort bei den beiden.

»Sie sind wie Vredech und Pinnatte waren«, erklärte sie nach kurzer Untersuchung. »Sie scheinen zu schlafen. Hawklan, hilf mir.«

Doch Hawklan blickte wieder ins Labyrinth.

Andawyr wiederum starrte in die graue Masse. Er konnte nicht sagen, ob sie nun nah oder fern war; sie schien sich unendlich in jede Richtung auszudehnen, und ihre Formlosigkeit war sowohl verwirrend als auch verlockend. Nur mit Mühe gelang es ihm, sich wieder von dem Anblick loszureißen. Er schaute sich in der Kammer um. Zuerst wirkten die Tische, die herumstehenden Stühle und die verstreut liegenden Dokumente dunkel und unwirklich, als wären sie Teil eines verdreckten Gemäldes; dann jedoch erkannte Andawyr, dass die graue Masse sich langsam ausdehnte.

Und auch die Furcht der Anwesenden wuchs, die zwischen dem unheimlichen Phänomen und dem Labyrinth gefangen waren.

»In unseren Köpfen.«

Andawyr spürte, wie jemand an seinem Arm rüttelte. Es war Antyr.

»In unseren Köpfen.« Der Traumfinder musste das mehrmals wiederholen, bevor Andawyr ihn überhaupt bemerkte. Andawyr fühlte, wie Zorn inmitten der Furcht in ihm aufkeimte.

»Das ist keine Halluzination«, sagte er wild. Er warf einen raschen Blick zu den gefallenen Gestalten von Farnor und Thyrn. Nertha untersuchte sie noch immer, doch sie wirkte hilflos. »Es ist real. Es sind die Welten, die zusammenkommen.« Er schlug sich auf die Stirn. »Nicht genug Zeit ... zu dumm, zu langsam ... um alles auszuarbeiten. Ich ...«

»Beruhige dich, alter Mann, und hör zu.« Guldas Stimme klang stark und herrisch. Sie rüttelte Andawyr auf, und einen Augenblick lang brachte sie den wachsenden Tumult in der Gruppe zum Stillstand. Die graue Masse wuchs über sie hinweg. Antyr begann zu schreien, denn es schien, als würde nun alles aufgesaugt, was von der Kammer noch übrig geblieben war.

»In unseren Köpfen.«

Seine Augen waren schwarze Löcher.

»Unsere Gedanken reichen bis ins Herz davon. Sie werden uns führen. Was auch immer geschehen mag, zweifelt nicht an der Realität dessen, was ihr seht. Vertraut auf euch selber. Ihr seid stärker, als ihr wisst ... das sind wir alle ... unser ...«

Seine Stimme verhallte.

Kurz sah Andawyr noch Hawklans Gesicht. Es war voller Schmerz und Zweifel, als er das Labyrinth betrat ...

Dann war alles grau ...

Die Luft war beißend und der Himmel so blau, wie keiner von ihnen es je gesehen hatte – mit Ausnahme von einem: Pinnatte.

Er war auch der Erste, der die Sprache wiederfand.

»Das ist ihr Ort«, zischte er und duckte sich, als wolle er sich verstecken.

»Ruhe!«

Yatsus Befehl war streng, aber ebenfalls leise.

Und er war unnötig, zumindest für die Goraidin. Sowohl Ausbildung als auch Erfahrung ließ sie sich vollkommen ruhig verhalten. Sie schauten sich um und untersuchten das Terrain, ohne sich mit der Frage aufzuhalten, wie sie hierher gelangt waren. Sie hatten nichts von einer Veränderung oder Bewegung gespürt. Im einen Augenblick waren sie noch in der Labyrinthkammer gewesen, die sich plötzlich und schrecklich in der grauen Masse aufgelöst hatte ... und dann waren sie hier. Obwohl sie vor lauter Angst kaum atmen konnte, empfand Marna so etwas wie Befriedigung, dass es auch ihr gelungen war, ein entsetztes Schreien zu unterdrücken. Sofort begann sie damit, ihre selbst gewählten Lehrmeister nachzuahmen.

Gentren war jedoch kein Goraidin. »Ja... meine Welt«, stöhnte er laut. Die unterschiedlichsten schmerzhaften Gefühle rangen in seiner Stimme um die Vorherrschaft. Er deutete auf einen Graben in der Nähe. »Dort habe ich mich versteckt ... und dort habe ich einem von ihnen das Messer ins Bein gerammt.« Er senkte die Stimme, als mehrere Hände ihm winkten, still zu sein. Dann wichen seine Wut und seine Verzweiflung der Verwirrung.

»Hier sieht es noch genauso aus wie zu dem Zeitpunkt, da ich diese Welt verlassen habe«, flüsterte er und bückte sich, um das harte Berggras zu berühren, als glaube er nicht so recht, was er hier sah. »Dies war der letzte unveränderte Teil meiner Welt. Warum haben sie ihn nicht zerstört und ihn genauso gemacht wie den Rest?«

»Vielleicht hast du größeren Schaden verursacht, als du geglaubt hast, als du einem von ihnen das Messer ins Bein gejagt hast«, bot Jenna als Erklärung an. Gentren erwiderte nichts darauf.

»Zweifelt nicht an der Realität dessen, was ihr hier seht«, mahnte Dacu und wiederholte damit Antyrs Worte. Er klopfte sich auf die Brust, grub die Stiefelspitze in den Boden und löste einen Stein.

Yatsu zählte. Die acht Goraidin waren hier, einschließlich Marna, Gentren und Pinnatte. Trotz ihrer Bemühungen, die Ruhe zu bewahren, waren alle sichtlich mitgenommen.

»Wo ist Andawyr? Und Antyr ... und all die anderen...?«, fragte jemand.

Yatsu schaute sich um; dann runzelte er die Stirn und schüttelte den Kopf. »Was auch immer der

Cadwanwr erwartet haben mag, das hier muss nur ein Teil davon sein.« Kurz wandte er sich von seinen Gefährten ab; dann sagte er: »Ich schlage vor, wir konzentrieren uns erst einmal auf unser eigenes Überleben, bevor wir uns über ihren Verbleib den Kopf zerbrechen – oder darüber, was geschehen ist.«

Sie befanden sich auf den unteren Hängen eines kleinen Berges. Ein kurzes Stück unter ihnen begann eine Ebene mit zahlreichen Bodenwellen. Nirgends war eine Bewegung zu erkennen, allerdings war es auch nicht leicht, in dem seltsamen blauen Zwielicht überhaupt etwas zu sehen. Yatsu deutete in die andere Richtung zur Kuppe des Hangs, auf dem sie standen. »Lasst uns mal nachsehen, was sich auf der anderen Seite verbirgt; dann können wir uns um ein Lager kümmern.«

»Bei allem, was gut und heilig ist ... Was ist das für ein Ort?« Yrain sprach aus, was sie alle dachten, als sie die Kuppe erreichten.

Während die blaue Luft bisher die Landschaft eher verborgen hatte, schien sie das Terrain vor ihnen nun zu betonen. Zwei Reihen gewaltiger Berge mit steilen, zerklüfteten Hängen und Gipfeln erstreckten sich bis zum Horizont und hoben sich mit ihren blauschwarzen Schatten vom ekelhaft blauen Himmel ab. Das Bild, das sich den Gefährten bot, glich dem, das Vredech beschrieben hatte, nur dass es weit klarer war und die Symmetrien vielfältiger. Und die Ebene zwischen den beiden Bergreihen war auch anders. Während Vredech von einem chaotischen Netz aus Gräben, Rissen und Spalten gesprochen hatte, war diese hier unnatürlich glatt.

»Nun ist es mehr denn je ihr Ort«, sagte Pinnatte.

Gentren verzog das Gesicht, dann vergrub er es in

den Händen und sank stumm auf die Knie. Yatsu wollte etwas zu ihm sagen, verwarf den Gedanken jedoch wieder. Wie sollte er auch jemanden trösten, dessen gesamte Welt in solch eine Abscheulichkeit verwandelt worden war? Es sagte viel über den Mut und die Kraft dieses Mannes aus, dass er angesichts dessen nicht den Verstand verloren hatte.

Yengar und Olvric halfen ihm sanft auf die Beine; dann führte Yatsu sie vom Werk der Uhriel fort und zurück zu der Stelle, wo sie angekommen waren.

»Lasst uns tun, worin wir gut sind. Unterschlupf, Wasser und Nahrung, in der Reihenfolge. Und da dies offenbar die Welt der Uhriel *ist,* sollten wir sicherstellen, dass dieser Unterschlupf gut versteckt ist.« Yatsu wandte sich an Gentren, der sich bereits wieder ein wenig erholt hatte. »Ich muss dich leider beanspruchen«, sagte er. »Du kennst dieses Land. Gibt es irgendwelche Dörfer oder Städte in der Nähe, irgendwelche Bauernhöfe?«

Gentren schüttelte den Kopf. »Die nächste Stadt ist gut einen halben Tagesritt entfernt, aber sie ist verlassen – wenn sie denn überhaupt noch steht.« Verzweifelt schaute er sich um. »Und wenn ihr jemanden hier findet, dann nur Versprengte, die wie ich ziellos umherwandern.«

»Wahrscheinlich ist es keine gute Idee, allzu weit von hier fortzugehen«, bemerkte Dacu. »Es muss hier irgendwo ein Portal geben, das wieder in unsere Welt zurückführt.«

»Wir wissen noch nicht einmal, ob unsere Welt überhaupt noch existiert«, erwiderte Yatsu düster. »Aber du hast Recht. Außerdem habe ich nun wirklich keine Lust, in dieser Luft über dieses Terrain zu marschieren. Lasst uns einen Unterschlupf suchen.«

»Und vor was soll uns dieser Unterschlupf schützen?«, fragte Gentren. »Es gibt hier keinen Wind mehr, keine Sonne und keinen Regen. Es wird so bleiben, bis ... bis sie beschließen zu tun, was auch immer sie tun wollen.«

Yatsu verzog das Gesicht. »Wir brauchen zumindest ein Versteck«, sagte er.

Nach ein paar kurzen Instruktionen teilten die Gefährten sich in drei Gruppen auf. Olvric und Jenna kehrten auf die Kuppe des Hangs zurück, um Wache zu halten. Jenna, Yrain und Marna zusammen mit Jaldaric und Tirke wurden ausgeschickt, nach Nahrung und Wasser zu suchen, während der Rest mit Yatsu auf die Suche nach einem versteckten Lagerplatz ging.

Es dauerte nicht lange, und sie fanden eine Höhle, die ihnen sowohl als Unterschlupf als auch als Versteck hervorragende Dienste leisten würde, doch damit war ihr Glück auch schon am Ende. Jenna und die anderen brachten nur schlechte Nachrichten zurück.

»Keine Spur von Tieren. Die Vegetation stirbt, und die beiden Bachläufe, an denen wir vorbeigekommen sind, sind knochentrocken«, verkündete Jenna offen.

»Es hat schon lange nicht mehr geregnet«, sagte Gentren.

Zum ersten Mal, seit sie in dieser Welt angekommen waren, überkam die Goraidin so etwas wie Verzweiflung.

»Was ist los?«, fragte Pinnatte besorgt.

»Ohne Wasser werden wir alle in ein paar Tagen tot sein, das ist los«, antwortete Dacu ruhig. »Und es wird kein angenehmer Tod werden.« Pinnatte leckte sich über die Lippen und schluckte dann.

»Das verlagert unsere Prioritäten ein wenig«, sagte Yatsu. Er wandte sich an Gentren. »Gibt es irgendwelche Flüsse in der Nähe oder Seen?«, fragte er. »Sie können ja nicht alle schon vollkommen ausgetrocknet sein.«

Bevor Gentren darauf antworten konnte, kehrte Yengar wieder zurück. Er sprach sehr leise.

»Drei Reiter kommen über die Ebene.«

Nertha zwang ihre Hand, damit aufzuhören, am Hemdsärmel ihres Mannes herumzufummeln. Dann presste sie ihre Gedanken in Worte.

»Er lebt«, sagte sie. Obwohl sie die Zähne zusammengebissen hatte, zitterte ihre Stimme. »Sie leben alle. Sie werden irgendwo anders sein – etwas tun – kämpfen.«

Antyrs Worte kamen ihr wieder in den Sinn. »Ihr seid stärker, als ihr wisst.«

Sie fühlte diese Stärke nicht, aber auch das war nichts Neues. Als Heilerin hatte sie viele Dinge gesehen, die ihr Mitleid erweckt hatten und angesichts derer sie hilflos gewesen war, doch sie war damit fertig geworden – und sie hatte dadurch gelernt. Sie musste tun, was sie konnte, solange sie noch die Möglichkeit dazu hatte.

Angespannt wandte sie sich wieder dem zu, was sie kannte: der methodischen Überprüfung der Lebenszeichen von zuerst Thyrn, dann Farnor ...

Anschließend folgten Antyr und Vredech.

Denn auch die beiden waren zusammengebrochen, als sich die Labyrinthkammer mit allem und jedem in ihr geräuschlos aufgelöst und sie mit vier bewusstlosen Männern allein in einer grauen formlosen Welt zurückgelassen hatte.

Er schrie.

Das wusste er.

Er war ohne Gestalt, und überall um ihn herum herrschte Chaos.

Es tanzte und schauderte im Rhythmus der Schreie.

Immer und immer weiter.

Dann versuchte ein anderer Rhythmus, den ersten zu verdrängen.

»Vredech.«

Immer und immer wieder wurde das Wort wiederholt, bis es die sich verändernden Formen, Muster und Geräusche dominierte, die ihn ringsum umgaben.

Er begann, es zu erkennen.

Das war er gewesen. Einst, als ...

Wann ...?

Hier war Zeit ohne Bedeutung ...

Es veränderte sich. »Hab keine Furcht«, sagte eine Stimme. »Hab keine Furcht.«

Ein Gefühl der Vertrautheit sickerte in ihn ein.

Antyr!

Vredech erkannte sich selbst, und sein Bewusstsein schlang sich um die eindringende Stimme wie ein Ertrinkender die Arme um seinen Retter.

Der Wille des Traumfinders nährte sie beide.

»Wir betreten einen Traumnexus«, sagte er. »Du hast das schon einmal mit mir gemacht, erinnerst du dich?«

Erinnerungen an die Ausbildung, die er von Antyr seit seiner Ankunft in Anderras Darion bekommen hatte, verliehen ihm neuen Halt. Es war nur eine eingeschränkte Ausbildung gewesen, doch für Vredech hatte es gereicht, um die Wahrheit dessen zu erkennen, was man ihm gesagt hatte. Trotzdem ...

»Das war, als Tarrian und Grayle mich festgehalten haben. Das hier ist ...«

»Anders. Ja. Aber nicht so anders. Du kannst deinen Körper spüren, oder? Und dass Nertha sich um uns kümmert.«

»Ja ... aber ... alles ist falsch. Sie ist allein und hat Angst ... Das ist Furcht erregend, Antyr. Um Himmels willen, hilf mir. Ich ...«

Einen Augenblick lang drohte seine Panik, wieder zurückzukehren und sie beide zu überwältigen; doch Antyr zerschmetterte sie erbarmungslos.

»Nein! Beruhige dich. Ich weiß genauso wenig wie du, was geschehen ist, aber was auch immer uns hierher gezogen hat, hat uns zusammen hierher gezogen und dafür gesorgt, dass Nertha sich um uns kümmert. Du weißt besser als ich, wie viel sie wert ist; also halte dich daran fest ... so wie ich mich daran festhalte, dass Tarrian und Grayle versuchen werden, uns zu beschützen, wo sie auch sein mögen.«

»Aber ohne sie ...«

»Ohne sie müssen wir uns von unserem innersten Wesen führen lassen. Wir sind die Elite, weißt du noch? Wir müssen auf uns selbst vertrauen.«

Ironischerweise war es die ehrliche Unsicherheit, die in Antyrs Worten mitschwang, die Vredech dabei half, sich zumindest einigermaßen wieder zu beherrschen. Dabei kam ihm eine Frage über den Nexus in den Sinn, in dem er und Antyr gefangen waren. Als er Antyrs Geist mit dieser Frage berührte, entdeckte er, dass sie bereits gestellt worden war.

»Wer ist der Träumer?«

Die Dunkelheit hallte von Schreien wider.

Andawyr kramte verzweifelt in seinen mit Müll vollgestopften Taschen herum, bis er schließlich eine kleine Glühsteinlaterne gefunden hatte. Er zündete sie an, und die Schreie veränderten ihren Charakter, wurden zur idealen Begleitung für die chaotisch tanzenden Schatten.

Eine weitere Laterne wurde entzündet.

»Wo bei allem, was heilig ist, liegt dieser Ort?«

Islomans Stimme übertönte den Lärm. Er starrte an die schimmernden Wände eines offenbar großen Tunnels. In dem unsteten Laternenlicht wirkte sein Gesicht abgehärmt.

Andere Stimmen stellten andere Fragen.

»Was ist passiert?«

»Wo sind wir?«

Andawyr hob seine Laterne, um die Sprecher zu identifizieren.

Oslang und Atlon waren hier und auch Usche und Ar-Billan.

»Auf jeden Fall an keinem guten Ort, so viel steht fest.« Das war wieder Isloman.

Die Fragen wurden lauter.

»Ruhe!«, rief Andawyr. »Seid einfach nur einen Augenblick ruhig. Ihr alle. Lasst mich nachdenken.«

»Wo sind die anderen?«

»Ich sagte, seid ruhig!«

Der zweite Befehl zeigte die gewünschte Wirkung, und ein nervöses Schweigen senkte sich über die Gruppe. Andawyr musterte sowohl seine verwirrten Gefährten als auch den seltsamen Ort, an dem sie sich wiedergefunden hatten. Er stellte seine Laterne so ein, dass sie einen konzentrierten Lichtstrahl abgab, doch so weit das Licht auch reichte, bestätigte es nur, dass sie sich in einem Tunnel befanden.

Die Ruhe, nach der er verlangt hatte, verhalf ihm jedoch nicht zu klaren Gedanken. Die unausgesprochenen Fragen in den Gesichtern seiner Gefährten waren dieselben, die auch er sich stellte.

Was war geschehen? Und wo waren die Goraidin und die anderen, die sich in der Labyrinthkammer aufgehalten hatten?

Die einzige Antwort, die er auf die erste Frage geben konnte, war, dass dies hier sicherlich nicht das Ergebnis der Konjunktion war, die er vorausgesehen hatte. Welche Form sie auch immer annehmen mochte, es war unwahrscheinlich, dass auch nur einer von ihnen das Ereignis überleben würde. Aber dies musste eine Art Vorspiel dazu sein, wie das leichte Zittern vor einem Erdbeben. Wie lange hatten sie wohl noch, bis alles vorüber war?

Gegen alle Vernunft kam ihm eine Einsicht.

»Das ist das verdammte Labyrinth«, sagte er wütend. »Anderras Darion mag ja Ethriss Festung des Lichts sein, aber dieser Ort in seinem Herzen war schon immer ein dunkles Geheimnis. Würde ich wetten, würde ich sagen, dies ist der Ort, wo alles begann. Ein Teil des Schlachtfelds eines monströsen Konflikts, der all dies verursacht hat. Vielleicht versuchte Ethriss, uns etwas zu sagen, dessen er selbst sich nicht bewusst war, als er die Waffenkammer in seiner Mitte errichtete.«

»Oder er baute das Labyrinth um sie herum«, sagte Oslang.

Andawyr zuckte mit den Schultern. »Das ist ohnehin egal«, sagte er. »Ich nehme an, es ist das Beste, wenn wir so rasch wie möglich einen Weg hier raus suchen.«

Dieser Appell an die Vernunft zog eine weitere Untersuchung des Tunnels nach sich. Die Wände waren vollkommen glatt und bildeten ein Gewölbe; der

Boden war ebenso glatt und schien aus dem gleichen Material zu bestehen. Insgesamt war der Tunnel ungefähr vier- bis fünfmal so hoch wie Isloman groß war.

»Ich kann mir nicht vorstellen, wie das hier gebaut worden sein soll«, sagte der Steinformer. »Kein Meißel hat diesen Stein je berührt; nirgends ist eine Kerbe zu sehen.« Er verzog das Gesicht, als er mit der Hand über die Wand strich. »Dieser Fels ist gequält, nicht bearbeitet worden«, erklärte er.

»Der Boden fällt ein wenig ab«, bemerkte Usche. Bedeutungsvoll blickte sie zu Andawyr. Wie die meisten älteren Cadwanol hatte er nach jahrelangem Leben und Arbeiten in den Cadwanol einen gewissen Instinkt entwickelt, um sich unter der Erde zurechtzufinden. Mit einem Nicken fragte Usche: »Hoch oder runter?«

Andawyr konnte ihr jedoch nicht helfen. Zu viele Fragen kämpften um seine Aufmerksamkeit.

»Nach oben geht es vermutlich hier raus, aber nach unten geht es vielleicht in das Herz von irgendetwas«, sagte er schließlich. »Vielleicht zu dem, was uns hierher gebracht hat.«

»Es könnte mehr als nur Zufall gewesen sein«, bemerkte Oslang.

»Womöglich«, räumte Andawyr ein. »Je näher die Konjunktion rückt, desto wahrscheinlicher werden extreme Möglichkeiten, und auch mehr von Usches ›Rissen im Gebäude‹ sollten zu sehen sein. Ich nehme an, wir sind einfach durch einen dieser Risse hindurch gestolpert. Aber warum wir und nicht die anderen, das weiß ich nicht.« Er dachte einen Augenblick lang nach. »Irgendwo ist hier ein Bewusstsein am Werk.«

»Und wessen Bewusstsein, verdammt?«, verlangte

Oslang ungeduldig zu wissen. »Deines? Meins? Sumerals?«

»Ich weiß es nicht, verflucht noch mal«, erwiderte Andawyr. »Vielleicht von uns allen. Aber ich höre noch immer Antyrs Rufen, als diese graue Masse über uns hinweg geflutet ist. Wir müssen auf uns selbst vertrauen. Wir sind stärker, als wir wissen.« Er packte Oslang am Arm und schüttelte ihn. »Die Dinge sind bis hin zu ihren Wurzeln aufgelöst, und unsere Gedanken stammen aus diesen Wurzeln und reichen auch bis zu ihnen zurück; sie beeinflussen, was hier geschieht, und werden davon beeinflusst. Antyr besitzt nicht ein Bruchteil unseres Wissens, und doch ist er von selbst darauf gekommen.«

»Und was bedeutet das für uns?«, hakte Oslang nach.

»Es bedeutet, dass wir hier sind – wo auch immer hier sein mag«, erwiderte Andawyr und schüttelte ihn erneut. Er blickte zu den anderen. »Wir haben Angst, aber noch nicht vor Angst den Verstand verloren. Und solange wir noch leben und im Vollbesitz unserer geistigen Kräfte sind, sollten wir sie auch besser benutzen.« Er biss die Zähne zusammen und zischte: »Unseren Kampfeswillen aufrecht zu erhalten könnte genauso wichtig sein wie die Art, wie wir kämpfen.« Er deutete den Tunnel hinunter.

»Ich gehe runter. Wollen wir doch einmal sehen, was uns hierher gebracht hat.«

Dreiunddreißigstes Kapitel

Die Reise zur Waffenkammer war zwar kurz, aber nie leicht. Der Weg durchs Labyrinth ließ sich nicht markieren, und die Säulen in der Dunkelheit jenseits davon lockten mit einem Lied, das bis in die dunkelsten Winkel der Seele reichte. Von jenen Leuten, die man während des Krieges hier durch geführt hatte, um Waffen für die neu aufgestellte Armee heraufzuholen, litten hinterher viele unter Albträumen.

Hawklan stolperte den Weg entlang. Er drehte sich nicht um, aus Furcht, die alles verschlingende graue Masse hinter sich zu sehen. Auch trieb ihn die Angst an, dass diese graue Masse von ihm hierher gezogen worden war, dass seine Freunde wegen ihm im Nichts verschwunden waren.

Langsam bildeten sich Fragen aus seinen sich überschlagenden Gedanken. War dies die Konjunktion, die Andawyr und die anderen Cadwanol vorausberechnet hatten? War nun alles in einer trostlosen Leere verloren?

Und was machte er eigentlich hier? Warum war er geflohen und hatte sie im Stich gelassen? Hatte er sich in den Wahnsinn geflüchtet, den seine eigenen Ängste und Zweifel heraufbeschworen hatten?

Er zwang sich, anzuhalten und sich an eine der Säulen zu lehnen. Ihre Festigkeit verlieh ihm Halt. Gleiches galt für das Gewicht des schweigenden Gavor auf seiner Schulter. Er riskierte einen Blick zurück. Er sah nur düstere Säulen.

Was auch immer geschehen sein mochte, es war nicht das Ende ... oder? Das konnte es nicht sein. Solange er lebte, hatte er noch eine Rolle zu spielen ... nicht wahr? Aber irgendwie klang dieser Gedanke leer. Was konnte er schon tun, eine einsame Gestalt, die durch die Dunkelheit rannte – oder die sich nur darin versteckte? Wo lief er hin? Zur Waffenkammer? Er konnte nirgendwo anders hin. Der Weg führte nur dorthin, und ihn zu verlassen bedeutete den Tod. Aber was hoffte er, dort zu finden? Das schwarze Schwert? Darüber hatte Gulda gerade spekuliert. Und falls es wirklich durch irgendeinen bizarren Zufall dort sein sollte, wozu sollte es nützlich sein? Es gab keine große Armee, die die Höfe und Dörfer von Orthlund in Schutt und Asche legte oder vor den Toren von Anderras Darion stand. Und noch weniger gab es eine Armee, die man gegen sie zu Felde führen konnte. Hier waren Kräfte am Werk, die Hawklan nicht verstand. Sicher, das Schwert hatte etwas Besonderes an sich, das Loman und Isloman sofort bemerkt hatten, Schmied und Steinformer; sprachlos hatten sie das geschnitzte Heft und die schwarze schimmernde Klinge berührt. Und auch wusste er, dass es – oder er und es zusammen – eine Kraft besaß, die er nicht verstand. Wie sonst hätte es ihn vor Oklars wilder Entfesselung der Macht beschützen können? Aber das war nicht genug. Selbst wenn er es finden sollte, wäre er ohne echtes Wissen nicht mehr als ein einsamer Soldat, der sich am Rande eines Konflikts, der keine Bedeutung für ihn besaß, sinnlos auf seine Waffe stützte.

Er machte sich wieder auf den Weg, kein Stück klüger geworden und immer noch voller Furcht.

Dann bemerkte er etwas.

Eine tiefe Stille.

Er blieb stehen.

Normalerweise hallte das Labyrinth von seltsamen Geräuschen wider, als würden unsichtbare Räuber am Rand des Pfades entlang schleichen, um jene zu zerreißen, die unvorsichtig genug waren, von ihm abzuweichen.

Aber nun ... nichts.

Es war, als würde das Labyrinth den Atem anhalten ...

... als hätte es die Witterung von einem noch weit wilderen Räuber aufgenommen.

Nur noch gut ein Dutzend Schritte würden ihn in den Gang vor der Waffenkammer bringen und zur sonnenbeschienenen Orthlundyn-Landschaft, deren Bild von Anderras Darions kompliziertem Netz aus Spiegelsteinen hier hinuntergebracht wurde. Von dort aus ging es durch die nun stets offen stehende Nebentür in die Waffenkammer selbst, wo ein wahres Kornfeld von Spitzen und Schneiden im selben Sonnenlicht funkelte.

Falls Orthlund denn noch immer da sein sollte.

Hawklan schob den Gedanken beiseite und ging rasch weiter. Er zählte die Schritte und versuchte, die unheimliche Stille zu ignorieren.

Aber an der letzten Biegung, wo das Licht ihn hätte begrüßen sollen, erwarteten ihn nur weitere Säulen. Sie beobachteten und warteten im trüben Zwielicht des Labyrinths.

Hawklan hörte ein heiseres, entsetztes Krächzen, als sein Körper auf den Anblick reagierte. Gavor flatterte mit den Flügeln. Beide Geräusche verhallten sofort in der bleiernen Luft.

»Ich ... Ich habe doch sicherlich keinen Fehler gemacht, oder?«, stammelte Hawklan, als das Klopfen seines Herzens ihn zu überwältigen drohte.

»Zumindest keinen, der mir aufgefallen wäre, mein lieber Junge«, erwiderte Gavor ebenso verunsichert.

Verzweiflung folgte auf den ersten Schock und drohte Hawklan zu ersticken. Andawyr hatte immer geglaubt, dass er im Zentrum des Geschehens steckte, und noch viele andere waren dieser Meinung gewesen, nicht zuletzt Sumeral Selbst. Aber was war er nun? Ein elender Flüchtling, der sich an einem furchtbaren Ort verlaufen hatte, wo das kleinste Geräusch sich in ein Kreischen verwandeln konnte, welches jeden Mann in den Wahnsinn zu treiben vermochte, oder in eine Lawine, die ihn genauso zerschmettern konnte wie ein Steinschlag.

Hawklan konnte sich nicht mehr bewegen.

Er hatte keinen Fehler gemacht, dessen war er sicher. Das war unmöglich. Er hatte viel zu viel Respekt vor dem Labyrinth, als dass er sich so sehr verwirren lassen würde, um sich zu verlaufen.

»Veränderung«, sagte Gavor.

Hawklan zuckte zusammen.

»Der Reisende hat gesagt, dass man die Wege des Labyrinths verändert, wenn man sie benutzt.«

Hawklan hielt sich an Gavors Worten fest.

»Dann ist das also nicht der Weg in die Waffenkammer«, sagte er und versuchte, sich an Guldas Bericht über ihre Begegnung mit dem Reisenden zu erinnern. »Zumindest nicht wahrnehmbar. Was hat er gesagt? Es verändert sich wie die Berge, Staubkorn für Staubkorn.«

»Soweit wir wissen, sind die Berge ebenso verschwunden wie die Kammer des Labyrinths«, erwiderte Gavor unverblümt. »Und er hat gesagt, dass große Unruhe im Labyrinth herrsche.«

Trotz der Schlussfolgerungen, die sich aus Gavors

Worten ergaben, schöpfte Hawklan aus ihrem Gespräch neue Kraft.

»Er hat auch gesagt, es gäbe noch andere Wege.«

»Und er hat gesagt, dass sie sich so rasch verändern wie ein Blatt, das im Wind zittert.«

Hawklan blickte erneut zu der Stelle, wo sich der Eingang zur Waffenkammer hätte befinden sollen.

Nichts.

Nur die kahlen, unheimlichen Säulen, die man im Zwielicht des Labyrinths sah und fühlte. Hawklan wusste, dass er nur sie sehen würde, egal wo er auch hinschaute. Seine Verzweiflung kehrte wieder zurück; sie war noch genauso groß wie vorher. Er hatte sich schon früher Gefahren gestellt, Gefahren, die ihn hätten töten können und die er nur zu gerne gemieden hätte; aber es waren Gefahren, die er aufgrund seiner Rolle akzeptiert hatte – der Rolle, für die seine Fähigkeiten ihn prädestinierten: die des Heilers und Beschützers. Aber hier wirkte alles so sinnlos, und diese Sinnlosigkeit drückte ihn nieder, als laste das Gewicht der gesamten Festung über ihm auf seinen Schultern. Zu sterben, wenn man einer großen Macht gegenüberstand, war schon eine bittere Vorstellung, aber hier zu sterben – in den eigenen Schreien zu ertrinken – für nichts – während ...

Während was?

Während die Welt und alles und jeder in einem namenlosen Kataklysmus zusammenstürzten, den er vielleicht hätte verhindern können. Diese Aussicht war bitterer, als er ertragen konnte.

Hawklan bemerkte, dass er immer wieder die Faust ballte. Erneut spürte er, wie ihm das schwarze Schwert aus den Fingern glitt und in die Dunkelheit hinabfiel. Sein Arm zuckte, als er versuchte, es aufzufangen.

Konnte so etwas Geringfügiges – der Verlust einer einzigen Waffe – nun so bedeutungsvoll sein?

Ja, antwortete ihm sein Instinkt, auch wenn niemand damals Ursache und Wirkung hätte erkennen oder im Nachhinein berechnen können.

»Ich glaube, wir sollten jetzt lieber etwas tun, mein lieber Junge«, sagte Gavor und schaukelte nervös. »Wir können nicht einfach so hier herumstehen.«

Hawklan öffnete die Hand und rieb sich damit die andere, als wolle er sich vergewissern, dass er keine Schuld am Verlust des Schwertes trug. Werte, die tief in ihm verwurzelt waren und an die er sich immer wieder ermahnt hatte, seit er in diese Zeit gekommen war, wurden erneut bekräftigt.

Er lebte.

Vielleicht war er schon bald tot, vielleicht aber auch nicht, und die Sicherheit der Gegenwart von einer unsicheren Zukunft vernebeln zu lassen hieß nicht nur, die Gegenwart zu verunstalten, sondern konnte auch die gefürchtete Zukunft ein gutes Stück näher bringen.

»Ja«, erwiderte er, straffte die Schultern und drehte sich vorsichtig um.

Der Anblick war der, den er erwartet hatte. Es sah in alle Richtungen gleich aus.

Nun, was auch immer mit der Kammer geschehen sein mochte, das Labyrinth war davon verschont geblieben, dachte er. Und es war noch immer still.

Als wolle er das Labyrinth herausfordern, klatschte Hawklan in die Hände. Das Geräusch klang dumpf und leblos.

»Wo lang?«, fragte er.

Gavor drehte sich zu ihm um. »Mein lieber Junge, frag mich doch so was nicht. Es war deine Idee, hierher zu kommen. Woher soll ich denn so etwas wissen? Hier drinnen hat noch nie auch nur das kleinste Lüftchen geweht.«

Nach einem letzten Blick zu der Stelle, wo die Waffenkammer hätte sein sollen, deutete Hawklan in Richtung der Kammer zurück.

»Da entlang?«

Gavor lachte leise; dann nickte er.

Als er sich wieder in Bewegung setzte, bemerkte Hawklan, dass seine Beine zitterten.

Er bewegte sich vorsichtig und lauschte aufmerksam auf jedes Echo seiner Schritte, das darauf hindeuten könnte, dass das Labyrinth wieder zum Leben erwachte. Als er die Stelle erreichte, wo die Kammer hätte sein sollen, und sich derselben Ansammlung düsterer Säulen gegenüber sah wie überall im Labyrinth, fühltc er, wie eine unausgesprochene Hoffnung in ihm starb. Einen Augenblick lang schrie die Panik an allen Ecken seines Geistes auf, doch er hielt sie im Zaum. Sie ließ sich jedoch nicht endgültig vertreiben.

Gavor schwieg, verlagerte jedoch nervös sein Gewicht.

»Alphraan, hört ihr mich?«, fragte Hawklan.

Keine Antwort.

»Nicht dass ich normalerweise dazu neigen würde, über solche Dinge nachzudenken, aber ich habe mir immer ein dramatischeres Ende für mich vorgestellt«, bemerkte Gavor.

»Ja«, sagte Hawklan. Seit seiner geheimnisvollen Ankunft in Orthlund war Gavor sein Gefährte, und es war mehr als ein Trost für ihn, jetzt seine Stimme zu hören.

Dann kam ein Geräusch aus der Dunkelheit.

Yatsu und Jaldaric krochen an Olvrics Seite. Er machte keinerlei Geräusch, sondern rief sie mit einem Nicken zu einer Stelle auf der Kuppe, von wo aus sie auf die Ebene hinausblicken konnten, ohne selbst gesehen zu werden. Sie brauchten beide eine Weile, um sich an die unheimliche Perspektive zu gewöhnen, die in der unveränderlichen blauen Luft begründet lag, doch nach und nach konnten sie die näher kommenden Reiter erkennen.

Während sie sie beobachteten, sahen sie in einem anderen Teil der Ebene kurz ein Licht aufflackern, dünn und senkrecht.

»Was war das?«, flüsterte Yatsu.

»Ich weiß es nicht«, antwortete Olvric. »Ich habe an verschiedenen Stellen schon ein paar davon gesehen. Sie bleiben nie lange genug, um sie genauer zu betrachten, und sie scheinen keinem Muster zu folgen. Falls es Signalfeuer sind, so habe ich solche zumindest noch nie gesehen. Nur ein einziger Blitz und dann weg.«

»Da ist noch eins«, zischte Dacu und duckte sich instinktiv hinter den Fels.

»Zerbrecht euch darüber nicht den Kopf«, sagte Dacu. »Wir haben genug, worüber wir uns Sorgen machen müssen; da brauchen wir keine mysteriösen Lichter. Wie lange dauert es noch, bis die drei hier sind?«

»Unmöglich zu sagen«, antwortete Dacu und kniff die Augen zusammen, um besser sehen zu können. »Es gibt nichts, woran ich ihre Entfernung oder Geschwindigkeit abschätzen könnte.«

Yatsu runzelte die Stirn. »Wenn sie sind, was wir glauben, dass sie sind, dann können wir unmöglich gegen sie kämpfen. Wir werden uns verstecken müssen, um Zeit zu gewinnen, bis wir eine Möglichkeit gefunden haben, von diesem Ort zu verschwinden.« Niemand widersprach ihm. »Behaltet sie im Auge«, sagte er zu Olvric und Yengar.

Den anderen überbrachte er die Neuigkeit ohne Umschweife. »Wir müssen davon ausgehen, dass es die Uhriel sind. Das bedeutet, dass wir uns nur verstecken können und hoffen müssen, dass sie an uns vorbei reiten.«

»Sie kamen geradewegs auf Vredech und mich zu, als wir hier gewesen sind«, sagte Pinnatte. »Fast schien es, als hätten die Berge ihnen verraten, wo wird sind.«

»Das ist ja ein schöner Trost«, bemerkte Marna bissig. Yatsu winkte ihr, ruhig zu sein.

»Das ist wichtig«, sagte er. »Alles, was Pinnatte hier widerfahren ist, ist wichtig.« Er schaute sich um. »Vielleicht ist dieses Gebiet hier noch nicht verändert worden, weil sie aus irgendeinem Grund nicht dazu in der Lage sind.«

»Wir könnten sie in einen Hinterhalt locken«, schlug Marna vor. »Gentren hat einen von ihnen verletzt.«

Yatsu schüttelte den Kopf. »Vielleicht, aber nur wenn wir absolut keine andere Alternative mehr haben; bis dahin verstecken wir uns.« Er verwarf die Idee jedoch nicht gänzlich.

»Hast du irgendwelche Bäume in der Nähe gesehen?«, fragte er Yrain.

»Ungefähr eine Stunde zu Fuß gibt es einen Wald«, sagte Gentren, bevor Yrain antworten konnte. »Aber ich weiß nicht, in welchem Zustand er ist.«

»Gut. Wenn wir können, werden wir hinterher dorthin gehen. Dort werden wir besseren Unterschlupf finden und vielleicht auch etwas zu essen und zu trinken. Wir können uns auch ein paar Bögen oder Speere machen nur für den Fall, dass wir ihnen doch einen Hinterhalt legen wollen, ganz zu schweigen von ein paar Fallen.«

Yengar kam mit weit aufgerissenen Augen heruntergekrochen.

»Einer von ihnen ist verschwunden«, sagte er. Yatsu ließ ihn die Information wiederholen.

»Er ist einfach in einem dieser Lichter verschwunden«, erklärte Yengar. »Im einen Augenblick war er noch da, und im nächsten war er weg.« Er schnippte mit den Fingern.

Yatsu blickte fragend zu Pinnatte, der jedoch nur mit den Schultern zuckte.

»Als wir hier gewesen sind, ist keiner von ihnen verschwunden, schade eigentlich«, sagte er säuerlich.

»Was ist mit den anderen?«, fragte Yatsu Yengar nach einer kurzen, verwirrten Pause.

»Sie sind einfach weitergeritten. Wir haben ein schwaches Kreischen gehört wie das, von dem Vredech uns erzählt hat.« Er verzog das Gesicht. »Das war kein schönes Geräusch, selbst auf diese Entfernung nicht; aber ich nehme an, das bestätigt, wer sie sind.«

»Einer weg, bleiben zwei«, sagte Yrain.

»Nein, so einfach ist das nicht«, erwidert Yatsu. »Vergiss nicht, dass keiner von uns auch nur zu träumen gewagt hätte, einen der alten Uhriel anzugreifen, und wenn die Memsa Recht hat, dann sind diese ... diese Kreaturen um ein Vielfaches mächtiger. Außerdem muss ich ja nicht hinzufügen, dass dies hier ihre Welt ist. Wir wissen noch nicht einmal, ob dieses Verschwinden nun zu unserem Vorteil ist oder nicht.« Er ließ seinen Blick über die in Blau getauchte Landschaft schweifen. »Hier ist alles sehr offen. Es gibt wenig Deckung für uns als Gruppe und auch nicht viel mehr, wenn wir uns aufteilen.«

»Wenn irgend möglich, sollten wir hier bleiben – neben dem Portal, wo auch immer es sein mag«, sagte Dacu und wiederholte damit seine ursprüngliche Sorge.

Yatsu nickte. »Wie weit geht diese Höhle in den Berg hinein?«

»Nicht weit«, antwortete Jaldaric. »20, 30 Schritte, und nirgends kann man sich verstecken außer hinter den Felsen auf dem Boden.« Er hob die Hand. Sie war dreckig. »Kein Wasser, fürchte ich, aber weiter hinten gibt es eine feuchte Stelle«, erklärte er und schmierte sich den Dreck ins Gesicht. »Zumindest können wir unsere Aufmachung etwas weniger auffällig gestalten.«

Yatsu blickte düster drein, als er zu Olvric und Yengar zurückkehrte. Die beiden Reiter waren bereits deutlich näher gekommen, auch wenn es noch immer unmöglich war abzuschätzen, wie weit entfernt sie sich befanden. Abgesehen von zwei weiteren Lichtblitzen war seit dem Verschwinden des dritten Reiters nichts mehr geschehen.

»Es ist Zeit, uns zu verstecken«, sagte Olvric leise.

Ein Handsignal schickte die Goraidin in die Höhle. Den anderen gab Yatsu flüsternd Instruktionen. »Tut genau, was man euch sagt. Haltet eure Gesichter in Bodennähe – wenn ihr den Kopf hebt, wird man sie im Dunkeln sehen. Bewegt euch nicht. Sprecht nicht. Und sollte es zum Kampf kommen, haltet euch raus.« Er nickte in Richtung der Höhle. »Wir kennen einander, und wir wissen, wie wir zusammen kämpfen müssen. Ihr würdet uns nur behindern oder sogar durch

Zufall niedergestreckt werden. Habt ihr das verstanden?« Gentren und Pinnatte brachten angesichts dieses kalten Ultimatum ein widerwilliges »Ja« zustande, doch Marna dachte offensichtlich darüber nach, sich Yatsus Anweisungen zu widersetzen.

Yatsus Hände schossen vor. Eine berührte sie leicht an der Wange, während die andere ihr das Messer aus dem Gürtel zog. Noch während sie vor der Berührung zurückzuckte, war das Messer bereits an ihrer Kehle. »Das ist ein Befehl, Kadett«, sagte Yatsu in unerwartet sanftem Tonfall, als er Marna das Messer wiedergab. »Niemand zieht deinen Mut in Zweifel, aber du bist noch nicht gut genug – jedenfalls nicht für das, was hier getan werden muss.« Dann wandte er sich wieder an alle drei. »Sollte es zum Schlimmsten kommen, tut, was ihr tun müsst, um zu überleben.«

In der Höhle überprüfte Yatsu die Position eines jeden und flüsterte den Goraidin ein paar Instruktionen zu, bevor er sich in die tiefen Schatten des mit Felsen übersäten Bodens legte. Nach wenigen Augenblicken schlüpften auch Yengar und Olvric in die Höhle und verschwanden außer Sicht.

Das würde schwer werden; das wusste Yatsu. Warten war immer schwer. Warten war etwas, worin die Goraidin hervorragend waren, doch es stellte einen Kämpfer ebenso sehr auf die Probe wie der eigentliche Kampf. In der Stille ging der Geist stets auf Wanderschaft und erschuf aus dem Nichts Geräusche und Bilder, die den Wartenden quälten und in die Irre führten, während der Körper schrie, sich endlich wieder bewegen zu dürfen. Und hier? Wer vermochte schon zu sagen, welch schreckliche Schockwellen das Verschwinden der Labyrinthkammer und ihr plötzlicher Transport an diesen Ort noch auslösen würden?

Selbst ihm, Yatsu, fiel es schwer, die Stimme in sich zum Schweigen zu bringen, die ihm zuschrie, alles, was er kannte, sei ins Nichts gestürzt worden, und dass er hier sinnlos sterben und einen unsichtbaren Feind in der Dunkelheit dieser vernichteten Welt verfluchen würde.

Nach und nach wurde er sich eines Geräuschs bewusst – ein fernes Geräusch, das ihm einen Schauder über den Rücken jagte.

Nertha versuchte weiter, ihre wilden Gedanken damit zu beruhigen, dass sie in regelmäßigen Abständen Puls und Atmung der vier Bewusstlosen überprüfte. Sie erledigte das mit absichtlicher Langsamkeit, wobei sie ihren eigenen Puls als Anhaltspunkt hernahm, um die Zeit zu messen. Das war leicht. Während der Puls ihrer Schützlinge normal war, schlug ihrer wild und schnell. Ihn musste sie nicht erst suchen. Er pochte in ihrer Brust und in ihren Ohren.

Wer ist der Träumer?

Inmitten des wirbelnden Chaos aus Geräuschen, formlosen Farben und Myriaden schwer zu fassender Gerüche, schreckte das diamantenharte Bewusstsein, das Antyr war, vor der Frage zurück.

In ihrem Kielwasser war er plötzlich wieder ganz und so real wie der Körper, von dem er fühlte, dass eine ängstliche Nertha sich um ihn kümmerte. Neben ihm befand sich Vredech, anwesend, aber unsichtbar, wie er es vermutlich auch für ihn war.

»Das ist der Nexus«, sagte er. Es war ein Ort, in den Fragmente aller Träume einflossen, die der Träumer je gehabt hatte. Aber hier war er verloren. Hier waren es die Geister von Tarrian und Grayle, die ihn zu den

Stellen führten, in denen die Not des Träumers begründet lag. Doch Tarrian und Grayle jagten für sich selbst.

Er wollte Vredech beruhigen, aber er konnte nicht. Dafür gab es zu viele Fragen.

Waren sie beide hierher gekommen, um einen Zweck zu erfüllen, der in einem Wissen begründet lag, das sich tief in ihren Gedanken verbarg ...?

Oder war es nur eine instinktive Reaktion auf die näher rückende graue Masse gewesen, die die Labyrinthkammer überrollt hatte? Schiere Panik? Vredech hätte Nertha nie wissentlich im Stich gelassen, aber ...?

Oder waren sie von irgendeiner Macht hierher geholt worden?

Und Vredechs schreckliche Frage kehrte wieder zurück.

Wer ist der Träumer?

Wer war der Schöpfer des Chaos, das um sie herum herrschte?

Dann, wie es die Art ist, wenn man sich vom Nexus in den Traum bewegt, *waren* sie der Träumer.

Die fünf Cadwanwr und Isloman waren nun schon seit einiger Zeit unterwegs. Nichts in dem Tunnel gab ihnen einen Hinweis darauf, wo sie sich befanden oder wie weit sie schon gekommen waren – obwohl Atlon von Zeit zu Zeit mit einem kleinen Meißel eine Kerbe in die Wand schlug, den er sich von Isloman geborgt hatte.

Ihre Schritte klangen seltsam dumpf, und die zuckenden Schatten, die das Laternenlicht erzeugte, vergrößerten ihre ohnehin schon beachtliche Nervosität noch. Auch wenn sie nicht flüsterten, so sprachen sie doch gedämpft und nur selten miteinander.

»Wir können nicht so weitermachen«, hatte Usche sich an einem Punkt beschwert, woraufhin Andawyr geantwortet hatte: »Und was sollen wir sonst tun?«

Usche hatte gerade wieder genug Mut gesammelt, um erneut zu protestieren, als Andawyr stehen blieb und unnötigerweise die Hand hob, um den anderen Schweigen zu gebieten.

»Ich dachte, ich hätte etwas gehört«, sagte er.

»Mehr etwas gefühlt«, erwiderte Oslang. »Als hätte jemand die Macht benutzt, allerdings in beachtlicher Entfernung.«

»Ja, du hast Recht. Kommt.« Und anstatt eine Pause einzulegen, um über das Phänomen zu diskutieren, setzte Andawyr sich wieder in Bewegung.

»Denkst du, das ist klug?«, fragte Oslang, nachdem er wieder zu ihm aufgeschlossen hatte.

»Im Augenblick versuche ich, *gar nicht* zu denken«, erwiderte Andawyr. »Da nirgends etwas zu finden, was uns verraten könnte, wo wir sind oder was hier geschieht, ergäbe das auch keinen Sinn, oder? Wir werden unserem Instinkt folgen müssen.«

»Da vorne ist ein Licht.« Das war Isloman. Er ging an Andawyr vorbei und bedeckte die Laterne mit seiner großen Hand. Die Gruppe kam stolpernd zum Stehen, während Isloman angestrengt in die Dunkelheit spähte.

»Ja«, sagte er schließlich. »Da vorne ist definitiv ein Licht.« Er nahm die Hand wieder von der Laterne.

»Du und deine Orthlundynaugen«, sagte Andawyr und blinzelte. »Ich sehe nichts.«

Isloman erwiderte nichts darauf, sondern übernahm die Führung.

Schon bald waren die Tunnelwände in einen schwachen blauen Schein getaucht, der nach und nach stärker wurde, bis die Gefährten die Laterne nicht mehr brauchten.

»Dieser Ort ist sehr böse«, sagte Isloman halb zu sich selbst. »Der Fels schreit.«

»Und es stinkt nach Missbrauch der Macht«, fügte Andawyr hinzu und sprach damit aus, was offenbar auch die anderen Cadwanol empfanden.

»Es stinkt *beachtlich* nach Missbrauch der Macht«, sagte Oslang. »Wir müssen vorsichtig sein.«

Die Lichtquelle kam in Sichtweite. Es war eine Öffnung in der Tunnelwand, die in Form und Größe dem Tunnel selbst entsprach. Als die Gruppe daneben stehen blieb, wurden ihre besorgten Gesichter in ein widerwärtiges Blau getaucht.

Vorsichtig spähte Andawyr in die Öffnung hinein. Dann winkte er den anderen, ihm zu folgen, und trat hindurch. Die Öffnung erwies sich nicht als Abzweigung, sondern als Tür. Ein paar Schritte führten sie auf einen großen Balkon, der um eine riesige Kammer herum lief.

Auf der gegenüberliegenden Seite befand sich offenbar eine Fensterreihe, und durch diese fiel das blaue Licht herein. Die Wände verschwanden nach oben hin in dem blauen Zwielicht. Atlon ging zum Rand des Balkons und sank auf die Knie, um darüber hinweg zu spähen – er hatte kein Geländer.

»Es geht tief nach unten«, sagte er und streckte die Hand nach hinten aus, um die anderen zu warnen, sich ihm nicht zu schnell zu nähern.

Unter ihnen befanden sich noch zwei weitere derartige Balkone, alle offenbar verlassen. Gleiches galt für den Boden der Kammer. Diese war mit einem einzelnen Stern in der Mitte geschmückt. Er besaß einen silbrigen Glanz, der selbst in dem blauen Licht deutlich zu erkennen war, und Strahlen gingen von ihm aus, die den Boden unterteilten.

»Ein böses Symbol«, sagte Atlon düster.

Andawyr nickte. »Damit hätten wir rechnen müssen.« Er deutete auf die Fenster auf der anderen Seite. »Lasst uns mal nachsehen, wo wir sind.«

Die Fenster erwiesen sich als nichts weiter als Löcher in der Wand. Sie reichten bis zum Boden des Balkons herunter und hatten kein Glas. Dicht an die Wand gedrückt und sich an Isloman festhaltend, trat Andawyr in eines von ihnen und tastete sich vorsichtig vor.

Während der Blick in die Kammer hinunter beunruhigend gewesen war, so war der Blick aus dem Fenster entsetzlich. Andawyr krallte sich so fest an Isloman, dass der Steinformer das Gesicht verzog. Andawyr blickte eine geschwungene Wand hinunter, die um ein Vielfaches höher war als selbst der höchste Turm von Anderras Darion. Aus der Wand ragten in Wellen angeordnete Dornen und Zacken, die bis zum Horizont reichten und vermutlich noch darüber hinaus. Vom Fuß der Wand gingen in regelmäßigen Abständen ähnliche Wellen aus, sodass der Eindruck entstand, hier seien Muster in Muster gelegt worden, um aus einfachsten Dingen etwas schier unglaublich Komplexes zu erschaffen. Doch der Anblick hatte etwas Besessenes und Krankes an sich – ein Eindruck, der noch dadurch verstärkt wurde, dass alles in Blau getaucht war. *Selbst die Luft*, dachte Andawyr, als er blinzelnd in die Ferne blickte.

Islomans Griff verstärkte sich plötzlich, als Andawyr sich fasziniert von dem Anblick vorbeugte und die Zehen über die Kante schob. Er nickte dem Steinformer anerkennend zu, bewegte sich aber nicht.

Wo war dieser Ort? Und wie hatte solch eine Landschaft entstehen können?

Die Antworten auf diese Fragen kamen sofort und ohne dass Andawyr lange darüber hätte nachdenken müssen. Selbst ohne das Symbol des einzelnen silbernen Sterns war deutlich zu erkennen, dass dieses Gebäude und alles um es herum Sumerals Werk war. Das musste Gentrens Welt sein, eine Welt, die Sumerals neugefundene Uhriel aus welchem Grund auch immer verwandelt hatten. Die Macht, die dafür eingesetzt worden war, musste schier unvorstellbar groß gewesen sein. Andawyr verlor den Mut, und Dunkelheit vernebelte seinen Geist. Gegen solch einen Feind vermochte niemand etwas auszurichten. All sein Wissen, all seine Erfahrung waren wertlos. Er verspürte den Drang, sich von Isloman loszureißen und sich in den gezackten blauen Albtraum zu stürzen – um allem ein Ende zu machen. Sein Verstand geriet ins Wanken, und seine Welt füllte sich mit dem rasselnden Geräusch seines unentschlossenen Atems.

Er könnte es tun. Islomans Griff war nicht zu fest.

Aber der Griff war da, und er war recht entschlossen. Springen mochte er ja vielleicht können, aber nicht stürzen.

Die Dunkelheit in seinem Geist bewegte sich.

Diesen Weg zu gehen würde *nicht* allem ein Ende machen ... oder? Durch solch eine Tat würde er nur seine Schützlinge dem überlassen, was auch immer an diesem Ort auf sie lauerte, und diese Vorstellung bedrückte Andawyr noch mehr als der Anblick, der sich ihm bot. Vor seinem geistigen Auge sah er ihre entsetzten, anklagenden Gesichter – besonders Usches und Ar-Billans, beide in mehrfacher Hinsicht die Unschuldigsten der Gruppe. Und auch würde er dadurch alles im Stich lassen, für das er ein Leben lang gearbeitet hatte und was ihm etwas bedeutete – und er würde die Arbeit und das Opfer unzähliger anderer mit sich hinunterziehen, die sich Sumeral in Seinen vielen Gestalten widersetzt hatten.

So plötzlich, wie sie gekommen war, so verschwand die Dunkelheit aus seinem Geist auch wieder. Die Aussicht war zwar nicht weniger schrecklich, aber Andawyr erkannte, dass er die Art der Goraidin wirklich verinnerlicht hatte. Er konnte nicht anders, als all seine Fähigkeiten dafür einzusetzen, Sumeral zu besiegen, wie sinnlos dieser Versuch auch sein mochte. Dabei konnte er auch durchaus sterben, doch er würde weder freiwillig noch leise aus dem Leben treten.

Antyrs Worte, die dieser beim Anrücken der grauen Masse geschrieen hatte, kamen ihm wieder in den Sinn.

»Unsere Gedanken reichen ins Herz von alledem.«

Antyrs Intuition, was die Art betraf, wie der menschliche Geist funktionierte, hatte ihn an einen Ort geführt, auf den die ach so hoch entwickelten Cadwanol mit ihrer Logik und ihren Experimenten noch nicht einmal zu deuten gewagt hätten. Andawyr wusste, dass er mit seinen Berechnungen, dank deren er die kommende Konjunktion vorhergesehen hatte, hier nichts ausrichten konnte. Er konnte damit nicht die unendlichen Ereignisse beeinflussen, die in einem einzigen Augenblick geschehen konnten. Aber dieselbe Art zu denken verriet ihm, dass selbst die geringste Tat in solch einem Augenblick die Waagschale neigen und den Ausgang verändern konnte.

Wer vermochte schon zu sagen, welche Tat sich als entscheidend erweisen würde?

Entscheidend.

Das Wort führte ihn zurück zu dem Bach nahe den Cadwanen, wo er gelegen und in den in der Sonne glitzernden Wellen nach Inspiration gesucht hatte.

Wie lange war das jetzt her …?

Zwei Wochen? Drei Wochen? Er konnte sich nicht genau daran erinnern, aber es schien schon ein ganzes Leben her zu sein. So viele Dinge waren so schnell geschehen.

Und ihm war klar, dass das so sein musste.

Jetzt würde alles sogar noch viel schneller geschehen.

»Wir sind stärker, als wir wissen«, wiederholte er Antyrs Worte und wandte sich von Gentrens vernichteter Welt ab und wieder seinen Freunden zu.

»Lasst uns sehen, was wir über diesen Ort herausfinden können.«

Vierunddreißigstes Kapitel

Eine kurze Suche brachte Isloman und die Cadwanol zu einer Öffnung, die auf einen großen Absatz führte; doch wo die Treppe hätte sein sollen, befand sich eine Rampe.

»Runter?«, fragte Andawyr rhetorisch und machte sich entschlossen auf den Weg.

Die Rampe ging steiler hinab als der Tunnel, in dem sie sich zuerst wiedergefunden hatten, und das Hinabsteigen war ausgesprochen unangenehm. Spiralförmig ging es nach unten, und alles war ausreichend in das blaue Licht getaucht, so dass die Gefährten auf die Hilfe einer Laterne verzichten konnten. Das verlangte nach einer Erklärung, doch niemand vermochte die Lichtquelle zu finden.

»Das ist der Fels«, sagte Isloman schließlich. Seine Stimme klang angespannt. »Er schreit. Dies ist ein wahrhaft furchtbarer Ort.«

Als Orthlunds Erster Former war Isloman besonders sensibel für Stein und Fels; er fühlte Dinge, die andere kaum bemerkten. Nun strahlte alles an ihm seinen Kummer aus.

»Was auch immer dieser Ort sein mag, es ist nicht das Werk von Meisterbauern ... Er ist nicht *gebaut* worden«, erklärte er. »Man hat ihn aus dem jungfräulichen Fels *gerissen.*«

Andawyr legte ihm tröstend die Hand auf den Arm, sagte aber nichts.

Sie kamen an Öffnungen vorbei, die auf die beiden

unteren Balkone führten, und eine flüchtige Inspektion verriet ihnen, dass sie jenem weiter oben glichen. Schließlich erreichten sie den Boden, den sie von hoch oben gesehen hatten. Andawyr hob warnend die Hand, als sie sich vor einer breiten Tür sammelten.

Was von oben ein Mosaik im Zentrum zu sein schien, erwies sich als etwas vollkommen anderes. Der Silberstern schwebte ein Stück über dem Boden, fest und facettenreich und mit spitzen Dornen, die die blaue Luft durchstachen. Eine Halterung war nirgends zu erkennen. Bei den Strahlen, die von oben betrachtet von ihm auszugehen schienen, handelte es sich in Wahrheit um Grate, die aus dem Boden herauswuchsen.

»Die sind wie diese ... Berge ... draußen«, sagte Ar-Billan. »Das gleiche Muster.« Er beugte sich vor und betrachtete sie aufmerksam. »Wie es aussieht, entsprechen sie sich sogar in den Proportionen.«

Er wollte näher herangehen, doch Andawyr hielt ihn davon ab.

»Du hast Recht«, sagte er. »Aber wir müssen vorsichtig sein. Das ist kein Schmuck. Hier hat alles mit Sicherheit einen Zweck, und zwar einen bösen.«

Vorsichtig blickte er von einer Seite zur anderen; dann betrat er die Kammer.

»Es ist seltsam«, sagte er, nachdem er sich vergewissert hatte, dass ihnen keine unmittelbare Gefahr drohte. »Das hier muss alles von der Macht erschaffen worden sein, doch ich kann nichts davon fühlen.«

Er schaute sich um und legte die Stirn in Falten. Dichte Reihen ungekämmter Cadwanol blickten ihn an, denn die Wände der Kammer waren mit großen, schmalen Spiegeln verkleidet. Das Ergebnis davon war der Eindruck einer riesigen blauen Wüste voller Grate, über denen Reihen bösartiger Sterne strahlten. Als die anderen sich zu Andawyr gesellten, erschienen wahre Menschenmassen um sie herum.

Trotz ihrer Lage schaute Usche sich mit weit aufgerissenen Augen um. »Es ist, als befände man sich im Zentrum der Unendlichkeit«, sagte sie, drehte sich im Kreis und betrachtete ihre unzähligen Gegenstücke.

Andawyr grunzte und spielte an seiner Nase herum. »Ich bin für Vorschläge offen«, sagte er.

»Zerschlagen! Alle!«

Mit seinem harten Urteil zog Isloman die Aufmerksamkeit aller auf sich.

»Ich wollte eigentlich wissen, ob sich jemand denken kann, was das alles zu bedeuten hat?«, erklärte ihm Andawyr.

»Ich weiß, was du gemeint hast, aber jetzt ist nicht die Zeit für Diskussionen«, erwiderte Isloman. »Wir wissen nicht, wie oder warum wir hierher gekommen sind – oder ob wir das alles nur träumen –, aber es gibt hier nichts, worüber ich etwas lernen will, genauso wenig wie ich mir die Geschichten von Mördern anhören will, die Kinder in ihren Betten erschlagen. Zerschlagen wir sie!« Er nahm Atlon den Meißel wieder ab und stellte sich auf einen der Grate offenbar in der Absicht, den bösen Stern zu zerschlagen.

»Nein!«, schrie Andawyr, packte den großen Mann am Arm und zog ihn zurück.

Isloman riss sich wütend von ihm los und schien dem Cadwanwr die Meinung sagen zu wollen, doch Andawyr ließ ihm keine Gelegenheit dazu.

»Ich habe euch doch gesagt: Nichts in diesem Raum dient nur dem Schmuck«, sagte er und packte erneut Islomans Arm. Er deutete auf den Stern. »Dieses Ding ist der Mittelpunkt von irgendetwas, ein schrecklicher

Fokus für alles hier. Wer weiß, was du auslösen würdest, wenn du ihn berührst?« Fragend blickte er zu Oslang und Atlon.

Die beiden schauten ihn unglücklich an; sie wussten, was Andawyr von ihnen wollte.

»Dann werden wir wohl müssen, nehme ich an«, sagte Oslang. »Aber sei vorsichtig.«

Andawyr scheuchte alle zurück zur Tür; dann stellte er sich mit Oslang und Atlon an der Seite auf.

»Ich werde das Ding nur mit der Macht berühren«, erklärte er. »Nur ganz kurz. Vielleicht finde ich so etwas darüber heraus.« Er wandte sich an Usche und Ar-Billan. »Was auch immer mit mir geschehen mag – oder mit uns dreien –, mischt euch nicht ein. Habt ihr verstanden?«

Die beiden nickten.

Andawyr rieb sich nervös die Hände, dann wischte er sie an seiner Robe ab. Nach einem kurzen Blick zu seinen Gefährten schloss er die Augen und rührte sich nicht mehr. Instinktiv trat Isloman schützend vor Usche und Ar-Billan.

Kein Geräusch war zu hören, und was auch immer Andawyr tat, Isloman sah nichts davon ... doch plötzlich fing er den kleinen Mann auf, als dieser zurückgeworfen wurde. Die Wucht des Aufpralls ließ beide zu Boden stürzen. Isloman rollte sich herum und hielt sich den Bauch; der Schlag hatte ihm die Luft aus dem Leib getrieben, und Andawyr lag vollkommen regungslos da. Sichtlich erschüttert waren Oslang und Atlon sofort an seiner Seite. Als sie sich über ihn beugten, um ihn zu untersuchen, bemerkte er Ar-Billan, der sich in seine Robe krallte.

Andawyr hob den Kopf und sah, dass die Kammer nicht länger leer war. Ein seltsames Pferd, auf dem ein gepanzerter Reiter saß, bewegte sich mit Ekel erregender Geschicklichkeit über die Grate auf ihn zu.

Das Geräusch ließ Hawklan erstarren. Es war ein schwaches Klicken.

Erwachte das Labyrinth wieder zum Leben?

War das das Vorspiel zu einem Tumult, der immer lauter werden würde, bis er zerschmettert war?

Das Klicken wurde lauter. Hawklan konnte nicht anders, als den Atem anzuhalten, auch wenn er wusste, dass Atmen zu leise war, als dass das Labyrinth daraus eine Waffe hätte machen können.

»Hallo«, sagte eine vertraute Stimme in der Dunkelheit.

Hawklans von der Angst geschärfte Sinne durchfuhr ob des unerwarteten Geräuschs ein Schreck.

»Dar-volci«, keuchte er wütend und erleichtert zugleich.

»Was machst du denn hier? Was ist passiert?«, fragte der Felci.

»Wo sind Tarrian und Grayle?«, fragte Hawklan im Gegenzug.

»Sie sind weg«, antwortete Dar-volci. »Ich habe versucht, zur Kammer zurückzufinden.«

»Weg?«

»Weg. Sie sind einfach verschwunden. Sie rannten mir voraus, dann wurde es irgendwie seltsam, und sie waren nicht mehr da. Das ist recht ungehobelt, dachte ich, mich einfach ohne ein Wort zu verlassen.«

Der schwache Versuch, humorvoll zu klingen, betonte nur die ungewöhnliche Unruhe des Felci.

Hawklan hockte sich vor ihn. »Was meinst du damit, alles sei irgendwie seltsam geworden?«

»Einfach nur das«, lautete die wenig hilfreiche Antwort. »Und da war ich ... ganz auf mich allein gestellt. Jetzt scheint sich alles ständig zu verändern.« Er wiederholte seine Frage, bevor Hawklan nachhaken konnte. »Wie auch immer ... Was machst du hier?«

Hawklan erzählte es ihm.

Dar-volci stieß eine Reihe besorgter Pfiffe aus. Dann drehte er sich im Kreis, als wolle er seinen eigenen Schwanz fangen. »Alle weg? Andawyr und die anderen ... alle weg? Und die Labyrinth- und die Waffenkammer?«

Hawklan hatte ihn noch nie so verwirrt gesehen.

»Und wir haben uns verirrt?«

»Wir haben uns verirrt.«

Dar-volci hörte auf, sich zu drehen, klapperte geräuschvoll mit den scharfen Zähnen und schaute sich dann um.

»Das ist nicht gut«, murmelte er. »Und dieser Ort verändert sich noch immer ständig.«

Hawklan folgte seinem Blick, konnte aber weder etwas Ungewöhnliches sehen noch fühlen.

»Was meinst du damit?«, fragte er. »Ich kann nichts sehen.«

»Irgendetwas geschieht hier, mein lieber Junge«, erklärte Gavor. »Seit wir hier reingekommen sind, spüre ich das schon in meinen Schwingen, aber frag mich nicht, was es ist.«

Hawklan wusste, dass seine Gefährten ihm alles sagten, was sie wussten.

»Also gut«, sagte er an Dar-volci gewandt. »Bring uns zu der Stelle, wo Tarrian und Grayle verschwunden sind. Vielleicht werden wir dort etwas finden.«

»Das kann ich nicht«, erwiderte der Felci. »Ich habe dir doch gesagt, dass sich alles verändert. Es scheint, als wäre das Labyrinth nur dort real, wo wir es sehen können – oder wo du bist«, fügte er nach kurzem Nachdenken hinzu.

Hawklan runzelte die Stirn. »Dann geh, wohin dich deine Pfoten führen«, sagte er so aufmunternd, wie er konnte. »Wir müssen weitersuchen. Wir können nicht einfach nichts tun.«

Dar-volci stieß ein leises Pfeifen aus, dann stapfte er davon. Hawklan folgte ihm.

Lange Zeit gingen sie durch die stets gleiche Landschaft des Labyrinths. Auch wenn nichts darauf hindeutete, dass die tödlichen Geräusche wieder zurückkehren würden, wurde sich Hawklan zunehmend eines Gefühls der Bedrückung bewusst, je weiter sie gingen. Immer häufiger ertappte er sich dabei, wie er tief durchatmete und wachsam auf die Säulen blickte, als könnten sie sich jeden Augenblick auf ihn zu bewegen und ihn wie ein Insekt zerquetschen.

»Bleib mal einen Moment stehen«, keuchte er. Er setzte sich, lehnte sich an eine der Säulen und schloss die Augen. Gavor hüpfte von seiner Schulter und stellte sich neben Dar-volci. Die beiden blickten ihn schweigend an.

In der tieferen Dunkelheit hinter seinen Augen kämpfte Hawklan gegen die Ängste und Sorgen an, die immer lauter in seinem Kopf schrieen. Das schlimmste dieser Gefühle war die Angst, in diesem Limbo zu sterben, dicht gefolgt von Schuldgefühlen, dass er irgendwie seine Freunde verriet. Sie brauchten ihn; sie brauchten, was er tun konnte.

Aber *was* konnte er tun?

Kämpfen? Heilen?

Ja, beides. Das waren zwei Seiten ein und derselben Münze. Aber gegen was sollte er hier kämpfen? Was sollte er heilen?

Er öffnete die Augen. Gavor und Dar-volci beobachteten ihn noch immer geduldig. Dieser Ort bedrückte ihn, aber für Gavor musste er wahrhaft furchtbar sein, dachte Hawklan, für eine Kreatur, die es gewohnt war, fröhlich auf den Winden der Berge zu reiten. Er streckte die Hand nach dem Vogel aus, der darauf kletterte.

»Ich wollte gerade sagen, dass wir schon an schlimmeren Orten gewesen sind, aber das stimmt nicht, nicht wahr?«, sagte er.

»Ich fürchte, da hast du Recht, mein lieber Junge. Bist du bereit weiterzugehen?«

»Ja und nein.«

Hawklan setzte den Raben auf seine Schulter und legte dann die Hand auf die Säule, an der er gelehnt hatte, als wäre sie ein verletztes Glied.

Chaos erfüllte ihn, und er zog die Hand rasch zurück. Wie konnte das sein? Er war kein Former. Er besaß kein Gefühl für den kalten Stein. Isloman und die anderen Orthlundyn neckten ihn regelmäßig wegen seiner Steinblindheit.

Er legte beide Hände auf die Säule. Das Chaos war noch immer dort – das war keine Einbildung gewesen –; aber diesmal zog er die Hand nicht zurück. Das war kein neues Gefühl für ihn. Es war die Unruhe, die er in jeder Wunde fühlte – ein Kampf zwischen den Kräften des Chaos und der Ordnung, Gleichgewicht und Ungleichgewicht.

Was konnte den kalten Stein dazu bringen, derart zu reagieren?

Hawklan erinnerte sich an Usche und Andawyr. Diese Konjunktion, die sie fürchteten, hatte ihren Ursprung an einem Ort, wo alles unendlich klein war und wo alle Dinge eine Gemeinsamkeit besaßen – »in diesen Wänden, diesen Tischen und in uns selbst«, hatte Usche gesagt.

Nun konnte er es fühlen.

Dagegen konnte er kämpfen; das konnte er heilen.

Er ging das Chaos wie jede andere Wunde an und verließ sich auf seinen Instinkt.

Ein Zittern durchfuhr ihn. Einen Augenblick lang glaubte er, das Labyrinth bereite sich auf den Angriff vor, doch er schob seine Angst beiseite und hielt seine heilende Berührung aufrecht.

Ein unpassendes »Oh!« von Gavor und Dar-volci ließ ihn sich umdrehen.

Das Labyrinth war heller geworden. Hawklans Blick wurde nach oben gezogen. Während die Säulen bis jetzt alsbald in der Dunkelheit verschwunden waren, reichten sie nun viel weiter hinauf, sodass er den Eindruck hatte, in einem großen Wald zu stehen. Gavor segelte auf den Boden und flatterte geräuschvoll mit den Flügeln.

»Geh weiter«, sagte Hawklan zu Dar-volci.

Während sie gingen, berührte Hawklan kurz die eine oder andere Säule. Das war jedoch kein halbherziges Heilen. Er wusste, dass er den Schmerz, den er fühlte, nicht zu heilen vermochte. Es war, als würde er über ein Schlachtfeld voller verstümmelter Leichen gehen, das von den Schreien der Verwundeten widerhallte. Also tat er wie auf einem Schlachtfeld, was er konnte, und überließ den größten Teil der Gnade des Schicksals.

Trotzdem verlieh ihm diese Arbeit Kraft.

Langsam, kaum merklich, veränderte sich das Licht um sie herum, und obwohl die Säulen noch immer zu dicht beieinander standen, um weiter sehen zu können, so konnten sie doch immer höher und höher hinaufblicken. Wo auch immer sie sein mochten, dies war kein Konstrukt in den Eingeweiden von Anderras Darion.

Hawklan vermied es, zu lange darüber nachzudenken. Er würde keine Antworten auf seine Fragen finden, das wusste er.

Usche hatte gesagt, jene Ebene des unendlich Kleinen sei ein Ort, wo Ursache und Wirkung, Zeit und Raum so gut wie keine Bedeutung mehr hatten.

»Es ist ein beunruhigender Ort, aber er *ist*, und das muss man akzeptieren.«

Und wenn die kommende Konjunktion diese beunruhigende Natur hierher gebracht hatte, dann war das eben so. Hawklan akzeptierte es. Er würde tun, was er tun konnte. Er würde auf seine Heilkraft vertrauen.

Er blickte nach oben und kniff die Augen zusammen. Als die Säulen hoch über ihm zusammenliefen, hatte er den Eindruck, als würden sie leicht schwanken.

»Keine Bewegung. Kein Wort«, zischte Yatsu, nachdem der hohe Schrei verhallt war.

Er wurde in unregelmäßigen Abständen wiederholt und besaß eine misstönende Melodie; es schien, als würde dort ein unergründliches Gespräch geführt. Es war ein furchtbares Gespräch, dessen Worte Tiefen in den Zuhörern ansprachen, die sie nicht bewusst verstehen konnten. Als es in Yatsu hineingriff, schürte es die Glut seiner Verzweiflung und drohte, sie zu einem alles verschlingenden Inferno zu entfachen. Nur kalte Disziplin und grausame Erfahrung bewahrten ihn davor. Das und Pinnattes Zittern, der neben ihm lag.

»Das ist nur ein Geräusch«, flüsterte er den anderen zu und widersetzte sich damit seinem eigenen Befehl.

»Wie Fingernägel auf Glas vielleicht, aber immer noch nur ein Geräusch.«

Pinnatte zitterte weiter.

Das Kreischen wurde immer lauter und intensiver, bis es schließlich durch die ganze Höhle hallte. Es schien aus allen Richtungen zugleich zu kommen und umschlang die kauernde Gruppe.

Dann hörte es unvermittelt auf. Die plötzliche Stille traf die Wartenden wie ein Schlag.

Pinnatte versteifte sich. Er zitterte nicht länger.

»Irgendetwas ist anders«, flüsterte er drängend. »Sie sind ...«

Yatsu presste ihm die Hand auf den Mund. Schwarz vor Blau erschienen die Silhouetten der beiden Reiter vor dem Höhleneingang. Die Köpfe ihrer Reittiere pendelten langsam hin und her und rauf und runter, während sie in die Dunkelheit spähten.

»Habt ihr wirklich geglaubt, unbemerkt hierher kommen zu können?«

Die Stimme hallte von den Echos des Kreischens wider, aus dem sie gewebt zu sein schien. Ihre spöttische Sorge verstärkte den Missklang noch.

Niemand bewegte sich.

Die Stimme sprach erneut.

»Ihr verunstaltet die Reinigung dieses Ortes mit eurer Gegenwart. Kommt ins Licht. Wenn Platz für euch im Dienste Jenes ist, Dessen Rückkehr kurz bevorsteht, dann dürft ihr die zitternden Schatten behalten, die ihr Leben nennt.«

Plötzlich und mit unerwarteter Schnelligkeit sprang Pinnatte auf und schritt auf den Höhleneingang zu. Geschickt wich er dem erschrocken herbeispringenden Yatsu aus. Der Goraidin stieß einen leisen Fluch aus.

»Kommt mit mir. Alle«, sagte Pinnatte laut.

Als er in das blaue Licht hinaustrat, um sich den beiden Reitern zu stellen, drehte er sich um, wiederholte den Befehl und fügte hinzu: »Dies sind zwei der drei, über die ein Urteil gesprochen werden muss. Beeilt euch. Die Zeit ist nahe.« Dann wandte er sich an die Reiter. »Hat euer Gefährte geglaubt, dem Urteil durch Flucht entkommen zu können?«

Da jedwede Möglichkeit, sich zu verstecken oder einen Überraschungsangriff zu starten, verloren war, winkte Yatsu den anderen, Pinnattes Beispiel zu folgen. Pinnatte sprach noch immer mit den Reitern, als die anderen zögernd die Höhle verließen.

»Oder habt ihr etwa geglaubt, ihr könntet ihnen für *euer* Versagen die Schuld in die Schuhe schieben?« Pinnattes Stimme klang arrogant und spöttisch.

Yatsus Gedanken überschlugen sich. Bis jetzt hatte er Pinnatte nur als fast stummen, verwirrten jungen Mann kennen gelernt, der sich seiner Umgebung zwar bewusst, aber irgendwie von ihr ausgesperrt war. Von Atlon hatte er erfahren, dass Pinnatte ein erfolgreicher Dieb in den Straßen von Arash-Felloren gewesen war, bevor die Kyrosdyn ihn in die Finger bekommen hatten, und Vredech hatte ihnen von Pinnatte in der blauen Welt erzählt. Nun sah auch Yatsu, dass Pinnatte in dieser Welt ein vollkommen anderer Mensch war. Aber was für ein Spiel spielte er hier? War das irgendein tollkühner Bluff?

Gulda hatte gesagt, dass Pinnatte und Vredech in diese Welt gezogen worden sein könnten, weil Pinnatte vielleicht noch immer einen Teil jener scheinbar unmöglichen Fähigkeit in sich trug, sowohl zwischen den Welten reisen als auch die Macht benutzen zu können. Konnte es sein, dass das nun hier zum Vorschein kam?

Hör zu!, befahl Yatsu sich selbst. *Hör zu, und beobachte!*

Letzteres war jedoch nicht so einfach. Die beiden Reiter boten einen beängstigenden Anblick. Sumerals oberste Diener, Seine Uhriel, waren wieder Fleisch geworden. Schwarz gewandet und fahl saßen sie auf ihren schlangenhaften Reittieren und strahlten eine Aura aus, die jeder Beschreibung spottete. Yatsu zappelte herum; seine Hände und Füße bewegten sich ständig. Die anderen Goraidin taten das Gleiche. Normalerweise war das eine Methode, einen möglichen Feind aus der Konzentration zu bringen, aber hier, das wusste Yatsu, diente es mehr dazu, ein Zittern zu unterdrücken. Sein Mund war wie ausgetrocknet.

Ein Helm wurde abgenommen, und darunter kam das Gesicht einer Frau zum Vorschein. Einst war sie vielleicht nicht wunderschön, aber anziehend gewesen, doch nun war ihr Gesicht abgehärmt und von kranker, blasser Farbe. Leblose Augen, schwarz und wässrig, starrten daraus hervor. *Dowinne*, vermutete Yatsu und konnte gerade noch ein Schaudern unterdrücken, Vredechs einstige Nemesis. Ihre krächzende Stimme riss ihn aus seinen Gedanken.

»Du rufst Seinen Namen vergebens an. Gesegnet sei er. Du wagst es tatsächlich, ausgerechnet auf jener Welt solch eine Gotteslästerung zu äußern, die den Großen Weg zu Seiner Herzwelt öffnen wird?«

Ihre Stimme und das Winden ihres Reittiers drehte Yatsu den Magen um.

Ein Uhriel hätte sie alle ohne die geringste Mühe zu Staub verwandeln können, doch einer war geflohen und dieser hier debattierte …

Pinnatte hob die Hand, die Finger ausgestreckt, und bewegte sie langsam von oben nach unten. An seinen Fingerspitzen erschien eine helle Linie aus Licht. Sie wurde breiter, und Yatsu glaubte kurz, eine Landschaft darin zu sehen; dann ballte Pinnatte die Faust, und das Licht war verschwunden.

Schreckliches Leben flackerte in Dowinnes Augen auf, als sie auf Pinnatte hinunterstarrte.

»Du bist der, der mit Vredech gekommen ist«, zischte sie. »Und du bist mit ihm geflohen. Wer bist du?«

»Das ist nicht so, wie es sein sollte«, unterbrach sie ihr Gefährte. »Nicht jetzt, da uns der Born des Großen Weges bekannt ist. Das ist ein Trick Seiner Feinde. Wir müssen sie vernichten. Wir müssen unser Werk rasch beenden, oder es wird nicht perfekt sein. Die Zeit ist nahe.«

Obwohl die Stimme wie Dowinnes schrill und misstönend klang, lag ein Hauch von Furcht in ihr, und Marna erschrak, als sie sie erkannte. Sie drängte sich durch die Goraidin.

»Rannick?«, fragte sie.

Der Reiter blickte lange auf sie hinab.

»Noch mehr Tricks«, sagte er langsam. »Du siehst aus wie eine, die ich kannte, bevor ich neu geboren worden bin. Aber das ist unmöglich. Du kannst nicht hierher gekommen sein.«

»Ich *bin* es, Rannick«, sagte Marna in fast flehentlichem Tonfall. »Was ist mit dir passiert? Was ist aus dir geworden? Was hast du getan?«

Der Reiter stieß einen durchdringenden Schrei aus und riss den Helm herunter. Marna blickte in ranzigweiße Augen in einem Gesicht, das genauso abgehärmt und blass war wie das Dowinnes. Weißes Haar bewegte sich um den Kopf, als würde es von einem Wind zerzaust, der an einem anderen Ort wehte.

Entsetzt wich Marna zurück und flüsterte erneut: »Rannick, was im Namen von allem was heilig ist, ist mit dir geschehen?«

Der Uhriel beugte sich vor und starrte sie an.

»Was auch immer du bist, du kannst nicht hier sein. Alle geringeren Wege führen nur zum Born. Wo ist das Portal, das du benutzt hast?« Marna geriet ins Wanken, als er sie anschrie, doch Pinnatte trat zwischen sie.

»Es ist nicht an dir, meine Diener zu befragen«, sagte er mit unerwartet mächtiger Stimme. »Es ist an dir, das Urteil zu erfahren und die Strafe anzunehmen.«

Er fuhr mit der Hand nach unten, wie er es gerade schon einmal getan hatte, und ein dünnes Licht schwebte kurz in der blauen Luft. »Hier ist ein Portal, Zweifler.« Dann zuckte er mit der Hand nach Rannicks Pferd, das scheute und ein erschrockenes Winseln ausstieß. »Und hier ist die Macht.« Er drehte sich zu Dowinne um. »Ich *bin* der, der mit Vredech gekommen ist. Mit dem, den du als fehlerhaft bezeichnet hast. Das diente nur dazu, euren Weitblick zu prüfen. *Und er ließ zu wünschen übrig!*«

Die letzten Worte waren mit derart viel Bosheit und Wildheit gefüllt, dass die beiden Reiter zurückwichen. Yatsu blickte zu Pinnatte, der plötzlich sogar noch Furcht erregender wirkte. Irgendeine seltsame Fähigkeit, die in ihrer Welt verborgen war, stand ihm offenbar hier zur Verfügung. Aber hatte diese Fähigkeit auch eine dunkle Seite – eine, die die Kyrosdyn vielleicht entdeckt hatten? Standen sie nun nicht nur zwei, sondern drei Uhriel gegenüber?

Pinnattes verzerrte Gesichtszüge wirkten auch nicht gerade beruhigend. Seine Augen waren weit aufgerissen, und er hatte die Zähne gefletscht, aber ob nun aus Wut oder aus Anstrengung, das vermochte Yatsu nicht zu sagen. Plötzlich trat Pinnatte zwischen die beiden Uhriel, stieß die Hände nach oben und riss sie dann brutal wieder herunter.

Wo zuvor nur eine dünne Lichtlinie erschienen war, drang nun eine gleißende Helligkeit heraus, die die beiden Reiter umhüllte.

Fünfunddreißigstes Kapitel

Nertha schwankte zwischen Panik und wahnsinnigem Selbstvertrauen. Die graue Masse um sie herum schien bis in ihre Seele vorzudringen, und obwohl sie es nicht erklären konnte, so wusste sie doch, dass die Verzweiflung sie ins Nichts stürzen würde, sollte sie ihr erliegen. Entschlossen vermied sie Gedanken darüber, was geschehen war und was vielleicht noch geschehen würde. Sie war eine Heilerin: sie musste sich hier und jetzt um ihre vier Patienten kümmern. Sie waren alles, was zählte.

Alle atmeten, und alle besaßen einen regelmäßigen Puls. Solange dies so war, würde alles wieder in Ordnung kommen, sagte sie sich selbst immer und immer wieder und fuhr mit ihrem Untersuchungsritual fort. Dann wurde Antyrs Puls unregelmäßig.

»Wie du siehst und fühlst, so werden auch wir sehen und fühlen«, sprach Antyr die Worte eher aus alter Gewohnheit denn aus klarer Absicht.

Aber er erkannte sofort, dass dies kein gewöhnlicher Träumer war und auch kein gewöhnlicher Traum, den er und Vredech betreten hatten. Als er mit Ivaroth und dem blinden Mann gekämpft hatte, hatte er eine Stärke in sich entdeckt, von deren Existenz er bis dahin nichts gewusst hatte. Aus diesen Tiefen kam nun auch das schreckliche Wissen.

»Das ist der Traum der Toten.«

Es war Vredech, der es aussprach.

»Der Lange-Toten«, fügte Antyr hinzu.

Reihen von Gestalten standen in jeder Richtung bis zum unsichtbaren Horizont. Sie alle starrten in dieselbe Richtung. Ihre Gesichter wurden von einem hellen, unnatürlichen Licht beleuchtet, auch wenn die Quelle in dem schwarzen leblosen Himmel nicht zu erkennen war. Obwohl keiner von ihnen sich zu bewegen schien, bewegte das Ganze sich offenbar doch, und ein leises Stöhnen drang von überall her auf die beiden Traumfinder ein. Es hätte der Winterwind sein können, der über ein leeres, verschneites Land wehte, aber Antyr wusste, dass es das nicht war. Es war die Klage dieser Masse.

»Wie sind wir hierher gekommen?« Vredechs Frage mischte sich mit an – und abschwellendem Geräusch.

»Vielleicht sollten wir eher fragen, warum wir uns selbst hierher gebracht haben«, erwiderte Antyr. »Wir sind die Träumer, wir sind die Toten. Die Toten sollten nicht so träumen – zusammen, so lange gemeinsam. Wir werden wie sie werden, wenn wir zu lange hier bleiben.«

Tarrian! Grayle!

Antyr brüllte die Namen seiner beiden Erdhalter in der Stille seines Geistes, doch nur das Lied dieses Ortes hallte zu ihm zurück.

»Nertha entgleitet uns.« Vredech bekam plötzlich Angst.

»Klammere dich an sie«, sagte Antyr drängend. »Klammere dich mit all deiner Liebe an sie wie ein Kind an die Mutter. Und ruf nach Tarrian und Grayle; sie werden nach uns suchen. Du musst uns beide festhalten, während ich nach einer Antwort suche.«

Er ging in die Menge der Toten hinein.

Jeder Einzelne, den er ansah, schien dem vorhergehenden vollkommen zu gleichen, und doch wirkten sie am Rand seines Blickfelds alle verschieden – Männer und Frauen jeden Alters und jeder Hautfarbe –; alle waren sie in diesem erstickenden Traum gefangen.

Was hatte sie hierher gebracht und in diesen Zustand versetzt?

Antyr erinnerte sich an Thyrns Bericht über die Große Hitze. Ein Licht, das sich über das Land bewegte ... und alles neu formte, neu erschuf.

Und bei dieser Neuerschaffung war der Fehler entstanden, der die gegenwärtigen Ereignisse in Gang gesetzt hatte.

Antyr kam der Gedanke, dass ein Teil des Willens dieser Menschen nicht neu erschaffen worden war – ein Teil, der noch jenseits des Todes existierte.

Und dieser Teil hatte ihn und Vredech auf einer derart tiefen Ebene gerufen, dass sie den Ruf bewusst nicht hatten wahrnehmen können. Was auch immer sonst geschehen mochte, hier herrschte große Not.

Doch was genau war es?

Antyr fühlte, wie seine Gedanken sich mit dem stöhnenden Lied vermischten. Verwirrung, Zorn, Schreie nach Rache, viele Dinge waren hier, aber von irgendwoher lockte ihn eine größere Wahrheit vorwärts.

Dann herrschte Stille, und die Wahrheit war da.

Dunkler als der schwarze Himmel, der sich über den Toten wölbte.

Das war nicht nur der Traum der Lange-Toten; das war der tiefste Traum der Jetzt-Lebenden. Ein lebendiger Überrest jener uralten Zeit, in der die Große

Hitze ihren Anfang genommen hatte – eine Grube der Unwissenheit und der Furcht, die sie alle an diese schreckliche Vergangenheit band …

… und die diese schreckliche Vergangenheit wieder zurückholen konnte.

Das Geräusch war überall um ihn herum; es flutete über ihn hinweg und ging durch ihn hin durch.

Doch nun hielt es ihn fest.

Und Furcht begann, sich seiner zu bemächtigen.

Das uralte Lied schloss ihn ein.

Schwer atmend und sich noch immer den Bauch von der Wucht des Aufpralls haltend, rappelte Isloman sich auf, um zwischen den näher kommenden Reiter und den gefallenen Cadwanwr zu treten. Er hatte jedoch kaum zwei Schritte gemacht, als er plötzlich von einer gewaltigen Kraft gegen die Wand des Durchgangs geworfen und dort festgehalten wurde. Auch wenn er selbst nicht in der Lage war, die Macht zu benutzen, so erkannte er sie doch sofort, und er wusste, dass es sinnlos war, sich ihr zu widersetzen. Er entspannte sich, und die Kraft, die ihn festhielt, ließ sofort nach.

Andawyr öffnete die Augen, als der Reiter vor ihm stehen blieb. Er versteifte sich, als er den eckigen Kopf der Pferdekreatur über sich pendeln sah, deren böse Augen und zuckenden Nüstern ihn untersuchten. Einen Augenblick lang stand ihm blanke Furcht ins Gesicht geschrieben. Er hatte solch eine Kreatur schon einmal gesehen; Oklar hatte sie geritten.

Wie sein Reittier so beugte sich auch der Reiter vor und starrte ihn an.

»Wer bist du?«, verlangte Usche wütend von dem Reiter zu wissen.

Oslang streckte die Hand aus, um sie aufzuhalten, doch es war zu spät. Dieselbe Kraft, die Isloman niedergestreckt hatte, traf nun auch sie, und da sie wesentlich leichter als der Steinformer war, hätte sie sie beinahe von den Beinen gerissen. Isloman gelang es, sie aufzufangen und so eine vermutlich schwere Verletzung zu vermeiden. Er schob sie hinter sich, bevor sie dagegen protestieren konnte.

Ar-Billan schob den Unterkiefer vor und schickte sich an vorzutreten, doch Atlon riss ihn zurück.

Der Reiter sprach. Seine Stimme war kalt und unmenschlich, aber sein *Ton* war nur allzu menschlich, voller Bosheit.

»Ihr habt den heiligsten Seiner Orte entweiht. Jenen Ort, wo der Große Weg sich öffnen wird, um uns zu Ihm zu bringen. Die Strafe dafür bedarf besonderer Überlegung. Wer seid ihr, und wie seid ihr hierher gekommen?«

Andawyr versuchte, sich ein Stück zurückzuschieben, um aufstehen zu können, doch die Pferdekreatur schob ihren Kopf näher an ihn heran und stieß ein tiefes Knurren aus. Angewidert rümpfte Andawyr die Nase, als der Atem des Wesens über ihn hinweg wehte. Dann, nach kurzem Nachdenken, schlug er ihm mitten auf die Schnauze.

Alle erschraken, nicht zuletzt das Tier, das den Kopf zurückriss und ein Stück stieg. Der Reiter hatte offenbar Schwierigkeiten, es davon abzuhalten, sich auf den nun stehenden Andawyr zu stürzen.

»Du wirst niemanden bestrafen, du obszönes Etwas.« Andawyrs Stimme übertönte das Scharren der bösartigen Hufe. »Du wirst denselben Weg gehen, den alle Seine Diener gehen: Verloren und verzweifelt wirst du deinem Untergang entgegen heulen.«

Ein Zischen kam von der dunklen Gestalt, nachdem es ihr endlich gelungen war, ihr Tier wieder unter Kontrolle zu bekommen, doch Andawyr ließ ihr keine Gelegenheit zu sprechen.

»Dass wir hier sind ... an Seinem heiligsten Ort ...«, er spie verächtlich aus, » ... zeigt, wie fehlerhaft Seine Pläne sind, wie unzulänglich Sein Wille.«

Oslang und Atlon, die beide von dieser wilden und so untypischen Herausforderung zutiefst erschüttert waren, blickten einander verwirrt und verzweifelt an.

Das Zischen wurde zu einem Summen, und der Reiter neigte den Kopf leicht zur Seite. Langsam zog er den Helm aus und enthüllte das schmale, ausgemergelte Gesicht eines alten Mannes. Es wurde von glattem, leblosem Haar eingerahmt, und selbst das allgegenwärtige blaue Licht konnte seine ungesunde Farbe nicht verbergen. Die Augen, in die Andawyr blickte, waren weiß und trüb, als hätten sie angesichts einer schrecklichen Wahrheit ihre Sehkraft verloren.

Reiter und Tier bewegten die Köpfe fragend hin und her. Die widerwärtige Bewegung wirkte sowohl vogel- als auch schlangenhaft.

Dann stieß Andawyr ein lautes Seufzen aus, als er den Mann erkannte, und er verstand.

»Ich hatte mich das schon gefragt«, sagte er in weit ruhigerem Ton, »als ich Antyrs Geschichte gehört habe, blinder Mann. Und du *bist* es. Du bist der, der versuchte, Hawklan vor so langer Zeit auf dem Gretmearc zu binden. Oklars elender Vasall, sein armseliger Lehrling.« Seine Stimme nahm einen abschätzigen Tonfall an. »Ich dachte, du wärst vor langer Zeit durch seine Hand gestorben – Oklar war Versagern gegenüber nicht gerade tolerant.«

Die Hände des Reiters verkrampften sich um die Zügel und zogen den Kopf seines Reittiers herunter, bis es ein kreischendes Wimmern ausstieß. Usche trat hinter Isloman hervor, doch er streckte den Arm aus, um sie am Weitergehen zu hindern.

»Es wäre besser gewesen, er hätte dich umgebracht«, fuhr Andawyr fort, »anstatt dich dieser Verderbtheit anheim zu geben. Wie es scheint, hast du nichts aus dem gelernt, was ich dir gezeigt habe.«

Der Blinde beugte sich tief zu ihm hinunter. Er schob seinen Kopf über den Hals des Tiers, fletschte die schrecklichen Zähne, und seine Augen starrten leer. »Wie seid ihr hierher gekommen?«, fragte er erneut mit angsteinflößender Sanftheit und streckte seine knochige Hand wie Krallen nach Andawyr aus.

»Frag Ihn doch«, erwiderte Andawyr verächtlich und stellte sich dem toten Blick des Blinden. »Folgen nicht alle Dinge Seinem Willen?«

»Mit jeder deiner Gotteslästerungen verlängerst du deine Qualen um Äonen. Du weißt noch nicht einmal annähernd, wie unbedeutend du bist und welche Leiden du herabbeschwörst.«

»Du bist ein wenig voreilig, wenn du glaubst, Macht über uns zu haben, Lehrling«, sagte Andawyr noch immer in verächtlichem Tonfall. Er deutete auf Oslang und Atlon, die sich bemühten, nach außen hin Ruhe zu bewahren und die scheinbar tollkühne Absicht ihres Oberen zu verstehen, diese entsetzliche Kreatur zu provozieren. »Sie haben die Gefährten deines einstigen Herrn gebunden, damit sie auf den Tod warten konnten. Und ich war da, als er selbst erschlagen worden ist. Mühelos ist er von einem belanglosen Feind niedergestreckt worden, der älter war als jeder von uns. Ich sehe, dass dich ein ähnliches Schicksal erwartet, denn trotz all deiner Macht bist du nur ein müder Schatten von ihm.« Er breitete die Arme aus, als wolle er das riesige Gebäude umarmen, das über ihm in den blauen Dunst hinauf ragte. »Es mag sein, dass Er dich bei Seinem Fall mit dem Wissen von einer Macht verflucht hat, die alles weit übersteigt, was deine Vorgänger besessen haben, aber so verdorben sie auch gewesen sein mögen, sie waren klug und mit den Menschen vertraut – subtil und listig, scharfe Beobachter ihrer Feinde. Du und deine Gefährten, ihr wirkt nur wie Kinder im Vergleich zu ihnen.« Er schnaufte verächtlich.

»Was wir mit dieser Welt gemacht haben, ist wohl kaum das Werk von Kindern, alter Mann«, knurrte der Blinde in nun wirklich menschlichem Ton. »Solch eine Ansammlung der Macht hat es nie zuvor gegeben.«

»Es ist *genau* das Werk von Kindern«, erwiderte Andawyr. »Schlecht, grob und sinnlos – wahrhaft das Werk von Lehrlingen. Und es ist ein Maß *deiner* Bedeutungslosigkeit und deiner Torheit, dass du unserem Ruf so schnell hierher gefolgt bist, um deinem Schicksal entgegen zu treten. Hast du wirklich geglaubt, wir würden deinen wahren Wert nicht kennen?«

Andawyr blickte zu dem schwebenden Stern und schnaufte erneut; dann hob er die Hände in weitem Bogen über dem Kopf und führte sie vor sich zusammen. Als sie sich trafen, verursachten sie kein Geräusch, doch ein blendend weißes Licht strahlte zwischen ihnen auf. Die Cadwanol und Isloman wandten sich instinktiv von ihm ab, während es zu einer immer größeren Sphäre anwuchs, das blaue Licht durchbrach und tanzende schwarze Schatten in den Durchgang warf. Als es auf die Spiegel traf, flammten Myriaden weiterer Lichter auf, erhellten die unendliche Ebene und erschufen sich selbst endlos immer wieder neu. Eine stolpernde Masse steigender Pferde warf ihre Reiter ab und brach über ihnen zusammen. Ein Heer junger Frauen duckte sich unter den Armen ihrer Beschützer hindurch und sprang mit Messern in der Hand vor, um die Tiere von ihren Qualen zu erlösen, wie es nur jene konnten, die sie wahrhaft liebten.

»Was auch immer das gewesen sein mag, es war einmal ein Pferd, und es ist tot besser dran, glaub mir«, protestierte Usche, als Isloman sie wieder aus dem Kampfbereich riss. Die Luft hallte von einem hohen Kreischen wider, das die Zuhörer bis tief in ihre Herzen erschütterte. In Erwartung des Befehls zur Flucht blickte Isloman zu Andawyr, doch der Cadwanwr hatte Oslang und Atlon an seine Seite gezogen und schrie ihnen verzweifelt etwas zu. Usche und Ar-Billan gesellten sich ebenso zu ihnen.

Dann, dunkel und schrecklich vor den Lichtern, die durch die blaue Ferne tanzten, kroch der Blinde unter den Überresten der toten Kreatur hervor. Oslang war dabei gewesen, als Oklar sich zu erkennen gegeben und Hawklan die Macht entgegen geschleudert hatte. Das schwarze Schwert hatte Hawklan gerettet, aber ein breiter Pfad der Verwüstung war durch Vakloss geschlagen worden. Nichts, was die Macht berührte, konnte gegen sie bestehen. Und dieser hier war noch weit mächtiger.

So endet es also, dachte Isloman.

Und zum ersten Mal seit er denken konnte, fühlte er sich vollkommen im Gleichgewicht.

Resignation erfüllte, tröstete, beruhigte ihn. Ein Ziel war erreicht worden, das Ziel einer Reise über die Zeit hinweg. Nun war es an der Zeit, sich hinzulegen, auszuruhen und alle Mühen zu vergessen.

Doch die Gerüche und Geräusche von allem um ihn herum fluteten durch ihn hindurch; sie waren überwältigend in ihrer Kraft. In ihrem Herzen glühte eine Ganzheit – ein Leben – sein Leben – durchsetzt von unzähligen Kämpfen und erfüllt von der Freude am Sein. Und obwohl es sein Leben war und nur seins, so war es doch auch Teil des großen Ganzen, dem etwas verloren gehen sollte, würde es verlöschen.

So durfte es nicht enden.

Die Resignation glitt von ihm wie ein verdreckter Umhang. Isloman bereitete sich darauf vor, sich dem Monster zu stellen, das diesen schrecklichen Ort erschaffen hatte.

Während diese Entscheidung in ihm heranreifte, standen die fünf Cadwanol vor ihm und stellten sich dem wieder auferstandenen Uhriel. Andawyr, Oslang und Atlon an der Front und einen Schritt dahinter Usche und Ar-Billan. Isloman zögerte. Er wusste, dass das, was Andawyr gerade getan hatte, kaum mehr als ein Trick war, um Kinder zu unterhalten. Selbst ein Novize war dazu in der Lage. Aus irgendeinem Grund hatte Andawyr diese Konfrontation heraufbeschworen, obwohl er und seine Gefährten wussten, dass sie nicht hoffen konnten, gegen diese Kreatur zu bestehen.

Was sollte er tun?

Die Frage lähmte Isloman. Würde eine tollkühne Tat seinerseits den ganzen Plan zunichte machen?

Es folgte eine merkwürdige Pause. Überall herrschte Stille, und in der blauen Luft lag eine Spannung wie kurz vor einem Sturm.

Er brach aus.

Obwohl der Uhriel weder geheimnisvolle Gesten machte noch Sprüche murmelte, wusste Isloman, dass er die Cadwanol angriff. Seine weißen Augen strahlten wahnsinnig im blauen Licht, und die fünf Gestalten vor ihm hoben instinktiv die Hände, um sich vor der Hitze zu schützen, die wie aus einem plötzlich aufgerissenen Schmelzofen auf sie einströmte.

Isloman spürte nichts. Aber er wusste, dass er in diesem Konflikt ohne Bedeutung war – eine Ameise unter den alles zermalmenden Hufen der Reiterei, die nur durch Zufall überlebte.

Trotzdem konnte er nicht einfach so daneben stehen.

Aber er musste.

Dann gerieten die Cadwanol ins Wankeln. Isloman mochte die Natur des Kampfes nicht verstehen, aber es bedurfte keiner außergewöhnlichen Beobachtungsgabe, um ihre Haltung und den Ausdruck in ihren Gesichtern zu deuten. Und wenn sie fielen, würde er mit ihnen untergehen.

Jeder Teil von ihm schrie trotzig auf.

Er würde nicht an diesem schrecklichen Ort oder durch die Hand dieses Monsters sterben, ohne beiden noch irgendwie weh zu tun, solange er dazu in der Lage war.

Sein Blick wanderte zu dem schwebenden Stern. Isloman war ein sanfter Mann, ein Schöpfer wunderbarer Dinge, doch die Umstände hatten ihn zu vielen Kämpfen gezwungen, die er mit den Goraidin als einer von ihnen ausgefochten hatte. Er hatte gelernt, dass es zwar viele Möglichkeiten gab, einen Feind zu vernichten; aber am Ende war es noch immer am Besten, ihn im Herzen zu treffen – schnell, direkt und mit *allem*, was einem zur Verfügung stand. Und Andawyr hatte erklärt, dieser Stern sei das Zentrum von irgendetwas – ein schrecklicher Fokus. Wer wusste schon, was geschehen würde, sollte er zerstört werden?

Isloman blickte zu den wankenden Cadwanol, die in ihrem Kampf mit dem Blinden gefangen waren, der reglos inmitten der Überreste seines erschlagenen Reittiers stand.

Islomans Hand schloss sich um den Meißel in seinem Gürtel. Ein gutes Stück Eisen, geschmiedet und gehärtet von seinem Bruder und von vieler Arbeit gezeichnet. Er hatte schon so manch feines Relief im wartenden Stein enthüllt. Isloman warf ihn ein Stück in die Höhe, fing ihn wieder auf, fühlte die vertraute Form und das Gewicht. Dann, mit ungetrübtem Selbstvertrauen wie ein Kind, schleuderte sein mächtiger Arm den Meißel auf den Stern.

Über der blauen Spiegelebene flackerten noch immer Überreste von Andawyrs Sonnenfeuer, in dem sich nun unzählige Geschosse drehten und funkelten – und unzählige Uhriel drehten sich und versuchten, sie aufzuhalten.

Und sie versagten.

Als der Meißel den Stern traf, verursachte er ein Geräusch, das man mehr fühlte als hörte, doch der Blinde stieß einen Schrei aus, der Isloman und die Cadwanol zurücktaumeln ließ.

Isloman war der Erste, der sich wieder erholte. Er blickte zu dem Stern. Er drehte sich langsam, als versuche er, sich von unsichtbaren Fesseln zu befreien. Ein dünner, heller Lichtstrahl ging von ihm aus und wanderte durch die Kammer. Der Uhriel starrte ihn wie gelähmt an.

Andawyr packte Islomans Hand und zog sich in die Höhe. Sowohl Triumph als auch Furcht lagen in seinem Gesicht.

»Er hat es getan«, keuchte er. »Er hat den Stern mit der Macht getroffen, als er versuchte, den Meißel aufzuhalten. Er hat ihn befreit. Ich wusste, dass er keine Kontrolle darüber hatte. Bring uns hier raus.«

»Was? Wohin?«, fragte Isloman. Er hob gerade Oslang auf die Beine.

»Irgendwohin!«

Die anderen musste niemand bitten zu verschwinden. Usche, Ar-Billan und Atlon stützten einander und schlurften auf den Durchgang zu.

Sie waren kaum einen Schritt weit gekommen, als der Lichtstrahl des Sterns auf die Spiegelwand traf und die riesige blaue Ebene in ein gleißendes Netz gehüllt wurde. Bevor die Gefährten weitergehen konnte, war das Netz gewachsen und hart geworden, und eine glühende Flut schwemmte über sie hinweg und durch sie hindurch.

Während er fühlte, wie er dahinschwand, sah Isloman aus zusammengekniffenen Augen das Sternfragment. Ein wabernder schwarzer Schatten schwebte in dem schrecklichen Licht – ein Schwert.

Dann war da nur noch Nichts.

Hawklan löste sich von den Schwindel erregenden Höhen über ihm. Wo auch immer sie sein mochten und wie auch immer sie hierher gelangt sein mochten, das konnte nicht länger das Labyrinth sein, das er kannte. Aber was war es? Sicherlich hatte nicht Ethriss es erschaffen, oder? Aber konnte es eines von Sumerals Werken sein? Oder war es eine Manifestation der Konjunktion? Oder eine Schöpfung seines eigenen Geistes?

Um inmitten dieser Zweifel Halt zu finden, berührte er eine der Säulen. Ein wirbelndes Chaos von Stimmen hallte durch ihn hindurch.

»Du bist er? Der Heiler? Wie Far-nor und Thyrn?«

Die Stimme war die vieler und doch nur von einem, und sie besaß eine Vielzahl beunruhigender Resonanzen. Es war, als wäre jedes einzelne Wort das Produkt einer langen Debatte.

»Wir werden dich vor der Rückkehr des Großen Bösen beschützen.«

»Wer seid ihr?«

Es folgte eine Antwort, doch Hawklan konnte sie nicht verstehen. Bilder, dunkel und tief, hell und sonnig, neu und uralt jenseits aller Vorstellungskraft erfüllten ihn. Das Vorherrschende war das von großer Furcht.

»Ihr seid der Große Wald«, sagte Hawklan und riss staunend die Augen auf.

»Wir sind.« Das war eine Erklärung, keine Antwort.

»Wie könnt ihr hier sein?«

»Hier? Wir kennen kein ›hier‹, Heiler. Wir sind.«

»Woher kennt ihr mich?«

»*Du* bist. Du bist Beweger und Lauscher. Du bist selten. Wenige sind so bei uns an diesem Ort.« Die Furcht kehrte wieder zurück und ein Gefühl der Dringlichkeit. »Das Große Böse kommt wieder. Für Far-nor werden wir beschützen, was unsere Essenz ist, bis Er wieder gegangen ist.«

Ein Gefühl der Wärme und der Ruhe umfing Hawklan.

»Oi!«

Dar-volci schüttelte wild das Bein. »Das ist nicht die richtige Zeit, um einzuschlafen.« Seine Stimme klang laut und brutal nach der Subtilität der Waldsprache, aber sie befreite Hawklan. Hinter dem, was man ihm angeboten hatte, verbarg sich keine böse Absicht, das wusste er, aber da war ein Fehler. Er erinnerte sich daran, wie Farnor ihm davon erzählt hatte, dass er einst einen kurzen Blick auf das Wissen hatte werfen können, das der Große Wald von längst vergangenen Zeiten besaß, von dem, was vermutlich die Große Hitze gewesen war, und auf die Ängste, die tief in dieser schrecklichen Veränderung verwurzelt waren.

Der Wald musste die Wahrheit kennen. Wer vermochte schon zu sagen, welche Rolle sein uralter Wille in den kommenden Ereignissen noch spielen würde?

Als Hawklan erneut nach oben blickte, schienen die wankenden Säulen sowohl Stein als auch Stamm zu sein. Kurz hatte er eine Vision von Ethriss, wie er einen verwundeten Ort mit einem seltsamen Wissen band, das er gefunden hatte, das er selbst aber nicht verstand, einem Wissen, von dem er vermutete, das es vielleicht noch älter war als er selbst. War das der Punkt, an dem seine eigenen Zweifel begonnen hatten? Im Großen Wald? Hawklan ließ den Gedanken vorüberziehen und streckte beruhigend die Hand zu Dar-volci aus.

»Weit Schlimmeres droht als die Rückkehr des Großen Bösen«, sagt er im Geiste zum Wald.

Eine tiefe Stille erfüllte ihn; die Bäume hörten zu.

»Euer Urteil – das Urteil, das ihr am meisten fürchtet und das ihr Farnor offenbart habt –, war richtig. Das, was die Zeit davor beendet und alle Dinge neu erschaffen hat, war in der Tat fehlerhaft. Nun kommt ein Wind, der uns alle entwurzeln und zerstreuen kann. All eure Weisheit und euer Wissen, alles, was ihr seid, wird gebraucht, um sich ihm zu widersetzen. Und das von Farnor und Thyrn.«

Die Stille hielt noch einen Augenblick lang an. Dann, zeitlos, fühlte Hawklan Myriaden Jahreszeiten durch sich hindurchziehen, als der Wald sich mit einem Hauch von Dankbarkeit und Entsetzen von ihm löste.

Eine Zeit lang bewegte er sich nicht.

»Bist du in Ordnung, mein lieber Junge?«

Gavors besorgter Tonfall riss Hawklan aus seinen Gedanken. »Das war der Wald«, sagte er. »Der Wald und das Labyrinth haben sich vereinigt. Sie haben Farnor und Thyrn aufgenommen, um sie zu beschützen. Ich habe ihnen die Wahrheit gesagt.«

Dar-volci und Gavor blickten ihn fest an; dann sagten beide: »Bäume sind schon komisch.«

»Es ist trotzdem besser, wenn sie es wissen, als umgekehrt«, fügte Dar-volci hinzu. »Du hast das Richtige getan.«

Hawklan war weniger überzeugt davon. Andawyr hielt ihn für eine Schlüsselfigur in diesen Ereignissen, doch er selbst fühlte sich immer unwissender und unzulänglicher. Er schaute sich um. Wie zuvor schienen die Säulen Baum und Stein zugleich zu sein.

Doch nun war es in eine Richtung heller. Hawklan deutete dorthin.

»Da entlang.«

Pinnattes Augen waren voller Schmerz und Verzweiflung. In den wabernden Lichtern, die er erschaffen hatte, konnte man zwei Welten sehen. Die eine war von Flüssen aus geschmolzenem Stein durchzogen, der blutrote Himmel voller erstickendem Rauch und erhellt von einem Regen glühender Steine. Die andere war hart und tot – eine bittere Landschaft, so kalt, dass der Wind selbst gefroren war, und uralte Berge waren zerschmettert und zu gefrorenen Eiskaskaden neu geformt worden.

Die beiden Uhriel, die von den Lichtern in dem Raum festgehalten wurden, der zu keiner Welt gehörte, versuchten verzweifelt zu entkommen; ihre Reittiere schrieen und stiegen.

Die Goraidin rückten zögernd vor.

»Bleibt weg von mir«, keuchte Pinnatte. »Bleibt weg von den Portalen. Ich dachte, ich könnte sie hindurchschicken, aber ... Ich kann es nicht ... Ich bin nicht stark genug, ich ...« Schweiß lief ihm über das Gesicht, und er wankte. Offenbar wurde er schwächer.

»Was können wir tun?«, schrie Yatsu.

»Was auch immer ihr tun müsst, wenn sie sich befreien«, brachte Pinnatte mühsam hervor. »Ihr werdet nur wenig Zeit haben. Ich kann ...«

Dann sank er auf die Knie, und die Uhriel verdoppelten ihre Anstrengungen.

Die Portale schlossen sich.

Pinnatte fiel nach vorne.

Die Goraidin mussten nicht erst diskutieren, was zu tun war, und nur ein paar Handzeichen kündigten ihren plötzlichen Angriff auf die plötzlich befreiten Uhriel an.

Schnelle und grausame Schwerthiebe durchtrennten die Kehlen der beiden verdorbenen Reittiere, bevor ihre Reiter sie wieder ganz unter Kontrolle gebracht hatten, während andere auf die beiden Uhriel einschlugen und -stachen, die inmitten ihrer um sich tretenden, sterbenden Pferde zu Boden stürzten. Obwohl es nicht in der Natur der Goraidin lag zu morden, waren sie stolz auf ihre Fähigkeit, schnell und effektiv zu töten – das war ein notwendiger Teil ihres Berufs. Diese Fähigkeit brachten sie nun zum Einsatz. Je vier von ihnen stürzten sich auf einen gefallenen Uhriel, während Marna und Gentren sich heraushielten und versuchten, zu Pinnatte zu gelangen.

Doch alles ohne Erfolg.

Was auch immer die Uhriel für Rüstungen tragen mochten, sie widerstanden den Hieben und Stichen. Doch schrecklicher noch war, dass die Klingen zwar an einigen Öffnungen eindrangen, Fleisch sich teilte und etwas hervorquoll, das Blut sein konnte, doch die Uhriel fielen nicht.

Marna spürte, wie ihr Mund austrocknete und ihr Gesicht alle Farbe verlor, während sie beobachtete, wie die beiden Monstren sich trotz der Attacken, die jeden Mann getötet hätten, wieder aufrichteten. Ihre Bewegungen zeichneten sich durch eine absichtliche Langsamkeit aus, die den Schrecken des Anblicks noch vergrößerte. Vor Entsetzen drehte Marna sich der Magen um, als die Uhriel sich zu den hilflosen Angreifern umdrehten – Angreifer, in deren Augen Marna blanke Furcht sah.

Und doch setzten sie ihre wilden Attacken erbarmungslos fort.

Bis die Uhriel ihre eigenen Schwerter zogen.

Es waren seltsam eitle Werkzeuge für solch mächtige Kreaturen, lang und hell, und sie schimmerten und sangen wie die Uhriel selbst, als sie durch die blaue Luft schnitten. Dann waren die Rollen der Kämpfenden vertauscht, als zwei sich gegen die vielen wandten.

Die Schwerter flogen von einer Hand in die andere und schwangen in weiten, unerwartet schnellen Bögen durch die Luft, sodass die Goraidin einen Verteidigungskreis bilden mussten. Obwohl sie durch den Angriff der Goraidin verletzt worden waren, hatte keine der Verletzungen gereicht, die Uhriel in ihrer Absicht aufzuhalten. Blutend bewegten sie sich auf Pinnatte zu, den Marna und Gentren inzwischen vom Kampfplatz gezogen hatten.

Marna blickte auf Pinnatte, der kaum noch bei Bewusstsein war, und sie verstand.

»Er bindet sie noch immer irgendwie!«, schrie sie. »Deshalb können sie die Macht nicht einsetzen. Tötet sie! Tötet sie jetzt, solange ihr noch könnt! Rasch!«

Sie zog ihr eigenes Schwert und stellte sich vor Pinnatte; Gentren tat es ihr nach. Die Luft hallte vom hohen Kreischen der Uhriel und dem Zischen ihrer Schwerter wider. Yrain versuchte, einen Hieb von Dowinne zu parieren, doch die Wucht des Aufpralls riss ihr die Klinge aus der Hand, und nur ihre in vielen Kämpfen geschulten Reflexe ließen sie schnell genug zurückweichen, um dem Stich der nachsetzenden Dowinne zu entgehen. Trotzdem schlitzte die Klinge ihr das Hemd auf. Der Schnitt wurde blau und kristallin. Yengar und Jaldaric verloren ihre Schwerter auf ähnliche Art, während Tirkes zerschmettert wurde – ein Hieb, der seinen Arm taub und nutzlos machte. Es folgte eine kurze Pause; dann wurden Messer gezogen, und die Goraidin tauchten unter den geschwungenen Schwertern hindurch zum Angriff. Aber wenn sie im Augenblick der Macht beraubt waren, so kümmerten die Uhriel sich doch noch immer nicht um die Wunden, die sie davontrugen, und auch ihre unnatürliche Kraft ließ nicht im Mindesten nach. Einer nach dem anderen wurden die Goraidin auf den felsigen Boden geworfen.

Dann waren die Uhriel bei Pinnatte, und die Goraidin lagen erschöpft und gebrochen überall verstreut. Dowinne schwang ihr Schwert in weitem Bogen, während Rannick gegen Gentren und Marna vorrückte; in seinen weißen Augen lag blanker Hass.

Der Blick, mit dem Marna ihn anstarrte, war kaum besser, obwohl sie versuchte, durch diese neue Hülle zu dem alten Rannick zu blicken, zu dem, was sie beide gewesen waren, bevor irgendetwas sie in diesen Albtraum gezogen hatten – böse und brutal, aber noch immer menschlich, noch immer verwundbar. Aber Marna fand nichts, keine Schwäche in ihrem Feind, die ihr Mitleid hätte erwecken können. Mit gefletschten Zähnen wie ein in die Ecke getriebenes Tier verstärkte sie ihren Griff um das Schwert und hob es in die Höhe.

Rannick hielt einen Augenblick lang inne und neigte den Kopf, als lausche er auf etwas. Dann, als Marna nach ihm hieb, riss er gelassen den Arm in die Höhe und schleuderte sie zu Boden. Sie landete mehrere Schritt weit entfernt. Gentren trat an ihre Stelle. Er duckte sich und war ebenso entschlossen wie verängstigt. Ihn ereilte das gleiche Schicksal wie Marna.

Rannick blickte einen Augenblick lang auf Pinnatte hinunter, und ein furchtbares Lächeln verunstaltete sein Gesicht. Er hob das Schwert.

»Nein!«

Das war Olvric. Mit entschlossenem und blutverschmierten Gesicht und mit einem Knochen, der aus seinem nutzlosen Arm ragte, richtete er sich mit Hilfe seines Schwertes auf. Dowinne hätte ihn niederstrecken können, doch sie zögerte – ebenso wie Rannick. Einen schier endlosen Augenblick lang schien der Boden unter ihren Füßen zum Leben zu erwachen, als jene Goraidin, die noch bei Bewusstsein waren, sich aufrappelten, um Olvric zu folgen.

Sie mochten dem Untergang geweiht sein, aber sie waren nicht besiegt.

Und in diesem Augenblick sah niemand das Licht am Horizont.

Ein Licht, das nicht der Vorbote der Morgendämmerung war.

Sie sahen es erst, als es über sie hinweg flutete.

Sechsunddreißigstes Kapitel

Verzweifelt beugte Nertha sich dicht zu Antyr hinunter; zuerst lauschte sie auf seine Atmung, dann versuchte sie, sie mit ihrer Wange zu spüren. Aber sie spürte nichts. Sie überprüfte seinen Puls. Er war noch immer da, eher fern als schwach. So etwas hatte sie noch nie gefühlt.

Eine bizarre Mischung aus Furcht und professionellem Stolz verwandelte sich in Zorn.

Nertha fluchte. »Ich werde dich nicht an dieses, dieses ... was auch immer es sein mag verlieren. Ich werde dich *nicht* verlieren!«

Mit entschlossenem Gesicht überprüfte sie rasch die anderen. Sie lagen auf der Seite wie schlafende Kinder, so wie sie sie hingelegt hatte; nichts hatte sich verändert. Kurz streichelte sie ihrem Mann liebevoll die Wange; dann drehte sie Antyr auf den Rücken, hielt ihm die Nase zu, kippte seinen Kopf nach hinten und presste ihren Mund auf den seinen.

Seine Brust hob sich, als sie blies, und sie sank, wenn Nertha aufhörte. Noch immer zählte sie, während sie arbeitete, überprüfte periodisch seinen Puls und den Zustand der anderen. Nach einer Weile begann sie, während des Zählens zu fluchen, und innerlich schrie sie um Hilfe.

»Tarrian, Grayle! Tarrian, Grayle!«

»Tarrian, Grayle!«, rief Antyr. »Zu mir!«

Doch kein Geräusch war zu hören, nur das Traumlied der Toten in den Lebenden.

Vredechs Stimme drang hindurch wie ein fernes Geräusch im Wind.

»Hier kann uns niemand helfen, Antyr. Diese Last müssen wir *alleine* tragen.«

Wut aus dem Lied leckte in Antyrs Geist. »Sagt dir das dein Glaube, Priester?«, schrie er.

Die Antwort war unerwartet.

»Ja. Mein Glaube an dich, Traumfinder. Das und der Halt, den ich an dir und Nertha habe ...«

»Aber ...?«

»Das ist, was ich hier tue, Antyr, und was ich tun werde, solange ich noch kann.«

Antyr fühlte, wie das Lied wieder über ihn hinweg strömte. »Aber warum bin ich hier?«, brachte er mühsam hervor.

»Was bist du?«

Was ich bin?

Traumfinder. Adept. Krieger des Weißen Weges.

Worte. Nur Worte. Worte, die ebenso viel verbargen wie enthüllten.

Er war Antyr, Sohn von Petran, fehlerhaft und verängstigt, tölpelhaft und unwissend an einem Ort, wo niemand sein sollte. ER war nicht anders als die endlosen Reihen der Gestalten, die in jede Richtung von ihm fort führten und deren Gesichter von einem unsichtbaren Licht erhellt wurden, das sie in dieser Zeit gebunden hatte.

Er wusste nicht, was er tun sollte.

Aber so fehlerhaft und verängstigt er auch sein mochte, so tölpelhaft und unwissend, er war auch Antyr, der sich Ivaroth und der schrecklichen Macht des Blinden im Kampf gestellt hatte.

Er konnte nicht einfach nichts tun.

Er blickte zu den blinden Augen der ihm am nächsten stehenden Gestalt.

»Löse dich von diesem ängstlichen Starren« sagte er. »Du bindest die Lebenden an deine Zeit. Dein Schmerz ist die Quelle von Sumerals Macht hier. Lass sie frei, und befreie dich selbst. Wende dich dem Licht zu, das enthüllt, wende dich der Wahrheit zu.«

Er legte der Gestalt die Hand aufs Gesicht, und einen schier endlosen Augenblick lang war er sie, und sie war er und wusste alles, was er war.

Die Gestalt schloss die Augen.

Antyr ging zur nächsten.

Und zur nächsten.

Schwach hörte er Vredech rufen.

»Ich kann dich nicht mehr halten, Antyr. Ich kann dich nicht mehr halten.«

Er ging weiter.

Antyrs Herz hörte auf zu schlagen.

Nertha suchte verzweifelt nach seinem Puls. Sie riss seinen Hemdkragen auf, damit er leichter atmen konnte. Schweiß und Tränen rannen ihr übers Gesicht.

Die Finger verschränkt, begann sie, rhythmisch auf Antyrs Brust zu drücken. Sie zählte, fluchte und rief nun laut nach Tarrian und Grayle.

Dann waren sie da. Augen wie wilde Sonnen. Ein tiefes Knurren hallte aus der grauen Masse, und gnadenlos mörderische Zähne wurden gefletscht.

Nerthas Instinkt riet ihr zu fliehen, aber ihr Wille widersetzte sich. Sie stellte sich Tarrians schrecklichem Blick und fletschte ebenfalls die Zähne.

»Dies ist mein Revier«, knurrte sie. »Findet sie in eurem. Findet sie beide. Bringt sie wieder zurück.«

Gavor schlug mit den Flügeln.

Das Labyrinth, dessen Säulen sich immer mehr in Wurzeln und Stämme verwandelten, wurde immer heller, und mit dem Licht kamen Geräusche und Wind.

Es war jedoch keine laue Brise. Der Wind hatte etwas Hartes an sich, sodass Hawklan das Gesicht von ihm wegdrehte. Und die Geräusche waren auch nicht freundlicher. Brechendes Glas, nachgebendes Holz, die Schreie der Beutetiere und der in der Schlacht Verwundeten, alles war da und noch mehr.

Hawklan blickte nach oben.

Über ihm hatte sich ein schäumender Strudel gebildet, dunkel und unheimlich, als würden sich dort unendlich viele Welten miteinander vermischen. Als er ihn anstarrte, konnte er nicht sagen, ob die Säulen des Labyrinths bis zu ihm hinaufreichten oder ob sie von ihm herabhingen wie Tentakel.

Dann waren sie aus dem Labyrinth heraus. Vor ihnen war der Boden plötzlich verschwunden. Hawklan trat vorsichtig einen Schritt vor und fand sich am Rand eines tiefen Abgrunds wieder. Es ging steil hinunter und in Tiefen, in die er nicht zu blicken wagte. Hawklan schluckte vernehmlich und wich wieder zurück.

Normalerweise genossen es Gavor und Dar-volci, ihn ob seiner Höhenangst zu necken, doch nun schwiegen sie.

Hawklan schaute sich um und sah, dass er sich am Rand einer großen Grube befand.

In ihrer Mitte stand eine riesige Säule, und zu seiner Rechten führte eine schmale Brücke hinüber. Am Ende der Brücke stand eine vertraute Gestalt.

Hawklan rannte auf sie zu.

Gulda schlug ihre Kapuze zurück, als er sie erreichte. Sie hob den Finger, bevor er etwas sagen konnte.

»Ich habe keine Antworten, Hawklan«, sagte sie. Schmerz zeichnete sich in ihren hellen Augen ab, und ihre Hand öffnete und schloss sich immer wieder um ihren Stab. »Viele Fäden laufen zusammen, und ich bin durch eines Seiner Gewebe hierher gezogen worden.« Sie blickte ihn bedeutungsvoll an. »Wie du weißt. Ich wage nicht zu handeln, aber du musst. Du musst auf dich selbst vertrauen.«

»Aber …«

Gulda trat zur Seite und deutete mit dem Stab über das, was Hawklan für eine Brücke gehalten hatte. Es war kaum einen Schritt breit. Der Wind wurde immer stärker.

»Das habt ihr gut gemacht. Eure Verwandlung der unvollkommenen Welt, in die das Schwert gefallen ist, hat den Großen Weg geöffnet und euch zu mir gebracht.«

»Unsere Wunden werden durch Dein Lob geheilt, Großer Herr. Mit unserer Macht und Deiner Weisheit werden wir Dich befreien und Ethriss' Narretei hinwegfegen.«

Blutverschmierte Köpfe verneigten sich; die Uhriel knieten. Ohne aufzusehen, streckte der blinde Mann die Hände aus. In ihnen hielt er das schwarze Schwert.

Eine Hand schloss sich um das Heft.

»Eure Macht wird in der Tat diesen Ort reinigen. Ich nehme die Gabe an. Nehmt ihr nun Meine Weisheit an.«

Ein einziger Hieb schlug allen dreien die Köpfe ab.

»Darüber kann ich nicht gehen«, sagte Hawklan mit vor Furcht weit aufgerissenen Augen.

Gulda antwortete nicht darauf, sondern senkte ihren Stab und nahm ihre stumme Wacht wieder auf. Weder Tadel noch Ermutigung lag in ihrem Verhalten.

»Anscheinend hat es ihr die Sprache verschlagen, mein lieber Junge«, sagte Gavor; »aber ich werde bei dir bleiben.«

»Und ich auch«, erklärte Dar-volci.

Hawklan konnte sie kaum verstehen. Der Wind wurde immer stärker und lauter. Hawklan blickte wieder nach oben. Der Strudel war weiter heruntergekommen. Es war ein Furcht erregender Anblick. Dann schaute er noch einmal zu Guldas regloser Gestalt und schließlich zu dem schmalen Pfad vor ihm.

Am anderen Ende strahlte ein helles Licht auf der Spitze der einsamen Säule.

»Grundgütiger, ich habe Angst«, sagte er mit zitternder Stimme.

Dann atmete er tief durch und ging auf den schmalen Pfad hinaus; der Wind zerrte an seinen Kleidern und schüttelte ihn durch. Gavor breitete die Flügel aus und flog von Hawklans Schulter, während der Heiler unsicher weiter schlurfte, die Schultern verspannt. Hawklan versuchte, stur geradeaus zu blicken, doch unwiderstehlich wurde sein Blick nach unten gezogen. Seine Beine zitterten so heftig, dass er sie kaum beherrschen konnte, aber er hatte tatsächlich schon ein gutes Stück hinter sich gebracht, als er zum ersten Mal stehen blieb.

Links und rechts neben ihm lockte die Tiefe.

»Ein Schritt nach dem anderen«, ermahnte ihn Dar-volci.

»Ich muss mich einen Augenblick ausruhen«, sagte Hawklan. Er atmete schwer. »Dieser Wind, dieser Lärm …«

Er hockte sich nieder, um dem Wind weniger Angriffsfläche zu bieten.

Dann war er auf allen vieren und konnte sich kaum bewegen.

»Ich glaube nicht, dass du einen Augenblick Zeit hast«, bemerkte Dar-volci und zupfte ihn sanft am Arm.

Hawklan blickte auf. Das Licht bewegte sich über die Brücke auf ihn zu. Einen Augenblick lang drohte seine Furcht, sich in blanke Panik zu verwandeln, aber stattdessen wich sie kaltem Zorn und Kampfbereitschaft. Seine Beine zitterten noch immer – sein ganzer Körper zitterte –; aber die Bewegung war vertraut, und er erkannte sie als das, was sie war. Uralte Reflexe bereiteten ihn auf den Kampf vor.

Er stand auf.

Das Licht kam näher.

Hawklan ging so entschlossen darauf zu, wie er konnte. Der Wind wurde noch immer stärker und der Lärm lauter. Blitze zuckten durch den Strudel über ihm und ließen ihn in den unterschiedlichsten Farben erstrahlen; der Vortex senkte sich nach wie vor immer weiter herunter. Was auch immer das sein mochte, es bestand kein Zweifel, dass nur wenig seine Berührung überleben würde.

Gavor glitt auf den Luftströmungen und kreiste plötzlich unmittelbar über Hawklan; seine schwarze Gestalt hob sich krass vor dem wirbelnden Chaos ab.

Hawklan blickte über die Brücke zurück. Gulda stand noch immer da, auch wenn er sie nicht mehr deutlich erkennen konnte. Er wandte sich wieder dem Licht zu.

Es war schon ein gutes Stück näher gekommen.

Und Hawklan fühlte die gleiche Gegenwart, die er auf seinem Weg durch Narsindal zur nebelverhangenen Feste von Derras Ustramel gefühlt hatte.

Sumeral hatte wieder Gestalt angenommen.

Hawklan ging weiter. Er war allein, unbewaffnet, wurde vom Wind durchgeschüttelt und von den Sirenenrufen des Abgrunds unter ihm gelockt, aber er wusste, dass er sich dieser Abscheulichkeit entgegen stellen musste. Es mochte sinnlos erscheinen, doch im selben Augenblick, da ihm dieser Gedanke kam, hörte er Andawyr verkünden, dass man nicht die Wirkung selbst des kleinsten Dings unterschätzen dürfe.

»Du lächelst.«

Die kalten Worte formten sich in ihm, wie sie es auch auf dem Damm über den Kedrieth-See getan hatten.

Hawklan straffte die Schultern und blickte in das Licht. Es war kaum fünf Schritt von ihm entfernt. In seiner Mitte waren die verschwommenen Umrisse einer Gestalt zu sehen. Er antwortete nicht.

»Ethriss' Schöpfungen waren schon immer fehlerhaft. Sie lächeln im Angesicht ihrer Vernichtung.«

Hawklan schwieg weiter.

»Hast du keine Fragen? Kein Flehen um Gnade für diese armselige Welt – für dich selbst? Du, der du der Größte Meiner Uhriel hättest sein können – Mein Auserwählter.«

Schweigen.

Hawklan breitete die Arme aus, als hieße er Sumeral willkommen. Er blickte in den Strudel hinauf.

»Das ist der Tanz Meiner neuen Schöpfung – das Hinwegwischen von allem, damit Perfektion entstehen kann.«

Hawklan schüttelte den Kopf. »Dies wird in der Tat alles hinwegwischen – aber es ist nicht Deine Schöpfung. Die Torheit, die es erschaffen hat, hat auch Dich erschaffen – Dich, die Essenz von allem, was an der Menschheit verdorben ist, und der ein grausamer Zufall Gestalt verliehen hat. Das musst Du doch ebenso wissen, wie Ethriss es gewusst hat. Bereite dich darauf vor, in Vergessenheit zu versinken.«

Er drehte sich um.

Die Brücke hinter ihm verschwand in einer grauen Masse, doch er empfand keine Furcht bei dem Anblick.

»Diesmal kannst Du nirgendwo mehr hin. Was auch immer Dich hier gebunden haben mag – was Dich genährt hat –, ist nun frei und in eine andere Form übergegangen. Auch die Wächter sind fortgegangen, nachdem sie die Wahrheit ihrer Natur erkannt haben, und jetzt wird es auch Dir so ergehen.«

Das Licht zitterte einen Augenblick lang, und obwohl das Heulen des Windes und das Tosen des Strudels alles erfüllte, empfand Hawklan nur Stille.

»Du wärst in der Tat ein guter Diener gewesen, Hawklan. Dein Verrat und deine Schliche sind Meines Wohlwollens würdig. Aber ich bin schon viel zu lange hier gebunden. Ich werde dich ehren, so wie du Meine Uhriel geehrt hast. Mit dem Schlüssel, der Ethriss verfluchtes Labyrinth aufschließen wird.«

Hawklan trat einen Schritt zurück, und die Spitze des schwarzen Schwertes flog an seiner Kehle vorbei, als es in weitem Bogen aus dem Licht geschwungen wurde.

»Das ist mein Schwert«, sagte er. »Es kommt aus dem Herzen dessen, was auch immer das hier über uns gebracht hat. Es ist von Ethriss geschaffen worden, als seine Zweifel begannen, und in dem Glauben, dass es uns beschützen würde.« Erneut breitete er die Arme aus. »Wärst Du frei, würdest Du es mir geben. Vielleicht besäße ich dann das Wissen, um dem allen wirklich ein Ende zu bereiten.«

Zwei weitere Schritte retteten ihn vor der Antwort: einem Schwerthieb.

»Empfange Meinen Gnadenstoß, oder weiche ihm erneut aus, und tritt in das Nichts hinter dir.«

Hawklan drehte leicht den Kopf. Er stand am Rand des grauen Nichts; er konnte nicht weitergehen.

Er war sich Dar-volcis zu seinen Füßen bewusst, des wachsenden Chaos' des herabkommenden Vortex und des heulenden Windes, mit dem Gavor kämpfte. Und nicht zuletzt war er sich der Spitze des schwarzen Schwertes bewusst, die nur eine Handbreit vor seiner Kehle schwebte.

Dann sah er alles mit großer Klarheit.

Er wich der Klinge zur Seite hin aus. Seine rechte Hand packte das Heft des Schwertes, während die linke sich weit öffnete und in das Licht eindrang, als er sich zu ihm umdrehte.

Dann war es verschwunden. Mit einem Schrei, der selbst das Tosen des Strudels übertönte, stürzte die Gestalt in den Abgrund, flackernd wie ein herabstürzender Stern. Als das Licht verlosch, stand Hawklan mit ausgebreiteten Armen da, als wolle er die ganze Welt umarmen.

Und er hielt das schwarze Schwert fest in der Hand.

Dass es wirklich *ihm* gehörte, daran zweifelte er nicht. Er hatte sich nicht mehr so vollständig gefühlt, seit er es verloren hatte. Doch es brachte ihm kein neues Wissen. Sumeral, das Böse, das Gentrens Welt vernichtet und diese hier über Äonen hinweg gequält hatte, war nicht mehr – aber noch immer drohte ihnen die Vernichtung.

Hawklan blickte verzweifelt zu Dar-volci und Gavor.

Gavor flatterte vor ihn und schwebte kurz auf der Stelle, bevor der Wind ihn wieder davontrug.

»Greif das Zentrum an, Krieger!«, rief er.

Dann rannte Hawklan über die schmale Brücke. Der Wind riss an ihm; das graue Nichts folgte ihm, und der Strudel kam immer dichter heran. Sein Tosen wurde immer lauter, bis es sich in ein wildes Kreischen verwandelte, das ihn zu zerreißen drohte.

Als er die Stelle erreichte, dic der Mittelpunkt des Abgrunds gewesen war, wurde der Tumult mit jedem Schritt schlimmer, bis nur noch sein Wille ihn aufrecht hielt.

»Ich werde nicht aufgeben!«, schrie er in das Chaos hinein.

»Das musst du auch nicht, denn du wirst bald schon der Meine sein.«

Hawklan schrie, als die kalte Stimme seinen Geist erfüllte.

Vor ihm schwebten Myriaden Facetten. In jeder konnte er den Strudel sehen.

Außer in einer.

In dieser sah er sein eigenes Bild, das ihn mit kaltem Lächeln beobachtete.

»Hast du wirklich geglaubt, Ich wäre so töricht, Mich Meinem Auserwählten mit seinem eigenen Schwert in der Hand zu stellen? Du hast nur Meinen Schatten zerstört – ein schwaches Echo in dieser Welt, das Ich ausgeschickt habe, um dich mit dem Schwert zu Mir zu bringen.«

»Um dir endgültig ein Ende zu bereiten.«

»Nein, um Mich zu befreien. Mich.«

Hawklans Griff um das Schwert verstärkte sich, und

er zwang sich, vorwärts zu gehen. Aber er konnte sich gegen den Wind nicht mehr bewegen; so mächtig war er geworden.

»Nein. Selbst du kannst diesen letzten Schritt nicht gehen. Das übersteigt die Fähigkeit eines jeden Menschen. Das, was du bist, bindet dich. Nur das Schwert und der Teil von dir, der wahrhaft Mir gehört, werden zu Mir gezogen werden, wenn die Zeit der endgültigen Verbindung gekommen ist. Und dann werde Ich wahrhaft wieder ganz sein und Meine Herzwelt nach Meinem Willen neu erschaffen.«

Verzweiflung erfüllte Hawklan. Er hob das Schwert, um zuzuschlagen, aber alle Kraft hatte ihn verlassen. Er war hilflos. Der Strudel brüllte triumphierend, blutig und dunkel, überall um ihn herum.

»Ich werde nicht aufgeben!«, schrie er erneut, auch wenn er seine eigene Stimme nicht mehr hören konnte und sein Herz zu platzen drohte.

Dann drang ein hohes, lautes und klares Pfeifen durch den Lärm, und ein rhythmisches Pochen erschütterte ihn. Hawklan erkannte Dar-volcis Ruf und Gavors drängendes Flügelschlagen. Aber sie konnten jetzt nichts mehr tun. Er versuchte, die ablenkenden Geräusche zu ignorieren.

Dann hörte er ihnen zu.

Und er ergab sich ihnen.

In diesem Augenblick rasten die jagenden Geister von Tarrian und Grayle durch ihn hindurch, wild, uralt und schrecklich, und sie befreiten ihn und trugen ihn dorthin, wohin er allein nicht hatte gehen können.

Das Schwert zerteilte das Spottbild von Kopf bis Fuß.

Siebenunddreißigstes Kapitel

Loman und Endryk waren einander schweigsame Gefährten. Dass sie den Segen ihrer Freunde hatten und nur taten, was sie tun konnten, war auch kein Trost für sie.

Und dass der Tag klar und schön war, vergrößerte die Finsternis in ihren Herzen noch.

Irgendetwas flackerte.

Beide zuckten unwillkürlich zusammen, und ihre Pferde wieherten und scharrten mit den Hufen.

»Was war das für ein Blitz?«, fragte Endryk, nachdem er sein Pferd wieder beruhigt hatte.

Beide blickten in den klaren blauen Himmel hinauf.

Loman hielt an und hob die Hand, als hätte er etwas gerochen.

Dann packte er Endryks Arm und schüttelte ihn wild.

»Es ist vorbei!«, rief er. »Vorbei!«

Ohne noch etwas zu sagen, wendete er sein Pferd und galoppierte nach Anderras Darion zurück.

Thyrn und Farnor öffneten die Augen.

Überall um sich herum fühlten sie nur Wunden und Risse in der Wirklichkeit ihrer Welt. Aber die Wunde, die sie überwältigt und vor der der Große Wald sie gerettet hatte, war verschwunden.

Das graue Nichts verschwand aus der Labyrinthkammer, und alles war, wie es gewesen war, nur dass sämtliche Anwesenden erschöpft, ausgelaugt und im Falle der Goraidin verletzt waren.

Nertha umarmte erst ihren Mann und dann Antyr, der sich reumütig auf die Brust klopfte. Tarrian und Grayle schüttelten und kratzten sich.

Nur Gulda war verschwunden.

Ebenso wie die Macht.

Andawyr und Usche standen an dem kleinen Fluss vor Anderras Darion. Es war früh am Abend. Usche blickte auf ihre Hände.

»Was sollen wir nun tun, da wir die Macht nicht mehr nutzen können?«, fragte sie.

»Was wir immer getan haben«, antwortete Andawyr. »Lernen und lehren. Wir müssen unsere Lehren weiter verbreiten. Sumeral mag nicht mehr existieren, aber wir haben von Antyr und den anderen gelernt, dass es noch genug Dummheit in der Welt gibt, um die Finsternis in den Herzen der Menschen zu wecken. Er mag nicht mehr zurückkehren, aber die Torheit, die Ihn erschaffen hat, ist immer noch da. Es gibt viele Ort, an die man das Licht bringen muss.«

»Aber ohne die Macht …«

Andawyr wischte den Vorbehalt gelassen beiseite, auch wenn seine Stimme einen harschen Unterton besaß.

»Auch solchen Leuten wie den Kyrosdyn steht sie nicht mehr zur Verfügung, Mädchen. Darüber solltest du froh sein.« Sein Tonfall wurde wieder sanfter. »Außerdem, wann hast du sie das letzte Mal eingesetzt außer bei irgendeiner Übung?«

Usche zuckte mit den Schultern, dann schauderte sie. »Außer an jenem schrecklichen Ort …? Ich weiß es nicht. Du warst immer recht eigen, wenn wir sie dazu verwenden wollten, uns die Arbeit zu erleichtern.«

Andawyr setzte an, ihr tröstend den Arm um die Schultern zu legen, änderte dann jedoch seine Meinung und rieb sich die Nase.

»Ja, und das war auch richtig so, wie es scheint. Sie war eine gefährliche Sache. Zurückblickend erkenne ich, dass wir auf einer Lawine geritten sind. Die Macht war eine Instabilität tief im Herzen der Dinge, und selbst wenn sie uns am Ende nicht bedroht hätte, so war sie doch eine Kraft, die jenseits unserer Fähigkeiten lag und für die wir unmöglich die Verantwortung hätten übernehmen können.«

»Ich glaube, da schätzt du uns Menschen falsch ein.«

»Vielleicht, aber ich bezweifele es. Die einfachen Wege waren schon immer die tückischsten. Wahres Lernen und wahrer Fortschritt verlangt nach wahrer Arbeit. Ordnung ins Chaos zu bringen ist ein mühseliges Unterfangen. An einem guten Tag machen wir drei Schritte vorwärts und zwei zurück – fünf Schritte, um einen Schritt weit zu kommen. Das weißt du.«

Andawyr blickte zu den Türmen der Festung empor und dann nach Pedhavin hinunter, wo es im Augenblick vor Menschen nur so wimmelte, die sich zum Fest der Former versammelt hatten.

»Schau: Stein auf Stein, Meißelschlag auf Meißelschlag. Gedanke auf Gedanke. Das Ergebnis der Arbeit bleibt und lehrt jene, die noch kommen werden. Es verrät ihnen, dass wir genauso waren wie sie, auch wenn unsere Namen schon lange vergessen sind; das wiederum verleiht ihnen Halt, um weiter hinaufzusteigen.«

»Hinaufzusteigen, wohin?«

Andawyr lachte. »Ah, du weißt doch, dass man nur von Kindern solche Fragen erwartet, oder? Wir werden es herausfinden, wenn wir dort angekommen sind.«

»Ja«, sagte Usche zweifelnd. »Das hast du mir schon oft genug gesagt. Wir sind nur das Mittel des Universums, sich selbst zu entdecken. Ich nehme an, wir werden es verstehen, wenn der letzte Stern verlöscht.«

Andawyr schnalzte spöttisch mit der Zunge. »Du hast zu lange in dich hineingeschaut, meine Liebe. Wenn wir in die Cadwanen zurückkehren, muss du anfangen, ein wenig mehr nach außen zu blicken – schau genau hin, und du wirst einen schwachen blauen Schimmer in den Sternen erkennen.«

Er lachte wieder. Es war ein fröhliches Geräusch in der angenehmen Abendluft.

Usche lächelte und drehte sich zur untergehenden Sonne um. Die Orthlundyn-Landschaft erstrahlte in hellem Licht. Es verwandelte die Festung in ein glitzerndes Leuchtfeuer, und als es sich durch die Straßen von Pedhavin bewegte, löste es Applaus und beifällige Rufe aus, denn viele Reliefs reagierten auf seine sanfte Berührung.

»Wunderschön«, sagte sie. »Es ist wunderschön.«

Sie setzte sich auf das weiche Gras am Ufer und hielt die Hand ins Wasser.

Und so ...

Auch wenn das, was geschehen war, weithin bekannt wurde und man unter den Cadwanol viel darüber diskutierte und theoretisierte, fand es nie Eingang in die Legenden und Lagerfeuergeschichten. Dafür war es zu seltsam gewesen. Sumeral und Seine Armee waren vor gut 16 Jahren offen und tapfer besiegt worden; das reichte für solche Geschichten.

Sowohl die Cadwanen als auch Anderras Darion wurden zu großen Zentren des Lernens, die Gelehrte aus weit entfernten Ländern anzogen und ihre eigenen in die Welt hinaus schickten. Die Fyordyn, das Riddinvolk und die Orthlundyn behielten ihre alte Art bei; doch nun, da sie durch Antyr und die anderen von anderen Ländern erfahren hatten, wussten sie umso mehr zu schätzen, was sie hatten. Und sie wurden wachsamer. Ihre Häuser standen Fremden weiterhin offen, doch nirgends fehlte mehr ein blank poliertes Schwellenschwert neben der Tür.

Farnor und Thyrn wurden unter Hawklans und Nerthas Führung zu Heilern. Viele Male kehrten sie in ihre jeweilige Heimat zurück. Antyr und Vredech übten ihren merkwürdigen Beruf aus und brachten jenen Trost und Hilfe, deren Leiden nicht nur auf den Körper zurückzuführen waren.

Tarrian und Grayle halfen ihnen. Und sie streiften durch die Berge und sangen zu den Alphraan.

Gentren wurde unter Islomans Anleitung zu einem Former. Er war genial, aber sein Blick schweifte manchmal in eine unbestimmte Ferne, und seine Arbeiten waren oft seltsam, trostlos und beunruhigend.

Pinnatte verbrachte seine Tage damit, in der Bibliothek

von Anderras Darion zu studieren oder auf den Feldern von Pedhavin zu arbeiten. Er hatte seinen Frieden gefunden, und obwohl er nur selten sprach, hörten die Menschen ihm zu, wenn er es tat.

Die Goraidin wurden alle wieder gesund gepflegt, obwohl das nicht leicht war, und alle behielten sie Narben von jenem schrecklichen Konflikt zurück. Marna wurde eine von ihnen und bildete mit ihnen andere aus, die ebenso veranlagt waren wie sie. Unauffällig hielten sie an den Grenzen der drei Länder Wacht.

Dar-volci setzte sein Leben als Andawyrs Nemesis fort und erinnerte ihn stets an die Verantwortung, die die Felcis für die Menschen trugen.

Gavor blieb Gavor.

Hawklan wanderte durch das Land. Er lehrte, heilte und lachte viel, obwohl manche glaubten, bisweilen Einsamkeit in ihm zu spüren.

Eines Tages lag er faul unter einem großen Baum, als ein Schatten auf ihn fiel. Er blickte auf und sah die Silhouette einer großen Gestalt vor dem weiß gefleckten Himmel. Als er sich aufrappelte, fiel Gavor, der auf seinen Zehen gehockt hatte, herunter, flatterte mit den Flügeln und fluchte laut.

Der Fremde war eine große Frau mit durchdringenden blauen Augen und Haar so schwarz wie Gavors Federkleid. Sie besaß ein starkes Gesicht und war wunderschön.

Hawklan betrachtete sie lange schweigend.

»Ich hätte dich fast nicht erkannt«, sagte er schließlich. Seine Stimme klang heiser. »Ich dachte, du wärst weg – wir hätten dich verloren – für immer.«

Die Frau lächelte und hakte sich bei ihm unter. Während sie ihn zur Straße zurückführte, sagte sie: »Seit die Dinge … sich verändert haben … bin ich ohne Zweifel nicht mehr die Frau, die ich war, aber mich verliert man nicht so schnell.

Und da mich nun das Alter einholt – wie dich ja auch –, interessiert mich wieder, was ich eigentlich selber will.« Sie verstärkte den Griff um seinen Arm. »Du kannst doch eine Gefährtin bei deinen Wanderungen brauchen, oder?«

Und Gefährten wurden sie. Sie lachten beide viel.

Gavor, der ewige Hedonist, amüsierte sich königlich, und lange Zeit konnte er nur hoch in den Himmel hinaufsteigen und leise lachen: »Mein lieber Junge, mein lieber Junge.«

Nach einer Weile führten ihre Reisen sie wieder nach Anderras Darion, wo sie heirateten. In der Tradition der Fyordyn wurde die Zeremonie zur neunten Stunde abgehalten.

»Die Zeit von Hawklan liegt so weit in der Zukunft, dass sie genauso gut in der fernen Vergangenheit liegen könnte.«

Namen und Orte

Ailad	Siehe: *Imorren.*
Alphraan	Klangformer. Wesen, die unter den Bergen leben und den Kontakt zu Menschen im Allgemeinen scheuen. Sie besitzen großes Wissen und seltsame Fähigkeiten im Umgang mit Tönen.
Andawyr	Oberhaupt der Cadwanol. Begleitete Hawklan auf seinem Weg nach Derras Ustramel.
Andeeren Marson	Vater von Gentren Marson.
Anderras Darion	Hawklans Festung. Ursprünglich von den Orthlundyn zur Zeit des Ersten Kommens gebaut, wurde sie von Ethriss nach der Schlacht verwandelt, in der viele Orthlundyn ihr Leben verloren hatten.
Antyr	Ein Adept der Traumfinder von Serenstad, einem der Stadtstaaten jenseits des Meeres östlich von Riddin, der von Herzog Ibris regiert wird.

Arash-Felloren	Riesige Stadt südlich von Orthlund. Ursprünglich eine von Sumerals Zitadellen.
Ar-Billan	Ein Cadwanwr.
Arvenstaat	Ein Land nördlich von Gyronlandt. Heimat von Thyrn.
Atlon	Ein Cadwanwr, der sich in Arash-Felloren mit Pinnatte anfreundete. Einer von jenen, die die Armee in Narsindal vor der Macht der Uhriel beschützt haben.
Auftrieb, der	Die Versammlung der Reiter des Riddinvolks.
Blinder Mann, der	Wahnsinniger Akolyth von Oklar, der überland in Ivaroths Heimat wanderte.
Caddoran	Mitglied einer Gilde von Boten in Arvenstaat. Bekannt für ihr Gedächtnis und ihre Fähigkeit, andere nachzuahmen. Vermutlich einst Heereskuriere.
Cadwanen	Höhlensystem der Cadwanol.
Cadwanol	Orden gelehrter Männer und Frauen, welchen Ethriss zur Zeit des Ersten Kommens gründete, um ihm in seinem Kampf gegen Sumeral zu helfen.

Cadwanwr	Ein Mitglied (Bruder/Schwester) der Cadwanol.
Canol Madreth	Kleiner Staat in Gyronlandt, weit südlich von Orthlund gelegen.
Cassraw	Betbruder in der Kirche von Ishrythan. Ein unausgebildeter Traumfinder. Er wurde von Sumeral berührt, als dieser versuchte zurückzukehren, und begann, die Kirche von Ishrythan in eine dunkle, fundamentalistische Sekte zu verwandeln. Verheiratet mit Dowinne.
Creost	Siehe: *Uhriel.*
Dacu	Ein Goraidin. Begleitete Hawklan auf seiner Reise nach Derras Ustramel.
Dar-Hastuin	Siehe: *Uhriel.*
Dar-volci	Ein Felci. Begleitete Hawklan auf seiner Reise nach Derras Ustramel.
Derras Ustramel	Siehe: *Sumeral.*
Dowinne	Cassraws Frau. Wie er, so wurde auch sie von Sumeral berührt, als Er versuchte zurückzukehren.
Eirthlund	Land westlich von Orthlund.

Enartion	Siehe: *Wächter.*
Endryk	Hochgardist aus Fyordyn, der sich mit Thyrn auf dessen Flucht vor Vashnar anfreundete.
Erdhalter	Der Gefährte eines Traumfinders, für gewöhnlich ein Tier. Führt und beschützt den Traumfinder in dieser Welt und auf den Traumwegen.
Erstes Kommen	Eine lange und brutale Zeit, als Sumeral zum ersten Mal versuchte, die Welt unter Seine Herrschaft zu zwingen.
Ethriss	Ein Wächter. Der Erstkommende aus der Großen Hitze. Wird als Schöpfer allen Lebens betrachtet. Am Ende der Letzten Schlacht des Ersten Kommens von Sumeral erschlagen.
Farnor Yarrance	Bauernsohn. Seine Eltern wurden von Rannick getötet. Als er in den Großen Wald floh, freundete er sich mit den Valderen an und erfuhr, dass er ein Lauscher war.
Felci	Braune sehnige, in den Felsen lebende Kreaturen. Sie betrachteten die Menschen als eine niedere Spezies, auf die sie ein Auge haben müssen. Sie sind voller Schalk und lachen viel, aber sollte es notwendig sein, auch extrem wilde Kämpfer.

Fyorlund	Land südlich von Narsindal und nördlich von Orthlund und Riddin. Eine Monarchie/Demokratie, die von Königin Sylvriss und dem Geadrol, einem Konklave der Fürsten, regiert wird.
Gavor	Ein Rabe. Hawklans Gefährte.
Geadrol	Der Adelsrat von Fyordyn, die formelle Regierungsversammlung. Mühselig, rational und geordnet in seinen Verfahren.
Gentren Marson	Überlebender einer Welt, die die Uhriel zerstört haben.
Ghreel	Wirt der Taverne ›Im Weidland‹
Goraidin	Elite-Hochgardisten von Fyorlund, die vor allem zur Fernaufklärung in Feindesland eingesetzt werden.
Grayle	Wolf. Bruder von Tarrian und Erdhalter von Antyr.
Gretmearc	Große, sich selbst versorgende Kaufmannsgemeinschaft nordwestlich von Riddin.
Große Hitze	Eine Zeit großen Feuers oder Lichts, von der man annimmt, das alle Dinge dort ihren Anfang genommen haben.
Großer Wald	Vermutlich die Gemeinschaft aller

	Bäume, aber normalerweise bezeichnet man damit nur die Ältesten, die westlich von Eirthlund leben.
Gulda	Siehe: *Memsa Gulda.*
Hawklan	Einst ein Orthlundyn-Fürst, der aus der Zeit des Ersten Kommens in die Zukunft versetzt worden ist. Nun ein Heiler und Krieger.
Helyadin	Eine Eliteeinheit der Fyordyn ähnlich den Goraidin. Nach dem Krieg aufgelöst.
Ibris (Herzog)	Siehe: *Antyr.*
Im Weidland	Eine Taverne an der Kreuzung östlich von Arash-Felloren.
Imorren	Oberhaupt (Ailad) der Kyrosdyn. Eine Akolythin, die vermutlich von Sumeral persönlich ausgebildet worden ist.
Isloman	Ein Orthlundyn. Älterer Bruder von Loman. Erster Former Pedhavins. Begleitete Hawklan auf seiner Reise nach Derras Ustramel.
Ivaroth	Unausgebildeter Traumfinder-Adept. Kontrolliert von dem blinden Mann wurde er zu einem großen Stammesführer und griff Herzog Ibris Land an.

Jaldaric	Ein Goraidin. Sohn von Fürst Eldric. Begleitete Hawklan auf seiner Reise nach Derras Ustramel.
Jenna	Eine Goraidin. Ursprünglich eine Helyadin. Begleitete Hawklan auf seiner Reise nach Derras Ustramel.
Kedrieth-See	Siehe: *Sumeral.*
Kristabell	Eine Felci.
Kristalle	Werden in der Thlosgaral abgebaut. Ursprung unbekannt. Sie werden verwendet, um die Macht zu manipulieren.
Kyrosdyn	Vorgeblich Kristallschleifer, doch in Wahrheit Studenten der Macht und ihrer Manipulation mithilfe von Kristallen.
Lauscher	Jemand, der den Großen Wald hören und mit ihm sprechen kann.
Loman	Ein Orthlundyn. Kastellan von Anderras Darion. Schmied. Jüngerer Bruder von Isloman.
Macht, die	(Manchmal: die Alte Macht). Ursprünglich ging man davon aus, sie sei ein übrig gebliebenes Merkmal der Großen Hitze, doch später betrachtete man sie als Phänomen, das allen

Dingen zugrunde liegt. Kann von einigen mit großem Geschick eingesetzt werden, verstehen tut man sie aber nur unzureichend.

Marken	Ein Lauscher der Valderen.
Marna	Eine Freundin von Farnor.
Memsa Gulda	Memsa Gulda
Narsindal	Ödes Land nördlich von Fyorlund. Sumerals Feste.
Nertha	Vredechs Frau. Eine Heilerin.
Nilsson	Führer der Kriegsflüchtlinge, die Farnors Tal besetzten.
Oklar	Siehe: *Uhriel.*
Olvric	Ein Goraidin. Stellte sich den Uhriel in der Schlacht von Narsindal.
Orthlund	Land südlich von Fyorlund und westlich von Riddin. Die Orthlundyn sind die Nachkommen eines großen Volkes, das sich Sumeral zur Zeit des Ersten Kommens widersetzte. Viele sind nun Bauern, ihre Liebe gilt jedoch der Steinformung. Ihr ursprünglicher Charakter kam wieder zum Vorschein, als Sumeral erneut zurückkehrte, und sie hoben eine mächtige Armee aus.

Oslang	Zweites Oberhaupt der Cadwanol. Einer von jenen, die die Armee in Narsindal vor der Macht der Uhriel beschützten.
Pedhavin	Orthlundyn-Dorf unterhalb von Anderras Darion.
Pfeifer	Eine Gestalt, die Vredech bei seinem Kampf mit Cassraw erschien.
Pinnatte	Straßendieb aus Arash-Felloren. Von den Kyrosdyn zu einem Experiment missbraucht, um ihn in ein Gefäß für Sumeral zu verwandeln.
Rannick	Landarbeiter. Seine angeborene Fähigkeit, die Macht zu gebrauchen, wurde verdorben, als er Kontakt zu einem Serwolf bekam.
Reisender, der	Vermutlich halb Mensch, halb Alphraan. Er half Thyrn bei seiner Flucht vor Vashnar.
Rgoric	Verstorbener König von Fyorlund.
Riddin	Land südlich von Fyorlund und östlich von Orthlund. Seine Gesellschaft baut auf die Liebe des Riddinvolks zu ihren Pferden auf.
Serenstad	Siehe: *Antyr.*

Serwolf	Uralte, wolfsähnliche Tiere, die von Sumeral erschaffen wurden. Mächtig und Furcht erregend. Sie nähren sich von der Furcht ihrer Opfer. Gelten als ausgestorben, doch einige haben in den Tiefen der Erde überlebt.
Sphaeera	Siehe: *Wächter.*
Sumeral	Der Große Feind aller Werke der Wächter. Er kam nach ihnen aus der Großen Hitze, gefolgt von anderen, niederen Kreaturen. Auch bekannt als: der Feind allen Lebens, der Verderber, der Zeitlose. Scheinbar in der Letzten Schlacht des Ersten Kommens vernichtet; doch Er kehrte zurück, um Seine Festung wieder aufzubauen, Derras Ustramel in der Mitte des Kedrieth-Sees in Narsindal. Am Ende der Chroniken von Hawklan erneut vernichtet.
Sylvriss	Königin von Fyorlund, Witwe von Rgoric.
Tarrian	Wolf. Bruder von Grayle und Erdhalter von Antyr.
Theowart	Siehe: *Wächter.*
Thlosgaral	Öde, instabile Wüstenregion östlich von Arash-Felloren. Die einzige bekannte Quelle für Kristalle.

Thyrn	Junger Caddoran Vashnars.
Tirke	Ein Goraidin. Begleitete Hawklan auf seiner Reise nach Derras Ustramel.
Traumfinder	Ein Individuum, das in der Lage ist, in die Träume anderer einzudringen. Ein Adept kann zu den Welten reisen, die zwischen den Welten existieren.
Uhriel	Sumerals oberste Diener. Sterbliche Menschen, die von ihm verdorben worden sind und denen Er zur Zeit des Ersten Kommens einen Teil Seiner Macht übertrug, um gegen die Wächter zu kämpfen. Creost besaß die Macht über das Wasser, Oklar die Macht über die Erde, Dar-Hastuin die Macht über die Luft.
Urthryn	Ffyrst von Riddin (Erster unter Gleichen), Vater von Sylvriss.
Usche	Eine Cadwanwr.
Valderen	In den Bäumen lebendes Volk des Großen Waldes. Gewährte Farnor Unterschlupf und half ihm.
Vashnar	Oberster Hüter von Arvenstaat. War von einer Macht aus einer unbekannten Zeit besessen.

Vredech (Allyn)	Betbruder in der Kirche von Ishrythan in Canol Madreth. Verheiratet mit Nertha. Ein unausgebildeter Traumfinder. Er sah sich gezwungen, gegen seinen Freund mit Mitbruder Cassraw zu kämpfen.
Wächter	Weltenformer, die aus der Großen Hitze hervorgingen. Enartion besaß die Macht über das Wasser, Theowart die Macht über die Erde, Sphaeera die Macht über die Luft und Ethriss, der Erstkommende, war der Schöpfer allen Lebens.
Yatsu	Ein Goraidin. Begleitete Hawklan auf seiner Reise nach Derras Ustramel.
Yengar	Ein Goraidin. Stellte sich den Uhriel in der Schlacht von Narsindal.
Yrain	Eine Goraidin. Ursprünglich eine Helyadin. Begleitete Hawklan auf seiner Reise nach Derras Ustramel.
Zweites Kommen	Sumerals Rückkehr, worüber in den Chroniken von Hawklan berichtet wird.

Nach dem ›*Herrn der Ringe*‹ war die Welt der Fantasy nicht mehr dieselbe. Kaum ein anderes Werk hat einen solchen Einfluss auf eine ganze Literaturgattung ausgeübt. In dieser außergewöhnlichen Anthologie verbeugen sich einige der bedeutendsten Autoren des Genres respektvoll vor ihrem großen Vorbild J. R. R. Tolkien, mit Geschichten, die sie speziell zu seinen Ehren geschrieben haben:

TERRY PRATCHETT,
STEPHEN R. DONALDSON,
ROBERT SILVERBERG,
GREGORY BENFORD,
JANE YOLEN,
CHARLES DE LINT,
DENNIS L. McKIERNAN,
PETER S. BEAGLE,
POUL UND KAREN ANDERSON,
JOHN BRUNNER,
PATRICIA A. McKILLIP
und viele mehr

ISBN 3-404-13803-1

BASTEI LÜBBE

›Nach dem HERRN DER RINGE war die Welt der Fantasy nicht mehr dieselbe‹, hieß es auf dem Klappentext zum Vorgängerband dieser Anthologie: DIE ERBEN DES RINGS herausgegeben von Martin H. Greenberg (Bastei Lübbe Band 13 803). In jenem Band verbeugten sich anglo-amerikanische Autoren vor dem großen Erzähler. Doch nicht nur im englischsprachigen Raum hat Tolkien seine Spuren hinterlassen, auch eine junge Generation von deutschen Schriftstellern wird auf die ein oder andere Art von ihm beeinflusst. In dieser Anthologie sind neue Geschichten gesammelt, die Tolkien zu Ehren geschrieben wurden, oft mit einem Augenzwinkern, aber stets voller Respekt. Autoren sind u.a.: Helmut W. Pesch, Wolfgang Hohlbein und Kerstin Gier

ISBN 3–404–20421–2

BASTEI LÜBBE